KB240526

한국 근현대
대외관계사의 재조명

이화여대 한국근현대사 연구실

국학자료원

책머리말

    21세기는 세계화의 시대이다. 곧 세계의 국가들이 이념과 체제를 넘어서서 상호 의존과 공존의 새 질서를 창출하는 전환기라 할 수 있다. 이러한 시기에 정치·사회·경제·문화 모든 분야에서 세계 각국과의 교류는 한 국가뿐 아니라 개인의 삶에도 영향을 미칠 정도로 중요한 문제로 부각될 수밖에 없다.

    고대로부터 한국은 중국·일본뿐 아니라 주변의 외부 세계와 끊임없이 접촉하고 정치·경제·문화적으로 관계를 형성하며 국가의 발전을 도모해 왔다. 그리고 개항기 이후부터는 서양세력으로 인해 더 한층 복잡한 국제관계를 형성하면서 오늘날까지 이르게 되었다.

    이러한 대외관계의 근간이 되는 외교는 국가 주요 정책 중 하나이며, 과거와 현재 뿐 아니라 미래에도 중요한 의미를 갖게 될 것이다. 그러므로 역사 속에서 한국이 중국과 일본, 나아가 서양의 여러 나라들과 어떻게 소통하고 어떤 대외인식을 가졌는지를 점검해 보는 것은 오늘날 우리에게 여러 가지로 의미 있는 작업이라 할 수 있다.

    그러나 현재까지 한국의 외교, 대외관계에 대한 연구는 그 중요성에도 불구하고 개별적 국제관계나 교류사 위주로 진행되었다. 한 시대를 종합적으로 바라보거나, 시대와 시대를 연결하려는 시도는 그리

많지 않은 실정이다.

본서는 그동안 대외관계사 논저들이 특정시기에만 국한되어 있었다는 한계점을 극복하고, 좀 더 다각적이면서도 종합적으로 대외관계를 재조명할 필요가 있다는 문제의식에서 출발하였다. 즉 한국사 전개의 커다란 흐름을 이루는 조선후기, 개항기, 일제시기, 해방이후에 한국의 대외관계가 어떻게 형성되고 전개되어 갔는지를 고찰하고자 하였던 것이다. 이를 위해 한국과 상대국의 상호 인식 및 구체적인 외교 사실들을 중심으로 다루었다. 이는 한국과 이웃나라들이라는 단순 관계에 국한된 과거 사실을 이해하는 데에만 그치는 것이 아니라, 과거를 돌아보며 현재를 점검함과 동시에 미래의 한국이 나아갈 방향을 전망하기 위함이다.

본서는 크게 4부로 구성되어 있다. 1부는 조선 후기 중국 중심의 화이질서(華夷秩序)가 변화되는 가운데, 동북아시아 국가에 대한 다양한 인식을 고찰하였다. 사행록과 표주록 등의 여러 기록을 통해 중국과 일본·북해도에 대한 인식을 살펴보고, 나아가 동북아 질서 속에서의 대외인식을 고찰하였다.

2부는 개항 이후부터 대한제국기까지, 한국이 새롭게 접하게 된 서양 각국과의 상호 인식과 교류를 고찰하였다. 개항을 계기로 훨씬 다변화된 외교 관계 및 한국의 서양에 대한 인식, 서양의 한국 문화인식 등을 통해 근대 한국의 위상에 대한 객관적 접근을 시도하였다.

3부는 일제의 식민지배정책과 그에 대한 한국인의 대응관계를 살펴보았다. 수탈과 저항이라는 도식화된 구도를 벗어나 민간차원의 교류관계까지 포함하여, 보다 다각적으로 고찰하고자 하였다.

4부는 식민지배에서 벗어난 해방이후의 대외관계를 중심으로 살펴보았다. 미군정기에 형성된 미국 이미지, 근대화, 미국의 대한(對韓) 경제정책, 그리고 한일회담을 통한 한·미·일 관계 등을 고찰하면서, 현대 대외관계의 변화양상을 담아내고자 하였다. 이 논총을 계기로 향후 대외관계사 연구의 지평이 더욱 확대되며, 수준 높은 연구들이 계속되기를 바란다.

사실 이 책은 지도교수이신 이배용 총장님의 지도와 격려가 없었다면 간행되기 어려웠을 것이다. 이배용 총장님께서는 평소 대외관계사 연구의 중요성을 강조하시며 제자들에게 연구를 독려하셨다. 이에 제자들이 총장님의 뜻을 받들기 위해 대외관계사를 정리하던 중, 총장님의 갑년(甲年)을 맞이하여 이 작업을 완성할 수 있어서 더욱 의미가 깊다. 언제나 자상하시면서도 엄격하고 올바른 가르침을 주시며, 이러한 연구가 이루어질 수 있도록 지도해 주신 이배용 총장님께 진심으로 감사드린다.

마지막으로 대외관계 관련 서적의 출판을 흔쾌히 받아들여주신 국학자료원 사장님과 까다로운 요구들을 묵묵히 받아들여준 편집팀에도 이 자리를 빌어 감사의 말을 전한다.

2007년 1월
이화여대 한국근현대사 연구실

목 차

3부 : 일제시기 식민지배정책과 한국인의 대응

4부 : 해방 이후 한·미·일 관계의 추이

1부

조선 후기의 대청·대일인식

범월인(犯越人) 처벌을 통해 본
조선 지배층의 대청(對淸) 인식

- 인조~숙종대를 중심으로 -

박 경[*]

Ⅰ. 머리말

법금(法禁)을 범하여 국경을 넘어가는 행위를 의미하는 '범월(犯越)'이라는 용어는 조선 후기에 주로 사용되었던 용어이다. 명과 조선 사이에 여진족 부락이 있어 국경이 모호하였던 조선 전기에는 조선 영토를 벗어나는 행위를 범법 행위로 보기는 하였시만, 국경을 넘어가는 행위가 아니라 조선 정부의 통치 권역을 벗어나는 행위로 인식하였기 때문에 '범월'이라는 용어를 거의 사용하지 않았다. '범월'은 조선과 청(후금)의 국경이 맞닿게 되어 국경에 대한 관념이 생기게 된 후에 사용된 시대성을 가지고 있는 용어라고 할 수 있다. 청과 조선 양국 모두에게 범월은 자국 영토를 수호하기 위해 금지해야 할 필요성이 있는 중요한 사안이었다.

범월은 자국의 영토 수호와 밀접한 관련이 있기 때문에 백두산정계

---

* 이화여대 사학과 강사.

비 건립의 원인이 되기도 하였다. 따라서 그동안 연구에서 조선 후기 조선과 청 사이의 국경 문제를 연구하는데 있어서 주요 주제로 다루어왔다.[1] 이 외에도 조선인의 범월이 많았던 이유를 조선 내부의 사회경제적 상황에서 찾은 연구들과 범월을 둘러싼 조선과 청 사이의 교섭을 중심으로 살펴본 연구도 이루어졌다.[2] 또한 범월에서 시작하여 북간도 지역에 한인사회가 형성되어 간 과정을 고찰한 연구도 있다.[3]

필자는 본고에서 인조대부터 숙종대까지의 범월인 처벌 실태를 살펴봄으로써 조선 지배층의 대청 인식의 변화에 대하여 살펴보았다. 범월을 조선과 청의 교섭이나 관계 변화와 관련시켜 연구한 기존 연구 성과에서는 조·청간의 범월과 관련된 교섭 자체에 대해 밝힌 연구도 있고, 청의 정치적 상황 변화에 따른 조선인 범월에 대한 청 정부의 대응 변화를 고찰한 연구도 있으며, 백두산 정계비 건립을 계기로 조선 정부가 청 정부 측에 청인 범월 금지를 적극적으로 요구하게 되었다는 점을 지적한 연구가 있다. 그렇지만 범월을 조선의 정세 변화나 조선인들의 대청 인식과 관련해서 조명한 연구는 없는 실정이다. 이는

1) 시노다 지사쿠 저, 신영길 역, 『간도는 조선땅이다 -백두산정계비와 국경-』, 지선당, 2005 ; 金炅春, 「鴨綠·豆滿江 國境問題에 關한 硏究」, 국민대학교 박사학위논문, 1997 ; 강석화, 『조선후기 함경도와 북방영토의식』, 경세원, 2000.
2) 高丞嬉, 「19세기후반 함경도 六鎭과 만주지역 교역의 성격」, 『朝鮮時代史學報』25, 2003 ; 이욱, 「17~18세기 犯越사건을 통해 본 함경도 주민의 경제생활」, 『韓國史學報』20, 2005 ; 金聲均, 「朝金間犯越刷還問題應酬略考」, 『史學硏究』18, 1964 ; 李洪烈, 「三道溝 사건과 그 善後策」, 『白山學報』5, 1968 ; 金慧子, 「朝鮮後期 北邊越境問題 硏究」, 『梨大史苑』18·19합집, 1982 ; 金炅春, 「朝·淸國境問題의 一視點-犯越을 中心으로-」, 『慶州史學』6, 1987 ; 李花子, 「17~18세기 越境문제를 둘러싼 朝·淸 교섭」, 서울대학교 박사학위 논문, 2003 ; 李華, 「淸의 中原入關 전후 조선인의 越境 문제를 둘러싼 朝·淸 교섭」, 『韓國學報』112, 2003 ; 최소자, 『淸과 朝鮮-근세 동아시아의 상호인식-』, 혜안, 2005.
3) 金春善, 「'北間島'地域 韓人社會의 形成 硏究」, 국민대학교 박사학위논문, 1998 ; 「조선후기 한인의 만주로의 '犯越'과 정착과정」, 『白山學報』51, 1998.

범월에 대한 문제 제기가 청(후금)에 의해 먼저 이루어졌고, 청(후금)의 군사적 우세로 인해 정묘호란 이후로는 범월 문제 처리 과정에 있어서 청이 주도권을 쥐고 있었기 때문일 것이다. 그러나 당시 청(후금)의 국력이 강성하여 조선의 입장이 반영될 여지가 적었다 하더라도 조선의 입장이 함께 고려되어야 이 시기 양국의 관계를 균형적으로 파악할 수 있을 것이다.

이러한 문제의식을 바탕으로 숙종대에 조·청간의 외교 관계가 정착되기까지의 범월인 처벌에 대한 조선 정부의 입장과 범월인에 대한 논죄 과정을 살펴봄으로써 조선 지배층의 대청 인식의 변화를 추적해 보고자 한다.

Ⅱ. 범월인 처벌의 배경

1. 국내적 필요성

국경을 넘어 다른 나라로 가는 행위에 대해서는 조선 전기부터 강력하게 처벌하였다. 이에 대한 처벌 근거는 『대명률』 규정이었는데, 『대명률』에서 국경을 넘어간 행위에 대해 적용할 수 있는 조항은 두 가지가 있다. 하나는 모반조(謀叛條)이고, 또 하나는 사월모도관진조(私越冒度關津條)이다. 모반은 십악(十惡)의 하나로 본국을 배반하고 몰래 다른 나라를 따를 것을 꾀하는 것을 말하는데, 모반조는 이에 대한 처벌 규정이다.[4] 그리고 사월모도관진조(私越冒度關津條)는 법

---

4) 『大明律』 卷第1, 名例律, 十惡條.

에 정해진 절차를 거치지 않고 국경을 넘어가는 행위에 대해 처벌하
는 규정이다.

　『대명률』모반조(謀叛條)의 처벌 규정을 살펴보면 다음과 같다. 모
반 당사자에게는 수범(首犯)과 종범(從犯)을 구분하지 않고 모두 참형
(斬刑)에 처하도록 하였고, 처와 첩, 자녀는 공신가(功臣家)에 급부(給
付)하여 노비로 삼고 재산은 모두 관(官)에 들이도록 하였으며, 부모,
조부모, 손자, 손녀, 형제는 한 호적에 실려있는지 다른 호적에 실려
있는지에 구애받지 않고 모두 유 2000리에 처하도록 하였다. 또한 모
반이나 모반 모의 사실을 알고서도 일부러 놓아주거나 숨기고 감춘
자는 교형(絞刑)에 처하고, 고발하지 않은 자는 장100 유3000리에 처
하도록 하였다.5)

　또한 『대명률』사월모도관진조(私越冒度關津條)의 처벌 규정을 살
펴보면, 법에 정해진 절차를 거치지 않고 국경을 넘어간 당사자는 교
형에 처하도록 하였다. 수파지인(守把之人)으로 알고서도 고의로 놓아
준 자에게도 같은 죄로 처벌하도록 하였고, 제대로 검문하지 못한 자
도 처벌하도록 하였는데, 범인의 죄에서 3등급을 감하되 장 100에 한
하도록 하도록 하였다. 이 외에 군병과 그 날·당직자도 범인의 죄에
서 4등급을 감하여 처벌하도록 하였다.6)

　그런데 조선 전기에 국경을 넘어간 행위를 처벌한 기록을 살펴보면
주로 모반조를 적용시켰음을 확인할 수 있다. 모반조로 처벌된 사례들
을 살펴보면 이들은 조선의 영토를 벗어나 여진 땅에서 사는 등 조선
백성이라는 소속감을 버리고 새 삶을 찾으려 한 사례였다. 이러한 경
우 본국을 배반하고 몰래 다른 나라를 따랐다 하여 모반조의 규정을

---

5)『大明律』卷第18, 刑律, 盜賊, 謀叛條.
6)『大明律』卷第15, 兵律, 關津, 私越冒度關津條.

적용시켜 참형에 처하였다.7) 그런데 정상이 참작된 경우에는 형량을 감해주기도 하였다. 태종 10년에 몰래 여진 땅에 간 백성에 대해 유사(有司)가 모반조를 적용시키고자 하였으나 왕이 올량합(兀良哈)과 섞여 살았던 자라 하여 사형을 면해주고 남쪽 지방의 관천(官賤)에 속하도록 하였던 사례가 이러한 사례라 할 수 있다.8)

세종 24년 의정부 계문에는 당시 백성들이 국경을 넘어가는 행위에 대한 형률 적용과 감형 실태가 잘 나타나 있다.

> 함길도에 4진(鎭)을 설립한 초기에는 새로 이사한 백성들 중에 도망하여 국경을 넘어가 야인(野人)에게 몰래 투탁하여 살던 자를 잡으면 국가에서는 의지할 곳을 잃은 사람이라 하여 모두 등급을 낮추어 논죄하였습니다. 지금은 읍(邑)을 설치한지 이미 오래되어 백성들이 모두 거처가 정해졌는데도 오히려 연속하여 도망하니, 저들이 국가가 형벌을 감경하여 불쌍히 여겨 구휼해 준 뜻을 알지 못하고 반드시 도반(逃叛)한 죄가 중하지 않다고 여긴 것입니다. 또 대벽(大辟)의 죄를 매번 말감(末減)해 주니 치도(治道)에도 어긋납니다. 청컨대 지금부터 저 땅에 도망가는 사람은 모두 율(律)에 의하여 참형에 처하여 악역(惡逆)을 징계하소서.9)

이 내용을 살펴보면 함길도에 진을 설치하고 남방의 백성들을 이주시켰는데, 이주 초에는 이들의 생활이 안정되지 못하여 생계를 위하여 여진 땅으로 들어가 산다 하더라도 모반조를 그대로 적용하지 않고 형량을 경감시켜 주었고, 이 때문에 백성들이 국경을 넘어 도망하는 죄

---

7) 『太宗實錄』 卷14, 太宗 7年 11月 18日(戊辰) ; 『太宗實錄』 卷18, 太宗 9年 8月 18日(丁巳) ; 『世宗實錄』 卷33, 世宗 8年 9月 11日(辛丑) ; 『世宗實錄』 卷34, 世宗 8年 11月 23日(壬子) ; 『世宗實錄』 卷62, 世宗 15年 12月 20日(己巳).

8) 『太宗實錄』 卷20, 太宗 10年 11月 11日(癸酉).

9) 『世宗實錄』 卷97, 世宗 24年 9月 20日(丁丑).

가 무겁다는 것을 인식하지 못하고 국경을 넘어 도망하는 사람이 많다는 것이다. 이는 당시 관료들이 간첩 행위와 같은 특별한 목적을 가지고 국경을 넘어간 것이 아니라 하더라도 국경을 넘어가 사는 행위에 대해서는 모반율을 적용시켜 처벌해야 한다고 인식하였음을 알 수 있다. 국경을 넘어간 사람에 대하여 국가를 배반하고 몰래 다른 나라를 따랐다는 죄명을 씌워 강력하게 처벌함으로써 조선 백성의 타국으로의 유출, 죄를 짓고 국경을 넘어 도망하는 행위, 타국에 가 간첩 행위를 하는 것을 미연에 방지하고자 하였던 것으로 보인다. 이렇게 조선 전기 국경을 넘어간 행위에 대한 처벌은 국력 손실의 방지와 국가 안보를 위한 것이었다.

조선 후기에도 국력 손실을 방지하고 국가 안보를 위해 국경을 넘어가 만주에서 사는 행위에 대하여 강력하게 처벌해야 할 필요성이 있었다. 그런데 조선 후기에는 생계를 위해 국경을 넘는 경우가 많아졌을 뿐 아니라 후금(청)의 건국으로 인한 외교적 변수가 등장하였다.[10] 이러한 변수 때문에 조선 전기에 대내적 필요성에 의해 모반율을 적용시켜 처벌하였던 것과는 다른 양상이 전개되었다.

2. 외교적인 이유

조선 전기에 국경을 넘어간 행위는 앞에서 언급했던 바와 같이 국내적인 문제로만 다루어졌을 뿐 명과의 외교적 분쟁으로는 발전하지

---

10) 조선 후기 범월의 이유가 대체적으로 생계를 위해, 혹은 경제적인 이득을 취하기 위해서였다는 것은 그동안 많은 연구에서 지적한 바 있다(시노다 지사쿠 저, 신영길 역, 앞 책, 2005, pp.70-73 ; 金慧子, 앞 글, 1982, pp.64-65 ; 이욱, 앞 글, 2005, pp.142-148 ; 金炅春, 앞 글, 1987, pp.63-64).

않았다. 명에서는 성화 5년(1469)에 봉황(鳳凰), 애양(靉陽), 청하(淸河), 마근단(馬根單), 동주(東州) 등에 변문(邊門)을 세우고 변책(邊柵)을 세워 압록강과 변책 사이의 중간지대에 명의 백성들이 이주하여 집을 짓고 개간하는 것을 금지하였다. 이에 따라 명의 실제 통치력이 미쳤던 지역은 변책 이내에 국한되었고, 변책 밖은 여진족이 자유롭게 기주하고 있었다.[11] 따라서 조선인들이 국경을 넘어 만주 지역으로 넘어가더라도 명과의 외교적 분쟁이 발생하지 않았고, 조선의 대내적인 필요성에 따라 범월인을 처벌하였다.

그러나 여진족이 홍기하고 후금이 건국되면서 사정은 달라지게 되었다. 여진족 출신인 후금은 만주 지방에서 홍기하여 건국하였기 때문에 만주에 대한 관심이 컸다. 또한 그들의 발상지라 전하는 장백산(백두산)은 조선과 접해있는 지역이었다.[12] 따라서 조선과의 국경 문제에 있어서도 매우 민감하였다. 또한 조선인들의 범월 이유를 살펴보면 삼을 캐어 이익을 얻고자 범월하는 경우가 가장 많았다. 그런데 삼은 후금에도 많은 경제적 이익을 가져다 준 산물이었기 때문에 조선인의 범월을 막는 것은 자국의 산물을 보호하는 대책도 되었다.[13]

조선과 후금 사이에 범월이 처음 외교적 문제로 등장한 것은 후금 건국 이전인 선조 38년(1605)이었다. 건주위(建州衛)의 누르하치(努爾哈赤)가 만포관진절제사(滿浦官鎭節制使)에게 보낸 국서(國書)와 만포첨절제사가 건주위에 보낸 답서의 내용에 범월인 처리에 대한 내용이 포함되어 있는데, 이를 살펴보면 압록강을 경계로 국경이 형성되어 있었음을 확인할 수 있다.[14] 이 즈음부터 범월이 상호간의 영토 보호

---

11) 金慧子, 앞 글, 1982, p.59.

12) 金慧子, 앞 글, 1982, p.58.

13) 金慧子, 앞 글, 1982, p.65 ; 金炅春, 앞 글, 1987, pp.61-63 참조.

와 관련된 외교적인 문제로 다루어지기 시작하게 된 것이다. 이후 누르하치가 세를 확장시켜 후금을 건국하였으나 누르하치 재위시 후금은 요동을 주요 공격 목표로 삼고 있었기 때문에 조선과는 우호관계를 유지하고자 하였다.[15] 그러나 대조선 강경론자인 홍타이치(皇太極)가 즉위한 후 후금은 인조 5년(1627) 정묘호란을 일으켜 조선을 침범하였다. 정묘호란은 양국간에 화의를 맺는 것으로 종식되었는데, 화의를 맺으면서 양국이 서약한 내용 중에 "각각 영토를 수호한다(各守封疆)."는 내용이 포함되어 있다.[16] 이는 서로간에 상대국의 영토를 침범하지 않고 각자의 영토 수호를 보장한다는 내용이다. 그런데 이러한 내용이 포함되어 있었다는 것은 양국간에 국경이 암묵적으로 합의되어 있었다는 것을 의미한다. 그리고 이 내용은 이후 조선과 후금에 상대국의 백성이 정식 절차를 밟지 않고 국경을 넘어오면 외교적으로 문제를 삼을 수 있는 근거 조항이 되었다.

이후 후금의 한(汗)은 조선인이 범월하는 사건이 발생하면 조선의 왕에게 범월 사실에 대해 항의하거나 재발 방지를 요구하는 내용의 국서를 보내었다.[17] 범월을 규제함으로써 자국의 영토와 산물을 보호하고자 한 후금의 입장은 지속적으로 견지되었기 때문에 국호를 청으로 바꾸고 병자호란을 일으키고 중원을 차지하는 등 청이 점차 국세를 키워나가는 국면과 이후 조선과 청의 외교 관계가 안정되어 나가

---

14) 『事大文軌』 卷46, 萬曆 33年 9月 6日 胡書 ; 11月 11日 答書.

15) 李華, 앞 글,『韓國學報』112, 2003, pp.105-107 참조.

16) 『仁祖實錄』 卷15, 仁祖 5年 3月 3日(庚午).

17) 『淸太宗實錄』 卷4, 天聰 2年 5月 25日(己酉) ;『淸太宗實錄』 卷15, 天聰 7年 8月 6日(乙丑) ;『仁祖實錄』 卷28, 仁祖 11年 8月 16日(乙亥) ;『淸太宗實錄』 卷15, 天聰 7年 9月 14日(癸卯) ;『淸太宗實錄』 卷23, 天聰 9年 3月 22日(壬申) ;『仁祖實錄』 卷31, 仁祖 13年 8月 8日(乙酉) ;『淸太宗實錄』 卷15, 天聰 9年 10月 25日(壬寅) ;『仁祖實錄』 卷31, 仁祖 13年 11月 20日(丙寅).

는 상황 속에서 양상은 다르게 전개되었지만 범월은 지속적으로 조·청 양국의 외교 문제 중 중요한 부분을 차지하였다. 따라서 청의 요구와 압력, 조선과 청(후금) 사이의 외교 분쟁의 예방이라는 측면은 정묘호란 이후 조선 정부의 범월인 처벌에서 가장 중요한 고려 요소가 되었다.

Ⅲ. 범월인 처벌을 통해 본 대청 인식의 변화

범월인 처벌의 이유는 국력 손실을 방지하고 국가 안보를 위한 국내적인 필요성과 청의 요구나 강압과 같은 외교적 이유를 들 수 있으나 본고에서 살펴보고자 하는 인조대에서 숙종대까지의 범월인 처벌 실태를 살펴보면 후자가 거의 대부분을 차지하였다. 청(후금)은 범월을 철저하게 규제하고자 하는 기본 입장을 견지하고 있었기 때문에 외교 분쟁이 일어나지 않게 하려면 조선 정부에서는 범월을 단속해야 할 필요싱이 있었고, 병자호란으로 청괴 조선이 군신(君臣)관계를 맺은 후부터는 조선인의 범월에 대한 청의 강경 입장 때문에 범월인에 대한 형량이 무겁게 책정될 수 밖에 없었다.

그런데 이 시기 조선 정부에서 범월인과 범월 관련자의 형량을 결정하는 과정을 살펴보면 이들을 동정하거나 이들의 형량을 경감시키고자 하였던 모습을 확인할 수 있다. 조선의 지배층들이 이들의 형량을 경감하고자 하였던 원인 중 한 가지는 채삼(採蔘), 사냥, 벌목, 습상(拾橡) 등을 위해 범월을 하는 경우가 대부분이었는데, 이는 평안도, 함경도 백성들이 생계를 유지하기 위한 수단이 되었다는 점에 있었다. 그리고 또 한 가지 원인은 조선인들의 청에 대한 반감을 들 수

있다. 당시 조선인들은 청(후금)을 오랑캐로 멸시하고 있었는데, 두 차
례에 걸친 호란을 겪고 청과 군신관계를 맺기에까지 이르자 민족적
자존심에 큰 상처를 입었다. 따라서 한때 조선 지배층들은 청의 강압
에 의해 조선 백성들에게 형벌을 가하는 것에 대해 거부감을 가지고
있었던 것이다. 이렇게 범월인과 범월 관련자들이 형벌을 받는 것을
동정하거나 이들의 형량을 경감해야 한다는 주장이 제기되기도 하였
는데, 이는 조선 지배층의 대청 인식과도 밀접한 연관을 가지고 있었
다. 따라서 본 장에서는 범월인 처벌 과정을 살펴봄으로써 조선 지배
층의 대청 인식의 변화 양상에 대해 살펴보도록 하겠다.

1. 병자호란 이전 조선인 범월에 대한 조선 정부의 입장

앞에서 언급했듯이 건주위의 누르하치의 세가 강화되어가면서 범월
문제는 외교적 문제로 대두되었고, 정묘호란 이후 후금의 한(汗)은 조
선인의 범월에 대해 여러 차례 국서로서 항의하거나 재발 방지를 요
구하였다. 청의 요구가 있을 경우 조선 정부에서는 범월인을 처벌하기
도 하였다.[18]

그런데 조선 정부는 인조 13년(1635) 9월에 범월 규제가 어려움을
호소하는 다음과 같은 내용의 국서를 후금에 보냈다.[19] 이 국서의 내
용을 살펴보면 우선 조선의 범월인들이 후금의 영토에 깊이 들어가
삼을 캐고 청의 군인이 이들을 체포하려 하자 항거한 일로 사신이 온
다고 하는 점에 대해 황송함을 이기지 못하겠다며 유감을 표시하였다.

18) 『仁祖實錄』 卷25, 仁祖 9年 閏11月 24日(癸亥).
19) 『淸太宗實錄』 卷25, 天聰 9年 9月 10日(丁巳).

다음으로 조선 정부의 범월 규제가 어려운 이유를 들었는데, 그 내용은 다음 네 가지로 정리된다.

첫째, 상인들이 민적(民籍)에 등재되지 않고 동서를 마음대로 다니는데 이익이 있는 곳만 좇고 이익이 없는 곳은 피하여 가지 않아 관가(官家)의 명령이 이들에게 미치지 않은지 오래되었다는 것이다. 둘째, 이전에는 후금의 사람들과 왕래하면서 무역하였는데, 지금은 후금에서 이를 규제하면서 백성들이 생계수단을 잃어 범월을 선택한다는 것이다. 셋째, 범월인으로 후금에서 잡혀온 자는 국경에서 참하였고, 조선 변방의 관원에 의해 발각된 자도 있으나 이들은 이익만을 생각하고 죽음을 두려워하지 않는다는 것이다. 넷째, 변방의 관원들이 범월 사실을 숨겨주기도 하여 이들을 잡아들여 다스리기도 하였으나 폐단이 근절되지 않는다는 것이다. 이렇게 범월 규제가 어렵다는 사실을 언급한 후 마지막으로 범월 사건이 자주 일어나는데도 후금 측에서 형제국간의 우호를 깊이 생각하여 부지런하고 정성스러움을 보이니 기쁘고 다행스럽다고 하였다.

영토 수호와 지국 산물 보호의 의지를 가지고 범월을 엄금하는 정책을 견지하고 있는 후금에 오히려 범월이 일어날 수 밖에 없다는 사실을 이해시키려 했던 것이다. 그런데 이에 대해 후금은 강경하게 대응하였다. 다음 달인 인조 13년(1935) 10월 조선인 범월이 횡행하는 것에 대해 후금의 한(汗)은 후금이 약하고 조선이 강하다고 생각해서 이렇게 능멸하느냐는 분노가 섞인 내용의 국서를 보냈다. 그리고 조선에 대한 다른 불만사항을 함께 언급하면서 교언식사(巧言飾辭)가 좋은 방책이 아니라고 하며 조선 정부의 실질적인 조치를 촉구하였다.[20] 이에 조선 정부에서는 위원(渭原) 백성들의 범월에 대한 책임을

20) 『淸太宗實錄』卷25, 天聰 9年 10月 25日(壬寅).

물어 위원군수, 추구비(楸仇非)첨사, 벽단(碧團)만호 세 사람을 죽이도
록 하였다. 또한 이 해 12월에는 범월을 적발하지 못하거나 범월로
인해 얻은 삼리(蔘利)를 나누어 가진 지방관에 대해 죄가 가벼운 자
는 중히 책하여 유배보내었으며, 무거운 자는 참형에 처할 것이라는
내용과 봄과 가을 삼을 채취하는 시기에 주요 진(鎭)과 지름길에서
잠복하여 정탐하게 하여 범월인을 색출하겠다는 내용의 국서를 후금
에 보내었다.[21]

　이 시기 범월과 관련하여 조선과 후금 사이에 오간 국서의 내용을
살펴보면 후금이 조선을 압박하는 형국이기는 하지만 범월인 처벌에
있어서 조선의 자주권을 인정하고 있었다. 조선에서는 후금의 항의나
요구가 있을 때에는 후금과의 외교 분쟁을 막기 위해 범월인이나 범
월 발생 지역 관원을 처벌하기도 하였고, 범월을 막기 위한 대책을
강구하기도 하였다. 그러나 후금의 요구를 수용하기만 한 것은 아니었
고, 범월을 규제하기 어려운 조선 정부의 입장을 완곡하게 전달하기도
하였다. 이 시기 조선 정부는 조선인 범월에 대한 후금의 항의를 수
용하기도 하고 조선의 입장을 설명하기도 하면서 정묘호란으로 맺어
진 후금과의 평화적인 관계를 파기하지 않으려 하였다. 범월을 둘러싼
양국의 관계는 인조 14년(1636) 병자호란이 일어나 청과 조선 사이에
군신관계가 맺어짐으로써 달라지게 되었다. 조선인 범월에 대한 청의
태도와 조선의 대처가 모두 이전과는 다른 양상으로 전개되게 되었던
것이다.

---

21) 『仁祖實錄』 卷31, 仁祖 13年 11月 20日(丙寅) ; 『淸太宗實錄』 卷25, 天聰 9年 12
　　月 10日(丙戌).

2. 병자호란 직후 범월인 처벌을 통해 본 대청 인식

이 절에서는 병자호란 이후 조선 자체적인 범월 규제 규정이 제정되기 시작하는 현종 11년 이전까지의 범월인 처벌 실태를 통해 당시 조선 정부의 입장과 조선 지배층들의 대청 인식을 살펴보도록 하겠다.

이 시기 범월 처리 형태를 살펴보면 청에서 범월인과 범월 관련자들의 처벌을 요구하는 자문(咨文)을 보내면 조선 정부에서 이들의 형량을 결정한 후 청에 자문 또는 주문(奏文)을 보내어 범월의 전말과 조선에서 의율(擬律)한 범월 죄인의 형량을 알리고, 청 정부에서는 이를 바탕으로 다시 이들의 형량을 의논하여 청 황제에게 보고하면 청 황제가 형량을 최종 결정하는 형태로 이루어지는 사례가 많았다.[22] 또한 청의 자문을 받고 조선 정부에서 범월인과 범월 관련자들의 형량을 결정하여 청에 자문을 보내어 알리는 것으로 마무리되는 사례도 있었다.[23] 이 시기 조선 정부는 청에서 무리한 요구를 하더라도 받아들일 수 밖에 없는 입장이었던 데다가 범월인에 대한 처벌이 청의 요구에 의해 이루어지는 경우가 많았다. 이런 상황에서 조선 정부에서 결정한 형량을 청에 알려야 했기 때문에 조선 정부에서는 청 정부에서 납득할만한 수준으로 형량을 결정하였다. 범월인과 범월 관련자들의 처벌에 조선 정부의 입장이 포함될 여지는 매우 적었던 것이다. 특히 청 사신이 파견되어 논죄 과정을 감독한 경우에는 더욱 그러하였다. 일반적으로 수범(首犯)은 참형, 종범(從犯)은 사형을 면제하여 차율(次律)을 적용시켰으며, 범월 발생 지역 관원은 혁직정배(革職定

---

22) 『同文彙考』 卷49, 犯越1, 壬辰 ; 『同文彙考』 卷49, 犯越1, 癸巳 ; 『同文彙考』 卷49, 犯越1, 甲午 ; 『同文彙考』 卷50, 犯越2, 辛丑2 ; 『同文彙考』 卷50, 犯越2, 壬寅.

23) 『同文彙考』 卷49, 犯越1, 丙戌 ; 『同文彙考』 卷49, 犯越1, 戊子 ; 『同文彙考』 卷50, 犯越2, 辛丑1 ; 『同文彙考』 卷50, 犯越2, 丙午.

配), 혁직도배(革職徒配), 혁직(革職), 파직(罷職) 등으로 형량을 결정
하였다. 다만 최종적으로 청 황제가 이들의 형량을 결정할 때 조선에
서 의율한 형량이나 청 정부에서 의논한 형량에 비해 감형해 주기도
하였다. 이는 때로 황제의 아량을 보임으로써 조선 정부를 회유하려는
의도를 가지고 있었던 것으로 생각된다.[24]

　병자호란 이후부터 현종대 중반까지 범월인 처벌과 관련하여 외교
문서상에 나타나는 청과 조선 사이의 교섭 관계는 이렇게 정리될 수
있다. 그런데 실록에는 조선 정부에서 범월 죄인들의 형량을 결정하여
청에 보내는 자문이나 주문을 작성하기까지 과정에서의 조선 지배층
들의 고민이나 대청 인식이 나타나 있기도 하다. 조선 정부에서는 범
월인과 범월 관련자들의 형량을 의율하여 청 정부에 자문을 보낼 때
실제로 사형에 처해지는 사람을 최소화하기 위해 수범과 종범의 죄명
과 형량을 차별화하여 기재하려는 노력을 하기도 하였다.[25] 또한 청
사신이 범월인 논죄에 참여한 경우에 논죄 과정에서 조선의 왕과 관
료들이 보인 태도를 통해서 지배층들의 청에 대한 인식이 나타난다.
그러면 범월인 논죄를 위해 청 사신이 파견되었던 사례를 살펴봄으로
써 당시 지배층들의 대청 인식을 살펴보기로 하겠다. 청 사신이 범월
인과 범월 관련자들을 직접 처벌하거나 이들의 논죄에 참여한 사례들
을 살펴보면 다음과 같다.

---

24) 『同文彙考』 卷49, 犯越1, 壬辰, 「刑部知會犯人減等疎防官寬免咨」；『同文彙考』 卷
　　49, 犯越1, 甲午, 「禮部知會各官寬免咨」；『同文彙考』 卷50, 犯越2, 辛丑2, 「禮部
　　知會各犯減罪咨」.
25) 『顯宗實錄』 卷4, 顯宗 2年 4月 1日(庚辰).

(가) 청 사신이 직접 처벌한 경우

① 인조 19년(1641) : 청 사신인 박씨(博氏) 등이 안주(安州)에서 국경을 넘어가 삼을 캔 사람을 효시(梟示)함[26]

② 인조 23년(1645) : 청 사신이 강계부의 백성이 범월했다는 이유로 강계부사(江界府使) 이준(李濬) 등을 잡아다가 힐문하고 칼을 씌워 구류함[27]

③ 인조 26년(1648) : 청 사신이 회령(會寧)과 종성(鍾城)에 국경을 넘어 사냥한 자가 있다고 하여 회령, 종성의 군관 2인을 죽임((나)-④와 같은 사건임)[28]

(나) 청 사신이 조사와 논죄에 참여한 경우

① 인조 21년(1643) : 청 사신이 조선에 들어오기 전에 소현세자를 통해 조선 정부에 범월을 사주한 것으로 의심되는 강계 부사, 상토(上土) 첨사, 외괴(外怪) 권관, 이동(梨洞) 권관을 평양부에 가두어 놓고 처치(處置)를 기다리라고 전함[29]

② 인조 23년(1645) : 청 사신이 영상, 우상, 6조 판서, 금부당상(禁府堂上) 등 조선의 관료들을 관소(館所)에 오게 하여 훈융(訓戎) 첨사, 미전(美錢)첨사, 창성(昌城)부사, 온성(穩城), 훈융의 토병(土兵) 등을 함께 사문(査問)함[30]

③ 인조 25년(1647) : 청 사신이 3정승, 6조 판서, 형조·금부당상을 오게 하여 청 사신이 청에서 압령해 온 범월인 3인과 보을하(甫乙下)첨사 곽덕립(郭德立)을 대질 심문함[31]

④ 인조 26년(1648) : 청 사신이 영상, 우상, 6조 판서, 형조·금부당

---

26) 『仁祖實錄』卷42, 仁祖 19年 11月 26日(戊戌).
27) 『仁祖實錄』卷46, 仁祖 23年 2月 10日(癸亥).
28) 『仁祖實錄』卷49, 仁祖 26年 3月 6日(辛丑).
29) 『仁祖實錄』卷44, 仁祖 21年 9月 21日(壬子).
30) 『仁祖實錄』卷46, 仁祖 23年 3月 1日(甲申).
31) 『備邊司謄錄』11책, 인조 25年 2月 29日 ; 3月 4日.

상 등과 함께 회령과 종성의 범월인, 군관 2인, 회령부사, 종성부
사를 사문함((가)-③과 같은 사건임)32)

⑤ 효종 4년(1653) : 청 사신이 청에서 압령해 온 범월인을 조선의
3정승, 도승지와 함께 관소에서 사문하고, 조선 정부에 나머지 범
월하여 삼을 캔 자와 이를 금하지 못한 수령, 변장(邊將)을 안주
(安州)에 대기시키도록 요청함33)

⑥ 효종 6년(1655) : 청 사신이 효종에게 경원(慶源)부사 권대덕(權
大德), 장관(將官) 채윤립(蔡允立), 토병 김충일(金忠一)등 90인을
함께 조사할 것을 요청하여 함께 사문한 후 청 사신 주도로 형량
을 정함34)

⑦ 현종 3년(1662) : 현종이 청 사신과 의주 백성들의 범월로 인해
현종과 영상, 좌상, 금부당상, 형조판서 등아 청 사신과 함께 의주
부윤 이시술(李時術)을 사문함35)

이 사례들을 살펴보면, 인조대에는 청 사신이 범월인이나 범월 관
련자들을 직접 처벌한 사례가 있었음을 알 수 있다. 실제로는 청 사
신이 직접 이들을 처벌한 것이 아니고 조선 정부에 형 집행을 강요하
여 처벌하게 하였을 가능성도 있지만 실록에 형을 가한 주체가 청 사
신으로 기재되어 있다는 것은 그만큼 이 시기 범월 사건 처리에 있어
서 청 사신의 위압이 대단하였음을 알려주는 것이라 하겠다. 이를 통
해 볼 때 병자호란 이후 인조대에는 범월에 대하여 청에서 매우 강력
한 대응을 하였음을 알 수 있다. 효종대에는 청 사신이 범월인을 직
접 처벌하는 형태가 사라지는 등 인조대보다는 청 사신의 위압적인

---

32) 『備邊司謄錄』 12책, 인조 26年 3月 5日 ;『同文彙考』 卷49, 犯越1, 戊子, 「査審各
   犯處決咨」 ;『仁祖實錄』 卷49, 仁祖 26年 3月 6日(辛丑).
33) 『備邊司謄錄』 15책, 孝宗 3年 12月 18日 ;『孝宗實錄』 卷10, 孝宗 4年 正月 1日
   (戊辰).
34) 『孝宗實錄』 卷15, 孝宗 6年 9月 2日(癸未).
35) 『顯宗實錄』 卷5, 顯宗 3年 5月 16日(戊子).

태도가 완화되었지만 효종대 역시 청 사신은 매우 강압적인 태도를 취하였으며, 청 사신이 주도적으로 조사를 진행하였다. 이렇게 청에서 범월에 대해 강경 대응을 하는 상황에서 범월 사건이 발생한다는 것은 조선과 청의 관계를 악화시킬 수 있는 일이었을 뿐 아니라 청의 강압에 대응해야 하는 조선 정부에도 큰 부담이 되는 일이었다. 그런데 당시 왕과 관료들은 범월인이 형벌을 받는 것에 대해 동정하는 모습을 보이기도 하였다. 인조 21년 비변사에서 계한 내용을 살펴보면 범월이 범월인 자신에게 형벌을 받게 하는 일이라는 점과 국가에 문제를 만드는 일이라며 걱정한 내용이 있다.[36) 범월이 국가에 부담을 지우는 일이라는 점 외에도 범월에 연루된 백성들이 형벌을 받는 것을 함께 걱정하고 있었던 것이다. 그리고 조선의 왕과 관료들은 범월 때문에 백성들이 형벌을 받는 것을 걱정하는데서만 그치는 것이 아니라 이들의 목숨을 구하기 위해서 노력하기도 하였다.[37)

그런데 왕이 청 사신에게 범월로 인해 사형에 처해지게 된 자들을 살려달라고 부탁하기도 하였다는 사실이 주목된다.[38) 왕이 이들을 살려달라고 부탁하는 것은 왕의 대외적 위신에도 관계되는 일이고, 청과의 관계에 있어서 조선 정부에 부담을 줄 수 있는 일이었다. 그럼에도 불구하고 이들을 살려달라고 부탁했던 것은 단순히 이들에 대한 동정심 때문만은 아니었던 것으로 파악된다. 그렇다면 그 원인을 효종 6년 경원부(慶源府) 토병(土兵)의 범월 사건에 대한 논죄 과정을 살펴봄으로써 파악해보도록 하겠다.[39)

36) 『仁祖實錄』 卷44, 仁祖 21年 9月 21日(壬子).
37) 『仁祖實錄』 卷46, 仁祖 23年 3月 1日(甲申).
38) 『仁祖實錄』 卷49, 仁祖 26年 3月 6日(辛丑) ; 『孝宗實錄』 卷15, 孝宗 6年 9月 2日(癸未).
39) 『孝宗實錄』 卷15, 孝宗 6年 9月 2日(癸未).

　이 사건은 경원부사 권대덕이 장관(將官)의 청사를 개조하려 하여 장관 채윤립으로 하여금 토병 김충일 등 90인을 거느리고 재목(材木)을 베어오도록 한 데서 발단이 되었다. 이 명령을 받은 채윤립 등이 토병들에게 몰래 국경을 넘어가 재목을 벌채하고 삼을 캐도록 하였고, 토병들은 국경을 넘어가 후춘(厚春) 부락에서 청나라 사람 두 사람을 살해하였다. 이 사건의 조사를 위해 조선에 온 청 사신들은 효종과 함께 조사하기를 청하여 효종 및 조선의 관료들과 함께 권대덕, 채윤립과 90인의 토병들을 추문하였는데, 이 과정에서 고문을 이기지 못하여 무복(誣服)한 김충일 등 세 사람이 청나라 사람 살인죄를 뒤집어쓰게 되었다. 사문 후 청 사신은 살인을 자복한 세 사람은 사형에 처하도록 하고, 채윤립은 지휘한 죄가 있다고 하여 사형에 처하도록 하였다. 이에 대해 효종은 청 사신에게 여러 차례 이들을 살려달라고 말하였으나 거절당하였다.

　효종이 청 사신에게 이들을 살려달라고 부탁한 이유를 실록에서는 충일 등과 채윤립이 죄가 없는데 죽게 된 것을 매우 불쌍히 여겼기 때문이라고 하였다. 그런데 이 사건을 살펴보면 채윤립은 범월을 지휘하였고, 김충일 등의 토병들은 직접 범월을 하였다. 이들이 범월을 하였다는 사실만으로도 조선 전기와 같이 모반조를 적용시킨다면 참형에 해당하고, 당시에 일반적으로 범월인에게 적용되던 형량을 적용시킨다 하더라도 수범(首犯)은 참형에 처해져야 하였다. 더구나 이들 중에 누군가는 청나라 사람을 살인하기까지 하였기 때문에 단순 범월에 비해 외교적인 문제가 커질 수 있는 상황이었다. 그런데도 효종은 채윤립, 김충일 등이 청나라 사람을 살인했다는 죄명을 억울하게 뒤집어썼다는 사실 때문에 이들이 억울하게 죽는다고 생각하여 청 사신에게 여러 번 이들을 살려줄 것을 부탁하였던 것이다. 이렇게 볼 때 왕이 이들이 억울하게 죽는다고 생각했던 것은 청의 강압에 의해 죽는다고 생각했기 때문으로 보인다. 어쩔 수 없이 청의 강압적인 조치에 순응해야 하지만 마음 속으로는 이를 부당하다고 생각하며 굴복하고 싶어 하지 않았던 것이다. 오랑캐라 무시하던 청에 패배하여 청과 군신(君臣)의 관계를 맺었던 병자호란의 치욕을 생생하게 기억하고 있던 당시에는 청의 강압에서 벗어나야 한다는 인식이 팽배해 있었다. 이러한 상황에서 이 시기의 왕은 철저한 법 집행, 왕의 대외적 위신 확립보다 청의 강압적인 조치에 의해 죽음을 당하는 백성들의 보호자로서의 역할을 우선시해야 했던 것이다.

왕이 이러한 역할을 담당해야했던 것은 당시 지배층의 대청 인식에 기인한다. 이는 현종대 의주부윤(義州府尹) 이시술(李時術)의 논죄 사건을 통해서 파악할 수 있다. 현종 3년 의주부윤 이시술이 백성들에게 압록강에 있는 섬에서 벌목할 수 있도록 한 물금체(勿禁帖)를 발급하였는데, 백성들이 청의 영토에 해당하는 섬에서까지 벌목을 한 것이 문제가 되어 청 사신이 파견되어 이시술에 대한 조사를 행한 적이 있있다. 이때 현종은 이시술의 형벌을 경감하고자 하여 이 조사에 참여하였다.[40] 조사를 끝내고 이 범월 사건의 전말과 범월인과 이시술에 대한 형량을 적은 주문 내용에 대하여 청 사신과 협의하는 과정에 수찬(修撰) 민유중(閔維重)은 현종에게 다음과 같은 밀소(密疏)를 올렸다.

> 이시술이 죄도 없이 죽게 된 것은 상하 모두가 가슴 아파하고 불쌍하게 여기는 일입니다. 성상께서 지성으로 애처롭게 여기신 마음은 사람들을 감동시키기에 충분했고, 제신(諸臣)들이 여러 번 논설(論說)하였

---

40) 『顯宗改修實錄』 卷7, 顯宗 3年 4月 27日(庚午).

으니 저들이 들어줄만한 일입니다. 그런데 작은 일들이 의외로 생겨 저
들이 갖가지로 공갈을 하니 저들의 기세와 압력에 눌려 마음대로 할
수 없는 형편입니다. 그러나 교외(郊外)에 친림(親臨)하시어 사신을 보
내실 때 이 일을 언급하여 은근하고 간절하게 부탁하신다면 자기 나라
에 돌아가 보고할 때 반드시 우리에게 보탬이 되는 바가 있을 것입니
다.[41]

이 밀소를 올린 민유중은 이시술이 청의 강압 때문에 죽게 되었다
고 생각했고, 왕의 대외적 위신보다 이시술을 살리는 것을 우선시하는
태도를 보였다. 이러한 관료들의 태도는 병자호란 이후 다른 범월 처
리 과정에서도 나타나며, 이시술 논죄 과정에서 민유중 외의 다른 관
료들의 태도에서도 나타난다. 이시술 논죄 과정에서 나타난 이러한 관
료들의 태도는 『현종실록』을 편찬한 숙종대에 와서 공경(公卿) 이하
가 지나치게 애석해하여 군상(君上)이 친림하여 능욕을 당하는 것을
생각하지 못하고 오직 이시술을 구제하는 것만을 일대 능사(能事)로
삼았다는 비판을 받기도 하였다.

청에 굴복하기 싫어하였던 당시 지배층의 인식은 청의 강압에 부당
하게 죽음을 당하는 사람을 살려야 한다는 생각으로 발전하였고, 왕은
이러한 조선 지배층의 인식을 대변하여 청 사신에게 범월 죄인들의
사형을 면하게 해달라는 부탁을 하기에까지 이른 것이다. 이는 당시
조선의 지배층들이 청을 외교의 대상으로서보다는 조선에 부당한 강
압을 가하는 가해자로서 인식하고 있었음을 알려주는 것이라 하겠다.

---

41) 『顯宗實錄』 卷5, 顯宗 3年 5月 25日(丁酉).

3. 범월인 처벌 규정의 제정과 대청 인식의 변화

현종대 후반에는 청의 요청이 없더라도 조선 정부 자체적으로 범월인을 처벌하기 시작하였다.[42] 그리고 현종 11년에는 '금령을 범하여 국경을 넘어가 삼을 채취하는 자는 수범인지 종범인지를 논하지 말고 재범(再犯)한 경우에는 효시한다.'는 처벌 규정을 마련하였다.[43] 또한 현종 13년에는 '서북변 범월인으로 따라간 자들은 지금부터 본영(本營)에 잡아들여 엄형(嚴刑)을 3차례 가하고, 재범한 자는 엄형을 5차례 가한 후 본진(本鎭)에 두고, 3범한 자는 효시하는 것을 규식으로 정한다.'라고 하였다.[44] 이는 종범이라도 상습범인 경우에는 극형으로 처벌한다는 것을 공식화한 규정들이다. 이 시기 청의 요구와 압력에 의해 범월인을 처벌하였던 종래의 관행에서 벗어나 조선 자체적으로 처벌하고 조선 자체적인 처벌 규정을 마련하였다는 것은 범월이 발생하여 외교문제화 하는 것을 사전에 막고자 하였기 때문이었다.

그런데 위의 처벌 규정을 살펴보면 범월 당사자에 대한 처벌을 규정한 것이었다. 그렇다면 현종대 후반 조선 정부에서 범월인과 범월 관련자들을 어떻게 처벌하였는지 살펴보도록 하겠다. 이 시기 청의 요구가 없었는데 조선 정부 자체적으로 행한 범월인 처벌의 실태를 살펴보면 다음 <표 1>과 같다.

<표 1>을 살펴보면 대체적으로 수범은 참형에 처하고, 종범은 감등하여 처벌하였음을 알 수 있다. 그러나 범월 발생 지역 관원에 대

---

42) 『顯宗實錄』 卷17, 顯宗 10年 12月 12日(辛未) ; 『顯宗實錄』 卷18, 顯宗 11年 9月 8日(壬戌) ; 『顯宗實錄』 卷18, 顯宗 11年 9月 25日(己卯) ; 『顯宗實錄』 卷20, 顯宗 13年 正月 12日(己未).

43) 『受敎輯錄』 卷5, 刑典, 禁制.

44) 『顯宗實錄』 卷20, 顯宗 13年 正月 25日(壬申).

<표 1> 현종대 후반 조선 정부의 범월 죄인 처벌 실태

논죄 연월	범월인	범월인의 형량	범월 발생 지역 관원의 형량
현종 10년 12월	회천 백성 3인	엄형 정배(嚴刑定配)	
현종 11년 9월	이귀생(李貴生)	* 범월인 : 참형(斬刑) * 범월을 모의한 첨사 　: 삭직(削職)	
현종 11년 9월	하득명(河得明) 등 약 26명	* 수범 6인 : 참형 * 종범 20여인 : 정배(定配)	* 첨사 : 파직
현종 13년 정월	미상	* 수범 : 참형 * 종범 : 3차 엄형	

한 처벌은 제대로 이루어지지 않았다. 특히 현종 11년 이귀생 범월 사건 때는 이 지역 첨사인 박필성(朴弼星)이 이귀생에게 화약을 준비해 주고 서로 이익을 나누기로 약속하기까지 하였는데도 불구하고 박필성이 끝까지 이 사실을 자복하지 않자 이귀생만을 참하고, 박필성은 삭직하는데 그쳤다. 실제로 이 당시 범월에는 범월 발생 지역 관원의 사주가 있었거나 이들과 공모한 경우가 많았다. 이러한 상황에서 범월 당사자들만 처벌하는 것은 범월 예방의 근본적인 대책이 되지 못하였다.

그런데 숙종 11년(1685)에 함경도와 평안도의 여러 고을 사람들이 대규모로 범월을 한 사건이 발생하였다. 이를 계기로 당시 정부에서는 삼무역 규제, 범월 예방 대책, 범월인 및 범월 관련자들에 대한 처벌을 규정한 '남북삼상연변범월금단사목(南北蔘商沿邊犯越禁斷事目)'을 마련하였다.[45] 이 사목에서는 범월의 주요 원인이 되었던 삼무역

---

45) 『備邊司謄錄』, 肅宗 12年 正月 6日. '남북삼상연변범월금단사목'의 내용 중 형률에 해당하는 것은 『수교집록』에 수록되었고, 약간 보완되어 『속대전』에도 수록되었다(『受敎輯錄』 卷5, 刑典, 禁制 ; 『大典會通』 卷5, 刑典, 禁制).

을 규제하고, 범월이 일어나지 않게 평소에 점검을 철저히 하도록 하였다는 점에서 조선 정부의 범월 예방 의지가 확고해졌음을 알 수 있다. 이는 사목 내용에 나타난 범월인과 범월 관련자에 대한 다음의 처벌 규정을 통해서도 확인할 수 있다.

(가) 범월인 처벌

서북 연변에서 저 나라 변경으로 국경을 넘어가는 죄를 범하면 채삼 때문인지, 사냥 때문인지, 다른 일 때문인지, 수창(首倡)인지 수종(隨從)인지, 일을 일으켰는지의 여부를 논하지 말고 모두 국경에서 효시한다.

(나) 범월 사건 발생 지역 관원에 대한 처벌

범월인을 변방 수령이나 변장(邊將)이 스스로 적발하지 못하였는데 범월인이 병사(兵使)에게 잡히면 변방 수령이나 변장을 나문(拿問)한 후 극변(極邊)에 충군(充軍)하며, 만약 정상을 알았으면 범인과 일체로 처단하며, 병사가 적발하지 못하고 감사에게 잡히면 변방 수령, 변장과 함께 모두 종중 논죄(從重論罪)하며, 감사가 적발하지 못하고 다른 일로 인해 발각되면 또한 병사와 일체로 논죄하되, 만약 범월인이 저 나라에서 일을 일으켜 청 사신의 사문(査問)으로 국가에 욕을 끼치면 변방 수령, 변장이 비록 정상을 알지 못했다 하더라도 각별히 무겁게 처벌하며, 병사, 감사 역시 등급을 더하여 죄를 정한다.

(다) 범월을 도와주거나 교사하거나 고하지 않은 사람에 대한 처벌

범월인을 정상을 알고도 도와준 자나 교사하고 지시한 자도 범인과 일체로 처단한다. 알고도 고하지 않은 자는 한량(閑良)이나 공사천(公私賤)이면 변방 잔읍(殘邑)의 노비로 정속(定屬)시키고, 출신(出身) 및 직명(職名)이 있는 사람이면 본인에 한하여 서북 연변의 진보(鎮堡)에 충군한다.

이 내용을 살펴보면, 범월인, 범월 발생 지역 관원, 범월을 교사하거나 도와준 사람에 대한 처벌이 매우 강화되었으며, 심지어는 범월에 관여하지 않았더라도 범월한다는 사실을 알고 있었으면서 고하지 않은 사람에게까지 매우 무거운 형량을 부과하도록 하였음을 알 수 있다. 이는 오히려 이전에 청의 강압에 의해 처벌했던 때보다도 훨씬 무겁게 처벌하도록 한 것이었다. 그리고 범월 발생 지역 관원, 범월을 교사하거나 도와준 자, 범월한 사실을 알았으면서도 고하지 않은 자의 처벌을 무겁게 책정했다는 것은 조선 정부의 범월 예방 의지가 매우 확고해졌음을 의미하는 것이라 할 수 있다. 물론 범월 예방을 위한 조선 정부의 강력한 조치는 청과의 외교 분쟁의 빌미를 사전에 차단하고자 하는 의도에서 비롯된 것이었다.

이렇게 '남북삼상연변범월금단사목'을 마련하여 범월인과 범월 관련자들에 대한 형량을 무겁게 정하게 된 직접적인 계기는 앞에서 언급했던대로 숙종 11년(1685) 함경도, 평안도 백성들의 범월 사건이다. 그러나 이전에도 조선인들이 수십 명씩 범월하여 문제가 되었던 적이 여러 번 있었는데 이때에 이르러서야 이러한 규정이 마련된 것은 관료층들의 인식 변화에 기인한 바 크다. 범월 사건이 일어나자 사간원에서 범월의 원인이 되는 삼무역을 철저한 수색과 무거운 형벌을 통해 규제하도록 계하고, 동부승지 박태손(朴泰遜)이 범월인과 공모한 변장이나 범월 발생 지역 관원에 대한 처벌을 강화하자는 내용의 소를 올리는 등 형벌을 무겁게 함으로써 범월을 예방하도록 하자는 의견이 제시되었고, 이것이 사목 내용에 반영되었던 것이다.[46] 현종대 초반까지 범월로 인해 형벌을 받은 사람들을 동정하던 모습과는 대조적이라 할 수 있다. 이후에도 범월이 변방 백성들의 생계를 위한 것

---

46) 『肅宗實錄』 卷16, 肅宗 11年 12月 13日(癸亥).

이라는 점이 고려되어 사목의 내용대로 강력하게 처벌하지 않는 경우
가 많았으나 이러한 내용의 사목이 제정되었다는 것만으로도 조선 지
배층들이 청에 대한 무조건적인 반감에서 벗어나 청을 외교의 대상으
로 인정하게 되었다는 것을 의미하는 것이라 할 수 있다.

IV. 맺음말

본고에서는 범월인과 범월 관련자들에 대한 처벌 추이를 살펴봄으
로써 조선 지배층의 대청 인식 변화를 살펴보았다.

조선 전기에 조선 영토를 벗어나 여진에 가거나 그 곳에서 사는 행
위는 『대명률』의 모반조를 적용하여 강력하게 처벌하였는데, 이는 조
선의 국력 손실 방지와 국가 안보를 위한 것이었다. 그러나 후금이
건국된 후 후금의 한(汗)은 자국의 영토와 산물을 보호하기 위해 여
러 차례 조선 정부에 조선인의 범월을 규제해 줄 것을 요구하였고,
이러한 후금의 입장은 후금이 국호를 청으로 바꾸고 중원을 차지한
후에도 지속적으로 견지되었다. 이러한 상황 속에서 범월인에 대한 처
벌은 외교 분쟁의 예방을 위하여 이루어지게 되었다. 따라서 범월 처
벌 양상은 조선과 청(후금)의 관계 변화에 많은 영향을 받았다. 조선
정부의 범월인 처벌에 대한 입장도 이에 따라 변화하였으며, 이를 통
하여 조선 지배층의 대청 인식의 변화를 파악할 수 있다.

병자호란 이전 건주위의 누르하치의 세가 강화되어가면서 처음 범
월 문제가 외교적 문제로 대두되었고, 정묘호란 이후 후금의 한(汗)은
조선인 범월에 대해 여러 차례 국서를 보내어 항의하거나 재발 방지
를 요구하였다. 조선 정부는 외교 분쟁을 막기 위해 범월인이나 범월

발생 지역 관원을 처벌하기도 하였고, 범월을 막기 위한 대책을 강구하기도 하였다. 그러나 후금의 요구를 수용하기만 한 것은 아니었고, 범월을 규제하기 어려운 조선 정부의 입장을 완곡하게 전달하기도 하였다. 그런데 인조 14년(1636) 병자호란이 일어나 청과 조선 사이에 군신관계가 맺어짐으로써 조선인 범월에 대한 청의 태도와 조선의 대처 양상이 변화하게 되었다.

병자호란 이후 인조대에서 조선 자체적인 범월 규제가 제정되기 시작하는 현종 11년 이전까지의 상황을 살펴보면, 청 정부는 조선에 범월인이나 범월 관련자들의 처벌을 요구하던데서 더 나아가 이들의 처벌에 적극적으로 개입하였다. 시간이 갈수록 그 정도가 완화되기는 하였지만 이 시기 범월인에 대한 조사와 논죄를 위해 파견되었던 청 사신들은 강압적인 태도로 이들을 조사하고 논죄하였다. 그런데 이 시기 조선의 지배층들은 범월로 인해 백성들이 형벌을 받는 것을 동정하는 모습을 보였다. 특히 조선의 왕이 청 사신에게 범월로 인해 사형에 처해지게 된 자들을 살려달라고 부탁하기도 하였다는 사실이 주목된다. 당시 조선의 지배층들은 범월인들이 청의 강압 때문에 죽는다고 생각했고 청의 강압에 반감을 가지고 있었다. 이에 따라 이 시기의 왕은 자신의 대외적 위신을 지키려 하기보다 청의 강압적인 조치에 의해 죽음을 당하는 백성들의 보호자로서의 역할을 수행해야 했다. 당시 조선의 지배층들이 청을 외교의 대상으로서보다는 조선에 부당한 강압을 가하는 가해자로서 인식하고 있었기 때문에 이러한 현상이 나타났던 것이다.

현종대 후반에 이르면 청의 요청이 없더라도 조선 정부 자체적으로 범월인을 처벌하기 시작하였으며, 조선 자체적인 처벌 규정을 마련하였다. 그리고 숙종 11년에는 삼무역 규제, 범월 예방 대책, 범월 관련

자들에 대한 처벌을 규정한 '남북삼상연변범월금단사목'을 마련하였
다. 이 사목에서는 범월의 주요 원인이 되었던 삼무역을 규제하고, 범
월이 일어나지 않게 평소에 점검을 철저히 하도록 하였다. 또한 범월
인, 범월 발생 지역 관원, 범월을 교사하거나 도와준 사람에 대한 처
벌이 매우 강화되었으며, 범월한다는 사실을 알고 있었으면서 고하지
않은 사람에게까지 무거운 형량을 부과하도록 하였다. 이는 오히려 청
의 강압에 의해 범월 죄인을 처벌했던 때보다도 훨씬 무겁게 처벌하
도록 한 것이었다. 이를 통해서 조선 정부의 범월 예방 의지가 확고
해졌음을 파악할 수 있다. 범월 예방을 위한 이러한 조선 정부의 강
력한 조치는 청과의 외교 분쟁의 빌미를 사전에 차단하고자 하는 의도
에서 비롯된 것이었다. 이는 현종대 초반까지도 범월로 인해 형벌을 받
은 사람들을 동정하였던 모습과 대비되는 것으로 조선 지배층들이 청
에 대한 무조건적인 반감에서 벗어나 청을 외교의 대상으로 인정하게
되었다는 것을 의미하는 것이라 하겠다. 즉, 청과의 정치적 관계가 정
착되어 가던 당시의 상황이 반영되어 나타난 현상이라고 할 수 있다.

17세기말 조선 무관 이지항(李志恒)의
하이(蝦夷)지역 체험

남미혜[*]

Ⅰ. 머리말

조선시대에 통신사나 사행사로 파견되지 않는 한 개인이 외국에 나가 외국문물을 체험할 수 있는 기회는 극히 드물었다. 쇄국을 표방하고 있던 조선시대에 표류와 같은 해상 사고로 인한 경우를 제외하고 일반인이 이국문화나 이국인을 접할 수 있는 기회는 일생동안 거의 없었다고 할 수 있다.

본고에서 살펴볼 이지항의 『표주록』은 17세기 말 일본 북해도 지방에 표류했다 대마도를 거쳐 송환되어온 무관의 표류기이다. 현재 조선시대 연행사나 통신사로서 외국에 다녀온 사대부들의 견문록이나 표류기는 다수 남아 있지만 현직 무관출신의 표류기는 이지항의 『표주록』이 유일하다. 연행사나 통신사의 경우에는 외국을 방문하는 목적이 비교적 뚜렷하고 또 사행의 공식 일정이 미리 잡혀 있어 사행을 가는 당사자들은 미리 무엇을 볼 것인지 또 어떤 준비가 필요한지를

* 이화여대 사학과 강사.

생각할 것이며 아울러 마음의 준비도 단단히 해둘 것이다. 그러나 표류는 뜻하지 않은 해상사고이기 때문에 표류된 당사자는 당황하게 되고 또 생사를 가늠할 수 없는 불안감 속에 사로잡힐 것이다. 그렇기 때문에 공식적인 외교사절로서 임무를 띠고 갔던 연행사나 통신사들이 남긴 중국과 일본에 대한 인식과, 표류되었다가 송환되어 돌아온 표류인의 기록은 상당히 다른 차이점을 보일 것이다.[1] 게다가 저자가 문관이 아니고 현직 무관인 경우에는 더욱 그럴 가능성이 크다.

본고는 이러한 점에 주목하여 현재 남아있는 유일한 무관의 표류기인 이지항의 『표주록』을 검토해보고자 한다. 『표주록』은 민족문화추진회에서 『해행총재』의 한 편으로 번역되어 소개된 지[2] 오래되었지만 현재까지 연구는 활발하지 않다. 기존의 연구성과를 살펴보면 『해행총재』에 수록된 『표주록』과 국립중앙도서관과 동경대 도서관에 소장되어 있는 이지항 『표해록』의 차이점을 비교 분석한 연구와[3] 『표주록』을 통해 표류에서 송환까지의 여정과 이지항의 일본에 대한 인식을 다룬 연구가 있다.[4] 이러한 연구를 통해 이지항의 일본인식이 우호적

---

1) 사행원의 기록이나 표류기를 통해 대일인식을 살펴 본 연구성과로 다음의 글이 참조된다. 김문식, 「조선후기 통신사행원의 대일인식」, 『대동문화연구』41, 2002 ; 하우봉, 「통신사행과 근세 한일관계」, 『전북사학』25, 2002 ; 임형택, 「계미 통신사와 실학자들의 일본관」, 『창작과비평』85, 1994 ; 민덕기·손승철·하우봉·이훈·정성일, 「한일간 표류민에 관한 연구」, 『한일관계사연구』12, 2000 ; 이훈, 『조선후기 표류민과 한일관계』, 국학자료원, 2000 ; 백옥경, 「역관 김지남의 일본 체험과 일본 인식-『동사일록』을 중심으로-」, 『한국문화연구』10, 2006 ; 남미혜, 「『표주록』을 통해 본 李志恒(1647-?)의 일본 인식」, 『이화사학연구』33, 2006.

2) 문선규, 「표주록 해제」, 『국역해행총재』Ⅲ, 민족문화추진회, 1975.

3) 池內敏, 「李志恒『漂舟錄』について」, 『鳥取大學教養部紀要』28, 1994. 현전하는 국립중앙도서관 소장본 이지항 표해록(국립 古2511-62-1)은 안정복의 필사본으로 생각된다. 이 책은 원래 안정복이 지은 木川縣志와 함께 철해져 있었으나 목천지를 떼어내 조선사편수회에서 보관한 것으로 알려지고 있다.

4) 池內敏, 『近世日本と 朝鮮漂流民』, 第5章 17世紀 蝦夷地に漂着した朝鮮人, 임천서점, 1998.

이었으며 일본의 각 지역(藩)마다 다른 인식을 보인다는 점이 밝혀졌다. 한편 17세기 후반-18세기 초반의 조선 사회양상을 다루는 측면에서『표주록』을 분석한 연구가 있다. 이 연구에서는 당시 조선 표류민에 대한 일본인들의 대우가 매우 정중하고 융성했으며 이 시기 경상도 상인들의 활동범위가 매우 넓었고 무관들도 문인적인 교양을 상당히 갖추고 있었음이 증명되있다.[5]

　『표주록』에 대한 선학의 연구성과로 이지항의 표류경위와 송환과정 등이 비교적 상세히 밝혀졌으나 이지항의 이국(異國)에 대한 인식문제는 거의 다루어지지 않았다. 특히 처음 표착했던 하이(蝦夷) 지역과 그곳에 거주하고 있던 아이누(Ainu)에 대한 인식에 대해서는 거의 주목되지 않았다. 의도된 방문이 아니라 표류에 의해 어쩔 수 없이 가게 된 지역이었지만, 이지항 일행은 일본의 북쪽지역을 최초로 방문한 조선인이었다. 이지항의 하이(蝦夷)지역 체험은 이후 조선의 학자들에게 하이(蝦夷)지역과 그 곳 주민의 존재에 대해 주목하게 하는 계기로 작용하였을 것으로 생각된다. 본고에서는『표주록』을 중심으로 이지항의 하이인과 그 문화에 대한 인식을 살펴보기로 하겠다.[6]

---

5) 金甲周,「17C後半~18C前半의 社會樣相의 一端-北海道 朝鮮漂人 關係 記錄을 中心으로-」,『國史館論叢』72, 1996. 이외에도 표주록을 소개한 연구로는 다음의 논문이 참조된다. 崔來沃,「漂海錄研究」,『比較民俗學』10, 1993 ; 趙洙翼,「한 武人의 北海道 漂流 - 李志恒의 ≪漂舟錄≫」,『여행과 체험의 문학』, 민족문화문고간행회, 1985 ; 민덕기·손승철·하우봉·이훈·정성일,「한일간 표류민에 관한 연구」,『한일관계사연구』12, 2000.

6) 표주록을 통해 본 이지항의 일본 인식은 남미혜, 앞 글, 2006 참조.

Ⅱ. 이지항과 표주록

표주록은 17세기말 조선시대 무관 이지항(李志恒)의 일본지역 표류
기이다.[7] 조선시대 표류기는 여러 종 있지만[8] 표주록은 현전하는 유
일한 현직 무관의 표류기라는 특징을 가지고 있다. 저자 이지항은 정
해(1647년)생이며 29세인 숙종 1년(1675년) 을묘 증광시 병과에서 37
위로 합격하였다. 본관은 영천(永川), 자(字)는 무경(茂卿)으로 동래에
거주하고 있었으며 무과 합격 전력은 공생(貢生)이었다. 부(父)는 이
응립(李應立)으로 관직은 기관(記官)이었으며, 제(弟)로 이치항(李致
恒)이 있었다.[9]

이지항은 숙종 1년(1675) 시재(試才)에서 조총을 관(貫) 2중, 변(邊)
1중을 쏘아 특별히 은전을 받아 전시에 직부되었다. 그 후 숙종 3년
(1677년)에 수문장으로 천거되었으나 병으로 취재에 응하지 못하고 수
어청의 군관을 역임하였다. 그러다 수어청의 정식 장관으로 임명되어
자급이 6품에 이르렀다.[10] 이렇듯 그는 무관 출신으로서 이국(異國)
문물을 체험할 기회가 별로 없는 인물이었다. 조선시대에는 청과 일본
에 정기적인 사행을 파견하여 관리의 경우 외국문물을 체험할 기회가
전혀 없었던 것은 아니었지만 이지항과 같은 무관의 경우 이국문물을

7) 민족문화추진회에서 번역된 표주록 해제에는 이지항이 표류된 해는 1756년이고
   1757년에 조선으로 송환되어 왔다고 보았다. 한국정신문화연구회에서 간행된 민
   족문화대백과 사전에도 1756-57년으로 설명되어 있는데 정정될 필요가 있다. 연도
   에 대해 의문을 제기하고 바로잡은 사람은 최래옥교수이다. 최교수는 숙종22년
   (1696년)으로 보았다. 최래옥, 「표해록 연구」, 『비교민속학』10, 1993 참조.
8) 대표적인 표류기로 崔溥(1454-1504)의 漂海錄을 들 수 있다. 현전하는 표류기에
   대해서는 민덕기 외 4인, 앞 글, 2000 이 참조된다.
9) 『武科榜目』, 乙卯增廣別試榜目.
10) 이지항, 『표주록』, 『국역해행총재』Ⅲ, 민족문화추진회, 1975. 이하는 모두 이 책
   을 참조하였다.

접할 기회는 거의 없었다고 볼 수 있다. 또 그의 관직이 바다와는 별로 관계가 없어서 배를 탈 기회도 많지 않았던 것으로 보인다. 이런 환경에 있던 이지항이 어떻게 바다에 배를 타고 나가 표류하게 되어 일본의 최북단 북해도지방까지 가게 되었을까.

표주록에 의하면 이지항은 숙종 22년(1696년) 봄에 영해(寧海) 지방에 볼일이 있어 부산포 사람 김백선(金白善)·공철(孔哲)과 같이 배를 타고 나가게 되었다 한다. 이지항과 같이 출항한 김백선·공철은 당시 어물 흥판을 하던 상인으로 강원도 연해 각 고을을 다니며 상행위를 하고 있었던 것으로 보인다. 이들이 어물매득을 위해 출항하던 차에 영해지방에 사무(私務)가 있던 이지항이 이들과 함께 쌀 3말과 돈 2냥을 가지고 배를 같이 타게 되었던 것이다.[11] 출항당시 승선한 인원은 총 8명으로 이들의 신분 및 거주지는 아래 <표 1>[12]과 같다.

<표 1> 이지항 일행의 신분과 거주지

이름 ＼ 기타	신분	거주지	나이	기타
이지항(李志恒)	출신(出身)	동래	50	李枝行으로도 표기[13]
김백선(金白善)	첨지(僉知)	부산포	71	일어 가능
공 철(孔哲)	비장(裨將)	부산포	33	孔仲哲로도 표기됨
김여방(金汝芳)	비장(裨將)	동래	35	金汝方으로 표기됨
김자복(金自福)	사공(沙工)	울산 성황당리	61	
김귀동(金貴同)	격군(格軍)	울산 성황당리	41	
김북실(金北實)	격군(格軍)	울산 성황당리	40	金同北으로도 표기됨
김한남(金漢男)	격군(格軍)	울산 성황당리	27	

---

11) 이지항, 『표주록』, 서.

12) 池內敏, 앞 글, 1994, pp.94~95를 참조로 작성.

13) 『변례집요』에는 한자이름이 다르게 표기되어 있다. 『변례집요』권3, 漂人, 정축 (1697).

이지항과 김여방은 동래에 거주하였고 김백선·공철은 부산포 사람이었다. 이 외 김자복 등 3인은 모두 울산 성황당리에 거주하고 있었다. 이들은 숙종 22년(1696년) 4월 13일에 울산에서 출항했다가[14] 표류되어 일본 대마도를 거쳐 숙종 23년(1697년) 3월 5일에 부산포로 송환되었다. 표주록은 송환되어 온 뒤 이지항이 부산첨사에게 공술한 보고서의 성격을 갖는 일기체의 글이다. 표주록의 서두에 '이선달의 이름은 지항이며, 자는 무경이다' 라고 표기하고 본격적인 표류의 내용을 기록한 4월 13일부터는 '나는', '우리는' 이라는 일인칭 주어를 쓰고 있기 때문이다.[15]

표주록의 내용이 월일별로 비교적 자세히 기록되어 있고 하이(蝦夷)지역의 정보나 일본인들과의 대화의 내용이 자세히 기록되어 있는 것으로 보아 이지항은 위급한 상황 속에서도 매일 매일 일어났던 일을 메모해 두었던 것으로 생각된다. 그가 울산에서 출발한 날짜가 1696년 4월 13일이고, 대마도에서 조선으로 송환되어 온 날짜가 1697년 3월 5일로 약 1년 동안의 일을 메모없이 기억만으로 기록하는 것은 쉽지 않기 때문이다.

따라서 그는 평소에도 서책과 붓을 가까이 하며 기록을 하거나 시를 즐겨 짓기도 했던 것으로 보인다. 이는 그가 표류당시 『서한연의평(西漢演議評)』, 『의학정전(醫學正傳)』, 『제약초방(諸藥抄方)』, 『서관막유록(西關幕遊錄)』, 시집(詩集), 조선력(朝鮮曆) 등 많은 서책과 벼루를 소지하고 있었던 점과,[16] 북해도 송전번의 일본인들이 시를 청

---

14) 표주록을 통해서는 이지항 일행의 출발장소를 정확히 알 수 없다. 그런데 일본 측 사료를 보면 이들이 울산에서 출발했던 것으로 확인된다. 池內敏, 앞 글, 1994, p.95, 주10)참조.

15) 최래옥, 「표해록 연구」, 『비교민속학』10, 1993, p.242.

16) 이지항 일행이 소지한 물건은 표주록에는 기록되어 있지 않고 당시 북해도 관원

하자 꺼리는 기색없이 칠언소시(七言小詩)를 지어준[17] 것으로도 짐작할 수 있다. 무관은 일반적으로 붓과 먹을 가까이하지 않았을 것이라는 우리의 통념이 잘못되었음을 이지항이라는 무관을 통해 확인할 수 있다.

이처럼 이지항은 무인이었지만 문인적 기질을 많이 겸비하고 있었던 인물이었다. 그는 점(占)을 쳐서 주역의 괘를 풀 줄 알고 있어[18] 평소 그가 다양한 종류의 책을 많이 읽었던 것을 짐작할 수 있다. 이지항이 소지했던 책 가운데 의약서적과 점복서(占卜書)가 많은 것으로 보아 평소 의약과 점복에도 상당한 관심을 가지고 있었던 것으로 보인다. 그의 박식함은 증류수를 만드는 방법을 알고 있었던 것으로도 확인된다. 바다에 표류하는 동안 식수가 떨어지자 임기응변으로 바닷물을 솥에 담아 솥뚜껑을 거꾸로 닫아 소주 내리듯이 하여 증류수를 받아먹었다. 이지항은 또한 전에 일본 지도를 본적이 있으며, 통신사행에 따라갔던 사람의 말을 들은 적이 있다고 하여 그가 일본에 대한 기본적인 정보를 소지하고 있었음을 짐작할 수 있다. 이처럼 이지항은 학식이 풍부하고 문인적 기질을 겸비했기 때문에 자신의 표류체험을 담은 표주록을 남기게 된 것이라 생각된다.

이지항 일행이 일본 북쪽 지역에 표류되었다 대마도를 경유하여 부산으로 송환되어 오는 여정을 살펴보면 다음과 같다.

<blockquote>울산 ⇒[레분시리(礼文島) ⇒ 리시리(利尻島)[19)]] ⇒소유아(宗谷) ⇒우보</blockquote>

이 보고한 문서에 보인다. 『新撰北海道史』, 제5권 사료1, 福山秘府 朝鮮漂人部上 卷之三十, 북해도청, 1936, p.272.

17) 『표주록』, 7월 1일.

18) 이지항, 『표주록』, 8일째, 9일째 기록.

19) 두 섬은 북해도 서해연안의 섬으로 이곳의 지명은 표주록에는 보이지 않고 복산비부 사료편에서 확인된다. 『신찬북해도사』, 제5권 사료1, 복산비부 참조.

여(羽保呂)⇒강차(江差)⇒송전번(松前藩)⇒진경(津輕)⇒선대(仙臺)⇒강호(江戶)⇒대판성(大坂城)⇒병고보(兵庫堡)⇒하관(下關)⇒적간관(赤間關)⇒지도(芝島)⇒승본도(勝本島)⇒일기도(壹岐島)⇒팔도(八島)⇒단포(壇浦)⇒대마도(對馬島)⇒부산포

위 여정처럼 동해에서 표류하여 일본의 최북단 북해도 연안의 여러 섬을 거쳐 북해도·일본 본주·그리고 대마도를 경유하여 부산으로 송환되었던 것이다. 표주록과 북해도사의 사료를 토대로 이지항 일행의 표류 및 송환경로를 그려보면 <그림 1>과 같다.

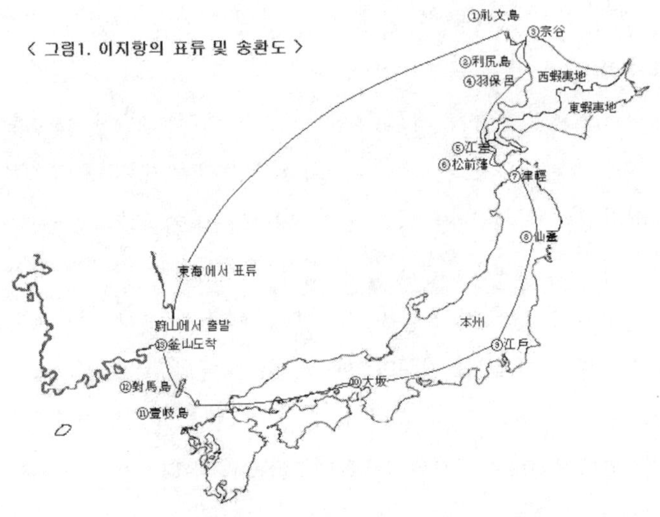

번호 ①의 지역이 이지항이 처음 표착했던 북해도 서해 연안의 섬이고, 이후 이지항 일행은 ②③지역으로 이동하였다. ③지역 근처에서 송전번에서 파견되어 금을 채굴 중이던 송전번인을 만나 ④⑤번 지역을 거쳐 ⑥번 송전번으로 호송되었다. 송전번에서 상당기간 머무르다가 ⑦⑧지역을 거쳐 강호로 이송되고 이후 ⑩⑫지역을 경유하여 부산

포로 송환되었던 것이다.

Ⅲ. 하이인(Ainu)과의 만남과 교류

이지항 일행이 보름이상 동해 바다에서 표류하다가 처음 표착한 곳은 북해도 서해 연안의 섬이었다. 북해도는 일본의 4개 주요 섬 가운데 제일 북쪽에 있는 섬으로 서쪽으로 동해, 북쪽으로 오호츠크 해, 동쪽과 남쪽으로는 태평양에 접해 있다. 몇몇 작은 섬과 함께 행정상 도(道)를 이루며, 일본 육지 면적의 21%를 차지하고 있다. 북해도의 특색은 한랭한 기후와 새로 형성된 산과 화산들이다. 오랫동안 토착민족인 아이누(Ainu)족의 터전이었으며 일본인들이 본격적으로 정착하기 시작한 것은 에조치(蝦夷地)라고 불렸던 이 지역을 1869년 홋카이도라고 부르면서부터였다.[20] 일본이 북해도로 진출하기 전까지 이 지역의 주인은 원주민인 아이누인들이었다. 그들은 수렵과 어로, 채집을 생업으로 하면서 막번 체제의 억압을 받으면서도 자신들의 언어와 문화의 독자성을 유지해왔다. 그러나 메이지 유신이후 일본 근대국가의 진출이 시작되면서 자신들의 의지와는 상관없이 일방적으로 일본 국민으로 편입되어 동화되었다.[21]

이지항 일행은 울산을 출발한지 15일째 되던 날부터 표류되어 방향을 알 수 없는 곳으로 계속 흘러갔다. 5월 12일에 비로소 흰 눈에 덮인 산이 보이는 섬에 이르게 되었는데 그곳은 일본 북해도 북단 서해

---

20) 브리태니커 백과사전.
21) 테사모리스 스즈키 저, 임성모 역, 『변경에서 바라본 근대』, 산처럼, 2006, pp.67-82 참조.

안 지역의 섬인 레분시리(礼文島)였다.[22] 레분시리를 거쳐 인근 섬인 리시리(利尻島)에 표착했다가 다시 북해도 최북단 지방인 소유아(宗谷)에 표착하여 며칠을 머물렀다. 그러던 중 금을 채굴중인 송전번인을 만나 송전번으로 호송된 것이다.

당시 조선에는 북해도 지역에 대한 정보가 거의 없었던 것으로 보인다. 단지 왜란 당시 일본에 포로로 끌려갔다가 돌아와 쓴 강항(姜沆)의 간양록(看羊錄)에서 하이지역에 대한 기록을 찾아볼 수 있는데, 강항은

> 육오(陸奧)의 땅이 하이(蝦蛦)와 이어졌는데, 한없이 넓어 왜국을 다 쳐도 이 한 주의 길이와 넓이만 못하다. 그 도로가 통행된 곳이 54군이나 되는데, 산융(山戎)들이 스스로 부락을 이루어 호령하고 통제하는 사람이 없으며, 지방이 또 54군보다 넓다. 사람들은 장대하고 몸에 털이 있는데, 왜인들이 하이(蝦蹄)라 칭한다. 오주(奧州)의 평화천(平和泉)에서 이해(夷海)까지가 겨우 30리다. 왜인 가운데 혹자는 말하기를, "하이란 데는 곧 우리나라 야인(野人)의 땅인데, 그 땅에서 문어(文魚)와 초피(貂皮) 등의 물건이 많이 난다고 들었다." 하니, 혹시 그럴는지도 모른다.[23]

라고 에조치에 대해 기록해 놓고 있다. 그러나 이는 그가 직접 이 지역을 방문한 것이 아니고 또 일본인들의 말을 전해들은 것이라 그 내용에 대해 확신을 갖고 있지 못하였다. 따라서 16세기 조선에서는 일본 북쪽지방에 대한 정보는 거의 없었다고 볼 수 있다.

한편 조선후기에 북해도 관련 기사는 『승정원일기』에서 처음 보인

---

22) 표주록에는 지명이 나와 있지 않은 것으로 보아 이지항 일행은 자신들의 표착지가 어디인지 알지 못했다. 그러나 일본측 사료 조선표인부에는 礼文島(レフンシリ)로 기록되어 있어 이들이 현재 일본 북해도 서해연안의 섬인 레분시리에 표착했음을 알 수 있다. 복산비부, p.262.

23) 『간양록』, 적중 문견록, 『국역해행총재』 II, 민족문화추진회, 1974.

다. 인조 18년(1640) 6월에 "일본의 진경(津輕) 소속 송전군(松前郡)에서 주야로 컴컴하고 3일 동안 해일이 일어나 인가 천여호가 바다에 휩쓸리고, 5일 후에 해가 환하게 난 뒤 보니 부사산(富士山)과 같은 큰 산이 바다에서 돌출하였다."는 경상감사의 장계가 그것이다. 그 돌출된 산에는 초목이 하나도 없고 온 산이 화염에 뒤덮여 근처에 가기 힘들며 재와 먼지가 70여리까지 날라 갔다고 한다.[24] 이는 북해도의 화산형성에 관한 정보로 일회성의 보고에 그치고 말았다. 당시 조선에서는 일본 본주(本州)에 관한 지식은 통신사의 보고를 통해 접할 수 있었지만, 통신사는 대부분 강호에서 일을 끝마치고 돌아오기 때문에 북부지역에 대한 정보는 거의 얻지 못하였다. 따라서 17세기 조선의 북해도 지역에 대한 정보는 극히 제한되어 있었거나 거의 없었다고 할 수 있다.

이지항 일행은 리시리(利尻島) 부근의 제모곡(諸毛谷)이란 곳에 표착하였는데 그곳에 대한 첫인상을 다음과 같이 묘사하고 있다.

> 아침에 육지를 바라보니, 산이 중천에 솟아 있는데, 중턱 이상에는 눈이 가득 덮여 있고 그 아래로는 초목이 울창하게 우거져 있었다. 사람 사는 집은 없고, 다만 산기슭 밑에 임시로 지어 놓은 초가 20여 채가 보일 뿐이었다. 가서 그 집들을 보니, 집 안에는 무수한 물고기들이 매달려 있었는데 그 고기는 대부분 대구·청어였고, 이름을 알 수 없는 기타 잡어는 건포를 만들려고 많이 매달아 놓았다. 우리 일행은 그것을 가져다가 삶아 먹고 목이 말라 물을 잔뜩 마셔서 배를 북처럼 해가지고는 곤히 누워 일어날 줄을 몰랐다. 그대로 그곳에 배를 정박시키고, 배에서 내려 풀거적을 덮고서 자는 둥 마는 둥 밤을 지냈다.[25]

---

24) 『승정원일기』 4책, 인조 18년 12월 30일(병자).
25) 『표주록』, 5월 12일.

이지항 일행이 처음 도착한 곳은 아이누인들의 어로작업을 위한 임시숙소나 창고였던 것으로 생각된다. 그들은 아이누들이 창고에 보관해 두었던 물고기를 오랜만에 배가 부르게 실컷 먹고 그곳에서 하루를 지냈다. 이들이 인가(人家)를 보고 아이누를 만난 것은 바로 그 다음날이었다. 다음날 아침 해안으로 올라 연기나는 곳을 찾아 인가를 발견하였다. 아이누 가옥에 대한 첫인상은 조선의 소금 고는 마을과 비슷한 것이었는데 이들은 그곳이 어부인 왜인의 움막일 것이라고 생각을 하였다. 이지항 일행은 이곳에서 처음 아이누인들과 마주치게 되었는데 그들에 대해 다음과 같이 묘사하고 있었다.

> 미처 배를 정박시키지 못하고 있을 때, 대여섯 사람이 선창(船艙)으로 나왔다. 그들의 모습을 보니, 모두 누런 색깔의 옷을 입었고, 더부룩한 긴 머리칼에 긴 수염에다 얼굴은 검었다. 우리들은 모두 놀라, 배를 멈추고는 나아가지 않았다. 나는 일행으로 하여금 불러오라는 시늉을 하였다. 그러나 묵묵히 서로 바라다보기만 하였으니, 그들도 이제까지 본 적이 없는 사람들이어서 이처럼 묵묵히 있는 것이 아닐까? 그들의 모양을 자세히 살펴보니 실로 왜인들은 아니고, 끝내 어떤 무리인지 알 수가 없었다.[26]

아이누인에 대한 사전정보가 전혀 없었고, 조선인과 다른 외모를 가진 사람을 접할 기회가 없었기 때문에 이지항 일행은 무척 당황하여 어찌 행동할 바를 몰랐던 것이다. 이지항 일행에게 아이누들의 외모는 무척 낯선 것이었다. 긴 머리칼과 수염, 검은 얼굴을 가진 사람을 이지항 일행은 처음 보았기 때문에 이들이 끝내 무엇들인지 알 수 없다고 표현한 것이다. 이들이 하이(蝦夷)라고 불린다는 사실은 후에

---

26) 上同.

일본인들을 통해 듣게 되었다. 낯선 이방인의 방문에 대해 아이누들도 역시 무척 당황하였던 듯 하다. 이들은 서로 언어가 통하지 않았기 때문에 아무런 행동을 취하지 못하고 묵묵히 바라보기만 하였다. 아이누인을 처음 마주쳤을때 이지항 일행은 그들에게 살해당하지나 않을까 하는 공포심에 떨었다. 그러나 그들이 소지한 무기 및 연장이 대단치 않고, 어떤 위협적인 행동을 하지 않아 불안감에서 일단 벗어났던 것으로 보인다.

이지항 일행은 제모곡·점모곡·지곡을 거쳐 소유아(宗谷)로 이동하였는데 그곳들도 역시 아이누인들의 거주지였다. 아래 <표 2>는 이지항이 묘사한 아이누인의 모습을 정리한 것이다.

<표 2> 아이누인의 모습

아이누인의 외모와 성품	
외모	검은 얼굴, 머리털은 한 치(寸) 남짓. 수염은 길어 한 자(尺) 혹은 한 발이나 됨. 몸에는 검은 털. 눈자위는 모두 흼. 수염이 길어 수염주머니를 만들어 그곳에 담음. 남녀를 구별하기가 어려워 수염으로 남녀를 분간.
성품	비교적 온순한 것으로 판단.

이처럼 이지항은 아이누인들의 외모에 대해 자세히 묘사해 놓고 있었다. 이지항이 묘사한 아이누인의 외모적 특징은 검은 얼굴·더부룩한 머리털·긴 수염으로 정리될 수 있다. 낯선 피부색과 정리되지 않은 외모를 한 아이누인들과의 첫 만남은 이지항 일행에게 매우 충격적이었다. 이들에 대한 정보가 전혀 없었고 조선인이나 일본인의 외모와 아주 달라 겁을 먹기도 했지만 며칠간 아이누들을 접했기 때문에 그들에 대한 두려움은 떨쳐 버릴 수 있었던 것으로 보인다. 이지항은 북해도 최북단 지역인 소유아(宗谷)란 곳에서 며칠을 묵으면서 인근 지형

에 대해 살피기도 하며 아이누인들과의 교역을 시도하였다.

소유아(宗谷)에 머물면서 이지항 일행은 비로소 수제비와 비슷한 음식을 얻어먹을 수 있었다. 이지항은 아이누인들이 죽과 같은 음식을 끓이고 있는 것을 보고 이를 얻어먹기를 청했다. 죽을 얻어먹었을 뿐 아니라 재료의 원뿌리를 얻어 보고 당분간의 끼니를 해결하기 위해 교환을 시도하였다. 아이누인에게 그릇을 주고 얻은 뿌리는 형체가 어린애의 주먹같이 생겼고 무와 비슷하며 잎은 파랗고 파초잎과 비슷하고 별다른 냄새는 없지만 조선에서는 볼 수 없는 풀이었다. 이지항은 아이누인들에게 그 뿌리의 이름을 물어보고 자신들이 가지고 있는 그릇을 주고 바꾸었으며 동시에 그 뿌리가 자생하고 있는 장소를 알아내었다. 죽의 재료가 되었던 뿌리의 이름은 '요로화나(堯老和那)'였고, 이 단어가 이지항이 처음으로 기억했던 아이누인의 언어였다.

소유아에 며칠 머무는 동안에 이지항은 이곳저곳을 다니며 구경을 하였다. 그리고 아이누인들과 여러차례 교역을 하였다. 담비 가죽옷을 입고 있는 아이누인이 자신의 옷과 이지항의 옷을 바꾸고 싶어 하자 옷을 교환하였다. 당시 아이누들의 주된 의복은 털옷이나 가죽옷이 많았다. 이지항이 옷을 바꾸는 것을 보고 이지항 일행의 직물 옷과 자신들이 털옷을 교환하기를 원하는 아이누인들이 많아지게 되면서 본격적인 교역이 이루어졌다. 이지항 일행은 그릇이나 옷, 또는 갓끈에 달려있는 수정알과 아이누인들의 담비옷·가죽과 교환하였다. 아래 표는 이지항 일행이 아이누인들과 교역한 내역을 표주록을 통해 정리한 것이다.

<표 3> 이지항 일행의 교역 내역

주 체 ＼ 품 목	조선 물품	아이누 물품	계
이지항 일행	식기(食器)	요로화나(堯老和那-풀뿌리)	
	식기, 면포홑이불 6벌, 보자기 2장	수달피가죽 3장	
이지항	남빛 명주유의(襦衣)	담비(貂皮)가죽옷 1벌	가죽옷 10벌 기죽 82장
	옷	담비갖옷 9벌	
	갓끈의 수정 구슬	담비가죽 60장	
	허리에 두른 옥	붉은가죽 7장	
	의복	여우가죽 15장	

위의 <표 3>에서 볼 수 있듯이 이지항은 아이누인들과 여러 차례 교역을 시도하였다. 그는 아이누인들이 소유한 가죽이 두껍고 크기가 크고 모양이 조선의 북피(北皮)와 같음을 알고 적극적으로 교환을 시도하였다. 이지항이 아이누들과의 교역을 통해 얻은 가죽류는 표주록을 통해 계산해보면 옷 10벌에 가죽 82장이지만, 실제로 이지항 소유분은 가죽류 40장이었다.[27] 당시 이지항에게 짐승의 가죽은 절실히 필요한 물건이 아니었다. 무사히 조선으로 돌아갈 것이라는 확신이 없음에도 불구하고 이처럼 적극 교역을 시도한 것은 그들과의 교환을 통해 많은 경제적 이익을 남길 수 있다고 생각했기 때문이었을 것이다.

한편 표주록에는 이지항이 송전번 일본인들에게서 받은 선물의 내용만 기록되어 있지만, 이들은 아이누들에게서 모피 이외의 물품도 선물 받았던 것으로 보인다. 아래 <표 4>[28]는 송전번에서 이지항 일행의 소지품을 검사했을 때 확인된 물품들이다.

---

27) 이지항 일행의 소지품은 조선인의 표착사실을 보고한 송전번의 문서에서 확인되는데, 이지항은 크고 작은 貂皮 40매를 소지하고 있었다. 복산비부, p.272.

28) 이 표는 복산비부를 참조하여 작성한 것이다.

<표 4> 이지항 일행의 소지품

소유주	종 류	내 용	기 타
이지항	의복류	*양피옷(羊皮衣) 1	
		*의상(地龍紋茶色) 1	
		*의상(紗綾白紙) 1	
		의상(布蒳黃) 1	
		두건(頭巾) 3	*1개는 가죽
		*답(沓) 1足	
		바지(袴) 1	地カビタン
		부들방석(蒲團) 2	內蒳黃 1
		무명버선(木綿足袋) 1足	
		갓(笠) 1	蓋緒水晶
		*초피(貂皮) 대소 40매	아이누와의 교역품
	서책류	책(書物) 9책	
		西漢演議評 권3	1冊 唐本
		醫學正傳 권3	1冊 和本
		諸藥抄方 1책	寫本
		肘後方 1책	寫本
		藥性歌 1책	寫本
		世應擲錢解 1책	寫本
		西關幕遊錄 1책	寫本詩集
		詩集 1책	寫本無外題
		世應論抄集 1책	
		朝鮮曆 1책	
	기타	벼루상자(硯箱) 1	內書付故紙
		주발 (カナ鉢) 1	
		수저 (サジ) 2本	
		*칼집이 있는 작은 칼 1本	小刀 鞘サヤトモニ

공비장	의복류	옷(布衣) 1	
		바지(布袴) 1	
		무명바지(木綿袴) 1	
		*설피(籠履) 1	
	기타	자석(磁石) 1	
		*작은 칼(戒刀 サスカ) 1	
김첨지 및 나머지 일행		바늘 (ハ針) 1本	
		*작은 칼 (マキリ) 9丁	
		*다시마 채취 도구(カマ) 2丁	
		*テウノフ? 1丁	
		끌 (ノミ) 1丁	
		송곳 (キリ) 1本	
		전복용 도구? (蚫ハナシ) 5丁	
		대못(大釘) 2本	

* 는 하이(蝦夷)지역에서 아이누인들에게서 얻은 물건으로 추정됨.

위 표를 보면 이지항 일행이 울산에서 출발할 당시에 소지했던 물품의 대강을 짐작해 볼 수 있다. 이지항 일행이 울산에서 출발한 날짜는 1696년 4월 13일이었다. 따라서 절기상으로 본다면 비교적 따뜻한 봄날씨였기 때문에 방한용 모피나 가죽제품, 설피 등은 아이누인들에게서 얻은 물건일 것이라는 추측이 가능하다. 표에서 보이는 용문다색(龍紋茶色)이라든지 사릉백지(紗綾白紙), 카피탄(カビタン)이라는 설명이 붙어있는 바지(袴)는 조선 물건이 아니다. 용문다색은 용무늬가 새겨진 다색(茶色)의 비단옷으로 하이금(蝦夷錦)이라고도 불리는데, 이는 아이누인들이 산단(山丹)무역을 통해 청으로부터 수입한 물건이다.[29] 또 카피탄(カビタン)은 에도시대 나가사키에 있는 일본 상관장

---

29) 中村和之, 「蝦夷錦と北方の交易」, 『アイスの歴史と文化』I, 榎森進 編, 創童舍, 2003. p39. 中村和之는 이지항에 의해 하이금이 최초로 조선에 유입되었다고 보았다. 또 이지항이 아이누와 여러차례 물품을 교역한 것으로 보아 이들이 밀무

(商館長)[30]을 지칭하는 말로 카피탄은 네덜란드산 견직물로 만든 바지를 의미하는 것이다. 가죽으로 만든 두건 1개와 모피로 만든 덧신의 일종인 답(沓)도 아이누인에게서 받은 것으로 생각된다. 의복류 이외에도 아이누어로 마끼리(マキリ)라 불리는[31] 작은 칼(小刀)을 여러 개 소지하고 있었다. 그 밖에도 아이누어로 표기되어 현재 정확히 용도를 알 수 없는 연장들을 여러 개 가지고 있었던 것으로 확인된다. 이지항이 아이누인들에게서 받은 물품을 표주록에 기록하지 않은 이유는 명확치 않지만, 많은 물건으로 인한 문책을 우려했던 것은 아니었을까.

그러면 이지항 일행이 아이누인들과의 교역을 통해 얻은 물품의 가치를 환산해 보기로 하자. 이지항은 자신의 헌옷·갓끈의 수정알 등 조선 물품과 담비 40장을 교환하였다.[32] 담비는 보통 방한용 이엄이나 갓옷을 만드는데 쓰이는데, 15세기 말 조선의 담비가격은 값이 비쌀 경우 가죽 1장이 면포 10필을 넘었다.[33] 이지항이 받은 양피옷의 경우는 담비보다 훨씬 고가였는데, 16세기 말 조선의 양피(羊皮) 1장의

역을 하기 위해 배를 탄 것이라고 보고 있다. 이지항이 승선 목적에 대해 표주록에 서술한 것과 송전번에서의 진술이 다른 점, 표류 도중 일본인의 大船을 만난 것에 대해 진술을 하지 않은 점, 그리고 カビタン을 소지한 점으로 미루어 보아 이들이 밀무역을 하기 위해 출항했을 가능성이 높다.

30) 일본은 당시 나가사키에 무역항을 두고 있었다. 카피탄은 이를 통해 들어온 네덜란드산 물품을 말하는 것이다. 표주록에는 기록되어 있지 않지만 이지항 일행은 송전번인들을 만나기 전에 바다에서 일본의 大船을 만나 쌀과 물을 얻어 먹었다. 복산비부, p.267. 이들 일본인을 통해 カビタン을 입수하였을 것으로 생각된다.

31) 아이누어는 일본어와는 다르며, 마끼리는 아이누어로 小刀를 의미한다. 私家版 浦河アイヌ語 辭典 참조. 웹사이트 주소는 http://city.hokoai.or.jp/~ayaedu/udic/udic0.html 이다.

32) 『표주록』, 날짜는 미상, pp.413-414.

33) 『연산군일기』 권46권, 연산군 8년 10월 8일(정미)

값은 면포 70필에 이르렀다.[34] 17세기 말의 모피 가격을 현재 정확히 계산해 내기는 쉽지 않으므로, 15·16세기 가격 그대로 환산을 해보면 담비 40장은 면포 400필에 해당되며 양피 옷은 면포 70필의 가치에 해당되는 셈이다. 하이금으로 불리는 용문다색이나 기타 소소한 물품을 제외하더라도 이지항은 최소 면포 470필의 이상의 가치가 있는 담비가죽과 양피옷을 가시고 온 것이다. 17세기에는 면포 1필이 보통 쌀 6-7두(斗)로 계산되었으므로[35] 면포 470필을 쌀로 환산을 해 본다면 2,820~3,290두라는 어마어마한 숫자가 나온다.

당시 조선에서는 초피 이엄(耳掩)을 많이 사용했기 때문에 담비는 아주 유용한 물건이었다. 따라서 이지항 일행의 아이누인들과의 교역은 생필품의 교환 수준을 넘어서 경제적 이득을 염두에 두고 진행된 것이라 할 수 있다. 그리고 이러한 교역을 통해 조선의 옷·구슬·그릇 등과 같은 물품이 아이누인들에게 소개되고 또 아이누의 모피류가 조선에 유입되는 계기가 만들어졌던 것이다. 민간차원에서 경제적교류가 자연스럽게 이루어지는 장이 형성되었음을 확인할 수 있다.

소유아의 아이누인들과 교역을 몇 치례 하게 되자 아이누인들에 대한 두려움이나 서먹함이 사라지고 그들 사이에는 인간적인 정이 싹텄던 듯하다. 이지항에게 마른 고기를 갖고 찾아오는 아이누들이 많아져 주는 대로 받고 보니 다섯 섬이 넘을 정도의 양이 되었다. 이지항 일행은 아이누인들의 도움을 받아 자신들이 조선으로 돌아갈 수 있을 것이라는 기대를 전혀 하지 않았던 것으로 보인다. 일단 그들과 의사소통이 되지 않았고 아이누들의 생활수준이 낮아 그들에게 어떤 기대

---

34) 『국역학봉전집』1, 권3, 차자, 재앙을 만나 修省하기를 청하는 차자, 민족문화추진회, 1998.
35) 이긍익, 『국역연려실기술』X, 별집 권11, 政敎典故, 공물과 대동미 진상을 붙임, 민족문화추진회, 1978.

를 할 수 없는 상황이었기 때문이었다. 따라서 자력으로 조선으로 돌아가기를 기원하며 계속 항해를 해 나갔던 것이다.

조선으로 귀국을 도모하던 차에 이지항 일행은 계서우(溪西隅)란 지역에서 금 채굴차 파견된 송전번 일본인들을 만나 송전번을 거쳐 강호로 이송되었다가 이후 조선으로 송환된다. 이지항 일행이 북해도 연안에서 만난 일본인들은 바로 우보여(羽保呂)란 지역에서 금을 채굴하고 있던 송전번 관리들이었다. 우보여란 지명은 현재 북해도의 하보로(羽幌) 지방을 말하는 듯하다. 원록 3년(1690년) 당시 서하이 지역이었던 하보로(羽幌) 일대의 바닷가에서 사금(砂金)이 발견되자 송전번에서는 번리(藩吏)와 광부 수십 명을 보내어 채취케 하였다는 기록이[36] 보이기 때문이다. 이지항 일행은 바로 금 채취를 위해 파견되어 있던 송전번인들을 만난 것이다. 이들에 의해 송전번으로 호송되던 중에도 아이누인의 마을에 들러 숙박을 하기도 하였다. 그러나 송환되는 과정에서 송전번 일본인들에 의해 아이누들과의 접촉은 일체 차단되었다. 송전번인들은 포구의 아이누의 집에 함부로 들어가지 못하게 하고 아이누와의 교환을 엄금했으며 아이누 언어를 일체 배우지 못하게 하였다.[37] 따라서 이지항의 아이누에 대한 인식은 그가 처음 하이지역에 표착해 그들과 접촉했던 당시에 형성된 것이라 할 수 있을 것이다. 그러면 당시 이지항은 아이누인들과 그들의 생활 문화에 대해 어떤 인식을 하고 있었을까.

---

36) 『신찬북해도사』, 제2권 통설1, 제11장 砂金の採取 附 其他の鑛業, 북해도청, 1936, pp.128-129.
37) 복산비부, p.262.

Ⅳ. 하이인(Ainu)과 생활문화에 대한 인식

1. 아이누에 대한 인식

송전번의 일본인들은 이지항 일행에게 최초의 표류지와 그 동안의 경위에 대한 물으며 그들이 접한 사람들이 바로 아이누들이었다고 알려주었다. 이지항 일행은 일본인을 만난 뒤에야 그들이 접촉한 사람들이 아이누인이었음을 비로소 알게 되었던 것이다. 송전번인들은 아이누들이 일본에 속해 있으면서도 공물을 바치지 않고, 언어가 같지 않아 일본에서는 아이누어 통사를 별도로 두고 있다는 설명도 하였다. 송전번 일본인들의 아이누에 대한 인식은 아주 부정적인 것이었다. 즉

> 그 무리들의 성질은 본래 억세고 포악하여, 신이나 버선을 신지 않은 채 산·계곡이나 우거진 숲속을 돌아다닐 수가 있으며, 가시덩굴을 밟고 넘어 높은 언덕 위에서 여우나 곰을 달려가 쏘아 잡습니다. 작은 배를 타고서 바다에서 큰 고래를 찔러 잡고, 눈과 추위를 참아 습한 땅 위에서 자도 병에 걸리지 않으니, 실로 금수와 다름이 없는 자들입니다.

금수와 다름없는 자들이라고 서슴없이 말할 정도로 그들에 대한 일본인들의 인식은 좋지 않았다. 또 그들은 아주 억세고 포악하여 그곳에 잘못 표류되었다가는 빠져나오지 못하고 죽는 경우가 많다고 하면서 이지항 일행이 무사히 송전번인들을 만난 것에 대해 안도감을 표시하며 이는 하늘이 도운 것이며 따라서 이지항은 장수할 것이라는 덕담을 하기도 하였다.

이렇듯 송전번의 일본인들은 아이누에 대해 아주 미개하고 포악하고 금수같다는 부정적인 인식을 갖고 있었다. 그러나 표주록에서는 아

이누들에 대한 부정적인 표현이나 거부감, 적대감 같은 표현은 찾아볼
수 없다. 부정적인 인식 대신에 오히려 아이누의 언어에 대해 많은
관심을 보이고 있었다. 즉 '마즈마이(松前의 의미)', '앙그랍에(평안의
뜻)', '빌기의(아름답다는 의미)', '악기(水)', '아비(火)'[38]와 같은 그들의
언어를 기억해 두었다가 송전번의 고산간병위(高山間兵衞)라는 하이
어 통사(通事)에게 그 뜻을 묻고 있었다. 이지항은 단어의 뜻을 알고
나서 하이어가 일본말과 아주 다르다는 평을 하고 있었다. 이로 보아
이지항은 아이누인의 언어나 문화에 대해 호기심을 많이 가지고 있었
던 것으로 보인다.

　아이누인들은 이지항 일행에게 무척 호의적이었다. 이는 이지항이
기억해두었던 아이누인의 언어의 종류를 보더라도 짐작할 수 있다. 일
반적으로 다른 나라의 언어를 모르는 상황에서 그 나라 언어를 기억
하기란 쉽지 않을 것이다. 따라서 이지항이 기억한 아이누어는 그들이
아이누들과 접촉하면서 자주 들어 귀에 익숙해진 단어들이었을 가능
성이 높다. 이지항이 기억한 단어는 '악기(水)', '아비(火)'와 같은 일
상 생활용어와 '앙그랍에(평안)', '빌기의(아름답다)', 그리고 송전지역
을 의미하는 '마즈마이'라는 단어였다. '악기'나 '아비'라는 단어는 취
사과정에서 필수적으로 사용되는 언어로 이지항 일행이 그들에게 음
식을 얻는 과정에서 익숙해진 단어라고 생각된다. '마즈마이'라는 단
어는 이지항 일행이 방향을 물을 때 그들이 주로 대답했던 말이다.
그리고 무사함을 기원하는 의미의 '앙그랍에'라는 말, 칭송의 의미를
담고 있는 '빌기의'라는 말도 자주 들었기에 기억이 가능했을 것으로
생각된다. 이러한 종류의 말은 서로에게 따뜻한 인간적인 정을 느낄

---

38) 아이누어로 물은 ワッカ로 표시되며 불은 アペ로 표시된다. 私家版 浦河アイヌ
　　語辞典 참조.

때 사용될 수 있는 언어들이다.

아이누인들은 이지항 일행에게 방향을 가르쳐 줄때 '마즈마이'라는 단어를 수차례 사용했고, 무사하길 바라는 마음에서 '앙그랍에'라는 단어를 자주 썼을 것이다. 또 '빌기의'란 말은 교역 당시 자주 사용되었을 가능성이 크다. 아이누인들은 이지항 일행의 옷이나 갓끈의 옥구슬, 허리에 두른 옥을 보고 그들의 짐승가죽과 교환을 원했다. 그들의 눈에 이지항 일행의 소지품은 '아름답게 보일 수 있었을 것이다. 따라서 '빌기의'란 말은 이지항이 그들과 여러 차례 교역을 하는 과정에서 익숙해진 단어가 아닌가 생각된다. 몇 마디 안되긴 하지만 표주록에 기록된 이 단어들은 조선에 최초로 소개된 아이누 언어라는 점에서 의미가 있다고 할 수 있다.

이처럼 이지항이 기억했던 아이누 언어에는 적대적이거나 부정적인 의미의 말은 없었다. 이지항이 기억한 언어의 종류를 통해 보더라도 아이누인들은 이지항 일행에게 무척 호의적이었음을 알 수 있다. 이처럼 조선인과 아이누의 첫 만남은 비교적 우호적인 관계 속에서 이루어졌다. 이지항 일행의 하이국 표착과 아이누들괴의 접촉, 그리고 아이누 언어에 대한 소개는 이후 조선후기 학자들에게 하이지역에 대해 주목하는 계기로 작용하였을 것으로 생각된다.

2. 생활문화에 대한 이해

처음보는 외모를 가진 아이누인을 만나 두렵고 무서운 가운데도 이지항은 그들의 복장과 언어, 그리고 행동들을 자세히 관찰하였다. 아이누인은 검은 털가죽의 옷을 거치고 있었으며 일본어와는 아주 다른 말을 하고 있었다. 이지항은 동래에 거주하고 있어 평소에 일본인과 일본어를 자주 접할 수 있었기 때문에 일어를 말하지는 못했지만 일어와 다른 언어를 구별할 수는 있었던 것으로 보인다.

이지항은 아이누들의 주거지인 소유아에서 그곳의 지형과 냇물 등을 유심히 살피며 아이누들의 의식주, 생활방식 등에 대해 세밀히 관찰하였다. 그가 살펴본 아이누인의 생활모습을 정리하면 아래와 같다.

<표 5> 아이누의 생활 모습

종 류	내 용
의복	나무 껍질로 짠 누런 베의 긴 옷. 곰·여우·담비 가죽으로 만든 털옷. 신과 버선을 신지 않음. 귀에는 큰 은귀고리.
음식	어탕에다 물고기의 기름을 섞어 먹음. 말린 물고기. 고래 포(脯). 요로화나(무와 비슷한 풀뿌리) 죽.
주거	염막(鹽幕)과 비슷.
문자	글자로 통하는 풍습이 없음. 행동으로 의사소통.
연장 및 도구	낫·도끼·나무 활·사슴뿔로 만든 화살촉을 단 나무화살. 목피사(木皮絲)로 짠 7-8발(把)의 그물.
저장물품	말린 물고기·익힌 복어·유피의(油皮衣)
기온	5월인데 산 중턱에 눈이 있음.
지형	평원과 광야가 많음. 옥토(沃土)이나 논이 없음.
동식물	면죽(綿竹). 갖가지 풀. 삵괭이·수달·담비·토끼·여우·곰 등.
기타	무덤(墓)이 없음.

위 <표 5>에서 볼 수 있듯이 아이누인들은 나무껍질로 짠 누런 긴 옷과 짐승가죽으로 만든 털옷을 주로 입고 있었다. 신발이나 버선은 신지 않았고 귀에는 큰 은귀고리를 달고 있었다. 아이누들은 예로부터 농경을 하지 않고 수렵과 어업을 주로 하며 생활하고 있었다.

이지항이 묘사한 염막(鹽幕)과 비슷한 형태의 아이누 가옥은 당시 조선의 초가와 비슷한 형태였을 것으로 생각된다. 그리고 가옥 내부에 대해 표주록에서 '은밀한 곳이 없었다'고 표현된 것으로 보아 단순한 내부구조로 되어 있었을 것이다.

이지항은 매우 세심히 하이지역을 관찰하였다. 5월인데도 산 중턱 위의 눈이 녹지 않은 점을 기이하게 여기고 그 자신이 일찍이 들어보지 못한 곳이라 적어 놓고 있으며, 숲이 우거져 길이 없고 또 죽은 사람을 묻은 묘가 전혀 없음을 기록하였다. 그곳의 지형 뿐 아니라 산림과 삵쾡이·수달·담비·토끼·여우·곰 등과 같은 야생동물이 무수히 많음을 확인하였다. 또 하이지역에는 논으로 만들 수 있는 둑이 많은 데도 그곳 사람들이 한 자(尺)도 갈지 않고 있음을 기록하고 있다. 모든 사람은 농사를 지어 먹고 살 것이라는 보편적인 생각을 하고 있었기에 논이 없음을 이상하게 생각하고 기록했던 것으로 보인다. 이처럼 짧은 기간에 그들의 생활모습이나 문화에 대해 비교적 세밀히 관찰을 하고 있었던 것이다.

주지하듯이 인간은 자신이 살고 있는 역사적 환경이나 시대적 구속에서 완전히 자유로울 수 없다. 17세기 조선 무관 이지항의 이국문화에 대한 이해나 인식의 폭은 매우 제한되어 있었을 것이다. 그가 조선에서 들었던 이국은 기껏해야 중국이나 일본 정도였을 것이며, 그것도 농경 문화권에 대한 인식만을 지니고 있었을 것이다. 이지항은 아이누인들에게서 밥을 얻지 못하자 처음에는 그들이 고의로 밥을 주지 않는다고 생각하였다. 밥을 못 먹은 지 여러 날이 되자 "천하의 인간은 다 곡식밥을 먹는다. 이 무리도 사람의 모양을 하고 있으니, 어찌 밥 짓는 풍속이 없겠는가? 이것은 반드시 우리 여러 사람의 밥을 먹이는 비용을 꺼리고, 쌀을 아끼느라 이처럼 밥을 짓지 않는 것이다." 라고 생각하였다. 따라서 직접 집집마다 가서 밥을 짓는가를 확인해 보았다. 그러나 이들이 밥을 짓지 않고, 모두 어탕에다 물고기의 기름을 섞어 먹고 있어서, 그들이 본래 밥을 지어 먹지 않는 자들임을 비로소 알게 되었다. 이러한 사실은 이지항의 이국문화에 대한 이해의 폭을 보여주는 것이라고 하겠다. 즉 모든 인간은 곡식을 먹는다고 생각하고 있어 그가 육류나 어류를 주식으로 하는 민족이나 나라에 대한 정보를 전혀 접해보지 못했음을 확인할 수 있다. 다양한 문화권에 대한 이해의 결여는 비단 이지항에게만 국한되었던 것은 아니었을 것이며 이 시기 대부분 조선인들의 한계였을 것이라고 생각된다.

표주록에 보이는 아이누인들의 문화는 당시 조선 문화와 비교해볼 때 아주 미개한 수준에 있었다고 말할 수 있다. 그러나 이지항은 아이누의 생활상을 미개하다거나 폄하하려는 생각을 하지 않았다. 오히려 그들의 생활 풍속을 세밀히 관찰하여 그대로 기록하는 등 그들의 문화에 대해 관심을 가지고 있었다. 이국문화에 대해 어떤 선입견이나 편견없이 순수한 마음으로 바라보고 받아들이는 17세기말 조선인의 이국인·이국문화에 대한 인식을 이지항의 표주록을 통해서 확인해 볼 수 있는 것이다.

V. 하이지역 인식의 특징과 의미 -맺음말을 대신하여-

표류민의 입장에서 보면 표착지의 주민과 관리 및 송환자는 생명의 은인이기 때문에 표착지에 대한 표류민의 인식은 전반적으로 우호적이라 할 수 있다.[39] 자신이 생존해 본국으로 돌아갈 수 있을지에 대한 막연한 불안함속에서 무사히 본국으로 송환해준 표착지의 사람들에 대해 우호적인 인식을 하는 것은 어쩌면 당연한 일일 것이다. 그리고 만약 자신이 표류한 지역이 전에 들어 본적이 있는 나라이거나

---

39) 민덕기 외 4인, 앞 글, 2000, p.54.

지역이라면 그렇지 못한 지역에 표류한 것 보다는 다소 불안감이 덜
할지도 모르겠다. 이지항의 경우에는 자신이 생전 들어보지도 못한 지
역에 표류하였고, 또 그가 접촉한 아이누인들의 외모나 생활방식도 전
혀 본 적이 없는 낯선 것이었다. 이런 상황에 처해 있었던 이지항의
이국인에 대한 인식은 일반적인 표류민의 인식과 다를 수 있을 것이
다. 그러면 표주록에 보이는 이지항의 아이누에 대한 인식을 몇 가지
로 나누어 정리해 보기로 하겠다.

첫째, 이지항은 아이누인들에 대해 매우 우호적인 감정을 가지고
있었음을 확인할 수 있다. 그는 험악한 외모를 가진 아이누인들을 처
음 만났을 때 두렵고 당황스러웠지만 그들이 음식을 제공하고 또 온
순한 성품을 가지고 있는 것을 확인하자 불안감에서 벗어나 그들을
관찰하며 교역을 시도하였다. 이지항은 여러 차례 아이누들과 교역을
하고, 후에는 그들에 대해 친밀감까지 느끼고 있었다. 그는 아이누와
의 교역을 통해 상당한 값어치에 해당하는 물품을 입수하였다. 자신에
게 많은 재부를 안겨준 아이누에 대한 인식은 자연히 우호적인 것일
수 있었다. 아이누인에 대한 우호적인 감정은 그들의 언어에 대한 관
심으로 이어지기도 하였다. 이처럼 조선인과 아이누인과의 첫 만남은
인간적인 정을 바탕으로 한 우호적인 관계에서 시작하고 있었다고 말
할 수 있다.

둘째, 표주록에서 이지항은 아이누들에 대해 오랑캐(夷)라는 용어를
쓰지 않고 무리(類)라는 말로 그들의 지칭하고 있었다. 아이누인들이
거주하고 있던 지역은 당시 일본에서는 에조치(蝦夷地)라 부르며 오
랑캐땅(夷域)으로 인식하고 있었다. 당시 조선의 지식인들은 대부분
소중화 의식을 가지고 있었으며 사이관(四夷觀)에 입각하여 일본이나
서역을 오랑캐(夷)로 간주하고 있었다. 따라서 일본 북부지역인 북해

도 역시 오랑캐(夷) 땅으로 인식되고 있었던 것이다.[40] 이러한 인식은
조선후기 통신사행원들의 대일인식에도 그대로 적용되었다. 통신사행
원은 일본의 학술문화를 화이관에 입각해보아 조선의 학술은 중화(中
華)의 것인데 일본의 그것은 이적(夷狄)의 것이므로 배울 것이 없다는
입장을 보이고 있었다.[41] 그러나 표주록에서는 이지항이 아이누들의
생활풍속에 대해 비하하는 내용을 전혀 찾아볼 수 없다. 아이누들이
입고 있는 옷이나 그물은 특별한 가공을 거치지 않은 것이었으며 그
들의 생활문화는 원시적인 수준의 것이었다. 소중화주의를 표방하고
있던 조선 무관의 눈에 아이누의 생활문화는 아주 초라하게 보일수
있었다. 그러나 표주록에서는 이지항이 아이누를 미개하다고 하거나
이적시(夷狄視)하는 태도는 찾아볼 수 없다. 무관의 대일관이 당시
지식인들과 어떤 차이점을 보이는지는 앞으로 좀 더 면밀히 검토되
어야 하겠지만, 당시 무관 이지항에게는 이 시기 조선 유학자들 사이
에서 흔히 볼 수 있는 화이관(華夷觀)이 형성되어 있지 않았던 것이
아닐까.

　17세기말 이지항의 하이지역 체험은 여러 면에서 중요한 역사적 의
미를 가진다고 볼 수 있다. 우선 이지항과 아이누의 접촉이 민간 교
류사적 차원에서 매우 중요한 의미를 가진다는 점이다. 이지항은 국가
의 명을 받고 임무를 가지고 하이지역에 간 것이 아니라 해상사고로
인해 표착한 것이었기 때문에 표주록에서는 사행원이나 통신사의 기
록에서 볼 수 있는 어떤 의도성을 찾아볼 수 없다. 또한 하이지역은
이지항이 전에 전혀 들어보지 못한 낯선 지역이었기 때문에 그 지역

---

40) 조선후기 이역인식에 대해서는 다음의 논문이 참조된다. 배우성, 「조선후기 蝦夷
　　인식과 서구식 세계지도의 신뢰도에 관한 연구」, 『조선시대사학보』28, 2004 ; 배
　　우성, 「조선후기 이역인식」, 『조선시대사학보』36, 2006.
41) 김문식, 「조선후기 通信使行員의 對日認識」, 『대동문화연구』41, 2002.

에 대한 편견이나 선입견을 가질 수 없어 표착지민들과 순수한 인간적인 교류를 나눌 수 있었다. 아울러 자연스럽게 경제적인 교역의 장이 형성되기도 하였다. 이지항의 하이지역 체험은 조선시대 민간인의 이국문화에 대한 인식을 살펴볼 수 있다는 점에서 의미가 있다고 하겠다.

둘째, 이지항의 하이지역 표착 경험이 당시 조선의 지식인들에게 많은 영향을 미쳤을 것이라는 점이다. 이 시기 일본 북부지역에 대한 정보를 이지항만큼 상세히 제공할 수 있었던 사람은 없었을 것이다. 당시 조선사회에서 하이지역에 대한 정보는 극히 제한적이거나 거의 얻을 수 없었다. 따라서 이지항의 표착경험이 조선후기 지식인들에게 일본 북부지역에 대한 지식을 제공하고 그 지역에 관심을 가지는 계기로 작용하였을 것이다. 이지항의 표류담은 이후 여러 지식인들 사이에서 회자되었고 관심을 불러 일으켰다. 표주록은 특히 일본에 통신사 행원으로 가는 사람들의 관심을 끌었던 것으로 보인다. 숙종 37년(1711) 통신사의 종사관으로 일본에 갔던 이의현(李宜顯)이 쓴 해외기문(海外記聞)을 보면 이지항이 하이국에 표류되었다가 금광(金壙)을 탐색하는 왜인들에 의해 송환되었다는 사실이 기록되어 있다.[42] 이의현은 '그 땅에는 금은이 많이 산출되는데 금광을 탐색하는 왜인들이 이지항 일행을 백기주를 거쳐 나룻배로 장문주에 보내 주었으므로 돌아왔다고 한다.' 고 이지항의 표류사실을 비교적 정확히 기록하고 있다. 이 시기 통신사행원들이 이지항의 표주록을 접하고 있으며 그의 경험이 일본 북부지역의 정보를 제공해주는 기초자료가 되고 있음을 의미하는 것이다.

조선후기 지식인들은 동북아 국제질서에 대해 관심을 갖게 되면서

---

42) 『동사일기』곤, 해외기문, 『국역해행총재』IX, 민족문화추진회, 1977.

일본이 다시 쳐들어올지 모른다는 위기감에서 서구식 세계지도에 관심을 가지고 하이지역에 주목을 하였다.[43] 안정복은 이가환에게 보내는 편지에서 '병자년(1696)에 동래의 무과출신 이모(李某)가 표류하다가 하이국에 도착했는데, 그 지역이 일본의 동북쪽에 있어 조선의 육진(六鎭) 및 원춘(原春) 등의 지역과 바다를 사이에 두고 있다.'[44]고 하이지역에 대한 정보를 전하고 있다. 그리고 이덕무에 의해 일본국지(日本國志)의 성격을 띤 『청령국지(蜻蛉國志)』가 저술되며, 현재 전하지는 않지만 이서구에 의해 『하이국지(蝦夷國志)』가 저술되었다. 특히 이서구·유득공·박제가·이덕무 등 4인은 일본에 대해 공통적인 관심과 새로운 인식을 가졌던 것으로 보인다.[45] 이서구에 의해 『하이국지』가 저술되는 것으로 보아 특히 실학자들의 하이지역에 대한 관심이 매우 높았음을 확인할 수 있다. 하이지역에 대한 정보가 별로 없는 상황에서 하이지역에 직접 다녀온 이지항의 표류경험은 18~19세기 지식인들에게 매우 중요한 정보를 제공할 수 있었을 것으로 생각된다.

이처럼 이지항의 하이지역 표류는 여러 면에서 중요한 의미를 가지는 것이었다. 그의 표류는 그동안 조선인이 접해보지 못했던 일본 북부 지역에 대한 상세한 정보를 얻을 수 있는 아주 좋은 기회였다. 그러나 당시 조정에서는 이지항을 통해 하이지역에 대한 적극적인 정보 탐색 노력은 하지 않았다. 17세기말 조선사회의 외부세계로의 관심이 매우 소극적이었음을 보여주는 한 예라고 말할 수 있을 것이다.

---

43) 배우성, 앞 글, 2004 참조.
44) 『국역순암집』 제7권, 書, 이가환에게 편지를 보내다, 을유년.
45) 하우봉, 「이덕무의 청령국지에 대하여」, 『전북사학』9, 1985, pp.158-159.

조선 후기 통신사행록을 통해 본 역관의 일본인식

백옥경[*]

Ⅰ. 머리말

조선 후기에는 모두 12차례 일본으로의 통신사행(通信使行)이 있었다. 이 통신사행은 1607년(제1차)부터 1811년(제12차)에 이르기까지 약 200여 년간 조·일(朝日) 양국의 수호를 돈독히 하기 위한 목적으로 유지되어 왔다.

이러한 통신사행은 양국 간의 정치외교 관계를 이해하는데 필수적인 연구과제이다. 동시에 통신사행 수행원들이 기록한 수십 종의 사행록(使行錄)도 주목할 만한 주제이다. 통신사행록은 사행 중에 있었던 일들을 다양하게 기록하면서, 일본의 정치 현황·사회·경제·문화 등을 자세히 담고 있을 뿐만 아니라, 일본 인식의 제 단면을 살펴볼 수 있는 자료이기 때문이다. 현재 통신사행록은 모두 41종이 남아 있다. 그 중의 대부분은 양반 문인 삼사(三使) 위주의 저술로서, 17세기말부터는 서얼(庶孽) 문인(文人)들인 서기(書記)·제술관(製述官) 등과 역관(譯官)에 의한 저술도 등장한다.[1]

본고에서는 그중 역관이 남긴 통신사행록을 고찰하고자 한다. 지금까지 남아 있는 조선 후기 역관 통신사행록은 모두 4종이다. 홍우재(洪禹載)의 『동사록(東槎錄)』, 김지남(金指南)의 『동사일록(東槎日錄)』(이상 제7차), 김현문(金顯門)의 『동사록(東槎錄)』(제8차), 오대령(吳大齡)의 『명사록(溟槎錄)』(제11차)이 그것이다. 조선시대 역관은 통역과 사대교린(事大交隣)의 외교 실무를 담당하였던 기술관원이다. 따라서 중국 혹은 일본 사행에 수행하며 다양한 문화를 접할 수 있었고, 매우 현실적인 대외인식을 소유할 수 있었다고 이해되어 왔다. 하지만 역관의 대외인식에 대한 실제적인 연구는, 사료의 부족으로 인하여 깊이 있게 진행되기 어려웠다. 이러한 한계를 극복할 수 있다는 점에서, 역관에 의한 통신사행록은 매우 중요한 가치를 지닌다.

그런데 통신사행록을 기록한 역관들은 왜학 역관(倭學譯官) 외에도 한학 역관(漢學譯官)이 있어서 일본인식에 다양한 편차가 드러난다. 또한 이들은 해외 체험도 각각 달랐고, 시기적인 차이도 있었다. 본고에서는 이러한 차이점에 따라 각각의 일본인식이 어떠한 양상으로 나타나는지에 대하여 고찰·분석하고자 한다. 그리고 이를 위해 본고에서는 홍우재, 김지남, 오대령의 통신사행록을 주된 분석대상으로 삼았음을 밝혀 둔다.[2)]

2명, 書記 5명, 軍官 4명, 子弟軍官 2명, 역관 4명, 미상 3명으로 나타난다(하우봉, 「새로 발견된 일본사행록들-『해행총재』의 보충과 관련하여」, 『역사학보』112, 1986, p.80). 그중 제술관이나 서기는 대부분 서얼 출신들이었고, 군관이나 자제군관은 양반 자제들인 경우가 많았다.

2) 이 글은 그동안 역관의 일본인식을 고찰하였던 졸고, 「역관 김지남의 일본체험과 일본인식」(『한국문화연구』10, 2006), 「임술사행록에 나타난 역관의 활동과 일본인식」(『한국사상사학』26, 2006), 「역관 오대령의 일본인식」(『조선시대사학보』38, 2006)을 바탕으로 하여 서술하였다. 따라서 김현문의 『東槎錄』은 이번 분석 대상에서는 제외되었다(김현문의 통신사행록에 대해서는 김일환, 「조선후기 역관의 여행과 체험 연구」, 동국대학교 대학원 석사학위논문, 2002를 참조할 것).

II. 조선 후기의 통신사행

1. 통신사행의 파송

통신사는 조선에서 일본에 파견한 사절단으로, 교린체제(交隣體制) 속에서 신의(信義)에 바탕을 두고 시행된 것이었다. 이러한 통신사행은 15세기 명과 조선·일본이 조공·책봉체제 속에서 대외 관계를 형성하면서부터 시작되었다. 당시 양국의 중앙 정부는 각기 정권 성립의 초기에 대외적 안정의 필요성을 공유하면서 적극적으로 교류하였다.[3] 조선 전기 일본에 대한 사행은 보빙사(報聘使), 회례사(回禮使), 회례관(回禮官), 통신관(通信官), 경차관(敬差官) 등으로 다양하게 불렸으며, 그 대상도 막부 이외의 여러 세력에까지 미쳤다. 그중에서 통신사의 명칭이 처음으로 나타난 것은 태종 13년(1413)의 사절이었다. 이후 세종 11년(1429), 세종 21년(1439), 세종 25년(1443), 세조 6년(1460), 성종 10년(1479)에도 각각 통신사의 이름으로 파견된 사행이 있었다. 그러나 실제 사행의 임무를 수행한 것은 2·3·4회 뿐이었고, 나머지는 사행 구성원의 질병·배의 침몰 등의 이유로 중도에 중단되었다.[4] 이후로는 선조 23년(1590) 풍신수길(豊臣秀吉, 도요토미 히데요시)의 파견 요청에 따라, 또 선조 25년(1592) 임진왜란 발발 이후 강화(講和)를 위한 통신사의 파송이 각각 1차례씩 더 있었을 뿐이다.

조선 후기 통신사의 재개는 임진왜란이 끝난 직후부터 있었던 일본의 요청에 따른 것이었다. 일본은 대마도를 통해 교섭 재개를 요청하

---

3) 河宇鳳, 「朝鮮初期 對日使行員의 日本認識」, 『國史館論叢』14, 1990, pp.79-80.
4) 미야케 히데토시, 『조선통신사와 일본』, 지성의 샘, 1996, pp.49-56.

였는데, 조선 정부에서도 비교적 호의적인 태도를 보였다. 그러나 전쟁으로 중단된 외교관계를 회복하려면 그에 상응하는 명분이 필요하였다. 이에 선조 39년(1606) 조선 정부는 두 가지 조건을 내걸었다. 교섭을 요청하는 일본 국왕의 국서(國書)를 보낼 것과 임진왜란 중 성종과 중종의 왕릉을 파헤친 범인을 색출해 보내라는 것이었다. 이에 대한 일본 측의 화답이 있은 후에야, 조선은 선조 40년(1607) 공식사절을 파견했다. 그러나 이때의 통신사행 명칭은 회답사(回答使) 또는 쇄환사(刷還使)였다. 일본 국서에 대한 회답서를 가지고 가거나, 왜란 때 포로로 잡혀간 조선인을 찾아서 데려온다는 의미를 강조한 것이었다. 양국간의 교섭을 정상화하며 통신사라는 이름을 회복한 것은 인조 14년(1636)에 가서야 이루어졌다.[5]

조선 후기 통신사는 순조대까지 모두 12회 파견되면서, 새로운 장군(將軍, 쇼군)의 취임 축하 및 기타의 외교적 목적을 수행하였다. 통신사가 파견되는 동안 양국은 평화로운 관계를 유지했고, 인적·물적인 교류를 통해 상호간에 긍정적인 영향을 주기도 하였다.[6] 특히 17세기 말 이후 조선과 일본의 관계가 안정됨에 따라, 양국간의 외교적·문화적 교류는 더욱 활발하게 이루어질 수 있었다. 그러나 18세기 이후 통신사행의 정치적 의미는 점차 약화되었고, 결국 통신사행은 순조 11년(1811) 막부가 있던 강호(江戶, 에도)가 아닌 대마도(對馬島, 쓰시마)에 가서 국서를 전달하고 예물을 진헌하는 등 파행을 겪다가, 곧 중단되고 말았다. 아마도 이 시기 서양 세력과의 외교·통상이 주요 사안으로 부각되면서 각각의 상대국이 갖는 비중이 약화되었던 것도 그 중요한 이유가 되었던 듯하다.

---

5) 김문식, 「통신사길」, 『역사비평』 2005년 가을호, pp.279-280.
6) 김문식, 앞 글, 2005, p.278.

조선 후기에 시행되었던 12차 통신사행의 목적과 삼사(三使)를 표로 작성하면 다음과 같다.

<표 1> 조선 후기 1차~12차 통신사행

차수	년대			삼사	사명	사행록	저자	
	서기	조선/일본	간지				성명	직책
1차	1607	선조 40 慶長 12	丁未	呂祐吉 慶暹 丁好寬	修好 회답 겸 포로쇄환	海槎錄	경 섬	부사
2차	1617	광해군 9 元和 3	丁巳	吳允謙 朴梓 李景稷	大坂 평정, 일본 통일 축하, 국정 탐색, 포로쇄환	東槎上日錄 東槎日記 扶桑錄	오윤겸 박 재 이경직	정사 부사 종사관
3차	1624	인조 2 寬永 元	甲子	鄭岦 姜弘重 辛啓榮	將軍襲職 축하 회답겸 포로쇄환	東槎錄	강홍중	부사
4차	1636	인조 14 寬永 13	丙子	任絖 金世濂 黃㦿	泰平之賀 국정탐색	丙子日本日記 海槎錄 東槎錄	임 광 김세렴 黃 㦿	정사 부사 종사관
5차	1643	인조 21 寬永 20	癸未	尹順之 趙絅 申濡	家綱탄생 축하 국정탐색	東槎錄 海槎錄 癸未東槎日記	조 경 신 유 未 詳	부사 종사관
6차	1655	효종 6 明曆 元	乙未	趙珩 俞瑒 南龍翼	상군습직 축하	扶桑日記 扶桑錄 日本紀行	조 형 남용익 李東老	정사 종사관 군관
7차	1682	숙종 8 天和 2	壬戌	尹趾完 李彦綱 朴慶後	장군습직 축하	東槎日錄 東槎錄	김지남 홍우재	역관 역관
8차	1711	숙종 37 正德 元	辛卯	趙泰億 任守幹 李邦彦	장군습직 축하	東槎錄 東槎錄	임수간 이방언 金顯門	부사, 종 사관 압물통사
9차	1719	숙종 45 享保 4	己亥	洪致中 黃璿 李明彦	장군습직 축하	海槎日錄 海游錄 扶桑紀行 扶桑錄	홍치중 申維翰 鄭后僑 金潝	정사 제술관 자제군관 군관

10차	1748	영조 24 寬延 元	戊辰	洪啓禧 南泰耆 曹命采	장군습직 축하	奉使日本時見 聞錄 隨使日錄 日本日記	조명채 홍경해 미상	종사관 자제군관
11차	1763	영조 39 寶曆 13	癸未	趙曮 李仁培 金相翊	장군습직 축하	海槎日記 日觀記 日本錄 乘槎錄 和國志 日東壯遊歌 槎錄 溟槎錄7) 癸未隨使錄	조엄 南玉 成大中 元重擧 원중거 金仁謙 閔惠洙 吳大齡 미상	정사 제술관 서기 서기 서기 서기 군관 한학역관
12차	1811	순조 11 文化 8	辛未	金履喬 李勉求	장군습직 축하	辛未通信日錄 島遊錄 東槎錄	김이교 金善臣 柳相弼	정사 서기 군관

출전 : 하우봉, 「새로 발견된 일본사행록들-『해행총재』의 보충과 관련하여」, 『역사학보』112, 1986, pp.102-104.

2. 통신사행의 구성원

통신사행의 구성원은 정사·부사·종사관의 삼사 외에, 왜학 당상역관(堂上譯官), 문재(文才)가 뛰어난 제술관(製述官), 일반 통역을 맡은 상통사(上通事), 의원, 사자관(寫字官), 화원(畵員), 별파진(別破陣), 자제군관(子弟軍官) 등으로 이루어져 있었다. 그리고 마상재(馬上才), 악공(樂工), 이마(理馬), 반당(伴倘), 선장 및 사령(使令), 격군(格軍), 사공 등도 포함되었다.

이들은 각각 상상관(上上官), 상관(上官), 차관(次官), 중관(中官), 하관(下官)으로 구분되었다. 상상관에는 삼사와 당상역관이, 상관에는

---

7) 하우봉 교수는 『東槎日記』로 서술하였으나, 그 정확한 명칭은 『溟槎錄』이다.

역관과 기예에 뛰어난 자들인 양의(良醫), 사자관(寫字官), 화원(畫員), 군관(軍官), 서기(書記) 등이 포함되었다. 차관은 마상재(馬上才), 전악(典樂), 이마(理馬), 숙수(熟手), 반당(伴倘) 등이 주 구성원이었다. 중관은 행차나 행렬, 선박의 운행에서 기본적인 작업을 하는 자들이었는데, 하선장(下船將), 예단직(禮單直), 청직(廳直), 반전직(盤纏直), 소통사(小通事), 사령(使令) 등이 그에 해당한다. 하관은 인원수가 가장 많았으나, 대부분은 격군(格軍)들이 차지하였다.[8]

『통문관지』에 의하면 1회당 사행 규모는 모두 563~565명이다.<표 2 참조> 그러나 사행 규모는 필요에 따라 달라져서 정확히 산정하기 어렵고, 실제 통신사행 1회당 인원은 약 400~500명 내외로 나타난다.

<표 2> 통신사행시의 수행 원역[9]

구분	인원수	구분	인원수
정사	1명	예단직	1명
부사	1명	청직	3명
종사관	1명	반전직	3명
당상역관	2명(1682년 1명 추가)	사령	16명
상통사	3명	취수	18명
제술관	1명	절월봉지	4명
양의	1명	포수	6명
차상통사	2명	도척	7명
압물관	3명(1682년 1명 추가)	사공	24명
사자관	2명	형명수	2명
의원	2명	독수	2명
화원	1명	월도수	4명
자제군관	5명	순시기수	6명
군관	12명	영기수	6명
서기	3명	청도기수	6명

8) 沈玟廷, 「조선 후기 通信使 員役의 差定과 변화」, 부경대학교 대학원 석사학위논문, 2004, pp.8-25.
9) 『통문관지』 권6, 교린 하, 통신사의 행차.

별파진	2명	삼지창수	6명
마상재	2명	장창수	6명
전악	2명	마상고수	6명
이마	1명	동고수	6명
숙수	1명	대고수	3명
반당	3명	삼혈총수	3명
선장	3명	세악수	3명
복선장	3명	쟁수	3명
배소동	17명	풍악수	12명
노자	49명	도우장	1명
소통사	10명	격군	270명
도훈도	3명		
총계 563명(2명 추가시 565명)			

3. 통신사행의 노정(路程)

통신사행의 노정은 크게 서울에서 부산까지의 육로, 부산에서 대판하구(大坂河口)까지의 해로(海路), 하구에서 정포(淀浦)까지의 강로(江路), 정포에서 강호(에도)까지의 육로로 나뉜다.

서울에서 부산까지는 양재역-양지-죽산-무극-숭선-충원(충주)-안보역-조령-문경-용궁-예천-안동-의성-의흥-신녕-영천-경주-울산-동래를 지나는 약 1,045리의 길이며, 19일 정도 소요되는 거리였다.[10]

부산에서 대판 하구까지의 해로는, 좌수내포(佐須奈浦)-악포(鰐浦)-압뢰(鴨瀨)-대마도(對馬島)-일기도(壹岐島)-남도(藍島)-적간관(赤間關)-향포(向浦)-실우(室隅)-상관(上關)-진화(津和)-겸예(鎌刈)-충해(忠海)-도포(鞱浦)-하진(下津)-우창(牛窓)-실진(室津)-명석(明石)-병고(兵庫)를 거치는 3,290리 길이었다.[11] 원래는 약 한 달간의 여정이었지만, 모두

---

10) 국내의 노정은 임술사행을 참고로 하였다.

11) 『통문관지』 권6, 교린 하. 水陸路程, 일본에서의 노정은 『통문관지』에 의거하였다.

바닷길이었기 때문에 위험부담이 컸고 일정도 많이 지체되어 3~4개월에 이르기도 하였다.[12]

대판 하구에 도착하면, 통신사행은 대판(오사카)으로 이동하여 휴식을 취하였다. 이어 금루선(金樓船)을 타고 정포(淀浦)까지 이동하여, 육로를 이용하였다. 이 노정은 정포-왜경(倭京)-삼산(森山)-좌화(佐和)-대원(大垣)-명호옥(名護屋)-강기(岡崎)-길전(吉田)-빈송(濱松)-현천(懸川)-등지(藤枝)-강고(江尻)-삼도(三島)-소전원(小田原)-등택(藤澤)-신내천(神奈川)-강호(에도)였다. 이 길은 대개 가마를 타고 이동하였는데, 모두 1,310리에 약 20일 정도 소요되었다.

마지막 목적지인 강호(에도)에 도착하면, 통신사행 일행은 조선 국왕의 국서를 장군(쇼군)에게 전달한 뒤 장군의 회답서를 받아 오며, 예물을 진헌하였다. 그리고 이곳에서는 마상재(馬上才), 활쏘기 시범, 대마도주 집에서의 연회 등도 베풀어졌다.[13]

돌아오는 길은 강호(에도)에서 출발하여 대마도에 올 때까지는 대개 같았다. 그리고 부산에 도착하여 상경할 때에는 동래-양산-밀양-유천-청도-대구-송림사-인동-오리원-상주-함창-문경-조령-안보역-충원-숭선-무극-죽산-양지-양재역-서울의 경로를 이용하였다.

---

12) 실제로 영조 39년(1763)의 계미사행은 부산에서 36일간 머물렀다가 간신히 출발하였는데, 대마도에서 대판(오사카)에 이르기까지도 3개월 이상이 걸렸다.

13) 김문식, 앞 글, 2005, p.291.

Ⅲ. 통신사행과 역관

1. 통신사행 수행역관

1) 왜학 역관

통신사행의 왜학 역관으로는 당상역관 2~3인과 상통사 2인, 차상통사 2인, 압물(押物) 2인 외에 소통사(小通事)가[14] 수행하였다. 그중 하급 통사인 소통사를 제외한 왜학 역관들은 교회(教誨) 혹은 총민(聰敏)의 직을 역임한 자들이어야 하며, 당상역관은 교회와 칠사(七事)의 직을 거쳐야만 하였다. 이는 통신사 왜학 역관이 통역 능력과 외교 실무 능력을 이미 검증받은 사람들로 구성되었음을 의미한다.[15] 이들은 사역원에서 선발하여 차례를 안배하였다가 수행하도록 하였다.

왜학 역관들은 통신사행 실무자로서 실무총괄, 외교업무, 경제활동, 문화활동 등을 주관하며 사행의 중추적인 역할을 수행하였다. 이들은 사행의 총책임자였던 정사의 지휘 하에서 실제적인 일들을 처리하였던 것으로 나타난다. 이들은 각각 정사·부사·종사관을 배행(陪行)하면서 배에 나누어 탔으며,[16] 배에 실려 있던 예단과 잡물을 감독하고,

14) 소통사는 보통 왜관에서 훈도와 별차의 업무 수발, 왜관 문서 정리, 제반 물품 및 무역품의 관리 등 업무를 담당하는 왜학생도로 하급통사였다(洪性德, 「朝鮮後期 對日外交使行과 倭學譯官」, 한일역사공동연구보고서 제2권, p.238 참조).

15) 七事는 역관이 거쳐야 하는 사역원 내의 관제로 교회, 정, 교수, 어전, 훈도, 상통사, 연소총민 등을 말한다. 그런데 康熙 乙丑年(1685, 숙종 11), 『謄錄』을 수정할 때에 칠사를 모두 갖추기 어렵기 때문에, 교회 및 正職, 혹은 教授를 거친 자를 취하여 임명하도록 허락하였다. 丁丑年(1697, 숙종 23)에도 다시 한번 변통하여 교회와 御前, 혹은 訓導를 거친 자 가운데 한두 가지 이력 이상을 겸하여 가진 자를 임명하도록 허락하는 일을 법식으로 정하였다(『통문관지』 권1, 沿革, 等第 ; 洪性德, 앞 글, p.239 참조).

16) 통신사행은 크게 정사단, 부사단, 종사관단의 3행으로 편성되었다. 통신사가 일

같은 배에 타고 있던 마상재·사공·격군 및 호행왜인(護行倭人)을 통솔하였다. 사행시 호행왜인들과의 원만한 관계를 형성하기 위해 문안하거나 술과 과일로 접대하는 일은 물론, 사행 중 건량(乾糧)과 같은 물품을 맡아 관리하는 일, 또 각 처에 공적인 예물을 마련하여 보내거나 문후하는 일도 담당하였다. 사행원들의 하인배 통제, 의례시 인레(引禮), 배있는 곳에 왕래하는 사람들의 출입 통제 및 단속, 전례(前例)를 살펴 그때 그때의 일에 대비하는 것도 역관들이 해야 할 중요한 일들이었다. 문화적으로도 역관들은 제술관, 서기와 함께 일본 문사들의 문화적 욕구 충족의 대상이 되었다. 역관들은 조선 사신과의 필담 창화를 위해 몰려든 일본 문사들에 응대하면서 문화적인 역할을 수행하였던 것이다.[17]

그중에서도 왜학 당상역관은 역관들의 총책임자인 동시에 도주(島主)나 관백(關白)과 직접적으로 대화를 소통하고 서계(書契) 및 예단을 전달해 주는 임무를 띠었다.[18] 뿐만 아니라 외교업무도 당상역관이 실질적으로 담당하였다. 이들은 국가 외교 업무를 수행함에 있어, 자신들의 경험과 인맥·지식을 충분히 활용하여 외교 교섭에 임하였다. 물론 이때 역관들은 형식적으로는 세 사신의 지시를 받아 외교 업무를 수행하지만, 실제로는 독자적인 교섭을 행하기도 하였다. 그러면서

본에 갈 때는 수군 통제사영과 경상좌수영에서 각기 배를 제공하였는데, 이 배를 기선·卜船의 3척씩 합계 6척으로 선단을 편성하되, 제1선은 국서를 받든 정사와 그 수행인이 타고, 제2선은 부사단, 제3선은 종사관단이 타도록 하였다(『통문관지』권6, 交隣 下, 渡海船). 역관들도 자신이 배행해야 할 대상에 따라 각각 나누어 탔다.

17) 졸고, 「임술사행록에 나타난 역관의 활동과 일본인식」, 『한국사상사학』26, 2006, pp.252-260. 특히 문화적 활동은, 17세기 문화변동을 바탕으로 역관들의 문화적 수준이 높아져서, 역관들이 자신들의 문화적 역할에 자부심을 갖고 일본 문인들과의 교류에서도 적극적으로 임하였던 결과라고 여겨진다.

18) 김서란, 「조선후기 통신사수행 왜학역관연구」, 단국대 석사학위논문, 1997, p.2.

외교적 공적을 드러내기 위해 편법까지 동원하여, 자신들의 임무를 완수하는데 주력하기도 하였다.

2) 한학 역관

일본 통신사행에는 왜학 역관 외에도 한학 역관이 수행하였다. 이는 조선에서 각국에 파송한 사행에 다른 언어 역관이 함께 수행하던 전례에 따른 일이다. 즉, 조선 전기 부경사행(赴京使行)에는 여진·몽고어 역관, 왜학 역관이 각각 수행하였는데,[19] 조선 후기에도 연행사(燕行使)에는 몽학(蒙學) 혹은 왜학 역관이 함께 파송되고, 통신사행에는 한학 상통사와 압물관이 각 1인씩 배속되어 있었다.[20]<표 3 참조>

한학 역관의 통신사행 파견은 정보탐지·문화교류·외교교섭을 목적으로 하였다. 이들은 통신사행시 한음(漢音)을 아는 일본인과 의사소통을 하거나 글을 나눔으로써 문화 교류의 폭을 넓히고,[21] 무역 혹은 중국 표류민에 관련된 일이 있을 때에 정보 탐지나 외교 교섭 역할을 담당하기도 하였다.[22]

통신사행에 수행하는 한학 역관의 선발은 일차적으로는 사역원에 의해 이루어졌다. 한학 역관은 부경사행시 매 행차마다 사역원에서 차례를 안배하여 임명하게 되는데, 통신사행에서도 이 차례대로 적용하

---

19) 『경국대전』 권3, 禮典 獎勸

20) 『통문관지』 권3, 事大 上, 赴京使行. 이에 의하면 부경사행에는 몽학 別遞兒, 몽학 元遞兒, 왜학 敎誨 등이 수행하였다. 그리고 통신사행에는 한학 역관들이 수행하였다(『통문관지』 권6, 交隣 下, 통신사의 행차).

21) 오대령, 『溟槎錄』 계미년 10월 10일 계사. 都船主 일학이 한어에 밝아 오대령과 함께 한어로 酬酢하기를 청하니, 오대령은 그와 함께 華語로 수작하거나 글로 왕복하였다. 그리고 이정암 서기 운사라고 하는 자가 한음을 깨우쳤다고 하여 이에 화답하였다.

22) 沈玟廷, 앞 글, 2004, p.12.

는 것이 관례였다.[23] 압물통사도 같은 방법으로 차정되었다.

한학 역관은 일본에서 의사소통이 되지 않아 매우 어려움을 겪어야
했으므로,[24] 실무 수행에 전적으로 참여하기는 어려웠다. 따라서 주된
업무는 일본 국왕 이하 각처로 보내는 예물의 마련과 포장·단속 등을
책임지거나, 사자관(寫字官), 의례시 여창(臚唱)하는 집사, 국서배행관
(國書陪行官) 등이었다.

<표 3> 통신사수행 한학 역관 일람표[25]

순차	연도	간지	한학 역관
1	선조 40(1607)	丁未	朴應夢(押物通事)
2	광해군 9(1617)	丁巳	鄭彦邦(堂上譯官)
3	인조 7(1624)	甲子	鄭忠憲, 宋禮修
4	인조 14(1636)	丙子	尹廷羽(압물통사)
5	인조 21(1643)	癸未	鄭忠憲, 咸植
6	효종 6(1655)	乙未	朴亨元(48세), 吳仁亮
7	숙종 8(1682)	壬戌	金指南(압물통사, 29세), 徐壽命(漢學都訓導)
8	숙종 37(1711)	辛卯	鄭昌周(上通事, 60세), 趙得賢(압물통사, 49세)
9	숙종 45(1719)	己亥	鄭昌周(상통사, 68세)
10	영조 24(1748)	戊辰	金弘喆(상통사, 34세), 崔嵩齊(압물통사, 62세)
11	영조 39(1763)	癸未	吳大齡(상통사, 63세), 李彦瑱(압물통사, 24세)
12	순조 11(1811)	辛未	李儀龍(상통사, 64세)

---

23) 『통문관지』 권1, 等第.

24) 오대령, 『溟槎錄』 갑신년 2월 3일 을유. 연경에 간 사행과 지금 사행을 비교하여
보라는 부사와 종사관의 질문에 대해, 오대령은 지금은 접대는 부족하지 않지만
語音이 통하지 않아 행역에 매우 어렵다고 대답하였다.

25) 통신사 수행역관은 모두 118명이다. 그중 동일인이 수회에 걸쳐 방일한 경우를
빼면 실제 사행 인원은 99인이다. 그중 왜학역관은 총 81명이고 한학역관은 18
명이라고 한다(김서란, 앞 글, 1997). 그러나 실제로 통신사에 수행한 한학역관
중 확인 가능한 인원은 총 17명으로 나타난다.

2. 통신사행록의 역관 저자들

역관 통신사행록 중, 『동사록』과 『동사일록』은 임술사행(1682)의 왜학 역관 홍우재와 한학 역관 김지남이, 『명사록』은 계미사행(1763)의 한학 역관 오대령이 각각 저술하였다.

홍우재와 김지남은 현종~숙종대에, 오대령은 영조대에 각각 활약한 역관이며, 모두 조선 후기의 유명한 역관가문인 남양 홍씨(南陽洪氏), 우봉 김씨(牛峯金氏), 해주 오씨(海州吳氏) 가문출신이다.[26] 이들 가문은 모두 17세기를 전후한 시기에 왜학 역관·한학 역관을 배출하며 역관가문으로 성장하였다는 공통점이 있다.

또한 홍우재·김지남·오대령은 모두 역과(譯科)를 통해 역관직에 진출하였다. 홍우재는 23세 되던 현종 7년(1666) 병오식년(丙午式年) 역과에 급제하여 왜학 역관으로 활동하였다.[27] 그의 관직은 사역원 정(正)을 거쳐 동지중추부사(同知中樞府事)에까지 이르렀다.[28] 김지남은 19세 되던 현종 12년(1672) 역과에 급제하여 한학 역관으로 활동하기 시작하였다. 그는 10년 후인 숙종 8년(1682)에 정3품 사역원 정으로 승진하였으며, 지중추부사(知中樞府事)에까지 올랐다.[29] 오대령도 숙종 43년(1717), 17세의 나이로 정유 식년시에 1위 입격하여 사역원 정으로 진출하였다.

이상에서 확인할 수 있듯이, 이들은 그 출신 배경이나 관직 진출과정이 매우 비슷하였다. 이들은 비교적 이른 나이에 역과에 합격하여

---

26) 조선시대 역과 합격자를 각 성씨별로 모아놓은 『譯科類輯』에 의하면, 全州 李氏, 密陽 卞氏, 南陽 洪氏, 牛峰 金氏의 순서로 4대 가문을 이루고 있다(김양수, 「조선후기 역관가문의 연구」, 『백산학보』32, 1985).

27) 『朝鮮時代雜科合格者總覽』, 韓國精神文化研究院.

28) 『승정원일기』, 숙종 14년 10월 5일(갑진).

29) 김양수, 앞 글, 1985, pp.108-110.

사역원 최고 관직까지 올랐던 것이다. 조선 후기 대표적인 역관 가문에서는 일반적으로 어린 나이부터 생도(生徒) 입속을 통해 교육시킨 후 취재(取才) 혹은 과거(科擧)를 통해 관직에 진출하도록 하였다.[30] 이들 가문도 당대 유명 역관 가문이었던 만큼, 이러한 입사경로(入仕經路)를 비교적 충실하게 따라 관직에 진출하도록 하였을 개연성이 높다.

또한 이들에게는 일본 및 일본문화에 대한 관심과, 사행록으로 그것을 기록하려는 태도가 공통적으로 나타난다. 이 시기 조선사회에는 17세기 말부터 문화변동이 시작되고 있었다. 이러한 문화변동의 방향은 양반 사대부의 전유물이었던 지식과 예술이 중인(中人)에게까지 확대되며, 중인문학(中人文學)이 본격적으로 전개되어 가는 것이었다.[31] 이 새로운 경향은 18세기까지 지속되었으며, 그동안 사대부에게 독점되어 있던 학문·문학·예술이 도시 주민들에 이르기까지 폭넓게 확대, 보급되는 계기를 마련하였다.[32] 조선 후기 역관들은 이러한 문화변동을 경험하면서 새로운 문화적 주체로 성장하기 시작하였다. 사행록 지술을 통해 다른 세상과 문화에 대한 인식을 기록으로 남기려는 태도는 바로 이러한 성장의 결과라고 여겨진다.

그러나 이들이 일본과 일본 문화를 이해하는 태도는 여러 가지 요인으로 인하여 달랐다. 각각의 활동분야, 해외 체험의 유무, 시기적인 면에서 차이가 있었기 때문이다.

우선 이들의 활동분야는 왜학과 한학으로 달랐다. 홍우재는 왜학

---

30) 川寧 玄氏 집안의 玄啓根(1726~1799)은 5살에 왜학 생도방에 입속하였다(이상규, 「조선후기 川寧 玄氏家의 역관활동」, 『한일관계사연구』20, 2004, p.213).

31) 윤재민, 「중인문학」, 『역사비평』 1993 겨울호, p.336.

32) 조성윤, 「조선후기 서울지역 중인세력의 성장과 한계」, 『역사비평』 1993 여름호, p.246.

역관이었고, 김지남과 오대령은 한학 역관이었다. 홍우재는 대표적인 왜학 역관 가문 출신이었을 뿐만 아니라, 그 자신도 숙종 4년(1678) 초량왜관(草梁倭館)을 옮길 때 공사를 감독, 완성하여 공로를 인정받았다. 또한 사행 당시 그는 39세의 나이로 통정대부(通政大夫)에 올라 박재흥(朴再興)·변승업(卞承業)과 함께 세 당상역관의 하나였다. 이는 그가 일본 관련 분야에서 활발하게 활동하면서, 일본에 관한 많은 지식과 정보를 축적할 수 있었음을 보여준다. 따라서 통신사행록 역관 저자 중에서는 활동 영역과 일본에 대한 이해 수준이 다른 사람들을 능가하고 있었을 것이다.

반면, 김지남이나 오대령은 한학 역관 가문 출신으로, 일본에 가본 적도 없고 일본인을 접한 경험도 없었다. 이들은 기존의 통신사행록과 각종 등록(謄錄)들을 통해 일본에 대한 정보를 확인할 수 있었을 뿐이다.33) 때문에 비록 이들이 사행 중에 이전의 사행록을 지참하여 필요할 때마다 참조한다고 해도,34) 실제로는 일본의 내밀한 동향을 파악하거나 정보를 소유하기는 매우 어려웠을 것이라고 짐작된다.

그리고 해외체험이라는 면에서도 이들은 큰 차이가 있었다. 홍우재도 왜학 역관이었지만 사행 이전에 일본을 직접 가본 경험은 없었다. 하지만 그는 왜관에서 근무하면서 일본인들과 접촉할 수 있었다. 또한 그의 가문이 왜학 역관 가문이었으므로, 이러한 연결망을 통하여 일본에 대한 간접 체험이 가능하였다. 반면 김지남은 후일 대표적인 한학 역관이 되고, 빈번하게 중국 사행에도 수행하지만, 이때까지는 아직

---

33) 통신사들은 사행일기를 많이 남겼으며, 계미사행 이전 홍계희와 서명응은 그 일기들을 정리하여 『해행총재』라 이름하여 사신 일행이 참고할 자료로 만들었다 (조엄, 『海槎日記』, 계미년 10월 6일).
34) 오대령, 『溟槎錄』, 계미년 11월 24일 정축. 오대령은 통신사행의 업무를 처리하는 중 어려움에 처하였을 때에는 '前輩의 일기'를 참조하였다고 한다.

해외 체험의 경험이 없었다. 게다가 그의 나이는 29세로 젊은 편에 속하고 경력도 그리 많지 않았다. 이에 비해 오대령은 한학 역관이었음에도 불구하고, 사행 당시 이미 약 10여 차례의 연행사(燕行使) 수행을 경험하였다는 차이가 있었다. 이러한 수행 경험을 통해 그는 국제 감각을 키워 현실적인 대외관을 소유할 수 있었다. 또한 그는 청 및 기타 문화를 인성할 수 있는 사유방식의 변화를 경험하였고, 그것을 일본행에 대한 강렬한 욕구로도 발전시켰다. 따라서 오대령의 일본에 대한 시각은 매우 포용적일 수 있는 가능성을 가지고 있었다.

게다가 세 사람의 사행 수행에는 약 80년의 시기적인 차이가 있었다. 홍우재와 김지남은 숙종 8년(1682)의 사행에 수행하였고, 오대령은 영조 39년(1763)의 사행에 수행하였다. 이러한 시기적인 차이는 조선과 일본의 관계 변화 및 그로 인한 인식의 변화를 초래할 수 있다. 뒷 시기로 갈수록 군사적·정치적인 위협의 정도가 훨씬 약해지면서 사행 구성원들의 일본 인식 내용은 문화적인 면에 더욱 치중하게 되는 것이다.

이와 같이 볼 때, 일본에 대해 구체적이면서 객관적인 정보를 소유할 수 있었던 사람은 홍우재였다. 오대령과 김지남은 한학 역관이라는 점에서는 일본 인식의 한계를 보여주지만, 오대령은 연행 경험을 통해 다른 문화와 세계에 대한 개방적 태도를 가질 수 있었던 데 비해, 김지남은 일본에 대한 이해도나 일본과 일본 문화를 바라보는 태도에서 가장 폐쇄적이었을 가능성이 높았다.

Ⅳ. 통신사행록에 나타난 역관의 일본인식

1. 정치에 대한 인식

조선 후기 일본 인식에서 가장 많은 비중을 차지한 것은 정치 분야
였다. 임진왜란 이후 일본의 정치적·군사적 움직임은 면밀한 관찰 대
상이 되어야 할 상황이었다.[35] 이를 위해 일본에 대한 정확한 정보를
수집하고, 그 군사적인 움직임을 파악하는 것은 조선의 주요 관심사였
다.

하지만 역관 사행록에서는 일본 정치 현실에 대한 서술 비중이 크
지 않다. 그나마 왜학 역관이었던 홍우재보다는 한학 역관이었던 김지
남이나 오대령의 기록이 좀 더 풍부할 뿐이지만, 그 비중도 큰 편이
아니었다.[36] 그 내용도 왜황(倭皇)·관백(關白)에 관한 사실 위주의 서
술이 대부분을 차지한다. 홍우재의 경우 그가 파악한 일본 정세는 정
사(正使)를 통해 국왕에게 보고되었을 것이고, 김지남이나 오대령은
한학 역관이기 때문에 가장 수집하기 쉬웠던 왜황과 관백을 중심으로
한 내용들을 기록하게 되었기 때문이라 여겨진다.

역관들은 일본에서 왜황이 실제적인 권력을 행사하지 못하고, 관백
이 실질적인 집권자로 권력을 장악한 현실을 파악하고 있었다. 왜황은
일본의 최고 지배자로서, 제천례(祭天禮)를 주관하고, 독자적 연호를

---

35) 하우봉, 「17세기 지식인의 일본관」, 『동아연구』17, pp.340-355.
36) 귀국 후 삼사가 復命할 때에는 일본의 정치적 동향을 매우 자세히 보고한다(『숙
　종실록』 권13, 숙종 8년 11월 경술). 그런데 그 보고 내용이 대부분 역관을 통해
　입수된다는 점을 고려하면, 당시 당상역관이었던 홍우재의 일본 정치현실 파악
　이 보고에 반영되었을 가능성은 상당히 크다. 하지만 실제 그의 사행록에서는
　이러한 면이 드러나지 않아, 정치 현실에 대한 서술은 매우 적게 나타나는 특징
　이 있다.

사용하며, 역서(曆書)를 배포하고, 관리의 사령장을 내리는 등의 역할을 수행하고 있었다.[37] 하지만 그의 권위는 관백의 영향력과 감시 하에서만 기능할 수 있었으므로, 매우 상징적인 것에 불과하였다.

반면 관백은 일본 전역을 통치하는 실질적인 지배자였다. 또한 장군(쇼군)으로서, 조선 국왕이 서계(書契)를 보내는 대상이자 통치자이기도 하였다.[38] 당시 일본은 66주(州)와 2도(島)의 행정 단위로 나뉘어 있었는데,[39] 각 지역을 다스리는 태수(太守)들은 관백에게서 식록(食祿)을 받고 있었다. 또한 관백은 태수들을 통제하기 위한 세습과 인질제도를 활용하고 있었다. 각 지방의 태수는 죄를 짓지 않는 한 자신의 지위를 대대로 세습할 수 있지만, 각각 해당 주 혹은 서울에서 번갈아가며 살아야 하였고, 그 처자들도 인질이 되어야 하였다.[40]

이와 같은 정치 질서는 일본의 독자적인 것으로서, 조선 정부도 실질적 권력자인 관백을 일본 국왕으로 규정하고, 조선 국왕과 국서를 주고 받는 대상으로 인정하고 있었다. 그러나 이와 함께 왜황이 존재한다는 사실은 항상 문제의 소지를 안고 있었다. 왜냐하면 관백 위에 상징적 지배자로서 왜황이 존재하는 한, 조선 국왕은 왜황에게 신자(臣子)의 위치에 놓일 수 있기 때문이다. 따라서 양반 문인 삼사들은 대개 관백과 조선 국왕 사이에 이루어지는 대등례(對等禮)를 비판적으로 바라보고 있었다. 오히려 조선 국왕이 왜황과 대등례를 해야 한다고 주장하는가 하면, 일본의 농간 때문에 왜황의 신하인 관백에게

---

37) 김문식, 「조선후기 통신사행원의 대일인식」, 『대동문화연구』 41, 2002, p.137 참조.
38) 조선에서 보내는 국서는 바로 大君 곧 일본 관백을 대상으로 하고 있다(김지남, 『동사일록』, 가지고 간 물건). 여기에서는 관백을 대군, 일본국왕으로 칭하였다.
39) 김지남, 『동사일록』, 임술년 7월 7일(임자). 2도는 對馬島와 壹岐島를 의미하며, 다른 여러 섬들이 각 주에 소속되어 있는 것과는 구별되어 있었다. 일본에서의 주는 조선의 監司와 같은 것이며, 島는 수령과 같은 지위를 갖는 것이었다.
40) 김지남, 『동사일록』, 임술년 7월 8일(계축).

대등례를 행하는 것으로 이해하기도 하였다. 그리고 관백과의 대등례를 수치스럽게 여기기도 하였다.[41]

하지만 역관들은 이러한 비판적 분석 없이 다만 사실 위주의 서술에만 치중하고 있음이 특징적이다. 이는 역관들이 들은 것을 그대로 서술하고 자신이 목격한 것만을 기록함으로써 객관성을 유지하려 하였던 태도에서 비롯되었다고 볼 수 있다.[42] 그리고 한학역관으로서 정치 현실을 세밀하게 파악할 수 없었던 한계이기도 하였다.

그러나 그나마 18세기 후반에 이르면, 일본의 정치나 군사적 동향을 파악해야 할 필요성이 적어지면서, 일본의 정치현실에 대한 서술 비중은 더욱 현저하게 줄어들게 된다. 여기에서는 각 지역의 통치자인 태수나 식읍의 규모, 출신 계통에 관한 기술 등 정보를 위한 기록들도 나타나지 않는다. 간혹 태수에 대해 기록할 때에도 그의 신체적 특징이나 복식 등에 더 관심을 보일 뿐이었다.[43]

2. 경제와 문화에 대한 인식

위에서 살펴보았듯이 역관 사행록에는 정치적인 면의 비중이 적은 반면 경제와 문화에 대한 관심은 매우 크게 나타난다. 일본 경제의 발달상과 이국(異國) 문화로서의 일본 문화에 대한 관심을 보이고 있는 것이다.

우선 역관들은 강호(에도)로 가는 곳곳에서 상업과 도시경제의 발달상을 목격하였다. 일본에서는 이미 일찍부터 관백의 무역 장려 정책으

---

41) 김문식, 앞 글, 2002, pp.140-147.
42) 김지남, 『동사일록』, 임술년 8월 9일(갑신).
43) 오대령, 『溟槎錄』, 계미년 11월 2일(을묘).

로 인해, 상업이 번성하고 있었기 때문이다.[44] 일본의 도시에는 이미 상설 시장이 발달하여 상점들이 잇달아 있었고,[45] 각 상점에는 각각 판매할 물건들을 달아매어 놓거나 쌓아 놓고 있었다. 온갖 물건들이 번화한 일본의 경제 현실은 '눈이 황홀할' 정도였다.[46]

이러한 상업의 발달은 곧 도시 경제의 활성화에 기초가 되어서, 중심부인 강호(에도)로 갈수록 백성과 물건들은 더욱 풍부하고 성시(城市)는 더욱 번화하였다.[47] 역관들은 일본의 이러한 경제적 번영에 대해 높이 평가하였다. 일본 도시의 번화함을 중국의 소주(蘇州) 및 항주(杭州)와 비교하기도 하고, 나아가 일본 에도의 발전을 청나라 연경(燕京)을 방불케 한다고 여기기도 하였던 것이다.[48]

그러나 무엇보다도 역관들이 가장 많은 관심을 보이는 분야는 일본 문화였다. 역관들은 자신의 활동 범위 속에서 관찰 가능한 일본 문화를 충실히 기록하였다. 자신과 교류하는 인물들의 의식주생활이나, 사신 일행의 접대에서 보이는 일본 의례(儀禮), 거리의 풍경 등을 포함하여 다양한 일본 문화를 서술하고 있는 것이다.[49] 홍우재는 특히 이를 실무와 연계하면서 매우 상세하게 기록하여, 전례로서의 의미를 부여하기도 하였다. 그 결과 그는 일본에서 조선 사행을 접대하는 절차는 물론 각종 전례에 관해서까지 꼼꼼한 기록을 남기기도 하였다.

---

44) 남용익, 『문견별록』 풍속, 잡제.

45) 김지남, 『동사일록』, 임술년 7월 26일(신미).

46) 홍우재, 『동사록』, 임술년 7월 26일.

47) 김지남, 『동사일록』, 임술년 8월 21일(병신).

48) 오대령, 『溟槎錄』, 갑신년 3월 5일(병진), 갑신년 2월 16일(무술).

49) 오대령은 倭館에서 처음 일본인을 접하면서 그들의 의복과 禮貌를 관심있게 보았다(오대령, 『溟槎錄』, 계미년 9월 4일(무오). 그리고 통신사행을 맞이하는 사람들과 대접하는 사람들의 의복과 상차림, 館舍의 가옥 구조와 그 편리성 등을 살펴보고 있다(오대령, 『溟槎錄』, 계미년 11월 2일 을묘).

그런데 역관들이 사행록에서 많이 언급하는 일본 문화의 내용은 도
로·배의 제도 등 상당히 실용적인 부분이었다. 일본에서 길 위에 잔돌
을 깔아서 아무리 장마철이라 해도 길이 질지 않도록 한 것,[50] 인가
가 빽빽하게 많고 큰집들이 즐비해도 거리와 길은 넓고 반듯하게 통
해 있던 모습,[51] 城池의 견고함, 배의 정밀함, 누각의 웅장함은[52] 역
관들의 시선을 사로잡았다. 특히 이것은 조선에서도 실제 활용 가능한
실용적인 것들이었다는 점에서 더 의미가 있었다.

그러면서도 이들의 관심 분야는 일본의 민간신앙 생활,[53] 수저 사
용[54] 등 전반적인 문화현상에까지 이르고 있었다. 일본의 풍속 곧 단
오 풍속,[55] 고래잡이 놀이,[56] 법도(法度),[57] 정원(庭園)[58] 등도 세밀
하게 관찰하여 빠짐없이 기술하였다. 사행을 구경하기 위해 먼 곳에서
부터 온 관광객들에 대한 감상과 거리풍경까지 구체적으로 서술한 것
도 특징이었다.[59]

역관들의 일본 문화에 대한 깊은 관심은, 조선에서의 문화변동을
계기로 더욱 구체화된 것이었다. 그러나 이러한 공통점에도 불구하고,

---

50) 김지남, 『동사일록』, 임술년 8월 21일(병신).
51) 김지남, 『동사일록』, 임술년 7월 26일(신미).
52) 김지남, 『동사일록』, 임술년 7월 26일(신미).
53) 김지남, 『동사일록』, 임술년 6월 24일(경자).
54) 김지남, 『동사일록』, 임술년 8월 2일(정축).
55) 오대령, 『溟槎錄』, 갑신년 5월 5일(병진).
56) 오대령, 『溟槎錄』, 계미년 11월 18일(신미).
57) 오대령, 『溟槎錄』, 계미년 10월 27일(경술).
58) 오대령, 『溟槎錄』, 계미년 11월 5일(무오), 갑신년 3월 14일(을축). 11월 5일의 기
    록에서는 대마도 부중에 머무르면서 해안사 및 광청사를 가서 보는데, 특히 사
    방의 정원에 기이한 나무들로 가득차 있는 것에 대해 흥미있게 바라보았다.
59) 오대령, 『溟槎錄』, 갑신년 2월 16일(무술). 품천에서 에도까지 30리 동안 좌우 시
    장이 늘어서 있고 관광하는 부녀들이 모두 화려하게 꾸미고 있는 것에 대한 묘
    사가 있다.

이들이 일본문화를 바라보는 태도에 큰 차이가 나타난다는 점도 부인할 수 없다. 기본적으로는 일본과 일본인을 불신의 대상으로 여기거나 교활하다는 인식을 바탕으로 하지만, 실제 일본과 일본 문화를 접하는 가운데 인식의 전환이 이루어지기도 하였던 것이다. 이는 일본 문화에 대한 전반적인 이해 방식과 태도의 차이로 나타난다.

홍우재는 일본에서 남녀의 구별이 없고 같은 친족끼리도 결혼한다는 사실에 대하여 매우 부정적으로 이해하였다. 그러므로 홍우재는 일본 사람들이 얼굴은 비록 사람이나 그 행동은 개돼지와 같다고[60] 평함으로써 일본에 대한 인식을 단적으로 드러내기도 한다. 그리고 일본인들의 위의동정(威儀動靜)은 족히 본받을 것이 없다고 평하였다.[61] 오대령 역시 일본의 풍속을 살펴보면서, 부모가 죽어도 곡하거나 비통해 하는 일이 없는 것, 제사 지내지 않는 것, 남녀의 구분 없는 음란한 풍속 등에 대하여, 예(禮)에 근거한 비판을 가하였다.[62] 이러한 태도는 당시 조선의 일반적인 일본 문화 인식에 근거한 것이라고 여겨진다. 당시 조선에서는 주자학 중심의 학문관과 소중화의식(小中華意識)의 확립에 기인하여,[63] 일본을 이적(夷狄)·금수(禽獸) 등으로 인식하였다. 그리고 이러한 일본을 윤리(倫理)와 강상(綱常)으로 가르치고 교화(敎化)하여 능히 회복시켜야 하는 대상으로 파악하였다. 특히 예에 비추어 볼 때 일본 문화의 이질적인 모습들은 야만적인 것으로 이해되기도 하였다. 따라서 기존의 사행록을 통해 일본을 바라보아야 하였던 역관들이나, 홍우재의 경우도 이러한 조선의 일반적인 풍조에서

---

60) 홍우재, 『동사록』, 임술년 8월 10일.
61) 홍우재, 『동사록』, 임술년 6월 26일.
62) 오대령, 『溟槎錄』追錄.
63) 하우봉, 「실학파의 대외인식」, 『국사관논총』76, 1997, pp.256-270.

크게 자유로울 수는 없었을 것이다.

그러나 그런 중에도 왜학 역관으로서 일본에 대해 가장 잘 알고 있었던 홍우재는 일본 문화에 대해 극히 제한적인 면에서만 부정적인 태도를 보이고 있을 뿐이다. 결혼과 남녀 관계를 제외한 부분에서는 일본 문화에 대해 비교적 객관적인 서술에 치중함으로써, 부정적인 인식을 드러내지 않는다.

그리고 오대령도 부분적으로는 일본인을 교활하다고 여기며 불신하기는 해도,[64] 일본을 이적시하거나 교화의 대상으로는 여기지 않았다. 오히려 일본을 조선과 동등한 객체로 보면서, 객관적인 사실에 근거를 두고 합리적·현실적으로 일본을 이해하고자 하였다.

더 나아가 오대령은 일본인들이 문교(文敎)를 오로지 일삼고, 서(書)·사(史) 등을 배워 익히며 천리를 멀다 하지 않고 배우러 다니는 모습을 통해 일본이 변화하고 있다는 사실을 간파하였다.[65] 이는 그만큼 일본에서 한창 문풍(文風)이 일어나며 학문에 대한 욕구가 남다르게 일어나고 있었음을 반영하는 것이었다. 그는 일본의 문장(文章)이 과연 어디까지 성하게 될 것인지 모르겠다고 하며 조선인들에게 각성을 촉구하기도 하였다.[66] 이러한 그의 태도는 일본의 가능성을 주시하고 야만과 미개의 상대가 아니라 오히려 경계의 대상으로 일본을 바라보는 인식의 전환을 의미한다.

그리고 그는 일본에서 한창 유행하고 있는 주자학의 탈피 경향도 부정적으로 평가하지 않았다. 양국간에 문제가 발생하였을 때에도 그는 다른 사행 구성원들이 당위(當爲)를 주장하며 명분론적(名分論的)

---

64) 오대령, 『溟槎錄』, 계미년 10월 25일(무신).

65) 오대령, 『溟槎錄』 追錄.

66) 오대령, 『溟槎錄』 追錄.

인 입장을 취하고 있는 것과 달리, 현실적인 접근을 통해 대처하려는 태도를 보였다.

이러한 태도는 일본내의 문화변동에 의해서도 영향을 받았지만, 오대령이 10여 차례의 연행을 통해 청에서 다양한 학술 문화의 동향을 경험함으로써, 일본의 변화를 객관적·현실적으로 평가할 수 있었기 때문이라 추정된다. 그리고 연행사(燕行使) 등을 통해서 국제 질서 및 외교 현실을 경험한 것 역시, 일본에 대한 객관적이고 현실적인 접근 방식의 바탕이 되었을 것으로 여겨진다.

하지만 김지남의 경우는 달랐다. 그는 이미 앞에서 언급한 것처럼 이질적인 문화를 경험하지 못하였으며, 경력과 연륜도 깊지 않았다. 그리고 일본에 대한 지식과 이해 수준도 그리 높았다고 여겨지지 않는다. 이러한 여건 하에서 그는 일본문화에 대한 기존의 조선의 인식 태도를 그대로 답습할 수밖에 없었을 것이다. 이 때문인지 그는 일본 문화에 대하여 가장 부정적인 태도를 보이고 있다.

그는 통신사행에 대한 일본의 문화인들이 지닌 기대와, 조선 사행이 오게 되면 일본 유학자, 사승(寺僧) 및 문인들이 사행원들과 언결하기 위해 애쓰는 태도를 보고 일본인들을 매우 가소롭게 여겼다.[67] 그리고 일본 의복의 형태나 의례도 매우 기묘하거나 이상한 것으로 치부하였다. 그가 보기에 일본 의복은 비단 등의 고급 직물을 사용하여 사치하지만, 복식의 모양은 묘하며 괴상하게 생겨서 이루 다 쓸 수 없는 것에 불과하였다.[68] 예법(禮法) 역시 주문공(朱文公)의 오례의(五禮儀)가 실시되는가 여부를 기준으로 삼아, 여기에 따르지 않는 일본의 예법을 모두 기괴하다고 평하였다.[69] 조선에서는 하인까지도

---

67) 김지남, 『동사일록』 임술년 8월 21일(병신).
68) 김지남, 『동사일록』 임술년 6월 26일(임인).

시행하고 있던 의례가 일본에서는 행해지지 않는다는 사실을 지적함으로써, 일본에서도 오례의가 시행되어야 할 것임을 피력하고 있다.

나아가 김지남은 일본을 전체적으로 그리 높이 평가하지 않는다. 김지남에게 일본은 문화적인 야만국에 가까웠을 뿐이기 때문이다. 일본은 다만 '발 벗고 이빨을 까맣게 물들이는 나라'로서 문화적으로는 야만국으로 볼 수 있는 국가였을 뿐이다.

이는 비록 일본이 물질적으로는 발달을 하였을지라도 정신적인 면에서는 중화의 정통을 이어가고 있는 조선과 비교할 수 없다는 인식의 반영이었다. 예와 문장, 학술 등에서 조선의 것을 기준으로 하여, 우월감으로 가득찬 시선으로 일본을 바라보던 당시 양반들의 그것과 일치하였다고 할 수 있는 것이다.

V. 맺음말

이상으로 통신사행에 수행하였던 역관들의 일본 인식을 살펴보았다. 이들은 역관이라고 하더라도 자신들의 전공 언어 영역이나 해외체험에 따라 서로 다른 일본 인식을 보여주고 있음을 알 수 있었다.

임술사행에 수행하였던 왜학 역관 홍우재는 일본 문화에 대해 그리 부정적이지는 않았다. 다만 조선 문화와 비교해 용납할 수 없었던 결혼 풍습과 같은 극히 일부분을 제외하고는, 일본에 대한 부정적 시각을 찾아보기 어려웠다. 이는 그가 일본에 대한 지식과 깊은 이해가 있었기에 가능한 일이었다. 그리고 홍우재는 일본을 가능하면 객관적으로 이해하려는 태도를 보이면서, 사실 위주의 세밀한 관찰에 치중하

---

69) 김지남, 『동사일록』, 임술년 9월 29일(을해).

였던 것도 살펴볼 수 있었다.

　그러나 한학 역관들의 경우는 왜학 역관이었던 홍우재와는 다소 다른 태도를 보인다. 그중에서도 일본 인식에 가장 부정적인 태도를 보이는 역관은 김지남이었다. 사행 당시 그의 나이는 매우 젊었으며, 대표적인 한학 역관 가문 출신이라는 배경과 관련하여, 매우 조선 중심직 인식태도를 니타내고 있었다. 특히 그는 일본을 경험하지도 못하였고, 중국을 통하여 세계 문화를 접해 볼 기회도 없었기 때문에, 그의 일본 인식은 당시 조선의 일반적인 일본 인식을 반영하면서, 상당히 폐쇄적인 양상을 보인다.

　또한 그는 일본 문화에 대하여 관심을 가지고는 있었으면서도, 그 수준을 매우 낮추어 보고 있었다. 그는 일본인들이 시문(詩文)과 서화 등을 얻고자 간청하며, 이를 얻게 되면 매우 진귀하게 여기는 태도를 가소롭게 바라보았다. 의복이나 의례에서도 일본 문화의 상대성을 인정하지 않고, 오례의에 의거한 판단을 내리고 있었다. 나아가 총체적으로 일본을 문화적 야만국으로 평가하고 있었다.

　그런데 같은 한학 역관이었던 오대령은 일본을 적대시하지 않고, 교화(敎化)의 대상으로도 여기지 않았다. 그는 오히려 일본을 동등한 객체로 보면서, 객관적인 사실에 근거를 두고 합리적·현실적으로 일본을 이해하였다. 그도 부분적으로는 일본인을 교활하다고 여기며 불신하기는 해도, 일본을 유교적 관점의 교화대상으로 인식하지는 않았다. 양국간에 문제가 발생하였을 때에도 그 해결에 합리적인 태도를 보여준다. 양국간의 갈등 혹은 문제가 발생하였을 경우, 다른 사행 구성원들이 당위를 주장하며 명분론적인 입장을 취하고 있는 것과 달리, 현실적인 접근을 통해 대처하려 하였던 것이다. 이는 그가 역관으로서 이미 연행사 등을 통해서 국제 질서 및 외교 현실을 경험하였기 때문에 가능한 일이었다.

이와 같이 역관들도 다양한 해외 체험을 통하여 자신들의 대외 인식을 발전시켜 갈 수 있었으며, 이것은 현실적이고 합리적으로 대외 관계를 접근하는 주요한 기반이 되었다.

2부

개항기 외세의 침투와 상호인식

19세기 말 정부의 전문 외국인력의 고용 현황과 제국주의 국가의 침투

김현숙[*]

Ⅰ. 머리말

서양의 패권이 두드러진 19세기와 20세기에는 서구의 문화·경제·정치질서가 전세계적으로 확산되고, 주변부에 편입된 비유럽국가들은 서구가 강제한 기준과 코드에 따라 외교 관계를 맺고 경제 교류를 하게 되었다. 주변부 지역에 대한 서구의 영토쟁탈전의 막이 오르기 시작했던 이른바 제국주의 시대, 조선정부도 개항을 계기로 생소한 서구의 코드에 따라 이질적인 세계와 소통하게 되었다. 이런 부분에 무지했던 조선은 새로운 언어·규칙·제도·문화를 가르쳐 줄 사람이 필요했고, 우수한 서구의 선진기술문물을 도입하여 근대화를 달성해야 했다. 이에 정부는 유학생 파견과 서적 및 물품 구입을 통한 기술 도입이라는 간접적 방법과 외국인 기술자 및 고문관들을 이용한 기술 습득과 근대적 기관의 경영 기법 도입이라는 직접적 방법을 함께 구사하였다.

이 중 외국인 기술자들의 고용을 통한 서구 기술 문물의 도입방안

* 충남대학교 충청문화연구소 전임연구원.

은 단 기간 내에 즉각적인 효과를 가져 올 수 있고, 직접적인 문물 수입방안이라는 점에서 효율적이다. 이에 1881년 최초의 별기군 훈련교관 호리모토 레이조(堀本禮造)와 서양인 외교고문 묄렌도르프(Möllendorff)가 고빙된 이후 1904년 2월 러일전쟁 발발 직전까지 약 340여명의 외국인 기술자 및 고문관들이 정부 각 부처에서 고용되었다. 이들은 짧게는 수개월, 길게는 수십 년간 조선에 거주하면서 선진 기술을 전파했을 뿐만 아니라, 조선의 주권을 침해하는 제국주의 국가들에 대해 사명감과 애정을 갖고 저항하기도 하였다. 또한 그들은 장기간의 조선체류 경험을 이용하여 견문기를 저술하여 세계에 조선을 알리기도 하였고, 조선인들에게 다양하고 이국적인 외국의 생활문화를 전파하기도 하였다. 그러나 일부는 하부 제국주의자로서 정보제공자, 협력자, 혹은 안내자 구실을 한 것도 또한 사실이다.

그동안 조선정부에 고용되어 활동한 주요 외국인들의 개별연구가 꾸준히 진행되어 연구 성과가 축적되었으므로,[1] 본고는 필자가 이름을 파악한 340명의[2] 외국인들을 통계 처리하여 직업별, 연도별, 국적별 고용실태를 분석하여 고용인들의 전체적인 고용현황과 그 의미를

---

[1] 이현종, 「舊韓末外國人雇聘考」, 『한국사연구』8, 1972, pp.119-120 ; 이원순, 「韓末 日本人 雇聘問題 研究」, 『朝鮮時代史論集』, 느티나무, 1993 ; 김현숙, 「구한말 고문관 데니의 『청한론』분석」, 『이화사학연구』23·24 합집, 1997 ; 김현숙, 「한말고문관 러젠드르(李善得)에 대한 연구」, 『한국근현대사연구』8, 1998 ; 김현숙, 「한말 조선정부의 고문관 정책」, 『역사와 현실』33, 1999 ; 김현숙, 「고문관 러젠드르의 경제개발안과 화폐개혁안의 성격-부국책을 중심으로-」, 『경제사학』30, 2001 ; 김현숙, 「묄렌도르프의 외교정책과 경제개발정책의 성격」, 『호서사학』34, 2003 ; 김현숙, 「대한제국기 미국관료지식인의 한국인식-궁내부 고문관 샌즈를 중심으로-」, 『역사와 현실』58, 2005 ; 김현숙, 「개화기 정부 고용 서양인들의 고용실태와 일상생활」, 『한국근현대사연구』34, 2005.

[2] 김현숙, 「한국 근대 서양인 고문관 연구」, 이화여대 박사학위논문, 1999, pp.283-291. 부록에는 외국 고용인들의 명단이 첨부되어 있는데 이들을 통계 처리하여 본 글을 작성하였다.

분석하고자 한다.3) 즉, 이를 통해 정부의 근대화 정책의 추이 및 제
국주의 국가의 조선진출 현황을 살펴보고자 하는 것이다.

Ⅱ. 외국인 전문 인력의 고용 배경

19세기 말 자본주의 확대로 세계경제체제 속에 편입된 주변부 국가
의 노동력은 중심부국가의 저임금 일자리로 이동하였고, 중심부 국가
의 전문 노동력은 주변부의 고임금 일자리로 이동하였다. 즉, 자본주
의 발달, 제국주의 침탈, 자본의 침투, 노동력의 이동은 서로 긴밀하
게 연결된 사슬이다.4) 우리나라도 1900년대 초부터 시작된 식민지시
대 징용 등을 통한 일본으로의 노동력 강제 이동이 그 사례라 하겠
다. 한편 중심부 국가들은 주로 고임금 전문 노동력을 주변부 국가에
송출하고 있는데, 이들의 국내 유입도 19세기 이후 활발하게 진행되
고 있다. 본고에서 살펴보는 정부 고용 전문 인력도 그 사례이다. 외
국 고급 인력의 국내 이동 현상은 인근 일본과 중국에서는 더 뚜렷하
게 나타난다. 일본정부가 고용한 외국인 수는 1872년부터 1898년까지
약 6,200명에 달하고, 같은 기간 민간에서 고용한 수는 약 12,500명

---

3) 서양인 고빙인에 대한 개략적인 실태조사는 김의환, 「한말 고빙외국인에 대한고
찰」, 『국회도서관보』7권 2호에 의해 수행되었다. 그러나 당시 이름이 확인된 서양
인 134명에 대한 통계처리이므로 불확실한 측면이 나타났다. 따라서 본고에서는
구한말 고빙인들의 고빙실태를 보다 정확히 파악하기 위해 현재까지 이름이 확인
된 340명의 명예직 외국인 고용인을 포함한 총 고용인 명단을 파악하여 통계처리
를 해 보았다. 앞으로 더 많은 외국인들의 이름과 직위가 확인이 되면 고빙인들
의 고빙 실태도 재서술되어야 할 것이다.

4) Appelbaum Richard P. and Gary Gereffi, "Power and Profits in the Apparel Commodity
Chain," in Edna Bonacich, Lucie Cheng (eds), Temple Univ, Press, 1994(김동훈, 이상철
외, 「국제노동력 이동과 외국인의 국내 취업」, 『경제와 사회』 1995년 여름호 통권
26호 재인용).

에 달한다.5) 중국에서도 고용 외국인의 총 숫자는 알려지지 않지만, 중앙 및 지방 정부와 산하 기관에도 많은 수의 전문인력을 고용하고 있었는데, 일례로, 해관에만도 천여명 가량의 외국인들이 근무하고 있었다.6) 이처럼, 19세기 말 서양의 전문 인력들이 동북아시아 지역으로 대거 이동한 이유는 어디에 있는가?

첫째로, 19세기 유럽 등 중심부 국가에서는 인구증가와 교육의 확대에 따른 고급 인력이 증가하였다. 출신 배경이 좋고 교육을 잘 받은 잉글랜드인, 유럽의 상류층들은 고액의 연봉을 지급하는 직업을 쉽게 구할 수 있었지만, 사회적 지위나 상속에서 배제된 귀족의 차남들과 몰락가문의 후예들, 새로운 부와 명예를 획득해야 하는 중산층들, 또한 아일랜드인·스코트랜드인·웨일즈인 등 기회의 박탈감을 느끼고 있던 변두리인들은 상대적으로 구직난을 겪고 있었다.7) 이때 식민지와 주변부 국가에는 관료직·군대·기술직·의료 및 기타 무역업 등 상당수의 일자리가 창출되어 중심부의 엘리트에게 열려있었다. 바로 식민지와 주변부는 이들에게 마지막 개척의 땅이었고, 명예와 출세의 기회의 땅이었다. 여기서의 보수는 본국에서 받는 수입보다 훨씬 높았을 뿐더러, 수십명의 하인을 부리면서 누리는 귀족과 같은 생활, 군사적 무훈·이국적 음식과 문화·열등한 인종을 문명화시키는 사명감과 기독교의 전파 등은 백인들의 인종적인 우월감을 과시할 수 있는 무형의 보수였다.

실제로 조선에 들어 온 상당수의 서양인들은 대학교육을 받은 중산층 출신의 화이트 칼라들이었고 사회적 지위와 부를 찾아 먼 극동의

---

5) 梅溪昇, 『お雇い外國人槪說』, 鹿島硏究出版會, 1968, pp.52-53, 표 1, 2 참조.
6) 叶風美, 「赫德在中國」, 『近代中國對外關係』, 近代史硏究專刊, 1985. H.B. Morse, The International Relations of the Chinese Empire, London, 1910.
7) 박지향, 『제국주의』, 서울대 출판부, 2000, pp.248-257.

땅에 까지 들어 온 자들이었다. 일례로, 묄렌도르프는 독일인 몰락 귀족의 후예로 부와 명예를 쫓아 중국으로 건너 와 청국해관에 근무하다가 청의 북양대신 이홍장의 추천으로 고위 고문직으로 오게 된 자였다. 그는 조선에서 조약 교섭 및 근대화 정책을 수행하면서 상당한 권력을 향유하였고, 이권과 금권수수에 관심을 많이 보였다. 조선의 탁지부 고문 및 해관총세무사로 장기간 상당한 영향력을 행사했던 브라운(J. McLeavy Brown)은 아일랜드 출생이었다. 그는 영국의 대조선 정책의 기조 하에서 해관과 관세를 처리하였고, 일본의 경제진출에 큰 공을 세웠다. 그 공으로 조선에서 퇴직한 후 영국여왕으로부터 훈작사 작위를 받았고 일본으로부터도 상당한 금액을 수수받았다. 한편, 외교 고문이었던 미국인 데니(O.N. Denny)는 이권양여와 차관도입에 관심이 많았던 자로, 귀국 후 상원의원으로 활약하였고, 궁내부 고문 샌즈(S.F. Sands)는 조선에서의 경험을 바탕으로 미국 외교관으로서 재직하였다. 이와 같이, 조선에 온 대다수의 서양인들은 극동에서의 경험을 바탕으로 사회, 정치적으로 출세를 하고, 부를 쌓고자 하는 야심이 있었던 사람들이었다.

둘째로, 중심부 국가의 입장으로는 사회의 불안요소로 작용할 수 있는 남아도는 고급 인력을 활용하여 주변부에 기술과 문화를 전수함으로써 관계를 긴밀히 하고, 국제사회에서 그 나라의 위상을 높이고, 특히 무역증진에 도움을 받을 수 있다는 이점이 있었다. 또한 19세기 말 자국민들을 이용한 주변부 지역에서 협력체제의 구축은 제국의 침투와 팽창에 필요불가결한 요소였다. 앞에서 언급한 브라운 등 고위급 고문관들과 군사교관 등을 통해 국가의 정보와 기밀들이 제국주의 국가로 유출되었다. 또한 외국 인력들이 국내에서 활동하면서 필연적으로 형성하는 국내 권력층과의 인적 네트워크는 제국주의 국가들에게 매우 중요한 교두보이자, 협력자들이었다. 아울러 그들을 통해 본국으로 유입되는 봉급, 연금, 채무에 대한 이자 등의 비중은 날로 높아져, 근래에는 제국주의 국가들이 공식적 식민 지배를 통해 얻는 수익보다는 비공식적 식민 지배를 통해 얻는 수익이 더 높았다는 연구가 나오고 있다.[8] 실제로 조선에서도 일년에 상당한 액수의 정부 예산이 외국인 봉급과 여비, 보상금 등의 명목으로 지출되고 있었다.[9]

이상과 같은 요인이 중심부에서 고급 인력을 배출하는 요인이었다면, 우리나라와 같은 주변부에서 그들을 고용하게 된 요인을 살펴보기로 하자. 먼저, 정부의 근대화정책을 들 수 있다. 앞서 잠깐 언급했듯이 서구가 강제한 국제법적 질서와 서구식 코드에 맞추어 세계와 소통하기 위해서는 그들의 언어와 질서, 제도를 배워야 했다. 또한 우수성이 입증된 서구의 과학기술을 도입하여 부국강병한 나라를 만들기 위해서도 학습이 필요했던 것이다. 동아시아 삼국은 이를 위해서, 서양인 교사를 초빙하고, 해관 등을 운영할 행정인, 올바른 근대화 방향을 자문할 고문관, 과학기술을 전수할 기술인, 군사기술을 가르치는 교관 등을 초빙하여 서양을 모방하기 시작하였다. 그 과정에서 많은 고액의 직업이 창출되었고, 이 자리를 서양인 고급 인력들에게 제공되었다.

그러면 조선에는 언제부터 외국인들이 고용되기 시작했는가? 1882년 김옥균의 주선으로 박문국, 우정국 및 별기군에 일본인 교관 호리모토 레이조등을 고용한 이후 국내 유학자들 및 민중들의 반대 여론에도 불구하고 서양과의 외교 통상 관계 증진, 선진 기술을 도입하기 위해 그해 11월 최초로 서양인 묄렌도르프를 외교고문으로 고빙하였

---

8) 박지향, 앞 책, 2000, pp.96-97.
9) 『海關案』 권 1, 2.

다. 이듬해, 1883년부터 조선의 해관 및 기기국 등 산하기관에 본격적으로 외국인들이 고용되기 시작하였다. 그러면 구체적인 고용현황을 살펴보기로 하자.

Ⅲ. 직업별 전문 인력의 고용 현황

1882년부터 1904년 2월까지 약 340여명의 외국인들이 정부의 각 부처와 산하기관에서 관리로서 직책을 부여받고 근무하였다. 이들의 직책과 지위, 권한, 대우 등은 정부의 고용인 정책에 따라 혹은 제국주의 국가의 외압의 정도에 따라 각 시기별로 다르게 나타난다. 그러면 정부문서와 고용 계약서[10])에 나타나는 명칭, 지위, 권한, 업무, 대우 등을 종합적으로 분석하여 조선정부가 고용한 외국인들을 5가지 직업으로 분류한 후 그들의 고용현황에 대해 살펴보겠다.[11])

10) 본인이 수집할 수 있는 규장각 소장 외국 고용인 고용계약서 89개를 종합적으로 분석하여 다섯가지 직업군으로 분류한 것이다. 김현숙, 「한국 근대 서양인 고문관 연구」, 이화여대 박사학위논문, 1999, 부록 4, 5, 6, 7, 8의 고용계약서 참조. pp.292-300.

11) 『관보』, 건양 원년 10월 20일. 외국인 고용인에 대한 당대의 호칭은 고문관과 고빙외국인으로 나뉘어져 있다. 1896년 외국인들에 대한 봉급 예산표를 보면 이런 현상을 반영하고 있는데 여기서 고문관은 정식 고문관이라는 직책을 받고 협판급 정도의 대우를 받으며 고빙된 사람들을 지칭하고 고빙 외국인들은 일반 행정관, 기술관, 교육관 등을 모두 포함한 일반 외국인들로 나타난다. 그러나 때에 따라서 고빙 외국인들을 광의의 고문관이라 지칭하기도 한다.

<표 1> 직업별 외국인 고빙현황 (1882-1903)

명 수	미	영	불	독	러	일	청	국적불명	기타	계
고문관	6	2	1	1	2	16	2	0	1	31
행정관	12	24	13	21	5	44	4	1	10	133
기술관	27	7	15	7	5	32	3	1	1	89
교육관	4	6	8	4	2	11	2	0	0	35
군사교관	4	3	0	0	31	1	0	0	0	39
직업불명	0	0	0	1	0	0	0	1	0	3
계	53	42	37	34	45	104	11	3	12	341

출전 : 김현숙 박사학위논문 인명부

<도표 1> 직업별 외국인 고빙현황 (1882-1903)

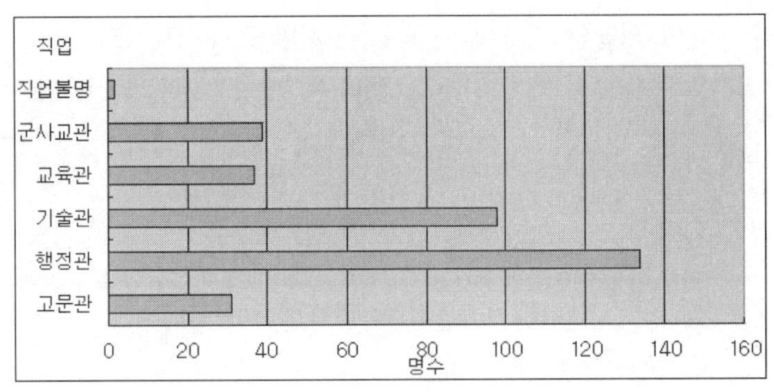

먼저 외국인들에게 부여된 직책 중 가장 고위직이며, 고액의 봉급이 보장된 고문직에 대해 알아보기로 하자. 사전적 의미로 고문관은 정부 각 부처에서 고문관이라는 직함을 가지고 정책입안과 자문활동을 하는 고위 계약직 외국 관리들을 지칭한다. 19세기 말 조선역사에 등장하는 정부 고용 고문관들은 다음과 같은 모습을 띠고 있다.[12] 먼

---

12) 규장각 소장 고문관 문서 奎23429, 奎23176, 奎23301, 奎23334, 奎23473, 奎4238, 古文書4226, 古文書4228, 古文書4217, 古文書4248.

저, 이들은 정·종 2품이나 정 3품, 혹은 칙임관(勅任官) 2등에 해당하는 고위 직책인 협판(協辦)이나 회판(會辦), 찬의(贊議), 참의(參議)나 혹은 공식 고문관이라는 직책을 받고 부임하였다.

부임 후 이들은 내무부, 외부, 법부, 탁지부, 군부, 농상공부, 궁내부 등 각 부처에 배속되어 자문과 실무를 맡았는데, 고문관들 내에서도 직급과 부서에 따라 1등 고문과 2등 고문으로 나뉘어졌다. 이 중 종 2품 협판직 이상에 봉해진 자들은 주로 1등 고문관들로 정치적 현안에 대해 정책입안과 자문활동을 주로 하는 정치고문의 성격을 띠었고 대신의 지휘·감독 하에 있었다. 2등 고문에 속하는 정 3품 이하 참의 등에 봉해진 자들은 주로 실무를 맡은 실무자로서 대신이나 협판의 지휘·감독 하에 있었다. 그러나 시대적 상황에 따라, 예를 들어 갑오개혁기 일본인 고문관들이나 아관파천기 탁지부와 법부 고문들은 대신에 버금가는 권한을 가지고 부서를 운영하는 실세로 활동하였다.13) 이들은 대체로 학식과 외교적 능력을 겸비한 인사들이 고용되었는데, 고위 관직에 있던 고문관들은 조선에 부임하기 이전 이미 자국에서 외교관지이나 법관직 및 고위 행정직 등에 종사한 경험들이 있던 인사들이었다.

이와같이 고문관직은 외국인들에게 개방되어 있는 고위의 권력이 있는 자리였던 것이다. 1882년부터 1903년까지 조선정부 각 부처에는 총 31명의 고문관들이 고빙되었는데 이는 전체 고빙인 중 약 9%를 점하고 있다.<표 1, 도표 1>

---

13) 고문관들은 다른 고빙인과는 달리 각부 대신들과 계약서를 체결하였는데, 계약서 내에 그들의 업무가 상세하게 규정되어 있다. 또한, 고문관들은 행정관이나 기술관들보다도 고액의 봉급과 후한 대우를 보장받았다. 물론 사람과 시기에 따라 일정한 변화는 있지만 12,000원(元)에서 6,000원 사이의 고액의 연봉을 지급받았고 사택을 제공받거나 월 100원 상당의 사택비를 받았다.

<도표 2> 국가별 고문관 고빙현황

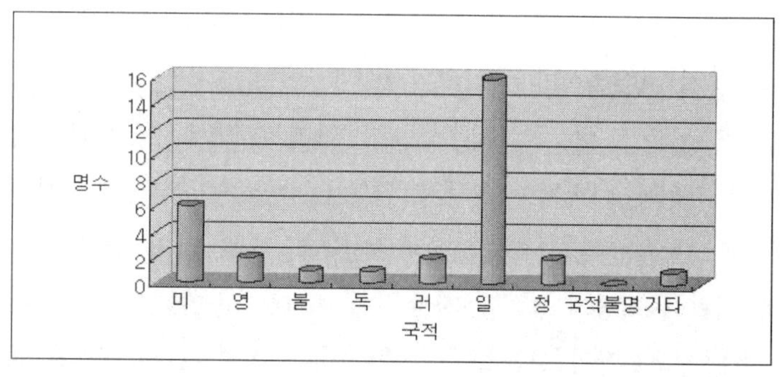

　국가별 고문관 고용현황을 분석해 보면 <표 1>과 <도표 2>에서 볼 수 있듯이 일본인이 16명, 미국인이 6명 나머지 영·불·러·청·독 등이 고른 분포도를 보여주고 있다. 일본인이 16명을 차지한 것은 1902년 8월에 고빙된 가토 마쓰오 (加藤增雄) 고문을 제외하고는 모두 1894·5년 갑오기에 일본이 보호국화를 목적으로 일본 관리들 중 선별하여 파견한 자들이기 때문이다. 이들은, 일본 대장성에서 여행경비와 봉급 일부를 지급받고 일정기간 파견 근무를 한 후 다시 일본 정부의 관리로 복귀하는 자들이었다.[14] 이들의 임명은 조선의 외부대신과 내각의 추인을 받는 것으로 되어 있지만, 형식에 불과했으므로 조선정부가 임명권을 행사했다고 보기 어렵다. 각 부처에 배속된 일본인 고문들은 부서들을 운영하고 개혁입안들을 기안한 자들로 수개월에서 1년 미만 정도 조선에서 체류하다 아관파천을 계기로 모두 귀국하였다.

　따라서 일본인 고문관을 제외하면 총 6명의 고문관을 배출한 미국

---

14) 『일본공사관기록』 권7, 3-(36) 기밀 89호, 「益田造幣局技手 여비지급 건」, 1895. 9. 30, p.67.

이 1886년부터 1900년까지 조선의 주요 고위 고문직을 독점했다고 볼 수 있다. 주요 인물은 내무부의 데니(O.N. Denny), 법부의 그레이트하우스(C.R. Greathouse), 궁내부의 러젠드르(C.W. LeGendre), 군부의 다이(W.M. Dye), 해관총세무사의 메릴(H.F. Merrill), 궁내부의 샌즈(S.F. Sands) 등으로 정부의 핵심 부처에 미국인들이 고용한 것은 고종의 인미책(引美策)에서 기인한다. 즉, '공평부사'하고 영토적 야심이 없다고 파악한 미국을 조선에 끌어 들여 일본 및 청국, 러시아의 침략을 견제하려는 이이제이정책(以夷制夷政策)의 일환이었다. 즉, 조선에 대한 관심과 이해관계를 긴밀하게 하기 위해 각종 경제적 이권을 부여하고 고문직에 미국인들을 등용했던 것이었다.[15] 따라서 고문관의 선정기준도 그의 국적이나 친조선적인 성향이 먼저 파악된 후 그의 전문성과 경험이 고려되었다. 그러나 1880년대 주요 고문관들이 청국의 추천을 받고 부임하게 되면서 불가피하게 나타나는 청국과의 연결 고리를 고종은 '길들이기 작전'으로 끊어버리곤 하였다. 그 대표적인 예가 바로 묄렌도르프와 데니였다. 또한 고종은 이들을 자신의 권력기반이자 국가 죄고의 국정 의결·십행기구인 내무부에 포신시킴으로써 원세개의 영향력이 강하게 행사되는 통리교섭통상사무아문에 대항하고자 하였고 광무개혁기에는 궁내부에 포진시켜 직접 지휘하고자 하였다.

미국인 고문관들은 반청정책과 중립화안 등 각종 외교정책의 입안, 국제법의 활용과 조약체결, 서구의 근대문물 도입과 근대 기관의 설

---

15) Sands papers, Box 3, Folder 10. Doc. 80, 1902. 3. 15. Philadelphia Archdiocesan Historical Research Center 소장, "난 내 자신이 어떤 공사관의 직원으로 간주하지 않으며 정보나 뉴스를 제공하지 않았다." 한편 맥리비 브라운이나 러젠드르는 모국인 영국이나 프랑스의 이해관계를 위해 정보제공이나 이권알선을 서슴치 않았다. 이러한 경향은 거의 모든 고문관들에게서 발견되는 현상이었다.

치, 서구의 선진 경영기법 도입, 근대식 재판절차의 도입 등 근대화에 일정한 자극제 역할과 성과를 거두었다. 그러나 고종의 인미책에도 불구하고 1900년 샌즈의 미차관 도입 실패와 미국 측의 무관심과 불간섭 외교정책으로 인해 기대감을 상실하게 되자 1901년 이후 고종은 총애하던 미국인 샌즈를 홀대하였다. 그리고 프랑스의 크레마지(Cremazy), 일본의 가토 마쓰오, 그리고 러시아의 추천을 받은 덴마크인 뮬렌스테스(H.J. Mühlensteth)과 벨기에인 드루아그 (Deleoigue) 등 각국 고문들을 고용하여 유사시 이들의 모국과의 통로로 이용하고 이들 상호간의 견제와 대립을 이용하여 열강의 상호견제구도를 만들었다. 그러나 이러한 고문관들의 상호견제 구도는 조선의 국력 약화와 심화되는 대외위기에 따라 열강의 침투통로로 역이용되었다. 고문관들도 열악한 근무환경, 정부의 지도력 부재 및 식민지화의 위기가 심화되면서 근무의욕을 상실하고 자신의 지위와 권한을 유지하기 위해 열강과 결탁하는 경향을 보였다.[16]

　　외국인들이 조선에서 가장 많이 임용되는 분야는 바로 행정관직이었다. 행정관이란 조선정부 각 부서에서 행정업무를 담당하거나 우정국(郵政局), 기기창(機器廠), 조폐국(造幣局), 해관(海關), 전환국(典圜局) 등 산하 기관에서 근대적인 경영기법을 가지고 기관을 운영한 자들이었다. 전자의 경우 갑오기 일본인 고문관 밑에서 행정 실무를 담당하던 일본인 보좌관들이 대표적이며, 후자의 경우 각 지역 개항장에서 해관을 운영하던 해관원들을 꼽을 수 있다. 각 부서에 포진한 일본인 보좌관들은 조선정부에서 행정의 근대화를 위해 주체적으로 고용했다고 보기 어려운 자들로 개혁 입안을 추진하는 일본인 고문관 밑에서 일본의 행정법 등을 번역하거나 실무를 담당하였다. 그들은

16) 김현숙, 「한말 조선정부의 고문관정책」, 『역사와 현실』33호, 1999.

1895년 초에 입국했다가 대체로 1895년 10월 경 혹은 아관파천을 계기로 모두 귀국하였다.

　반면 해관에 고용된 해관원들은 청국해관에서 파견된 자들로 다양한 국적의 서양인들로 구성되어 있다. 이들은 1883년부터 업무를 관장하다가 파견기간이 만료되면 각각 청해관으로 복귀하거나 혹은 1905년 이후 통감부가 해관을 관장하게 되면서 본국으로 귀국하였다.[17) 이 시기 해관은 오늘날의 관세청처럼 관세의 수취·수납만 담당한 것이 아니라 대외무역업무에 까지 영향력을 행사하여 서구 열강의 조약 권리의 이행을 보증해주는 경제기관이었다. 해관원들은 저율관세 하의 수출입 물품의 통관, 경제와 무역에 관한 보고서 및 통계자료 작성과 발표, 밀수의 단속과 항만관리 등을 담당하였다. 당시 해관의 총세무사는 영국인 브라운으로 정부의 주요 재원이었던 관세를 이용하여 정부의 재정과 차관, 금융에까지 영향력을 행사했던 사람이었으며, 해관을 서양인들이 운영하는 독립적이며, 실세 기관으로 만들었다.

<도표 3> 국가별 행정인 고용현황

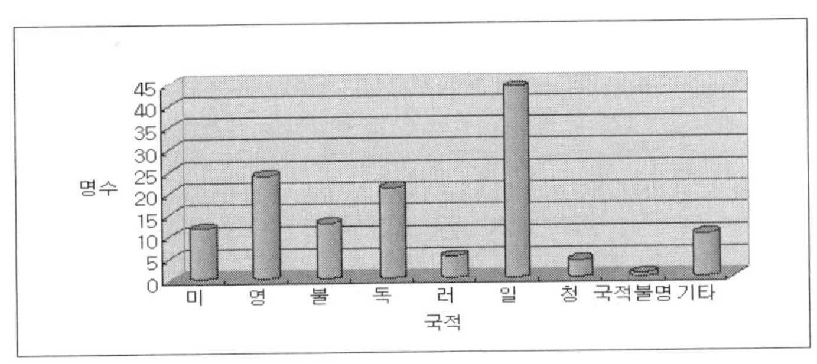

　한편 수만개의 일자리가 창출된 청국의 해관도 영국인 하트(R.

---

17) 김현숙, 「한말 고문관 J. Mcleavy Brown에 대한 연구」, 『한국사연구』66, 1989.

Hart) 해관장에 의해 외국인 기관화되어 독자적으로 운영되었는데, 고액의 봉급과 좋은 대우로 당대 인기가 높았던 해관직들은 세계 각국에서 몰려든 서양인들에 의해 충당되었고, 잡일을 하거나 하역을 하는 저임금 노동직은 청국인들에 의해 충당되었다.[18]

1882년부터 1903년까지 약 134명의 행정관들이 고빙되었는데 이는 전체 고빙인의 약 40%를 차지한다.<표 1, 도표 3> 일본인 행정관의 경우 보좌관직에 고용되었으며 대체로 주임관(奏任官) 5품직의 품계를 받고 연봉 800원 이상을 받았다. 서양인 행정관의 경우 대체로 1,000원-1,200원 정도의 연봉을 받고 근무하였다.[19] 일본인을 제외한 나머지 행정관직의 국가별 인적 구성을 보면 영국인이 24명, 독일인이 21명, 프랑스인이 13명, 미국인이 12명, 러시아아인이 5명, 청국인이 3명으로 되어 있다.(<표 1>참조) 영국인과 독일인이 가장 많은 이유는 바로 초대 해관장이 독일인 묄렌도르프였고, 그 이후 영국인 브라운이 약 20여년간 해관장으로 근무하면서 자국인 해관원들을 중용하였기 때문으로 추론된다. 그 밖에도 미국인, 프랑스인, 러시아아인이 골

---

18) S.F. Wright, Hart and the Chinese Customs, Queens Univ. Belfast, 1950 ; 王樹槐, 『外人與戊戌變法』, 中央研究員, 중화민국 54년. 청국의 총세무사로 49년간 재직한 로버트 하트는 청정부의 지휘를 받지 않고 독립적인 체제로 청국해관을 운영하였으며, 막강한 권력을 행사한 인물로 유명하다. 그는 영국의 정치·경제적 제 권익을 옹호하고 관철시켰으나, 청국은 기존질서가 유지될 정도만의 세력을 가져야 한다고 생각했다. 모든 해관운영은 하트가 독자적으로 專斷하였고, 조선해관과의 관계 및 지휘·명령도 모두 하트가 독점하였다. 다만 외교 및 정치적 문제가 발생할 때만 청국정부에 지원을 요청하였다.

19) 규장각 소장 행정관 고용문서, 고문서 奎4227, 고문서 奎4257, 고문서 奎4251, 고문서 奎4258, 고문서 奎4258, 奎23078. 직무에 따라 통역관직 등에 고용된 행정관들은 대체로 判任官의 대우에, 연봉 800원 이하를 받았다. 이들은 대신, 협판및 總書의 지휘·감독 하에 있으며 국장 및 총서들과 계약을 체결하였고 서양인해관원들의 경우 총세무사와 계약을 체결하였다. 서양인들은 일반적으로 1년에서 3년 사이의 계약을 체결했으며, 연봉 1000元-1200元 정도를 받았고 거주비, 귀국여비 등을 제공받았다.

고루 분포하고 있는데, 그것은 조선해관이나 청국해관이 서구인들로 구성된 국제해관의 성격을 띠기 때문이었다. 조선해관원들은 주로 청국해관원들 중 인선되어 파견되는데, 해관직을 둘러싼 열강간의 상호 경쟁과 견제로 인해, 주요 중심부 국가들 이외에 벨기에인, 네덜란드인, 이탈리아인 등 다국적 인사들을 골고루 인선했다. 앞에서 언급했듯이 해관은 단순한 관세수취기구가 아니라 모국의 무역증내와 긴밀하게 연결되었기 때문이었다.

참고로 명치유신기 일본의 외국인 고용현황을 잠깐 소개하기로 한다. 19세기 말 서양인들의 일본 진출은 괄목할 만하다. 앞서 언급했듯이 1872년부터 1898년까지 일본정부가 고용한 외국인의 수는 약 6,200명에 달하고, 같은 기간 민간에서 고용한 외국인의 수는 약 12,500명에 달한다.[20] 이 기간 중 일본정부 고용 외국인 중 행정인의 비율은 19%에 불과하다. 대신 기술인의 비중이 가장 높았고 이들은 1872년부터 1880년 명치초기에 집중 분포하고 있다. 그 후 외국인 학술교사의 비중이 높아지는 경향을 나타낸다.[21] 즉 일본의 경우 서구 기술문물을 활발히 도입·습득하여 근내화를 적극적으로 추진하는 모습을 반영한다. 한편 조선의 경우 일반 식민지들처럼 행정관의 비율이 40%로 높게 나타난 것은 갑오기 조선의 보호국화를 목적으로 일본인 행정관들이(총 43명) 대규모로 파견된 것과 조선해관이 외국인들에 의해 운영된 것에서 비롯되었다.

---

20) 梅溪昇, 『お雇い外國人槪說』, 鹿島研究所出版會, 1968, pp.52-53, 표 1, 2 참조 ; 梅溪昇, 『お雇い外國人 -外交』, 鹿島研究所出版會, 1968 ; 今井庄次, 『お雇い外國人 - 政治法制』, 鹿島研究所出版會, 1968.

21) 梅溪昇, 『お雇い外國人:槪說』, 1968, p.52. 1872년부터 1898년까지 총 6,193명의 외국인이 일본정부에 고용되었다. 이 중 사무직에 종사한 외국인은 1,187명, 기술직은 1,947명, 학술교사직은 2,265명, 직공은 235명 그리고 기타는 559명으로 계산된다.

조선정부의 근대화 의지와 그 추진 현황을 가늠해 볼 수 있는 곳이 기술관직 분야이다. 근대화 추진기 고용된 외국인 기술관들은 기술 분야에 대한 전문성을 가지고 조선정부 및 산하기관에서 서양의 선진 기술을 조선인 관리들에게 전수하거나 기술업무를 담당했던 자들이었다. 1882년부터 1903년까지 조선정부에 약 98명의 기술관이 고용되었는데 이는 전체 고빙인 중 약 28%를 차지하는 비율이다.(<표 1, 도표 1, 4>참조) 일본의 경우 기술관의 비율은 1872년부터 1898년까지는 약 31%이며 1872년부터 1880년 명치유신 초기만을 대상으로 볼 때는 무려 39%에 육박하고 있다. 즉, 서양의 선진기술을 직수입하여 활발하게 근대화를 추진하였음을 시사한다.

19세기 말 조선 측 관찬 사료에는 기사(技師)가 많이 나타나는데, 바로 기술관을 지칭하는 용어이다. 상급 기술관의 경우 총판이라는[22] 직책을 부여받고 업무에 종사하였는데, 기관을 총 지휘하는 총책임자였다. 하급 기술관들은 기술을 직접 전수하는 실무 기사들로 주로 조폐국, 통신국, 철도원, 서북철도국, 광학국, 관리서, 수륜원, 평식원, 유리창, 전보국, 기계창, 수민원, 박문원, 병원, 전보국, 농장 등지에서 유리창기사, 직조기사, 화학기사, 토목 기사, 기계창 기사 등으로 근무하였다.[23]

---

22) 총판은 하위관료기구의 책임관으로 보통 堂上이 겸하거나 협판 또는 참의가 임명되는 직책이었다.

23) 규장각 소장 기술관 고용문서, 고문서 奎3293, 고문서 奎3294, 고문서 奎3156, 고문서 奎3331, 고문서 奎3248, 고문서 奎3268, 고문서 奎3434, 고문서 奎3211, 고문서 奎4245, 고문서 奎4250, 奎23445, 奎23447, 奎23183, 奎23158, 고문서 3163, 고문서 3238, 고문서 3238. 기술관들은 주로 각부 소속 국장급들과 계약을 체결하였고 이들의 지휘·감독 하에 놓여 있었다. 기술관들은 보유한 기술의 선진성, 업무의 어려움, 직책에 따라 연봉 1,800元 - 5,000元까지 받았고 사택제공, 귀국여비와 출장비를 제공받았다. 대체로 2년 동안의 계약을 체결하였지만 별 하자가 없을 시에는 재계약되는 것이 보통이었다.

조선의 경우 기술관들을 1880년대 개화정책을 추진하던 초창기에
일부 고용하였고, 1898년 이후 광무개혁기에 본격적으로 고빙한다.
1880년대는 주로 일본인이 우정국이나 박문국, 전환국의 기사로 초빙
되어 신문발간과 전보, 전신, 우체업무에 종사하였고, 서양인들은 조폐
국에서 화폐 제조, 경복궁 전기 담당 업무, 전환국 기사 등 보다 기술
력을 요하는 분야에서 일하였다. 아울러 1880년대 후반기 미국인 광
산감독 1명과 5명의 기사들이 초빙되었는데 그것은 정부의 외국인 광
산기사 고용을 통한 광업개발정책 때문이었다.[24] 그러나 근본적이고
구체적인 광업정책이 마련되지 않은 상황 하에서 기사들만 고용한 결
과 실질적 성과를 거두지 못하고, 1년도 채 않되어 해고하였다.[25]

한편 서양인 기사들의 고용은 광무기에 대폭 증가된다. 광무기 정
부의 근대화 추진 정책을 반영하는 것으로 서양인들은 광산개발을 추
진했던 내장원의 광산기사, 서양의 농법과 새 품종을 도입하고 기술을
전수하는 농업기사, 서양의 건축양식에 따라 경운궁 석조전 등을 건축
하는 건축기사, 양전지계사업을 추진하고 있던 양지아문의 측량기사,
경의선 부설을 하는 서북철도국 소속 기사, 한성기계국 기사, 새로운
무기를 도입하고 제조하는 군부의 기계창기사, 그 밖에 별기창과 직조
국의 기사 등으로 고용되어 근무하였다. 1880년대 비해 서양인들의
고용된 분야가 다양해지고, 그 규모도 증가했으며, 주로 군사, 농업,
광업, 건축 등의 분야에서 기술을 전수해주었음을 알 수 있다.

---

24) 『日本外交文書』, 권20, #86, 1887. 5. 10.
25) 이배용, 『한국근대광업침탈사연구』, 일조각, 1989, 제 1장, pp.22-24.

<도표 4> 국가별 기술관 고용현황

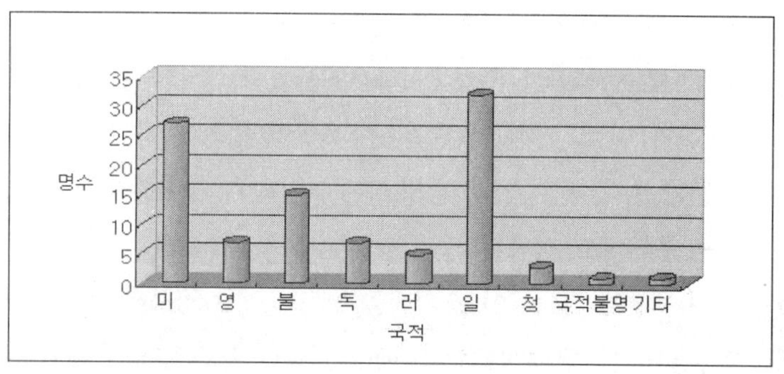

정부가 고용한 기술관들의 국적별 분포도를 살펴보면 미국이 27명, 일본이 23명, 프랑스가 15명을 차지하고 있다.(<표 1>참조) 미국인의 비율이 높은 것은 과학기술 육성정책을 적극적으로 쓰면서 산업화를 추진했던 미국과 유대관계를 긴밀히 하고자 한 고종의 정책적 배려에 의한 것이었으나, 1900년 이후 고종의 인미책(引美策) 폐기 이후 그 수는 현저히 감소되는 추세를 나타낸다. 그러자 프랑스인들이 그 공백을 메꾸며 고용되는데, 비록 그 수는 15명에 불과하지만 고용되는 시기는 광무기에 몰려있고 급증하는 추세를 나타난다. 프랑스인의 진출이 증가한 것은 플랑시(Collin de Plancy) 프랑스공사가 본국과 러시아의 후원을 받으면서 대한제국정부에 이권획득과 프랑스인 고빙 등을 위해 노력한 것에서 기인한다. 일본인 기술관들의 진출도 1899년부터 시작되어 1901년에 본격화되었는데 서양인에 비해 임금이 저렴하고 언어와 문화 등에도 익숙하다는 장점이 부각되었다.

참고로 일본은 선진 기술국이었던 영국에서 기술자들을 대부분 고빙하였고 그 외 독일인 기술자들을 고빙하였다.[26] 즉 일본의 경우 영

26) 梅溪昇, 『お雇い外國人:槪說』, 1968, pp.58-9.

국과 독일을 창구로 선진기술문물을 습득한 반면 조선의 경우 후발
자본주의 국가인 미국, 일본, 프랑스로부터 선진 기술을 전수받은 것
으로 나타난다.

　주변부국가에서 중심부 국가의 침략을 대비하여 군비증강과 군사력
강화에 심혈을 기울이고, 많은 예산을 사용하는 곳이 바로 군사관련
분야이다. 고종과 조선정부도 조선군의 근대화와 무기 증강에 집중 투
자를 하였다. 군함의 도입, 신식 무기의 수입, 신식군대의 설립과 훈
련, 해군의 설립 등을 위해 정부는 1880년대부터 외국인 군사교관들
을 고빙하였는데, 약 39명의 외국인 군사교관들이 내한하였다. 이는
전체 고용비율로 보아서 약 11%를 차지한다.(<표 1, 도표 5>참조)
이 중 정부의 인미책으로 미국인 교관 4명이 갑오 이전 육군을 훈련
하였고, 세계 최강의 해군기술을 보유한 영국의 해군 3명이 조선의
해군 창설을 위해 강화도에서 수군(水軍)을 훈련하였다. 아쉽게도 계
획했던 성과를 거두지 못한 것으로 판단된다.

　그러나 청일전쟁이후 조선의 군대는 열강의 침투의 주 대상이 되었
다. 갑오기 일본은 조신의 군대를 징익하기 위해 군부에 7명의 고문
관과 보좌관을 파견하였고 사관양성소에는 7명, 친위대대에는 10명,
기병중대에는 3명을 파견하였다.[27] 이들은 기존의 구식군제를 해체하
면서 일본식 군사제도를 이식시키는데 중점을 두고 있었다. 즉, 훈련
대를 중심으로 한 새로운 근대적 군사조직을 설치하며 군을 장악하였
으나 이는 실질적인 조선군의 근대화나 육성·강화와는 거리가 있는
것이었다.[28]

　일본 세력이 퇴조한 후 1896년 10월 러시아는 푸차타(Putiata)대령

---

27) 『구한국외교문서;日案』, #3914, 「군사교관초빙에 관한 公文改送의 件」.
28) 조재곤, 「대한제국기 군사정책과 군사기구의 운영」, 『역사와 현실』19, 1996.

과 사관 3명, 군인 10명을 파견하였고 1897년 다시 군사고문단을 파견하여 신규군대를 재편성하고자 하였다. 이때, 러시아식 군제가 도입되어 러시아 교관에 의한 조선군대가 훈련되었다. 아울러 러시아군의 『내무교범』과 같은 군사교범류들을 한글로 번역·보급되어 훈련지침서로 이용되었다. 그 외에도 대한제국은 독일과 프랑스 등의 군사교리도 도입하여 이용하였다.[29] 이와 같이 조선의 군부는 조선의 영토에 일차적 관심을 갖고 있던 일본과 러시아의 영향을 많이 받았고, 따라서 군사교관들도 주로 일본인과 러시아인들이 대부분을 차지하고 있다.[30]

참고로 일본의 경우 1876년부터 1898년까지 육군성에는 178명, 해군성에는 387명의 외국인 군사교관이 일본군대의 근대화를 위해 일하였다. 육군의 경우 프랑스 교관이, 해군의 경우 영국 교관이 주로 고빙되었다.[31]

<도표 5> 국가별 군사교관의 고용 현황

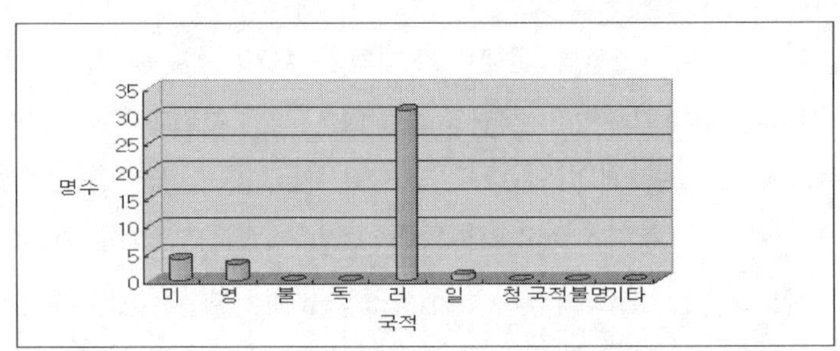

---

29) 서인한, 『대한제국의 군사제도』, 혜안, 2000, pp.101-121.
30) 이광린, 「미국군사교관의 초빙과 鍊武公院」, 『진단학보』28, 1965 ; 우철구, 「한말 雇聘 군사교관의 역할」, 『水邨朴永錫화갑논총 한국사학논총(下)』, 1992.
31) 梅溪昇, 『お雇い外國人:槪說』, 1968, p.65.

한편, 조선 측 사료에서 나타나는 군사교관은 군부대신과 군사고문 밑에서 조선인 군인들을 훈련시키는 자이다. 군사교관의 연봉은 계약 체결자에 따라 달라지지만 서양 군사교관의 경우 3,600원(元) 이하였고 일본인 군사교관의 경우 약 1,000원 정도였다. 미국인 다이(W.H. Dye)의 경우 연봉 7500원 정도를 받았던 것으로 보여진다.[32]

교육관은 정부 산하 학교에서 외국어나 수학, 국제법, 지리 등을 가르치는 교사들이다. 정부는 개화정책을 추진할 인재를 양성하기 위해 1883년부터 외국에서 교사들을 초빙하여 영어, 역사, 수학, 자연과학, 정치학 등을 교습하는 동문학(同文學)과 육영공원을 설립하였다. 연소한 관료나 양반자제들을 선발하여 교육하였으나 이미 관료로 출사한 사람이었거나 특권의식에 젖은 양반자제들이었기 때문에 학업에 열의를 보이지 않고 학교 운영도 난맥을 보이다가 결국 폐교되었다. 그 후 고종과 민비의 적극적인 배려로 선교사들이 민간에서 사립학교들을 설립하여 근대교육을 담당하였고 많은 인재들을 배출하였다. 갑오기 근대적 국민교육제도가 정비되면서 사범학교와 소학교가 설립되었고 외국어를 전문적으로 가르치는 외국어학교와 기술학교들이 개교하였다.

갑오 이후 외국인 교사들은 외국어학교(일어학교, 1891, 영어학교, 1895, 법어학교, 1895, 아어학교, 1896, 한어학교, 1897, 덕어학교, 1898), 법관양성소(1895), 우무학당(郵務學堂, 1897), 전무학당(電務學堂,1897), 상공학교(1899), 광무학교(1900) 등 전문 기술을 교습하는 학교에 배정되어 선진학문을 교습하였다.[33]

---

32) 규장각 소장 군사교관 고용문서, 고문서 奎3068, 고문서 3070, 고문서 3071.

33) 손인수, 「근대교육운동」, 『한국사』45, 국사편찬위원회, 2000 ; 이광린, 「육영공원의 설치와 그 변천」, 『한국개화사연구』 1969.

일례로, 전무학당에 고용된 덴마크인 전신교육관 뮤렌스텐스(H.J. Muelensteth)는 선발된 25명의 학생들에게 전보송수신술, 번역, 전리학(電理學), 전보규칙과 외국어, 산술 등의 12과목 내외에 대해 매일 6시간씩 강의를 하였다. 학생들은 월말 시험과 연말 시험 및 특별고사를 보았고, 여기서 합격한 학생들만이 졸업과 전신업무에 종사할 수 있었다.[34] 한편 1899년에 창설된 제중원의학교에 소속된 의학 교사들은 해부학, 무기약학, 무기화학, 세균학, 간호학, 생리학 등 각종 의학 과목들을 가르쳤다.[35] 외국어 학교에서는 선발된 만 15세에서 23세 이하인 학생들에게 외국인 전문교사들을 초빙하여 일어학, 영어학, 법어학(프랑스어), 아어학(러시아어), 한어학(중국어), 덕어학(독일어)를 가르쳤다. 수업연한은 3년에서 5년 정도로, 해당 외국어로 역사, 지리, 수학, 과학 등 보통학과도 가르쳤다. 우무학당의 경우 우체 전문가를 고용하여 15세에서 30세 이하의 학생을 선발하여 국내우체규칙, 만국연방우체규칙, 외국어, 산술 등을 교수하였다.[36]

<도표 6> 국가별 교육관 고용현황

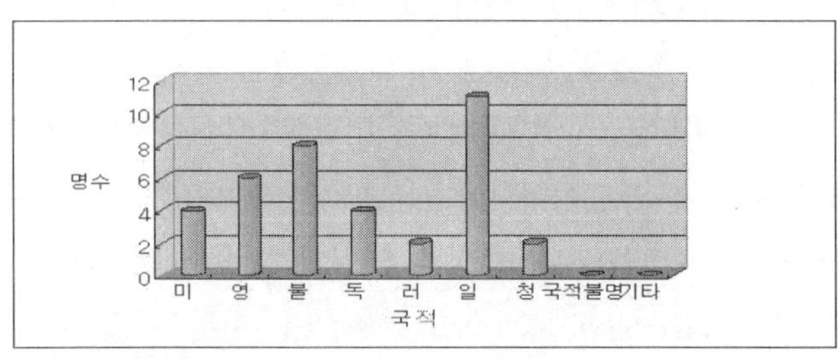

34) 『독립신문』, 1897. 11. 4, 1897. 6. 5, 1897. 9. 7 ; 김정희, 「근대 과학기술의 도입」, 『한국사』권46, 국사편찬위원회 편, 2000, p.273.
35) 이만열, 「한말 미국계 의료선교를 통한 서양의학의 수용」, 『국사관논총』3, 국사편찬위원회, 1989, p.200.
36) 변승웅, 「근대 교육의 발전」, 『한국사』권45, 국사편찬위원회 편, 2000, p.55.

외국인 교육관들은 초기에 육영공원 참리(參里), 외부 참의(參議)등 전통적인 직책을 받고 가르쳤으나 갑오 이후에는 교사라는 근대적인 직책을 받았다. 일반적으로 연봉 2,400원에서 4,000원 정도의 봉급을 받았다.37) 조선의 고빙된 교육관들은 약 35명 정도로 전체 비율로 약 11%를 점유하고 있다.<표 1, 도표 2 참조> 이들 중 일본인이 9명으로 제일 많고 프랑스인은 8명, 영국인은 6명으로 나타난다. 이러한 수는 일본의 경우 1872년부터 1898년까지의 관용(官傭)과 사용(私傭) 교사를 합칠 경우 무려 6,564명에 달한 것을 볼 때 아직 조선의 근대화 및 서구 문물 도입이 본격적인 단계로 접어들었다고 보기 어려울 것이다.

Ⅳ. 시기별·국적별 전문 인력의 고용 현황

<표 2> 연도별·국가별 외국인 고용현황

년도	미	영	프	독	리	일	청	국적불명	기타	계
1882	0	0	0	1	0	1	2	0	0	4
1883	4	15	2	8	1	1	4	0	4	39
1884	1	0	0	1	0	4	1	0	0	7
1885	4	2	0	4	0	0	0	0	0	10

---

37) 규장각 소장 교육관 고용문서, 고문서 3212, 고문서 3169, 고문서 3170, 고문서 3168, 고문서 3256, 고문서 3251, 고문서 3261, 고문서 3110, 고문서 3125, 고문서 3018, 고문서 3019, 고문서 3020, 고문서 3016, 고문서 3022, 고문서 343구, 고문서 3367구, 고문서 3215, 고문서 3100, 고문서 3375구, 고문서 3386구, 고문서 奎 4252, 고문서 奎425. 교육관들은 육영공원 원장이나 부장의 지휘·감독 하에 있었고 이들과 계약을 체결한 관리들은 주로 학부 학무 국장급들이었다. 봉급 외에도 30원 - 50원 정도의 거주비, 귀국여비 등을 지급받았고 약 1년에서 3년 사이의 계약을 맺었다. 하자가 없을 시에는 계약을 갱신했는데 이럴 경우에는 연봉이 상향조정되는 경향을 보였다.

연도										계
1886	6	1	1	3	0	2	1	0	0	14
1887	2	2	0	1	0	2	0	0	0	7
1888	4	0	0	0	0	0	0	0	0	4
1889	4	2	1	0	0	0	1	0	0	8
1890	5	0	0	0	0	0	0	0	0	5
1891	1	0	0	0	0	4	0	0	0	5
1892	1	2	0	1	0	6	1	0	0	11
1893	1	2	0	1	1	2	0	0	0	7
1894	1	1	0	0	0	3	0	0	0	5
1895	0	1	1	0	0	37	0	0	0	39
1896	7	0	1	0	30	1	0	0	0	39
1897	3	1	2	0	6	0	1	0	0	13
1898	1	5	2	7	0	8	0	0	3	26
1899	2	2	1	2	1	16	0	0	3	27
1900	0	1	11	0	0	4	0	1	0	17
1901	2	3	8	1	2	7	0	0	0	23
1902	2	1	6	2	3	2	0	1	1	18
1903	0	1	1	0	1	1	0	1	1	6
년도불명	2	0	0	2	0	3	0	0	0	7
계	53	42	37	34	45	104	11	3	12	341

앞서 언급했듯이 정부의 외국인 고용 목적은 서구 근대 문물의 수용이었다. 임오군란을 무력으로 진압한 청군의 후원을 받으며 고종은 동도서기적 근대화 정책을 공식 추진시킬 수 있었다. 이에 <표 2>와 <도표 7>에서 나타나듯이 외국인들의 고용은 1883년, 1894－5년, 1898－1902년에 집중 분포되어 있다. 1883년도는 해관 창립에 따른 외국인들의 고용, 기타 조선정부의 본격적인 근대화 추진에 따른 기술인들의 임용 등으로 그 수가 증가한 것이었다. 그 후에도 외국인의 고용은 꾸준히 추진되어 1893년까지 총 121명이 고빙되었다. 이 중 미국인이 약 33명으로 전체의 27%를 차지하고 있으며, 그 다음으로는 영국, 일본, 독일의 순으로 나타난다. 이는 당대의 조선 근대문물

도입 대상국을 간접적으로 나타내고 있다. 그러나 이시기 많은 수의 서양인들이 청국 정부의 추천과 비호를 받고 조선에 들어오므로, 이들을 통한 청의 영향력 확대라는 측면도 아울러 지적해야 할 것이다. 뿐만 아니라 청국인 군사교관 및 고문, 청국에 파견된 영선사 유학생 등, 즉, 청을 통한 서구 문물의 도입이 1880년대 초반기에 나타난다.

<도표 7> 연도별 고용인 현황

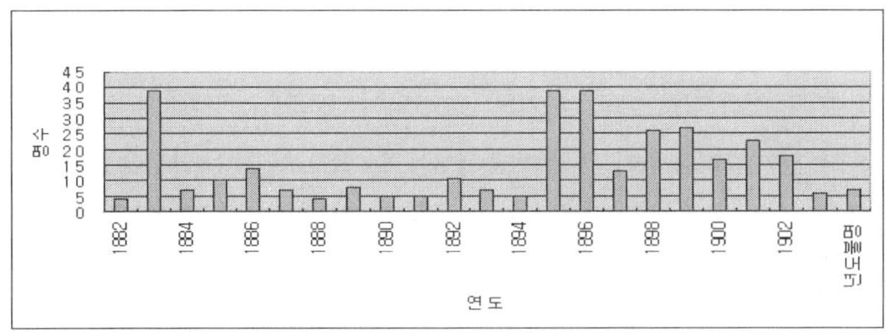

<도표 8> 연도별·국가별 외국인 고용 현황(1882-1893)

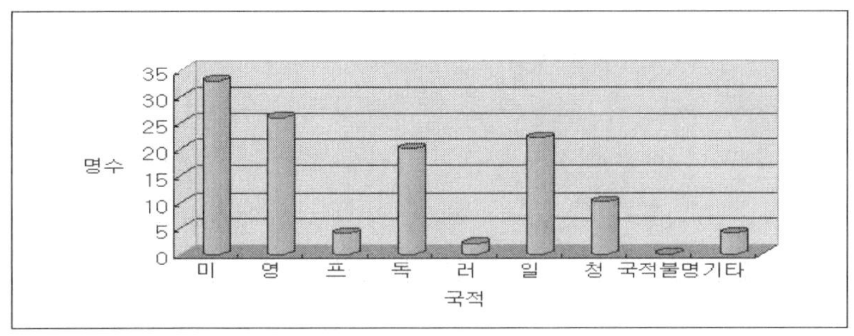

실제로 이 시기 농사기술, 광산기술, 전기, 의료, 종교, 국제법, 기타 문물 등이 미국을 통해 직수입되었다. 수교 초기 미국은, 영국의 식민지였다는 역사를 내세우면서 제국주의적 영토팽창에 반대하였고,

주변부의 문명화에 기여한다는 대의명분을 내세웠다. 물론 조선에 노골적인 제국주의적 침투를 자제한 직접적인 원인은 해외로 팽창할만한 국력이 없었기 때문이었다. 정부는 미국이 영토야심이 없고, 조선의 독립을 지켜 줄 수 있다고 판단하고, 미국을 통해 근대화를 이루고자 하였던 것이다.(<도표 8>참조)

갑오기에 들어서면서 외국인 고용이 급작스레 증가하는데, 일본인들이 대다수를 차지하고 있다. 일본인의 고용은 갑신정변 이전과 1890년 이후에 집중되어 있으며, 이는 일본인의 진출이 일본의 대조선진출정책이 본격화되고 있는 시기와 연계되어 있음을 시사한다. 1889년 일본의 군비증강계획이 성공리에 끝난 후 1890년부터 일본은 조선으로의 본격적인 진출을 시도하였다. 일본은 침략의 기회를 포착하기 위해 방곡령, 김옥균 암살 사건, 제주도민 피살사건 등 외교적인 문제를 야기시키며, 양국 관계를 긴장시켰으며, 자국인들은 조선 정부에 고용시키기 위해 직·간접적인 압력과 회유 등의 방법을 구사 하였다. 즉, 일본인 고용은 선진 기술도입이라는 측면 외에 조선 정부 내에 일본인 협력자의 확산 및 협력 네트워크의 구축이라는 의미를 함축하고 있는 것이다.

결국 1894년 경복궁 점령 이후 근대화를 빌미로 각 부처에 외국인 고문관을 배치하도록 압력을 가했고, 이에 갑오개혁기에 들어서면서 44명에 달하는 일본인이 대거 고용된 반면 그 외 나라에서는 4명만 고용되는 기현상을 낳고 있다.(<도표 9>참조) 이는 갑오기 일본의 조선에 대한 독점적인 영향력을 의미하는 것이라 하겠으며, 일본으로부터 근대문물이 수입되는 현상을 반영하는 것이다. 실제로 갑오개혁은 많은 부분 일본을 모델로 한 것으로 일부 법령들을 일본의 것을 그대로 번역한 것들도 있었다.[38]

<도표 9> 연도별·국적별 외국인 고용 현황(1894-1903)

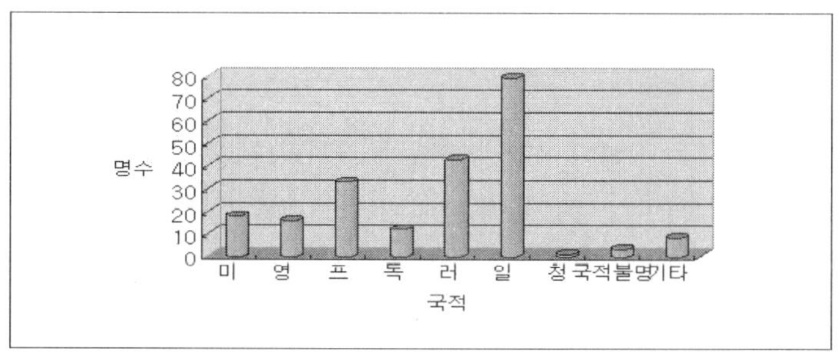

　1896년과 1897년 아관파천기에는 러시아의 정치적 우세가 정부 고용인 현황에도 그대로 반영된다. 즉 2년 동안 러시아인들은 36명이 고용된 반면 기타 6개국 총 고용인원은 16명에 불과하다. 그 중 미국인이 무려 10명을 차지하는데 아관파천기 왜베르(Waeber) 러시아 공사의 러·미 공조관계를 반영하고 있다고 하겠다. 즉, 러시아는 영국이나 일본의 견제나 의심을 피하기 위해 중도세력이라 판단되었던 미국인들과의 공조 하에 정국에 영향력을 행사하였다. 러시아인들은 주로 군사직과 재정 부분에 고용되었으나, 1898년 봄 독립협회의 반러운동과 러시아의 대한정책의 후퇴 이후, 현격하게 줄어드는 추세를 나타내고 있다. 따라서 러시아의 문물 유입과 영향력은 군사 부분에 치중하는 경향을 보인다.

　<도표 9>에서 볼 수 있듯이 1898년 이후 고용 외국인의 국적은 다변화되었으며 증가 추세를 보인다. 그것은 절대 황제권을 확립한 고종이 내장원에 정부의 주요 재원을 이관시키고 궁내부 산하에 근대기관들을 설치하고 광무개혁을 추진한 것을 반영한다. 1898년 이후부터

---

38) 왕현종, 「갑오개혁연구」, 연세대 박사학위논문, 1999, p.152-159.

1903년까지 평균 20여명의 외국인들이 매년 입국하는데 이중 프랑스 인이 29명으로 제일 큰 비중을 차지하고 그 다음 27명의 일본인 기술자들이 고용되었다.(<표 2, 도표 9>참조) 반면 1880년대 고빙인들을 가장 많이 파견했던 미국은 7명에 불과하다. 즉, 1897년 말 이후 러시아의 조선진출을 반대했던 미국세력의 퇴조를 반영하고, 러시아세력의 후원을 얻은 프랑스의 상대적인 진출을 반영한다. 따라서 광무개혁기 조선정부의 근대문물 수입창구는 프랑스와 일본이라고 보아도 무리없을 것이다. 그 밖에도 네덜란드, 벨기에, 이탈리아인 등 여러 국적인들이 조선에 들어 왔다. 한편 일본이 외국인 고문관 정리에 착수하는 1904년 4월경에는 약 79명의 외국인 고빙인들이 정부 및 산하 기관에 종사하고 있었다.[39]

<표 3> 국가별 고용 외국인 비율 (1882-1903)

(단위: %)

	미	영	프	독	러	일	청	국적불명	기타
1882-1893	27	21	3	17	2	18	8	0	3
1894-1903	8	8	16	6	20	37	0	1	4

　마지막으로 국적별 외국인 고용 현황을 정리해보기로 하자. 1882년 -1893년 조선정부의 국적별 고빙인 비율을 보면 미국이 27%로 단연 선두를 차지하고 있고 다음이 영국, 일본, 독일, 청국의 순서로 나타난다.<표 3, 도표 8> 서양인 고빙인들은 주로 고문직, 행정직 등 고위직에 종사하는 것으로 나타나고 일본인 경우 기술직에 종사하는 것

---

39) 『주한일본공사관기록』 권17, 6-(16) 發 第65號, 「韓國政府雇聘人員數表送附ノ件」, 明治35년 6월 18일. 해관원을 제외한 총79명의 봉급과 관사비는 매년 19만 80圓이 지출되었다 한다.

으로 나타난다.

1894년 이후 이러한 추세는 변화하였다. 일본인의 비율은 34%를 차지하고 있는데 바로 이 시기 조선의 근대 문물의 주된 도입 창구가 일본이었음을 시사한다. 일본인의 진출은 갑오개혁기 뿐만 아니라 1900년 이후에도 두드러진다. 그것은 이 시기 일본이 조선의 경제 예속화 정책을 추구했고[40] 개혁사업에 대한 방해공작과 때로는 자금과 기술을 빌미로 자신들에게 유리한 방향으로 개혁을 유도하는 동시 일본인 고용을 요구했기 때문으로 풀이된다.[41] 한편 갑오이후 미국과 영국은 주춤해진 반면 러시아와 러시아의 후원을 받은 프랑스의 진출도 두드러지게 나타난다. 바로 러시아의 대조선적극정책을 반영하고 있다.

1882년부터 1903년까지 전체적인 국가별 고빙 비율을 본다면, 갑오 이전까지는 미국과 영국, 독일 등 서양국가들이었다. 즉, 이 시기 조선의 근대 문물 수입선의 75%가 서양이었다는 뜻이며, 이같은 비중은 갑오 이후 일본의 비중이 커져가면서 변화하고 있다. 갑오 이후 37% 정도의 외국인들이 일본에서 도래했으며, 그 뒤를 이은 것이 러시아, 프랑스의 순서이다. 전체적으로 볼 때는 일본인의 비중이 가장 크고 그 다음으로는 미국, 러시아, 영국, 프랑스의 순이다.<표 3> 바

40) 일본은 산업혁명에 따라 일본산 소비재 수입이 전보다 2-3배 증가하였다. 신식 화폐발행장정으로 인해 일본화폐의 유통이 전국적으로 확대되어 円블럭권에 조선통화가 포섭되었고, 일본정부의 후원을 받는 제일은행은 조선에서 급속하게 금융권을 장악하였다. 또한 일본인 거류민들이 대거 진출하는 등 경제적으로 조선을 급속도로 잠식해 들어갔다.

41) 일본측은 이용익의 개혁사업에 대해 철저한 방해공작과 때로는 자금과 기술을 빌미로 접근하여 자신들에게 유리한 방향으로 개혁을 유도하는 작업도 병행했다. 예를 들어 궁내부 平式院에서 1902년 7월 부터 도량형 개혁을 시작했을 때 일본은 제일은행 차관으로 그 개혁자금을 대는 대신 일본인 井上宜文을 도량형기 제조에 고빙하라고 요구했다. 서영희, 「광무정권의 국정운영과 일제의 국권침탈에 대한 대응」, 서울대 박사학위 논문, 1998, p.91.

로 조선 근대에 영향을 끼친 순서를 반영한다고 볼 수 있다.[42] 또한 서양 국가들 중에서도 조선의 근대문물 수입선은 대부분 미국, 러시아 와 같은 후발 자본주의 국가였음을 알 수 있다. 참고로 일본의 경우 영국인을 가장 많이 고용했고 다음은 프랑스인, 미국인, 독일인의 순 서였다.

고용인들의 국가별 취업 경향을 살펴본다면 미국인은 고문직과 행 정직, 기술직에 종사하였고, 영국인은 행정직과 교육직, 독일인은 행정 직과 기술직, 프랑스인은 행정직, 기술직과 교육직, 일본인은 행정직, 기술직, 고문직, 마지막으로 러시아인의 경우 군사교관직에 각각 진출 하였음을 알 수 있다. 즉, 각 분야별 근대화에 영향을 끼친 국가를 나 타낸다고 하겠다.

V. 맺음말

조선은 장기간의 해금정책(海禁政策)과 쇄국정책으로 인해 서구 근 대 문물이 정부 주도로 공식 수입되는 특징을 갖고 있다. 즉, 학자, 상인 등 민간인을 통한 문물 도입이 아니라 위로부터의 근대화 정책 에 따른 정부의 서구 문물 도입이라는 특성을 띠고 있다. 민간인들의 서구문화 및 기술도입은 미면교역체제가 정착되고 화폐 유통이 국민 들의 일상생활에 영향력을 발휘하기 시작한 대한제국 시기부터 나타 난다. 따라서 조선 근대 문화의 특징으로 나타나는 계몽성, 관 주도성 등도 초기 정부 주도의 서구 문물 도입이라는 역사적 경험에 기인했

---

42) 조선의 근대화에 러시아가 끼친 영향은 대체로 군사부분에 국한된다고 할 수 있
    겠다.

다고 볼 수 있다. 이에 본 연구는 근대 문물의 주된 도입 창구이자 주체였던 조선정부가 어떤 국적의 외국인들을 어느 시기에 고용하여 외국문물을 수용하였는가라는 문제의식을 가지고 외국인 고용현황을 추적하였다.

이에 정부가 고용한 외국인들의 직업을 다섯 종류로 분류하여 시기별, 국적별 고용현황을 분석한 결과 다음과 같은 특성들을 도출할 수 있었다. 첫째, 정부가 고용한 고문관들은 고종의 인미책의 일환으로 1900년까지 미국인들이 독점하였고 그 이후에는 일본인, 프랑스인, 벨기에인, 덴마크인 등이 상호 견제하는 구도를 형성하고 있었다. 이들 고문관들은 자신들의 전문 지식과 경험을 토대로 세계 정세 보고 및 정보 제공 그리고 국제법에 어두운 정부를 대신하여 외교정책을 강구하고 외교현안에 대한 해결 방안들을 모색하였다. 또한 이들은 고종의 정책참모 역할을 담당하기도 하였고, 고종의 황권 강화작업에 동원되기도 하였다. 그러나 제국주의 외압이 강력하게 행사되고 조선 정부의 권력 누수현상이 현저하게 나타남에 따라 자신들의 금전적인 이익 추구 빛 지위 보존을 위해 득정 국가와 언내하기도 하는 폐단도 나타내었다. 그것은 외국인들의 고용이 제국주의 국가의 추천과 비호를 받으며 전개되었기 때문에 불가피하게 나타난 현상이기도 하였다. 바로 제국주의론에서 이야기하는 비공식제국주의자 혹은 협력자로서 외국인의 모습이었다.

그러나 외국인이라 하여 모두 제국주의자의 앞잡이로 활동한 것은 아니다. 또한 앞잡이라 하여도 그의 모든 활동을 제국주의 국가의 침투를 돕는 행위라 단언할 수 없다. 제국주의 침투와 근대화는 동전의 앞뒷면이었다. 즉, 이 시기 근대화라는 것은 서구 기술과 문물의 도입과 수용을 의미하는 것이었고, 서구의 기술과 문물의 도입은 불가피하

게 제국주의 국가와의 관계 증진 및 침투를 야기시켰다. 이렇듯, 제국
주의 국가는 근대화라는 기구를 타고 주변부에 침투에 들어 온 것이
다. 따라서 외국인들의 활동도 넓은 의미의 제국주의자로서, 협력자로
서 정체성을 갖고 있지만, 다른 측면으로서는 근대화에 기여한 측면도
나타나기도 한다. 이런 모습들이 조선에서 고용한 외국인 전문인력에
서도 특징적으로 나타나는 모습들이었다.

둘째로, 정부는 서구의 기술문물을 도입하고 실용화할 기관들을 세우
기 시작하였다. 그 일환으로 전환국·해관·기기국·박문국 등이 1880년대
설립되었고, 재판소·병기창·양지아문·광학국·통신국·철도원 등 근대 사
업기관들이 1890년대 설립되어 외국인 기술관들과 기관을 운영할 행
정관들을 고용하였다. 갑오기 정부 각 부처에서 실무 행정을 담당했던
일본인 보좌관들을 제외하고 주로 서양인들이 행정관으로 고용되었다.
한편 정부의 산하기관에서 기술업무를 담당한 기술관의 경우 미국인·
프랑스인·일본인들이 주로 고용되었다. 즉, 근대문물의 도입국들이라
할 수 있다. 이들 행정관들과 기술관들은 근대적 경영기법 및 엄격한
감독, 조선인력 훈련 등을 통해 일정한 성과를 거두었다고 평가된다.

셋째로, 갑오 이전 조선에 고용된 군사교관들은 주로 미국과 영국
계이며, 갑오기에는 일본인, 아관파천기에는 러시아인들로 구성되어
있다. 일본인과 러시아 교관들은 조선의 군사력 강화 및 근대화를 목
적으로 한다기 보다는 자국의 정치·군사적 침투를 용이하게 하기 위
한 조선의 군부 장악이라는 목적이 더 크게 작용하였다. 또한 근대화
를 위한 전문 인력을 양성하기 위해 정부는 외국에서 교사들을 초빙
하여 1880년대부터 인재양성에 힘썼다. 교육관으로 일본인, 프랑스인
영국인 등이 고용되었으며, 그 결과로 광무기 이후 정부 산하 교육기
관에서 전문 인력들이 배출되기 시작하였고 이들은 1900년대 이후 조

선사회를 이끌어 갈 식자층이 되었다.

넷째로, 조선정부의 외국인 고용현황을 일본의 것과 개략적으로 비교를 해 보면 다음과 같은 특성이 도출된다. 일본의 경우 근대 문물을 도입하고 근대화를 성취하는데 실질적이고 직접적인 역할을 하는 교육관과 기술관의 비중이 각각 37%와 31%로 나타난다. 반면 정치성을 띨 수 있는 고문관의 비중은 낮으며 기관을 대신 경영해주는 행정관의 비율도 19%에 불과하다. 한편 조선의 경우 일반 식민지처럼 외국인 행정관의 비율이 40%로 높게 나타나나 근대화를 실질적으로 추진하고 인재를 양성할 교육관의 경우 11%와 기술관의 경우 27%에 불과하다. 즉, 단순하게 외국인 고용현황만을 본다면 조선에는 아직 서구문물이 본격적으로 도입되지 않았으며, 고용현황에도 외국의 영향력이 강하게 배태된 반(半)식민지적인 특성이 엿보인다 하겠다.

19세기 말 조선에 들어 온 외국인들은 서구의 민족국가의 도래와 기독교문명의 번영이라는 시대적 환경으로 인해 애국심과 문명화의 사명감이 강한 자들이 많았다. 그들은 조선의 문명화와 기독교 전파라는 사명감과 의무감을 갖고 오지만, 오리엔탈리즘과 인종주의가 팽배한 시대적 환경을 벗어 날 수 없었던 그들의 사명감은 그리 순수하지 못하였다. 결국 소극적인 하부제국주의자들은 제국주의 모국의 문화와 사상 및 종교 전파, 경제적 이해관계의 중재 및 추구, 정보 제공 및 협력 정도에 그치지만, 적극적인 하부제국주의자들은 주변부 정부에 정치적 입지 구축 및 모국의 정치·경제·군사적 진출에 큰 역할을 담당하고 있다.

물론 제국주의 국가와 하부제국주의자들의 목적과 의도가 다 관철되는 것은 아니었다. 조선과 같은 주변부가 실제적으로 큰 힘을 행사하지 못했다 하더라도 이 시대 일어난 모든 사건들은 상호작용의 결과였다. 즉, 주변부국가의 엘리트의 역량과 의도에 따라 얼마든지 하부제국주의자들을 이용하여, 주변부 국가의 근대화와 독립을 성취할 수 있는 길은 열려 있는 것이었다. 아주 드문 예였지만 외국인 전문인력을 이용한 일본의 근대화 성공이 이를 입증하였고, 아쉽게도 조선의 경우에서는 일반적인 식민지화의 경로를 걷게 되었던 것이다.

근대 주한 미국공사의 한국 인식

손정숙[*]

Ⅰ. 머리말

한국 근대 공식 한미 외교 관계는 1882년 한미조약이 체결된 다음 해인 1883년 5월 초대 미국공사 푸트(L. H. Foote)에 의해 주한미국공사관이 설치된 이래 시작되어 을사조약의 강제 체결로 미국공사관이 철수하는 1905년 11월까지 22년간 지속되었다.

주한 미국공사(駐韓美國公使, American minister to Korea)는 한국에서 본국정부에 의해 결정된 정책에 따라 미국정부를 대표하여 한국정부와 교섭하고, 한국내의 미국 국민들을 보호하는 것이 주 임무였다. 그러나 이와 같이 미국정부의 정책을 집행하는 공식 미국 외교관의 역할을 수행했을 뿐 아니라 한국왕실과 긴밀한 유대 관계를 유지하면서, 때로는 한국 정치 세력과 연합하여, 한국 정계에서 큰 영향력을 발휘했다는 것이 특징적이다. 따라서 한미외교관계의 전개과정과 그 특징을 실질적이고 체계적으로 이해하기 위해서는 주한 미국공사들에 대한 이해가 필수적이라 하겠다.

---

[*] 이화여대 사학과 강사.

기존의 연구 성과를 보면, 주로 외교적 사건이나 미국의 대한정책을 중심으로 한미외교사를 서술하면서 부수적으로 공사들의 활동을 다루는 경우가 대부분이었다. 반면 근대 한미 교섭에서 미국정부정책의 실질적 추진자였던 주한 미국공사들에 주목하여, 그들의 외교적 역할과 한국인식 등에 대한 총체적인 접근은 이루어지지 않았다.[1)

주한 미국공사는 한미외교교섭에서 한국정부와 미국정부 사이의 '실질적 창구' 역할을 담당하였다. 따라서 한미 관계 연구는 '한국정부 - 주한 미국공사 - 미국정부' 3자간의 구도 속에서 설명해야 실질적인 근대 한미 외교의 성격을 구명할 수 있다. 이러한 면에서 주한 미국공사관의 역대 최고책임자의 인적 구성과 경력 그리고 그들의 한국관에 대한 분석은 실질적인 차원에서 한국 근대 한미외교사를 조명할 수 있는 단초가 될 것이라고 생각한다.

이를 위해 먼저 1883년 한국주재 미국공사관이 개설된 뒤 1905년 외교권박탈로 미국공사관이 폐쇄되기 까지 주재한 역대 주한 미국공사들의 임명 전후의 사회적, 정치적 경력을 살펴볼 것이다. 이는 미국 국무부의 주한 미국공사관에 대한 관심의 정도, 나아가 미국 워싱턴 정부의 동아시아 외교정책 선상에서 한반도가 차지하는 비중을 파악할 수 있을 것이다.

다음으로 역대 주한 미국공사들이 재임당시 또는 재임전후에 한국

---

1) 국내연구로 미국공사들의 활동을 볼 수 있는 연구는 다음과 같다. 문일평 저, 이광린 校註, 『韓美五十年史』, 탐구당, 1975 ; 이민식, 「19세기말 한미관계 연구」, 한국교원대 박사학위논문, 1994 ; 이배용, 「구한말 미국의 운산금광 채굴권 획득에 대하여」, 『역사학보』50, 1971 ; 이배용, 『한국근대광업침탈사연구』, 일조각, 1989 ; 민경배, 『알렌의 선교와 근대한미외교』, 연세대출판부, 1991 ; 김원모, 「알렌연구」, 『근대한국외교사연표』, 단국대학교 출판부, 1984 ; 김원모, 「알렌의 한국독립보전방책」, 『동양학』 20, 단대 동양학연구소, 1990 ; 拙稿, 「주한 미국공사 알렌의 외교활동」, 『이화사학연구』31, 2004 ; 拙稿, 「주한 미국 임시대리공사 포크연구(1884-1887)」, 『한국근현대사연구』31, 2004.

을 어떻게 인식하고 있는가를 고찰하도록 하겠다. 한국에 대한 인식은 세 분야로 나누어 즉, 한국의 경제적 가치에 대한 인식, 그리고 그들의 주 외교교섭 상대였던 한국왕실에 대한 인식, 마지막으로 구한말 한국의 당면과제였던 근대화개혁과 독립보전에 대한 인식을 살펴보고자 한다. 이를 위해서 개인 공사들이 남긴 개인문서들, 당시 본국정부에 올린 외교문서, 그리고 그들이 신문·잡지 등에 투고한 글 등을 그 분석대상으로 삼겠다.[2] 한미외교에서 미국정부를 대변하여 실질적인 한미교섭의 창구였던 역대 미국공사들의 한국인식은 주한 미국공사관의 대한 정책의 이해에 중요할 뿐 아니라, 당대 미국인들이 가지고 있었던 한국관의 한 유형을 밝혀내는 작업이 될 것이다.

Ⅱ. 역대 주한 미국공사의 경력

1883년부터 1905년까지 미국공사관이 한국에 존속했던 22년간 주한 미국공사관의 책임자 자리는 13번 교체되었고, 실제 책임을 맡았던 공사들은 총 11명이다<표 1 참조>. 그들 중에서 미국 국무부로부터 정식 신임장을 받아 부임한 공사는 푸트, 파커, 딘스모어, 허드, 씰, 알렌, 모건 모두 7명이었다. 나머지 4명은 임시 대리공사의 직함으로 정식 공사들이 사정상 임기를 채우지 못하고 떠나거나 후임자의 임명이 지연되어 공사의 자리가 공석이 되었을 경우 임시로 공사관의 책임을 맡았다. 이러한 경우에 중국, 일본 주재 미국공사관의 서기관이나 주한미국공사관의 서기관 또는 무관과 같은 하급 외교관들로 하

2) 역대 미국공사들 중 개인문서를 남긴 사람들로는 포크, 씰, 알렌이 있다. 각 문서의 세부 정보는 拙稿, 「구한말 주한 미국공사들의 활동과 개인문서 현황」, 『이화사학연구』30, 2003, pp.291-299 참조.

여금 공사관의 책임을 임시로 대신하게 하였다.

<표 1> 주한 미국공사 명단과 재임기간(1883-1905)

미국공사명		직위	재임기간
한글(한자)	영어		
푸트福特	Lucius H. Foote	·특명전권공사(EE/MP)[3] →변리공사(MR/CG)로 강 등(1884.7.7)	①1883.5.20-1885.1.12[4]
포크福久	George C. Foulk	·임시대리공사(interim)	②1885.1.12-1886.6.9 ④1886.9.1-1886.12.11[5]
파커巴巨	William H. Parker	·변리공사(MR/CG)	③1886.6.9-1886.9.1
락힐柔克義	W. W. Rockhill	·임시대리공사(interim)	⑤1886.12.11-1887.4.1
딘스모어[6]丹時謨	Hugh A. Dinsmore	·변리공사(MR/CG)	⑥1887.4.1-1890.5.26
허드何德	Augustine Heard	·변리공사(MR/CG)	⑦1890.5.26-1893.6.30
헤롯惠魯德	Joseph R. Herod	·임시대리공사(interim)	⑧1893.6.30-1893.8.31
씰施逸	John M. B. Sill	·변리공사(MR/CG)	⑩1894.4.30-1897.9.13
알렌安連	Horace N. Allen	·임시대리공사(interim) ·변리공사(MR/CG) →특명 전권공사(EE/MP)로 승격 (1901.6.27)	⑨1893.8.31-1894.4.30[7] ⑪1897.9.13-1905.6.8
패덕巴德	Gordon Paddock	·임시대리공사(interim)	⑫1897.6.8-1897.6.26
모건毛艮	Edwin V. Morgan	·특명전권공사(EE/MP)	⑬1905.6.26-1905.11.28[8]

출전: 『美案』 1, 2, 3 ; *Lists of U. S. Diplomatic officers by country, 1789-1939*, v. 2, MF 586, National Archives, Maryland ; *KAR 2*, pp.371-373 ; *KAR 3*, pp.281-285.

3) Ernest Satow, *A Guide to Diplomatic Practice*(London, New York and Toronto: Longmans, Green and Co., 1956), pp.169-170.

4) 재임기간은 실제 복무기간으로 국무부의 임명, 소환 명령일을 기준으로 한 것이 아니라 한국정부에 신임장을 제출한 날짜(Entry on Duty)로부터 소환장 제출일까지로 삼았다.

5) 주한 미국공사관의 해군무관 포크는 두 차례 임시대리공사직을 맡았다.

6) 1899년 4월 3일 딘스모어공사의 후임으로 브래들리(William O. Bradley)가 임명되었으나 사의를 표명하고 부임하지 않았다. 『美案』1, no. 637, 고종 26년 4월 23일, p.431.

7) 알렌은 서기관 시절, 씰공사가 부임할 때까지 약 8개월간 임시대리공사직을 맡았다.

8) 『美案』3, no. 3208, 1905년 11월 28일, p.799.

임시대리공사를 제외하고 미국 본국으로부터 신임장을 받아 부임한 공사 7명의 평균 재임기간을 보면 약 2년 7개월이다<표2 참조>. 공사들 중에서 가장 단기간 복무한 인물은 파커로 음주문제로 3개월 만에 해임되었다. 마지막 공사였던 모건은 미국이 러일전쟁의 결과 주한 미국공사관 폐쇄를 결정함으로써 5개월 만에 서울을 떠나야 했다. 가장 오랜 기간 공사의 자리를 시켰던 인물은 알렌이었다. 알렌은 서기관으로 재직할 때 8개월간 임시 대리공사직을 맡기도 했고, 씰공사의 후임으로 1897년 9월부터 1905년 6월까지 무려 7년 8개월간이나 주한미국공사관의 책임을 맡았다.

임시로 미국공사관의 책임을 맡았던 임시대리공사들의 임기는 대체로 3-4 개월 정도로 짧았는데, 주한미국공사관 설치 초창기인 1880년 중반, 해군무관 포크가 두 차례에 걸쳐 무려 20개월이나 복무했던 사실은 주목할 만하다. 이는 한미수교 초창기 미국의 외교체제가 아직 자리 잡지 못했음을 보여주는 것이기도 하며, 동시에 당시 미국정부가 한반도에 대해 큰 관심을 갖지 않았다는 사실을 보여주는 한 예이기도 하다.

공사들의 부임 당시 평균 연령은 51세였다<표2 참조>. 정식 공사 총 7명의 연령대를 살펴보면 30대 2명, 40대 1명, 50대 1명, 60대 3명으로 7명 중 40%에 해당하는 세 명이 60대 그리고 7명 중 두 명 즉 30%가 30대였다는 점이 눈에 띤다. 임시대리공사직을 맡았던 포크, 락힐, 헤롯, 알렌, 패덕 등의 부임 연령을 보면 포크가 29살로 가장 어렸고, 나머지는 모두 30대로 외교관으로서 젊은 나이였다.[9] 즉, 주한 미국공사들의 연령을 분석해 보았을 때, 서울 주재 미국공사관의

---

9) 임시대리공사였던 헤롯과 패덕의 나이는 未詳이다. 서기관 알렌이 임시대리공사를 맡았을 당시 나이는 35세였다.

책임자들은 외교적 경험이 부족한 젊은 외교관이나 퇴직이 얼마 남지 않은 노령의 외교관들이었다는 것을 알 수 있다. 이 역시 워싱턴 정부의 동아시아 외교정책선상에서 한국의 비중이 그리 크지 않았다는 점을 보여준다고 하겠다.

<표 2> 주한 미국공사 경력 분석표(1883-1905)

이 름	연 령 (부임시)	경 력		공사 재임기간(개월)	미국 대통령(소속)* 임기 국무장관, 임기
		공사이전	공사이후		
푸트 Foote	57세	·캘리포니아주판사 ·주칠레영사 ·주콜롬비아영사	·캘리포니아과학학술원 재무출납국장 ·캘리포니아과학학술원 이사회간사 ·시인	약 18개월 1883.5.20- 1885.1.12	Arthur(공화당)* 1881.3-1885.3 Frelinghuysen 1881.12.19-1885.3.6
포크 Foulk (임시)	29세	·해군소위 ·주한미공사관 해군 무관	·일본 요코하마의 '미국 무역상사' ·교토의 동지사대학 교수	약 20개월 1885.1.12- 1886.6.9 1886.9.1- 1886.12.11	Cleveland(민주당)* 1885.3-1889.3 Bayard 1885.3.7-1889.3.6
파커 Parker	60세	·해군장교 ·증기선선장 ·매릴랜드농대 총장	·저작활동	약 3개월 1886.6.9- 1886.9.1	위와 같음
락힐 Rockhill (임시)	32세	·주중미국공사관 서기관	·동양학자(티벳, 몽고) ·루즈벨트 외교고문관 ·주중국미국공사 ·주러시아미국대사 ·주터키대사	약 4개월 1886.12.11- 1887.4.1	위와 같음
딘스모 어 Dinsmo re	37세	·알칸사스주 변호사	·민주당 하원의원	약 37개월 1887.4.1- 1890.5.26	Harrison(공화당)* 1889.3-1893.3 Blaine 1889.3.7-1892.6.4
허드 Heard	63세	·무역업자(극동지역)	·미상	약 37개월 1890.5.26- 1893.6.30	Harrison* Foster 1892.6.29-1893.2.23

성명	연령	경력	기타 경력	재임기간	대통령·국무장관
헤롯 Herod (임시)	미상	·주일미공사관서기관	·주일미공사관서기관	약 2개월 1893.6.30- 1893.8.31	Cleveland (민주당)* 1893.3-1897.3 Gresham 1893.3.7-1895.5.28
씰 Sill	63세	·미시간스테이트사범학교 ·디트로이트여자신학교 교장 ·디트로이트 공립학교 교육감	·디트로이트시민교육위원회 위원	약 40개월 1894.4.30- 1897.9.13	Cleveland* Olney 1895.6.10-1897.3.5
알렌 Allen	39세	·북장로교 의료선교사(중국,한국) ·주한미국공사관의 公醫 ·한국왕실의 御醫 ·제중원장 ·주미한국공사관 참찬관 ·주한미국공사관 서기관	·의사 ·저작활동	약 8개월 1893.8.31-1894.4.30 (임시대리공사) 약 7년 8개월 1897.9.13-1905.6.8 (정식공사)	McKinley(공화당)* 1897.3-1901.9.14 Sherman 1897.3.6-1898.4.27 Day 1898.4.28-1898.9.16 Roosevelt (공화당)* 1901.9.14-1909.3 Hay 1898.9.30-1905.7.1
패덕 Paddock (임시)	미상	·주한미국공사관 서기관겸 부영사, 총영사	·한국주재 미국총영사	약 18일 1897.6.8-1897.6.26	위와 같음
모건 Morgan	40세	·주한미국공사관 서기관	·주쿠바공사 ·주파라과이공사 ·주우루과이공사 ·주포르투갈공사 ·주브라질대사	약 5개월 1905.6.26-1905.11.28	Roosevelt* Root 1905.7.19-1909.1.27

출전: 『美案』 1, 2, 3 ; *KAR 1, 2, 3* ; *Dictionary of American Biography, National Cyclopedia of American Biography.*

*는 대통령을 가리킨다.

다음으로는 주한 미국공사관의 최고 책임을 맡았던 역대 미국공사들이 미국 본국 내에서 어떠한 정치적, 사회적 위상을 차지하고 있었던 인물들이었는지를 살펴보도록 하겠다. 이를 위해 역대 공사들의 출신지, 출신학교, 인맥 그리고 공사 임명 전후의 사회, 정치 분야에서의 경력 등을 분석하였다.

역대 미국공사들의 경력을 종합해서 분석해 본 결과, 다음과 같은 특징을 찾아볼 수 있다.[10] 첫째, 미국무부로부터 공식적으로 신임장을 받아 한국에 부임한 7명의 정식 공사들을 보면, 공사로 부임하기 전에 외교관 경험을 가지고 있었던 인물은 푸트, 알렌, 모건 모두 3명에 불과했다. 나머지 4명은 외교관으로서의 훈련을 받지 못한 신입외교관들이었다. 이들의 부임 전 경력을 보면, 파커는 남북전쟁시 유명한 해군장교였고, 딘스모어는 법률가 출신이었으며, 허드는 상인출신이며, 씰은 교육 행정가였다. 또 외교관 경험이 있었던 세 명도 영사나 서기관급의 경험만 가졌을 뿐 공사와 같은 고위직의 경력은 모두 서울에서 처음 시작하였다. 즉, 푸트는 법률가 출신으로 내한하기 전 남미 지역에서 3년간 미국 영사로 복무한 경험이 전부였고, 선교사출신인 알렌은, 주한 미국공사로 발령받기 전, 7년간 주한 미국공사관의 서기관 생활을 했다. 구한말 마지막 공사였던 모건 공사도 주한미국공사관과 유럽 등지에서 서기관급의 외교 경험이 있을 뿐이었다. 다시 말해, 구한말 한국에 주둔했던 미국 공사들은 외교관 경력이 많은 노련한 외교가들은 아니었다는 것이다.

둘째, 주한 미국공사관의 복무가 끝난 이후의 정치적, 사회적 경력을 추적해 보면, 7명의 정식공사들은 대부분 공직에서 은퇴하였음을 알 수 있다. 즉, 주한 미국공사로 복무한 이후, 미국 본국 내에서 사회적, 정치적으로 영향력을 펼쳤던 인물들은 드물었다는 것이다. 다만 딘스모어와 마지막 공사인 모건만이 정치와 외교 분야에서 그 활동을 이어갔다. 딘스모어는 미국 의회 의원으로서 활약했고 모건은

---

10) 역대 미국공사들의 경력에 대한 상세정보는 拙稿, 『한국 근대 주한미국공사 연구』, 한국사학, 2004 참조.

한국을 떠난 이후 남미지역에서 공사로서 외교관 경력을 연장하여 주브라질 미국대사까지 역임하였다. 한편, 푸트와 씰은 본국으로 돌아가 교육계에서 활동하였고, 파커와 알렌은 집필활동에 전념하면서 그 생애를 마감하였다. 아이러니하게 역대 미국 공사들 중 본국에서 가장 비중 있는 위치를 차지했던 인물은 1887년 초 4개월간 임시로 대리공사직을 맡았던 락힐이었나. 그가 부임할 당시에는 본국에서 큰 영향력을 갖고 있었던 인물은 아니었으나, 한국을 떠난 6년 후부터 그는 미국외교계에서 다양한 경력으로 중요한 활동을 펼쳤고, 루즈벨트 행정부의 동아시아 외교 고문으로 큰 활약을 했다.

셋째, 역대 한국주재 미국외교관들은 '한국 또는 동아시아 지역의 전문가들이었는가'라는 측면에서 살펴본다면, 대부분 사전지식이 없었던 인물들이었다고 할 수 있다. 7명의 정식 공사들 중에서 서울로 부임하기 전에 한반도 사정에 대한 지식이 있었던 외교관은 알렌과 모건 두 명에 불과하다. 선교사 출신인 알렌은 공사로 발령 나기 전에 이미 한국에서 다양한 경력으로 무려 13년간을 거주했던 인물로서 역대 주한 미국공사들 중에서 가장 한국 실정에 정통한 '한국통' 미국인이었다고 하겠다. 모건은 공사 임명 5년 전에, 1년간 주한 미국공사관의 서기관으로 복무한 경험이 있어 다른 공사들처럼 한국이 완전히 낯선 이국땅은 아니었을 것이다. 반면 정식공사들과 달리, 임시 대리공사로서 공사관의 책임을 한시적으로 맡았던 포크, 락힐, 헤롯, 패덕 4명은, 한국 실정에 어느 정도 정보를 가지고 있었던 인물들이었다. 왜냐하면 임시대리공사로 발령받았을 때, 한국이나 중국, 일본 등의 공사관에서 복무하고 있었던 외교관들이었기 때문이다. 포크는 주한 미국공사관의 해군무관으로 복무하다가 초대 공사 푸트의 조기 사임으로 임시대리공사직을 맡은 경우였다. 그리고 락힐과 헤롯은 이웃나

라인 중국과 일본주재 미국공사관에서 서기관으로 복무하다가 주한
미국공사의 자리가 공석이 되자 임시로 서울에 들어온 것이었다. 패덕
역시 주한 미국공사관의 서기관겸 영사로 복무하다가 잠시 공사의 책
임을 맡았던 것이다.

　이상의 분석을 통해, 역대 주한 미국공사들은 미국 본국 내에서의
정치적, 사회적인 위상은 그리 높지 않았다는 것을 알 수 있었다. 즉
서울에 부임해올 당시 대부분의 공사들은 외교 훈련을 받지 못했고,
외교관 경력이 부족한 인물이 대부분이었다. 공사로 발령 받기 전에
교육, 법률, 상업 등 외교와 무관한 분야에서 활동하다가, 서울에서
처음으로 외교관 생활을 시작한 이들이 많았다. 게다가 공사 재직이후
의 역대 공사들의 경력을 추적해보면, 정치, 사회적으로 큰 활약을 펼
친 이들은 적고, 대부분 공직에서 은퇴하여 조용히 여생을 지낸 경우
가 대부분이었다. 또한 역대 주한 미국공사들은 한국 실정에 정통한
'한국 전문가'들도 아니었다. 알렌공사를 제외하고는 대부분은 발령
전까지 한반도 사정에 대한 지식을 갖고 있지 못했다.

　주지하다시피, 구한말 한국왕실 그리고 서울주재 서양외교관 사회에
서 주한 미국공사들의 영향력이나 그 입지는 매우 높았다. 그러나 미
국 본국에서의 한국주재 미국외교관들의 정치적, 사회적 위상은 그리
높지 않았다. 즉, 그들의 연령, 재임기간, 경력 등을 분석해 보았을
때, 한국주재 미국공사관은 미국 외교관 초년생들이 외교관으로서 훈
련을 받거나 퇴직 전 거쳐 가는 곳이었다. 이는 주한 미국공사관의
최고 책임을 맡았던 인물들은 본국의 관료사회에서의 지위는 높지 않
았고, 따라서 이들은 본국의 정책 결정에 영향을 미칠 만큼 중요한
위치를 차지하고 있지 않았다는 것을 말해준다. 나아가 이는 미국정부
의 동아시아 외교 정책결정의 라인에서 한국이 그리 큰 비중을 차지

하고 있지 않다는 것을 입증하는 단적인 예이기도 하다.

Ⅲ. 역대 주한 미국공사의 한국 인식

1. 경제적 인식

19세기말 20세기 초 미국의 동아시아 외교의 주목적은 '정치, 군사적인 것'이 아닌 '경제적인 것'이었다. 미국 정부가 서울주재 미국 외교관들에게 시종일관 기대했던 것은 정치적으로는 '불개입' 원칙을 고수하면서, 한반도에서 미국의 무역확대였다. 즉, 역대 주한 미국공사들의 가장 주요한 임무는 한반도에서 미국의 권익 특히 상업 이권 확보와 그 보호였다. 따라서 미국 외교관들은 한미외교 초창기부터 한반도의 경제적 상황을 파악하여 이에 대한 상세한 보고서를 작성하여 본국에 보고하였다. 본 절에서는 이를 토대로 주한 미국외교관들이 한국의 경제적 가치를 어떻게 평가하고 있었는지 살펴보겠다.

한미 수교 초창기부터 주한 미국공사들은 수교한지 얼마 안된 낯선동양의 나라인 한국의 경제무역상의 가치를 조사하는데 주력하였다. 초대공사 푸트와 그의 후임자 임시대리공사 포크는 한국의 경제 무역상가치를 조사하여 워싱턴 정부에 보고하고, 본국의 상인, 무역업자들에게 정보를 제공하였다. 그러나 그 조사 결과는 희망적이지 못했다.

1883년 5월 내한한 초대 미국공사 푸트가 본 한국의 상업상황은'매우 지체되었다'는 것이었다. 푸트는 1884년 4월에 본국에 보낸 보고서에서, "한국에서 상거래는 화폐보다는 물물교환을 통해 이루어지고 있었고, 외국과의 무역상황은 매우 열악한 실정"이라고 보고하였다. 그러나 "앞으로 한국 물품의 수출이나 한국인들의 외국 물품에 대한 요구가 점차 증가할 가능성이 있다"는 단서를 달았다.[11]

보다 체계적으로 한국의 경제적 상황에 대해 조사를 한 사람은 푸트의 뒤를 이어 임시대리공사직을 맡았던 주한 미국공사관부 해군무관 포크였다. 포크는 푸트와 함께 한미외교 초창기 때 양국 간 외교의 실질적인 촉진자로 가장 큰 활약을 한 인물이었다. 특히 미국무부가 애초에 포크를 해군무관으로 주한미국공사관에 파견한 것은, 한국에 관한 정치, 경제, 군사적 정보를 얻기 위해서였다. 이 목적을 위해 해군무관시절 포크는 한반도 전역을 탐사하면서 한국에 관한 보고서를 작성하여 본국에 보냈다.[12]

포크가 직접 한반도 전역을 탐사하고 작성한 무역보고서의 결론은, 초대공사 푸트가 판단한 바와 마찬가지로 한국이 미국의 교역대상국으로서 수익성이 있는 나라는 아니라는 것이었다. 사실 포크는 내한하기 전까지 한국의 대외무역 발전 가능성에 큰 기대를 갖고 있었다. 그러나 실제 한국에 들어와 조사해본 결과, 외국인 투자가들이나 상인들의 입장에서 볼 때 그렇게 경제적인 가치가 있는 곳은 아니라고 판단하였다.[13]

미국무부에 올린 보고서에서 포크는, 한국의 제조 부문이 매우 미발달되어 있고 한국에서의 교역은 장시체제에 의해 운용되고 있으며, 상업을 위한 교통, 운송수단이 원시적인 단계에 있다고 서술하였다. 한편 한국에서 농산물들은 풍부하게 생산되고 있으며 인구는 당시 서

---

11) Foote to Secretary of State, April 29, 1884, *FRUS*, p.126.
12) 1884년 9월 22일부터 15일간 서울과 인근 지방을 둘러보았고, 2차 여행은 1884년 11월 1일에 떠나 35일간의 여정으로 한국의 남부 지역을 시찰하였다.
13) Sept 29, 1884, Foulk papers, Library of Congress.

양인들이 이전에 추산한 것보다 훨씬 많은데 대략 당시 알려진 수치의 두 배 일 것이라고 예상했다.[14]

포크가 한국의 산물 중에서 관심을 가졌던 것이 있었는데, 그것은 한국의 대표적 수출품인 인삼이었다. 이는 포크가 직접 개성 지역을 돌아본 이후 1884년과 1886년 두 차례에 걸쳐 본국에 보고한 인삼에 관한 상세한 보고서에 잘 나와 있다. 이 보고서는 한국의 인삼 종류, 그리고 그 효용 및 제조방법 등에 대해 자세히 설명하고 있다.[15] 미국인으로 포크가 한국 인삼에 관심을 가진 이유는 중국에서 미국산 인삼의 강력한 경쟁자가 한국 인삼이었기 때문이다. 이미 18세기 중엽 이래 미국은 중국에 인삼을 수출하기 시작하면서 인삼은 중국의 차(茶)와 교환할 수 있는 주요 중국수출품으로 미국에게 중요했다. 이때 중국에 진출한 미국인삼은 오래전부터 중국시장을 장악하고 있던 한국산 인삼과 상호 경쟁하게 되었기 때문에, 포크는 자연히 한국인삼에 관심을 갖고 조사, 보고하였던 것으로 생각된다.[16]

이상에서 살펴본 바와 같이, 수교 초창기에 이미 주한 미국외교관들은 미국의 경세이익 증대라는 측면에서 한반도의 경제 무역상의 가치에 대해 부정적인 평가를 내렸다. 이것은 미국 워싱턴정부의 동아시아 외교선상에서 한반도의 비중을 저하시키는데 영향을 미쳤을 것이다.

역대 주한 미국공사들이 미국의 경제 교역 파트너로서의 한국의 가치는 크지 않다고 보고하였지만, 한반도에서 수익성 있다고 판단하고

---

14) "Report of Observation," p.327.

15) Foulk to Frelinghyusen, Oct 10, 1884, *FRUS*, pp.315-331 ; Foulk to Bayard, Feb 20, 1886, *FRUS*, pp.214-215.

16) W. E. Griffis, *Corea: The Hermit Nation*, (New York: Charels Scribner's Sones, 1907) ; 신복룡 역주, 『은자의 나라』, 집문당, 1999, pp.497-498.

큰 관심을 보였던 분야가 있었다. 그것이 한국의 광산이었다. 구한말 한반도와 이해관계를 갖고 있는 열강들은 아직 본격적으로 개발되지 않은 한국의 광산이권에 큰 관심을 갖고 있었다.[17] 주한 미국 외교관들도, 1883년 주한 미국공사관이 설치된 초창기부터, 한국의 광산의 위치, 매장량 등에 대한 기초적인 조사에 착수하였다. 조사 결과, 주한 미국공사관은 한국에 상당한 양의 금이 매장되어 있음을 밝혔다.

1884년 포크가 가족에게 보낸 편지에서 "한국에는 상당한 금이 매장되어 있지만, 현재 외국인 금광개발을 하는 것은 금지되어 있다."라고 언급한 바 있다.[18] 해군무관시절부터 포크는 한국 광산의 가치에 대한 보다 실질적 조사활동을 벌였고[19] 임시대리공사로 있었던 1886년 3월에 최종적으로 한국광산에 대한 상세한 보고서를 본국에 보낼 수 있었다. <한국광물에 관한 보고서 Report on Mineral Products of Corea>라는 제목의 이 보고서에는 한반도에서 금, 은, 구리, 납, 석탄 등이 매장되어 있는 광산의 위치, 매장량을 비롯해서, 당시 한국인들의 낙후된 채굴기술과 방법, 노동자수 등이 상세히 기록되어 있다. 여기에서 포크는 평안도 지역에 금광들이 많으며 그 중 운산금광이 가장 매장량이 풍부하다고 밝혔다. 그리고 보고서의 말미에서, 한국의 광산들은 기존에 알려진 것보다 더 풍부한 매장량을 가지고 있다고 판단되며 앞으로 한국에서의 광산사업은 유망하다고 결론지었다. 즉 이 보고서를 통해 포크는 미국 투자가들에게 한국 광산은 관심을 가질만한 대상임을 알려주었다.[20]

---

17) "Report on mineral products of Corea,"(이하 "Report") in Mar 20, 1886, *FRUS*, p.215.

18) July 22, 1884, Foulk papers, Library of Congress.

19) 이배용, 앞 책, 1989, pp.52-55.

20) "Report" Foulk to Bayard, Mar 20, 1886, *FRUS*, pp.215-219 ; May 7, 1886, Ibid, pp.221-222.

주한 미국외교관들은 미국인들이 한국의 광산개발권을 획득하기를
원했고, 적극적으로 한국 왕실에 대한 로비활동을 벌였다. 결국 타국
보다 앞서 그것도 가장 큰 매장량을 가진 금광을 얻어낸 것은 미국인
들이었다. 1895년 미국인 사업가 모스(James R. Morse)가 한국 왕실로
부터 당대 '아시아 최대의 금광'인 운산금광을 획득할 수 있는데 실
질적 역할을 한 것은 주지하다시피 당시 미국공사관의 서기관이었던
알렌이었다.[21] 이는 다른 어떤 열강들보다 먼저 광산에 대한 상세한
조사를 벌이고 로비를 하였던 역대 주한 미국외교관들의 노력의 결실
이라고 하겠다.

주한 미국공사들은 미국의 경제교역파트너로서 한국의 가치는 크지
않다고 보고하였다. 즉 한국을 무역규모도 크지 않고, 여타 상업상황
이 낙후되어 있고, 자원도 풍부하지 않은 곳으로 파악하였다. 이러한
현지 외교관의 보고는 워싱턴 정부의 동아시아 외교정책선상에서 한
반도에 대한 관심을 저하시키는데 일조하였을 것이다. 그러나 미국 외
교관들은 경제적 가치가 작은 한반도에서도 수익성 있는 사업을 찾아
냈고, 끝까지 외교노력을 벌인 결과 그 이권을 따내는 쾌거를 이루기
도 하였다. 그것이 광산이권이었다. 초창기 푸트공사 이래 포크, 알렌
등 미국 외교관들은 광산에 대한 큰 관심을 가지고 조사하고, 왕실에
대한 꾸준한 외교활동을 벌인 끝에, 1895년 가장 수익성 있는 운산금
광 개발권을 미국인 사업가 모스에게 넘겨주었다.

---

21) 이배용, 앞 책, 1989, pp.56-57 ; Sill to Sec. of State, Aug 15, 1895, *KAR 2*, pp.188-189.

2. 한국왕실에 대한 인식

역대 주한 미국공사들의 한국에서의 외교 교섭의 주요 대상은 한국 왕실이었다. 미국 외교관들은 한국왕실의 비공식 자문역이라 불릴 만큼, 한국왕실에서 그 영향력도 컸고, 왕실과 상당히 친밀한 관계를 유지하였다. 따라서 역대 공사들이 정부에 올린 보고서나 개인문서 등에서 고종과 명성왕후, 그리고 대원군에 대한 기록이 많이 보인다.

주한 미국 외교관들은 대부분 한국왕실에 대한 개인적인 인물 평가에서 긍정적이었다. 이것은 한국왕실 즉 고종과 명성왕후가 서양인 특히 미국인들에게 우호적이었다는 사실과 연관 지어 이해할 수 있다. 고종은 당대 중국과 일본의 왕들과 비교할 때 외국인에 대해 더 개방적이었다. 대한제국 궁내부 고문을 지낸 샌즈(William F. Sands)도 고종이 외국인 특히 미국인에게 우호적이었다는 점을 지적한 바 있다. 그는 일본 왕이 서양과 조약을 체결하고 14년 동안 서양외교대표부의 접견을 거부했고, 중국황제는 조약을 체결한지 30년이 지나서 외국공사에 처음 알현을 허가했지만, 고종은 근대 한국역사상 최초의 서양외교관인 초대 미국공사 푸트를 내한하고 얼마 안되어 즉시 접견했다는 점을 그 예로 들었다.[22]

미국 공사들의 고종에 대한 견해는 개인적인 인물평과 정치지도자로서의 고종에 대한 평가로 나뉠 수 있다. 일단 고종을 만난 미국 공사들의 인물평은 대부분 긍정적이었다. 포크 공사는 고종을 처음 알현한 후, "한국의 왕의 얼굴은 매우 매력적이다. 밝은 얼굴을 가진 키가 작은 사람이었다. 항상 웃고 있었으며 순진하고 매우 총명했다."라고

---

22) W. F. Sands, "Korea and the Korean Emperor," *The Century Magazine,* vol.47 (1905), p.582.

고종의 첫인상을 밝혔다.[23] 딘스모어 공사는 1887년 처음 내한하여 신임장 제출을 위해 고종을 알현했을 때 받은 개인적 인상을 "고종은 민첩하고 지적이며 자비롭고, 호의적인 성향을 가진 사람이다."라고 기록하였다.[24] 청일 전쟁기 복무했던 씰 공사는 국서봉정을 위해 입궁할 때, 궁궐의 어떤 문을 통과할 것인가 하는 문제로 미공사관과 한국관료 사이에 분쟁이 발생했을 내, 고종의 즉각적인 배려로 미공사관이 원하는 남문을 이용하게 되자, 고종에게 좋은 인상을 받았다. 씰은 "한국 왕은 미국에 대해 호의적이고 나 자신에 대해서도 관심이 많다."라고 가족에게 편지를 보낸 적이 있다.[25] 즉, 주한 미국 외교관들에게 한 개인으로서의 고종은 '총명하고, 외국인에게 호의적인' 인물이었다.

반면, 정치지도자로서의 고종에 대한 평가는 세 가지 측면으로 나누어 살펴볼 수 있다. 첫째, 미국공사들은 고종을 '자주적'이며 '개혁 지향적인' 통치자로서 긍정적으로 평하였다. 이와 같은 평가는 청일전쟁 이전의 고종에게 내려진 것이었다. 이 시기 주재한 미국공사들은 모두 고종을 중국의 압세로부터 벗어나려고 노력하며, '서구문물 도입'에 '개방적인' 성향의 지도자로서 평하였다.

중국의 압제가 강화되었던 1880년대 고종의 비공식 고문으로서 활약했던 대표적인 반청적 인물인 포크공사는 "한국에는 서구 문물과 서구 사상에 반대하는 막강한 권력자들이 있다. 오직 왕과 소수의 사람들만이 우리의 문명을 받아들이는데 호의적이다."[26]라고 하여 서구

---

23) July 2, 1884, Foulk papers, Library of Congress.

24) Dinsmore to Sec. of state, April 13, 1887, *KAR 2*, pp.121-122.

25) Sill to daughter, June 15, 1894, Sill papers.

26) July 22, 1884, Foulk papers, Library of Congress.

지향적 근대화정책을 추진하려 했던 고종을 높이 평가하면서 고종의 반청외교를 지원해주었다. 알렌공사도 그의 개인저서나 본국에 보낸 보고서에서 여러 차례 고종의 반청자주적인 정신을 언급한 바 있다.

현재 조선왕조와 국왕은 독립을 열망하고 있다. 왕은 최근 갑신정변을 일으킨 반란주동자의 지지를 받고 있지만 왕비의 척신들로부터 심한 반발을 받고 있다. 현재 반란주동자의 처형 또는 망명으로 인해 국왕은 외로운 처지에 놓여있으며 일본으로부터 지지를 받는 반면, 청으로부터 불신을 받고 있다.[27] 왕은 중국인들을 믿지 않는다. 그는 중국의 종주권 주장에 대해 매우 분개한다.[28]

1880년대 서구문물도입에 반대하였던 중국에 대해 비판적이었던 주한 미국외교관들은 한결같이 고종의 반청자주외교를 지원하면서, 고종의 서구 지향적 개혁노력을 높이 평가하였다.

둘째, 역대 미국공사들은 정책을 결정할 때, 여러 곳 즉, 각국 외교관들과 정부고용 서양인 고문관들에게 자문을 구하는 고종의 국정운영의 특징을 지적하였다. 이 점은 한국 근대 고종의 대표적인 통치스타일이었다. 즉 고종은 특히 주한 미국공사관에 많은 자문을 구하였는데, 그것은 미국정부를 대변하는 공식 외교대표부를 통해 미국의 세력을 끌어들이는 한편 국내외적인 어려움 해결에 그를 비공식 국정자문역으로 활용하고자 했기 때문이다. 이와 같이 '자문 구하는 것을 즐기는' 고종의 통치스타일에 대한 평가는 상반되게 나타난다.

푸트공사는 고종을 "나라의 크고 작은 모든 일에 큰 관심을 가지고 있는" 통치자로 평하였다.[29] 궁내부 고문관을 지낸 샌즈도 "그는 사

---

27) 『알렌일기』, 1884년 12월 26일, pp.44-46.
28) Allen to Sec. of State, Nov. 20, Ibid., 1893, pp.289-292.

소한 것에 이르기까지 모든 정보를 추구한다. 그는 거의 의견을 제시하지 않지만 모든 면에서 가장 좋은 결과를 얻기 위해서 항상 질문한다.”라고 역시 호의적으로 평했다.[30]

반면, 알렌 공사는 고종의 이러한 성향에 대해, “한국이 그렇게 많은 자문관을 갖는 것을 그만두지 않는다면 한국은 찢어질 것이다.”라고 비호의적인 견해를 제시하기도 했다.[31] 이러한 부정적인 평가의 배후에는, 1890년대 후반부터 러시아 세력이 강화되면서 고종이 미국공사관을 멀리하게 된 데에 대한 알렌의 불만도 있었다.

셋째, 역대 주한 미국 외교관들은 고종이 개혁 지향적이며 능력 있는 인물로 평가했지만, 그의 가장 큰 문제는 통치자로서 굳은 의지가 결여되어 있다는 점이라고 보았다. 청일전쟁 이전에는 중국의 영향력을 두려워하여 끝까지 그의 반청자주정책을 실현하지 못한 경우가 빈번했고, 청일전쟁 이후 왕실의 위기가 찾아올 때마다, 미국공사관에 신변보호를 요청하는 나약한 모습들이 지적되었다. 씰공사는 1894년 내한한 후 고종을 알현하고 고종은 친절하고 우호적인 사람이라는 인상을 받았다. 그러나 주변 열강들의 침탈로 신변 위협을 느끼는 고종을 ‘의지할 데 없는 불쌍한 왕’이라고 묘사했다.[32]

즉 고종은 총명하고 능력 있는 지도자였지만, 통치자로서의 결단력이 부족하여 항상 주변 열강들에 의해 그 정책이 좌지우지 되는 단점이 있다는 것이 일반적인 미국외교관들의 평이었다.

다음으로는 고종의 아버지이자, 당대 보수적 이미지의 대표였던 대

---

29) Foote to Sec. of State, July, 19,1883, Ibid., p.31.

30) Sands, “Korea,” p.580.

31) 『알렌일기』, Nov. 7, 1887, Hong Kong, p.521.

32) Apr. 26, 1894, Sill papers.

원군에 대한 평가를 살펴보겠다. 임오군란직후 잡혀갔다가 1885년 다시 귀환한 대원군을 직접 접견한 적이 있는 포크공사의 기록을 보면 다음과 같다.

> 그는 68세이다. 그러나 50세정도로 밖에 보이지 않는다. (…) 그가 적절하게 조정되어진다면 그는 한국을 위해서 도움이 될 것이다. 그는 (대원군) 한국에서 유일하게 굳건한 의지를 가진 활동적인 사람이기 때문이다. 왕은 그의 아버지를 두려워한다.[33]

포크는 대원군이 통치자로서 절대 필요한 굳은 결단력을 갖추고 있고, 무엇보다 민중의 큰 지지를 받고 있다는 점을 높이 샀다.

알렌공사는 1898년 2월 대원군이 사망하자 본국에 보낸 보고서에서 "대원군은 근대 한국역사에서 가장 주목할 만한 인물 중 하나이다. 수천의 사람들을 죽인 잔인하고 타협할지 모르는 사람이었을지라도 정의를 추구하였다. 그리고 그는 항상 국가를 위했던 애국적인 인물이었다."[34]라고 평하였다. 즉 알렌은 대원군을 민족주의 측면에서 높이 평가하였다. 대원군은 독재성이나 보수성이라는 단점에도 불구하고, 분명한 것은 그가 '애국적인' 인물이었고 당시 한국대중의 큰 사랑을 받았던 인기 있는 정치인이었다는 것이다. 이와 같이 역대 공사들은 대원군의 강한 결단력을 높이 사면서 정치인으로서 그를 호의적으로 평하였다.

마지막으로 명성왕후에 대한 평가를 살펴보겠다. 개항이후에도 남녀의 구분이 강했던 사회적 풍습으로 인해 미국외교관들이 직접 명성왕후를 대면하는 경우는 드물었다. 그러나 미국공사들의 부인들은 명성

---

33) Oct 13, 1885, Foulk papers, Library of Congress.
34) Allen to Sec. of State, Feb 24, 1898, pp.162-163.

왕후를 접견할 기회가 있었고, 을미사변 직전까지 정치에 직·간접적으로 참여했던 명성왕후였기 때문에, 역대 미국공사들의 명성왕후에 대한 기록들이 남아있다.

명성왕후가 개인적으로 미신을 신봉하는 성향이 있다는 지적도 있지만[35], 정치지도자로서의 명성왕후는 영리하고 능수능란했으며, 정치적으로 큰 영향력을 발휘했다는 것이 대체적인 평이다. 포크 공사는 가족에게 보낸 편지에서 명성왕후를 고종만큼 큰 영향력을 가지고 있었던 정치인으로 묘사했다. 즉 고종과 포크가 정사를 논의할 때, 명성왕후가 항상 베일 뒤에서 오고간 이야기들을 모두 듣고, 후에 사신을 포크 집으로 보내, 그 문제에 대해 다시 논의했었다고 한다.[36]

씰공사는 명성왕후의 정치적 능수능란함을 다음과 같이 표현하였다.

> 왕비는 매우 영리하다. 대원군의 편이었던 박영효를 자신의 편으로 끌어들였고, 또 곧 박영효가 그의 친구들과도 싸우게 만들었다.[37]

허드 공사는 1890년 전반 한국정부는 명성왕후와 민씨 일족이 정권을 장악하고 있었고, 이들의 실정이 동학농민전쟁 발발의 원인이 되었음을 지적하였다. 즉 씰공사는 본국에 보낸 보고서에서 "왕비가 정부를 지배하고, 반면 고종은 정치를 방관하고 있다고 일반에게 알려져 있다. 따라서 왕비와 민씨 일족들이 백성들의 증오의 대상이 되었다." 라고 보고하였다.[38]

---

35) 알렌은 자신의 일기에서 명성왕후가 미신을 좋아한다고 다음과 같이 기록하였다. "그녀는 임신하자 48일간 동물들을 희생물로 제단에 바쳐 제사를 지냈고, 결혼 초에 남편을 사로잡기 위해 여우질을 색실로 꿰여 앞가슴에 패물로 차고 다녔다." 『알렌일기』, 1884. 12. 26, p.44 ; 1885. 2. 18, p.62.

36) July 10, 1886, Foulk papers, Library of Congress.

37) Sill to Sec. of State, Mar 1, 1895, pp.352-354.

그러나 역대 미국공사들의 전반적인 견해는 정치지도자로서의 명성
왕후는 '고종의 든든한 후원자'이자 '정치적 파트너'였다는 것이다. 명
성왕후 시해사건 이후에 알렌은 명성왕후에 대한 일본의 잔혹한 만행
에 크게 분노하면서 다음과 같은 전문을 본국에 보냈다.

> 명성왕후는 매우 중상 모략되어오고 있었다. 우리는 그녀를 강한 성
> 품의 소유자이며 왕의 주요한 지지자로서 오래전부터 평가해왔다. 이노
> 우에 공사는 이런 관점에서 그녀와 일하려고 했었고, 한국에서 더 좋은
> 상황을 초래할 수 있는 유일한 수단으로 보았다. 미국 사회는 진보적
> 사상에 가장 확실한 지원자가 제거되어졌다는 것에 깊은 슬픔을 느낀
> 다.[39]

알렌공사는 명성왕후에 대한 이미지가 왜곡되었음을 지적하면서, 명
성왕후를 '진보적이고 친미적인' 지도자이며 고종의 강직한 '정치적
파트너'로 표현하였다.

3. 독립보전과 개혁에 대한 인식

개항 이래, 한국정부의 당면과제는 개혁을 통한 부국강병 그리고
열강들의 침탈로부터의 자주독립 유지였다. 이 문제에 대한 역대 주
한 미국공사들의 일관된 입장은 주변 열강들의 침탈로부터 한국의
독립이 보전되어야 하며, 한국이 개혁을 통해 근대화 되어야한다는
것이었다. 이와 같은 인식은 주한 미국외교관들의 '친한적(親韓的)'

---

38) Heard to Sec. of State, Dec 3, 1891, *KAR 2*, pp.297-300 ; Nov. 10, 1892, Ibid.,
   pp.303-305.
39) Ibid., pp.361-362.

인 개인적 동정에서 출발한 것이 아니고, 주한 미국공사관의 독자적인 대한(對韓) 외교 전략의 차원에서 나온 것이었다. 주한 미국공사관의 대한 외교의 주목적은 본국의 외교정책에 따라 '시장 개방'과 '한반도 내의 모든 이권 경쟁에서 다른 열강들과 함께 동등한 기회를 보장'받는 것이었다. 이를 위한 기본전제가 한반도의 '영토적, 행정적 보전'과 '근대화'라고 보았던 것이다. 이와 같은 한국의 독립보전과 근대화를 지지하는 주한 미국공사관의 전략은 자주독립정책을 원하는 한국왕실의 의도에 부합하는 것으로, 한국에서 미국 공사관과 미국의 입지를 강화하는데 플러스 요인으로 작용했다.

역대 주한 미국공사들은 한국의 자주독립 보전을 지지하면서, 한국 정부의 자치권에 위협을 가하고, 이를 바탕으로 한반도에서 배타적인 권익, 특히 경제적인 특권을 독점하는 열강들에게 대해서 비판적이었다. 이는 이들 열강들이 한국에서 미국의 권익 유지와 증진에 부정적인 영향을 주었기 때문이었다. 따라서 미국공사들은 '한국 자치권보장'을 통한 미국의 권익 옹호라는 전략 하에서, 미국의 권익에 걸림돌이 되는 열강들에 대해서 적대적인 외교활동을 펼쳤고, 동시에 본국 정부가 「한미조약」을 근거40)로 보다 적극적으로 한국문제에 개입해 줄 것을 요구하였다.

청일전쟁 이전에 주한 미국공사들은 공통적으로 한국이 중국의 압제로부터 벗어나서 자주독립을 확보해야한다는 반청적 정세인식을 갖고 있었다. 반면 서구화의 길을 걷고 있는 일본에 대해서는 호의적인 인식을 갖고 있었다. 즉, 대부분의 주한 미국인들은 '일본=진보' '중국=보수'라는 등식 하에 반청·친일적인 사고를 갖고 있었다.41)

---

40) 한미조약에서 미국은 한국을 자주독립국가로 인정했다. 조약 2항에는 "상대국이 어려움에 처하면 도와준다"는 거중조정에 대한 항목이 있다.

중국은 청일전쟁으로 한반도에서 물러날 때 까지, 한국에 대한 종주권을 주장하며 한국정부에 대해 큰 영향력을 행사하고, 한국의 근대화 개혁을 방해하고 있었다. 역대 주한 미국공사관은 반청외교노선을 견지하면서 끊임없이 청의 영향력 제거를 위해 본국정부의 한국 문제 개입을 요청하였다.[42] 그러나 미국정부는 한국에서 절대 중립을 표방하면서 현지 외교관의 의견을 반영하지 않았다. 이는 결국 중국의 대한 종주권 강화정책을 용인했던 것이다.[43]

주한 미국공사들의 반청외교 이유는 미국공사들 중 반청활동의 대표적 인물인 포크공사가 본국에 보낸 보고서에서 잘 요약되고 있다. 포크는 첫째, "중국인들은 모든 면에서 부패의 온상이고 야만적이고 보수적이기 때문에 중국의 한국 원조는 한국에게 고통만 줄 뿐"이라고 단언하고[44] 중국의 영향력이 한반도에서 없어져야 한국의 근대화가 이룩될 수 있을 것이라고 믿었다.[45] 즉 한국인들의 입장에서 볼 때, 한국의 근대화 발전에 도움을 줄 수 없는 중국의 세력은 제거되어야 한다는 것이다.

그러나 근본적으로 포크공사의 근원적인 반청외교의 원인은, 중국은 서구문물 도입의 기회를 봉쇄하는, 다시 말해 미국 권익의 장애물로

---

41) Sill to Sec. of State, July 24, 1894, *KAR 2*, p.339 ; Sill to Sec. of State, Jul 17, 1894, Ibid., p.245.

42) "실제로 한국정부는 없다. 중국인들이 교활하고 비공식적으로 영향력을 행사한다."라고 중국의 내정간섭을 비판했다. Oct 13, 1885, Foulk papers, Library of Congress.

43) Frelinghuysen to Foote, May 17, 1883, *KAR 1*, p.25, p.28 ; Bayard to Foulk, Aug 18, 1885, Ibid., p.129.

44) Dec 7, 1885, Foulk papers, Library of Congress ; Sept 28, 1885, Foulk papers, Library of Congress. 포크는 한국이 일본과 같이 근대사회로 발전할 수 있기를 희망한다고 하였다. May 21, 1884, Ibid.

45) May 4, 1885, Foulk papers, Library of Congress.

작용하기 때문이다. 포크는 "고종과 한국정부는 우리 문명을 취하기를 원하지만 중국 때문에 감히 그렇게 하지 못한다. 중국인들은 한국인들이 서구 문명을 받아들이는 것을 억압한다."[46]라고 당시 한국의 사정에 대해 분개해했다.

허드공사 역시 비슷한 견해를 표명한 바 있다. 허드공사는 중국의 권위주의적인 대한 정책이 한국의 근대화 특히 경제발전에 큰 상애물이라고 비판하였다. 그는 "한국에서 중국의 압박이 제거되어야만 한국이 개혁과 진보의 기회를 가질 것이다."라고 전제하면서, 그 이유는 "서구문명에 폐쇄적인 중국은, 한국이 서구문명화의 길에 들어가서 번영하는 것을 원하지 않기 때문이다. 따라서 중국이 한국을 리드할 나라로 적합하지 않다."고 보았다.[47]

미국의 권익 옹호자로서 미국 외교대표부에게는, 서구 문물도입에 호의적인 한국 왕실의 주도적인 국정 운영이 바람직하였다. 한국의 서구화에 부정적이고 오히려 이러한 기회를 봉쇄하는 중국의 대한(對韓) 영향력 강화는 미국의 입장에서 보면 바람직하지 못했다. 다시 말해, 주한 미국공사들의 한국의 독립유지와 반정적 외교활동은 미 외교내표부로서 미국의 권익, 특히 상업 이권 옹호라는 측면에서 동인된 것이었다. 미국 외교관들의 반청적 정세인식의 형성에는 "인간적으로 나는 이 나라가 자유롭고 억압되지 않아 그들 자신의 국정을 스스로 처리할 수 있을 때가 오기를 희망한다."는 딘스모어의 언급에서 처럼 공사 개인의 한국에 대한 동정도 작용했다. 그러나 중국의 내정간섭에 대한 비판의 주 원인은 이것이 한미조약의 독립국조항 정신에 위배될 뿐 아니라, 무엇보다 미국의 경제적 권익향상에 걸림돌이 되었기

---

46) Aug 31, 1884, Ibid.
47) Heard to Sec. of State, Oct 21, Oct 30, 1890, Ibid., pp.24-30.

때문이다.

이와 같이 반청적 인식을 가졌던 미국공사들은 일본에 대해서는 호의적인 인식을 갖고 있었다. 주한 미국외교관들은 일본이 일찍이 서양화의 길을 걸었던 동양의 나라로 보수적이고 반서구적인 성향의 중국보다는 한반도에서 일본의 우위가 '문호개방'을 원하는 미국에 이익이 될 것이라 믿고 있었다. 또 일본이 공공연하게 한국의 독립유지를 선언한 바 있었기 때문에 한국인들의 입장에서 보아도 중국의 지배시기보다는 일본의 영향력 하의 한반도가 더 나을 것이라고 판단했던 것이다.

청일전쟁 직후에 씰 공사는 미국무부에 다음과 같이 보고하였다.

> 일본은 오직 중국의 종주권의 멍에를 집어던지려고 할 뿐인 것처럼 보인다. 그 다음에 그 약한 이웃을 도와 독립국가로서 그 지위를 강화시키고 그 나라에 평화를 가져오고 국민들을 계몽시키는 그런 개혁을 돕고자 한다. 일본의 동기는 많은 한국의 지식인 관료들을 만족시켰다.[48]

씰은 청일전쟁이 진행되는 와중에도, 일본에 대한 신뢰를 버리지 않았다. 즉 일본은 한국에 대해 군사적, 정치적 야욕은 가지고 있지 않고 단지 '중국의 압박'으로 고통 받고 있는 이웃의 약한 나라를 돕고자 하는 계몽적인 동기에서 움직이고 있다고 생각했다.

초대 주한 미국공사를 지낸 푸트도 청일전쟁이 진행 중이던 1894년 11월, 한 잡지에 기고한 글[49]에서 "현재의 전쟁은 (일본이) 정복의 의도를 가지고 수행된 것이 아니라, 이웃의 영향력으로부터 한국을 떼

---

48) Sill to Sec. of State, June 29, 1894, Ibid., p.335.

49) L. H. Foote, "The War in the Orient." *The Overland Monthly*, vol. 24, no. 2, Nov. 1894, p.524.

어놓기 위한 목적이다.”라고 하여 씰과 마찬가지로 일본의 편에 있었다.

즉, 주한 미국인 특히 외교관들은 일본이 일찍이 서양화의 길을 걸었던 동양의 나라로서 보수적이고 반서구적인 성향의 중국보다는 한반도에서 일본의 우위가 ‘문호개방’을 원하는 미국에게 이익이 될 것이라고 믿고 있었다. 또한 한국의 입장에서 보더라도, 일본은 공공연하게 한국의 독립 유지를 선언한 바 있었기 때문에 중국의 지배시기보다는 일본의 영향력하의 한반도가 한국의 정치적 독립이나 진보라는 측면에서 보았을 때 더 나을 것이라고 판단했던 것이다. 그러나 주한 미국공사들은 일본이 전쟁의 승기를 잡고 한반도에서 우위를 차지하면서, 그들이 기대했던 방향으로 일본이 움직이지 않는다는 것을 목격하게 된다.

청일 전쟁이후 일본과 러시아가 번갈아 가면서 세력을 장악했던 시기에는 주한 미국외교관들은 정세 변화에 따라 자국의 권익을 침해하는 국가에 대해 적대적 태도를 보였다. 그리고 러일전쟁을 통해 일본이 결징적으로 한빈도에 대한 지배권을 확보하게 된 상황에서는 반일 외교 방침을 선택하였다. 그것은 경제적인 면에서 일본이 아시아에서 미국의 가장 큰 경쟁자가 될 것이라는 판단 때문이었다.

대표적인 ‘한국통’ 미국 외교관인 알렌은 20세기 초 루즈벨트 행정부의 친일적 아시아 외교정책에 대해 비판하면서 현지외교관으로서 본국에 ‘친러·반일적’인 외교 노선을 건의한 바 있다. 그의 반일정책의 근본적인 이유는 일본이 장래에 한국에서 미국의 경제이권 증진에 어떤 열강보다 가장 큰 장애물로 작용할 것이라는 판단 때문이었다.50)

---

50) Allen to Everett, Feb 27, 1904, Allen papers.

다음은 러일 전쟁 이후 알렌이 쓴 글의 일부이다.

> 일본은 상업과 생산 의식면에서 우리와 같은 사람들로 구성된 나라
> 이다. 일본의 승리로 우리는 어쩔 수 없이 막대한 손해를 보고 있다.
> (…) 일본이 미국의 태평양 횡단 수송업에 깊숙이 침투하고 있고 일본
> 의 발전이 계속되면 미국의 태평양 상업을 모두 지배할 것이다. 일본은
> 이 세계 무역에서 능히 미국을 대적할 수 있다.[51]

즉, 알렌은 일본이 장래에 아시아에서 미국의 강력한 경쟁상대국으
로서 미국의 경제이권에 도전할 만한 나라로 예견하였다. 현재의 관점
에서 볼 때, 알렌공사의 판단은 매우 통찰력 있는 판단이었다고 하겠
다.

역대 미국공사들은 열강들의 내정간섭과 침략으로부터 한국이 자주
독립을 이룩해야하며 동시에 한국이 근대화되어야 한다고 믿었다. 그
렇다면 미국공사들이 생각하는 바람직한 한국의 근대화의 모습은 무
엇인가? 주한 미국공사들은 오리엔탈리즘에 기반한 신념 속에서 한국
은 미개화된 나라였고, 한국이 걸어야 할 근대화의 길은 '서구화의
길'이어야 한다고 믿었다. 또 이를 실현하기 위해 미국이 '서구문명의
전달자'로서의 역할을 행사해주어야 한다고 보았다.[52]

다음은 1890년 허드공사가 본국에 보낸 보고서의 내용의 일부이다.

> 현재 한국에서 미국의 권익은 작다. (…) 한국인들은 지적이고 진보
> 적이다. 기회가 주어진다면 번영할 것이다. 왕은 친절하고 좋은 의도를
> 가지고 있다. (…) 미국은 보수적인 중립선에서 벗어나, 그에게 격려하
> 고 도와줄 방법을 찾을 수 있다면, 그에게 힘이 될 것이다. 그 결과, 한

---

51) 『조선견문기』, pp.221-224.
52) 拙稿, 『한국근대 주한 미국공사 연구』, 한국사학, 2005, pp.117-118, p.147.

국이 그 영향력과 힘을 강화시킬 수 있을 것이다.[53]

즉, 주한 미국 공사들은 공통적으로 한반도에서 미국이 서구 문명의 전달자로서 한국의 진보와 개혁을 위한 모델이 되어야 한다는 믿음을 갖고 있었다. 나아가 자신들은 문명화된 미국인으로서 미개화된 한국의 진보와 독립을 이끌어줄 책임이 있다는 것이었다.

특히 미국공사들은 자신들의 외교 정책 수행에서 '미국은 한국 근대화를 지원해 주는 나라'라는 명분을 강조하였다. 이것은 당시 대부분의 서양인들에게 보이는 오리엔탈리즘적 마인드였다. 그런데 이 점은 그들의 외교적 목적 달성에서 중요한 수단으로 작용했다. 즉, 미국 공사들은 미국이 영토적 야욕이 없는 나라, 계몽된 나라라는 인식을 강조하면서 특히 "미국은 한국의 근대화 지원국"이라는 계몽적인 이미지를 부각시켜 한국정부의 미국형 근대화 정책 추진을 지원, 조장했다. 이러한 미국공사관의 전략은 효과적이었고 그 결과 미국은 한반도에서 타 열강들보다 성공적으로 경제적, 문화적 진출을 할 수 있었다.[54]

IV. 맺음말

이상에서 역대 주한 미국공사들의 경력과 그들의 한국인식에 대해 살펴보았다. 역대 공사들의 경력을 분석해본 결과, 미국 본국 내에서의 정치적, 사회적인 위상은 그리 높지 않았다는 것을 알 수 있었다.

---

53) Heard to Secretary, July 10th 1890, *KAR 2*, pp.20-24.
54) 졸고, 앞 책, 2005, pp.252-253.

외교관 경력이 부족했던 인물이 대부분이었고, 공사 재직이후의 활동을 보더라도 공직에서 은퇴하여 조용히 여생을 지낸 경우가 많았다. 또한 역대 미국외교관들은 알렌을 제외하고는 한국 실정에 정통한 한국 전문가도 아니었다. 이는 미국 워싱턴 정부의 동아시아 외교 정책 결정 라인에서 한반도가 그리 큰 비중을 차지하고 있지 않았다는 것을 입증한다.

주한 미국공사들이 남긴 개인문서나 외교문서 등을 통해서 미국외교관들의 한국에 대한 인식을 찾아볼 수 있다. 역대 공사들의 한국 인식을, 한국의 경제적 가치, 한국왕실, 그리고 한국의 자주독립과 근대화 문제에 대한 인식 등 세 가지 측면으로 나누어 살펴보았다.

주한 미국공사들은 미국의 경제교역파트너로서 한국의 가치는 크지 않다고 파악하였다. 이러한 현지 외교관의 보고는 구한말 워싱턴 정부의 동아시아 외교에서 한반도에 대한 관심을 저하시키는데 일조하였을 것이다. 그러나 미국 외교관들은 경제적 가치가 작은 한반도에서도 수익성 있는 사업을 찾아냈고, 끝까지 외교노력을 벌인 결과 그 이권을 따내는 쾌거를 이루기도 하였다. 그것이 광산이권이었다. 초창기 푸트공사 이래 포크, 알렌 등 미국 외교관들은 광산에 대한 큰 관심을 가지고 조사하고, 왕실에 대한 꾸준한 외교활동을 벌인 끝에, 1895년 가장 수익성 있는 운산금광 개발권을 미국인 사업가 모스에게 넘겨주었다.

주한 미국공사관의 주요 외교교섭 상대였던 한국왕실의 개인 개인에 대한 인물평은 모두 호의적이었다. 고종과 명성왕후는 '총명하고 외국인에게 호의적인' 인물들로 묘사하였다. 보수적 인물의 대표인 대원군도 결단력 있고 애국적인 인물로 높이 평가하였다. 그러나 정치지도자로서의 능력과 자질 면에서는 비판적인 측면도 있었다. 특히 고종은 우유부단하고 결단력 없어 정책이 일관성 없이 추진되는 점은 공통적으로 비판받았다. 그러나 청일전쟁 이전 중국의 압제로부터 벗어나 한국을 근대화시키려고 했던 고종의 노력은 모두 높이 사서 1880년대 고종을 '개혁지향적인' 지도자로서 평가하고 있다. 그러나 청일전쟁 이후 러시아 세력의 등장으로 한국 왕실에서 미국의 입지가 줄어들면서부터 미국공사관에서 고종에 대한 불만과 비판적인 견해가 나오기도 했다.

개항 이래, 한국정부의 당면과제는 개혁을 통한 부국강병 그리고 열강들의 침탈로부터의 자주독립 유지였다. 이 문제에 대한 역대 주한 미국공사들의 일관된 입장은 주변 열강들의 침탈로부터 한국의 독립이 보전되어야 하며, 한국이 개혁을 통해 근대화 되어야한다는 것이었다. 이와 같은 인식은 주한 미국외교관들의 '친한적(親韓的)'인 인식에서 출발한 것이 아니고, 주한 미국공사관의 독자적인 대한(對韓) 외교 전략의 차원에서 나온 것이었다. 즉, 주한 미국공사관의 대한 외교의 주목적은 본국의 외교정책에 따라 '시장 개방'과 '한반도 내의 모든 이권 경쟁에서 다른 열강들과 함께 동등한 기회를 보장'받는 것이었다. 이를 위한 기본전제가 한반도의 '영토적, 행정적 보전'과 '근대화'라고 보았던 것이다.

이에 역대 미국공사들은 한반도에서 영향력을 강화하여 한국의 자주독립에 걸림돌이 되는 열강에 대해 적대적인 외교활동을 펼쳤고, 한국의 근대화 정책을 지원했다. 여기서 한국의 근대화는 '서구화의 길'이었다. 나아가 미국 외교관들은 미개화된 한국을 위해 미국이 '서구 문명의 전달자'로서의 역할을 담당해주어야 한다는 오리엔탈리즘의 신념을 갖고 있었다.

이와 같은 미국공사관의 전략은 자주독립정책을 원하는 한국왕실의 의도에 부합하는 것으로, 한국에서 미국 공사관과 미국의 입지를 강화하는데 플러스 요인으로 작용했다. 특히 미국공사들은 자신들의 외교정책 수행에서 '미국은 한국 근대화를 지원해 주는 나라'라는 명분을 강조하였다. 즉, 미국공사들은 미국이 영토적 야욕이 없는 나라, 계몽된 나라라는 인식을 강조하면서 특히 "미국은 한국의 근대화 지원국"이라는 계몽적인 이미지를 부각시켜 한국정부의 미국형 근대화 정책 추진을 지원·조장했던 것이다. 이러한 미국공사관의 전략은 효과적이었고 그 결과 미국은 한반도에서 타 열강들보다 성공적으로 경제적, 문화적 진출을 할 수 있었다.

일본의 경제 침탈과 한국의 대응
- 광무년간을 중심으로 -

이방원[*]

Ⅰ. 머리말

개항 이후 한국은 동아시아의 다른 국가들과 마찬가지로 제국주의 열강의 이권[1] 획득을 위한 각축장이 되었다. 제국주의 열강의 한국에 대한 이권침탈은 1880년대부터 시작되었으나, 동학농민운동·청일전쟁을 거치면서 그 규모와 성격이 판이하게 달라졌다. 하나는 청일 양국의 침략경쟁 주도체제에서 일본과 서양나라들 간의 다국 경쟁체제로 전환된 점이요, 다른 하나는 자본 규모가 적고 단순한 과학기술로 개발 가능한 이권에서, 방대한 자본 규모와 고도의 과학기술이 있어야 개발 가능한 이권으로 그 탈취대상이 전환된 점이다.[2] 또한 광무정권이 제국주의 열강간의 세력균형을 바탕으로 독립을 유지하려는 정책

---

* 이화여대 사학과 강사.

1) 이권이란 자본주의, 제국주의 열강이 후진국가에서 경제적 이익을 착취하는 권리와 이를 위해 경제적 기관을 지배하는 권리를 그 추진 정부로부터 강제로 허용받는 권익을 의미한다(김정기, 「자본주의 열강의 이권침탈 연구」, 『역사비평』11, 1990).

2) 김정기, 「개항기 자본주의·제국주의 침략 연구의 동향과 '국사'교과서의 서술」, 『역사교육』47, 1990.

을 펴면서 '이권균점'에 대한 열강들의 요구도 강해졌다.

개항 이후 열강에 의한 경제 침탈이 가속화되는 가운데, 특히 일본은 한국의 정치적·경제적 상황을 이용하며 한국의 이권을 침탈하면서 자국의 국제적 지위를 향상시켜 나갔다. 특히 러일전쟁 이전 4-5년에 이르는 시기는 이후 일본이 한국을 식민화하기 위한 초석을 다지는 시기였다. 일본의 경제적 침략은 후발 제국주의 국가로서 가지는 약점을 정치적·외교적 역량으로 극복하면서 한국 내 일본인의 경제활동을 최대한 보장하는 방식으로 행해지고 있었다. 이로써 일본의 이권침탈과 내지에서의 불법거주·불법상행위가 더욱 심화되었다. 이로 인하여 한국인은 경제적·정신적으로 직접적인 피해를 입게 되었고, 이들에 의한 저항과 한국 정부의 대응이 전개되었다.

일본의 경제침탈에 대한 연구는 각 분야에서 많은 집적이 이루어져 있다. 기존의 주요 연구 성과를 참조하여 일본이 주목한 경제침탈 분야를 이권·불법거주와 불법상행위로 나누어 정리하고, 당시 민(民)의 상황과 한국 정부의 대응을 살펴보고자 한다. 이 연구가 일본 침탈의 특징과 한국인의 반재류일본인(反在留日本)인식이 형성되는 배경을 이해하는데 초석이 되기를 기대한다.

Ⅱ. 일본의 이권침탈과 한국의 대응

한국이 광무년간 일본에 빼앗긴 이권은 경부철도부설권(1898), 평양 탄광석탄전매권(1898), 충남 직산 금광채굴권(1900), 경기도 연해어업권(1901), 충청·황해·평안도 어채권(1904), 평북 후창 광산채굴권(1905), 통신관리권(1905), 하천운행권(1905), 화폐주조권(1905) 등이다. 이 중 일본이 특히 주목하였던 철도·통신·광산 이권획득 과정과 그 전후에 발생한 한국인과의 갈등 사례를 살펴보겠다.

철도와 통신은 국가의 신경조직과 같은 것으로, 근대 경제체제 수립을 위한 필수 시설이었다. 특히 철도는 대규모의 상품유통을 가능하게 하는 운송수단으로 상품경제의 발전과 시장의 확대뿐 아니라, 정치·군사적으로도 중요한 역할을 담당했다. 따라서 철도부설권은 열강의 주된 관심이 되었고, 한국의 이권분할정책에 의해 여러 제국주의 국가들에게 분점되었다.

경인철도 부설권은 1896년 미국이 차지하였다가 일본으로 넘어가 1899년 9월 완성되었다. 경의철도 부설권은 프랑스가 차지하였으나, 계약기간을 위반함으로써 대한철도회사에서 철도를 일부 부설하였고, 한국 정부도 서북철도국을 설치하여 직접 건설하였다. 그러나 일본은 1904년 러일전쟁 초기 군용철도라는 명목 아래 한국 정부의 승인 없이 경의철도 부설권을 강탈하였다. 경부철도 부설권은 일본이 1898년 양국의 공동경영이라는 미명 아래 경부철도 합동조약을 체결하고 장악하였다. 일본은 이 조약을 통하여 토지 수용, 노동력 제공, 관세 면제 등 여러 가지 특권을 한국 정부로부터 얻어냈다. 또한 경부철도를 한국 침략 뿐 아니라 장차 대륙 침략을 위해서도 필수적이라고 보고 공사를 서둘러 1905년에 완공하였다. 그 결과 경인철도에서 경부철도에 이르기까지 한국 내 철도부설권은 모두 일본이 장악하게 되었다.

일본의 수탈적인 철도부설로 인한 직접적인 피해는 자연히 철도연변의 농민들에게 집중되었다. 일본은 우선 선로부설, 역, 창고, 공작소 따위에서 요구되는 토지를 철도용지라 하여 실제로 필요한 면적보다 5배, 심지어는 수십 배로 강탈하였다. 일부 토지를 사들이는 경우에는 한국 정부의 돈으로 지불하였는데 그것도 극히 헐값이었다. 특히 경의

철도를 부설할 때에는 정거장 부지와 함께 군용지라는 명목으로 300
만평 이상을 요구하였다.[3]

일본 측이 정거장 용지로 방대한 면적을 요구한 것은 철도를 군사
적·경제적 침략 간선으로 육성하기 위함이었다. 당시 경부철도 용지를
선정하기 위해 직접 현지를 답사하였던 가등(加藤)은 각 정거장의 용
지를 20만 평씩 확보하였으면 좋겠다는 뜻을 다음과 같이 피력하였
다.

> 만일 일본 농민으로 하여금 此地에 이주케 하여 그 평야를 개척하
> 고 灌漑의 이익을 謀하여 경작하게 하면 그 産出力을 증가할 事는 不
> 待言論이니 다행히 경부철도에 정거장 부지로 각 20만 평을 借受할
> 터인 즉 그 일부를 割하여 我農民의 이주지를 充하여 一村落을 作하
> 고 農作을 종사케 하면 그 생산력을 증가할 뿐 아니라 철도에도 비상
> 한 편익이 有하겠다.[4]

일본 측의 방대한 철도 용지 요구는 한국인들의 민심과 여론을 크
게 자극하여 집단적인 저항운동을 일으켰다. 예를 들면 남대문 정거장
예정지의 주민 수백 명은 예상되는 가옥과 분묘의 철거에 반대하여
정거장 자체를 용산으로 이전할 것을 한성부에 몰려가 호소하였다. 정
거장 예정지 변경을 위한 한일 간 공문이 여러 차례 왕래하였으나,
결국 일본의 요구대로 남대문에 정거장을 설치하게 되었다.[5]

철도 연변 농민들은 실질적으로 아무런 보상을 받지 못한 채 전답

---

3) 박만규, 「한말 일제의 철도부설·지배와 한국인 동향」, 『한국사론』8, 1982 ; 정재정, 「
한말 경부·경의철도 부지의 수용과 연선주민의 저항운동」, 『이원순박사 화갑기념논
총』, 교학사, 1986 ; 정재정, 『일제침략과 한국철도(1892-1945)』, 서울대출판부, 1999.

4) 『皇城新聞』, 잡보 「京釜鐵道와 農民移住」, 1900년 10월 26일.

5) 『朝鮮鐵道史』, 1929, p.672 ; 정재정, 앞 책, 1999, p.253 ; 『日案』4, 5303호, 1899년
9월 8일 ; 5311호, 1899년 9월 11일 ; 5665호, 1900년 5월 8일 ; 5705호, 1900년 5
월 19일.

과 가옥을 잃은 경우는 물론 역부징발에 따르는 부담도 져야 했다. 그리하여 일본의 철도부설이 강행되는 동안 수많은 농민들이 파산하였다. 이 과정에서 농민들은 일본의 부지수탈에 항의하고 역부징발에 반발하여 집단적인 저항을 보이기도 하였다. 그러나 산발적인 민란형태의 저항은 일본 군사력에 의해 쉽게 진압되었고, 철도연변 농민들의 내부분은 생활기반을 상실함으로써 극도의 곤궁에 처하게 되었다. 1904년 러일전쟁 개시 이전까지는 한국 정부와 민간의 반대로 부분적인 성취에 그쳤지만, 이후 일본은 군대를 동원하여 학살과 약탈을 일삼으면서 철도공사를 강행하였다.

이렇게 약탈한 철도용지 또는 군용지는 대부분 일본인들에게 불하하여 정거장을 중심으로 그들의 세력근거지를 만드는데 사용하였다. 이 도시에 상점·주택·여관·은행·헌병대·영사관·수비대 등을 설치하고 일본 상인의 진출과 농업 이민을 추진하여 이곳을 정치·경제·군사적 침략의 거점으로 삼았다.[6]

일본의 철도부설 및 운행과정에서 만들어진 한국인 간의 반일, 반철도의식은 열차운행에 내한 각종 방해 행위를 유발하고, 나아가 철도 자체에 대한 파괴투쟁을 야기하였다. 특히 반일의병투쟁의 확대과정에서는 철도가 연변주민은 물론 의병들의 중요한 공격 대상이 되었다. 그리하여 일본의 각종 보호 대책에도 불구하고 1910년 합병 시까지 철도 연변주민과 의병에 의한 반철도 투쟁은 끊임없이 계속되었던 것이다. 1900년대 10여 년간의 한반도에서의 철도부설 및 그 운행과정은 결국 일본제국주의에 의한 한국 식민지화과정과 직결된 문제였다.[7]

---

6) 정재정, 「경부·경의철도의 부설과 한일 토건회사의 청부공사활동」, 『역사교육』 37·38, 1985.

일본은 전신부분에 대한 이권도 장악하였다. 원래 한국에는 청의 필요에 의하여 스스로 가설·관리하는 인천-서울-평양-의주에 이르는 전신선(서로전선)이 있었다. 이후 일본 측의 항의로 한국 정부가 1888년에 서울-공주-전주-대구-부산 사이의 전신선(남로전선)과 1891년 서울-춘천-원산에 이르는 전신선(북로전선)을 가설하고, 조선전보총국을 설치하여 전신사업을 시작하였다. 이들 전신선은 한국이나 청의 관할이었기 때문에 일본의 입장에서는 전신사용이 매우 불편하였고, 나아가 한국 침략에도 큰 장애가 되었다. 따라서 일본은 청일전쟁 중에 서울-충주-대구-부산, 서울-인천 간에 군용전선을 불법 가설하였고, 전쟁에서 승리한 후에는 서로전선을 전리품으로 간주하여 접수하였을 뿐 아니라 북로전선의 관할권마저 빼앗아갔다. 이후 조선 전 지역의 전신연락은 일본 군용전선을 이용하지 않을 수 없었다.[8]

뿐만 아니라 일본은 각 지역에 한국 정부의 동의 없이 우편국과 전화를 불법 가설하여 물의를 빚었다. 예를 들면 1902년 인천과 개성에 우편국을 사설(私設)하고 전화를 가설하고자 하였는데, 한국 정부는 전신전화 가설권을 외국인에게 승인할 수 없다고 하였다.[9] 일본은 개성에서 일본인이 재류한지 오래 되었는데, 내지 상주에 대한 조약이 인준되지 않았다는 이유로 사설우편을 금지하는 것을 이해하기 힘들다고 하면서 자신들의 의견을 관철시키고자 하였다.[10] 한국은 통신원에서 전화기 설치를 시행한지 오래 되었고 일본 관민 역시 세금을 내면 사용할 수 있는데, 일본이 스스로 전화를 가설하고자 하는 것은

---

7) 박만규, 앞 글, 1982, pp.298-300.
8) 한국사 편찬위원회, 『한국사』11-근대민족의 형성, 한길사, 1994, pp.283-286.
9) 『日案』5, 6706호, 1902년 3월 27일 ; 6770호, 1902년 5월 6일.
10) 『日案』5, 6708호, 1902년 3월 29일 ; 6784호, 1902년 5월 14일.

국권을 침탈하는 행위라고 하면서, 각처에 가설된 일본국 전화선을 첨부하니 즉시 철선(撤線)하라고 통지하였다.[11]

더구나 일본 공사관은 가등(加藤) 고문의 집에 당시 농상공부 대신의 허락을 받았다고 하면서 전화를 가설하였다. 한국 정부는 농상공부가 전화 가설을 주관하지 않으며, 한 대신의 권한으로 가볍게 허락될 수 있는 문제가 아니라고 하면서 불법으로 가설한 전선을 철폐하라고 하였다.[12] 일본 공사관은 미국의 한성전기회사가 전신선을 사설하였음을 들어 전화가설권을 균점해야 한다고 주장하였다. 한국은 전기회사가 한국 정부의 허가로 세워졌고, 가설된 전화는 한국의 전신을 사용한 것이라고 하면서 일본이 지적한 내용에 대하여 조목조목 반박하였다. 여러 차례 한국 외부와 일본 공사관 사이에 논쟁이 오고 가는 중에 일본공사는 만약 한국 정부가 일본의 전화가설을 방해하면 정당방어를 즉시 행할 것이라고 협박하기도 하였다.[13]

일본은 청일전쟁을 기점으로 한국 내 주요 전신선을 장악하였고, 한국 정부의 동의 없이 우편국과 전화를 불법 가설하여 편의를 도모하였으며, 고위직이기는 하나 개인의 집에까지 전화를 가설하였다. 일본의 불법 가설에 대하여 한국 정부는 여러 차례 공문을 보냄으로써 규제하고자 하였으나, 오히려 일본은 신장된 국력·이익균점의 논리·억지와 협박을 사용하여 공적·사적 통신권을 한국 내에서 사용하였다.

제국주의의 이권침탈에서 주가 된 것은 역시 값싼 원료의 획득, 자

---

11) 『日案』6, 7143호, 1902년 12월 9일 ; 7188호, 1903년 1월 12일 ; 7252호, 1903년 3월 2일.

12) 『日案』6, 7119호, 1902년 11월 24일 ; 7120호, 1902년 11월 26일 ; 7147호, 1902년 12월 10일 ; 7148호, 1902년 12월 10일.

13) 『日案』6, 7172호, 1902년 12월 27일 ; 7184호, 1903년 1월 8일 ; 7209호, 1903년 1월 26일.

원에 대한 침탈이었다. 그 중에서도 광산이권은 모든 제국주의 국가의 표적이었고 특히 금광을 차지하는데 혈안이 되었다. 열강은 최혜국조 관에 의거하여 1900년을 전후하여 금광특허권을 균점하였다. 일본의 금광이권획득을 위한 노력은 시기별로 1880년대의 탐사시기, 1890년 대의 특허권 교섭 내지는 획득시기, 1900년대의 본격적인 채광시기로 구분할 수 있다. 일본영사관은 1883년부터 소속 관리들을 동원하여 한국에 대한 지질, 광상(鑛床) 조사를 자주 실시하였고, 한국의 지하 자원 중에서 특히 금과 철이 유망하다는 것을 알게 되었다. 1890년 이후에는 주로 전문적인 지질학자, 광산기술자들에 의해 탐사가 실시 되었고, 그들의 보고서는 한국광산에 대한 정확한 정보를 제공해 주는 입문서 역할을 하였다. 이러한 물밑작업을 통하여 일본은 한국 정부로 부터 창원금광(1891)과 직산금광(1900)의 채굴 특허권을 획득하였 다.[14)

일본은 이제까지 입수된 광산지식을 근거로 가장 유망할 것으로 파 악된 직산금광을 내정하여 한국에 개광허가권을 요청하였다. 이곳에는 1899년 8월 이미 일본인 복지진장(福地辰藏)이 비합법적으로 채굴작 업을 하고 있었다. 직산금광 채굴권 요구에 대하여 한국 정부는 단호 히 거절하였다. 하지만 일본이 선 채굴강행, 후 특허권 요구의 방식을 취함에 따라, 직산금광을 둘러싼 일본인과 한국 정부 관리와의 충돌은 1900년 초부터 치열하게 전개되었다.[15)

일본인들은 직산금광을 경영하면서 그 일대에서 많은 물의를 일으 켰다. 1900년에 들어서면서 일본인 통촌종삼랑(桶村宗三郎)·종강학송 (鍾江鶴松)·복지진장(福地辰藏) 등이 직산군에 들어와 자의로 채광하

---

14) 이배용, 『한국근대 광업침탈사연구』, 일조각, 1989, pp.159-162.
15) 이배용, 「개항후 일본의 한국광산 침탈에 대한 연구」, 『이대사원』20, 1983.

였다. 직산군수는 국가가 허락하지 않은 광처(鑛處)를 외국인이 마음대로 개채(開採)하고 병기를 가지고 인민을 약탈하는 것은 불법이라고 하며 퇴거를 명령하였다. 종강은 한국인에게 땅을 사고 광역(鑛役)을 하고자 하는 것이므로 불법이 아니라고 맞서자, 한국 정부는 일본 공사관에게 이에 대한 조처를 요구하였다.[16] 일본 공사관에서는 직산 금광 일본인 사업주가 한국인에게 금광을 양도받아 다른 한국인에게 채광을 시키고 있으며, 직접 한국 내지에 들어가 채광하지 않았으므로 불법이 아니라고 해명하였다.[17]

또한 일본 상인 천야총일랑(淺野總一郎)은 1899년 12월 이미 한국 정부에서 허가를 얻었다고 하면서 직산군 금광 채굴권을 신청하였다.[18] 한국 정부는 천야의 청원에 대하여 각 금광은 궁내부에서 관할하여 착수할 예정이어서 외국인 채굴을 허가할 수 없음을 통지하였다.[19] 일본은 한국이 이미 영국·미국·독일 상인에게 채광을 허가한 것을 근거로 '이권균점'의 논리를 들어 직산 등 5개 광산 채굴권을 더욱 강력히 요구하였으며[20], 이후 일본 공사(林權助)가 폐현하여 그 허락을 받아내었고[21], 결국 1900년 8월 16일 직산금광 재굴합동소약이 체결되었다.

일본은 직산광산 외에도 수안과 정산광산 등에 대한 채굴권도 요구하였는데 그 방식 역시 직산광산과 마찬가지로 선 채굴강행, 후 특허권 요구로 나타났다. 먼저 수안광산에 대한 채굴권 요구는 일본인 8

---

16) 『日案』4, 5496호, 1900년 1월 29일 ; 5531호, 1900년 2월 26일.
17) 『日案』4, 5539호, 1900년 3월 1일.
18) 『日案』4, 5574호, 1900년 3월 24일.
19) 『日案』4, 5580호, 1900년 3월 30일.
20) 『日案』4, 5598호, 1900년 4월 2일 ; 5669호, 1900년 5월 9일 ; 5683호, 1900년 5월 12일 ; 5684호, 1900년 5월 13일.
21) 『日案』5, 5837호, 1900년 8월 6일.

명이 황해도 수안 홀동에 가서 가옥을 구매하고 채광을 승인해달라고
하는 것에서 시작하였다. 이에 한국 정부는 일본인이 내지에 들어와
가옥을 구매하고 개광을 요구하는 것은 불법이므로, 일본 공사관에게
이들을 소환하여 조치할 것을 요구하였다.[22] 그러나 수안군 홀동 광
처에서 일본인이 자의적으로 개채하는 과정에서 매번 한국인과 싸움
이 일어나 물의를 일으켰고, 일본 공사는 수안에서 광산채굴에 종사하
는 일본인 점패방지진(鮎貝房之進)과 산구태병위(山口太兵衛)가 각광
감리와 체결한 계약을 기본으로 채광에 종사하는 것이라고 주장하였
다.[23] 한국 정부는 조사하여 일본인의 주장이 거짓임을 밝혔고, 수안
군수와 광부 등은 일본인이 불법으로 광지를 독점하고 이원(利源)을
침탈하며, 한국인을 구타한다고 보고하면서 해당 일본인들을 소환하여
재판할 것을 요구하였다.[24]

충청남도 정산금광에서는 일본상인 선안태랑(扇安太郎)이 1901년부
터 일본인을 고용하여 채굴을 시도하고 있었다. 한국 정부가 금지령을
내리자, 농상공부 금광파원(金鑛派員) 박래원에게 사금 약매금(約買
金)을 차용하고 채굴권을 허락받았다고 하면서 광세금 수납 권리 등
일절 사무를 돌려주지 않겠다고 하였다. 이에 대하여 일본 공사관에
보고하고 사사로이 빌린 돈을 가지고 공광(公礦)을 저지하는 것은 불
법이므로 선안태랑을 체포하여 엄징할 것을 요구하였다.[25]

그러나 일본 공사관은 다음과 같이 일본인 선안태랑의 입장을 옹호
하며, 정산 채굴 행위가 정당하다고 주장하였다.

---

22) 『日案』5, 6044호, 1900년 12월 1일.
23) 『日案』5, 6374호, 1901년 8월 3일 ; 6400호, 1901년 8월 16일 ; 이배용, 앞 책,
    1989, p.187.
24) 『日案』6, 7126호, 1902년 11월 29일.
25) 『日案』5, 6616호, 1902년 1월 18일.

일본인 扇安太郎은 농상공부 國鑛 派員 박래원과 정산금광 産出 砂金 6貫目의 매매를 약속하고 그 자금 중 1800원을 예납하고 사업을 진행하는 과정에서 금화 2162원의 손해를 보았다. 그에 대한 보상을 박래원에게 요구하니 그 광산사업은 농상공부의 주관에 속한 것이라고 하고, 한국 정부는 개인 간 보통 임차로 보아 그 책임을 지려고 하지 않았다. 이에 부득이 일본인 扇은 그 광산을 취하여 광업을 감독하고 대금을 보상 받고 손해를 회복하기 위한 수단을 강구하게 되었다. 그 외에는 다른 생각이 없다. 한국정부가 일본인 扇의 貸金과 손해금을 회복하여 주면 광산 督探를 즉시 철폐할 것이다.[26]

이상과 같은 일본의 주장에 한국 정부가 조사하여 국광 파원 박래원과 선안태랑 사이의 문제를 재판하고 정산 금광 채굴을 금지하고자 하였으나, 선(扇)은 재판에 임하지 않고 공광을 자의로 수개월 간 채광하였다.[27]

일본인의 광산이권 획득방법은 선 채굴강행, 후 특허권요구였으며, 일본 공사관은 일본인의 불법 채굴에 대하여 그 권리를 최대한 해명·보장해 주었다. 반면 일본인의 불법 채굴 과정에서 해당 지역 광부들은 일터를 잃고 가산을 탕진하는 등 피해가 속출하여 사회문제가 되었다. 빼앗긴 이권의 소재지에서는 민의 배외의식이 싹텄다. 이렇게 일본의 이권 침투가 노골적이었던 현장은 바로 농민, 노동자, 상인 등의 구체적인 생존의 터였으므로 이들이 이후 저항민족주의의 주류를 형성하게 되었다.[28]

---

26) 『日案』5, 6625호, 1902년 1월 27일.
27) 『日案』5, 9653호, 1902년 2월 14일.
28) 김정기, 「자본주의 열강의 이권침탈 연구」, 『역사비평』11. 1990, pp.98-101.

Ⅲ. 일본인의 불법거주·불법상행위와 한국의 대응

1. 울릉도에서의 불법거주와 벌목

울릉도는 1850년 이후에야 한국인들이 본격적으로 정착하게 되지만, 해산물을 얻기 위해 늘 왕래하던 섬이었다. 이 섬에 일본인이 처음 상륙한 것은 1870년으로 암기팔태랑(岩崎八太郎)이 울릉도가 "무인도이며 수목이 울창하다."는 말을 듣고 왔다가 한국인들이 왕래하는 것을 보고 돌아갔다.[29]

일본인들이 다시 울릉도에 잠입 체류하기 시작한 것은 1891년부터였고, 그 수가 점점 늘어나 1896년 이후에는 200명 내외의 선을 유지하였는데, 대부분은 벌목에 종사하는 자들이거나 그와 관련된 사람들이었다. 일본인들이 울릉도에서 불법 벌목을 하기 시작한 것은 1895년 초부터였다.[30] 1896년에 이르러서는 일본인들의 약탈이 심해지자, 이를 막기 위하여 일어에 능통한 울릉도인 배계주(裵季周)를 도감(島監)으로 임명하였다.[31]

일본인의 작폐는 광무년간으로 접어들면서 더욱 심해졌다. 일본인 수백 명이 울릉도 내에 구역을 정하여 촌락을 형성하고, 목재를 작벌(斫伐)하고, 화물을 운송하였으며, 울릉도민을 침학하고 병기를 사용하여 폭동을 일으켜도 지방관리가 금지할 수 없는 상황이었다. 울릉도

---

29) 울릉군지편찬위원회, 『울릉군지』, 1989, pp.465-466.

30) 송병기, 『울릉도와 독도-그 역사적 접근』, 단국대학교 출판부, 1999, pp.98-99.

31) 도감은 지방관제에 편입된 것이 아니었고, 비록 판임관 대우라고는 하지만 정부에서 지급하는 월봉도 없었고 그 수하에는 단 한 사람의 하인도 없었다(『독립신문』, 외방통신, 1897년 10월 12일).

민은 이들 일본인을 본국에 돌려보내고 법에 따라 벌금을 부과할 것을 요구하였다.[32]

한편 한국으로부터 1896년 9월 울릉도 삼림벌채권을 특허 받은 러시아는 일본인의 범작과 투운을 그 이권에 대한 침해로 간주하였다. 러시아는 1899년 8월 일본 공사에게 울릉도에서 일본인의 벌목을 금지하도록 요청하였다. 또한 한국 정부도 1899년 9월에 도감 배계주 등의 보고로 일본 측에 울릉도에 있는 일본인의 철수를 요청하였다.[33] 일본 정부는 러시아의 기득권을 존중하여 1899년 8월 말 원산 영사관원을 울릉도로 파견하였고, 재류 일본인에게 벌목을 금지할 것과 11월 30일까지 철수할 것을 지시하였다.[34]

한국 정부는 일본 공사로부터 울릉도 재류 일본인의 철수를 약속받게 되자, 즉시 내륙에 있는 일본인들까지도 철수시킬 것을 요구하였다. 청일전쟁을 계기로 한국에 크게 진출한 일본인들은 개항장이 아닌 내지에까지 들어가 토지·가옥의 구입, 점포의 개설, 화물의 투운 등 불법을 저지르는 사례가 많았다.[35] 한국 정부의 이런 요구는 일본 측의 태도를 경직시켰다. 일본 공사 임권조는 울릉도에서 일본인을 철수시키는 것은 벌목을 금지하기 위해서일 뿐 주거권 유무와는 아무 관계가 없다고 하면서, 한국 내지에는 다른 외국인도 많이 있음을 들어 오히려 울릉도에서의 일본인 주거권을 주장하고 나섰다.[36]

한국 정부는 배계주의 보고 및 러시아의 항의를 고려하여 1900년 내부시찰관 우용정 등을 울릉도에 파견하였다. 이는 호구·농지 등 울

---

32) 『日案』4, 5322호, 1899년 9월 16일.

33) 송병기, 앞 책, 1999, pp.100-102.

34) 최문형, 「러시아의 울릉도활용기도와 일본의 대응」, 『독도연구』, 1985, pp.370-375.

35) 『日案』4, 5343호, 1899년 10월 4일.

36) 『日案』4, 5383호, 1899년 10월 25일 ; 5429호, 1899년 11월 27일.

릉도의 형편을 조사하기 보다는, 일본 공사관원과 공동시찰단을 조직하여 현지 일본인의 작폐를 조사하고 이들을 퇴거시키기 위한 것이었다. 도감 배계주의 보고 요지는 "①현지 일본인들이 전 도감 오성일(吳聖一)이 발급한 문서를 빙자하여 1899년 8-9월 사이에 1000여 판을 작벌하였고, 자신이 서울로 올라가 고소하려 하자 일본인들이 나루를 지키어 통섭할 수 없었다. ②도감이 일본인 벌목의 불법을 논하기 위하여 일본에 건너가 재판을 한 것은 수년 전의 일인데 일본인들이 당시의 비용을 강요하여 도민들이 이를 변상하였다. ③규목 작벌을 금지하자 일본인들은 사검(査檢)과 벌목 계약을 맺었다고 계약금의 반환을 요청하여 도민들이 1000여량을 갚아주었다."는 것이었다.[37]

한일 간의 공동조사를 통하여 일본 영사는 울릉도 재류 일본인에게 삼림 범작을 금지할 것을 명령하였으나, 법을 어기며 난작함이 더욱 심해졌다.[38] 또한 일본 영사로부터 조사 내용을 보고 받은 일본 정부도 오히려 "울릉도 재류 일본인의 행동은 한국 정부가 허락한 정당한 행위이며 일본인의 상행위는 도민이 원하였던 바다. 수출입화물에 대한 관세 징수와 수목 벌채에 관한 방법을 설치하고 현재의 상황을 유지시키는 것이 옳다."고 주장하였다.[39] 한국 정부의 계속된 논박에 해명이 궁색해지자[40], 일본 공사관은 울릉도 재류 일본인의 퇴거의 조건을 다음과 같이 제시하였다.

개항·개시장 이외의 불허 외국인 거주법에 대하여 조사하였는데 유독 한일조약에만 그러한 것이 아니라 다른 제국과의 조약과도 대개 동

---

37) 『日案』5, 5566호, 1900년 3월 16일 ; 5572호, 1900년 3월 23일.
38) 『日案』5, 5900호, 1900년 9월 5일.
39) 『日案』5, 5901호, 1900년 9월 5일.
40) 『日案』5, 5905호, 1900년 9월 7일.

일하다. 외국 선교사의 다수가 불허 각지에 散居하고 있는데, 이는 한국 정부가 인정한 것이다. 그런데 유독 울릉도 재류 일본인을 퇴거하라는 것은 이해할 수 없다. 한국 정부에서 허가된 지방 외에 거류하는 외국인 일체를 퇴거하지 않으면 본 공사는 울릉도에 재류하는 일본인만을 퇴거할 수 없다.[41]

한국 정부가 이에 대한 명확한 해답을 하지 못하자, 일본 공사관은 울릉도 일본인 재류에 대하여 묵인하는 것으로 자의적으로 해석하였고, 일본인들도 울릉도에서 생활하며 여전히 재목들을 작벌하였다. 그 과정에서 도민 윤은중이 필요하여 규목 한그루를 자르자 일인이 작당하여 난타하면서 "네가 어찌 내 나무를 취하고자 하는가."라고 하며 한국민의 벌목을 금지하는 사태가 벌어지기도 하였다.[42] 이런 상황에 대하여 언론에서는 다음과 같이 우려하였다.

> 울릉도에 있는 일본인이 규목만 범작할 뿐 아니라 울릉도민이 一草一木이라도 베어 사용하고자 하면 때려 쫓아 백성들이 뿔뿔이 흩어지고 있다. 이와 같으면 몇 년 지나지 않아 全島地段을 일인에게 빼앗기게 생겼으니 일본 공사관에 移照하고 해당 일인들을 불일철환케 하라.[43]

1902년 울릉도에는 새로운 군수가 서임한지 해가 바뀌어도 아직 도임하지 않았고, 일본인의 범작삼림은 민력으로는 금지하기 어려웠다. 이러한 상황에서 일본 공사관은 울릉도에 있는 일본인을 보호관할하기 위하여 경찰서를 설치하고 경찰과 순사 3명을 파송, 주재할 것

---

41) 『日案』5, 5909호, 1900년 9월 12일.
42) 『皇城新聞』, 잡보「울도의 日人作梗」, 1901년 9월 18일.
43) 『皇城新聞』, 잡보「移照撤還」, 1901년 10월 4일.

을 계획하였다.[44] 일본 경찰의 울릉도 상주에 대하여 한국 정부가 반박하자 일본 공사관은 1901년 울릉도 군수 강영우(姜泳禹) 부임 즈음에 절도로 재류 일본인을 취조하게 되었을 때 일본 경찰관 파견을 협의하였으므로 다시 논할 바가 못 된다고 하면서 이에 대한 언급 자체를 거부하였다.[45]

울릉도 재류일본인 퇴거에 대하여 한국 정부는 1903년에 다시 일본공사관에 요구하였지만 일본인은 이전의 공문왕래의 내용을 열람하면 종래 교섭 상황을 알 수 있을 것이라고 울릉도 일본 거류를 합법화하였다.[46]

2. 개성 인삼의 불법 창발과 매매

인삼은 일반작물과는 달리 번종 후 5-6년이 경과되어야 수확할 수 있기 때문에 자본의 회전이 느리고, 처음에 어느 정도의 자본투자가 필요한 작물이다. 또한 한 번의 실패는 다년간의 농사를 망치는 일이 되기 때문에 도산하는 일도 많았다. 그러나 인삼은 고가품이고, 한국의 홍삼이 해외시장에서 우수하다는 호평을 받았기 때문에 상당히 높은 수익을 얻을 수 있는 상업적 작물로 평가받았다.

이러한 인삼매매로 인한 일본과의 갈등이 본격적으로 일어나기 시작한 것은 1896년 개성부윤과 평안북도 관찰사가 내외인에게 인삼매매를 금단하도록 제정된 '포삼장정(包蔘章程)'을 고시한 이후부터였

---

44) 『皇城新聞』, 잡보 「島民呼訴」, 1902년 2월 15일 ; 잡보 「鬱島日巡査」, 1902년 2월 28일.
45) 『日案』6, 7084호, 1902년 10월 29일.
46) 『日案』6, 7515호, 1903년 8월 24일.

다.[47] 이후 한국 병정과 순검이 일본 상인이 개성에서 경성으로 운반하던 인삼을 압수하고 그들을 결박하는 사건이 일어났다. 일본 공사관에서는 인삼의 매매·운반·저장과 관련된 한일 간 교섭이 협정되지 않은 상황에서 이와 같은 한국의 처분은 있을 수 없는 일이라고 하였다. 또한 1895년 9월 중 제정 반포된 '포삼규칙'에서 정한 금매품(禁賣品)의 품목은 정해진 조약에 어긋나고, 그 불법적 조치는 일본 상인의 권리를 침해하고 있다고 하였다. 이에 그 불법 금령을 철회하는 것은 물론, 일본인의 재산과 생명에 대한 지배권은 일본의 해당 관청에 전속되어있음을 들어 순검·병정 등이 일본 상인을 결박한 것은 명백히 조약에 위배되므로 이에 대하여 엄중히 조처해 줄 것을 요구하였다.[48]

일본 공사관은 일본 상인들이 계속해서 인삼을 압수당하자, 일본 상인의 입장을 대변하며 일본 상인은 한국 포주(圃主)와 서로 정당한 수속을 밟아 인삼을 매매하였으므로 그 인삼은 일본인의 소유가 자명하다고 하였다. 따라서 한국 관리가 인삼을 차압하는 것은 일본 상인의 상권을 침해하는 것이라고 하면서 이에 대한 시정을 촉구하였다.[49]

이상의 일본 공사관의 주장과는 달리, 일본인이 일부 한국인과 결탁하여 삼포(蔘圃)를 가매(假買)하고 잠채하여 삼주로 하여금 혈본(血本)을 잃게 한다는 기사와, 일본 상인들의 인삼 무단 채거를 해결해 달라는 요구가 잇달았다.

---

47) 『日案』3, 4132호, 1896년 9월 17일.
48) 『日案』3, 4132호, 1896년 9월 17일 ; 4138호, 1896년 9월 24일.
49) 『日案』3, 4194호, 1896년 11월 10일 ; 『日案』4, 4709호, 1898년 6월 15일.

사례 1. 전판관 이승업은 居間꾼에게 蔘圃 3000間을 31만 냥에 결가한 후에 우선 10만 냥만 받았는데, 수일이 못 되어 일본사람이 成群作黨하여 모두 캐어갔다. 이를 즉시 採探한 즉 일본인에게 붙어 謀利한 놈들이 이씨를 속인 고로 원통한 마음에 식음을 폐하고 血痰을 토하여 거의 사경을 헤매게 되었다.[50]

사례 2. 개성 삼포인 손의문은 일본상민이 圃蔘 50여 間을 늑채하였는데 그 중에 혹 有定價少捧者하고 혹 有初不評價者하오니 저희들이 사력으로는 萬難推尋이온즉 궁내부에서 전조하여 卽速 推給하여 달라.[51]

사례 3. 種蔘은 반드시 4-5년이 지나야 능히 성숙하기 시작하는데 매번 여름에 出新 시기에 반드시 그 성숙을 택하여 뽑아야 한다. 상년(지난해) 출신의 즈음에 타국인이 무기를 가지고 삼포에 와서 성숙여부에 상관없이 겁탈해 간다. 신등은 그 총이 무서워 단지 도피하고 삼을 뽑아간 다음에 온다. 신등은 삼을 업으로 하여 조세하는데, 삼이 성숙할 계절에 단 하나의 삼도 얻을 수 없으니 타국인의 겁탈 拔去한 까닭이다. 스스로 병대·순검을 만들고 같이 방어하여 삼을 보호하고 창발하는 것을 면하게 함으로써 蔘戶가 安業하게 되기를 바란다. 저들이 겁탈 발거하는 것을 그치지 않으면 부득불 병대와 순검이 백성을 보호하기 위하여 힘으로 그치게 할 것이다.[52]

사례 4. 음력 9월 초 不知何許人 기십 명이 각기 병기를 들고 삼포에 돌입하여 圃主를 결박하며 동민을 난타하고 搶探而去하였다.[53]

사례 5. 개성 居 李姓者 一人이 본년 秋探한 蔘圃 1000여 간이

50) 『皇城新聞』, 잡보 「失蔘委席」, 1898년 9월 12일.
51) 『皇城新聞』, 잡보 「訴求蔘價」, 1898년 12월 29일.
52) 『日案』4, 5277호, 1899년 8월 24일.
53) 『皇城新聞』, 잡보 「推蔘事實」, 1901년 11월 9일.

백천군에 있는데 일작 밤에 일본인 3명이 수십 명을 帶率하고 각 총검
을 가지고 삼포에 돌입하여 800여 간을 창발이거함으로 포주가 개성
駐隊에 發告하여 일인 3명과 한국인 7명을 포박하였는데 일인은 인천
항 일 영사관으로 押付하고 한국인은 경무청으로 押上하였다더라.[54]

  사태가 이즈음에 이르자 한국 정부는 포주의 승낙 없이 멋대로 뽑
아 인삼을 취하는 창발자(搶拔者)를 무력으로 제지하겠다는 공문을
일본 공사관에 보냈다. 일본은 이에 항의하며 조약에 관허(官許)를 얻
지 않으면 수출을 금하는 물품은 홍삼이고, 국내에서 매매·운반하는
것에는 하등 제한이 없으며, 더구나 생삼은 자유롭게 수출할 수 있다
고 주장하였다. 수호조약 9조에 "피차 인민이 각기 무역을 하고자 함
에 있어 양국 관리는 조금도 관여할 수 없고 또 무역의 제한 혹은 금
지를 할 수 없다."고 명시되었으므로 장차 삼정감독이 금지하고자 하
면 이는 조약을 위배하는 것이라고 하였다. 또한 개성 삼호(蔘戶)가
소유한 삼의 종자를 관화(官貨)라고 하는데 한국 정부가 개성과 그
부근의 일반 삼호로부터 인삼을 매입하는 것은 일부에 불과한 즉 관
삼(官蔘)을 매매하는 것 이외의 삼에 대해서는 하등 방해할 수 없다
고 하였다.[55]

  일본은 홍삼문제 처리 방법의 타협을 촉구하였으며, 한국 해당관의
승인을 거치지 않고 개성에서 이후로는 포삼 매매와 채굴을 하지 않
으며, 만약 이를 어기면 일본 영사직권으로 상당한 조치를 취할 것이
고, 일본인이 포삼을 산 것은 성숙을 기다려 채취하겠다고 하였다.[56]
일본은 이상의 조건으로 일본인의 한국 내 인삼 매매와 채굴을 합법

---

54) 『皇城新聞』, 잡보「搶蔘△捉」, 1902년 8월 18일.
55) 『日案』4, 5292호, 1899년 8월 31일.
56) 『日案』5, 5833호, 1900년 7월 31일 ; 5931호, 1900년 9월 29일.

화 하였으며, 1년 후에는 매매하였던 인삼이 성숙되어 채취한다고 한
국 정부에 통고만 하였다.[57]

3. 기타

일본인은 개항장·조계지 등 허가된 지역 뿐 아니라 이외에 거주하
면서 경제활동을 하는 경우가 많았다. 그 과정에서 한국인과 협잡하여
한국인에게 경제적·정신적 피해를 입히는 사례와 한국 정부에 그 해
결을 요구하는 내용이 계속 답지하였다. 이 중 몇 몇의 사례를 들어
당시 상황을 살펴보기로 하겠다.

①1899년 일본인 대하원(大河原)이 인천의 기포(圻浦)지역을 매매
하면서 인근 지역민과 갈등이 발생하였다. 대하원이 김창건에게 기포
지역을 사기로 매입하고, 포검(砲劍)으로 무장한 역군(役軍)을 데리고
와서 그 지역의 사람들을 내쫓고 집과 재산을 파괴하였다. 기포 지역
민들은 일본인 대하원이 인근 민옥을 임의로 파괴한 것에 대하여 항
의하였고, 한국 정부는 일본영사가 재류 일본인을 단속하지 못하여 발
생한 일이라고 하면서 대하원을 엄징하고 손해배상을 요구하였다. 당
시 인천항 내의 백성들은 감정이 격앙되어 사건 해결을 위한 집회를
열었다.

일본 공사관은 기포 사건을 조사하였는데 대하원은 김창건에게 지
가 800원을 상환하였으며, 일본 영사와 전 인천감리가 이를 공식적으
로 인정한 것이므로, 다시 그 대가를 보상하라는 것은 기득권은 방기

---

57) 『日案』5, 6438호, 1901년 9월 18일 ;『皇城新聞』, 잡보 「探蔘勿禁請」, 1901년 9월
25일.

하는 조처라고 결론지었다. 다만 최근 일어난 가옥 훼손 건은 인천 영사로 하여금 원만하게 해결하도록 명령하겠다고 하여 대하원이 매매한 기포지역에 대한 소유권은 인정하고, 단지 가옥파괴에 대한 내용만을 질책하겠다고 한국 정부에게 보고하였다.[58]

②일본 상인 길천좌태랑(吉川佐太郎)은 월미도를 매입했다고 주장하면서 백성의 집을 헐고 내쫓았다. 이는 일본과 한국 사이의 외교문제로 확대되었다. 월미도 개간을 허락받은 김모가 길천좌태랑에게 그 토지를 방매하였고[59], 길천은 자신의 토지에 있는 가옥 수십 채를 철거하도록 요구하며 가옥을 훼손하였다.[60] 한국 정부는 일본상인 길천이 매수한 월미도는 인천항의 요지이므로 환매하기로 하여 가격을 책정하였으나 대금 지불이 연기되자[61], 일본 공사가 월미도 거주민의 철거를 감리서에 요구하였다.[62] 결국 길천은 정부가 대금을 상환하지 않는다고 도민을 축출하고 가옥과 분묘 등을 훼손하였으며[63], 일본 공사는 외부에 조회하여 월미도의 지가를 속히 상환해줄 것을 요구하였다.[64] 월미도와 관련된 외교문제는 약 1년 6개월만인 1901년 12월을 선후하여 마무리되었다.[65]

이 과정에서 길천에 의한 월미도 주민들의 고통은 신문 등을 통하

---

58) 『日案』4, 5076호, 1899년 4월 21일 ; 5089호, 4월 27일 ; 5092호, 4월 28일.

59) 『皇城新聞』, 잡보 「月尾島事件」, 1900년 5월 4일.

60) 『皇城新聞』, 잡보 「島民呼訴」, 1900년 10월 9일 ; 잡보 「訴之何益」, 1901년 5월 22일.

61) 『日案』5, 611호, 1901년 1월 28일 ; 6117호, 1901년 2월 1일. 월미도를 환매하기 위하여 협정된 대금의 지불이 연기되고 있으니 이를 속히 처결하여 줄 것을 주한일본공사가 외부에 공문을 보냈다.

62) 『皇城新聞』, 잡보 「撤退島民」, 1901년 3월 6일.

63) 『皇城新聞』, 잡보 「倘非是計」, 1901년 8월 30일.

64) 『皇城新聞』, 잡보 「照請速償」, 1901년 9월 5일.

65) 『日案』5, 6566호, 1901년 12월 6일.

여 전국에 알려졌으며, 직접적인 관련이 없는 지방 유생들도 교린의 도리를 내세워 길천이 한국을 모욕하는 것이라고 비난하였다. 이를 해결하기 위해서는 일본인에게 돈을 돌려주고 월미도 인민의 생활을 안정시키며 분노를 풀어주어야 한다고 하였다.[66]

③인천에서 미곡상이 일본인에게 미곡을 매매하는 과정에서 사기를 당한 사건이 있었다. 한인 미곡상 임경오가 일본인 굴국태랑(堀國太郎)에게 2899원 70전에 자신의 미곡을 팔았는데, 겨우 400원만 선금으로 주고 나머지 돈은 지불하지 않았다. 그 미곡을 해관에서 적치(積峙)할 때에 일인 전중좌칠랑(田中佐七郎)이 나타나 자신이 굴(堀)에게 전매하였다고 하면서 영사관에서 파견된 다수의 순사들의 보호를 받으며 쌀을 출구(出口)하였다. 이에 한국 정부는 일본 공사관에 한국 상인과는 한마디 상의 없이 가격을 주지 않고 쌀을 늑탈한 일본 상인을 엄징하고 돈을 상환하기를 요구하였다.[67]

그러나 도리어 인천의 일본영사가 일상 미곡사기사건을 조사하여 그에 대한 진말서를 보내면서 다음과 같은 오해가 있었음을 설명하였다. 즉, "굴이 선금만 지불한 미곡을 다시 전중에게 전액을 다 받고 판 후 도망간 것으로, 실상 전중에게는 잘못이 없고 미곡에 대한 소유권을 가지는 것이 옳다. 임경오가 손해 본 것은 굴의 친구들이 함께 협상하여 보상하고자 하였으나 임경오는 이에 응하지 않고 전중의 미곡 선치를 방해하였다. 일본 상인의 권리를 보호하고, 거류지의 안녕을 유지하는 것이 영사의 직분이므로 순사 수명을 파견하여 전중을 경호한 것이다. 이에 대한 한국 관리와의 합의를 요구한다."라고 하였다.[68]

---

66) 『照會原本』1권(奎,17234), 중추원편, 1901년 6월, pp.73-75.
67) 『日案』5, 5922호, 1900년 9월 22일.

④개성에서는 일본인이 금액을 임차하는 전옥(典屋)이 천여 개에 이르며 담보로 받은 물권을 받기 위하여 일본인은 진위를 따지지 않고 가산을 점탈하고 문을 봉쇄하여, 남부노약(男婦老弱)들이 하루아침에 길에 내몰리고 울음소리가 끊이지 않았다. 개성부에서 자체적으로 관련 인물들을 체포하여 엄징하기는 하나 일본인의 불법행위는 재판할 수 없었다. 한국정부는 일본공사에게 임차과정에서 나타나는 일본인의 불법 행위를 금지시킬 것을 요구하였다. 더불어 개성은 일본인이 통상하고 영업할 수 있는 지역이 아니므로 즉시 퇴거하기를 종용하였다.[69]

이에 일본 공사관은 일본이 조사한 바로는 한일 간의 전당과 기타 임차관계가 긴밀하게 이루어지는데 그 행위는 대개 정당하며, 한국인 중 임차 행위로 인하여 집안이 홍하고 재산이 쌓이는 자 역시 적지 않다고 하면서, 한일 국민간의 소송은 점차 감소하고 있으며 개성부윤의 보고는 사실을 과장한 것이라고 일축하였다. 또한 개성에 일본 상민이 정류 영업하게 된 것은 청일전쟁과 1896년 한국 내 폭민봉기로 인하여 부득이 하게 압류된 것이었고, 다른 나리외의 조약을 통하어 타국 신민이 재류하는 것은 묵인하면서 일본 국민만 조약에 위배되었다고 하는 것에 대하여 유감을 표출하였다.[70]

이상의 사례에서 보듯이 일본인들은 한국 내에서 상행위를 하면서 불법과 사기를 자행하였고, 한국인들을 금전적 함정에 빠뜨려 가산을 탕진하게 함으로써 경제적 이익을 얻었다. 피해를 입은 한국인들은 손해를 보상받기 위하여 자체적으로 일본인과 맞서 해결하고자 하였으

---

68) 『日案』5, 5936호, 1900년 10월 5일.
69) 『日案』5, 6724호, 1902년 4월 8일.
70) 『日案』5, 6734호, 1902년 4월 14일.

나, 일본인은 무력을 가지고 한국인을 침학하며 그 정당함을 주장하였
다. 한국인들은 정부에게 일본인의 불법 행위를 신고하고 해결해줄 것
을 요구하였다. 광무년간의 한국 정부는 일본 상인의 권리 보호와 거
류지의 안녕 유지를 내세우며 적극적인 공세를 펼치는 일본 공사관을
상대로, 일본인의 불법성을 인지시키고 그에 대한 조처를 얻어내기에
는 역량이 부족하였다. 결국 자국민들을 경제상의 피해로부터 보호하
기 위한 해결방안은 국력에 의하여 좌우되었고, 한국 내 일본의 영향
력이 증가하면서 일본인은 경제활동의 범위를 넓혀나갈 수 있었다. 그
과정에서 나타났던 불법과 불미스러운 상황도 일본 정부의 비호 아래
무마되었던 것이다.

Ⅳ. 일본인 이민법 추진 이유와 한국인의 저항

개항 이래로 일본인이 한국으로 들어와 생활하면서 일어나는 여러
불미스러운 일들이 계속 보고되었다. 특히 청일전쟁에서 승리하면서
한국 내 경제활동에서 우위를 점하고, 한국으로부터 이권을 획득하면
서 보다 많은 일본인이 다양한 경제활동을 위하여 한국으로 이민을
왔다. 일본인의 잦은 이민과 그로 인한 문제에 대해 한국인들의 우려
는 컸고, 일본인의 행동을 제어할 수 있는 법적 장치를 마련해줄 것
을 요구하였다.

일본인의 자유도한(自由渡韓) 문제에 대하여 1901년 9월 『조선신
보(朝鮮新報)』에 의거하여 『황성신문(皇城新聞)』에서 일본인의 자유
도한 문제는 거류민의 숙원으로 인천항의 일본 상업회의소에서 만장
일치로 가결시켰고, 주한 일본공사와 영사도 이에 동의한다는 것을 밝

히고 있다.[71] 일본인들은 자유도한이란 단순히 여권을 폐지하는 것을 의미하는 것이라고 하면서 다음과 같은 이유를 들어 그 필요성을 설명하였다. "①여권발급은 절차가 번잡하여 도한을 희망하더라도 1-2개월을 지연하여야 한다. ②상인이 쉽게 왕래할 수 없어 그 시기를 잃음으로써 의외의 손실을 입을 수 있다. ③도한을 자유롭게 하면 불량 무뢰배가 입국할 우려가 있다고 하나, 각 조계에 있는 일본 경찰이 이들을 감독하는데 부족하지 않고, 주한 영사에게는 퇴한(退韓)처분권이 있으므로 한국의 안녕과 풍속 상에 결코 우려할 일이 없을 것이다. 즉 우리가 자유도한을 희망하는 것은 재산이 있는 양민의 입국을 장려하는 것으로, 한일관계를 친후케 하여 피차 국익을 증진하는데 있다."고 하였다. 그러나 『황성신문』은 논설을 통하여 다음과 같이 주장하며 일본의 주장이 허구라고 하면서 한국인의 자각을 촉구하였다.

> (…) 자유도한의 策은 가공할 植民정치의 端緒로서 경부철도가 매 정거장에 20만 평의 지단을 얻고자 하는 것은 그 증거가 되며, 일본식 민이 번식하면 한인이 이산하여 미국의 홍인종과 흡사하게 될 것이 명 약관화하다. (…)[72]

일본은 '이민보호법'을 개정하여 1조에 "외국은 한·청 양국 이외의 외국으로 규정한다."고 하였는데, 그 이유는 제반 상황이 도항(渡航) 근로자에게 특별한 보호가 필요 없고 번잡한 이민법을 적용할 필요가 없기 때문이라고 하였다.[73] 이에 『황성신문』은 '이민보호법' 1조는 청

---

71) 『皇城新聞』 잡보 「自由渡韓」, 1901년 9월 30일 ; 잡보 「自由渡韓의 議決」, 1901년 10월 2일.

72) 『皇城新聞』, 論說, 1901년 10월 12일.

73) 『皇城新聞』, 잡보 「日本移民法의 改正」, 1901년 12월 20일.

한 양국을 일본의 국내 지방으로 인정한 것으로 일본이 한국을 식민지하려는 것이라고 하였다.[74] 한국인은 부산항에서 동승하였던 일본인들 중 일본 관청에서 발급한 여행권을 휴대하지 않은 자가 대부분이었으나 일본 경찰이 별반 힐문하지 않는 것을 목격하였다. 이 상황으로 일본인의 자유도한은 이미 오래 전부터 시행되고 있었으며 일본 정부가 이를 묵인하였음을 알 수 있다.[75] 1901년 12월 말 일본은 '이민보호법' 중 개정 법률안과 '한·청 이민보호법' 개정안을 하의원에서 가결시켰다.[76]

일본 정부에서 이민법을 개정한 이후 일본 국내 각 회사에서는 한국으로 이주할 방법을 상호 논의하며 한국으로의 이민을 위한 정보수집이 한창이었다.[77] 이러한 상황에서 한국 언론은 논설과 기서 등을 통하여 "①일본이 이민법을 개정하여 일인으로 하여금 자유롭게 한국을 건너올 수 있게 되었는데, 일본인의 이민은 거의 노동 이민으로 한국 경제상의 이익은 거의 없을 것이다. ②일본인의 토지 매입과 생리(生利) 침탈은 더욱 심해질 것이다. ③생리를 빼앗긴 한국인의 분노가 팽팽해져 조만간 서로 크게 싸울 일이 생길 것이다."라는 우려를 나타내며, 한국은 일본인들의 여권을 검사하며, 여권 없이 한국에 있는 자들은 일본에서 도망한 자들로 이들을 조치해야 한다고 하였다.[78]

---

74) 『皇城新聞』, 論說 「論日本政府移民法改正」, 1901년 12월 23일.

75) 『皇城新聞』, 잡보 「自由渡韓」, 1901년 12월 23일.

76) 『皇城新聞』, 잡보 「移民法改正의 委員可決」, 1901년 12월 24일 ; 잡보 「韓淸移民法改正의 可決」, 12월 28일.

77) 『皇城新聞』, 잡보 「移民現狀」, 1902년 1월 13일.

78) 『皇城新聞』, 奇書, 1902년 1월 23일 ; 論說 「辨朝鮮新報辨妄之謬(1)」, 1902년 1월 28일 ; 論說 「辨朝鮮新報辨妄之謬(2)」, 1월 29일 ; 論說 「辨朝鮮新報辨妄之謬(3)」, 1월 30일 ; 論說 「辨朝鮮新報辨妄之謬(4)」, 1월 31일 ; 『照會原本』2권, 1901년 1월

일본이 개정한 이민법으로 일본인에게 자유로운 한국 이주가 허용된 것은 한국을 경영하기 위한 초석으로, 일본의 노동자들이 한국에 뿌리를 내리면 우리의 이원(利源)을 모두 차지하리라는 것을 잘 인식하고 있었다.[79] 당시 러시아에서도 『노보브렘야』신문을 통하여 한국에 일본인의 이주자가 매우 많아 한국이 일본의 보호국이 된다고 우려하며 한국에 대한 러시아 세력이 감퇴함을 심히 한탄하고, 러시아도 이제라도 신속하게 일본 행동에 대항하는 수단을 취해야 한다고 논하고 있는 실정이었다.[80]

그러나 일본인의 한국 유입·이민은 특별한 방해 없이 진행되었으며, 한국에 자리 잡은 일본인들은 이후 일본이 한국을 식민지화하는 과정에서 일본 정부에게 적극적인 활동을 요구하는 행동대로서의 역할을 담당하였다.

V. 맺음말

개항 특히 청일전쟁 이후 일본이 한국 내에 경제 침탈을 감행한 주요 사례들을 정리해 보았다. 물론 다양한 분야에서 나타나는 경제 침탈 중 일각에 불과하기는 하지만, 이를 통하여 일본이 한국의 경제를 침식하는 방법을 고찰하고 그 과정에서 한국인들의 피해 상황을 조금이나마 실감하고자 하였다.

먼저 철도·통신·광산 이권획득 과정을 살펴보면 일본은 한국 내 열

25일, pp.17-18.

79) 『照會原本』2권, 1902년 2월, pp.2-4.

80) 『皇城新聞』, 잡보 「俄論韓國關係」, 1902년 8월 29일.

강의 '이권균점'의 원칙을 십분 이용하여 주도면밀한 계획 아래 자신이 원하는 이권을 차지하고자 하였다. 만약 한국인과 한국 정부의 대응이 거셀 경우 먼저 일본인으로 하여금 원하는 이권의 지역에서 경제활동을 강행하고, 한국 정부와 외교적 교섭을 진행하며 억지로 이권을 획득하는 모습을 보여주었다. 일본 공사관은 일본인의 불법적인 우편국·전화가설, 직산금광의 불법채굴 등 모든 행동을 정당화시키고 이들의 권리를 최대한 보장해주었다. 한국 정부가 이를 받아들이지 않고 계속 불법행동에 대한 책임을 물으며 퇴거 조처를 내리면, 무력 사용을 암시하는 협박과 함께 일본 공사가 직접 고종을 폐현하여 이권을 획득하는 적극성을 보여 주었다.

다음으로 내지에서의 불법 거주·불법 상행위를 살펴보면 해당 지역에서의 일본인 거류가 오래 되었음을 들어 이를 문제 삼는 것을 오히려 잘못되었다고 주장하며, 만약 해당 지역에서 일본인 퇴거를 원한다면 개항장·조계지 등 외국인이 거류할 수 있는 곳 이외에 거류하는 모든 외국인을 퇴거해야 할 것이라며 원칙적인 입장을 내세웠다. 이에 한국 정부는 해결책을 제시하지 못한 채 시간만 끌었을 뿐이었다. 당시 문제가 되었던 울릉도 재류 일본인의 불법 행위, 토지·인삼·미곡매매·전당포 운영 등에서 보이는 일본인의 상행위는 한일 간 외교문제로 발전되었으나 이 또한 뚜렷한 해결책을 제시하지 못한 채 일본인의 의도대로 진행되었음을 볼 수 있다.

광무년간 일본인의 한국 내 경제침탈로 직접적인 피해를 입은 것은 현지 한국인들이었다. 그들은 자신의 생활터전을 잃고 거리로 내몰리고 가산을 탕진하게 되었다. 한국인들은 일본 공사관의 비호를 받는 일본인과 직접적으로 해결할 수 없어, 자신들의 분노와 억울함을 한국 정부에 호소하였다. 그러나 한국 정부는 일본인의 불법행위를 규제하고자 노력하였으나, 한국 내에서 정치적 영향력을 증가시키고 있었던 일본을 제어할 수 없었고, 한국인들의 생활은 점점 피폐해질 수밖에 없었다.

재한 일본인은 그들의 경제활동을 더욱 자유롭게 하기 위하여 자유 도한 나아가 이민법을 추진·제정하였다. 언론을 중심으로 일본인들이 한국을 식민화 시키려는 의도를 파악하고 한국인과 정부의 각성을 촉구하고, 자유도한 등을 막아야 한다고 역설하였다. 그러나 러일전쟁이 발발하면서 한국 내 일본의 정치·경제적 권력은 점점 확대되어가자 한국인들이 자신의 권리를 지켜나가는 것이 더욱 힘들어졌다.

1900년 파리 만국박람회 한국관 설립과정과 프랑스인의 한국 인식

김은정[*]

Ⅰ. 머리말

대한제국의 대외관계에 관한 연구는 을사늑약에 의해 결과적으로 외교권을 박탈당했다는 사실을 전제로 하기 때문에 패배적인 입장에서 연구가 진행되어 왔다. 그러나 최근 대한제국에 대한 연구가 다양한 부문 즉, 대한제국의 재정과 근대화정책 분야에서 연구가 진척되면서 긍정적인 시각에서 대한제국의 근대화 사업과 대외관계의 새로운 모색 등이 부각되기 시작하였다.[1]

---

* 이화여대 사학과 강사.

1) 宋炳基, 「光武改革研究-그 성격을 중심으로」, 『史學志』10, 1976 ; 강만길, 「大韓帝國의 性格」, 『創作과 批評』48, 1978 ; 이배용, 「舊韓末 鑛業權 守護運動과 諸樣相」, 『이화사학연구』17·18합집, 1988 ; 노인화, 「대한제국시대의 한성전기회사에 관한 연구」-광무개혁과 미국측 이권의 양상-, 『이대사원』17, 1980 ; 양상현, 「대한제국기 내장원 재정관리연구」, 서울대학교 국사학과 박사학위청구 논문, 1996 ; 이윤상, 「대한제국기 내장원의 황실재정운영」, 『한국문화』17, 1996 ; 서영희, 「대한제국의 역사적 성격, 광무정권의 형성과 개혁정책 추진」, 『역사와현실』26, 1997 ; 이윤상, 「대한제국의 역사적 성격, 대한제국기 황제주도의 재정운영」, 『역사와 현실』26, 1997 ; 이영학, 「대한제국의 역사적 성격, 대한제국의 경제정책」, 『역사와 현실』,26, 1997 ; 全旌海, 「광무년간의 산업화 정책과 프랑스 자본·인력의 활용」, 『국사관논

이 글에서는 1900년 파리에서 개최되었던 만국박람회의 한국관 설립과정을 살펴봄으로써 구미 중심의 세계질서에서 근대국가로서 위상을 찾기 위한 대한제국의 노력과 프랑스의 한국에 대한 인식을 분석할 수 있을 것이다. 대한제국은 이미 1893년 미국의 시카고 박람회에 성공적으로 참가했던 경험을 가지고 있었으며 이 경험은 파리 박람회에 참가할 수 있는 자산이 되었다. 주최국인 프랑스에서도 한국은 시카고 박람회에 참가했던 국가로서 한국 참가를 당연하게 예견하였다. 이로써 대한제국은 신대륙인 미국의 시카고 만국박람회 참가와 구대륙인 유럽에서 열리는 파리 만국박람회에 참여하여 서구 열강과 어깨를 나란히 할 수 있는 문명국임을 세계에 알리고 있었다.

1900년 파리 만국박람회는 '현대 박람회'에 '백년 회고전'이 첨가되는 형식으로 1800년 이후 다양한 생산 분야에서 달성된 발전을 개관하는 성격을 가지고 있었다.[2] 박람회 관리부는 대형 건축물과 별도의 천막에 각국의 전시물을 전시할 수 있게 하였으며 이때, 어떠한 임대료도 출품국에게 요구하지 않는 조건이었다. 그러나 한국은 한국관을 별도로 건립함으로서 건립비용을 부담하면서까지 한국의 역동성과 발전 가능성을 표현하고자 하였다.

따라서 이 글에서는 1900년에 개최되었던 프랑스 만국박람회의 한국 참여와 한국관 설립과정 그리고 한국관 관람평을 실은 '모리스 꾸랑'의 글을 통해 프랑스인의 한국에 대한 인식까지 살펴보고자 한다.

총』84, 1999 ; 이태진, 『고종시대의 재조명』, 태학사, 2000 ; 최덕수, 『대한제국과 국제환경-상호 인식의 충돌과 접합-』, 선인, 2005 ; 이태진·김재호 외 9인, 『고종황제 역사청문회』, 푸른역사, 2005 등이 있다.

2) 『韓佛關係資料』-駐佛公使·파리博覽會·洪鍾宇-(韓國近代史料集成 4, 국사편찬위원회, 2001), pp.200-202. 만국박람회 일반 규칙 요약문 제 3항. 현대 박람회에 백년 회고전이 첨가될 것이다. 이 회고전은 등급에 따라 분류되며, 1800년 이후 다양한 생산 분야에서 달성된 발전을 개관한다.

이 글에서 주로 참고한 자료는 『한불관계자료(韓佛關係資料)』-주불공사(駐佛公使), 파리박람회(博覽會), 홍종우(洪鍾宇)-한국근대사료집성(韓國近代史料集成, 4, 국사편찬위원회, 2001) 와 프랑스인 달레(Dallet Charles, 1829~1878)가 서술한 『한국천주교회사(韓國天主敎會史)』(원제 : Histoire de l'eglise de Coree, 1874년 파리 간행, 안웅열·최석우 역, 한국교회사연구소, 1980), 모리스 꾸랑(Mourice Courant)의 『한국서지(韓國書誌)』(원제 : Biblioglaphie Coreenne, (1894~1901), 이희재 역, 일조각, 1994)를 중심으로 이용하였다. 『한불관계자료』는 한국주재 프랑스인이 한국 사정을 보고하는 형식의 보고서와 만국박람회 진행과정상 한국에 파견된 외교관과 주고받은 외교문서 등이 수집되어 있는 자료집이다. 『한국천주교회사』는 조선에 파견되었던 프랑스 선교사들이 보내온 각종의 자료를 근거로 작성되었다. 책 도입부에 조선 사회를 이해하기 위한 입문편이 있는데 여기에 조선에 대한 각종 정보를 실어놓았다. 조선의 역사, 지리, 제도, 오락, 산업과 국제관계 등 조선사회 전반에 걸친 내용을 통해 한국 인식을 읽을 수 있었다. 모리스 꾸랑의『한국서지』는 한국의 제반 문화에 대해 서술한 단행본 분량의 서론과 교회부(敎誨部) 이하 9개 부문으로 분류하여 저술되었다. 이 책은 상세한 서지학적 해설은 물론 문화사적인 논평까지 곁들인 한국 도서 3,821부를 수록한 방대한 규모의 저술이다. 또한 한국의 많은 국보급 전적류를 원문과 함께 수록하고 있어 프랑스의 한국인식을 살피기에 많은 도움을 주었다.

Ⅱ. 대한제국의 선포와 새로운 대외관계 모색

대한제국은 제국선포로써 을미사변과 아관파천으로 실추된 국왕의 권위를 살리고 자주적 대외관계를 모색하였다. 고종은 1890년대의 국제관계상 일본을 견제할 수 있는 열강과 관계를 강화하고자 하였다. 제국선포에 따른 열강과의 외교관계 확대 과정은 일본의 침략에 대비한 주권의 국제적 보장과 중립화 구상도 함께 염두에 둔 외교적 노력이었다.

고종이 러시아공사관에 머물러 있는 동안 일본과 러시아 간 1896년 5월 14일 고무라(小村)·베베르 각서(京城의정서)와 1896년 6월 9일 야마카타(山縣)·노바노프 의정서(모스크바 의정서)가 비밀 협정의 형식으로 체결되었다. 위의 두 의정서를 통해 일본은 러시아와 타협 없이는 한국에서 세력기반을 잃을 지도 모른다는 판단에 따라 러시아의 세력을 인정함과 동시에 러시아로부터 일본의 동등한 권리를 인정받고자 한 것이었다.[3] 한편 니콜라이 2세의 대관식 참석차 러시아를 방문한 야마카타는 양국의 지위를 보다 분명하게 확정짓기 위해 대동강과 원산을 잇는 북위 39도를 경계로 한국을 분할할 것을 제안하였으나 노바노프가 조선의 독립을 승인한다는 구실로 거부하였다. 즉 야마카타·노바노프 의정서는 러시아의 우위를 바탕으로 양국의 세력을 인정한 안정화 전략이었다.[4]

---

3) 外務省 編, 『日本外交年表竝主要文書』上, 東京, 1964. pp.174-175 ; 한국정치외교사학회 편, 『한국외교사』Ⅰ, 집문당, 1993, p.275. 주요 내용은 다음과 같다. ①조선국왕의 환궁문제는 전적으로 그의 자유재량에 맡긴다. ②국왕의 의사에 따라 내각 대신을 임명한다. ③서울~부산간 전신선 보호를 위해 주요 개소에 일본수비병 설치의 필요성을 인정한다. 수비병은 헌병으로 교체시키고 총수는 200명을 초과할 수 없다. ④일본은 거류민 보호를 위해 서울에 2개 중대, 부산·원산에 각 1개 중대의 일본군을 배치할 수 있다. 단 1개 중대 인원은 200명을 초과할 수 없다. 러시아도 공사관을 보호하기 위해 일본군에 상응하는 수비병을 배치할 수 있다.

이 소식을 들은 고종은 러시아공사관에 더 이상 머무를 수 없었으며 환궁과 함께 실추된 국권을 되살리는 방안을 찾고자 하였다. 고종은 열강인 미국, 영국, 프랑스 등 각국의 공동보호를 요청하였는데, 특히 주한 프랑스 대사 쁠랑시(Collin de Plancy)에게 프랑스의 도움과 보호를 요청하며 환궁하였다. 환궁 후, 고종은 1897년 8월 15일을 광무원년(光武元年)으로 삼고 각국 공시관, 영시관에 연호가 광무(光武)로 개정되었음을 알렸다. 고종은 제국 선포로서 조선을 열강과 같은 지위로 격상시키고 새로운 자강 방법을 모색하고자 하였다.

유럽의 각 국가들은 고종의 칭제건원(稱帝建元)을 적극적으로 반대하지는 않았지만 찬성하지도 않으면서 미온적인 태도를 취하고 있었다. 고종은 칭제 거부의 의사가 있을 경우 각국에 주어진 허가권과 성취 가능한 특허권의 부여가 불가능할 수 있음을 강력하게 시사하였다. 이러한 시사는 한국체제를 인정하지 않는 국가와는 수교도 하지 않겠다는 확고한 의사표현으로 해석될 수 있었다. 이것은 중국과의 관계에서도 나타나는데 대등하고 상호주의적인 입장을 취하지 않고 옛 조공국가의 관계를 유지하고자 하는 중국과는 과거의 관계를 청산하고 또한 오랫동안 어떠한 조약도 체결되지 않았다는 사실이 열강에게 강하게 인식되었다. 따라서 열강들은 고종의 강한 의지에 의해 한국의 제국 체제를 인정할 수밖에 없는 상황으로 전개되었다.[5]

4) 한국정치외교사학회 편, 앞 책, p.276. 공개조항과 비밀조항으로 된 모스크바 의정서의 주요 내용은 다음과 같다. ①조선 정부의 세입, 지출의 균형을 이루도록 권고한다. ②조선인의 군대창설을 조선에 일임한다. ③일본은 현재 조선에서 점유하고 있는 전신선의 가설권을 관리하는 대신 러시아는 서울로부터 한러국경에 이르는 전신선의 가설권을 보유한다. ④양국이 조선에 군대를 파견할 때 충돌을 예방하기 위해 양국 주둔국 사이에 공지(空地), 즉 중립지대를 두라고 한다. ⑤조선군 창설시까지 러시아가 고종의 보호권을 갖는다.

5) 전정해, 「大韓帝國의 산업화 시책 연구」, 건국대학교 사학과 박사학위논문, 2003, pp.60-65.

당시 유럽열강에게 동아시아 진출은 새로운 시장으로 인식되고 있었는데, 고종은 황제선포에 냉담한 열강에게는 개발권 허가, 획득에 관한 논의를 거론조차 못하게 만들었다. 실제로 1898년 1월 12일 농상공부의 청의에 의정부 회의 결과 "국내 철도와 광산을 외국인과 계약하지 않는다."고 발표하였다. 이에 대해 프랑스는 1898년 3월 5일 한국정부의 황제호칭 사용 통고에 대한 축하 공식서한을 보내면서 적극적인 대한 관계 개선을 시도하였다. 따라서 대한제국 설립 후 프랑스와의 관계 개선은 급물살을 타고 진행되었다.

러시아 역시 1897년 12월 고종이 러시아 황제 니콜라이 2세에게 보낸 국호 명명일 축하전문에 대한 답신으로 '대한국대황제폐하'라는 표현을 사용하여 공식적으로 고종 황제임을 인정하였다. 러시아 우위를 확립하고 있는 상황에서 한국이 자주독립국임을 선언하는 것은 러시아가 한국의 자주독립에 기여했다는 의미를 가지고 있으며 한국의 자주독립국 선포는 다른 열강의 간섭을 제어할 수 있다는 2중적 의미도 내포하고 있었기 때문에 러시아의 입장에서 반대할 이유가 없었다.

영국은 공식적으로 입장 표명을 하지 않다가 1898년 3월 주한영국공사 조단(Jordan)을 공사로 승격시킴으로써 공식적인 인정을 하였다. 주한 영국영사는 타국에 비해 서열이 낮고 한국 정부 측에서도 그렇게 비춰져 업무 수행에 지장을 받고 있었다. 조단은 다른 나라 외교관들처럼 외교대표의 자격으로 행동할 수 없었으며 고종을 알현하는 것조차 어려워 한국에서만큼은 외교적 주도력을 인정받지 못하고 있었다. 결국 조단은 주한 영국외교대표부의 격이 낮은 데 대한 한국정부의 경시와 외교업무의 수행상 불편 등을 이유로 공사 승임을 본국에 요청하였다. 결국 영국정부는 주한외교관을 영사급에서 공사급으로 승격시켜 주었다.

미국은 황제 즉위에 대한 각국의 반응에는 관심을 기울였지만 정작 자국의 입장 표명은 애매하게 미루고 있었다. 이는 미국이 '불개입' 원칙으로 한반도문제에 대해 무관심한 태도를 취하고 있었기 때문이었다.[6] 대한제국이 미국정부의 입장을 촉구하자, 알렌은 "우리 정부에서는 기꺼이 황제의 존호 사용을 승인하였지만, 아직 공식적으로 고종에게 축하를 하도록 훈령이 내려오지 않았다."고 변명하였다. 실제로 미국은 아무런 지시도 내리지 않고 있다가 1898년 3월 29일자 훈령에서 공식축하의 뜻을 한국에 전하였다.

일본은 주한 일본공사의 보고에 고종의 황제즉위 추진과 왕비의 황후례에 따른 장례식 계획을 비난하였고, 일본 내에서는 대한제국 선포를 우롱하는 기사가 일간신문에 실리기까지 하였다. 이에 대해 『독립신문』에서는 반박하는 기사가 실렸다.

> 대한은 약소국이기는 하나 남의 속국은 아니다. 벨기에나 희랍, 화란, 터키나 마찬가지다. 대한은 어느 나라와 마찬가지로 동등한 권리를 가지고 있다.(『독립신문』, 1897년 10월 21일)

일본은 청일전쟁 직후에는 제국 선포를 종용하였지만 아관파천 이후에는 이를 반대하였다. 특히 환궁 후, 친일파의 몰락 속에 황제 즉위 논의에 대해서는 비판적이었다. 그러나 공식적으로는 고종의 황제 즉위와 대한제국 선포를 승인하였다. 명성황후 시해와 일본의 각종 만행에 분노한 민중과 대신의 냉대에 대한 관계 개선을 황제즉위 인정으로 해결하려 하였다. 명성황후의 장례식에 참석한 주한 변리공사 가토 마스오(加藤增雄)가 지참한 천황의 조위국서에 '대한국대황제폐

---

6) 손정숙, 『한국 근대 주한 미국 공사 연구』, 한국사학, 2005, p.220.

하’, ‘대황후폐하’라는 호칭 사용으로 대한제국을 승인하였다.

대한제국은 열강에게 제국의 승인을 요청하면서도 외교적 노력 대상은 프랑스와 러시아에 집중하였다. 프랑스는 미온적 태도를 취하는 미국·영국과는 달리 대한제국에 차관제공 가능성까지 보이고 있었다. 대한제국은 근대화 성공의 마지막 기대를 일본에 대해 견제적 입장에 있는 프랑스에 걸고 있었다. 1897년 궁내부 고문이었던 프랑스인 르젠드르 장군과의 대화 내용에 고종이 “프랑스가 효과적으로 보호해 줄 날이 오기를 바란다.”고 요구하였으며, 당시 프랑스의 주한공사였던 쁠랑시가 “조선을 위해 일할 각오가 되어있다.”고 답변하였다. 쁠랑시는 철도부설권과 함께 탄광이나 기타 광산의 개발권을 요구하며 철도, 광산 등 개발을 외국회사에 허락하면 조선에 이점이 되는 3가지를 들어 고종에게 설명하였다. 그것은 개발로 인해 조선에 물질적인 이득이 있고, 이로 인해 외국인의 관심을 받게 되며, 또한 조선의 독립이 위협받게 된다면 한국에 투자한 여러 나라의 이해관계가 위험에 처하기 때문에 조선을 도와줄 것이라고 하였다.[7]

프랑스에 대해 호의적인 생각을 가지고 있던 고종은 프랑스가 경의 철도 부설과 탄광개발에 개입하게 함으로서 열강의 세력 균형이 이루어지고 이를 통해 조선의 중립화 구상이 이루어 질 수 있을 것이라고 믿었다. 프랑스를 통한 중립화 구상은 1900년대 외국인 고문수를 비교해도 쉽게 알 수 있다. 1895년에서 1900년까지 프랑스인 고문의 수는 빈약하였지만 1902년에서 1904년까지 총 외국인 고문 21명 중 프랑스 인 고문이 14명으로 수적으로 압도하고 있었다.[8]

---

7) 『뮈텔주교일기』, 1897년 3월 11일.

8) 장 끌로드 알랭, 「高宗在位期間의 佛韓關係」, 『韓佛外交史 1886~1986』-한불수교 100주년기념 국제학술회의, 한국정치외교사학회 논총 제3집, 평민사, 1987, p.98. 프랑스공사관의 보호를 받으며 전신국 부감독으로 일하는 덴마크인 1명을 더하면

고종은 나라의 운명이 위태로운 시점에서 스스로 황제에 즉위하고 대한제국 선포를 통해 국제관계의 새로운 변화를 모색하고 있었다. 그 일환으로 진행된 1900년 파리 만국박람회 참가는 한국의 위상을 세계에 알리고 근대국가 대열에 한국이 합류하는 것을 의미하였다. 한국의 풍부한 지하자원, 발전된 예술품을 전시하여 한국의 자원과 문화를 홍보할 중요한 기회로 여겼다. 어려운 여건 속에서도 대한제국은 한국투자자를 물색하고 그로 인한 한국관 건립을 꾸준히 추진하였다.

Ⅲ. 파리 만국박람회의 한국관 설립과정

파리 만국박람회 주최국에서 1893년 한국에 참가 의사를 물어오는 공문이 보내지면서 한국의 공식적 참가 준비가 시작되었다. 한국은 미국에서 개최되었던 1893년 시카고 박람회에 이미 참석한 경험을 가지고 있었기 때문에 한국의 참가는 국제사회에서 예견 가능한 사실이었다. 한국은 1900년 파리 만국박람회 참가 준비를 위해 1889년의 파리 박람회 그림 목록과 발간자료를 요청하였다. 1896년 9월에는 한국이 공식적으로 프랑스의 초청을 받아들이고 만국박람회 참가와 관련하여 프랑스의 협력을 요청하는 공문을 발송하였다.

1897년 1월 11일에는 한국의 생산품을 전시하기 위한 별도의 건물 하나를 건축하겠다는 한국정부의 의도를 프랑스에 전달하였으며 이를 책임지고 추진할 인물로 민영환을 프랑스 만국박람회 한국관 건립을 위한 프랑스 특명 전권공사로 임명하였다. 따라서 민영환은 박람회 참

모두 15명이라고 할 수 있다.

가 및 운영을 위한 제반문제를 해결할 임무를 지게 되었다. 그러나 민영환이 박람회 준비를 위해 파리에서 머물던 중, 돌연 임무 수행 포기를 선언하며 잠적하여 파리박람회 참가 준비에 커다란 차질이 발생되었다.

그 때 프랑스인 드로 드 글레옹 남작이 한국관 구성 비용을 자신이 부담할 것을 요청하면서 다시 활기를 찾게 되었다. 글레옹 남작은 한국관과 일본관의 경비를 대면서 한국과 일본에 적극적인 투자를 통한 진출을 꾀하고 있었다. 1897년 5월 23일에는 황제의 명령서에 의거하여 드로 드 글레옹 남작은 한국관 건립 준비 대표로 임명되었다. 그리고 파리 주재 한국총영사인 루리나, 의사이며 동양학자인 레지옹, 도뇌르 훈장 수훈자인 멘느 그리고 이곳의 전직 통역 서기관으로 당시 공사의 지휘 하에 있었던 꾸랑이 위원회에 추가되었다.[9] 한국에서는 전시회에 출품되어야 할 목록을 준비하기 위해 서울 특별사무소를 설치하였다. 이 사무소의 대표는 민병석이 맡았다.[10] 같은 해 6월에는 한국대표와 대표단의 임명장을 파리주재 한국 총영사 루리나에게 전달하였으며 서울에는 파리 박람회 참가 준비를 위한 특별위원회가 구성되었다. 1898년 11월에는 드로 드 글레옹 남작이 총무대원의 자격으로 한국관 건립 총책임자가 되어 한국의 참가준비도 순조롭게 진행되었다.

---

9) 1900년 박람회 파리 주재 한국위원회 명단
   위원장 : 루리나 파리주재 한국 총영사 각하/ 위원 : 의사 멘느 씨, 꾸랑 씨, 지휘관 비달 씨/ 총무대원 : 드로 드 글레옹 남작 각하/ 보좌원 : 트레뮬레 씨/ 총서기 : 레옹 보 씨.

10) 1900년 박람회 함국참가 준비 위원회 구성원 명단
   민명석 : 2품, 의정부 참찬, 총재대원/ 민영찬 : 종2품, 법부 협판, 부총재대원/ 고영근 : 종2품, 중추원 의관/ 윤덕영 : 정3품, 봉상사 부제조/ 이인영 : 정3품, 군부 외국과장/ 이근배 : 정3품, 중추원 의관/ 정영두 : 6품 관원.

　한국관의 구상은 2개의 공간으로 구성되었다. 첫 번째 공간은 공식적인 정부의 수집품과 근대와 과거 예술품, 농업, 광산, 산업 등의 생산품을 전시하는 장소로서 황제의 여름별장을 연상시키는 형태의 커다란 궁전을 건립할 예정이었다.[11]

　두 번째 공간은 한국의 활기 넘치는 골목, 즉 제물포에 있는 하나의 길을 구현할 예정이었다. 이 길에는 많은 가족들이 실제로 거주하면서 진품을 팔고 몇몇 곳에서는 생산품을 제조하는 과정을 보여주는 집들이 즐비하게 늘어져 있을 예정이었다. 이 집 중에는 찻집과 노점상, 야외 곡예사 등 매우 이국적인 모습과 전통 의상을 입은 거주자들로 활기찬 거리를 완성할 구상을 세웠다.

　제물포의 거리 구현은 외국인이 한국에 첫발을 내딛었을 때, 한국에 대하여 갖게 되는 첫 인상이었으며, 글레옹 남작이 품고 있었던 한국의 역동적인 모습 중의 하나였다. 따라서 화려한 왕족의 생활을 보여주고자 했던 '황제의 별장'과 서민들의 적극적인 생활상을 보여주는 제물포 거리 구현으로서 한국을 표현하려 하였다.

　1899년 5월 24일에는 한국관에 관한 설계도면이 완성되어 프랑스 통상산업체신부에 6개의 시리즈로 된 지도가 제출되었다. 또한 프랑스에서 한국관 설립이 계획대로 진행되는 가운데 한국에서도 1897년에 구성된 준비위원회를 한국위원회로 변경하고 1899년 6월 16일에 총재대원 민병석을 선두로 하는 7명에게 인사발령을 내렸다.

　만국박람회 총재위원과 글레옹 남작 간의 협약서에서 한국관에 관한 구체적 계획을 알 수 있다. 황제의 별장과 제물포 거리 이 외에도

---

11) 『韓佛關係資料』, 韓國近代史料集成 4, 국사편찬위원회, 2001, pp.323-324. 최초로 계획된 한국관은 한국의 전통 양궁 형식으로 정면에 기둥을 38개를 세운 대규모 건축물이었다.

40평방 미터의 공간에 술집 건립까지 허락 받아 상업적 이익까지 계획 하에 두고 있었다.

이 계획서는 이미 1899년 3월 12일에 총재위원 사무소에 제출된 것으로서 한국관에 관한 계획은 1899년에 초에 완성되었다고 할 수 있다. 건물의 완공은 1900년 3월 1일까지 제한을 두고 있었다. '제물포 길' 입장료는 5프랑으로 정하고 가격할인의 경우도 예상하고 있었다. 한국관을 건설하는데 보증금은 7천 프랑이었으며 거리 구현 장소의 임대료도 별도의 지불 조건이었다.[12]

그러나 한국관 설립에 대한 계획은 한국관 설립의 자금지원과 1900년 박람회 파리 주재 한국위원회의 총부대원의 책임을 맡고 있던 글레옹 남작의 갑작스런 사망이 1899년 11월 13일 통보되면서 어려움을 겪게 되었다. 프랑스에서는 바로 글레옹 남작의 사망에 따라 한국의 계획 진행 여부를 문의하였으며 한국에서는 한국관 공사를 계속하겠다는 뜻을 프랑스에 통고하였다. 한국은 한국관의 규모와 경비를 최소한도로 줄이고 위원회의 부위원장인 민영찬을 공사 완결을 위해 파리로 출발시키는 등 예상치 못한 상황을 극복하기 위해 노력하였다.

한국 정부는 글레옹 남작의 상속자인 부인과 상속 친가에게 1899년 7월 6일에 계약한 한국의 장소 사용권에 관한 사항을 실행할 것인지의 여부를 알아보고 계약 집행을 계속 수행하려는 의사가 없으면 계약은 자동적으로 해약되므로 한국에게 반드시 통지해야 함을 알렸다. 정부가 한국관 설립이 무산되지 않게 하기 위해 상속자의 계획 집행 여부를 신속하게 파악하려고 했던 것을 알 수 있다. 한국에서는 글레옹 남작의 결원을 미므렐 백작으로 대신하여 총무대원으로 임명

---

12) 평방 425미터는 100프랑, 평방 40미터(술집)은 3백 프랑을 포함해 총 5만 4천 5백 프랑의 임대료를 3회에 걸쳐서 지불해야 했다.

하고 한국관 설립에 차질이 없도록 하였다. 아울러 서울위원회의 총재대원에 민병석, 부총재대원에 민영찬, 위원에 고영근, 윤덕영, 이인영, 이근배, 정영두를 임명하고 파리위원회에 위원장 루리나, 위원의 멘느, 꾸랑, 총무대원에 미므렐, 총서기에 레옹 보, 위원에 비달을 임명하여 계획을 차질 없이 진행하였다.

그러나 글레옹 남작의 상속자가 한국관 설립을 위한 집행을 거부하면서 난관에 봉착하였다. 프랑스 측에서는 박람회의 성공을 위해 새롭게 총무대원이 된 미므렐씨가 자신의 비용으로 사업을 다시 맡아주기를 권유하고 미므렐씨가 경비를 줄이는 선에서 이를 받아들임으로써 한국관 설립은 결실을 보게 되었다. 한국관은 글레옹 남작의 계획대로라면 거대 규모의 공간이 한국을 알리기 위해 이용되었을 것이지만, 남작의 사망으로 한국관의 규모는 축소되고 말았다.[13]

한국관 전시와 운영을 위한 세부사항도 결정되었다. 수위들이 입을 제복은 망토 디자인으로 목 부분에 붉은 색과 청색 비단실로 수놓은 한국기장을 달고 모자에도 금색실로 '한국지부'라고 수를 놓았으며 한국 국기를 세겨 넣어 한국의 상징을 표현하였다. 파리 박람회의 구성은 '백년전'과 '현대전'으로 나뉘었는데 백년전은 현대전을 위해서 각 외국관에 부여된 공간이었다. 한국에서는 백년전에 한국의 전통을 알리는 골동품 전시에 집중하였다. 은상감을 한 구리로 된 8각형 통과 구리장식의 은 상자, 은장식이 아름다운 철 투구, 아름다운 장식을 한 다수의 철제 무기를 전시하였다.[14] 이 외에도 한국 광산자원의 풍부

---

13) 『韓佛關係資料』, 韓國近代史料集成 4, 국사편찬위원회, 2001, pp.317-322, 실제 건축된 1900년 파리박람회의 한국관 설계도면이 실려있다.

14) 『韓佛關係資料』, pp.221-223. 전시품 목록은 다음과 같다. 다양한 인쇄물, 설비와 생산품, 책과 그림책, 옛날 화폐와 메달, 전통 악기, 예술극단 물품, 기계, 도구, 금속과 목재 가공, 토목 공학 재료, 도구, 방식, 4륜 마차제조와 채탄, 마구 제조

성을 알리는 광물 표본이 유리병 안에 있었는데, 대표적으로 금과 석
탄이 전시되어 있었다. 한국은 서구 열강에 광산자원이 풍부한 나라라
고 알려져 있었기 때문에 지하 자원을 이용하여 열강의 관심과 투자
를 유도하려는 목적이 있었다. 파리박람회 한국관 전시는 드로 드 글
레옹 남작의 갑작스런 사망으로 우여곡절을 겪었으나 열강의 높은 관
심과 한국 문화의 우수성을 과시하며 무사히 마칠 수 있었다.

Ⅳ. 한국관 관람평을 통해 본 프랑스인의 대한(對韓) 인식

한국관은 샹 드 마르스의 쉬르렌 길에 접하여 설립되었다. 한국관
이 설립된 지역은 다음의 <그림 1>와 같다. 다소 외진 곳에 위치하
여 있었지만 이 위치에 대해 한국관 관람평을 쓴 모리스 꾸랑
(Courant, Mourice)은 한국의 드러내고자 하지 않는 겸양이 위치 선정

업과 칼붙이 제조업, 통상용 항해 물품, 농촌 경작 도구와 방식, 식물 식용 농산
물, 유용한 곤충과 생산품, 식용 식물, 과일 나무와 과일, 나무·소관목·식물과 장
식용 꽃, 곡물·씨앗, 삼림 경작과 삼림 산업의 도구와 방식, 삼림 경작과 산업의
생산물, 사냥 무기, 사냥 생산품·한국산 표범 가죽, 어업과 농업 기기·도구·생산
품, 전분 생산물과 그것의 파생물, 설탕과 당과류, 양념과 자극물, 다양한 음료,
광산 개발과 광산 채석장, 대규모 제련소, 옛날의 도로 표지판, 조각된 나무, 건
물과 주택들에 붙어 있는 장식, 각종 가구·장롱과 화장용 상자, 전기 조명 기구
와 조명장식, 왕과 황제의 의상, 보자에 관한 다양한 산업, 화학기술과 약학·설
비·방식과 생산품, 종이제작·원제료, 전쟁무기와 포병기구·은을 칠하고 새겨 넣
은 투구, 한국 장군의 투구와 검·군복·화살통 등 이 외 수 많은 자료로 한국을
소개하였다.

<그림 1> 파리 만국박람회 각국 배치도

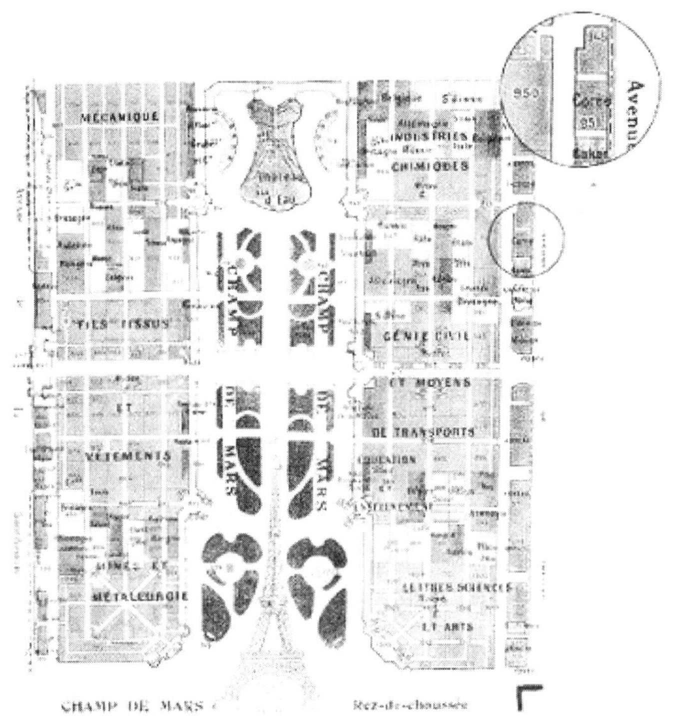

출전 : 백성현·이한우,『파란 눈에 비친 하얀 조선』, 새날, 1999, p.385.

에서도 나타나고 있다고 하였다. 모리스 꾸랑은『한국서지』의[15] 저자
로서 당시 한국 전문가에 해당하는 인물이었는데, 그는 파리박람회의
한국관 설립을 위한 파리 주재 한국위원회 위원으로 활동하고 있었다.
　한국관을 관람한 모리스 꾸랑은 기대 이상의 성공을 보았다고 하였
다. 한국의 현재 모습은 농업국임에 틀림없지만 한국관 관람을 통해,
한국의 훌륭한 전통 문화의 근본을 찾을 수 있었으며 이러한 전통은

15) 모리스 꾸랑, 이희재 역,『韓國書誌』, 일조각, 1994.

앞으로 한국의 풍부한 미래를 예견할 수 있다고 하였다. 모리스 꾸랑에게 깊은 인상을 남긴 것 중의 하나는 한국의 종이와 출판문화였다. 진열되어 있는 한국의 책들을 보고 두껍고 질기며, 광택이 없거나 또는 윤이 나는 상아색을 띠는 종이의 아름다움에 매료되었다고 하였다. 종이의 판은 크고 세련되고 순수하였으며 종이에 쓰여 있는 글자들의 이야기를 하는 듯한 모습과 사실적인 삽화들에 감탄하였다. 유럽인들이 근래의 발전에 자만하여 동양의 문화를 야만적인 것으로 취급하려고 하였으나 사실 한국의 앞선 인쇄문화는 근대 세계의 업적 중의 하나가 될 정도로 유럽 것 보다 많은 점에서 앞선 것임을 인정하였다.

한국관에 제공된 한국 도서는 프랑스의 전권공사(全權公使)인 쁠랑시(Collin de Plancy)가 1888년에서 1891년 사이에 모은 한국 도서였다. 이 도서는 꾸랑이 『한국서지(韓國書誌)』를 작성할 수 있도록 제공되었으며 이후 파리의 동양어학교(東洋語學校)에 기증되었다.[16]

놀랍게도 유럽인의 눈에 한국적인 문화와 중국, 일본의 것이 구분되어 있었다. 한국의 식기 재료에 구리로 된 유기가 널리 보급된 것을 주목하면서 한국은 구리제련이 매우 발전하였으며 그래서 부유한 한국인들의 식기는 전체가 완벽한 색으로 조화를 이룬 놋쇠로 되어 있음에 놀라워하였다. 그 모양 역시 매우 순수하면서도 기하학적으로 정확한 균형을 가지고 있음을 알았다. 이 외에 한국의 항아리와 자기는 그것의 제조가 4백년 전에서 5백년 전까지 거슬러 올라가며 한국의 도자기가 유럽에는 잘 알려지지 않았지만 그것을 전수받은 일본에서는 열광적인 애호가에 의해 수집되고 있다고 하였다.

그리고 나무로 된 여러 가지 가구의 아름다운 장식 또한 그의 상상을 뛰어넘었다. 나전을 박아 넣은 나무 상자, 구리 장식을 한 가구들,

---

16) 모리스 꾸랑 원저, 앞의 책 p.765.

조개로 만들어진 장을 생산한다는 것은 전혀 예상하지 못한 아름다움이었다. 한국의 비단은 여러 종류의 고치에서 나온 비단으로 다양한 종류에 의해 아름다운 조화를 이뤄내고 있었다. 아름다운 비단을 생산한다는 것은 대단한 인내심을 요구하는 섬세한 작업이므로 정제되고 세련된 문명의 표시인 비단의 존재는 바로 한국인의 미래를 약속하는 것이라고 하였다.

이 외도 한국의 생활물품에 대한 소개가 이어졌다. 다양한 신발의 소개 중에서 귀족 여인들이 신는 수놓은 귀여운 신발을 보고 한국의 여인들은 인위적인 수단 없이도 아주 작은 발을 가지고 있다고 하며 중국의 문화와 비교하였다. 수려한 머리 장식품들, 보석들, 손잡이에 화려한 장식이 달린 칼과 칼집을 보고 헤아릴 수 없을 만큼 많이 끌로 다듬고 상감된 금속 장식에 대해 한국인의 섬세함이 드러나고 있다고 하였다. 또한 한국인들의 머리를 장식하는 쓰개의 다양함을 이미 숙지하고 있었는지 전시관에 풍부한 종류의 쓰개가 전시되지 못한 것을 아쉽게 생각하며 기메박물관의 수집품에서 그것을 볼 수 있다고 하였다.

한국의 건축은 중국에 기원을 두고 있지만 일본이 변형물을 배가시킨 특징을 가지고 있다면, 한국은 자연과 동화하며 경치를 드러내는데 중점을 두고 있다고 하였다. 자연을 높이 평가하고 그것을 아름답게 꾸밀 줄 알았던 한국인은 자연을 종이 위에 그리거나 비단 위에 수를 놓은 병풍을 그림첩처럼 방 한 켠에 장식하고 있었는데 이러한 양식에서 중국식 예술보다 생동감이 있고 일본식 간결함이 미치지 못하는 한국적 예술의 대강을 짐작할 수 있다고 하였다. 모리스 꾸랑의 관람평은 현대 한국 문화에 대한 인식과 크게 차이가 없어 보인다. 특히 중국·일본과의 문화적 차이에 대한 인식은 건축 양식과 문화양식에 대한 이해에서 정확하다고 할 수 있다. 서구에 소개된 한국의 문화는 중국과 다르고 일본과도 구별되는 독특하고 발달된 별개의 문화였다.

모리스 꾸랑의 관람평 이외에도 한국관에 대한 화보가 프랑스 화보 신문인 『르 쁘띠 주르날(Le Petit Journal)』 1900년 12월 30일자에 실렸다. 이 신문에서는 한국에 대해 "당시 한국관을 보고 난 외국인들은 전시된 공예품을 보고 감탄을 금치 못했다. 다양한 형태의 신발과 모자, 중국이나 일본이 감히 흉내내지 못하는 붉은 색의 비단을 본 프랑스 상인들은 이것을 응용해 상품을 개발하겠다."고 말했다.[17]

『르 쁘띠 주르날』에 실린 한국관 삽화를 보면 설계도대로 한국관이 완성되었음을 확인할 수 있었다. 삽화는 한국관 주변에 한국 사람들을 그려 넣어 한국의 문화를 알리려는 의도를 보였다. 제물포 거리가 재현되지 못함으로써 황제의 접견실을 본 떠 설계한 한국관 주변에 한국인의 생활 모습을 표현하고 있었던 듯 다양한 복장과 업종의 한국인이 그려져 있었다. 지게를 지고 가는 남자, 갓을 쓰고 서적을 보는 모습은 한국적인 모습이나 중국인 복장을 한 남자나 일본식 우산을 쓰고 있는 사람은 중국과 일본 문화를 혼돈하여 그려진 듯 하다.

---

17) 백성현·이한우, 『파란 눈에 비친 하얀 조선』, 새날, 1999, pp.384-385.

출전 : 백성현·이한우, 『파란 눈에 비친 하얀 조선』, 새날, 1999, p.383.

프랑스인의 대한 인식을 알아보기 위해 꾸랑의 관람평 외에 프랑스인 달레(Dallet, Charles)가 서술한 『한국천주교회사』에서 한국 문화에 대한 인식을 간단하게 첨가하여 보겠다. 달레는 산업혁명 이후, 현대 문명의 이기주의에 물든 서구인과 서구사회에 대해 비판적인 입장에서 한국사회를 이해하고 있었다. 따라서 한국인의 상호부조의 정신과 친절함에 깊은 인상을 받았으며, 이것이 "현대 문명의 이기주의에 물

든 여러 국민들보다 조선인이 훨씬 우위에 서게 하는 것"이라고 한국
인의 문화를 평가하였다.

다음은 달레의 한국인관을 보여주는 서술의 한 부분이다.

> 조선사람의 커다란 미덕은 인류애의 법칙을 선천적으로 존중하고 나
> 날이 실천하는 것이다. 우리는 이 위에서 어떻게 여러 가지 동업조합이
> 나 특히 친척들이 서로 보호하고 지지하고 의지하고 도와주기 위하여
> 긴밀히 결합된 단체를 이루고 있는지 보았다. 그러나 이 동포 감정은
> 혈족관계와 조합의 한계를 훨씬 넘어서 확대된다. 상호부조와 모든 사
> 람에 대한 흔연한 대접은 이 나라 국민성의 특징인데, 솔직히 말하여
> 그런 장점은 조선 사람을 우리 현대 문명의 이기주의에 물든 여러 국
> 민들보다 훨씬 우위에 서게 하는 것이다.[18]

당시 달레를 비롯한 외국인의 기록을 보면, 한국인의 특성으로 상
호부조의 인간관계, 인정이 넘치는 사회(친절함), 외국인에 대하여 개
방적인 태도(솔직함) 등이 언급되었으며 이 점은 중국인이나 일본인과
비교할 때도 두드러지는 점이라고 하였다.[19] 이 외에도 한국인의 끈
질긴 생활력과 역동성에 대한 서술은 한국에 대한 인식 중의 하나로
자리 잡고 있었다. 드로 드 글레옹 남작의 한국관 건립 계획에서 제
물포 거리의 재현은 바로 한국 민중의 역동적이고 생활력 넘치는 모
습에서 한국의 미래를 발전적으로 예견할 수 있었기 때문이었다.

---

18) 샤를르 달레, 安應烈·催奭祐역, 『韓國天主敎會史』上, 한국교회사연구소, 1980,
   p.225.
19) 최덕수, 『대한제국과 국제환경-상호 인식의 충돌과 접합-』, 선인, 2005, p.248.

V. 맺음말

　1900년 파리에서 개최된 만국박람회의 한국 참가는 한국의 발전된 문화를 세계에 알릴 수 있는 기회가 되었다. 대한제국은 파리박람회 참가를 위해 수집품들을 파리에 보내고 한국위원회를 유지 운영하는 데 많은 비용을 썼다. 또한 대한제국의 발전에 기대를 품고 있었던 파리의 자본가들은 한국관 건립을 위한 자금 지원을 아끼지 않았다. 대한제국은 분명히 발전 가능성이 있었으며 한국의 문화는 유럽인들의 감동을 이끌어 내기에 충분하다고 여겼기 때문이었다. 드로 드 글레옹 남작은 한국 황실과 긴밀한 유대 관계를 통해 한국 투자 기회를 획득하려 하였으며 그 일환으로 한국관 건립 비용을 대며 총무대원으로서 총책임을 자청하였다. 당시 유럽에서 한국은 유럽과 아시아를 연결하는 시베리아철도의 종착점이며 해양과 대륙을 연결하는 요충지로서 인식되고 있었기 때문이었다. 이러한 이점을 이용하여 대한제국 역시 프랑스를 통해 새로운 대외관계 강화를 모색하려 하였다.

　대한제국은 1897년 10월 제국을 선포하며 본격적인 근대국가로의 진입을 기도하였으나 1904년 러일전쟁 후, 식민지 침략을 강행한 일제에 의해 근대국가로의 발전을 보지 못하였다. 그러나 대한제국 선포와 대한제국의 근대적 제도개혁은 결과를 뛰어넘는 커다란 의미를 가지고 있었다.

　대한제국의 선포는 조선이 전근대 중국 중심의 세계관을 벗어나 서구 중심의 근대국가의 반열에 한국을 올려놓으려는 군주 주도의 근대적 개혁의 일환이었다. 이것은 조선과 청의 전통적인 관계를 공식적으로 청산하는 의미를 가지고 있으며 한국과 대등한 관계를 인정하지 않으려 했던 청국과 소중화 사상에 젖어 있는 국내의 유생 및 일반인들에게는 충격적인 의식의 전환이 되었다. 국권이 외세에 의해 잠식되어 가는 위급한 상황에서 안으로 국왕의 권위를 강화시켜 결집을 이뤄내고 밖으로는 러시아, 일본 등 열강의 간섭으로부터 벗어나 자주 독립을 이루자는 뜻을 전 세계를 향해 선언했다는 점에서 그 의의가 있다.

고종은 제국 선포에 따라 열강과의 외교관계 확대를 모색하고 그 가운데 중립화 계획을 통해 외세의 침탈 특히 일본의 침략에 대비한 주권의 국제적 보장을 이끌어 내려고 하였다. 이러한 외교적 노력은 일제의 침탈에 미온적 태도를 견지하고 있었던 미국, 영국이 아닌 제3의 세력이면서도 대한제국에 우호적인 입장인 프랑스에 집중되었다. 따라서 고종은 프랑스와의 관계 강화를 통해 대한제국의 위기를 극복하려 하였으며 그 일환으로 1900년 파리박람회의 한국참가와 한국관 건립을 추진한 것이었다.

한말 일본 대자본의 대한(對韓) 경제침탈

- 오쿠라 組(大倉組)를 중심으로 -

하지연[*]

Ⅰ. 머리말

문호개방 이후 한국은 정치적으로는 물론 경제, 외교, 사회, 사상, 문화 등 모든 방면에 걸쳐 제국주의 열강, 특히 일본에 의한 침탈과 근대화의 왜곡을 가장 극심하게 경험하였다. 이 가운데 일본의 한국에 대한 경제구조의 왜곡과 민족자본의 침탈에 대하여서는 이권과 차관, 상업 및 무역 등의 분야에서 활발하게 연구되어 왔다. 그러나 경제 각 분야에서의 침탈의 선봉이자 실행 주체였던 일본 대자본의 실체 즉, 일본 제국주의의 팽창과 침략을 실질적으로 이행하였던 이른바 '재벌' 혹은 '정상(政商)'에 대한 실체 규명은 연구의 공백으로 남아 있다.

그 이유는 우선 사료상의 문제이다. 즉 일본자본의 영업실태 및 규모, 영업기간 등 구체적인 실상을 가장 여실하게 보여 줄 수 있는 영업보고서 등과 같은 핵심 사료에의 접근이 지금까지 매우 어려웠다.

---

* 이화여대 이화사학연구소 연구원.

최근 국사편찬위원회를 통한 해외사료 수집의 노력으로 한국 근대 일본의 경제 침략을 실질적으로 수행하였던 각종의 일본 회사들의 영업보고서가 속속 입수되고 있다. 그러나 영업보고서라는 특성상 회사의 영업실적이나 연간 회계보고서 수준의 내용만을 담고 있어 구체적으로 해당 일본 회사자본이 한국에서 행한 수탈적 경영이나 침탈의 실태, 그로 인한 한국 경제의 왜곡과 몰락, 한국민 경제의 피폐상에 대한 검증은 힘들다.

또한 한국에 진출한 대부분의 일본자본이 그 자본 규모의 대소를 막론하고 무역과 유통분야 뿐만 아니라 제조업과 부동산 임대차업, 농업·삼림·광산·철도·제철·수도·전기 등 경제 전 분야에 걸친 침탈을 자행하여 다양한 범위에서의 다각적 접근과 방대한 사료의 검토를 요하는 연구의 어려움도 큰 걸림돌이 되어왔다.

이러한 여러 가지 이유로 인하여 지금까지의 일본자본의 경제침탈에 대한 연구는 단지 일본상인 내지 자본 전체를 아울러 그들의 한국에서의 경제활동을 설명하고, 수출입 무역구조 속에서의 비중과 폐해를 다루어 왔다. 혹은 무역품목별(미곡, 면제품, 담배, 인삼 등) 무역거래상황을 분석하는 연구의 성과와 삼림, 광산, 철도 등의 분야별 이권 침탈에 관한 연구는 많이 축적되어 왔다. 그러나 한국 근대 경제사의 연구에서 일제의 경제 침략을 선봉에서 실행하였던 일본 대자본 자체에 대한 사례 분석이 선행되지 않는다면 일본의 경제 침탈 방법과 왜곡의 유형, 이들 어용적 성격의 대자본을 앞세운 일본의 식민지 경제 정책을 읽어낼 수 없다.[1]

---

1) 근래 일본에서 자국민, 특히 서민의 한국 식민지화 과정에서의 역할과 기여도를 비판적으로 살핀다는 시각에서 연구서들이 나왔다. 그러나 이들 연구 역시 한국에 진출한 대자본 자체에 대한 본격적 검토와는 거리가 멀다. 木村健二, 『在朝日本人の社會史』, 未來社, 1989 ; 高崎宗司, 『植民地朝鮮の日本人』, 岩波新書, 2002.

본고에서 살펴 볼 오쿠라 쿠미(大倉組, 이하 '오쿠라 組'로 표기)에 관하여서도 그 구체적인 규명이 이루어지지 않았고, 아울러 개항 이후 일본의 식민지화 작업의 초석을 다져준 일본 경제계의 소위 '재벌' 혹은 '정상'에 대한 연구가 부족한 가운데 1920년대 이후 일본질소(日本窒素) 등 기타 일본재벌의 식민지 공업화에 대한 검토 작업에 치중되어[2] 개항 이후 식민지 초기는 연구의 공백으로 남아있다.

이러한 가운데 오쿠라 組의 한국 경제 침탈의 활동 중 일부를 살펴 볼 수 있는 연구로는 경부·경의철도 연구와 관련한 정재정의 연구와[3] 부산해안매축과 관련하여서는 김의환[4], 김용욱[5]의 연구가 있으나, 오쿠라 組의 총체적 성격을 규명하기에는 부족하다.

근래 제국주의의 역사적 경험을 갖고 있는 일본 및 구미 국가와 국내 경제사학 분야에서 제기되고 있는 '식민지 근대화론'에 대한 우리 역사학계의 대응이 역부족인 상황이다. 또한 현재까지도 과거사에 대한 반성과 청산을 의도적으로 외면하고, 심지어 왜곡하고 있는 일본에 대하여 식민지를 경험한 한국의 역사학계는 이에 대한 보다 합리적이고 이성적이며, 정확한 역사적 실제의 규명과 평가를 위해 앞으로도 부단히 노력해야 한다고 본다. 따라서 이 글에서는 일본자본주의의 급성장과 이를 위한 대외 경제 침략의 선봉 역할을 담당하였던 일본자본(혹은 재벌)의 대표적 사례로서 오쿠라 기하치로(大倉喜八郎, 1837~1928)

<hr>

2) 강재언 편, 『朝鮮における日窒コンツェルン』, 不二출판주식회사, 1985 ; 허수열, 「일제하 한국에 있어서 식민지적 공업의 성격에 관한 일연구」, 서울대학교 경제학과 박사학위 논문, 1983 참조.

3) 정재정, 「京釜·京義鐵道의 敷設과 韓·日 土建會社의 請負工事活動」, 『歷史敎育』 37·38 합집, 역사교육연구회, 1985.

4) 金義煥, 『부산근대도시형성사연구』, 연문출판사, 1973.

5) 김용욱, 「부산개항과 일본인의 토지소유권」(1), (2), (3), 『사법행정』, 1989, 1989, 1990.

의 '오쿠라 組' 사례를 보고자 한다.

강화도 조약 체결 후 일본상인들이 가장 먼저 진출한 곳이 부산이다. 이들 중 동경의 거대 자본 미쓰이(三井組, 부산대표 永田基七), 코니시키(小錦組, 부산대표 行岡增兵衛)6)를 위시하여 오이케(大池忠助)7), 오쿠라 기하치로, 개항 수년 후에는 하자마(迫間房太郎)8), 카시이(香椎源太郎)9) 등 쟁쟁한 실업인들이 있었다.

그 후 불평등조약과 일본 정부의 전폭적인 지원 아래 부산 이외 서울과 인천, 원산, 군산 등 한국의 개항장을 중심으로 일본 상인들의 수는 급증하였다. 특히 부산, 서울과 인천, 군산을 무대로 한 오쿠라組, 인천의 미쓰비시 상회(三菱商會), 스미토모 상점(住友商店)과 같은 일본 내 재벌급 상사의 지점이 설치되었는데10) 이 가운데에서도

---

6) 미쓰이(三井)組와 코니시키(小錦)組는 각종 물품의 무역상이었고, 특히 미쓰이는 三井物産株式會社라는 이름으로 한국에 진출한 후 대한제국 정부로부터의 홍삼위탁판매권 획득과 일제시기 총독부 비호아래 홍삼의 독점불하권 확보, 경부철도 부설사업 참여, 제일은행, 제사, 면화, 방적, 염색, 레이온, 광산, 시멘트, 제방, 전기 등 광범위한 분야에 걸쳐 이루어졌다. 그러나 기존의 한국 근대 경제사 연구에서는 아직까지 미쓰이 자체에 관한 본격적인 연구가 없다. 면방직, 미곡, 각종 공업 등과 관련하여 일본상인들에 대한 활동을 다루면서도 미쓰이에 관한 언급도 거의 없는 실정이다.

7) 오이케(大池忠助)는 대마도 출신의 상인이었고, 1875년 부산에 와서 해산물 무역에 종사하는 한편 잡화상과 정미공장을 경영하고 있었다,

8) 하자마(迫間房太郎)는 일본 和歌山縣 출신으로 1880년에는 大阪 五百井商店 釜山支店長으로 부산에 온 후 자기 개인기업으로 무역상을 경영하였고, 또 부산 일대의 토지매수로 거부를 얻은 사람이었다.

9) 카시이(香椎源太郎)는 일본 福岡縣 출신이며 그가 부산에 온 것은 1881년이었다. 그는 이토오 히로부미(伊藤博文)의 소개로 한국 황실로부터 어업권을 얻어 한말 수산업계의 최초의 침입자가 되었다.

10) 이러한 재벌 이외에 近藤骨董店, 釘本商店, 協同組, 秋田組, 慶田組, 濱田商店(서울), 山口商行, 池田組, 堀商會 등이 있었다. 또 목포와 군산의 大澤藤十郎은 개항 이래 일제강점시기까지 존속하면서 한국의 상권을 침탈해간 대표적 일본상인들이었다. 한편 인천항의 호리 상회(堀商會)는 해운업분야를 침탈하였다. 1883년 堀久太郎 및 堀力太郎 부자는 해운업으로 판로를 넓히기 시작하였고, 여관업도 겸하였다. 1892년에는 汽船 龍山號를 가지고 인천-용산간 운항을 개시한 이래

212

오쿠라의 한국 진출이 시기적으로 가장 빨랐다. 그는 시부사와(澁澤榮一)와 많은 사업에서 공동 투자 및 경영상의 협조관계에 있었다. 오쿠라의 한국 진출도 시부사와와의 공조로 이루어진 것이었다.

사실 일본 최대의 중앙 재벌인 미쓰이나 미쓰비시가 1876년 개항 당시부터 적극적으로 한국 경제 침탈에 나섰던 것은 아니었다. 오히려 오쿠라나 시부사와가 한국의 식민지화라는 일본의 국가 시책을 실현한다는 사명감에서 오오쿠보(大久保利通)를 비롯한 일본 국가권력의 비호와 권고 아래 그 선봉을 자처하였다. 대한제국기 미쓰이가 홍삼 불하권을 획득하기는 하였으나 기본적으로 한국 경제 침탈에 처음부터 크게 관심을 쏟지는 않았던 것이다. 특히 광산 이권침탈에 있어서도 미국과 영국이 한국에서 차례로 양질의 금광 이권을 탈취해 가자 일본 정부는 미쓰이나 미쓰비시 등에게 광산분야 개발에 진출할 것을 종용하였으나, 이때에도 양대 재벌은 본격적으로 참여하지 않았고, 시부사와가 야스다(淺野總一郎)와 함께 신디케이트를 조직하여 이권사업에 주도적으로 참여하였다. 오쿠라 역시 한국에서의 채광사업에 참여하였다.[11]

오쿠라는 개항 직후 시부사와와 함께 부산에 제일은행을 설치하여 일본 상업자본의 한국 진출을 지원하였고, 일제의 본격적인 대외침략 전쟁인 청일·러일전쟁을 통하여 어용 자본으로서 각종의 군수품 조달과 군대 참호 공사, 군사용 경부 및 경의철도 공사의 각종 청부 사업

1906년 해운업을 폐업하였으나, 1910년 2월 일본 우선주식회사가 인천지점을 폐업할 때 그 대리점을 인수하여 3월부터 두 번째 해운업에 종사하였다. 1912년 1월에는 朝鮮郵船株式會社가 성립되었는데 이를 기회로 폐업하였다. 이에 대하여서는 나애자, 『한국근대해운업사연구』, 국학자료원, 1998 참조.

11) 시부사와나 오쿠라 등 일본 대자본의 한국 광산이권 침탈에 관해서는 이배용, 『韓國近代鑛業侵奪史研究』, 일조각, 1989 참조.

을 담당하였다. 그리고 한국의 주요 항구 일대의 매축 공사와 한말·일
제초의 각종 관공서 건축 사업을 수주하여 오쿠라 組의 급성장은 한
국에서의 토목건축사업으로 가능하였다. 또한 일본 대자본으로서는 선
구적으로 한국 농업분야에도 진출하여 전라북도 군산(群山), 옥구(沃
溝) 지역에 오쿠라 농장을 설치하였고, 그 외 압록강 제재무한공사(製
材無限公司)를 설립하여 삼림자원을 수탈하였다. 또한 선린상업학교
(善隣商業學校) 설립, 문화재 약탈을 통한 동경 오쿠라 박물관 건립
등 한말 오쿠라 組의 한국에서의 활동은 그 영역이 매우 광범위하였
다.

　따라서 한말 일본 오쿠라 자본의 한국 경제 침탈에 관한 검토 작업
은 제국주의 국가의 경험을 가진 일본과 서구 일부 국가는 물론이고
심지어 식민지 수탈을 거친 한국의 일부 학자들에 의해서도 제기되고
있는 식민지 근대화론에 대한 실증적 반증작업이 될 수 있을 것으로
본다.

Ⅱ. 일본 대자본 오쿠라 組의 성장과 한국진출

1. 오쿠라 기하치로의 자본축적 과정

　오쿠라 기하치로는 1837년 9월 24일, 일본 중부지방 에치고번(越後
藩 : 현재 니가타 현)에서 오쿠라 덴노스케(大倉千之助)의 3남으로
태어났다. 그의 집안은 대대로 전당포업을 해왔다.[12]

---

12) 그의 어린시절 이름은 鶴吉이었고, 후에 개명하여 '喜八'이라고 하였다. 막부 말

그의 집안인 오쿠라야(大倉屋)는 그 마을에서는 손꼽히는 부호였으나 아버지 덴노스케는 오쿠라가 16세 되던 해인 1853년에, 어머니는 다음해에 사망하였다. 이제 2명의 형과 누나가 남았는데 그는 결국 집을 나올 수 밖에 없는 운명이었다.[13]

오쿠라는 1854년 에도(江戶)로 나왔다. 누나 사다코(貞子)는 그에게 당시로서는 적지 않은 돈이었던 20냥을 선뜻 건네주었다. 그가 에도로 왔을 때 숙식과 일자리를 주선해 준 사람은 동향 친구로서 건어물 상점을 하고 있던 와후(和風亭國吉)라는 친구였다. 오쿠라는 중간 거래상을 운영하던 이 친구로부터 사업 수완을 배웠고, 이후 나카가와야(中川屋)이라고 하는 큰 견절(鰹節)[14] 상점에 취직하였다. 한편 그는 에도에서 환전상(換錢商)으로 일하고 있는 1년 연하의 야스다 젠지로(安田善次郎)[15]를 만나 친분을 쌓아갔다. 야스다 역시 오쿠라와 같은 해에 에도로 나온 인연이 있었다.

1856년, 오쿠라는 독립하여 건어물 상점을 개업하였다. 이것이 오쿠라야(大倉屋)이다. 이때가 그의 나이 20세로 누나로부터 얻은 20냥에 나카가와야에서 일하며 받은 봉급과 퇴직금까지 더하여 25냥으로 시작한 사업이었다.[16]

기에 총포옥(銃砲屋)을 개업한 후 '기하치로(喜八郞)'라고 칭하였고, 鶴彦이라고도 불렸다.

13) 그의 집안은 하좌어면(下座御免)의 집안이었다고 한다. 여기서 '하좌어면'이란 번(藩)의 중역 모임에서 무사아래 좌석에 해당되는 특권에 해당하였다. 그러나 오쿠라屋이 그러한 특권이 있었다고 하는 기록은 없다.

14) 견절은 가다랭이를 짜게 말리어 쪄서 말린 포를 가리킨다.

15) 安田(야스다)재벌은 三菱(미쓰이), 五代(고다이), 古河(후루까와), 大倉(오쿠라), 澁澤(시부사와), 藤田(후지다)처럼 幕末-維新期에 급속히 지부한 政商이었다. 1863년 환전상으로 출발하여 막부 및 유신정부와의 밀접한 결탁으로 급성장하여 1880년에는 '야스다은행'을 설립하였고, 이후 '은행왕'이라는 별칭까지 얻게 되었다.

16) 大倉雄二, 『鯰 大倉喜八郞の混沌たる一生』, 文藝春秋, 1990, pp.17-27.

한편 당시 일본은 1864년 조슈(長州) 번과 사쓰마(薩摩) 번 및 막부 측의 여러 번 사이에 전쟁이 벌어지는 등 무기 수요가 폭증하고 있을 때였다. 오쿠라는 필수 무기인 철포 장사에 관심을 갖고 건어물 가게를 정리하였다. 그는 우선 철포상에 견습 점원으로 들어가 무기매매의 방법을 익혔다. 그리고 1866년 간다(神田)에 오쿠라야 간판을 내걸고 총포업을 시작하였다. 마침 제 2차 조슈 정벌론이 비등하고 존왕양이 세력과 막부 세력간의 충돌이 본격화되는 시점이었다.

그는 직접 무기 제조는 하지 않았으나 각 번과의 위험을 무릅쓴 병기 거래를 통해 상당량의 자금을 축적하였다. 당시 총포의 값은 엄청난 고가이었기 때문에 자본이 부족했던 오쿠라는 많은 양을 사놓고 진열해 놓을 수 있는 형편이 못되었다. 그래서 그는 우선 주문이 들어오면 선금을 받거나 혹은 가지고 있던 모든 돈을 융통하여 직접 요코하마로 달려가 상품을 사오는 방법을 썼다. 이때는 일본 전체가 거의 전시체제로 매우 혼란스러웠고, 특히 많은 현금을 들고 무기를 운반하는 일이 위험천만한 일임에도 불구하고, 그 수익은 확실히 보장되는 것이었다. 오쿠라는 이 사업을 통하여 막부 말기와 메이지(明治) 정부 초기인 1865년 무렵부터 1871년까지 막대한 부를 축적하였다.[17]

1871년에는 하시모토 마치(橋本町)에 양복점을 개업하였는데 당시 메이지 일본의 근대화와 함께 이 상점도 동경 최대의 양복점으로 성장하였다고 한다. 또한 그는 정부 발주로 각종의 토목 건설업이 시작될 것을 미리 예견하고 이를 청부할 계획에서 토목건축업 분야에도 진출하였다. 마침 1871년 긴자(銀座)에 대화재가 발생한 후 도로 확장계획이 발표되었을 때 오쿠라는 그 일부 공사를 청부하여 건설업에서도 두각을 나타내기 시작하였다.

17) 大倉雄二, 앞 책, 1990, p.63.

한편 메이지 정부는 막부가 이전에 서구 각국과 체결했던 제 조약을 개정하고 서구화를 위한 선진문명 체험을 위해 이와쿠라(岩倉) 구미 사절단을 파견하였다. 오쿠라는 자비를 들여 여기에 참여하였다. 그는 영국에 체류중이었던 사절단을 만나 교분을 쌓았는데, 사절단에는 특명전권대사인 이와쿠라 도모미(岩倉具視)를 비롯하여 오오쿠보 도시미치(大久保利通), 키도 다카요시(木戸孝允), 이토 히로부미(伊藤博文) 등 메이지 정부의 쟁쟁한 실세들이 참여하고 있었다. 이들 가운데 특히 오오쿠보는 오쿠라의 무기거래상으로서의 능력을 이미 알고 있었고, 이후 오쿠라 組가 발족되고 성장하는데 든든한 정치적 후원자가 되었다.

1873년 귀국한 오쿠라는 서구의 회사조직을 참고하여 긴자에 오쿠라 組를 창립(자본금 8,5000엔, 혹은 15만엔설도 있다.)하였다. 이것은 후일 오쿠라 재벌의 모태가 되었다. 창립 직후 오쿠라는 먼저 양모 수입을 통하여 일본 모직물 공업의 원료 조달 역할을 담당하였다. 그리고 1874년에는 일본인으로서는 최초로 해외 지점인 영국 런던 지점을 개설하였다. 이후 오쿠라 組는 무역, 선설업을 일으켰고, 주요 군수품 및 정부 물품을 조달하는 어용상인으로 성장하였다. 당연히 정부와 밀착된 상인으로 서남전쟁(西南戰爭), 대만원정[18] 청일, 러일전쟁에 이르기까지 일본 제국주의의 각종 침략전쟁에서 무기 판매 및 군사물자 공급에 적극 관여하여 큰 재산을 축적하였고 일명 '죽음의 상인' 또는 '전쟁의 상인' 이라는 별명까지 얻었다.[19] 또 한국, 중국에

---

18) 당시 일본 국내에서 일고 있던 征韓論이 잠잠해 지면서 대만 출병으로 일본국내 여론이 움직이고 있을 때 오오쿠보의 요청에 부응하여 직접 사원을 이끌고 출병, 식량의 현지 조달, 군수용품 조달 등을 책임겼다. 주지하다시피 이 전쟁에서 신흥 미쓰비시가 일체의 기선을 책임, 조달함으로써 이후 미쓰비시 부흥의 기초를 구축하기도 하였다.

도 적극적으로 진출하여 오쿠라 組라는 이름으로 널리 알려졌다.[20]

그가 창립한 오쿠라 재벌은 1927년 무렵 아들 기시치로(喜七郎)에게 계승되었고, 1945년 패전으로 해체되었다. 현재 오쿠라가 창립한 회사로서는 다이세이 건설(大成建設), 오쿠라 상사(大倉商事), 일본무선(日本無線) 등이 있다.[21]

2. 일제 침략전쟁을 통한 오쿠라 組의 성장과 사업 성격

1874년 일본에서는 '정한론(征韓論)'이 잠잠해지면서 대만침략이 개시되었다. 오오쿠보는 정한론을 무마시키면서 일어나고 있던 사무라이들의 불평을 해소시키기 위하여 대만 출병의 선봉에 섰다. 오쿠라는 이때 어용상인으로 총기, 탄약, 군량의 조달과 그 수송 일체를 담당하였다. 일본 제국주의의 대외 침략의 첫 단계인 대만전쟁에서 오쿠라는 본격적인 성장의 기회를 잡은 것이었다. 그는 미국 국적의 배 '뉴욕호'를 고용하여 인부 500명을 끌고 병사 및 참호 건설, 위생재료 및 식량, 군수용품 보급 등 어용달의 임무를 수행했다. 당초 이 임무를 의뢰받은 미쓰이나 나가사끼(長崎)의 업자들이 거절하였던 것을 오쿠라는 오오쿠보의 강력한 요청에 응하였다. 그리고 이미 잘 알려진 바와 같이 신흥 재벌로 부상하고 있던 미쓰비시도 이 전쟁에서 일체의 기선(汽船) 조달 책임을 전담, 완수함으로써 이후 미쓰비시 재벌 부흥의 기초를 구축하였다.

이 대만전쟁에서 오쿠라는 동원했던 500명의 인부 중 128명을 잃

---

19) 渡邊渡,「大倉財閥と大陸」,『大倉財閥の硏究』, 大倉財閥硏究會, 1982, p.20.

20) 大倉雄二, 앞 책, 1990, pp.77-86.

21) 大倉雄二, 앞 책, 1990, pp.12-13.

었다. 그리고 이 전쟁 자체가 원정 군비 771만엔을 쏟아 부운 무의미한 전쟁이었다. 그럼에도 불구하고 오쿠라는 오오쿠보와의 연대를 더욱 강화시킬 수 있었고, 국가와 결탁한 어용상인으로서 확실한 위치를 확보했던 것이다.

한편 1875년 일본이 운요호 사건을 도발하고 다음해 한국에 강화도 조약을 강요하면서 한국과 일본의 무역은 시작되었나. 오오쿠보는 오쿠라에게 역시 상점 개설을 의뢰하였고, 오쿠라는 런던 지점에 이어 두 번째 해외 지점으로 부산에 오쿠라 지점을 설치하였다.

1877년에는 메이지 유신의 주역 중 한 사람이었던 사이고 다카모리(西鄕隆盛)가 서남전쟁을 일으켰다. 역시 이때도 미쓰비시가 어용선으로써 해상 운송을 담당하였고, 오쿠라 역시 여기저기서 어선을 대여하여 군수물자 보급에 나섰다. 이후 오쿠라는 '죽음의 상인'이란 별명이 붙어 다녔다. 오쿠라는 전쟁에서의 참호 건설의 경험을 살려 일본 최초의 법인 건설 기업인 오쿠라 토목회사(현재 다이세이 건설)를 창립하고 대외무역의 확대를 위하여 오쿠라 상사도 설립하였다.

오쿠라 토목의 실적은 오쿠라 새별의 가장 든든한 수입원이었는데, 러일전쟁을 준비하기 위하여 일본이 쿄쿠슈(旭州)에 제 7사단의 대규모 건설공사를 발주하였을 때 6개 연대의 병사(兵舍)와 사단사령부 관사, 헌병대, 병원과 감옥, 화력발전소 등의 건설을 수주 받았고, 백만평의 부지까지 불하받아 이를 3년만에 완성시켰다. 오쿠라 토목은 이후에도 다른 지역에서의 각종의 건설사업을 수주 받아 사업확장의 큰 계기를 마련했던 것이다.

또한 시부사와와 함께 도쿄 전등회사를 설립하였고, 일본풍과 서양풍을 절충한 일본 최대의 극장 가부키좌(歌舞伎座)를 만들었다. 이후 1890년에는 이노우에 가오루(井上馨)의 제안으로 시부사와, 미쓰이

물산의 마사다 다카시(益田孝) 등과 함께 데이코쿠(帝國) 호텔을 건설하였다. 토지는 정부로부터 대부받은 우치사이와이쵸(內幸町) 4천평이었고, 일본 궁내성(宮內省)도 주주였던 이 호텔은 자본금 20만엔으로 서양식 2층 건물이었다. 이 데이코쿠 호텔은 이후 1922년에 미국인 라이트에 의하여 재설계되어 태평양 전쟁 이후까지 사용되었는데, 일본의 약한 지반을 고려한 특수한 건축으로 1923년 간토 대지진에서도 무너지지 않았다.

한편 오쿠라는 나이가이(內外) 용달회사를 만들어 군수용품조달 관계업무를 전담시켰고, 1893년 상법 시행 후에는 오쿠라 상회를 합명회사 오쿠라로 개조하면서 나이가이 용달을 합병하였다. 이는 청일전쟁에 대비한 조처였다. 그리고 청일, 러일 양 전쟁을 통하여 오쿠라는 대대적으로 군수용품 조달사업으로 재벌로 성장할 수 있었다.

1916년에는 1차 대전기라는 전시 특수를 누렸다. 즉, 미쓰이, 오쿠라, 다카시(高田) 상회 3사는 1908년 일본 육군 산하 '태평조합(泰平組合)'을 결성하여 이를 통해 엄청난 이익을 챙겼다. 즉, 오쿠라는 이 때에도 '죽음의 상인'이라는 별명에 걸맞게 무기의 밀거래와 군수용품 조달 등으로 엄청난 이익을 보았던 것이다.

그런데 1910년 경까지의 오쿠라 組는 동시기 미쓰이나 미쓰비시와는 그 영업 성격이 달랐다. 예를 들어 미쓰이나 미쓰비시도 오쿠라 組와 마찬가지로 전쟁에 의지한 어용상인이었으나 탄광 경영에 참여한다던가 혹은 조선업, 금융·보험업 등 이른바 근대적인 사업 영역에까지 그 범위를 확대하였고, 주식회사제도의 도입으로 경영의 변화를 이루어갔다. 그러나 오쿠라의 경우 은행이나 주식회사와 같은 근대 자본주의 제도에는 관심이 없었다. 오쿠라 스스로는 구미 순회를 두 번이나 했으므로 나름대로 근대적 신지식을 갖추었다고 자부하였으나,

사실 자본을 조달하는 면에서나 그 경영시스템 면에서 미쓰이나 미쓰비시를 능가할 수는 없었다. 오쿠라는 단지 일본 제국주의의 전쟁을 통해서 사업의 규모를 확장시켰고, 전쟁이 아니면 수익을 낼 수 없는 전근대적 자본으로서의 성격이 매우 컸다. 그래서 오쿠라 자본이라기보다는 '오쿠라 組'라는 상업 자본으로서의 명칭이 그 기업 성격상 더 적합하였다.

그렇기는 하나 오쿠라 組는 오쿠라 합명회사로 개명하면서 1911년 오쿠라 상사, 광업, 토목을 포함한 자본금 1,000 만엔의 주식회사 오쿠라로 재편되었고, 1917년에는 오쿠라 광업과 오쿠라 토목이 독립하였다. 그리고 오쿠라 상사 주식회사로 개칭되었다. 이후 1940년에는 자본금 5,000 만엔, 직계 15개사, 방계 17개사, 관련 회사 200 여개 이상의 이른바 일본 4대 재벌(미쓰이, 미쓰비시, 스미토모, 야스다)에 버금가는 오쿠라 재벌로 성장하였다. 그러나 역시 기업 경영의 자금줄인 금융·보험업을 직접 경영하지는 못했다.

오쿠라 재벌은 또한 다른 재벌들과 달리 후계자 육성을 하지 못하였다. 1927년 그의 장남인 오쿠라 기시치로가 계승하였는데, 그는 사업보다는 문화에 더 관심이 많았다. 1933년 당시 기시치로의 자산은 2억엔으로 일본 6대 자산가에 들 정도였고, 1962년에는 일본 3대 호텔 중 하나인 '호텔 오쿠라'를 건설하기도 하였으나 이미 오쿠라 재벌은 일본의 패전과 함께 해체된 상황이었다. 그것은 오쿠라가 대부분의 자본금을 만주 및 중국에 투자하여 1945년 패전으로 그 타격이 다른 재벌에 비하여 매우 컸었기 때문이었다.

오쿠라 재벌은 사업보다는 오쿠라고등상업학교(현재 동경경제대학)와 오쿠라 집고관(集古館)으로 유명하다. 이 집고관은 오쿠라 기하치로가 전쟁 어용상인으로서 만주와 중국, 한국, 대만 등지에서 불법적

으로 도굴하거나 혹은 매수해 들인 유물들로 채워져 당시 동양 미술
품의 보고라고 불리웠다고 한다. 그런데 이 집고관은 1923년 가토 대
지진으로 흔적도 없이 사라졌다.

오쿠라는 사후 일본 정부로부터 훈일등욱일대수장(勳一等旭日大綬
章)을 수여받았다. 이는 실업가로서 받을 수 있었던 최고의 영예로 일
본 제국주의의 동아시아 침략에 끼친 그의 엄청난 영향력을 알 수 있
는 것이다.

3. 오쿠라의 대한(對韓) 인식과 한국진출

일본 정부는 한국을 강제 개항시키기 5년 전인 1871년 일찍이 상
인들에게 한국과의 무역을 시작할 것을 명령하였고, 이에 종사하는 상
인들을 지원하였다. 무역상으로서 최초로 한국무역에 종사하였고, 부
산에 정착한 자는 후쿠다(福田增兵衛)였고,[22] 오쿠라는 한국으로 이
주하지는 않았지만 한국 각지에서 각종의 사업을 선구적으로 전개하
였다.

그는 강화도 조약이 체결된 직후인 1876년 8월, 부산에 잡화를 운
반해와 진열, 판매하였다.[23] 또한 시부사와와 합자로 자본금 5만원의

---

22) 對馬의 鄕士출신으로 對馬·長崎간의 무역에 종사하였던 福田增兵衛는 1871년 長
州의 奇傑粟屋多助라고하는 자로 木戶參議의 명령을 받고 對州에 왔고, 물품을
부산으로 운송하였다. 그는 소유선박인 金比羅丸을 가지고 무역을 하였고, 별도
로 작은 배를 추가하여 부산에 도착하였다(高橋刀川, 『在韓成功の九州人』, 虎與
号書店, 1908, p.6.). 이것이 인연이 되어 福田은 1873년에 재차 도항하여 해산물,
우피, 약 등을 매입해 들었다. 福田에 한하지 않고, 당시 한국과의 무역에 종사
하는 자들에는 對馬(長崎縣)의 상인들이 많았다. 그래서 이 무렵 한국 무역을
'崎韓貿易'이라고 불렀다. 福田은 개항 다음해인 1877년에는 부산으로 완전히 영
구 이주하였고, 布海苔(ふのり, 청각채)를 독점하여 거부를 축적하였다. 그는 후
에 '부산의 3대 성공자' 에 열거되었다(高崎宗司, 앞 책, 2002, p.9).

222

사설은행인 제일은행(第一銀行)을 창립하여 외화취급을 담당하였다. 뒷날 제일은행 한국지점은 오쿠라와 시부사와가 공동으로 설립한 이 부산은행을 계승한 것이었다.[24]

그는 한국에 진출하게 된 배경과 관련하여 다음과 같은 회고록을 남기고 있다.

"우리나라에서는 한국이라고 하면 황량한 들과 같이 생각하고 있다. 국민의 한사람으로서 모험적으로 진출하여 한국과 통상무역에 종사하는 자가 하나도 없다. 수호조규 체결 후 통상기간을 공허히 보내고 있는 것이다. 모처럼 애써서 실시한 수호조규도 폐기된 것과 마찬가지의 상태에 이르렀다. 정부에서는 국내 유력 상인에게 권유를 시도하였으나 의연하게 이에 응한 자는 한 사람도 없었다. 마침내 결국 오오쿠보 내무경으로부터 나(오쿠라)를 기대한다고 하는 부탁이 있었고, 수호조규의 체면, 국가의 체면에도 관계된 일이라면, 마땅히 이를 구해야 하는 것이기 때문에 老生(오쿠라)도 실로 그 성패에 연연하지 않고, 미력을 다하여 한일무역을 위하여 노력하였다."[25]

<hr>

23) 高崎宗司, 앞 책, 2002, pp.9-10.

24) 大倉喜八郎, 「釜山開港五十年之回顧」, 『澁澤榮一傳記資料』16권, 澁澤靑淵記念財團龍門社編, 澁澤榮一傳記資料刊行會, 1957, pp.8-12 ; 고승제, 『植民地金融政策の史的分析』, 御茶の水書房, 1972, pp.4-5 ; 박원표, 『開港九十年』, 부산, 태화출판사, 1966, pp.17-22. 그러나 이것은 <국립은행조례>에 의거하여 영업이 인정되지 않았다. 1877년 시부사와와 오쿠라는 大藏卿 오쿠마 시게노부(大隈重信)에게 부산에 교환소를 설치하여 화폐를 교환하고, 荷換, 貸付를 취급할 수 있도록 하며 이를 위하여 정부에서 圓銀, 銅貨 10만圓을 대여해 줄 것을 요청하였다. 그러나 대장성 방침이 商社와의 동업을 금함에 따라 불허되었다. 이에 시부사와는 오쿠라와 관계를 끊고 제일국립은행 단독으로 교환소를 경영하면서 그 해 12월에 정부에 원조를 신청하였다. 이에 1878년 3월 자금의 반액인 5만圓을 대부받아 부산에 지점을 설치하고 6월에 개업하였다(이배용, 「澁澤榮一과 對韓經濟侵略」, 『국사관논총』 6, 1989, p.196).

25) 大倉喜八郎, 「釜山開港五十年之回顧」, 1957, p.9.

즉, 오쿠라의 한국 진출의 동기는 그 사업적 이윤의 창출에 구애
받지 않고, 국가적 사명감과 책무에서 오오쿠보의 권유를 받아 시작하
였음을 알 수 있는 부분이다. 그러나 그것은 또한 향후 한국에서의
사업상 일본 국가권력의 전폭적인 후원을 받을 수 있음을 의미하는
것이었고, 실제로 오쿠라의 한국내 각종 사업은 통감부와 이후 총독부
등 일본 공권력의 비호아래 급성장하였다.

Ⅲ. 일제의 한국침략과 오쿠라 組의 급성장

1. 철도 관계 토목건축사업을 통한 자본축적

오쿠라는 경부·경의철도 부설에 적극적으로 참여하여 375만엔을 상
회하는 막대한 청부금액을 얻었을 뿐만 아니라 같은 시기 일본 제국
주의 권력이 한국에서 발주한 각종의 침략기관 공사를 청부 시공하여
200여 만엔에 달하는 공사비를 획득하였다. 이 500만 엔을 훨씬 상회
하는 액수는 쿄쿠슈의 제 7사단의 건설공사 비용과 같은 액수였다.
육군이 개인기업에 이러한 이권을 준 데에 대하여 육군과 오쿠라의
밀착도에 대하여 세간에서 소문이 자자하였다고 한다.[26]

이러한 한국에서의 제반 활동은 일본의 한국 식민지화를 현장에서
실천해 간 침략의 첨병 역할을 한 셈이었고, 동시에 자신들의 성장기
반도 확대 재상산하여 갔다. 즉 오쿠라는 일본의 8대 재벌로 성장해
가는데 중요 기반을 한국에서의 수탈과 자본축적으로 이룩한 것이다.

---

26) 大倉雄二, 앞 책, 1990, p.183.

경부·경의철도 공사에 참가하여 독점적으로 청부공사활동을 벌이고 한국 토건업의 맹아적 성장을 압살해 버린 대표적 일본 토건업자들은 오쿠라 組, 카지마(鹿島)組, 가와(阿川)組, 사토(佐藤)組 등 <경성토목건축조합(京城土木建築組合)> 소속 36개 회사로 일본 토건업계를 망라하는 규모였다. 이들은 일본 국가권력이 최전면에 나서서 경부·경의철도공사의 속성건설을 독려하자 일본 정부의 유도와 지원 아래 대거 상륙해 와 한국의 토건회사들을 구축하였다. 또한 러일전쟁 당시 철도연선에 집중적으로 실시되던 일본 군사지배체제의 철저한 원호 아래 한국인 노동자를 강제 동원하여 무자비하게 사역함으로써 불과 1년여 만에 1,000여 킬로미터에 달하는 경부·경의철도 공사를 완공해 낼 수 있었다.[27]

오쿠라의 경우는 경부철도주식회사의 창립위원으로도 활동하여 이미 본 공사의 부설권 획득에서부터 중요한 위치를 점하고 있었다.[28]

경부철도의 자금조달은 불확실한 외지사업이라는 점에서 뿐만 아니라, 그 단계의 일본자본주의의 규모에 비추어 보아도 아주 어려운 사업이었다.[29] 경부철도주식회사의 500주 이상 소유주주를 보면 제 1주주 일본 황실이 5,000주, 제 2주주 한국 황실이 2,000주, 그리고 그 다음 주주는 이와사키 히사야(岩崎久彌), 미쓰이(三井高保), 오쿠라 기하치로, 시부사와 에이이치, 다이와(大和田莊七) 등이 각 1,000주, 그 외 스미토모, 야스다, 고다이(古河)로서 일본 내 정상급 재벌을 거의 망라하고 있다. 이들은 민간 주주로서는 최대주주이고, 투하자금

---

27) 정재정, 앞 글, 1985, pp.293-294.

28) 「京釜鐵道株式會社創立ニ關 スル說明」, 『澁澤榮一傳記資料』16, p.391.

29) 경부철도의 자금조달과 주주분석에 대하여서는 村上勝彦 지음, 정문종 옮김, 「한국철도건설과 자본수출」, 『식민지 - 일본산업혁명과 식민지 한국』, 한울, 1984 참조.

예정액(1,000주라면 전액 불입 5만엔)도 결코 소액은 아니었다.[30]

이렇게 오쿠라는 경부철도주식회사의 설립에서부터 자본 투자에서 중요한 위치를 점하여 일찌감치 한국에서의 건설 이권 사업에 깊숙이 관여하였고, 본 공사의 청부까지도 맡았다. 그는 미쓰이나 미쓰비시에 비하여 자본규모가 소규모[31]임에도 불구하고 시부사와와 함께 식민지 투자에 적극적이었다.[32]

한편 당시 한국의 토건회사들은 비록 용달회사(用達會社) 또는 역부회사(役夫會社) 수준의 맹아적 형태를 띤 것이기는 하였지만, 경부철도의 일반공사기(1901.8~1903.12)에는 능동적으로 토공공사에 참가하여 일정한 성과를 올리기도 하였다.[33] 그러한 배경에는 우선 1898년 9월 8일 체결된 경부철도합동(京釜鐵道合同)의 제 6조에

> "한국인과 외국인을 구별하지 않고 모두 고용하는 것은 감독의 의견
> 에 따른다 하더라도 반드시 한국인을 다수 고용할 것이며, 고인(雇人)
> 에 이르러서는 9/10의 비율로 한국인을 사용할 것, 그러나 공사가 바쁜
> 시기에 한국인의 고용비용이 점차 앙등하기 때문에 회사가 별도로 타국
> 인을 외국으로부터 채용할 경우에는 이 철도가 준공된 후에 반드시 타
> 국인을 본국으로 송환할 것이며, 그들이 입항, 출항할 때에는 해관에서
> 이름을 조사하여 한 사람도 잔류하는 자가 없도록 할 것 (…)"[34]

이라고 하여 철도공사의 모든 부문에서 한국인 노동자를 다수 고용해

---

30) 1897년 민간최고소득자인 미쓰비시의 岩崎久彌의 소득세액은 2만 2천엔에 약간 못미쳤다고 한다(村上勝彦, 앞 책, 1984, p.75).

31) 경부철도 대주주의 同社주식 및 다른회사 주식소유 비교는 村上勝彦의 앞 글, p.76 <표 13> 참조.

32) 石井寬治, 「成立期日本帝國主義の一斷面」, 『歷史學硏究』 4월호, 1972 참조.

33) 이에 대하여서는 정재정, 앞 글, 1985 참조.

34) 조선총독부, 『朝鮮鐵道史』, 1915, pp.69-75 ; 「京釜鐵道合同」 제 6조, 奎 23085.

야만 하는 이행사항이 있었기 때문이었다. 또한 경부철도주식회사의 입장에서는 한국관민의 대일 적대감정을 완화시키고, 또 철도 부설과 정에서 필연적으로 야기될 여러 가지 난문제를 해결하기 위한 방편으로 한국 토건회사들을 택한 것이었고, 또한 한국 토건회사의 청부단가가 저렴하다는 경제적 이점도 고려한 방편이었다.35) 이러한 조건하에서 적극적으로 참여한 한국의 토건회사들은 대한국내철도용달회사(大韓國內鐵道用達會社)와 대한경부철도역부회사(大韓京釜鐵道役夫會社) 등 10여개 사를 상회하였다.36)

그러나 당시 일본은 20여 년 간 계속되던 국내철도건설의 호황이 끝나고 청일전쟁을 전후하여 전국의 간선철도망이 대체로 완성되면서 경제계가 전반적으로 침체되었다. 이에 따라 철도건설수요는 급감하였고, 일본의 토건업계는 불황에 빠져들었다. 당시 일본의 토건업자들은 대표적 토건업자인 카지마(鹿島岩藏)를 두취로 하는 일본토목조합(日本土木組合)을 결성하였고, 토목업자간의 친선과 융화를 도모하기 위해 오쿠라의 사위를 이사장으로 하는 토목구락부(土木俱樂部)도 설립하는 능의 자구책에 고심하고 있던 상황이었다.37) 이러한 상황에서 일본자본이 경인, 경부, 경의철도의 대공사를 계속 발주하고 있었으니, 일본의 토건업계가 적극적으로 진출을 모색한 것은 당연한 결과였다. 특히 오쿠라 組와 카지마 組가 일찌감치 진출하였다.

오쿠라는 1896년 5월 4일 경인철도인수조합(京仁鐵道引受組合)의 조합원으로 선출되어 미국의 경인철도부설권을 매입해 들이는데 일익을 담당하였고,38) 1896년 7월 6일에는 경부철도주식회사의 발기인으

---

35) 정재정, 앞 글, 1985, p.237.

36) 정재정, 앞 글, 1985, <표 1> 참조.

37) 社團法人 日本土木工業協會, 電力建設業協會, 『日本土木建設業史』, 1971, p.129 (정재정, 앞 글, 1985, p.245에서 재인용).

로, 1900년 2월 1일에는 창립위원으로 선정되어 설립과정에서부터 깊이 관여하였다.[39] 더구나 오쿠라는 경부철도주식회사의 주식모집에서 200주 이상을 소유한 대주주로 응모하여 회사 내에서의 기반도 공고하였다.[40] 따라서 경부철도주식회사는 철도공사에 참여하고자 하는 오쿠라와 카지마의 요구를 들어주기 위하여 '경부철도합동'의 6조를 개정하고자 시도하기도 하였다.[41]

일본 토건회사들은 한국 토건회사들이 행하는 공사 진행과정을 주시하면서 경부철도주식회사의 원호아래 한국 토건회사의 근대 토목공학적 기술의 미숙과 자본부족이라는 약점을 최대한 이용하여 진출을 시도하였다. 그들은 한국토건회사들에게 청부금액의 6%를 수수료로 지불하고 한국회사들의 명의를 빌려 공사에 참여하는 방식을 썼다.[42]

그런데 한일합작의 한일공업조(韓日工業組)나 한국인의 명의를 빌려 사용한 시끼(志岐)組나 가와(阿川)組와 달리 오쿠라 組는 자신의 명의를 그대로 가지고 일찍부터 남부 공사구간인 초량(草梁)-귀포(龜浦), 귀포-밀양(密陽) 사이에서 단독으로 공사에 참여하고 있었다. 그 배경에는 일단 오쿠라가 경부철도주식회사에서의 영향력이 컸다는 점과 함께 1902년부터 시작된 부산매축공사(釜山埋築工事)로 부산역과 해관용지, 상업지대 조성 등 면적 총 4만 1천 3백 평에 달하는 지역에서의 입지가 컸기 때문으로 보인다.[43]

그러나 한일양국 토건회사들의 공존관계는 일본 토건회사들이 불황

---

38) 龍門社編, 『靑淵先生十年史』 第 2卷, 1900, pp.337-350 ; 『朝鮮鐵道史-創始時代』, pp.196-205.
39) 『朝鮮鐵道史-創始時代』, pp.171-173.
40) 村上勝彦, 앞 책, 1985, pp.77-79.
41) 「澁澤榮一書翰」, 1901년 8월 10일, 9월 5일, 『澁澤榮一傳記資料』 제 16권, p.445.
42) 『皇城新聞』, 잡보, 「경부철도의 工役」, 1901년 11월 7일.
43) 정재정, 앞 글, 1985, pp.249-250, <표 2> 참조.

을 타계하기 위하여 앞다투어 경부철도공사에 침투해 들어오면서 흔들리기 시작하였고, 일본정부가 전면에 나서서 경부철도의 속성건설을 내세우면서 붕괴되었다. 일본정부는 러시아와의 세력다툼에서 유리한 위치를 점하고자 1902년 10월 경부철도의 속성건설을 위하여 재정적 지원과 함께 경부철도주식회사의 경영에 직접 관여하려고 하였다. 아울러 경부철도 공사의 완공기한을 10년 예정에서 3년 이내로 단축하도록 하였다. 이에 따라 경부철도주식회사는 공사 청부를 일본토건회사에 이관해 나가기 시작하였고, 한국인 회사는 배제되어갔다.

이 시기 가장 활발하게 공사에 참가한 일본토건회사는 오쿠라 組, 카지마 組, 시끼 組 등이었다. 오쿠라 組는 1902년 8월부터 1903년 5월까지의 기간동안 경부철도 제 9공구(淸道 부근)의 선로공사를 33만 2천엔의 청부금액으로 시공하였다.[44]

한편 경부철도가 속성공사로 돌입해감과 동시에 경부철도와 접속하면서 서울 이북을 종단하여 만주에 연결되는 경의철도(京義鐵道)는 러일전쟁의 발발과 함께 일본 군대가 군용철도로 속성하기에 이르렀다.

경부·경의철도의 속성건설과 그 원호를 위한 철도연선의 일본군 지배체제로 경부철도주식회사는 한국인 토건회사를 완전히 배제시켰다. 또한 경의철도는 임시군용철도감부예하 철도부대와 5개 공병대대(工兵大隊) 및 제 1사단 공병대의 직영으로 공사가 착수되었다. 철도감부의 예하에서 공사를 수행하던 일본군대 및 일반고용인은 3천 6백명을 상회하였는데, 이들 대부분은 강제 모집되어 각 부대에 배속된 한국인 노동자들이었다.

---

44) 日本東京經濟大學校 所藏 大成建設株式會社 社史資料(1)(2), 大成土木株式會社, 「工事經歷書」, 自明治二十年(1887)至昭和五年(1930).

실제로 러일전쟁의 도발과 더불어 한국에 설치되었던 일본군사령부와 임시군용철도감부 및 그들의 지원을 받은 각지의 토건회사들은 한국정부와 지방관원을 협박하여 군용역부와 철도노동자의 징집을 거의 무제한으로 자행하였다. 일본 군사령부의 특허를 받은 오쿠라 組는 일본 헌병대와 한조를 이루어 서울 일원에서만도 1만여명의 군용 및 철도 노동자를 징집하였고, 또 만주지방의 전장에 파송하기 위하여 경기, 충청, 경상, 전라 각도에서 각 2천명의 인부를 별도로 모집하기도 하였다.[45]

또한 연선지역의 강제 노동자 징발은 해당주민들의 격렬한 저항을 불러일으켰는데 이는 폭압적으로 탄압되었고, 철도공사장의 한국인 노동자들은 민족적 차별속에서 가히 살인적으로 사역되었다.[46] 오쿠라 組가 청부하여 시끼 組에 하청을 주었던 성현터널 경우에는 매일 4천명의 한국인 노동자를 75일 동안이나 동원하여 주야 중노동을 강요하였다.

결국 청일전쟁기부터 1910년대 초반까지 일본 국내 토건업계의 불황기를 고려해 볼 때 한국에서의 경부·경의철도공사는 일본 토건업의 부활을 이룩할 수 있는 절호의 기회였다. 오늘날 일본의 유수한 토건회사들은 대부분 경부·경의철도공사를 계기로 식민지 한국과 만주로 진출함으로써 자본과 기술을 축적하였다. 오쿠라 組가 가장 대표적인 경우이다.

오쿠라 組가 경부철도공사에서 얻어낸 청부실적은 총 375만엔에 달하는 것이었고, 동회사가 경부·경의철도공사에서 수주한 청부건수는 29개로 1902년부터 1911년까지 일본, 한국, 대만, 만주 등지에서 철

---

45) 『황성신문』, 잡보, 1904년 8월 9, 15일.
46) 정재정, 앞 글, 1985, pp.280-281.

도공사에서 수주한 총 청부건수의 52%를 차지하였다.[47]

오쿠라는 경부·경의철도 공사를 발판으로 이후 한국과 만주에서의 대대적인 항만, 도로, 청사, 은행, 철도 등의 건설공사에 적극 참여하였다. 이들 토목공사에서도 200만엔 이상의 청부금액을 획득하였는데 이로서 외국무역, 정부물자 조달업무, 토목청부업을 중심으로 하는 일본 10대 재벌의 하나로 성장할 수 있었던 것이다.

따라서 막부 말기 이래 서남전쟁, 대만원정, 청일전쟁, 러일전쟁에 이르기까지 일본의 대외침략 전쟁을 발판으로 무기판매 및 군사물자 공급에 적극 관여한 '죽음의 상인' 또는 '전쟁상인'[48]으로 정상(政商)적 성격이 강했던 오쿠라 組의 특징을 경부·경의철도에서도 여지없이 볼 수 있다고 본다. 또한 한국의 토목건축업의 성장을 압살해버린 침략적 성격 역시 쉽게 찾아볼 수 있다.

2. 항구 매축공사와 토지 약탈

러일전쟁이 발발하자 오쿠라는 중국진출을 위한 거점으로서 부산항의 중요성에 주목하였다. 부산항은 연안 토지가 몹시 좁은 편으로, 개항 이전에는 오늘의 중앙동 거리가 모두 바다였다. 오쿠라는 1902년 7월 부산매축주식회사(釜山埋築株式會社) 부산지점을 설립했고 자본금 35만원으로 매축사업에 착수하였다.

당시 일본 조계는 면적이 11만평이라고 하지만 중앙에 용두산 공원이 있기 때문에 이를 빼고 나면 7만평 정도였다. 오쿠라는 북부해안

---

47) 정재정, 앞 글, 1985, <표 5>.
48) 渡邊渡, 앞 글, 1982, p.20.

일대 203,400㎡(64,200평, 공사비 100만원)에 대하여 1898년 1월에 주한일본공사를 경유하여 대한제국정부에 매축허가를 신청하였다. 한편, 부산일본조계의 거류민단과의 교섭, 경부철도와의 교섭을 거듭하여 당시 한국정부의 반대에도 불구하고 결국 일본의 일개 개인회사인 오쿠라 組가 매축권을 독점, 1900년 말에 그 기공권을 얻어냈다. 그러나 당시 일본 경제계가 부진하였으므로, 매축면적을 43,029평으로 한정하여 공사를 제 1,2기로 구분하였다. 제 1기에 36,627평(일설에는 31,104평)을 우선 매축하였다.

1902년 7월 19일 착공된 이 공사는 1905년 12월에 준공되었다. 오쿠라는 일본 시모노세키(下關)의 토오(藤勝)組에게 공사 하청을 주었는데 공사 중 사용된 일체의 기계는 무관세로 수입되었다. 또한 여기에 필요한 토사, 목재는 절영도와 복병산(伏兵山)에서 조달하였다.

제 2기 공사는 1907년 4월에서 1909년 8월에 이르는 동안 8,747평을 매축하였는데 1,2기 공사에서 얻은 토지는 합계 41,374평이었다. 이 매축지는 부산의 중요지구인데 구부산역의 부지일부와 그 남부 시가지인 대교로(大倉洞 1丁目~4 丁目)가 이에 속한다. 그리고 오쿠라 마찌(大倉町), 사토 마찌(佐藤町), 기시모토 마찌(岸本町), 다카시마 마찌(高島町), 코후 마찌(京釜町) 등이 생겼고, 매축지에 분배된 상황을 보면 도로로서는 약 7,550평, 구부산역 부지 4,840평, 산요철도 대합소 3,035평, 부산우체국부지 628평, 일본우선회사 300평, 일본 상선회사 300평, 세관용지 628평 등으로 나누었다.[49] 이때 오쿠라 組가 수령한 청부금액은 67만 8천원이었다. 오쿠라는 매립지에 부산역을 건설하였고, 1927년 거리의 일부를 오쿠라 마찌(町, 현재의 중앙동)로 명명하였다.[50] 오쿠라는 1908년 부산 매축공사에 대한 공로를 인정받아 순

49) 김용욱, 「부산개항과 일본인의 토지소유권 (3)」, 『司法行政』 4월호, 1990, pp.83-84.

종황제로부터 팔괘장(八卦章)을 수여받았다. 그러나 그것은 당시 통감이었던 이토오 히로부미의 강요로 수여된 훈장으로 세상 사람들은 이 일을 두고 '침략자에게 수여한 민망한 훈장으로 무리하게 훈장을 수여하게 한 이토오도 이토오지만 그것을 알고도 받은 오쿠라도 오쿠라구나'라고 비웃었다고 한다.[51]

오쿠라 組의 부산항 매축 공사는 일본인들의 대대적인 이주 및 일본인 시가지가 조성되는 기반과 이후 식민지 지배기관이 들어서는 사회간접자본의 마련이었던 것이다.

3. 각종 관공서 건축 사업

오쿠라는 일본 구래의 토목업체들을 사들여 1887년 3월 오쿠라 토목조(土木組)라는 건축업을 시작하였다.[52] 이것이 현재의 다이세이 건설(大成建設)의 전신이다.

오쿠라 토목조가 한국에서 벌인 투목건축사업 중 대표적인 것이 1902년부터 착공된 부산매축공사, 경부철도 토목공사, 그리고 1916년의 조선총독부 청사건립이다.

1896년 아관파천이후 고종이 경운궁에서 기거하게 되면서 경복궁은 사실상 한국의 정궁으로서의 역할을 제대로 수행하지 못하고 있었다. 오쿠라는 한국 통감이자 초대 조선 총독인 데라우치(寺內正毅)와의 밀착된 관계를 이용하여 한국의 각종 중요 토목공사를 수주했고, 특히

---

50) 大成建設株式會社, 『大成建設社史』, 1963, pp.130-131 ; 大倉雄二, 앞 글, 1990, pp.180-181.

51) 大倉雄二, 앞 책, 1990, p.190.

52) 清水留吉, 『日鮮滿土木建築信用錄』, 日本實業興信所, 1925.

왕궁 훼손과 유물 밀반출에 관여하였다.

데라우치는 경복궁 내 조선총독부를 세우기로 하고 일본에서 활동 중이던 프러시아 건축가 게오르그 데 라란데에게 총독부 청사의 설계를 의뢰하였다. 그리고 총독부 건립의 기초 공사를 오쿠라가 맡았다. 오쿠라 토목조는 경복궁의 전각을 헐어내고 총독부 건물 부지를 15척 깊이로 파내려가 말뚝을 박아 지반을 다졌다. 이때 사용된 말뚝은 압록강변 낙엽송으로 오쿠라가 압록강변 무한제재 공사 사업을 통해 무단으로 잘라낸 것들이었다.

한편 경복궁은 소위 물산 공진회(조선총독부 시정 5주년 기념)가 경복궁내에서 개최되기 1년전인 1914년부터 본격적으로 그 전각들이 훼손되기 시작하였는데, 자선당(資善堂)도 이때 철거되었다. 자선당은 동궁(東宮)의 내전이며 침전으로 1430년 세워진 건물이다. 정면 7칸, 측면 39평짜리 목조건물로 왕세자의 서재 혹은 강의실이었다. 오쿠라는 자선당을 해체하여 도쿄로 운송하였다.[53] 이와 관련하여 일본의 건축잡지 『건축세계』(1916년 9월)와 『건축화보』(1916년 10월, 30호)에는 다음과 같은 기록이 있다.

> "오쿠라는 1915년 겨울 한국 경복궁 내의 '자선당'을 양도받아 도쿄로 이송해 그의 오쿠라 미술관 경내에 건설하기 시작, 당시 약 2만엔을 들여 조립 공사를 끝내고, 내외장식 공사를 착수해 1916년 9월 준공할 예정이다."

---

53) 『大倉熹八郎 石黑忠息關係雜集』, 東京經濟大學, 1986, p.133.

<사진 1> 경복궁의 자선당을 통째로 뜯어 옮겨 오쿠라슈코칸(大倉集古館)의 조선관(朝鮮館)으로 삼았다. 하지만 이 건물은 애석하게도 1923년 관동대지진 때 불타버리고 간신히 유구만 남았다가 1996년 1월에야 겨우 그 잔석만 국내로 되돌아왔다(자료제공 : 김정동 교수).

오쿠라는 자선당을 복원, 도쿄에서 '한국관'이란 현판을 달고, 1917년 사설 미술관의 형태로 개관하였는데 이 해체·조립공사는 오쿠라組의 토목 건축기사 고바야시(小林源次郎)가 담당했다.[54] 이것이 일본 최초의 사립미술관이고 이름하여 '집고관(集古館)'이었다.[55] 즉 자선당을 무단으로 해체하여 조립한 집고관은 1916년 9월경에 준공되었고, 9월 30일에는 조선총독 데라우치까지 입회하여 개관되었는데 1917년 일반에게 공개되었다.[56] 그리고 이렇게 지어진 오쿠라 미술관에 그는 1905년 도굴한 고려 숙종왕릉 유물과 공민왕릉 유물 등 국

<hr>

54) 『건축화보』, 1916년 10월, p.30.

55) 大倉雄二, 앞 책, 1990, pp.235-237.

56) 山本四郎, 「寺内正毅 日記 1900~1918」, 『京都女子大學研究叢』5, 1980, p.710.

보급 유물과 한국의 도자기 등을 마구잡이로 밀반출하여 채웠다. 또 1910년에는 고려시대의 석탑인 평양 율리사터 팔각 오층석탑과 이천 향교방 사층석탑을 도굴하였는데 이 석탑들은 현재 도쿄 도심 미나토 구 오쿠라 미술관 경내의 후미진 후원 한쪽에 위치해 있다.

<사진 2> 평양 율리사터 팔각 오층석탑
(도쿄 오쿠라 미술관 경내)
(2006.5.19. 한겨레 http://www.hani.co.kr)

1918년 12월의 『건축화보』에는 팔작개와(八作蓋瓦) 지붕의 자선당 사진이 소개되었는데 이 사진이 지금 남아있는 유일한 자선당의 사진이다.57) 이 건물은 1923년 관동대지진으로 지상 목조건물이 모두 불타버리고, 형태로 그 유구(遺構)가 남아 있던

것이 1996년 1월 29일 반환되었다. 경복궁 내 명성왕후 시해 터 옆에 자리한 반환된 유구석은 288개, 무게 110톤 분량이다.58)

한편 오쿠라 토목조는 부산, 서울 등에 군용 바라크를 건설하였고, 압록강 가설교(船橋)도 설치하였다. 1895년에는 서울에 출장소를 설치하여, 일본 영사관 공사, 원산 일본 영사관 공사도 담당하였다. 1903년 8월 5일에는 덕수궁 '석조전 공사'에 착공하였다. 당시 공사명은 '한국왕성건축 3계 석적공사(石積工事)'로 영국과 일본의 협작이었는데 공사비는 총 26만 8,293원이었다. 한편 1905년 돈덕전(敦德殿) 공사의 경비는 총 1만 1,490원이었다. 그리고 청일전쟁이 발발하자 육

---

57) 김정동, 『일본을 걷는다』, 한양출판, 1997, p.21.
58) 김정동, 앞 책, 1997, p.30.

군으로부터 건설인부 공급, 건설자재 공급, 급설 공사 등을 도급받았
고, 오오사카(大阪)지점에서 군복을 비롯한 군수품을 조달하였다.[59]
특히 1905년 이후 통감부의 비호아래 집중적으로 한국의 건축토목공
사를 대량으로 수주하였다. 1906년 통감부 관사 공사, 수원 권업 모
범장, 수원 농림학교, 대한의원, 경성농공은행, 경의선 군용철도 등과
1907년 덕수궁 기존 전각의 난관과 계단 마무리 공사까지(총 공사비
1만 1,000원) 독점하였다. 1913년에는 경성우편국사(京城郵便局舍,
현 서울 중앙우체국 자리) 공사도 맡았다.

<표 1> 한국에서의 오쿠라 組의 기타 토목건축공사
청부내역(1895-1911)[60]

공사명	시공기간	청부금액(円)
일본 영사관 건축공사	1895	55,900
부산매축(주) 해면매립공사	1902.7-1904.12	533,307
한국 서울 왕궁건축공사	1903.8-1905.8	268,293
돈덕전(敦德殿) 수리공사	1905	11,490
富田氏貸家 건축공사	1905	3,000
탁지부(度支部) 관사 건축공사	1905	7,247
조선전주(朝鮮電柱)	1905	5,870
한성은행(漢城銀行) 신축공사	1905.9-1909.11	5,347
서울운수(주) 신축공사	1905.9-1905.12	12,549
서울 병원 신설공사	1905.10-1905.11.	6,784
한국군사령부 구내 도로공사	1905.10-1905.12	21,325
서울 우편국 분실(分室) 신축공사	1905.12-1906.6	37,354
부산측후소(釜山測候所) 건축공사	1906	3,200
통감부 서울 관사 신축공사	1906.7-1906.11	68,588
수원권업모범장(水源勸業模範場) 신축공사	1906.8-1907.3	80,394

---

59) 大倉雄二, 앞 책, 1990, pp.141-145.
60) 大倉財閥硏究會, 앞 책, 1982, p.125, <표 1-15>.

부산매축(주) 제 2기 공사	1906.10-1908.8	144,500
수원농림학교건축공사	1906	44,162
서울 문사(門砂) 및 사리(砂利) 납입	1906	12,125
서울 임시공사	1906	3,500
서울 우편국 연와병(煉瓦塀) 공사	1906	2,800
대한의원(大韓醫院) 신축공사	1907.1-1907.9	156,793
용산관사 신축공사	1907.3-1907.10	492,329
평양관사 신축공사	1907	20,000
서울 왕궁수습자(手摺子) 공사	1907	11,000
서울 회의실 신축공사	1907	17,000
서울 농공은행(農工銀行) 건축 기타 잡공사	1907	21,000
신의주이사청 관사 및 부속 신축공사	1908.3-1908.9	20,700
총계		2,066,558

Ⅳ. 오쿠라 농장의 경영과 한국토지 침탈

1. 농장 설치의 배경

개항 이후 일본인들은 한국에서의 외국인의 토지 소유가 국법으로 금지되어 있음에도 불구하고, 불평등 조약을 이용하여 불법적으로 토지를 확대해 갔다. 1876년 강화도 조약 제 4조에 의하면 일본인들은 개항장 범위 내에 한하여 토지와 가옥 등의 부동산을 임대차 할 수 있었을 뿐이었는데, 1883년에 체결된 한영수호조약 제 4조에서는 개항장과 그 주위 10리까지는 각종의 금령이 해제되었다. 이로 인하여 사실상 외국인들의 한국에서의 토지 소유권은 인정된 셈이었다.

당시 일본인들이 한국에서 토지를 매수해 들인 일반적인 방법으로는 현금을 통한 직접 구입과 토지를 저당으로 잡은 고리대금업 즉, '저당유질'의 두가지였다. 대개 자본이 넉넉한 경우 현금으로 토지를 구입하였는데, 오쿠라의 전라북도 오쿠라 농장, 시부사와 자본의 조선 흥업주식회사(朝鮮興業株式會社), 미쓰비시 재벌의 동산농장(東山農場)이 일본 대자본으로서 한국 농업에 진출한 대표적 사례이다.

일본인들이 대한제국기 한국에서 불법적으로 토지소유를 확대해 갈 수 있었던 당시의 정치·사회·경제적 제반 요인들은 먼저 일본의 1/10에도 못미치는 한국의 저렴한 지가와 그로 인한 고율의 토지 순익, 둘째, 대한제국기 강화된 봉건적 수탈과 지세수취 체제, 지방관들의 농민수탈, 셋째, 부패한 정치와 지방관리들의 외국인 토지거래의 묵인 등이 그것이었다.

한국에서 일본인들이 대지주화 할 수 있었던 이러한 한국 내 여건과 더불어 또 다른 측면 즉, 일본의 식민지 농업개발정책과 이민정책 등 일본 제국주의의 침략 정책적 측면이 이 시기 일본인 대지주의 급속한 확대와 관련이 깊다. 즉, 러일전쟁을 전후로 하여 일본은 한국 농업을 일본의 식량과 과잉 인구 분제를 해결하기 위한 중요한 자원으로 설정하고 있었고, 또한 그것은 일제의 대륙 침략을 위한 중요한 발판이기도 하였다. 그리하여 일본은 정책적으로 한국으로의 일본인 이민과 지주화를 지원하여 한국의 지역사회에서 지주층을 형성함으로써 실질적으로 한국민을 통제하고자 하였던 것이다.

실제로 이 시기 한국에 건너와 정착한 일본인 대지주 내지 농업회사들은 한국 소작농으로부터 고율의 소작료를 수탈하는 식민지반봉건지주적 성격이 강했고, 일제의 식민지 지배권력을 대행하는 또 하나의 지배기구였던 것이다.

이러한 배경에서 한국에 진출한 일본인 지주 가운데 대자본의 회사

나 농장의 경우 오쿠라 농장, 동산농장, 조선홍업 주식회사, 불이홍업
주식회사(不二興業株式會社), 후작 호소카와(細川護立)의 농장, 구마
모토(熊本利平) 농장, 조선실업주식회사(朝鮮實業株式會社), 석천현
농사주식회사(石川縣農事株式會社) 등이 있었다.

2. 전라북도 오쿠라 농장의 실태

일본 재벌 자본 가운데 한국에서 농업을 경영한 오쿠라, 미쓰비시,
시부사와 자본은 다른 일본인 대지주들에 비하여서도 그 진출 시기가
매우 빨랐는데, 그 가운데에서도 오쿠라가 가장 선도적이었다. 다음은
이 세 재벌이 한국에 설치한 대농장의 비교이다.

<표 2> 오쿠라·동산·조선홍업의 경영규모 및 방식 비교

농장명	오쿠라	동산농장	조선홍업주식회사
규모(町步)	2,500	7,500	17,567 +16,255町 9反步[61]
농장설치시기	1903	1907	1904
소재지	전북	전북, 전남, 경기	황해, 경기, 충청, 전라, 경상
토지 특징	논	논, 목장	논, 밭
경영형태 및 주주구성	개인 농장	주식회사 소수의 이와사키(岩崎)家 위주의 친족구성	주식회사 다수의 제일은행계 및 시부사와(자본) 관련 인물중심.
본점 및 계열회사	몽고, 중국의 농장경영	동산농사주식회사 한국지점	본점은 동경에 있었으나 한국에서만 농장경영
비고	오쿠라의 개인농장	미쓰비시의 인도네시아, 브라질 등의 농·목축업 사업의 일환	한국 내 소작제 농장경영이 사업목적

61) 조선홍업주식회사 편, 『조선홍업주식회사영업보고서』 제 41기(1944년 4월 1일
　　~1945년 3월 31일) pp.1-5. 조선홍업도 1945년 1월 2일로 조선총독부로부터 朝鮮

오쿠라는 1903년 한국의 대표적 벼농사 지역인 전라북도 군산지역
에 농장을 설치하였다. 군산지방의 일본인 농사경영은 병합 전인
1909년 6월 말 현재 90인으로, 그 투자액과 소유면적은 <표 3>과
같다.

<표 3> 군산지역 일본인 농장 현황(1909년 6월 현재)

투자액	수	소유면적(町)	투자액(千円)
10만 엔 이상	5	7,098	845
5만 엔 이상	10	4,186	662
1만 엔 이상	21	2,917	454
5천 엔 이상	16	840	102
5천 엔 이상	38	371	57
합계	90	15,412	2,121

출전 :「제 3차 統監府統計年報」 1909년 6월 말 현재.

이 중 투자액이 10만 엔 이상의 농사 경영자는 오쿠리 기히치로,
후지모토(藤本) 합자회사, 호소카와 농장, 구마모토, 이와사키 히사야
(岩崎久彌)[62]의 5인이었다.

오쿠라가 군산지역에 농장을 설치한 동기는 다음과 같다. 당시 주

國有林野部分林令에 의하여 함경남도 文川郡 및 강원도 伊川郡 소재의 部分林設
定區에 있어서 국유림야에 대한 조림자로 지정받았다.

62) 미쓰비시 재벌의 이와사키 야타로(岩崎彌太郎)의 동생 야노스케(彌之助)와 彌太
郎의 아들 히사야(久彌)는 1896년 三井八郎衛門과 함께 실업계에서 최초로 華族
(男爵)의 반열에 올랐다. 남작 히사야의 東山농장은 1907년 1월 개설되었고, 오쿠
라 재벌의 한국진출에 비하여 늦었다. 그러나 방대한 투자로 대규모화 하였다.
미쓰비시는 전주, 김제, 익산군(소유면적 1,135町步, 투자액 15만 5천엔) 뿐만 아
니라 전라남도에도 광대한 水田을 소유하였다고 한다. 그 후 東山농장과 수원의
농장을 합병하여 東山農事會社를 조직하였다.

한일본공사 하야시(林權助) 밑에서 경성공사관 부경무관을 지냈던 나카니시(中西讓一)는 한국의 사정에 비교적 정통하였는데, 그는 관리직을 사임하고, 오쿠라를 찾아가 한국에서의 토지경영의 유리함을 설득하여 자본투자를 유도했다고 한다. 나카니시는 러일전쟁 시점이 시기적으로 일본인들이 토지확보를 하는데 유리함을 설득하였는데, 오쿠라가 이에 동의하여 자본투자를 결심한 것으로 보인다.[63]

오쿠라는 토지매수에 있어서 나카니시를 대리인으로 하여 당시 전북지방에서 토지 소유권이 문제가 된 균전(均田)을 헐값으로 사들였고[64] 나카니시에게 위탁 관리시켰다.[65]

1904년 당시 균전이 집중되어 있던 전라북도 11개 군에 대한 외국인, 특히 일본인의 불법적 토지 거래 상황은 그 해 6월 전라도 관찰사 이용식(李容植)의 명으로 태인군수(泰仁郡守) 손병호(孫秉浩)가 작성한 『전라북도11군공사전토산록외인잠매성책(全羅北道11郡公私田土山麓外人潛賣成册)』[66]에서 극명하게 들어난다. 이 대장의 내용을 정리하자면 전라북도의 임피(臨陂), 전주(全州), 김제(金堤), 만경(萬頃), 옥구(沃溝), 익산(益山), 함열(咸悅), 용안(龍安), 부안(扶安), 고부(古阜), 여산(礪山) 등의 11개 군에서 토지를 매입해 들인 총 41명의 외국인 가운데 서양인은 1명이고, 그 외는 모두 일본인들이었다. 그리고 이들이 불법적으로 매입해 들인 전라북도 11개 군의 토지는 총 201개 리(里)에 걸쳐 개인소유 654석 12두 5승락과 동답(洞畓) 119석 15두락이었다. 이 가운데 서양인이 매입해 들인 토지는 고부의 개인 논 14

---

63) 保高正記, 『群山開港史』, 1925, p.105.
64) 『全羅北道發展史』, 1929, p.156.
65) 保高正記, 앞 책, 1925, p.106.
66) 규장각 21972, 『全羅北道11郡公私田土山麓外人潛賣成册』, 光武 8년 6월 ; 규장각 17982-3, 外部 全羅北道來去案 照會 58號, 光武 8년 10월 8일.

두 17승락이었고, 일본인 아부쿠마(阿武)가 전당잡은 김제와 익산의 토지는 39석 2두락이었다. 따라서 나머지 39명의 일본인이 수탈한 토지는 개인논 653석 17두 8승락과 동답 80석 13두락이었다.

이렇게 불법적으로 11개군 일대 토지를 매입해 들인 일본인들이 가장 많은 균전을 수탈한 지역은 임피군과 옥구군이었다. 임피지역에서 일본인들의 토지매입실태는 총 157석 7두락에 달했는데 이 가운데 오쿠라의 대리인 나카니시는 8명의 중간 거래인을 이용하여 66석 11두락을 매입하였다. 그리고 옥구지역에서의 일본인의 토지소유 실태는 총 195석 19두락에 달했는데 이 가운데에서 나카니시가 매입해 들인 규모는 53석 11두락이었다. 이 규모는 임피와 옥구지역 2개군을 합하여 총 100석 2두락을 매입해 들인 것으로 군산 부근의 일본인들 가운데 가장 많은 토지를 불법적으로 사들인 것이었다.[67]

오쿠라는 군산 옥구군(沃溝郡)에 본거를 두고, 1903년 11월, 약 2500정보(町步, 촌락 130개 포함) 규모의 농장을 설치하였다.[68] 그러나 오쿠라의 소유지는 대부분 천수답으로 빈번히 한해를 입는 토지였나. 그는 주변의 지주에게 수리관계사업의 중요함을 설득하여 수리조합을 건립하였다.[69] 그가 관여한 수리조합은 임익남부수리조합(臨益南部水利組合)[70]이 대표적인 것으로 전라도 일대 이미 한국인 지주들에 의하여 선점된 비옥한 토지에 밀려 일본인 지주들이 천수답을 위주로 농장을 설치하게 되자, 수리조합의 축조로 농장 경영의 편리성을 도모한 처사였다. 그리고 그러한 수리조합 개선 사업의 명목으로

---

67) 김용섭, 「광무년간의 양전·지계사업」, 『한국근대농업사연구II』, 지식산업사, 2004, pp.388-390.
68) 保高正記, 앞 책, 1925, p.69.
69) 古川昭, 『群山開港史』, ふるかわ海事事務所, 1999, p.110.
70) 全北農地改良組合, 『全北農組 80年史』, pp.354-387.

오쿠라를 비롯한 일본인 농장에서는 수리조합 시설 조성비와 유지비 등의 제반 비용을 소작료에 전가시켜 고율의 소작료 수취를 강제하는 등 생산시설 개선과 개발이라는 명목하에 한국민에 대한 수탈을 가중시켰던 것이다.

또한 아들 오쿠라 아메키치(大倉米吉)를 이주시켜 경영하게 하였고,[71] 일부는 동양척식주식회사(東洋拓植株式會社)에 팔았다.[72] 그가 군산의 토지를 매수하여 농장경영에 착수한 것은 한국의 농업을 개량한다는 명분이었으나, 사실은 1904년 6월 나온 일본의 대한방침에 대한 정보를 미리 입수하였기 때문으로 보인다.[73] 그리고 오쿠라는 농장 경영에 따른 소작료 수취 자체에 목적을 두었다기 보다는 토지 거래를 통한 시세 차익의 실현으로 큰 이득을 본 사례에 해당된다.

한편 오쿠라는 동척에 약 2,000 정보의 토지를 매각한 이후에도 여전히 아들 아메키치를 통해 소작인 450호, 소작인 1,600명, 총 583 정보의 오쿠라 농장을 경영하였는데 아메키치는 이를 1932년 구마모토에게 평당 31전의 높은 가격으로 매각하였다.[74] 또 이 농장과는 별도로 오쿠라는 1917년 2월 옥구군 회현면(澮縣面)에 다시 451.2 정보 (1926년 8월 현재) 가량의 오쿠라 농장을 추가로 개설하고 하라다(原田彦四郎)를 경영 대리인으로 하였다.[75] 1936년 전라북도 농무과에서 조사한 전북의 10 정보 이상의 지주를 보면 옥구군 회현면에 대성식

---

71) 菊池謙讓, 『朝鮮諸國記』, 大陸通信社, 1925, pp.358-359.

72) 高崎宗司, 앞 책, 2002, p.76.

73) 對韓방침은 "한국에 일본 기업 중 유망한 것을 골라 농업관계 사업을 일으키고, 일본 국민을 이주시켜 한국 내지에 들여보낸다. 우리의 초과 인구를 위한 식민지를 건설하는 것이 되고, 또 부족한 식량을 공급하는 것으로 소위 일거양득이 된다."는 침략적 논리였다(大倉雄二, 앞 글, 1990, pp.180-181).

74) 주봉규·소순열, 『근대 지역농업사 연구』, 서울대학교 출판부, 1996, p.156.

75) 全羅北道, 『內鮮人地主所有地調』, 1928.

산주식회사농장(大成殖産株式會社農場, 소유주 오쿠라 기하치로의 장남 기시치로 外) 명의로 총 521 정보를 보유하고 있는 것으로 나오고 있다.[76]

그런데 오쿠라 농장의 경우 시부사와 재벌의 조선흥업주식회사나 미쓰비시 재벌의 동산농사주식회사의 경우처럼 주식회사의 형태가 아닌 단순한 개인농장으로 경영에 관한 영업보고서나 기타 소작계약서 등의 자료가 남아 있지 않아 그 소작제 경영의 실태와 성격을 추론하기 힘들다. 따라서 그 규모와 위치의 규명에서 더 나아가 식민지 지주로서의 소작제 경영의 성격을 밝히는 데에는 한계가 있다.

V. 한국 내 기타 사업

1. 무역업

오쿠라는 1876년 11월, 오쿠라 組 부산지점을 설치하여 일본의 한국진출 초기부터 선도적으로 무역업을 전개하였다. 그것은 앞서 살펴본 바와 같이 오오쿠보의 지원과 요청 즉, 일본의 국책에 협조한다는 사명감에 기인한 것이었다.[77] 오쿠라는 후에 오오쿠보의 의뢰로 기근에 약한 한국정부에 쌀을 조달하였다고 회상하고 있으나, 이에 대하여서는 화약 수출이라는 목적도 있었을 것이라고 추측되기도 한다.[78]

---

76) 全羅北道農務科, 「昭和 11年度 道內 100 町步 以上 地主一覽」, 『全羅北道の農業事情』(1933~1937) 참조.

77) 大倉雄二, 앞 책, 1990, pp.92-93.

78) 上垣外憲一, 『ある明治人の朝鮮觀』, 筑摩書房, 1996, p.111.

또한 한일무역의 증진을 꾀한다는 명분으로 시부사와와 함께 1877년 대장경(大藏卿) 오쿠마(大隈重信)에게 일한통상보호요청(日韓通商保護要請)의 청원서까지 제출하였고, 1894년에는 일한통상협회(日韓通商協會) 창립을 주도하는 등 한국에서의 상업과 무역 이권에 일찍부터 투자를 시작하였다.[79] 한편 임오군란, 갑신정변과 같은 격동기 한국에 오쿠라는 군대 식량과 병기를 운송하였다.[80] 특히 1883년 봄에는 임오군란으로 소실된 일본공사관을 협동조(協同組)와 함께 재건축하였다.

오쿠라는 원산(元山)에도 진출하였다.[81] 당시 오쿠라가 원산의 경제적 가치를 어떻게 판단했는가는 알 수가 없다. 그러나 원산이 일본 해안에서 한국을 위협하는데 적합하다는 군사적 측면에서 일본정부는 원산을 개항시켰고, 자국상인들을 먼저 진출시켜 원산지역의 터를 미리 닦고자 하였다. 오쿠라 이외에 미쓰이, 미쓰비시 등도 진출하였고, 경비순찰대 30명을 동행한 폭력적 진출이었다. 이때 개항 이후 2~3배로 급등한 미가로 인하여 배일감정이 극에 달한 한국 민중들에 의해 일본인 습격사건이 일어났고, 오쿠라와 미쓰비시의 직원, 본원사별원주임(本願寺別院主任) 등 5명의 사상자가 나오기도 했다.[82] 오쿠라는 이처럼 일본의 국가 이익이라는 사명감과 동시에 개인적 사익의 실현이라는 점에서 한국 경제 침탈의 선봉에서 그 역할을 충실히 수

---

79) 『澁澤榮一傳記資料』제 16권, 639, p.643.

80) 古館市太郎他編, 『鶴彦翁回顧錄』, 大倉高等商業學校, 1940, p.64.

81) 부산에 이어 1880년 5월 원산이 개항되었다. 개항과 동시에 해군 군함이 파견되었고, 병원도 건축되었다. 또한 三菱商會, 住友商店, 大倉組, 慶田組, 池田組를 위시하여 東京·大阪·神戸·長崎·山口·佐賀 등에 본점을 가지고 있는 굴지의 거상 16인이 지점을 개설하였다. 또한 제일은행출장소도 개설되었다(高尾新石衛門編發行, 『元山發達史』, 1916, p.21).

82) 大倉雄二, 앞 책, 1990, pp.120-121.

행했던 것이다.

2. **압록강제재무한공사**(鴨綠江製材無限公司)**의 설립과 삼림 약탈**

오쿠라는 러일전쟁이 시작되자 실업가들을 솔선하여 300만 엔에서 시작하여 결국 100억 엔에 이른 군사공채를 응모하였고, 오쿠라 組의 대표간부사원을 제 1군사령부에 종사시켰다. 이때 오쿠라는 육군의 공병부(工兵部)의 참호, 가교(架橋) 등의 건설을 수주하였고, 제재기(製材機)를 전쟁 현지인 압록강 유역에 급송하여 제재공장을 건설하였다. 이것이 '압록강제재무한공사(鴨綠江製材無限公司)'의 전신이다.[83]

오쿠라는 한국의 목재를 무단으로 벌목하여 일본 건설시장의 자재로 팔아 이득을 챙겼고, 1904년부터는 나가다마루(永田丸)를 고용하여, 제물포에 대기시켜 놓았다가 군용으로 목재를 팔아 넘겼다. 이는 한국의 삼림을 전쟁 중 무단으로 벌목하여 사기적이고 약탈적으로 거대 차익을 실현한 불법행위였으며, 삼림 이권의 침탈이었다. 무한제재공사에서 벌채한 압록강 목재들은 1916년 한국 총독부 청사 지반공사의 말뚝재로도 사용되었다.[84]

---

83) 大倉雄二, 앞 책, 1990, p.184.
84) 宮島貞吉, 「杭打地形에서 철근 콘크리트 공사까지-조선총독부 청사호」, 『한국과 건축』제5집 5호, 1925, p.19.

3. 식민지 교육·문화사업

갑오개혁에 따라 1895년 2월 교육입국조서에서 실업교육을 크게 강조한 이래 1899년 4월 다시 상공학교 개설 독려의 조칙이 내려졌다. 그리고 그 해 5월 관립상공학교가 창립되었고, 6월 24일 칙령 제28호로 상공학교 관제가 공시되었다.

이 관립상공학교의 학제는 상과 1년, 본과 3년으로 교과목은 상업과 공업이었고, 현 명동2가인 당시 남부 명예방에 건립되었다. 학자금은 관비지급이 되었으나, 중퇴하는 사람이 많았고, 학업을 끝까지 하는 자가 드물었다고 한다. 1904년 9월 21일 농과가 증설되어 관립농상공학교로 개편되었고, 그 후 농림학교(서울대 농대 전신)로, 공과는 관립공업전습소(서울 공고, 서울대학 공대 전신)로 각각 전문교육기관으로서 새출발하였다. 한편 1906년 10월 23일, 관립농상공학교를 전문분야로 분리하여 상과는 사립으로 운영하게 됨에 따라 1907년 3월 오쿠라 기하치로는 서울에 선린상업학교(善隣商業學校)의 설립인가를 신청하였다.[85] 그는 20만원의 기금을 출자함으로써 재단법인이 설립되어 '선린상업학교'가 창설되었다.[86] 이 학교는 매월 학생들에게 5원씩 지급하였고, 4개 과목을 가르쳤다고 하는데 개교식의 거행은 1908년 11월에 가서야 이루어졌다.[87] 일제의 식민지 교육정책의 가장 큰 기조를 이루는 '실업 교육'을 위하여 인문 교육분야에서의 고등 교육은 허가되지 못하는 상황에서 통감부의 식민지 교육정책을 충실히 반영한 결과였다. 실제로 '선린(善隣)'이라는 이름도 한일관계의 선린이라는 의미에서 이토오 히로부미가 지은 이름이라고 한다. 1927년 선

---

85) 『대한매일신보』, 1907년 3월 15일.
86) 『황성신문』, 1908년 2월 27일.
87) 『황성신문』, 1908년 11월 29일.

린상업학교 내에 세워진 오쿠라 기하치로의 철제 동상은 일본의 태평양 전쟁도발과 각종 전쟁물자 동원의 상황에서 1944년 공출되었다.

VI. 맺음말 - 오쿠라 組의 침탈적 경영 성격

지금까지 일본 제국주의의 한국 침탈과정에서 첨병역할을 담당한 일본 거대 자본 오쿠라 組의 경제활동 실태와 그 침탈적 성격을 살펴보았다.

1868년 메이지 유신 이후 일본은 후발 제국주의 국가인 프러시아를 근대화의 모델로 하여 개혁을 추진하였고, 일련의 근대 산업 육성과 식산흥업 정책을 국가적 차원에서 강력하게 추진하였다. 이러한 근대화 정책을 추진하는데 소요되는 막대한 비용을 조달하고 또 그 추진을 담당한 주체는 소위 '정상(政商)'들이었다. '정상'이란 사실 학문적으로 개념정의가 되지 않은 애매모호한 용어이다. 일반적으로 정부와의 특권적 결합을 기초로 활동하는 전기적 자본가, 혹은 상업고리대 자본가이며, 산업적 기반을 바탕으로 재벌로 발전한 자본을 가리킨다. 역사적으로 보았을 때 일본에서 막부 말기와 메이지 유신기 내지 일본자본주의의 형성기에 일본정부의 보호정책을 배경으로 자본을 축적한 특권상인을 가리킨다. 일본정부로서도 하루속히 서구적인 근대화를 달성하기 위해서는 특정 자산가 계급에게 혜택을 몰아주고, 국부 증진을 위한 추진 주체로 후원하는 방법이 가장 적절하다고 판단되었기 때문에 일본 근대에 있어서 소위 '정상'이라고 하는 특유의 계급이 탄생하게 된 것이었다.

이들 정상은 미쓰이나 스미토모처럼 막번제 사회에서부터 거대한 부를 축적한 경우도 있었으나, 미쓰비시, 오쿠라, 야스다, 시부사와처럼 메이지 정부의 침략전쟁에 대한 협력으로 급속히 성장한 경우도 있었다. 오쿠라는 메이지 정부의 어용자본으로서 급성장한 대표적 자본이었다. 그리고 그 사업의 성격은 일본의 각종의 침략 전쟁 - 서남전쟁, 대만원정, 청일전쟁, 러일전쟁 - 등에서 국가발주의 공사를 청부하여 거부를 축적해감으로써 일본 제국주의의 국익과 기업의 사익을 동시에 실현시켰던 것이다.

특히 한국에서는 군용철도부설과정에서 독점적인 공사 청부, 일본 제국주의 권력을 등에 업은 가운데 자행한 한국인 노동자 수탈, 부산항 매축 후 토지 점탈, 소작제 대농장 경영과 토지침탈, 경복궁 훼손과 총독부 청사 건립, 일제의 각종 관사건축, 문화재 약탈과 훼손, 압록강 삼림자원의 수탈 등 일본 제국주의의 한국 침략이라는 정치·군사적 현실을 이용하여 그 침략의 선봉에서 기반 시설의 공사와 그로 인해 파생되는 식민지적 초과 이윤을 획득하였고, 그것은 분명 오쿠라 자본이 메이지 시기 일본에서 10대 재벌 안에 진입할 수 있었던 기반이 되었던 것이다. 메이지 시기 일본 대재벌의 급성장은 일본 제국주의의 침략의 첨병으로서의 기능을 통해 자본의 엄청난 증식과 기업 성장의 토대를 조성한 것으로 자본주의 이윤의 추구에 충실한 침략적 경영이었던 것이다. 이는 미쓰이나 미쓰비시, 오쿠라, 시부사와 등 쟁쟁한 당시 일본 '정상'들에게 수여된 귀족 작호 및 각종의 공로 훈장에서도 확인된다.

근대 서양여선교사의 조선 인식과 여성교육관

김성은[*]

Ⅰ. 머리말

조선의 개항과 서양 열강들에 대한 문호개방이후 조선에 서양선교사들이 입국하기 시작했다. 그 중에는 조선 여성 선교에 관심을 가진 여선교사들이 있었는데 이들의 수는 이후 점점 증가해 선교사 비율의 대략 3분의 2를 점하게 되었다. 선교사 또는 선교사 부인이라는 직업과 사명감을 가지고 조선이라는 선교지에서 서양여선교사들이 느꼈던 조선과 조선여성에 대한 인식과 여성교육관은 당시 서양인들의 눈에 비친 조선에 대한 전반적인 인식을 반영하는 동시에 낙후되고 억압되어 있던 조선여성에 대한 선교와 교육의 가능성과 비전을 내포하고 있었다.

Ⅱ. 여선교사의 눈에 비친 조선의 생활상

1905년 이전에 조선에 도착한 여선교사의 첫인상은 접안 시설이 되어 있지 않은 황량한 항구의 모습과 흰 옷을 입은 무리들(자루 모양의 흰 바지와 길게 늘어진 코트를 입은 남자와 길고 흰 베일로 머리와 몸을 가린 여성들), 좁은 도로, 악취를 풍기는 도랑과 막힌 하수구, 진흙투성이의 포장되지 않은 도로에 왕래하는 사람들과 운반 수단인 소들이 뒤엉켜 있는 마치 아수라장(지옥)같은 광경이었다. 1904년에 조선의 제물포 해안에 도착했던 와그너는 당시까지도 아직 부두시설이 없었고 조그만 배나 보조선도 보이지 않았던 제물포 바닷가에서 조선인 인부의 목마를 타고 육지에 도착해야 했던 "품위없고 꼴사나운" 기억을 가지고 있었다. 그러나 서울에는 넓은 왕의 도로도 있었고, 전반적으로 조선은 아름다운 자연 환경을 가진 나라였다.[1]

집들은 버섯처럼 땅에 납작하게 엎드러져 있는 작은 단층 진흙벽 초가들이었는데, 벌집처럼 보이는 진흙 빛깔의 집과 크게 자란 버섯밭처럼 보이는 짚으로 된 지붕들이었다.[2] 선교사 거주 구역을 벗어나서 볼 수 있는 전형적인 조선인의 집은 중간층의 집이라도 초가이며 방도 3칸을 넘지 않는 어둡고 더러운 "가난한 진흙 오두막"이었다.[3] 왜냐하면 방이 낮고 작은 데다 창문이 거의 없고 있더라도 유리창이 아니었기 때문에 늘 어두웠다. 잠시 거주했던 제물포 항구의 집은 비가 새는 "집 비슷한 곳"이었고[4] 여행을 하며 하룻밤을 지낸 작은 마을의 여관은 불결하고 좁으며 고약한 냄새가 나고 바닥에 깔려 있는 돗자

1) Ellasue Wagner, 『Korea Calls : Pioneer Days in the Land of Morning Calm』, 1948 ; L.H. Underwood, 『Fifteen Years among the Top-Knots or Life in Korea』, 1904 ; L.H. 언더우드(김철 역), 『언더우드 부인의 조선생활』, 뿌리깊은 나무, 1984 ; L.H. 언더우드(신복룡, 최수근 역), 『상투의 나라』, 집문당, 1999, pp.25-59 ; 그리피스(이만열 편역), 『아펜젤러 전기』, 1985, p.88.

2) 이만열 편역, 『아펜젤러(전기, 보고서, 편지)』, 1985.

3) Miss Ellasue Wagner, 「A Korean Home」, 『The Korea Mission Field (이후 KMF로 표기)』, 1908.6.

4) 이만열 편역, 앞 책, 1985.

리에는 해충이 있어서 무는 바람에 잠 못 이루는 곳이었다.[5] 즉 가난
도 문제지만 위생관념이 발달하지 않았던 조선의 전반적인 상황에 대
한 인식이 크게 자리하고 있었던 것을 나타내고 있다.

선교사들이 마주쳤던 조선에 대한 첫 인상은 가난과 미개(야만), 무
지에 찌든 조선인의 모습이었다. 그렇다 보니 아펜젤러나 언더우드 부
인이 가졌던 여성들의 미에 대한 관점도 못생겼다라는 것이었는데, 조
선의 문화적인 면과 조선인의 재능에 대해 눈뜨게 되는 것은 조선에
서의 생활에 익숙해지고 난 뒤의 일이었다.

조선의 식생활은 하루 두 번 밥을 짓는 것으로 나타나는데 조선의
에너지 구조상 불을 땔 때 나는 연기로 온 도시가 뿌옇게 되었다. 이
불로 집과 방을 동시에 따뜻하게 했기 때문에 경제적인 점도 있었지
만, 방의 온도를 따로 조절할 수 없었기 때문에 더운 여름에는 그 열
기를 참아내야 했다.[6] 온돌은 온도조절이 안된다는 문제가 있지만 열
의 이용이라는 경제적인 면 등에서는 장점이 있었다는 것을 파악하고
있었다. 그런데 로제타 홀은 자신이 온돌 난방법을 좋아하지만 연료값
이 매우 비싸 조금만 이용하고 경비가 적게 드는 석탄 난로를 쓰고
있다고 했는데 연료값과 관련해서는 어떤 재료였기에 경비가 비쌌는
지에 대해서는 알 수 없다.

또한 조선의 거주지는 거의 단층으로 구성되어 있었지만 양반들이
사는 기와집은 서민들이 사는 초가와는 달리 널찍하고 시원한 가옥
구조였다. 조선 선교 초기 서울 정동의 선교사 거주 구역에 마련된
선교사 사택들은 몰락한 양반들이 살았던 기와집으로 깨끗하고 거주

---

5) L.H. 언더우드, 신복룡·최수근 역, 『상투의 나라』, 집문당, 1999, pp.67-70.
6) Mary L. Dodson, *Half a lifetime in Korea*, 1952, pp.8-9 ; L.H. 언더우드, 앞 책, 1999,
   pp.28-71.

할 만한 곳이었다. 선교사들이 미국에서 상상했던 것처럼 초가 오두막이 아니라 안락한 집이었고, 천장도 낮거나 어둡지 않았다. 로제타 셔우드도 처음 조선에 도착해 감리회 여성해외선교회의 선교사 거주구역에 있는 자신의 거주할 집이 상상했던 것과는 달리 기와집에 작지만 깨끗하고 단아한 방이어서 무척 좋은 인상을 받았다. 조선에 부임했을 때 서울 선교사 기지에는 목사들의 집과 소년학교(배재학당)가 벽돌로 지은 양옥이었고 여선교사들의 집과 여학교(이화학당)는 조선식 건물이었다. 한옥에 대한 로제타 셔우드의 인상은 "주구조가 나무로 되어 있고 벽은 진흙, 지붕은 기와인데 매우 아름답고 예술성이 있어 보인다."는 것이었다. 또한 집안에 들어가서는 듣던 것과는 달리 벽에 곰팡이가 피어있지 않고 방수와 배수도 잘 되어 있는 것에 대해 매우 기뻐하면서 그것이 높은 지대에 있기 때문에 그럴 것이라고 생각했다. 그리고 "좋은 교실 (…) 멋진 교사들의 방"이라고 표현하며, 진흙벽이 종이로 잘 도배되어있고 순 조선식 단장으로 된 방들에 대해 "전체에서 풍기는 실내장식이 내 취향에 맞는다." "모두 햇빛이 잘 든다."라고 하며 매우 만족해하고 있다.[7] 선교사들이 조선에 부임해 올 때는 다 초가에 살 것을 기대하고 자신들의 거주지와 집에 대한 걱정을 각오하며 왔는데 예상외로 쾌적한 기와집을 보고 상당히 만족해하면서 자신들이 그러한 선입견을 가지도록 한 조선에 대한 그동안의 저술들이 모두 다 사실은 아니며 조선이 그렇게 미개한 나라는 아니라는 것을 알고 안도했다는 느낌이 든다. 서민들의 가난과 위생상태가 문제였지, 양반들은 문화적 생활수준을 유지했다는 것을 의미했다.

선교사들이 조선의 가옥에 대해 생각할 때 서민들의 초가와 양반의

7) 셔우드 홀, 『닥터 홀의 조선 회상』, 좋은 씨앗, 2003, p.69.

기와집으로 나누어 생각해야 했듯이 조선여성의 의복에 대해서도 서민의 의복과 양반부인의 복식은 분명히 차이가 있었다. 그러나 대체로 조선여성의 옷을 매우 멋지고 아름답다고 보았다. 다만 건강이라는 면에서 볼 때는 별로 좋지 않다고 생각했는데 치마가 흘러내리지 않게 하기 위해 가슴을 넓은 띠로 꼭 졸라매야 했기 때문이었다.[8]

그러나 서양에서 쓰는 생활필수품의 수준으로 보자면 조선인들의 생활수준은 서양의 중세에 해당될 만치 편리한 생활도구들이 보급되어 있지 않았기 때문에, 서양선교사들의 눈에 비친 서양의 문물과 이기를 처음 접하는 조선인들의 반응은 미개인 못지않았던 것 같다. 예를 들어 양옥은 설비, 장식, 모양, 크기, 치수, 눈부신 불빛, 공기, 출입구 등의 모든 면에서 조선인의 육체와 정신에 너무나 생소한 것이었기 때문에 조선인이 외국인의 집에 가는 것은 새로운 세계에 가는 것과 같았다. 어리둥절하여 정신을 잃고, 근육의 경련을 일으켜 문으로 달려가 부딪히거나, 의자를 넘어뜨리거나, 거울에 비친 방을 보고 들어가려다가 코를 부딪치기도 했고, 거울에 비친 자신의 모습에 대고 인사와 절을 하기도 했다. 어떤 조선 여성들은 양옥 건물 안에 있는 난로의 뚜껑을 의자로 오인하고 앉았다가 뜨거워서 펄쩍 뛰어오르기도 했다. 특히 조선 여성들은 단층집에서 늘 바닥에 앉는 것에 익숙했기 때문에 처음 의자에 앉으라고 권했을 때 그 높이 때문에 난처해하거나, 의자의 등받이에 걸터앉아 발을 의자의 앉는 자리에 내려놓았기[9] 때문이었다.

---

8) 조선여성의 가슴을 졸라매는 형태의 치마가 건강에 좋지 않을 것이라는 여선교사들의 생각은 그러한 의복을 개선하기 위한 노력으로 나타나 이화학당 여학생들에게 조끼허리라는 방법으로 개량되어 보급되었다. 셔우드 홀, 앞 책, 2003, p.75 ; L.H. 언더우드, 앞 책 ; 메리 도슨, 앞 책.

9) 이만열 편역, 앞 책, pp.102-103.

서양의 가구와 집기들이 조선인들에게는 너무나 생소했기 때문에 초기 선교사 아펜젤러 부인은 조선인 남녀 하인들을 가르치기 위해 무척 애를 써야 했다.[10] 이런 과정을 거쳐 조선인들은 선교사 집의 문과 창문, 걸레와 냅킨, 청소용 물과 세탁용 물, 식수를 구별하게 되고 여러 가정용구의 쓰임새를 아는 등 여러 생활상을 파악하게 되었다. 선교사집에서 서양의 문물을 처음 접했던 조선여성들은 이와 같은 과정을 통해 문화적 충격을 극복하고 서양의 문물에 익숙해지기 시작했고, 서양의 문물을 통해 기독교 문화의 영향력을 의식할 수 있었다.

Ⅲ. 조선여성에 대한 인식과 가능성 모색

조선에 도착한 여선교사들이 가졌던 조선과 조선여성에 대한 인식은 두 가지로 크게 나누어 살펴볼 수 있다. 하나는 조선 전래의 의식주 생활을 영위하고 있는 조선여성의 상태이고, 다른 하나는 조선의 전통적인 관습과 사고에서 오는 조선여성들의 낮은 지위와 불행이었다. 여선교사들은 누구나 조선여성의 낮은 지위를 인식하고 이에 대해서 매우 동정적이어서, 자신들이 할 일이 바로 이런 불쌍한 조선여성들을 위한 일이라는 소명을 가졌다.

첫째 조선여성의 비참한 상태는 일단 거주 환경에서부터 비롯되고 있었다. 포장되지 않고 인도와 차도가 나뉘어 있지 않은 혼잡한 진흙탕 거리, 배수와 하수도 시설이 되어 있지 않아서 하수가 배수가 되지 않고 깨끗한 물이 더러운 물과 섞이게 되는 비위생적인 생활환경,

---

10) 아펜젤러는 이에 대해 하인이 새로운 환경에 적응할 수 있도록 훈련시키기 위해 주부는 가정학을 가르치는 대학을 하나 세우거나 최소한 유치원은 하나 만들어야 할 정도라고 표현했다.

좁고 어두운 방에서 기생하고 있는 해충, 낮고 어두컴컴한 초가 3칸 이하의 집안에서 평생을 살아야하는 좁은 생활공간과 더러움[11], 가난이었다.[12] 즉 가난이라는 현상적 문제 이외에도 위생관념에 대한 보급이 이루어져 있지 않았다.

게다가 서구에서 쓰는 여러 가지 편리한 생활용품이나 도구들이 발달되지 못했기 때문에 가중되는 여성의 가사노동[13], 흰 옷을 즐겨 입는 점과 뜯어서 빨래하고 방망이질로 다듬고 다시 바느질해서 옷을 만들어 입는 의복 관리 방식[14] 등은 여성의 노동을 가중시켰다.

가난에 대한 문제에 있어서 여선교사들은 이미 서구의 대도시들에

---

11) Miss Ellasue Wagner, 「A Korean Home」, 『KMF』, 1908. 6. "우리의 선교사 거주지를 벗어나면 전형적인 중간층의 집이 있다. 아주 부자의 기와집을 제외하고는 다 초가집이다. 집은 1층 이상이 없고 방도 3칸이 넘지 않고 대부분 2칸이거나 한 칸이다. 이 집에서 벼의 껍데기를 벗기거나 음식을 준비한다. 외부로 난 창문은 없고 마당으로 난 창문이 있을 뿐이다. 모든 것이 음침하고 어둡고 매우 더럽다. 그래서 우리는 조선 여성들은 가정(home)이 없고 집(house)만 있다고 말할 때 그 집은 우리가 가난한 진흙 오두막이라고 부르기도 하는 비참한 집임을 알아야 한다."

12) Mrs. G.H. Winn, 「A January Outing」, 『KMF』, 1911. 4. "시골에 3주 있다가 오니 우리 집이 궁전 같다. 경상남도 여성들의 가난 (…) 때때로 그들과 함께 있으면 삶이 즐기기엔 부적절한 것처럼 보인다." ; H.Buie's Report, WEC Report, 1910-1911, (김진형, 『북한교회사』, 1999, p.384, 재인용) 선교 중기라고 할 수 있는 1911년에 조선에 파견되었던 남감리회 부이 선교사는 원산에 부임한 후 시골로 선교여행을 다녀온 후의 소감을 다음과 같이 밝히고 있다. "가난하고 무지한 여성들의 곤핍은 극심합니다. 무지, 가난, 더러움이니 하는 것들은 익히 듣고 읽었던 바이며 미국 도시에 있는 빈민가를 통해 직접 보았노라고 생각했습니다. 그러나 조선의 시골에 사는 여인들과 그 가정에 이르러서야 그 완결판을 보고야 말았습니다."

13) Miss Ellasue Wagner, 「Girls and Women in Korea」, 『KMF』, 1908. 6. "조잡한 도구와 일하는 방법이 원시적이기 때문에 이 여성들의 삶은 고단하다. 공장·밀가루·방앗간도 없고 그녀의 일을 덜어줄 아무 것도 없다. 가루가 필요할 때 찧는 것은 여성의 일이다."

14) Margaret Bengel Jones, 「The Korean Bride」, 『The Korean Repository』, 1895. 2. "조선의 집이 작고 간단한 살림살이에도 불구하고 일이 많은 것은, 조선인들이 언제나 흰 옷을 입고 그것을 뜯어서 세탁하고 다림질해서 다시 옷을 만들기 때문이다."

있는 빈민가 선교사업을 통해서 익숙해 있었던 것 같다.[15] 그러나 자신들의 선교사업의 목적과 대의명분 즉 기독교 문명의 전파를 통해 이러한 가난과 무지, 더러움을 개선할 수 있다는 사명감을 강조하기 위해, 기독교 문명과 늘 대비되는 모습으로 조선의 부족한 요소들이 대비되어 선교사들에게 인식되고 있었다.[16]

둘째 조선여성들의 힘든 생활을 더욱 불행하게 하는 요인은 조선의 전통적인 관습과 사고방식에서 기인한 여성의 낮은 지위였다.

내외법으로 인한 폐쇄적인 생활과 제한된 사회관계[17]는 여성들의 경험과 시야를 편협하게 만들었고, 자유가 없는 생활을 하게 했으며, 여성을 무능력한 사람으로 만들었다. 이런 의미에서 상층여성들의 지위가 더 불행하다고 생각되었는데 내외법이 낮은 계층보다 상류층 여성들을 속박했고, 집안에서 제1의 자리이지만 첩이 있는 경우 남편의 애정에서는 2번째이기 때문이었다.[18]

다음의 문장은 조선여성의 지위를 압축적으로 표현하고 있다.

"조선여성들은 태어날 때 환영받지 못하고 삶에 사랑이 없고 죽음에 임해 아무런 희망이 없는 사람이었다. 시집가서는 노예처럼 일하고 형제들이 받는 교육을 받지 못함으로써 자신이 배울 능력이 없다고

---

15) L.H.언더우드, 1984, p.28.

16) Miss Ellasue Wagner, 「Girls and Women in Korea」, 『KMF』, 1908. 6. "이런 믿지 않는 여성들을 볼 때마다 내가 기독교국인 미국에 태어날 수 있게 해준 것에 대해 하나님께 감사드린다. 그리고 예수로 인해 이들 추한 인간의 삶이 왕의 딸의 아름다운 생활로 바뀔 수 있다고 생각한다. 우리는 그것을 보았다."

17) Margaret Bengel Jones, 「The Korean Bride」, 『The Korean Repository』, 1895. 2. "조선여성들은 바깥 세계와 연결되고 친구들과 교류를 통해 얻을 수 있는 영향에서 격리되어 있다." ; Miss L.E.Frey, 「The Bible Woman」, 『KMF』, 1907.3. "그녀의 삶은 집의 담 안에서 이루어진다." ; Mrs. A.M. Nisbet, 「Seclusion of Women」, 『KMF』, 1908.6. "서구 여성들에게 가장 독특한 조선의 관습은 여성의 격리이다. 양반 여성들의 경우 (…) 일하는 서민 여성들은 이 법을 준수할 수 없다."

18) Margaret Bengel Jones, 「The Korean Bride」, 『The Korean Repository』, 1895. 2.

생각하게 되고 무식하게 지냈다."[19]

유교의 남존여비사상으로 여성은 태어날 때부터 축복받지 못한 불행한 존재로 운명지어졌으며 남자 형제들처럼 문자와 학문으로 자신의 지능과 능력을 개발할 수 있는 기회를 부여받지 못했다. 조선인들은 여성들이 평화롭고 순조로운 삶을 살려면 공부를 하지 않아야 한다고 생각했고,[20] 여자이기 때문에 바느질이나 요리하는 것 이상 배울 필요가 없다고 생각했으며[21], 읽고 쓰는 것을 가르치는 것이 여성들에게 필요한 최고의 교육이라고 생각했다.[22]

여성은 사회적 지위도 없었지만 가정 내에 있어서도 남성과 동등한 인격을 가진 배우자가 아니라 하녀에 가까운 낮은 지위에 있었다. 부부가 같은 밥상에서 밥을 먹지 못했고[23] 자신의 생각을 당당히 말하는 것은 말대꾸로 간주되었으며 길을 걸어갈 때도 나란히 가는 것이 아니라 여성은 남성의 뒤에서 따라가야 했다. 여성의 이름은 별 생각 없이 천하게 지어지고 결혼 후에는 이름이 없는 존재가 되어, 평생 남성의 딸이나 아내, 어머니로서 존재했고 자기 자신의 인격을 가진 존재가 아니있고, 스스로 생각하지 못하고 복종의 기계가 되어야 했다.

가난으로 인해 딸은 매매의 대상이 되다시피 조혼의 굴레를 짊어져

---

19) Miss L. E. Frey, 「The Bible Woman」, 『KMF』, 1907. 3
20) Mary Hillman, 「Mrs. M. F. Scranton」, 『KMF』, 1910. 1 ; Miss Frey, 「Higher Education for Women in Korea」, 『KMF』,1910.7. "조선여성들이 한글을 읽을 줄 아는 것도 매우 드문 경우였던 때가 있었던 것을 기억한다. 우리가 한글을 아는 조선여성들을 불행하다고 생각하지 않는다는 것이 밝혀질 때까지는, 몇 년 전 한글을 아는 조선여성들이 자신들이 한글을 읽을 줄 안다는 것을 부인하는 것을 들었다."
21) Margaret Bengel Jones, 「The Korean Bride」, 『The Korean Repository』, 1895. 2.
22) L.C. Rothweiler, 「What shall we teach in our school?」, 『The Korean Repository』, 1893. 3.
23) Margaret Bengel Jones, 「The Korean Bride」, 『The Korean Repository』, 1895. 2.

야 했거나 자신보다 어린 아이와 결혼해서 그 집안의 하인이나 노예
와 같은 노동력이 되어야 했다.[24] 아내는 단조롭고 힘든 일을 꾸준히
하는 사람일 뿐, 여성들의 삶은 고단했다.[25]

조혼으로 인해 진정한 소녀시절을 누리지 못했고, 배움의 기회를
가질 수도 없었으며, 시어머니와 남편의 학대와 폭력 속에서 일생을
불행하게 지내야 했다. 남편들은 무지로 인해 자신의 부인을 교육시킨
다며 폭력을 휘두르기 예사였고, 시어머니들은 과거 자신의 불행을 생
각지 않고 며느리를 억압하는 구조의 선봉에 섰다.[26] 조혼으로 여성
들은 어린 나이에 과도한 노동과 정신적 육체적 학대로 나이보다 겉
늙어 버렸고, 남편들은 이런 부인을 안쓰럽게 생각하고 고마워하기는
커녕 축첩[27]을 일삼아서 아내의 가슴을 멍들게 했다. 여성이 결혼생
활에서 오직 기대할 수 있고 대접받을 수 있는 길은 아들을 낳는 것
이었으며 며느리를 맞이함으로써 자신의 가사노동으로부터 해방될 수
있었다. 이것은 다시 딸을 비하하고 아들을 선호하는 방식과 빨리 며

---

24) Miss Katherine McCune, 「A Heathen Bride」, 『KMF』, 1910. 9. "조선의 전통적인 신
부의 모습은 미국에서 자유의 몸으로 태어난 사람의 가슴에 큰 동정을 일으켰
다. 신부는 18세이고 신랑은 6살이었다. 시어머니의 집이 돈이 많아서 그녀를 산
것이고 이 집에는 튼튼한 신부가 필요했다. 이집은 신부가 물 긷고 나무를 져
나르고 하인이 되길 원한다."

25) Miss Ellasue Wagner, 「Girls and Women in Korea」, 『KMF』, 1908. 6. "아내는 단조롭
고 힘든 일을 꾸준히 하는 사람일뿐이고, 며느리에게 그 일을 넘겨준다. 30살에
그녀는 50살처럼 보인다. 50에는 주름지고 너무 일찍 늙는다. 아침부터 저녁까지
일, 일, 일이다. 일하는 것이 그녀의 몫이고 생활이다."

26) Margaret Bengel Jones, 「The Korean Bride」, 『The Korean Repository』, 1895. 2. "조선에
서 시어머니의 잔인함 (…) 우리 여학교에서 소녀들을 위해 신랑감을 찾는데 어머
니가 없는 것을 다행으로 여긴다. 조선인들은 조선에서 조혼생활이 불행한 까닭은
대부분 시어머니 때문이라고 말한다. 조선에서 이혼의 25%는 시어머니와 며느리
사이의 불화 때문이라고 한다."

27) Miss Katherine McCune, 「A Heathen Bride」, 『KMF』, 1910. 9. "신부는 18세이고 신랑
은 6살이었다. (…) 나중에 이 신랑이 자라고 신부는 늙게 되면 청년은 첩을 구할
것이다."

느리를 보겠다는 이유로 조혼을 하게 하는 악순환으로 연결되었다.

셋째 조선여성들의 무지와 미신이었다.[28] 엘라수어 와그너의 관찰은 이 부분에 대한 여선교사들의 관점을 압축적으로 설명하고 있다. "극소수의 여성들만 읽을 수 있었고, 일상의 일이나 이웃의 소문거리를 넘어서서 생각할 수 없었다. 귀신에 대한 두려움은 그들의 종교이다. 귀신의 비위를 맞추는 것이 그들의 특별한 의무이다. 여성들은 대체로 심하게 무식하고 저속하고 (…) 그들의 마음은 보이지 않는 것들에 대한 편견, 미신, 두려움에 가득 차 있다. 대화의 주제는 소문, 비방, 말다툼에 한정되어 있다. 이것이 이교도(기독교를 믿지 않는) 여성이다."[29]

그러나 현실적으로 조선여성의 가난, 무지, 낮은 지위에도 불구하고 초기 선교사들은 이미 조선 여성의 가능성과 잠재력에 대해 다음과 같이 인식하고 있었다.

첫째 조선 가정과 사회의 지배 세력은 남성이었지만 실질적으로 경제를 책임지고 있는 사람은 여성이라는 점을 강조하며, 조선여성의 강인한 생활력과 위기 대처 능력을 높이 평가했다. 이러한 점은 여선교사뿐 아니라 선교 초기 남선교사들도 공통적으로 인식하고 있던 점이었는데 남선교사들이 선교사업에서의 인식을 부부와 공유하고 있었을 가능성이 많다는 점을 생각한다면 선교사 부인들의 생각이라고 보아

---

28) M .F. Scranton, 「Among women of city and country」, 『The Korean Repository』, 1897. 8. "선교사들이 가는 곳마다 종교적인 관심이 깊어지지만 문자를 아는 사람이 거의 없기 때문에 (…)" ; Miss L.E. Frey, 「The Bible Woman」, 『KMF』, 1907. 3. "조선 여성은 이웃의 소문이나 가사일 외에는 생각하지 않는다." ; Mrs. E.H. Miller, 「Woman's Work in Seoul」, 『KMF』, 1911. 12. "지난 몇 년 동안 기독교 여성들의 마음에 놀라운 변화가 있었다. 우리는 서울 여성들의 무지와 무관심에 다소 실망을 느꼈었으나 작년 우리 성경반에 400~600명의 여성이 참가해 공부했고, 거의 모두가 읽을 수 있었다."

29) Miss Ellasue Wagner, 「Girls and Women in Korea」, 『KMF』, 1908. 6.

도 무방할 것이다. 아펜젤러는 조선에서 기근이 들거나 어려움이 닥치면 여성들이 나서서 장사나 바느질 등의 방법으로 남편과 가족들을 부양하며, 때문에 홀아비들은 부인이 없어서 흉년에 굶어 죽는 사람이 많다는 극단적인 예를 들면서 조선 경제의 실질적인 주역은 남성이 아니라 여성이라고 표현했다. 조선여성의 위기 대처 능력은 아펜젤러뿐 아니라 존즈 선교사에 의해서도 증거되었다.

"조선 여성의 지위는 남성 아래지만 온갖 억압에도 불구하고 민족의 삶에서 실제적인 자리를 차지하고 있다. 조선여성은 본질적으로 부지런하고 강인한 성격을 지녔고, 비상시에 자원이 풍부하고(잘 대처하고) (…), 끈기있고 불굴의 헌신적인 사람들이다. 베짜기, 세탁, 요리뿐 아니라 논밭에서 남자의 일을 하고, 장사를 한다. 조선여성들의 힘과 영향력은 남성들이 조선에서 자기들이 담당하고 있다고 믿으며 스스로를 기만하고 있는 모든 분야에서 발휘되고 있다. 시련의 시기가 다가와 가족들이 굶주림에 직면하게 되었을 때 바느질, 빨래, 다듬이 방망이질을 통해 가족들을 지탱시켜 주는 사람은 바로 여성이다. (…) 조선여성들은 조선사회가 여성에게 부여한 자리에서 벗어나서 더 높은 지위를 차지할 것이다."[30]

남선교사들과 여선교사들이 선교사업에 있어서 그들의 관점을 공유했을 가능성이 높다는 가정 하에 이러한 조선여성에 대한 관점은 여선교사들도 공유했던 부분이라고 생각한다.

조선여성에 대해서 민비를 제외하고는 별로 칭찬할 점을 찾지 못했던 언더우드 부인도 가정에서 조선여성의 실질적인 역할에 대해서 매우 재미있는 사례를 들어 비유하는 재치를 보였다. 아주 화난 부인이 상투를 잡고 술집에서 취한 남편을 집으로 끌고 오는 모습, 상투를

---

30) G. H. Jones, 「The Status of woman in Korea」, 『The Korean Repository』, 1896. 6.

단단히 거머쥠으로써 남편에게 체형을 가하는 모습을 여러 번 목격하고, 여성의 권익을 옹호하기 위해 상투가 남성을 통제할 수 있는 강력한 손잡이가 될 수 있다고 생각했다.

"조선 부인은 남편이 식사하는 동안 서서 시중을 들어 주고 남편이 담배를 피우고 있을 동안 일을 하지만, 가정문제가 위기에 처했을 때에는 여성이 기 즉 상투를 잡고 배의 방향을 바꾼다."31)

둘째 조선여성의 무지는 능력이 없어서가 아니라 기회가 주어지지 않았기 때문이라는 인식이다. 존즈부인(벵겔)은 다음과 같이 말했다. "조선여성들의 무식은 배울 수 있는 능력이 없어서가 아니라 배울 수 있는 기회를 갖지 못했기 때문이었다. 학교에서 내 경험에 의하면 조선 소녀들에게 남자 형제와 똑같이 배울 수 있는 기회가 주어진다면 학문에서 남자형제와 동등한 자리를 차지하게 될 것이라고 확신한다."32)

조선 소녀들의 민첩함(영리함)과 집중력은 여선교사를 놀라게 하기에 충분했고, 소녀들은 총명하고 열성적이어서 여선교사에게 격려가 되기도 했다.33) 조선여성의 능력과 잠재력을 높이 평가했던 여선교사들에게 조선여성의 품위와 능력을 대표하는 여성은 바로 조선의 왕비였던 민비였다.34) 여선교사들 중 특히 장로회 선교사 애니 앨러스(벙커 부인)와 릴리아스 호튼(언더우드 부인)은 왕비의 시의로서 민비를 가까이에서 만나보고 관찰했던 인물이었다.35) 이들을 포함해 민비를

---

31) L.H. 언더우드, 앞 책, 1984, p.79. 심지어 미국에서 남자들이 상투를 하지 않는 것을 아쉽게 생각했다.

32) Margaret Bengel Jones, 「The Korean Bride」, 『The Korean Repository』, 1895. 2.

33) Miss Mary D. Myers, 「Wonsan, Report of Lucy Cunniggim Memorial」, 『KMF』, 1908. 12.

34) Geo. Heber Jones, 「The status of woman in Korea」, 『The Korean Repository』, 1896. 6. "조선 여성은 일상의 일에서 보이지 않지만 강력한 힘을 발휘하는 뿌리깊은 책략가이다. (…) 조선여성(이 어떤가)에 대한 뛰어난 예는 민비이다."

만났던 대부분의 구미 서양여성들은 민비에게 "강한 매력"을 느꼈고, 조선의 왕비를 강하면서도 부드러운 카리스마를 지닌 영리한 인물, 강한 의지와 훌륭한 성격, 자상한 마음씨를 지닌 인물이라고 인식했다. 민비는 여성의 능력을 정치사에서 나타낸 훌륭한 근대적 본보기였다.[36]

셋째 조선여성들의 뛰어난 손재주였다. 선교사들은 조선여성들의 베짜는 솜씨나 뜨개질 솜씨, 병원의 간호사일[37], 여학교의 실업부 작업시간[38]을 통해 조선여성들의 천부적인 재능을 검증할 수 있었고 이러한 재주를 높이 평가하는 한편 이제까지 수공예 교육에 투자했던 노력과 재능을 정신적이고 지적인 교육에 투자할 때가 되었다고 여성교육의 방향전환을 모색했다.

"관찰자들은 아마포와 실크를 보고 경탄할 것이다. '볼 줄 아는 눈'을 가진 사람은 아름답게 재단되고 만들어져 다림질된 남성의 두루마기를 보고 경탄한다. 조선여성의 요리 솜씨는 유명하고 높이 평가된다. 조선여성은 사고파는데 능숙하고, 영리하고 빈틈없는 매매자이다."[39]

---

35) Annie Ellers Bunker, 「My first visit to Her Majesty, The Queen」, 『The Korean Repository』, 1895. 10 ; L.H. 언더우드, 앞 책, 1984.

36) Miss O. M. Tuttle, 「The Educational Awakening of Woman」, 『KMF』, 1920. 8. 이러한 민비의 능력을 근거로 "근대적인 생각과 교육이 조선에 미치기 전에 정치와 산업이 여성의 손에 있었더라면 나라가 훨씬 더 잘 되었을 것이다."라고 조선여성의 능력을 높이 평가했다.

37) Mary M. Cutler, Margaret J. Edmunds, 「Po Ku Nyo Koan」, 『Annual Report of the Korea Women's Conference of the Methodist Episcopal Church (이후 AR로 표기)』, 1905. "조선여성들은 손가락을 사용하는 것에 아주 능숙하고, 정확하게 바늘이나 붕대를 다루고, 작은 것들을 이용하는데 타고났다."

38) Miss Mary D. Myers, 「Wonsan, Report of Lucy Cunniggim Memorial」, 『KMF』, 1908. 12. "조선 소녀의 재능(소질)은 손으로 하는 일에 있다."

39) Miss O. M. Tuttle, 「The Educational Awakening of Woman」, 『KMF』, 1920. 8.

넷째 조선여성들의 뛰어난 성품이었다. 특히 소녀들의 "순종"을 가장 인상깊어했는데 기숙사 사감에 해당하는 가정부인이 여학생들에게 어떤 일을 하라고 말을 하면 어김없이 수행되는 것에 놀라움을 표시했다.[40] 그것은 서양인이자 선교사들이 보기에 근대 학교교육이 지향하는 질서와 규율과 복종의 완벽한 구현이었다. 또한 여성들의 친절과 인내, 봉사정신은 기독교적 이상과 선교사업에 적합한 자질로써 평가받았다.[41]

반면 조선남성은 여성의 수고와 노동으로 편하게 사는 사람이라고 묘사되고 있었다. 즉 "여성의 주인들이 그늘에 앉아서 담배를 피우고 있을 때 여성의 노고에 의해 남성의 옷은 한 점 얼룩없이 희다. 그는 꼭 필요한 일이 아니고는 일과 같은 비속한 것을 하지 않으려 한다."는 말은 여성의 고단한 삶이 가정 내의 불평등, 남성에 기인함을 단적으로 표현하는 것이었다.[42]

IV. 서양여선교사의 조선여성교육관

조선에 도착해 여선교사들이 목격했던 조선여성들의 무지와 불행은 마치 중세의 암흑과도 같은 것이었고, 여선교사들에게 기독교 정신에 입각한 동정심과 자매애를 발휘해 이러한 여성들을 빛의 세계로 구원하고자 하는 사명감을 가지게 되었다. 그리고 조선여성들의 지위를 향상시킬 수 있는 방법은 기독교와 교육이라고 생각했다.

---

40) Miss Mary D. Myers, 「Wonsan, Report of Lucy Cunniggim Memorial」, 『KMF』, 1908. 12.
41) Mary M. Cutler, Margaret, J. Edmunds, 「Po Ku Nyo Koan」, 『KMF』, 1905. "조선여성들은 본성이 동정적이고 넓은 마음을 지녔고 극도로 관대하다."
42) Miss Ellasue Wagner, 「Girls and Women in Korea」, 『KMF』, 1908. 6.

그러나 여성들에 대한 교육이 실현되기 위해서는 학교 건물과 설비, 교사, 교재 등과 같은 유형의 방법도 필요하지만 여성교육의 필요성을 강조해 조선인들의 의식을 개선하는 것이 급선무였다. 따라서 교육사업은 물질적인 면에서 뿐 아니라 의식적인 면에서도 함께 진행되어야 했다. 조선여성교육의 필요성을 사람들에게 인식시키기 위해 여성 자신과 부모, 시어머니와 남편, 일반 사회의 여론을 조성하는 것이 중요한 과제였다.

첫째, 가정과 사회에서 유용한 기독교인이 되기 위해 여성교육이 필요하다는 것이었다. 때문에 교육을 통해 지적인 기독교인, 유용한 기독교인이 되어야 하나님의 사업을 더욱 잘 수행할 수 있다는 논리였다.

맹인여아에 대한 교육도 이러한 이상에 입각해 실시되었다. 여선교사가 보기에 조선에서 맹인이 된다는 것은 육체적, 정신적, 도덕적 상태가 모두 절망적이라는 것을 의미했다. 왜냐하면 거의 모든 맹인들이 유복한 가정의 아이라 하더라도 선교사들이 미신과 우상숭배라고 간주하는 무당이 되기 때문이었다. 그래서 맹인소녀들을 무지와 죄(선교사들이 보기에)에서 구원하고[43] 가정과 사회에서 좀 더 지적이고 행복하고 유용한[44] 사람이 되도록 하기 위해서 맹인교육이 필요하다고 생각되었다.

---

43) Mrs. Rosetta Sherwood Hall, 「Education of the Blind」, 『KMF』, 1908. 5.

44) Grace L. Dillingham, 「Pyeng Yang Educational Report, for 1915-1916」, 『AR』, 1916. "소경과 귀머거리를 위한 학교 : 이 가치있는 일을 시작하고 실행한 홀 부인의 목표는 학생들이 보고 들을 수 있는 사람들의 세계에서 살아갈 수 있도록 적응시켜 줄 수 있는 학교에 입학할 수 있도록 준비시키는 것이다. 두 소녀가 평양 매일학교를 졸업했고 한 명은 평양 연합학교를 졸업했다. 평양 연합학교를 졸업한 소녀는 매일학교의 맹인부에서 교사로 일하고 있다. 우리 여성병원들은 마사지를 위해 맹인학교 학생들을 고용한다. 우리는 더 많은 학생들이 이런 방법으로 스스로를 부양할 수 있게 되기를 희망한다."

둘째, 여성교육은 가정의 2세 교육을 위해서 필요했다.

셋째, 여성교육은 남편의 진정한 동반자, 배우자가 되기 위해 필요한 것으로 미래의 부인상은 지적인 배우자였다. 남편은 고등교육을 받았지만 부인이 교육을 받지 못하고 무식하게 있는 것은 절름발이, 또는 새 구두와 헌 구두로 묘사되면서 짝이 맞지 않는 비정상적인 관계로 생각되었다.

넷째, 여성교육은 국가 발전의 척도가 된다는 생각이었다.

이화학당의 로스와일러 선교사의 글은 여선교사들이 지향했던 여성교육의 목적과 방법을 종합적으로 표명한 것이었고 이후 여성교육의 지침으로 작용되었다.

"여성교육의 목적은 여성들이 지식을 습득하여 자신들이 배운 것을 실제에 응용할 수 있게 하고 스스로 결정을 내리고 문제를 해결할 수 있도록 가르침으로써 소녀들에게 삶의 지평을 넓혀 주는 것이었다. 그러기 위해서는 소녀들에게 비록 여성이지만 공부를 하는 의미와 필요성, 유용성을 확신시켜 주는 것이 선행되어야 했다. 또한 여성들에게 필요한 최고의 교육은 읽고 쓰는 것을 가르치는 것이라는 조선인들의 생각에 용감히 대항해야 했다. 여학교를 설립하는 것은 가난과 악과 무지에서 소녀들을 구하기 위해서이며, 소녀들이 자신을 위해서 뿐 아니라 조선여성들을 도울 수 있게 준비-조선여성들의 무지를 깨우칠 수 있는 매일(주간)학교 교사, 기숙학교의 조수(교사, 사감 등), 의료사업의 조수(간호사 등)-시키기 위해서였다. 그러나 조선에서는 가정의 삶이 여성의 지위와 운명이라는 가정 하에서 여성교육을 실시해야 한다는 현실을 잊지 않았다. 이런 의미에서 조선여학생들이 조선식 음식과 옷을 준비할 수 있도록 가르치는 것이 필요했다. 조선인과 조선인의 삶의 방식에서 유리된 교육받은 여성들은 조선인에게 이방인으로 배척받을 뿐 조선여성에게 영향을 미칠 수 없다는 판단이었다. 학생들이 조선의 예법이나 관습을 소홀히 하고 외국의 관습대로 행동한다는 비난을 선교회 학교가 받지 않도록 조심했다. 선교사들의 교육 방법은 더 나은 조선인을 만드는 것이지 외국인을 만드는 것이 아니었다."[45]

조선인들에게 조선여성교육의 필요성을 설득하는 한편 선교사들의 필요를 감당하기 위해서도 여성교육을 통해 조력자가 배출되어야 했다. 조선의 인구에 비해 적은 수의 선교사들이 선교사업을 감당해가기 위해서는 조선인 조력자가 절실한 형편이었고, 이 조력자들은 선교사들을 도울 수 있을 뿐 아니라 조선 자매들을 지도하고 도와주는 데도 유익한 존재였다. 따라서 여성교육을 통해 조선여성지도자와 선교사의 조력자를 양성할 수 있었고, 전도부인, 간호사, 의사, 교사 등 여성직업인이 탄생하게 된 배경이 되었다.

첫째, 여선교사들이 조선여성교육을 위해 추구했던 것은 조선여성지도자 양성이었다. 캠벨부인의 배화여학교 설립 목적은 "500년 동안 조선의 여성들은 교육은 물론 외계로부터 오는 모든 지식에서 소외되어 왔다. 이제부터는 학력과 신앙을 지닌 자들이 많이 나와서, 앞으로는 그들이 지도자가 되어 한국의 여성들을 눈뜨게 하는 한편 교계와 학교를 지도할만한 일꾼을 길러내고 조선교육령에 의한 중등교육을 실시함을 목적으로 한다."[46]

여선교사들은 조선에서 여학교와 여학생들이 조선의 가정과 사회를 기독교화하는 매개체로 영향력을 발휘해주길 원했고, 단지 전도를 목적으로 하기 보다는 교육사업을 통해 사회에 유용한 인물과 여성지도

---

45) L.C. Rothweiler, 「What shall we teach in our girl's school?」, 『The Korean Repository』, 1892. 3.
46) 『배화 70년사』, pp.66.

자를 배출하는 것이 중요하다고 보았다. 와그너는 여학교의 역할과 중요성에 대해 피력하면서 "사람들을 주님께 데려가는 것(전도)뿐 아니라 그들을 주님의 일꾼으로 세우는 것이 우리의 사명이다. 우리 학교들은 선교지역에 있는 교회를 발전시키고 주위 사람들을 키워내는 가장 중요한 매개물이다. 미국 본국에서는 학교보다 가정에 중점을 두었으나 소선에서는 그렇지 않다. (…) 호수돈학교가 우상숭배의 암흑과 성서에 대한 무지 가운데 훌륭한 지침으로써 영향력을 갖게 되는 것이 나의 중요한 바램이다"[47] 따라서 여선교사들의 여성교육은 지적이고 유용한 기독교인 양성을 목표로 기독교 가정을 건설하고 여성지도자를 양성하는데 초점을 둔 것이었다.

둘째, 여선교사들의 여성교육 목표는 토착화된 기독교인 양성이었다. 조선의 언어와 조선의 문화에 뿌리를 둔 근대적인 기독교 여성을 양성하여 이들을 통해 조선 사회의 전반에 기독교적 영향을 미칠 수 있게 되기를 기대했다. 때문에 조선인들에게 거부감과 이질감을 줌으로써 동족인 조선인들에게 받아들여질 수 없는 조선여성지도자 양성은 선교사들이 가장 지양하고 경계해야 할 대상이 되었다. 선교사들은 기독교를 통해 근대적인 문화와 교육을 조선여성에게 전했지만, 처음부터 선교사들의 목표는 서양인같은 조선인을 만드는 것이 아니라 조선인다운 기독교인을 만드는 것이었다. 따라서 오히려 서구 문물과 문화의 영향으로 조선여성들이 조선의 문화와 예절을 소홀히 여기고 서양 것만 쫓아가는 경향을 경계했다.

남감리회 최초의 여성교육기관인 배화학당을 시작한 캠벨부인은 중국에서 10년을 선교하면서 얻은 체험을 바탕으로 조선 여성을 교육함에 있어 동양적인 규례와 풍속을 존중하면서 조선의 가정과 형편에

---

47) 『호수돈 100년사』, pp.65-66.

알맞는 교육을 실시하고자 하였고, 한국인 교사를 등용해 한국의 예절과 풍속을 가르쳤다. 심지어 학당 문안에 들어가는 날부터 일체 외출이 금지되었다고 한다.

조선의 문화를 최대한 고려한다는 선교 방향은 학교 교육 현장에서도 나타나는데, 1902 대구에서 신명여자소학교를 시작했던 부르엔 부인은 신명을 상징하는 교화로 조선인의 정서에 가장 적합하다고 생각한 백도라지를 정했다. 사소한 듯이 보이는 사례이만 조선여성을 대상으로 기독교여성교육을 실시하는 여선교사들의 교육방향이 조선적인 전통을 함께 고려하는 방향을 취하고 있었음을 보여 주는 단적인 증거였다.

앨리스 하몬드(Alice J. Hammond, 사애리시, 史愛利施)는 결혼 후 아직도 여성에 대한 교육적 영향력이 미치고 있지 못했던 공주 지역에서의 여성교육을 시작했다.[48] 명선여학당의 창립 이념은 "조선여성의 전통적 미덕과 품성 위에 선진문화를 받아들여 인생관을 가질 수 있게 하여 일류 문화의 공통 수준까지 올라가도록 이끌어 주는 것"이었다. 아직도 여성교육에 대해 봉건적이고 서양인에 대한 경계가 강하게 남아있던 공주 지역에서 여선교사에 의해 여성교육이 시작되었고, 여성교육 방향이 조선의 전통 위에서 선진문화를 받아들인다는 것으로 기독교 여성교육이 조선적인 전통의 존중과 바탕 위에서 이루어져

---

48) 하몬드는 샤프(Robert Arthur Sharp, 1903 내한) 목사와 결혼(1904)을 전후한 시기, "특히 봉건제도에 얽매여 있는 여성을 위한 교육이 시급함을 절감한다. 인습에 얽매여 있는 상태이기 때문에 지방에서의 여성교육은 무척 어려움이 있을 것으로 예상되나 서양인을 경원하는 사람들을 대상으로 기필코 학교를 세워 운영하고 싶다."고 자신의 선교사업 방향에 대한 포부를 밝혔다. 1905년 공주부 선교 책임자로 임명된 남편을 따라 공주에 내려가 주한 미감리회 여선교회의 승인을 받아 보통교육 4년제와 중등교육 2년제의 명선여학당(공주여학교, 이후 영명여학교)을 세웠다.

야 한다고 생각되었다.

여성교육은 먼저 한글과 한문교육으로 시작되었고, 문자를 알게 됨으로써 여성들이 더 나은 지식으로 계속 나아가고자 하는 열망을 가지는 계기가 되도록 했다. 조선여성의 근대교육은 처음부터 한글을 중심으로 이루어졌고, 선교전략의 가장 중요한 부분이 한글 보급이었다. 기독교를 전파하고 초기 교회나 목사들과 같은 성직자가 집 근처에 없던 상황에서 개종한 조선인들이 스스로 기독교 신앙을 유지하고 올바른 기독교 교리를 습득하기 위해서는 성경을 읽는 것이 중요했다. 그래서 한글을 모르는 여성들에게는 한글을 가르치는 것이 우선시되었고, 글을 앎으로써 문명에 한걸음 더 다가갈 수 있다고 보았다. 다행히 한글은 선교사들이 보기에도 배우기 쉽고 과학적인 글이었고, 조선인 선교와 교육을 위해 한글을 적극적으로 활용했다.[49] 조선인들의 급속한 교육 파급의 기저에는 한글의 역할도 지대한 공헌을 했다.

이와 함께 한문 교육도 강조되었다. 이화학당의 로드와일러 선교사는 한글교육과 함께 한문교육의 중요성도 강조했는데 당시 일부에서 제기되고 있던 한문교육의 무용론에 대해 반박하며 한문교육은 한글로 된 책, 편지, 대화 등에서 사용되는 수많은 한자 표현들을 이해하는데 도움이 된다고 역설했다.[50] 한편 여성교육의 보급 초기 교육의 남녀평등을 가장 잘 상징하는 것이 한문교육이었다. 소녀들도 자신들의 형제와 마찬가지고 한문교육을 받을 능력이 있다는 것을 증명하고 또 교육기회의 평등이라는 권리를 누리는 상징적인 과목이 한문과목이었기 때문에, 여학교 소녀들이 나서서 한문교육을 먼저 요구하기도

---

49) L.C. Rothweiler, 「What shall we teach in our girl's school?」, 『The Korean Repository』, 1892. 3.
50) 상동.

했다. 또한 여선교사측에서도 조선 여성들이 무식하다는 의심을 받지 않을 정도의 한자는 배워야한다고 생각했다.[51]

다음으로 조선의 전통적인 여성교육이 범주에 속하는 동시에 실생활에서 가장 필요한 바느질과 재봉, 조선옷 만들기, 조선요리법을 배웠고, 기숙사 학생들의 경우 기숙사 내에서 필요한 일을 나누어 맡도록 함으로써 학교를 통한 지력의 개발과 함께 가사일에 대한 경험을 보완하고자 했다.

셋째, 자립적인 인간이었다. 먼저 여성들이 교육을 통해서 스스로 생각하고 판단하고 결정을 내릴 수 있게 함으로써 정신적으로 자립하는 여성으로 양성하고자 했다. 또한 여성들의 정신적 자립뿐만 아니라 경제적 자립을 위해서도 노력했는데, 경제적인 면은 조선여성들을 돕는 방법이기도 했지만 선교회 여학교의 재정적 부담을 줄이고 조선여성들이 스스로 학비를 책임지도록 만드는 방법이기도 했다. 왜냐하면 조선 가정의 가난과 딸의 교육을 등한시하는 부모들로 인해 여성들이 학비를 전액 다 부담하며 계속 교육을 받는다는 것은 힘든 일이었기 때문이었다.

여선교사의 조선여성에 대한 경제적 지원은 두 가지 방법으로 진행되었는데 하나는 학교 내에 실업부를 설치하고 방과 후 학생들에게 자수법 등을 가르치고 학생들의 수공예품을 팔아서 학비와 기숙사비를 조달하는 방법이었다. 평양연합여학교에서는 1909부터 실업부(산업부)를 시작했는데 가난한 학생들을 돕는 것이 목표였다.[52]

다른 하나는 학생들에게 장학금을 지급하는 방법이었다. 그러나 장

---

51) Annie L.A. Baird, 「Higher Education of Women in Korea」, 『KMF』, 1912. 4.
52) Ruth E. Benedict, 「Union Academy, Blind School, and Evangelistic Work in Pyeng Yang and West Districts」, 『AR』, 1912.

학금을 무상으로 지원하는 것이 아니라 졸업 후 일정기간 의무교사를 하도록 함으로써 갚도록 하는 방식을 취하고 있었다. 예를 들어 당시 귀했던 피아노 교육을 학생에게 무상으로 하는 대신 그 학생은 하급반 학생들의 오르간 지도를 책임지고 하도록 하거나, 상급반 학생들이 하급반 학생들의 공부를 도와주도록 했다.

넷째, 여성교육을 통해 사회의 지도자를 양성하는 것뿐 아니라 기독교 가정건설을 위한 주부를 양성하고자 했다.

부의 선교사의 다음과 같은 말은 배화학교의 여성교육 방향이 조선에서의 가정주부 양성에 초점을 둔 방향으로 가고 있었음을 알 수 있는 대목이다. "배화는 주부를 기르는 학교라고 했다. 주부의 힘이 이 사회의 기초를 닦는데 위력이 있음으로 주부로 양성하는 것이 학교의 큰 책임이다. 지나간 자리마다 모성의 힘으로(…)"[53] 즉 여성교육은 가정의 주부될 만한 재목이 되도록 하는 것[54]으로 기대되었다.

"우리는 소녀들이 가정에서 일을 할 때 더 나은 방법으로 할 수 있도록 가르친다는 목표를 가지고 더 많은 실업교육과 가정학을 가르칠 계획으로 있다."[55]는 여선교사의 생각은 중등학교를 졸업한 대부분의 여학생들이 결혼할 것이라는 현실인식에도 기인하는 것이었다.

"여학생들이 졸업 후 독신생활로 공적인 일에 헌신하여 국가적, 세계적 사업에 종사할 수도 있으나, 조선 현실에서는 여성이 카리 잠만바트(미 여정치가)가 되지 말고 마사 반렌스랄(가정학자)이 많이 배출되어야겠다. 한 나라의 복리는 각 분자의 제가로 합성되는 것이니, 제

---

53) 뿌이 양, 「배화여학교와 기타 부속학교의 유래」, 『조선남감리교회 삼십년 기념보』, 1982.

54) 『기독신보』, 1917. 9. 5.

55) Emily Irene Haynes, 「Union Academy, Normal School and Evangelistic Work on Pyeng Yang District」, 『AR』, 1911.

가는 학식 이상의 실행에 있다. 즉 구고·부부·형제·자매·자녀·사회에 대한 도를 알고, 방적·음식과 닭·돼지·개·누에 키우는 일까지 친히 경험해 보아야 한다. 이러한 일을 등한히 하면 가정이 성립할 수 없고 나라의 부도 바랄 수 없다. 오늘날 조선 남학생의 여학생에 대한 요구는 학식보다 가사에 그 중점이 있다.”[56]는 기사는 조선 남성들이 원하는 여성교육의 필요성과 방향이 가정의 주부이며 여선교사들도 이러한 조선의 현실과 사회의 여론을 이미 고려하고 교육에 반영하고 있었다. 따라서 여선교사들은 조선여성의 교육적 방법으로 지적 교육과 함께 가사일에 준하는 실제적인 교육도 함께 병행하여 조선사회의 현실적 요구에 부응하고자 했다.[57]

그러나 근대적 교육을 받고 시대적 변화를 수용하던 남성들이 여성의 가정의 테두리에서만 생각한 것은 아니었다. 여성의 독신과 직업을 한편으로는 당연하게 여기면서도 동시에 가정주부가 될 여학생에 대한 교육이 어떠해야 한다는데 대한 관심의 끈을 놓지 않고 있었다.

56) 『기독신보』, 1927. 3. 9.
57) 『호수돈 100년사』, p.68. “조선이 오늘날 가장 필요로 하는 것은 가사와 실업교육이다. 불쌍한 여성들은 초가집에서 가정의 기쁨과 평화를 누리지 못한다. 가구도 거의 없는 좁은 온돌방에서 평생을 살아온 소녀들에게 가사일은 그 자체로써 교육이다. 주방에는 요리를 하는 사람이 있지만 학생들은 모두 가사일을 한다. 가사의 지휘는 10명의 나이든 소녀들이 하고 각 각의 아래에 7,8명의 아이들이 있다. 가사일은 10개로 나뉘어 요리, 식당일, 기도실, 동쪽편 교실, 서쪽편 교실, 1층 복도, 2층 복도, 3층 복도, 체육관 등 매주 순서대로 일을 바꾸므로 10주가 지나면 소녀들은 각 종류의 일을 다 해보게 된다. (…) 소녀들이 삶의 본분을 알고 남을 가르치고 길을 알지 못하는 사람들에게 진실을 알려줄(전도) 뿐 아니라 그들이 훌륭한 가정을 꾸밀 수 있도록 하는 것이 우리 선교사들의 진실한 바램이다. 그러므로 학생들은 교과서의 내용을 충실히 공부할 뿐 아니라 스스로 옷을 만들고 수선하고 요리하고 집을 가꾸는 것을 배워야 한다. 몇몇 나이 든 소녀들은 각각 어린 소녀들을 보살피는데 이것은 나이든 소녀들의 의무이다. 침실과 10개로 나누어진 가사일은 매일 아침 채점되고 가장 잘 정리된 소녀들에게는 학년말에 상을 준다. 주당 2시간은 각 학년별로 코바늘 뜨게, 뜨게질, 자수와 같은 바느질 시간이다”(선교사의 보고서 중에서).

"여학생이 비록 사회적으로 교사와 같은 직업을 가진다 할지라도 또 가정의 주부로서 책임이 있다. 그러므로 학교 다닐 때 가정학과 재봉을 힘써 배우고 그 배운 바를 하기휴가에 집에 돌아가 실습해 보아야 한다. 친정 부모의 명령을 잘 순종하고 그 하는 일을 잘 도와, 후일 시부모 섬기기를 연습하고, 오라비를 사랑하고 공경하여 후일 남편 대접하는 습관을 기르고, 아이들을 기쁜 마음으로 보호하여 장래 자녀 양육에 대해 배우고, 의복 만들기·세탁·음식 만들기·채소 가꾸기·가축 기르기 등을 다 알아야 한다. 여학생들이 졸업 후 다 부자와 결혼하거나 도시에 거주하거나 독신으로 공공사업에만 종사하지는 못하기 때문이다. 이것은 미혼인 조선 남학생의 중대한 요구이기 때문에 여학생들이 하기 방학을 이용해 가정을 관장하고 연습하기를 바란다."[58]는 요구는 조선의 남학생들이 근대적인 교육을 받고 여성교육을 요구하고 있지만 그러한 여성교육이 본래의 여성의 임무라고 간주되는 가정의 영역을 풍요롭게 하기 위해 필요한 것이라는 사고 유형 속에 있었음을 나타내는 것인 동시에 1925년 즈음에는 여학생을 비롯한 조선인의 의식이 많이 개선되어 녹신여성의 송재와 독신여성의 일에 대해 인정함으로써 여선교사들이 추구했던 또 다른 방향의 교육 효과가 사회에서 받아들여지고 있었음을 알 수 있었다.

선교회 여학교들은 여성교육의 필요성과 성과를 현모양처의 논리 속에서 증명하고자 했다. 따라서 "졸업생들이 결혼해서 살고 있는 가정들은 일반 보통 사람들의 가정보다 더 잘 정돈되고 깨끗하다. 그들의 자식들도 훌륭한 가정교육을 받았다. 이러한 가정에서 앞으로 많은 교회 지도자들이 나올 것이다. 흔히 우리 학교 교장들은 교회 지도자들이나 교사들로부터 훌륭한 며느리감을 요청받는다. 이것은 우리 학

---

58) 『기독신보』, 1925. 7. 22.

교 출신들이 교회 일을 도울 수 있으며 지방학교에서 가르칠 수 있는 능력이 있기 때문이다. 우리 학교 출신들은 많은 목사 지망생들·의사·교사·장로·집사·교회 지도자들과 결혼했는데 이들은 남편의 훌륭한 동반자이자 기독 가정의 어머니가 되어 집안의 내조자가 되었다. 우리 학교 기독교 교육은 기독교 가정생활에 공헌했다.”라는 것을 자랑거리로 삼았다.[59]

여선교사들의 여성교육전략을 보면 먼저 기독교 여성, 기독교 가정건설, 여성지도자 또는 선교사 조력자를 만들기 위해서는 여성들에 대한 교육이 필요하다는 생각에서 여성교육을 시작했고, 그 구체적 방법은 먼저 한글 습득, 조선 관습의 존중, 여성 자신과 학부모의 의식 변화를 통해 여성교육을 실현하고자 했다. 그러나 막상 여성교육의 필요성에 동의는 하면서도 여러 가지로 불안하게 여기는 부분들이 많았다. 그래서 여성교육의 성과를 보여줄 필요가 있었다. 그래서 졸업식을 통해서 여학생들이 에세이를 발표하거나 연설을 함으로써 청중들 특히 남자들에게 소녀들도 소년들만큼 잘 할 수 있고 특히 한문을 읽는 것도 잘 할 수 있다는 것을 알게 하고 소녀교육에 대한 관심을 증가시킬 수 있었다.[60]

학부모들이 여성교육의 필요성을 인정하면서도 또 한편으로는 여성교육으로 인해 여학생들이 전통적으로 여성의 일이라고 생각되던 가사를 잘 못하지 않을까 하는 우려와 회의에 불안해했다. 따라서 여선교사들은 여성교육이 전통적인 여성의 일도 전혀 소홀하게 다루지 않고 있다는 점을 학부모들에게 인식시켜 안심시켜줄 필요성을 느끼게 되었다. 그래서 대부분의 여학교에서는 선교사들과 교회의 임원들, 학

---

59) 『수피아 90년사』, pp.194-195.

60) Henrietta P. Robbins, 「School and Evangelistic Work, Pyeng Yang」, 『AR』, 1907.

부모들, 지역 유지들을 초청해 여학생들이 만든 작품을 전시해 보여줌으로써 여성교육에 대한 회의와 우려를 해소시킬 수 있는 방법으로 삼았다.[61] 그리고 여성교육에 대한 일반 사회의 기대에 부응해, 소녀들이 그들의 가정에서 일을 할 때 더 나은 방법으로 할 수 있도록 가르친다는 교육목표를 가지고 더 많은 실업 교육과 가정학을 가르칠 계획을 세웠다.[62]

V. 맺음말

19세기 후반부터 조선에 입국해 활동하던 서양여선교사들은 조선여성에 대한 기독교 선교라는 사명감을 가지고 조선에 왔던 전문직 여성과 선교사 부인들이었다. 이들의 궁극적 종교적 목표는 기독교 전도였지만 그 방법은 교육과 의료 활동, 그리고 직접적 전도였다. 이들은 가능한 한 기독교 교리에 위배되지 않으면서도 조선의 문화와 관습에 적응하고 적용하는 방법을 통해 조선여성들을 새로운 기독교 문화로 이끌어 내고자 했다.

이들이 처음 조선여성과 접촉하고 선교활동을 해 나가면서 느꼈던 인상과 인식들은 낙후된 조선의 현실과 조선여성의 열악한 지위였다. 그럼에도 불구하고 여선교사들은 계속된 선교활동을 통해 조선여성의 잠재력을 발견해 나갔으며 그에 따른 비전을 가질 수 있었다.

---

61) Emily Irene Haynes, 「Union Academy, School and Evangelistic Work on Pyeng Yang District」, 『AR』, 1910.

62) Emily Irene Haynes, 「Union Academy, Normal School and Evangelistic Work on Pyeng Yang District」, 『AR』, 1911.

3부

일제시기 식민지배정책과
한국인의 대응

일제의 국유림 강제편입에 대한 한국인의 투쟁

강영심[*]

Ⅰ. 머리말

일반적으로 전근대 이래 산림은 원칙적으로 사점(私占)을 금하였으나, 백성들은 자유롭게 산림에서 비료, 가축사료, 땔감 및 용재로 사용할 목재나 낙엽 등을 확보할 수 있었다. 이를테면 농경이용림에 대한 이용권이 보장되었던 것이다. 조선정부에서도 역시 이 원칙에 기초하여 봉산(封山), 금산(禁山) 등 일부 왕실이나 국가 사업용도 이외에는 소위 무주공산(無主公山)이라 하여 민중이 자유롭게 이용할 수 있도록 산림이용권을 인정하였다. 물론 조선후기로 이를수록 왕실이나 양반 중 권세가들의 산림에 대한 사점이 늘어났으며 특히 산림의 금양(禁養)이나 묘지사용지역에 대한 연고권 혹은 사점인정(私占認定) 추세에 힘입어 산림에서도 사유화가 확산되어 갔던 것이다.[1]

그런데 일제가 조선을 강점한 이후 산림소유권에 관한 한국인의 권

---

* 국민대 한국학연구소 연구교수.

1) 김선경, 「조선후기 山訟과 山林 所有權의 실태」, 『東方學誌』77·78·79합집, 1993, pp.523~530 참조(식민지시기 일제측 자료에서는 민인의 산림이용권을 '入會權'이란 용어로 표기하고 있으나 이글에서는 일본식 표현인 '입회권' 대신 산림이용권으로 바꾸어 사용함을 밝혀둔다).

리 역시 부정되고 축소되는 경향이 두드러졌다. 즉 조선을 식민지화한 일제는 근대적 산림소유권을 확립하기 위해 정책운용의 기본 방침을 일본본위에 두었으므로 그 목표가 국유림의 극대화와 기존의 조선 고유의 산림소유권체제를 부정하면서도 한국인민에게는 시혜적인 혜택을 주는 인상을 각인시키려는 데 두어졌기 때문이다.

예컨대 일본은 한국지배 당초부터 산림문제를 중시하였다. 통감부설치 후 이른바 '근대적 산림소유권'을 확립을 목표로 일본식 임야제도를 이식하고자 1908년 한국삼림법(韓國森林法)을 제정 공포하였다. 물론 기존의 한국의 산림소유체제를 부정하고 일본본위에 기본 방침을 두었으며 궁극적인 목표는 국유림의 극대화였다고 할 수 있다. 즉, 일제는 조선 후기 이래 사유화가 진전되어 가던 한국 산림소유권 변화의 실상은 완전 무시한 채 조선정부의 산림국유화 원칙만을 빌어와 근대적인 삼림법을 제정하여 대부분의 산림을 국유화하고자 한 것이다. 삼림법에 규정된 산림 소유자에 의한 신고조항에 기초해 임야소유권을 확정한 임야신고제를 통해 신고한 산림은 전체의 17%에 불과한 220만 정보였다. 이로써 근대법제의 이식을 통해 일제는 대다수 산림을 국유화함으로써 국유림 대량창출이란 목적을 달성하였다. 즉 일제는 왕실림, 무주공산은 물론 사유림 및 사유로 인정해야만 하는 연고임야를 국유로 강제 편입하였던 것이다.[2]

아울러 이를 토대로 국유림의 최종법인과 그 경영을 위한 법적 제도적 정비에 착수하였다. 즉 1911년 삼림령(森林令)에서 국유림처분을 법제화하고, 이어 국유림구분조사를 통해 사유림과 사유화된 연고

---

2) 일본에서는 帝室有林(御料林)을 별도로 구분하여 관리하였으나 식민지 한국에서는 조선왕조의 왕실림을 구분하지 않고 대부분 국유로 귀속처리하였다(本多靜六, 1930, 「日本の山林」, 『現代日本經濟の研究』下, 改造社, 1930, pp.277~278).

림(緣故林)을 국유림으로 확정하였다.[3] 또한 각종 졸속 조사를 통해 국유림 경영체제를 확립하는 한편 국유림 처분방침확정과 처분제수립을 통해 국유림처분에 착수하였다. 국유림구분조사의 결과에 기초하여 경영상 대규모 이익이 남는 우량 국유림은 요존국유림으로서 국가가 소유, 관리하기로 방침을 세웠다. 나머지 국유림은 주로 일본인 이민 및 자본가를 대상으로 민간에게 처분한다는 식민지 산림정책을 수립하였다.[4]

그런데 총독부의 국유림처분과정에서 기존의 소유권 혹은 이용권을 주장하는 조선민중의 저항이 곳곳에서 발생하였다. 이같은 저항은 조선전래의 산림소유권이나 이용권을 완전히 부정하고 1908년 발포한 삼림법의 신고에 근거해 대다수 산림을 국유림화 하면서 산림소유구조를 식민지적으로 이식한 결과에 다름 아니다. 특히 국유림 대량창출을 위해 민중의 산림이용관행이 허용되던 무주공산은 물론 사유림 및 사유로 인정해야만 하는 연고임야를 강권으로 국유로 강제 편입하는 경우가 허다하였다. 이러한 식민지적 산림정책은 국유림 대량창출, 창출된 임야의 대부, 형벌만능의 무리한 산림보호시행 등으로 실현되었다. 그 결과 한국인은 사유림과 연고림, 그리고 마을 공동으로 금양(禁養)하고 식림(植林)하여 왔던 마을 공유림, 산림이용권을 보장받았던 국유림 중 조선정부로부터 사유임을 인정받은 경우에도 증거가 없으면 대부분의 경우 강제로 국유로 빼았겼다. 무주공산에 대한 농용이용권도 법령에 의해 박탈당하였으므로 일제의 산림수탈은 한국인의

---

3) 1917년 임야조사사업을 통해 국유림 955만 정보, 사유림 661만 정보로 최종 확정되고 법인되었다. 창출된 국유림을 각종 명목으로 국책회사, 일인 자본가 중심으로 처분하였다. 그 결과 1943년의 국유림이 533만정보로써 1924년보다 무려 422만 정보가 감소되었다.

4) 朝鮮總督府, 『朝鮮의 林業』, 1921, p.8 ; 朝鮮山林會, 『朝鮮林業逸誌』, 1933, pp.59-81.

생존 자체를 위협하는 결과를 초래하였다.

또한 일제 식민지적 산림정책의 수립과 그 시행 상에서 나타나는 강압적, 폭력적 방법에 따른 폐해가 속출하였으므로 일제의 약탈적인 제도수립과정에서 산림소유권, 연고권, 및 이용권을 돌려받고자 하는 한국민의 저항이 곳곳에서 일어났던 것이다. 빼앗긴 자신의 재산권을 되찾으려는 민중들은 이에 대응하여 이의신청제기, 시위, 무력대응 한 걸음 나아가서는 일제의 법령을 위반하는 생존투쟁적 성격의 저항도 불사하였다.

따라서 본고에서는 일제가 강권적인 식민통치를 기반으로 가장한 법적장치 하에서 부당하게 국유림화 하는 과정에서 한국인들은 어떻게 저항하는가를 규명하여 일제의 식민지적 산림정책이 한국인에게 끼친 영향을 밝히고자 한다. 그런데 지금까지 일제강점기 산림소유권 및 소유분쟁을 둘러싼 기존의 연구는 임학분야의 학자들에 의한 몇몇 연구가 이루어졌는데 다행히 최근 일제강점기 전체의 산림소유권변천에 관한 주제로 괄목할만한 성과를 발표된 바 있다.[5] 하지만 일제의 산림정책에 비중을 둔 연구들에 초점을 둔 까닭에 정책의 피해당사자인 한국인이 받았던 피해나 정책에 대해 적극 대처하려는 움직임에 관한 연구는 거의 주목받지 못한 실정이다.[6] 본고에서는 일제의 국유림창출과정 및 그 과정에서 한국인들은 어떻게 저항하는지를 분석하여 식민지적 상림정책과 한국인의 대응양상에서 나타난 특성을 밝혀

---

5) 萩野敏雄, 『朝鮮, 滿洲, 臺灣林業發達史論』, 1965, 林野弘濟會 ; 배재수, 「일제의 산림정책사연구─국유림정책을 중심으로」, 서울대산림자원학과박사학위논문, 1997 ; 배재수,강영심,노병완,주리원 공저, 『한국의 근현대 산림소유권변천사』, 임업연구원, 2001.

6) 일제의 산림정책과 한국인의 대응에 초점을 둔 연구로 강영심의 「일제시기 국유림대부제도의 식민지적 특성과 대부반대투쟁」(『이화사학연구』29집, 2002)이 있다.

보고자 한다.

Ⅱ. 국유림화 과정의 여러 가지 유형

일세의 국유림 대량창출 시도는 1908년 한국삼림법 발포와 산림신고 원칙을 시작으로 하여 1911년 삼림령에서 국유림처분을 법제화하고 1912년 국유삼림미간지(國有森林未墾地) 및 국유삼림산물특별령(國有森林産物特別令)에 의해 공공연히 일인 자본가에게 교부하는 방식으로 표출되었다. 또한 1911년 국유림구분조사를 통해 사유림과 사유화된 연고림을 국유화하여 국유림 120만 정보를 창출하였다. 뒤이어 1917년 임야조사사업을 통해 국유림 955만 정보, 사유림 661만 정보로 소유별 면적규모가 최종 확정되고 법인되었다. 따라서 1916년의 국유림통계인 770만 정보보다 180만 정보가 더 국유로 귀속되었다. 이렇게 창출된 국유림을 각종 명목으로 일인 자본가에게 헐값으로, 혹은 무상으로 처분하였다. 그 결과 1943년의 국유림이 533만 성보로써 1924년에 비해 무려 422만 정보가 감소되었던 것이다.

일제의 국유림 대량창출은 왕실림, 무주공산은 물론 사유림 및 사유로 인정해야만 하는 연고임야를 국유로 강제 편입함으로써 이루어졌다.[7] 강제적 편입의 유형에는 임야조사사업 사정시 국유로 사정하여 국유림화하는 경우가 주종을 이루었는데, 즉 국유, 사유 인정표준(認定標準) 대폭강화로 확실한 증빙서류가 있는 사유림도 국유림으로

---

7) 일본에서는 帝室有林(御料林)을 별도로 구분하여 관리하였으나 식민지 한국에서는 조선왕조의 왕실림을 구분하지 않고 대부분 국유로 귀속처리하였다(本多靜六, 앞글, pp.277-278).

사정하는 방법이 그것이다. 그 외에 국유림 주변의 사유림을 국유림으로 편입시키는 방법, 공동소유림, 농용이용림(무주공산)에 대한 이용권을 부정하고 국유화하는 방법, 이 외에도 수백 년 동안 금양하여 사유화하던 한국인 소유임야를 부정하는 경우 등을 들 수 있다.

실제로 이 과정에서 식민지권력의 강권에 의한 약탈적인 국유귀속은 비일비재하였음을 살필 수 있다. 구체적인 국유림강제편입사례를 들면 아래와 같다.

> (사례1) 국유림구분임야조사시 국유화
> 황해도 殷栗郡 南部面 1,369정보의 임야는 인민 전부의 생활터전으로 임야조사 때 불요존치 국유림으로 편입되었다. 그런데 이 중에는 사유지도 포함되었는데도 이를 1922년 1월 半田善四郎에게 대부해 주었다.(『동아일보』, 1922. 3. 26)

> (사례2) 임야조사사업당시 국유화
> 충남 예산군 오가면의 산림 170여 정보는 오가면민들이 그 일부를 소유하여 대대로 나무벌채와 숲지로 이용하다가 1917년 임야조사 때 소유자가 신고서를 제출하고 실지 측량에서도 그 소유권조사를 했다. 그런데도 면장을 앞세워 모두 국유로 사정케 한 뒤 이를 해외척식회사에 대부해 주었다. 주민들의 진정에 따라 그 진상을 조사한 결과 민유인 점을 확인하였지만 정당한 조처가 행해지지 않았다.(『동아일보』, 1923. 6. 12/14 , 8. 2)

> (사례3) 마을공유림을 국유화
> 전북 옥구군 성산면 소재 오성산의 41만 4천 평은 마을 共有이었으나 임야조사시 국유로 편입되었고 이후 부호 이동석에게 불하되었다.(『동아일보』, 1928. 1. 16)

(사례4) 금양한 임야와 사유림을 국유화

　　　　1924년 5월 임야사정공시가 종료된 평북 평산군에서는 수목
　　　　이 參天한 임야와 수백년을 수호하던 묘지와 賜牌地 및 所
　　　　有權保存證明書, 官立旨, 傳相賣買文書가 있는 것도 모두
　　　　국유로 편입한 때문에 군민대회를 개최하여 대응하였다.(『동
　　　　아일보』, 1924. 7. 10)

(사례5) 이용산림을 임야조사시 국유화

　　　　造林貸付後 讓與평남 順川郡 용계산 민유림 1,325정보는 인
　　　　근 주민 수 만명이 오랜 기간 수호하면서 비료와 연료의 채취
　　　　는 물론 無農赤貧者의 柴炭상업의 터전이 되었고 선조의 묘
　　　　지터이기도 했다. 이같은 주민의 연고림을 1919년 임야조사를
　　　　거쳐 1923년 국유로 사정되었다.(『동아일보』, 1925. 7. 26)[8]

　다양한 방법으로 국유화를 감행한 이후 이 산림을 조림대부 후 양여(讓與)하는 식민지 국유산림처분제에 의한 양여로 일본자본 혹은 극소수 한국인에게 소유권을 부여하는 처분이나 아예 매각처리하는 사례가 적지 않았다. 일본자본 혹은 극소수 한국인에게 대부해 주어 사유화의 길을 열어 주었다. 특히 국유화한 산림을 대부하는 경우 주변의 사유림이나 연고림을 함께 일본자본이나 일인들에게 헐값에 대부해 주어 원소유자와 대부자 간의 분쟁을 초래하기 일쑤였다. 일제로부터 강제 편입된 국유림을 대부받은 일인들은 대부지에 대한 배타적인 소유권을 행사하여 산림의 이용을 절대 금지하였으므로 해당지역의 한국인들은 연료, 비료, 사료 및 용재 공급원을 박탈당하고 생계조차 위협받게 되었던 것이다.

---

8) 이에 불복한 산림연고자와 소유자들이 소유 사정에 異議 신청하였으나 일제는 증빙서류미비 등을 근거로 기각시킨 후 1925년 道有林으로 편입, 주민들은 자기 산림에서조차 벌채조차 할 수 없었던 것이 당시의 실정이었다.

Ⅲ. 국유림 강제편입에 대한 투쟁과 그 특징

1. 합법적인 소유권 반환투쟁

한국인들은 일제의 침탈에 대응하여 이의신청(異議申請)이란 법적인 절차를 통해 이의를 제기하거나 혹은 적극적인 방법으로 빼앗긴 산림을 되찾으려는 투쟁을 전개하였다. 이러한 저항은 초기에는 (사례 4)나 면민(군민)대회를 거쳐 탄원서나 진정서와 함께 자신들의 소유임을 입증하는 증빙서류도 첨부해 해당 도청이나 총독부에 제출하는 노력으로 시작되었다. 수 년 동안 관계당국에 여러 번 진정서나 탄원서를 제출하는 한편 면민대회를 개최해 주민대표를 선출하여 그들로 하여금 직접 상경해 총독부 혹은 총독과의 면담을 통한 강력한 탄원운동(歎願運動)을 추진하기도 하였다. 이러한 탄원으로도 해결의 기미가 없을 경우는 면민 중 수십 명 혹은 백 여명이 집단으로 상경하여 총독부에서 총독면담 등을 요구하는 시위운동을 전개하였던 사례도 있다.9)

그 한 예로 1925년 평남 순천군의 용계산일대 민유림 1,300여 정보에 대한 면민들의 강력한 반국유화(反國有化) 저항을 들 수 있다. 평남 순천군(順川郡) 서면의 용계산일대 산림이 국유로 편입되자 생계수단을 빼앗긴 면민들이 분기(奮起)하여 적극적인 반대투쟁을 계획하였던 것이다. 이 용계산 민유림은 서면 등 인근 주민 수만명이 오랜동안 금양하여 비료나 연료채취는 물론 무농적빈자(無農極貧者)의 시탄상업(柴炭商業)의 터전으로 혹은 선조의 묘터로 이용해 오던 곳

---

9) 『동아일보』, 1923년 6월 14일 ; 『조선일보』, 1923년 6월 25일 ; 『조선일보』, 1925년 7월 26일 ; 『조선일보』, 1930년 4월 6일.

이었다. 그런데도 일제는 1919년 임야조사사업 당시 이 산림을 국유로 편입시켜 버렸던 것이다. 이에 불복한 산림연고자와 소유자들이 소유 사정에 이의를 신청하였으나 일제는 증빙서류미비 등을 근거로 기각시킨 후 1925년 도유림(道有林)으로 편입해 버려 주민들은 자기 산림에서조차 채벌(採伐)할 수 없게 되었다.

또한 평남 순천군 내 어월산 일부는 이 지역 소농민이 누대로 이용권을 가진 농용이용림으로 지켜왔으나 산림 이용권을 박탈하고 심지어 부근의 민유림까지 탈취하여 그 소유권을 부정하고 대다수 산림을 도유림으로 확정해 버렸던 것이다. 해당주민 수 백명이 모여 도소유(道所有) 반대 주민대회를 열고 ①선조부터 유래한 소유 산림을 빼앗김은 산림만 빼앗김이 아니라 선조의 백골까지 빼앗김이니 철저히 소유권을 찾을 일, ②진정위원 2인을 선발하여 대표에게 군당국이나 총독부에 대한 진정을 위임할 것을 결의한 후 총독부 산림과에 진정서를 제출하고 지속적으로 투쟁할 것을 약속하고 일제의 산림침탈에 저항하였다.10)

또한 192/년 평남 순천군의 순천면 비봉산 445정보의 소유자 59인도 일제가 부당하게 사유림을 국유화한 후 일인에게 대부해 주려 하자 이에 저항하고 산림소유권반환투쟁을 전개하였던 것이다. 일제가 1915년 국유림구분조사 당시 비봉산 내 사유림을 제1종 불요존임야로 구분, 국유화해 버렸으나 이후 소유자의 극심한 반대에 부딪쳐 1918년 임야조사 당시 조정을 거쳐 소유권을 확정하는 분쟁림으로 구분하였지만 1926년에 이르러 결국 이의신청을 전부 기각하고 최종적으로 면유화해 버렸다. 그러자 비봉산의 소유자들은 대표를 선정하여 도 당국과 총독부에 진정서 제출을 통한 소유권반환운동을 전개하였던 것

10) 『조선일보』, 1925년 7월 26일.

이다.[11]

위의 경우처럼 일제가 국유림 대량창출을 위해 사유림이나 연고림을 도유림이나 면유림화하거나 국유화해 버린 사례가 많았으며 특히 이렇게 국유로 귀속시킨 산림 대부분을 일인재벌에게 대부해 준 까닭에 일인들과 한국인 사이에 산림소유권을 둘러싼 분쟁이 끊임없이 발생하였던 것이다.(<표 1> 참조)

2. 무력적 투쟁으로 발전

한국인민들의 산림소유권 반환을 목표로 한 법적인 탄원운동이 장기간 전개되었지만 일제당국의 확실한 해결책제시가 없는 경우가 대부분이므로 이에 격분한 주민들이 폭력적인 방법을 동원한 무력투쟁으로 진전되는 경우도 적지 않았다. 즉 일제가 국유림 창출을 극대화하기 위해 점차 국유로 귀속되는 산림이 갈수록 증대하였지만 소유분쟁으로 이의를 신청한 한국인의 요구가 관철되지 않자 한국인의 저항도 보다 적극적인 무력투쟁의 성격을 띤 반국유화투쟁으로 발전하는 양상이었다.

예컨대 1928년 경북 상주군의 반면유림(反面有林) 편입투쟁에서는 화북면 장암리와 외서면 대번리 동유림(洞有林)의 연고권을 확보하려던 동민들이 뜻을 관철하지 못하자 일제히 면사무소로 몰려가 면장을 폭행하는 사건이 그 대표적인 사례였다. 상주군 반환 투쟁에 참여한 9명이 검거당하는 결과를 가져왔다.[12]

---

11) 『동아일보』, 1927년 2월 26일.
12) 『동아일보』, 1928년 12월 16일.

또한 1931년 경북 문경군에서는 보다 강경한 저항으로 발전하였다. 문경군 마성면 국유림 630여 정보는 부근 몇개 마을 농민들의 시목(柴木)과 비료를 제공하던 농용이용림인데 일제는 이 연고를 무시하고 면유재산으로 편입시키려 하였다. 마성면 주민들은 면유림편입을 반대하여 당국에 진정하는 등 저항하였지만 받아 들여지지 않자 면유화 결사 투쟁을 결의하였다. 이 후 동리 주민들 80여 명이 이를 극력 저지하고자 집회를 열어 급기야는 면사무소를 습격하고 일제의 산림정책을 적극 실행하였던 면장을 포박, 구타한 후 그를 축출해 버렸던 것이다. 면장구타사건으로 이 투쟁의 중심인물 10 여명이 피체되었다. 문경농민의 면유림화(面有林化)반대 투쟁은 중심인물 10명이 대구지법(大邱支法)에서 재판받을 정도로 격렬한 투쟁이었다.[13]

일제는 기존 농민들의 이용산림은 물론 누대(累代) 금양지로 보안림에 편입하여 국유화하는 경우도 적지 않았다. 이용산림의 국유화로 생계가 막혀 버린 농민들이 보안림편입에 반대하여 저항하였던 것이 <표 1>에도 나타나 있다. 그 밖에 금양한 산림이나 지방민들이 공동으로 조림 보호하던 산림도 국유화 해버리거나 연고없는 개인에게 매각하려는 조치에 대응한 경우도 있다. 예를 들어 함북 명천 용전동림 400정보는 누세대 금양하던 동민의 소유임야이며 1916년에 동조림지로 지정된 후 조림성적도 양호한 곳이었다. 그런데 군에서 이 동민의 소유지를 국유로 편입한 후 일인에게 대부허가하려 하자 전동민이 저지투쟁을 전개하였다.[14]

---

13) 『조선일보』, 1931년 11월 15일.
14) 『동아일보』, 1928년 8월 25일.

<표 1> 국유림 강제편입 반대투쟁

연 도	분 쟁 지 역	면 적	구소유 관계	분 쟁 원 인	한국인의 저항양상	자 료
1922. 11	평남 강서군 보림면 처학산		면민수목배양 사유지	면유재산화벌채금지	진정	동 22.11.14
1923. 1	평남 중화군 현곡면 수산면	2천여 정보	무주공산 농경이용림	국유화이후대부예정	대부청원 시도	동 23.1.27
1923. 7	경북 봉화군	4천여 정보	민유림	요존국유림강제편입	인민대표 상경 총독부진정	조 23.7.28 동 23.7.28
1924. 1	경남 진주군	16,000 여평	민유, 마을 공동소유림	국유, 면유재산화 낙엽채취금지	군청시위	동 24.1.27
1924. 10	평북 정주군 고산면	수천 정보	면민 연고림, 납세경작화전	국유화(일인대부)	진정	동 24.10.12
1925. 2	평남성천군 백령산		기자영정봉안 靑襟契조직	요존국유림화	유림대표 산림반환교 섭	동 25.2.2
1925. 3	평남 성천군	수만 정보	사유림	임야조사시 국유림편입		조 25.3.4
1925. 10	경남 창원 진해	6500 여평	개간 경작지	일인대부후수확반분 요구, 묘지송림벌출		조 25.10.22
1927. 6	경남 의령	60 정보	무주공산	면유림화 시초금지	농민연합회 간부 진정운 동	동 27.6.21
1927. 6	경남 통천	250여 정보	무주공산 7천 주민생계수단	매각시도	연고권주장 매 각 수 속 면민 대회 진정	동 27.6.10
1927. 7	함북 경성	300여 정보	동민이 700 년전부터 관 리	임야조사시국유화 일인대부	주민 탄원운동	동 27.7.13

1928. 4	함남 장진군		누대 금양지	영림서 건축지	벌채 반대 진정	조 29.4.16
1929. 10	경남 고성군		향교재산	일인소유권신청	총독부 진정	조 29.10.5
1930. 4	충북 보은 구명산		땔감공급지	보안림화	보안림반대 진정	조 30.4.6
1930. 11	충북 보은 국수봉	800 정보	누대금양, 농경이용림	국유화후 매각처분	적극 항의, 진정	조 30.11.27
1932.12	곡산군 월계리	400 정보	사유림	육군연습지	주민 진정	동 32.12
1935. 8	노인치 임야	4700 정보	연고인72명 소유	국유화후 공매처분 예정	총독부 진정	동 35.8

위 표는 1920년대 이후 1940년까지 『동아일보』와 『조선일보』에 기사화된 국유림편입과 그 처분에 관한 한국인의 저항사건을 발췌해 정리한 것이다. 표 중의 '동'은 『동아일보』를 '조'는 『조선일보』를 약술한 표현이다.

일제는 문경투쟁사례처럼 극단적인 저항투쟁을 야기시키면서까지 강권적으로 국유화해 버린 임야를 대부처분하거나 공매(公賣)나 불하(拂下)를 통해 수입을 증대시키고자 하였다. 예컨대 총독부에서 1927년 안면도를 약 80만원에 일본인에게 매각하는 것을 위시하여 임정계획대로 당해 국유림 581만 정보 중 특별한 경우를 제외한 나머지 400만 정보는 장래 민간에게 불하한다는 계획을 추진해 갔다. 이러한 처분은 결국 일인 대자본가의 산림소유 집중현상으로 이어졌다.[15] 그 소유집중의 단면은 1934년 함경남도 내 산림소유구조에서 엿볼 수 있다. 도 내 3백 정보 이상 5백 정보의 소유자가 36명으로 그 면적이 13,628정보이며(전면적의 3.2%) 5백 정보이상 천 정보 소유자 27명이 18,942정보(전면적의 4.6%)를 소유하고 1천 정보이상 5천 정보의 소

---

15) 『동아일보』, 「만 팔백정보 임야를 불하하였다」, 1928년 2월 16일.

유자 30명이 143,644정보(전면적의 34.6%)의 임야를 점하고 있으며 5천 정보이상 소유자 13명이 238,578정보(전면적의 57.5%)를 차지하고 있었던 것이다. 천 정보이상 소유자 43명이 함경남도의 임야 90%이상을 소유하여 소수 몇 명이 대다수의 산림을 점하는 극심한 소유편중현상을 초래하였음을 보여주고 있다.[16]

이러한 현상은 비단 함경도에만 국한된 양상이 아닐 것이며 다른 지역도 이와 대동소이하리라 판단된다. 따라서 일제의 국유림 대량창출과 소유집중현상은 한국인의 산림소유를 축소시키거나 아예 소유자체를 불가능하게 하는 폐해를 가져올 수밖에 없었다. 시간이 갈수록 한국인 중에는 기초생계 및 농사유지를 위한 최소한의 농용이용림(農用利用林)조차 확보하지 못한 농가들이 점차 증가하여 전 농가 중 40-50% 정도가 생계유지에 곤란을 겪게 되었다.

1933년 경기도 지역의 통계처럼 전 농가들 중 임야를 소유한 농민은 전체의 36% 정도뿐이며 그나마 다른 사람의 임야를 관리하거나 점유한 농민은 33%로 전연 임야를 사용치 못하는 농가가 41%를 차지하는 것으로 밝혀졌다.[17] 동시기 경남 창원군의 경우는 자기소유 혹은 관리할 임야조차 전연 없는 농가가 56%에 달하여 이들 농가의 연료나 비료조달에 있어 심각한 문제를 야기할 수밖에 없었다.[18]

---

16) 『동아일보』, 「처녀지의 삼림도 대資本의 수중에」, 1936년 8월 7일.

17) 『동아일보』, 1933년 9월 30일. 경기도 농가총호수는 236,388호로 순전한 농민으로만 보면 총호수의 8할인 231,579호 이 중 임야를 소유한 호는 36%인 84,371호 (…) 소유하지도 못하고 관리할 것도 전연없는 농가가 41%인 94,691호에 달하여 경기도 당국은 이에 대한 대책강구 중이다.

18) 『동아일보』, 1933년 10월 30일.

Ⅳ. 산림이용권 박탈에 대한 저항

1. 산림이용권 박탈과정

일제의 산림정책은 국유림 위주의 경영에 치중되었으며 그 중 국유산림에 대한 무단벌채나 도벌을 방지하는 보호를 최우선으로 여겼다. 특히 식민지 임정의 산림보호방식은 형식적 법규만능주의(法規萬能主義)에 입각하여 산림경찰을 이용한 강압적인 단속, 규제를 그 특징으로 하였다.

일제는 1908년 공포한 삼림법과 1911년 제정한 삼림령에서 산림특별형법에 관한 규정으로 법적 제재를 입법화하였으며 산림경찰의 권한도 대폭 강화시켰다. 우선 특별형법은 방화절도(放火竊盜), 훼기죄(毁棄罪) 등의 경우로 나누어 각각의 벌칙을 규정하였다.[19] 형법조항의 강화는 삼림법에 따라 강제 창출된 국유임야를 보호하는 한편 일인 산림자본가에게 임대한 산림보호를 명분으로 하여 기존 국유림에 관한 한국인 이용권을 박탈하고 그 이용을 엄금하기 위한 조치였다.[20]

일제는 1908년 법률 제1호 삼림법을 공포하여 한국 산림소유제도의 재편을 필두로 식민지 산림정책의 정비에 착수하였다. 그런데 삼림법 중에는 조선시대까지의 전통적인 산림이용관계인 관습적인 산림이용권을 전면 부정하였던 것이다. 일제 산림정책입안의 중심인물인 재등음작(齋藤音作)조차도 이 법에서 "국유임야 중 과반을 점하는 공

---

19) 森林令 제22조, 森林令施行規則 제39조~43조.
20) 강영심, 「일제의 한국삼림침탈과 한국인의 저항」, 이화여자대학교대학원 박사학위논문, 1998, pp.220-228.

산(公山)의 대부분에 대해서는 종래 오랫동안 입회(入會) 또는 이와 유사한 관행(慣行)"을 인정치 않는 것은 가혹하다고 시인한 바 있다. 더나아가 그는 이같은 현실적인 문제점을 고려치 않은 조치를 시정해야 한다고 주장한 바 있다.[21]

물론 식민지 민중의 생존권을 배제한 식민지 수탈적인 조치는 1911년 발포된 삼림령에서 일부는 완화된 형태로 보완되기는 하였다. 즉 삼림령 제 8조에서 이를 반영하여 삼림령에서는 "국유삼림에 입회의 관행이 있는 지원주민(地元住民:소재지주민)은 관행에 따라 그 삼림의 부산물을 채취하거나 또는 이에 방목을 할 수 있다."고 하여 한국민의 관습적인 산림이용권을 인정하였다. 그리고 삼림령시행세칙에서는 관습적인 산림이용, 즉 '입회관행'에 대한 명확한 범위를 밝혀 "지원주민의 전부 또는 대부분이 국유삼림의 일정한 구역을 한정하여 영년(永年) 부락용(部落用) 또는 자가용(自家用)으로 제공할 수 있는 산불(産物)의 채취 또는 방목의 용도로 제공했던 관행을 말한다."고 분명히 했다.[22] 즉 식민지의 산업역군인 한국인의 생계유지권은 일정정도 보장해 주지 않을 수 없었던 실정을 엿볼 수 있다.

1908년 삼림법으로 과거 전통적인 산림이용권을 완전 배제하던 방침에서 다소 완화된 정책으로 변경하였다. 그러나 실제로 민인들의 산림이용권 적용에 관해 총독부는 삼림령의 규정과 달리 "국유삼림산야에 대해서는 입회관행을 인정하지 말 것과 만약 이로 인해 지원주민에게 곤란한 사정이 있다면 삼림령 제10조 제1항에 의해 보호를 명하여 그 산물의 보수로서 채취할 수 있도록 취급해야 한다."고 엄격한

---

21) 齋藤音作, 「朝鮮森林令及附屬令 制定의 事情」, 朝鮮山林會, 『朝鮮林業逸誌』, 1933, pp.198-199.
22) 森林令施行規則 제35조.

방침을 세웠던 것이다.[23]

관습적인 산림이용권의 내용은 국유삼림미간지 및 삼림산물특별처분령(森林産物特別處分令) 제1조 제4항에서 '조선총독이 정하는 바에 의거 특별한 연고있는 삼림을 그 연고자에 매각할 때' 수의계약(隨意契約)에 따를 수 있는 권리를 인정하였다. 또한 '특별한 연고있는 삼림'에 대해서는 국유산림을 무료로 대부(貸付)할 수 있었고 국유산물의 매각 역시 수의계약에 따를 수 있는 권리도 부여되었다.[24]

상술한 바와 같이 삼림령과 국유삼림미간지 및 삼림산물특별처분령이란 법령에서 한국민의 관습적인 산림이용권을 인정한다고 규정하였으나 식민지시기 이전과 비교할 수 없을 정도로 다양한 경로로 산림이용에 큰 제약을 가했다. 특히 장기간 금양한 산림이나 촌락공유림 및 특수지역림의 경우 일제가 인정한 관문기(官文記)나 규약이 없으면 국유화하고 그 이용권리를 박탈당하는 경우가 적지 않았다.

이와 더불어 삼림령에는 영년금양(永年禁養)했던 산림으로 인정받으면 대부료를 내지 않고 성공양여(成功讓與)를 받을 수 있도록 규정하고 있다.[25] 예컨대 산림소유권이 없으면 산림이용권도 박탈당하는 상황에서 소유권을 획득할 수 있는 유일한 길이 바로 영년금양 사실을 인정받는 방법이었다. 따라서 당시 한국인들은 영년금양사실을 인정받아 산림이용권을 확보하고자 2만건 이상 많은 출원(出願)을 하였다.[26] 예상치 못한 신청에 총독부 역시 영년금양의 인정에 신중한 조

---

23) 森林令實施ニ關スル質疑ノ件, 關通牒 制10號, 1912. 1.

24) 勅令 第6號 國有森林未墾地 및 森林産物特別處分令 제3조 2항 ; 4조 3항, 1912년 8월 14일.

25) 森林令施行規則 第46條.

26) 1910년부터 1939년까지 永年禁養에 대한 讓與件數는 21,200건, 讓與面積은 55,138정보였다. 岡 衛治, 『朝鮮林業史』(상권), 朝鮮林業協會, 1945, pp.554-555.

사가 필요하다고 인정하였다. 그 기준을 아래와 같이 정하였다. 즉 ①
송계(松契)와 같은 확실한 조직이 관리했다는 증명이 있거나, ②식수
또는 파종과 같은 적극적인 산림자원조성을 하였거나 혹은 단순히 금
양하여 10년 이상이 지난 산림의 평균임목도가 3/10 이상이면 금양권
을 인정받을 수 있다고 확정하였다. 그러나 배타적인 시초채취와 같은
이용은 영년금양이라고 인정하지 않았던 것이다. 이같은 결정은 관습
적인 산림이용은 사유로 인정하지 않겠다는 의도를 내포하고 있음과
동시에 임령(林齡)이나 평균임목도(平均林木度)의 규정 확인시 담당
자들의 자의적인 판단으로 산림이용권을 결정하였다는 의미에 다름아
니다.

삼림령이 제정된 이후 한국산림에 대한 국유·사유의 소유권을 확정
하는 조선임야조사(朝鮮林野調査) 사업당시에도 연고있는 국유임야에
대한 규정이 조선임야조사령(朝鮮林野調査令)과 동시행수속(同施行
手續), 동시행세칙(同施行細則)과 차이가 있어 사업담당자의 작의적
인 소유사정이 가능케 했던 식민지적 특성을 띤다.

예컨대 조선임야조사령 제10조에는 "1908년 법률 제1호 삼림법 제
19조의 규정에 의거 지적의 신고를 하지 않았기 때문에 국유로 귀속
했던 임야는 구소유자 또는 그 상속인의 소유로서 이를 査定한다"고
하였으나 동규칙에서는 연고있는 국유임야로 정하였다(2항). 또한 영
년수목을 금양했던 것 역시 동시행수속에는 민유(民有)의 구분표준으
로 인정하였으나 동규칙에서는 연고있는 국유임야로 정하였던 것이다
(4항). 이러한 혼란스러운 법적용은 임야조사사업의 소유권사정에 이
의를 제기하는 이의신청(불복신립:不服申立)이 토지조사사업과 달리
급증했던 원천적인 원인이 되었다.[27] 결국 한국민의 사적 소유림이나

27) 朝鮮林野調査事業의 불복신립사건중 연고림에 관한 분쟁이 전체 불복신립사건의

298

공동소유림 및 특수지역권(特殊地役權)이 대부분 연고있는 국유임야의 한 형태로 일단 국유로 사정되었던 것이며 더하여 산림이용권 역시 박탈당한 것이었다.

한편 일제는 국유림 보호를 위해 1912년 중요한 산림지역에 삼림보호구를 신설하고 1913년에는 산림감시소를 설치하였다. 이후 1926년 임징기관 개편에 따른 기구 일원화징책에 따라 보호시설의 소관도 영림서(營林署)와 각도로 양분하였고, 산림자원의 보호도 한층 강조되어 보호시설과 보호경비 증대를 통해 보호직원을 대폭 보강하여 국유림에 대한 보호를 강화시켜 갔던 것이다. 이어 1932년 북선개척사업(北鮮開拓事業) 착수와 함께 해당 북부지방에는 보호직원의 증대 등으로 국유림보호가 더욱 보강되었다. 뒤이어 전시통제체제가 점차 확대되자 임산자원의 전시물자조달 방침과 맞물려 점차 자원의 도벌에 대한 방비보다는 국유, 사유림에 대한 남벌(濫伐)과 과벌(過伐)에만 치중하는 경향으로 바뀌어 갔다.[28]

한편 민유림에 대한 보호는 1911년 삼림령 제정 이후 산림의 사용수익의 폐해 교정 등에 대한 지방장권의 권힌을 확장하고 도령(道令)으로 사유림보호취체규칙(私有林保護取締規則)을 발포하여 산림벌채로부터 보호에 주의를 기울였다. 그러나 국유림위주의 정책기조에 의해 적어도 전시체제 이전까지는 사유림관리를 등한시하여 대개 지도나 권장수준에 머물렀다고 해도 과언이 아니다. 그러므로 무엇보다도 사유림보호의 실효를 거둔 것은 민간의 자치적 활동인 재래의 송계

52%에 달하였다(朝鮮總督府, 『朝鮮總督府林野調査査業報告』, 1938, pp.74-75 ; 강영심, 「일제하 조선임야조사사업연구」, 『한국학보』,33,34집, 1983, 참조).

28) 1940년 당시 국유림 552만정보 중 413만정보에 대해 그 보호기관을 배치하고 그외 109만 정보에 대해 지방청에서 보호를 담당케 하였다(朝鮮總督府, 『朝鮮の林業』, 1940년판, p.47).

(松契), 식림계(植林契), 동계(洞契), 그리고 관제적 성격이 강한 삼림
조합 등이었다. 이들의 활동에 힘입어 남벌남채(濫伐濫採)의 제한, 충
해방제(蟲解防除), 화재방지 등 산림보호에 주력할 수 있었다. 1932년
11월 삼림조합을 해체하고 그 보호업무를 도에서 인계받았으며 이후
산림보호직원을 각 산림에 배치하여 민유림보호를 담당케 하였던 것
이다.

이같은 일제의 과도한 보호정책은 한국인에게 심각한 폐해를 가져다
주었다. 우선 산림경찰권을 가진 산림간수의 횡포와 국유림보호구의 설
정에서 생겨난 산림이용금지에 따른 영향을 들 수 있다. 산림간수들에
게 산림경찰권을 부여하였으므로 이들이 산림보호를 구실로 구타, 위협
사격 등의 폭압적 방법을 자행하였던 것이 일반적이었다.[29]

그리고 국유산림보호구로 설정된 지역에는 산림보호주재소가 설치
된 이후 초목이 부패하더라도 나무가지 하나, 풀 한 포기도 건드리지
못하게 엄금함으로써 해당지역의 주민들은 연료는 물론 비료조달도
불가능하게 되었던 것이다. 즉 과거 산림이용이 허용되던 산림들이 국
유화되면서도 그 대신 이용할 수 있는 연료나 비료공급원을 제공함이
없이 일단 국유화한 이후 국유림 보호에만 급급한 일제 당국의 산림
정책에서 비롯된 현상이었다.[30] 일례로 함남 단천군산림보호주재소의
설치로 인하여 단천의 북두면민은 초채(樵採)의 길이 막혀 난방용 연
료의 결핍으로 추위를 견딜 수 없을 비참한 상황에 처하게 되었던 것
이다. 이는 비단 단천군에 한정된 것이 아니며 산림보호구가 신설된
지역이면 어디서나 나타나는 현상으로, 무수한 한국인의 생계는 무시

---

29) 산림보호직원들의 횡포는 비일비재하여 심지어 가짜 산감들이 출현해 농민들을
    대상으로 삼림령 위반자에게 벌금징수를 강요하면서 이들을 위협하는 사례도 있
    다(『동아일보』, 1929년 10월 9일).
30) 『조선일보』, 「단천군 북두일면민의 참상」, 1926년 2월 26일.

한 본말이 전도된 일제 통치의 한 단면일 뿐이었다고 할 수 있다.[31]

2. 무주공산에서의 '도벌(盜伐)' 증가와 삼림령 위반자 격증

상술한 바와 같이 한국인이 종전에 점유하고 있었던 무주공산의 이용권을 완전 부정하여 시초(柴草)나 비료생산터전을 인정하지 않고 이를 대신할 그 어떤 대안도 마련치 않은 채 강화된 일제의 보호단속 위주의 산림보호시책은 다름아닌 생존권의 박탈이었다. 따라서 산림경찰의 단속 및 구류나 벌금형이란 법적 제재 하에서도 국유림에서의 '도벌'행위가 증가할 수 밖에 없었으며, 그에 따른 삼림령 위반자수도 격증하였다.

이를테면 국유산림보호구에서 잡초를 채취한 죄로 벌금 10원을 납부케 하는 가혹한 단속으로 면민들의 불만이 적지 않았다는 사례는 당국의 제재조치가 가혹했음을 적나라하게 보여준다. 단속이 가혹하고 강력해져도 채취행위가 줄어들지 않는 것은 생계유지를 위해 인민들이 택할 수 있는 유일한 방법은 다름아닌 허가없이 벌채하는 '도벌' 뿐이었기 때문이다.[32] 시초채취를 둘러싼 갈등은 비단 일제당국과 주민간에만 발생하는 것은 아니었다. 일제가 취한 국유림 수탈 중심의 산림정책의 폐단은 부족한 연료채취용 산림을 쟁취하려는 한국인민들 사이의 갈등마저 초래하였다.[33]

---

31) 『조선일보』, 1926년 2월 25일.

32) 『조선일보』, 1928년 4월 24일.

33) 전북익산군 왕궁, 춘포, 전주군 원동, 삼례면민들은 과거에는 郡 상호간 구별없이 경계를 넘어 作農도 하고 시초의 채벌도 임의로 하였다. 그러나 일제의 산림 국유화 및 보호가 점차 강화됨에 따라 산림감시원이 배치되어 빈틈없는 순시가 이루어지면서 국유림은 물론 민유림의 벌채나 낙엽의 채취까지 극력 저지하여

　1930년 이후 산림보호가 극력 강화되면서 강원도 춘천지청 관내에
만도 삼림령 위반사건이 매월 60여건에 달하여 화전민의 수난시대라
고까지 일컬어 질 정도였다.[34] 이렇듯 일제의 산림단속령은 해를 거
듭할수록 강화되었지만 삼림령 위반자의 수는 감소되지 않았다. 이런
현상은 당연한 결과라 할 수 있다. 1934년 1월 28일자 신문기사에서
일제 당국의 자원보호 위주의 산림정책이 누구를 위한 것인가를 비판
하였다.

> 　조선 농촌에서는 자래로 인근 산에 산재한 낙엽쯤은 자의로 긁어다
> 가 연료로 사용하여 왔다. 더구나 수 3년이래 극도로 피폐한 농촌경제
> 의 급박한 파괴상으로 대단위로 출현되는 농촌실업군은 낙엽이나마 긁
> 어 팔아서 근근 호구하는 이가 날로 증가하는 현상이다. 그런데 돌연
> 郡당국에서 낙엽채취조차 엄금하며 위반자를 처벌하겠다고 하여 임야소
> 유자의 연료만 이 시장에 공급되어 그 가격이 2배 가량 폭등하였다.
> (…) 전 생계를 이에 의탁한 농촌실업자군과 임야 無所有者의 一般細
> 農民層은 (…) 생활상 일대 대공황 (…) 삼림보호위하여 일반인민의 생
> 활안정을 위협할 낙엽채취 금지까지 할 필요는 무언가?(…) [35]

　일제는 1931년 만주침략 이후 조선공업화 방침 하에 채택한 원료자
급계획인 북선개척사업의 산림벌채사업 착수에 맞춰 민유림정책을 대

위반자를 발견하면 구타는 물론 위협사격도 마다치 않는 경우가 종종 있었다.
그 결과 군사이의 월경도 금지되고, 시초의 채취도 어려워지면서 매매조차도 불
가능해지자 면민간에는 시초 쟁탈전이 일어나면서 양군민간의 갈등과 불신이 악
화되어 충돌직전의 상황을 만들기도 하였다(『동아일보』, 1929년 2월 4일 ; 『동아
일보』, 1928년 5월 27일).
34) 『동아일보』, 1930년 9월 8일 ; 인제군의 경우도 산림단속이 혹심하여 생계수단을
　　잃어 가는 이가 해마다 늘어가는 형편인데 해가 갈수록 삼림령단속도 심해져 그
　　동안 허가해 주던 화전민의 製炭조차 금지한 까닭에 주민들의 고통이 극에 달하
　　였다(『동아일보』, 1930년 11월 23일).
35) 『동아일보』, 1934년 1월 28일.

폭 수정하였다. 그리고 그 보호 지도를 삼림조합으로부터 지방관청으로 이관하였던 것이다. 그 중 하나가 1933년 5월에 발표한 사유림시업제한규칙(私有林施業制限規則)인데 이 규칙은 송지채취(松枝採取)는 물론 낙엽과 시초채취(柴草採取)까지 금지하였다. 그 때문에 1932년 11월 추운거울 땔감을 구하려는 평남 맹산군의 군민들 중 사유지채벌규칙(私有林採伐規則)을 위반한 자가 하루에 50여 명에 달할 정도로 벌채규칙의 폐단이 적지 않았던 것이다.[36] 그 외 강릉에서도 사유림채벌이 3년간 금지되어 신탄생산을 못하게 되어 이 지역 주민 9천여 호의 생계가 곤란하게 되었다.[37] 이처럼 1935년경 곡가의 앙등을 비롯하여 물가가 대폭 폭등하여 최근 도시생활자는 물론 도시 빈궁인층의 타격도 심각하였을 뿐 아니라 산촌농가에서는 생활의 방도마저 잃게 될 지경이었다. 그 결과 지엽시초(枝葉柴草)를 도시에 판매하여 생계를 유지해 오던 산촌농가에게 막대한 손실을 가져다 주었다.[38] 주민의 생계인 송지판매를 금지시키자 이에 저항한 평남 강동군에서 몇몇 농민 130여 명이 집단으로 면사무소로 집결하여 그 채벌허용을 요구하기도 하였다.[39]

하지만 대개는 평남 덕천군과 같이 삼림주사보의 수를 늘여 더욱 가혹하게 벌채나 채취를 단속함에 삼림령위반자도 격증하여 경찰서 유치장은 항상 만원을 이룰 지경이었다.[40] 그 외에도 전국적으로 삼림령위반에 관한 수다한 사례들이 보도되었다.

이처럼 삼림령위반이란 원래 임야를 소유치 못한 가난한 사람들이

---

36) 『동아일보』, 1932년 11월 13일.
37) 『동아일보』, 1934년 12월 5일.
38) 『조선일보』, 1935년 10월 29일 ; 『동아일보』, 1934년 2월 1일.
39) 『동아일보』, 1933년 9월 3일.
40) 『동아일보』, 1933년 9월 17일.

보안림이나 이에 동일한 취급을 받는 산림에 대해 가지를 꺾거나 낙엽을 긁거나 나무뿌리를 파다가 경찰에게 피체(被逮)되어 공판(公判)까지 받게 되는 경우였다. 이들은 대개 10원내지 20, 30원의 벌금형을 받아도 그 벌금을 낼 돈이 없어 대신 복역하는 경우가 대부분이었다.[41]

예컨대 1934년 하반기 동안 산림 범죄건수 14,635건인데 상, 하반기를 모두 합하면 어림잡아 3만 건이 넘는 산림범죄가 발생하였다고 추측해 볼 수 있다.[42] 이는 결국 산림보호에 대해 각종 시설과 감독을 강화, 보완하여 강력한 단속을 시행해도 그 위반수는 결코 감소하지 않았다는 사실을 보여주는 것이다.

<표 2> 연도별 산림관련 범죄와 즉결사건 처단 인원

연 도	산림관련범죄	삼림령위반건	산림범죄즉결사건중 삼림령 관계자
1924	4,939건	6,045명	2,143 명
1925	5,228	6,398	2,804
1926	4,751	6,000	2,092
1927	4,378	5,601	1,766
1928	7,040	8,265	2,861
1929	4,875	5,988	2,514
1930	5,413	6,335	3,193
1931	4,989	5,911	2,343
1932	4,874	5,692	1,911
1933	6,321	6,939	2,049
1934	11,760	12,371	1,707
1935	11,687	12,594	1,662
1936	13,339	14,247	1,570
1937	12,152	12,538	1,154
1938	11,670	12,084	766

41) 『동아일보』, 1935년 2월 15일.

42) 『동아일보』, 1935년 7월 4일. 그 외 충청북도에서도 1934년 7월부터 12월까지 6개월간 삼림령 위반으로 검거된 건수는 盜伐 3,429건 無許可伐採 793건을 합쳐 4,222건으로 한 도에서만 1개월 평균 700여건 정도의 위반이 발생했다는 것이다 (『동아일보』, 1935년 2월 26일).

<표 2>는 삼림령 위반 건수와 위반 인원수를 연도별로 정리한 통계인데 하나는 산림관련범죄 중 삼림령 위반건의 변화를 나타내며 다른 하나는 즉결로 처리된 위반건수의 추이를 보여주고 있다. 이 표에 의하면 즉결처분은 1920년대는 연평균 2,000여건이 발생하였으나 1930년대 초반 이후 서서히 그 수가 줄어들어 1938년 이후에는 반감하다가 1942년 경에는 거의 200~300건으로 급감하고 있는 것을 알 수 있다.[44] 반면에 전자의 위반건수는 1934년 이후 배가하여 삼림령 위반죄를 즉결처분보다는 보다 강력한 처벌방침으로 전환하였던 일제의 방침을 살필 수 있다.

그러나 상황이 점점 악화되자 총독부 내에서도 그 근본 원인에 눈을 돌리게 되었다. 결국 농경의 필수요소인 연료, 사료, 비료의 3대 요소의 공급의 중요성을 망각하고 벌채금지와 식림에만 급급한 정책 시행에서 비롯된 결과임을 비로서 파악하게 된 것이다. 총독부 조사에 의하면 전국에 임야를 소유치 못한 농가호수가 50 만호에 달하였으니 이들은 연료와 사료 조달시 어쩔 수 없이 '도벌'이나 '남벌'이란 불법적인 방법을 취해야만 하므로 삼림령 위반사례가 해마다 증가할 수밖에 없었다.[45]

---

43) 1939년부터 「범죄건수와 검거건수인원죄명별」 통계가 없고 다만 범죄즉결사건 처단인원 항목 중 삼림령위반 인원의 통계만 있어 해당시기의 전체 삼림령위반으로 검거된 건수를 파악하기 어렵다.

44) 즉 1939년 522건, 1940년 439건 1941년 328건 1942년 162건으로 감소하였다(『朝鮮總督府統計年報』, 1942년판).

45) 연료, 비료, 사료는 영농상 필수물자이며 이의 충족은 농산촌의 진흥은 물론 治山上 매우 긴요한 일이다. 당시의 통계로 미루어 농가 1호당 1년간필요 농용임산물은 임산연료 약 1,800貫, 녹비와 퇴비원료 산야초 약 1,000관, 축우사료 약 1,000관로 총합계 약 3,800관이었다. 이후 영농법 개선과 축우증식계획의 진척에

3. 일제의 '농용림설정계획'의 수립배경과 그 실상

1935년 1월 총독부에서 마침내 그 구제책으로 농용임지설정계획(農用林地設定計劃)을 제시하였다. 결국 농민들의 산림이용을 망각한 채 벌채금지와 식림에만 치중하였던 기존의 방침을 완화하지 않고서는 임야 미 소유농가 100만 호로 하여금 삼림령위반을 면케 할 수 없었던 것이다. 따라서 총독부에서도 생계문제의 근본적인 해결 방안과 기타 치산치수를 위하여 농용임지설정계획을 수립키로 한 것이었다. 우선 경기 충청, 전라 경상도의 8개도에 보조하여 각도에 1군씩 선정하여 기술원파견과 면유림을 설정하는 외에 개인의 임야를 사용하여 대부료를 보조하도록 하였다. 그리고 식림비도 도 비용으로 보조할 것 등을 결정하였다.[46]

그러나 임야를 소유하지 못한 농가가 전체의 56%, 160만 4천 호에 달해 자가용임산물(自家用林産物)의 취득 곤란은 물론 영농상 지장이 적지 않았다. 그 중 자력 취득이 곤란한 세농(細農) 약 100만호에 대해 면, 군농회 등이 농용임지를 설정하여 농용임산물을 용이하게 공급할 방책을 수립하였다. 이미 1933년부터 설정에 착수하였으나 1935년 본격 착수하여 경기 이남 7개도, 황해도에는 국고 보조 하에 1군 마다 선정하여 38,500여호 면적 약 4만 정보의 농용임지를 설정하였다.[47]

이같은 총독부의 방침에 따라 각 도별로 농용임지설정계획이 추진되었다. 1935년 3월 충남도의 경우를 보자. 충남도 내 총임야면적 50만 정보에 농가 21만여호 중 11만 여호 이상이 전연 산림을 이용할

따라 그 수요량도 현저히 증가하는 추세였다.

46) 『동아일보』, 1935년 1월 11일.
47) 朝鮮總督府, 『朝鮮의 林業』, pp.87-88, 1940.

길이 없어 부득이 삼림령을 위반한다는 것이다. 1934년 7월에서 12월까지 삼림령 위반으로 검거된 건수가 2,772건에 달하였다는 사실이 당시의 실정을 적나라하게 대변해 주는 것이다. 그리하여 일제는 이를 완화하고자 금년부터 임야미소유자 11만호에 대해 1호당 1정보의 농용림지를 설정한다는 방침 하에 방법은 면유림 전부를 개방하고 부족분은 개인임야를 1정보 1원 30전에 빌려서 충당하되 매호 마다 1원씩의 입산료를 징수한다는 구체안을 수립하였다.[48]

그 밖에 총독부에서 국유림처분방침을 일부 수정하여 지방농림의 농용임지로 설정해야 할 임야는 처분대상에서 제외시켰다. 그리고 이러한 국유림의 농용임지설정은 주로 지방의 애림회 또는 농민 중심의 각종단체에 대부나 불하를 통해 그 단체로 하여금 각 농민의 농용임지로 이용케 하는 시안을 마련한 것이었다.[49]

1935년 8월부터 본격화된 농용림지설정계획은 1년 예산 38,000원 정도로 추진되어 1935년내 농용임지조성에 착수하였다.[50] 하지만 일제의 농용임지설정계획은 부족한 경비와 소극적인 실시방법 등으로 순조롭게 진행되지 못하였다. 1935년경 임야를 소유하지 못한 농가가 100만호 정도라면 적어도 100만 정보의 농용임지가 설정되어야만 함에도 실시 7년이 경과한 1942년 당시조차 경기도 이남 7개도와 황해도에 불과 4만 정보만이 설정이 완료된 상태였다. 더구나 이 시기에 이르면

---

48) 『동아일보』, 1935년 3월 4일 ; 1937년 6월19일 ; "5개년 간 74,000호 농용임지설정계획 중 우선 금년엔 2,600호 설정, 함남 농용임지설정계획의 전모(…) 도내 16군 123개면 1,970개리 3213부락에 설정코자 하는데 농용임지 시설이 필요한 농가 130,274호 그 중 임야소유한 농가 54,807호와 1정보미만의 임야소유한 농가 20,037호, 합 74,844호에 설정하게 될 중요시설농가의 57%에 달함"(『동아일보』, 「경상북도 내 농용임지설정계획수립」, 1937년 7월 4일).

49) 『동아일보』, 1935년 11월 6일.

50) 『동아일보』, 1936년 1월 12일.

임야를 소유하지 못한 농가가 무려 100만 호로 추산되었으므로 농용임산물의 부족실태는 더욱 악화되어 갔다고 해도 지나치지 않다. 물론 임정당국에서 농용임산물의 공급을 자력에 의해 임야의 구입, 차지(借地), 산주(山主)와의 협정, 지주의 임야제공, 노동의 교환 등의 수단에 의하여 합리적으로 취득가능한 경우는 이를 조장하기도 하였다. 이같은 다양한 방법으로도 임야취득이 불가능한 농가가 약 59만 호에 달하였으므로 이들에게는 면농회에서 농용임지를 설정하여 저렴하게 농용임산물을 공급토록 하였지만 실제 그 성과는 미미하였다.[51]

그러한 점은 농용임지설정계획 실시 이후에도 삼림령 위반사건의 수치가 감소되지 않을 뿐더러 오히려 증가하고 있음을 나타내는 <표 2>에서도 잘 드러난다. 즉 1936년이 가장 많은 수치를 기록하였으며 이후 1937년, 1938년에도 그 수가 별로 줄어들지 않고 있다. 물론 즉결 사건으로 처리된 수치는 1930년을 정점으로 점차 감소하다 1933년, 1938년 이후 급격히 감소하고 있다.

1935년 12월 신문기사에 의하면 "연료가 부족한 조선농촌의 삼림령과 도령의 위반사건이 해마다 격증하고 있다. 지난 1월부터 6월말까지 상반기 중에 삼림령 위반 9,821건, 도령 위반이 6,131건, 기타 14건, 모두 15,167건이었다. 그 내용은 대부분 도벌로서 추운 겨울에 땔나무가 없어서 금벌구역에서 벌채한 것이다" 라 하여 당시 임야를 소유치 못한 농가의 실정을 말해준다.[52] 그러므로 당국의 적극적 단속과 탄압이 해가 갈수록 강력해짐에도 농촌에서 삼림령 범측자가 날로 증대함은 누구나 우려하는 문제로 지적되었다.[53] 강원도의 경우도

---

51) 朝鮮總督府, 『朝鮮年鑑』, 1943, p.352.
52) 『동아일보』, 1935년 12월 18일.
53) 『동아일보』, 1936년 2월 6일 ; 3월 15일.

1938년 산림범죄가 1,138건이었으나 1939년에도 1,136건으로 그 수가 감소하지 않았고, 그 대부분이 화전민이나 농부였던 점에서 농가의 농용이용림부족실태를 짐작할 수 있으며 이는 결국 일제의 농용이용림 설정책이 실효성이 없음을 입증하는 것이다.[54]

V. 맺음말

일제의 국유림 대량창출은 한국민인의 이용이 허용되던 무주공산은 물론 사유림 및 사유로 인정해야만 하는 연고임야를 강권으로 국유로 강제 편입함으로써 이루어졌다. 민중들은 일제의 침탈에 대응하여 이의신청을 제기하거나 보다 적극적인 방법으로 빼앗긴 산림을 찾으려는 반환투쟁을 전개하였다.

한국인민들의 산림소유권반환을 목표로 한 합법적인 탄원운동이 장기간 전개되었지만 일제당국의 확실한 해결책제시가 없는 경우가 대부분이므로 이에 격분한 주민들이 폭력적인 방법을 동원한 무력투쟁으로 진전되는 경우도 적지 않았다. 일제가 국유림 창출을 극대화하기 위해 점차 국유로 귀속되는 산림이 갈수록 증대하였지만 소유분쟁으로 이의를 신청한 한국인의 요구가 관철되지 않자 한국인의 저항도 적극적인 무력투쟁의 반국유화투쟁으로 발전되어 가는 특성을 나타냈다. 예컨대 1928년 경북 상주군의 반면유림(反面有林) 편입투쟁이나 1931년 경북 문경군의 산림이용권을 가진 연고림 수호투쟁이 그 좋은 예이다. 후자의 경우 일제의 산림정책을 적극 실행하였던 면장을 타도 대상으로 간주하고 구타한 사건으로 중심인물 다수가 대구지법에서

54)『동아일보』, 1940년 7월 2일.

재판받을 정도로 격렬하게 저항하였다. 이렇게 저항의 강도가 높아진 점은 농민들의 이용산림이 국유화당하자 생계가 막혀 버린 농민들이 생존을 위한 저지투쟁을 보다 적극적으로 전개해 간 때문이었다.

그리하여 합법적인 탄원운동으로 시작하여 시위운동으로, 혹은 강력한 폭력투쟁으로 진전될 수 밖에 없었다. 그렇지만 일제의 국유림처분이 진척됨에 따라 한국인 중에는 기초생계 및 농사유지를 위한 최소한의 농경이용림조차 확보하지 못한 농가가 전체의 40~50%를 차지하는 결과를 가져 왔다. 생계조차 곤란한 어려운 지경에 처한 한국인들은 삼림경찰의 단속 및 구류나 벌금형이란 제재에도 불구하고 삼림령을 어기면서까지 벌채해서 생계를 유지할 수밖에 없었다. 예컨대 일제가 산림보호에 대해 각종 시설과 감독을 강화, 보완하여 강력한 산림자원단속을 시행해도 산림령위반건 수는 결코 감소하지 않았다는 사실은 한국인의 생존권박탈은 고려치 않는 산림정책의 식민지적 특성을 입증하고 있다.

총독부 조사에 의하면 전국에 임야를 소유치 못한 농가호수가 50만호에 달하였으니 이들은 연료와 사료 조달시 어쩔 수 없이 '도벌'이나 '남벌'이란 불법적인 방법을 취해야만 하므로 삼림령 위반사례가 해마다 증가할 수밖에 없었다. 결국 총독부에서도 농경의 필수요소인 연료, 사료, 비료의 3대 요소의 공급의 중요성을 망각하고 벌채금지와 식림에만 급급한 정책시행에서 비롯된 결과임을 시인하지 않을 수 없게 되었다.

일제는 이런 문제를 해결하고자 비로소 1935년 1호당 1정보씩의 농경이용림을 설정해준다는 정책을 세워 해결책을 모색하고자 하였던 것이다. 하지만 이 정책은 임시방편적인 입장에서 정책수립에 그쳤을 뿐 이를 실행에 옮길 만큼의 당국의 제도적, 경제적인 지원이 없었으

므로 실제 농경이용림이란 허울뿐인 또 하나의 식민지적 산림정책에
지나지 않았던 것이다.

형평사(衡平社)와 수평사(水平社)의 교류·연대에 대하여

고숙화[*]

Ⅰ. 머리말

형평사는 백정(白丁)의 신분해방과 평등사회의 건설을 목표로 1923년 4월에 창립되어 1930년대 중반까지 활동한 단체이다.

조선시대이래 도살업(屠殺業)·고리제조업[柳器製造業]·육류판매업 등을 주생업으로 하던 백정을 포함한 천민의 신분해방은 1894년 갑오개혁에서 적어도 제도적으로는 이루어졌다고 하겠다. 그러나 이 갑오개혁 의안(議案)은 단지 "역인(驛人)·창우(倡優)·피공(皮工)에게 면천(免賤)을 허(許)한다"라고만 되어 있을 뿐 이들이 당시 받고 있었던 사회적 제약이나 차별대우 등에 대해서 구체적인 해결방법을 제시한 것은 아니었다. 따라서 갑오개혁 이후에도 천민에 대한 사회적인 억압이나 통제는 여전히 계속되고 있었으나, 갑오개혁 의안으로 해방되었다고 인식한 백정들은 여러 가지 형태로 사회적·자의적 차별에 대항하였다. 그리고 더 나아가 자신들에 대한 차별적 대우를 조직적인 힘으로 철폐하고자 형평사를 창립하게 되었다.

* 국사편찬위원회 편사연구관.

형평사 창립대회는 1923년 4월25일 경상남도 진주(晋州)의 대안동
(大安洞)에서 회원 80여 명이 참가한 가운데 개최되었다. 이때 발표
한 형평사 주지(主旨[趣旨書])와 사칙(社則) 제3호에서 그들은 형평
사의 목표를 확고히 하였다.

> 공평(公平)은 사회의 근본이고, 애정(愛情)은 인류의 본량(本良)이다.
> 그런고로 아등(我等)은 계급을 타파하고 모욕적 칭호를 폐지하며 교육
> 을 권장하여 우리도 참다운 인간이 되기를 기(期)함이 본사(本社)의 주
> 지(主旨)이다. (…)

위에 인용한 형평사 주지의 첫 부분이나 형평사 사칙 제3조, 즉
'본사는 계급타파·모욕적 칭호폐지·교육권장·상호의 친목을 목적으로
한다'는, 이것은 '같은 인간으로서의 평등과 해방'을 요구하는 것으로
이후 형평사가 일관되게 추구한 가장 중요한 운동목표였다.

한편 일본의 특수부락민의 해방운동단체인 수평사는 형평사보다 1
년 앞서 1922년 3월 교토(京都)에서 창립되었다. 일본의 특수부락민
들은 모욕적인 언사인 에다(穢多:屠者)라고 불리워지면서 오랜동안 사
회적 차별을 받아왔다. 이들도 명치 4년(1871)에 "이금(爾今) 에다의
칭호를 폐한다"라는 포고로서 법제적으로 해방되었지만, 그러나 사회
적 차별관습은 여전하여 '특수부락민' '신평민(新平民)' 등의 모욕적
인 칭호로 불리워지는 등 사회적 천시는 계속되었다. 그러자 1922년
3월 교토에서 차별대우 철폐와 인간해방을 목표로, 전국 각 지방의
부락민 4,000여 명이 모여 전국수평사(全國水平社)를 창립하였던 것
이다. 전국수평사의 강령은 다음과 같다.

> ① 우리 특수부락민은 부락민 자신의 행동에 의해 절대의 해방을 기

한다.

② 우리들 부락민은 경제의 자유와 직업의 자유를 사회에 요구하고
그럼으로써 그 획득을 기한다.

③ 우리들은 인간성의 원리에 각성하고 인류 최고의 완성을 향하여
돌진한다.

수평사는 창립 1년경에 250여 개의 지방 수평사가 조직되는 발전을 하였으나 1923년을 기점으로 운동노선을 둘러싸고 내부 분열을 하게 된다. 이후 「전국수평사 무산자동맹(全國水平社無産者同盟)」, 「전국수평사 자유청년연맹(全國水平社自由靑年聯盟)」, 「노동농민민중지지연맹(勞動農民民衆支持聯盟)」, 「해방연맹(解放聯盟)」, 「일본수평사」 등의 여러 파벌이 등장하여 세력다툼을 치열하게 전개하였다.

1931년에 이르러 전국수평사의 해산문제가 제창되고 이를 계기로 내부 동요가 더욱 심해져 구본부파·중간파·해소파·해방동맹파의 4파로 갈리어 본부의 활동이 중단되기도 하였다. 오늘날에도 일본에는 부락(部落)이 남아있어 이의 철폐를 위한 운동이 활발히 진행되고 있다.

이렇게 형평사와 수평사는 오랫동인 사회적 차별을 받아오던 조선의 백정과 일본의 에다들이 차별철폐·평등·인간해방을 목표로 창립하였던 단체였다. 이 두 단체가 창립될 당시의 상황은 식민지와 식민지 본국이라는 전혀 다른 체제하에서 였지만, 공동의 목표를 가진 두 단체가 서로 교류하고 연대하여 자신들의 목표를 이루고자 하였을 가능성은 충분히 생각할 수 있다. 두 단체의 이름에서 조차도 이를 느끼게 한다. 본고는 이에 대해 살펴보고자 하였다.

Ⅱ. 형평사의 창립과 수평사

형평사의 창립경위에 대해서는 상세하게 알려져 있지 않다. 다만 종래 다음과 같이 일제 관헌이 약술해 놓은 것이 그대로 형평사 창립 경위로 이해되어 왔다.

> 경남 진주군 진주면 대안동에 이학찬(李學贊)이라는 백정출신 자산 가가 있었다. 그는 자제를 교육시키기 위해서 수차에 걸쳐 공·사립학교 에 입학시키려 노력했으나 백정이라는 구실로 거절당하거나 혹 일단 허 가를 받아도 백정자제임이 알려지면 주위의 배척이나 압력을 받아 중도 에 퇴학하지 않을 수 없게 되어 사회의 몰이해를 원망하고 있었다. 때 마침 일본 관서지방(關西地方)에서 수평운동(水平運動)이 활발하다는 소문을 들은 이학찬은 우인(友人)인 일반민 강상호(姜相鎬)[1]·신현수(申 鉉壽, 조선일보 진주지국장)·천석구(千錫九, 晉州 自作農會 幹部) 등 에게 백정의 고충을 호소하여 이들의 찬동을 얻어 이들 및 같은 백정 출신인 장지필(張志弼, 明治大學中退) 등과 함께 1923년 4월25일 진 주에서 백정들의 신분해방 운동단체인 조선형평사(朝鮮衡平社)를 조직 하게 되었다.[2]

또한 1933년에 일어난 형평청년전위동맹(衡平靑年前衛同盟)사건의

---

1) 姜相鎬(1887-1957)는 진주 대안읍 태생으로 1912년 진주공립농업학교를 졸업하였 다. 1914년 3월 진주 사립 봉양학교(현 진주 봉래국민학교) 설립하였고, 1919년 3·1 운동으로 대구복심법원에서 1년 실형을 선고받고 대구형무소에서 만기 출옥하였 다. 1920년 2월 초대 동아일보 진주지국장을 지냈으며, 1923년 시립 일신고등보통 학교(현 진주여자고등학교) 설립하였고, 1934년 1월에는 진주부인회를 조직하여 고 문에 취임하였다. 1937년 4월 진주부 37개 농청연합회장에 피선되어 활동하였다. 강인수,『柏村의 소리』, 도서출판 형평, 1993, pp.27-28.

2) 朝鮮總督府警務局,『最近に於ける朝鮮治安狀況-昭和8年-』, 1934, p.133 ; 坪江汕二, 『朝鮮民族獨立運動秘史』, 東京:公安調査廳, 1959, pp.186-187 ; 李磐松,『朝鮮社會思 想運動沿革略史』, 1933, pp.85-86(한대희 편역,『식민지시대 사회운동』, 한울림, 영 인본, 1986, pp.65-66).

재판과정에서도 피고인들은 형평사의 창립과정에 대해 위의 내용과 대체로 동일한 진술을 하고 있다. 다만 최초로 설립을 주장한 인물이 이학찬 대신에 강상호라는 점이 다르다.

> (문) 조선의 형평사라는 것은 대정12년 4월 경남 진주군 진주읍에서 이학찬·장지필 등의 주장하에 조직되었다는데 그런가?
> (답) 그렇다. 위 형평사의 설립 목적은 법률상으로는 사민평등이지만 실제상으로는 인습상 오래 전부터 일반민보다 차별적 대우를 받고 인권을 유린당하므로 이를 단체의 힘으로 실제적인 사민평등 권리를 획득하려는 목적으로 조직한 것이나, 그 동기는 대정 12년경 일본 관서지방에서의 수평사 설립을 진주에 있는 강상호가 일본신문을 보고 자극 받아서 같은 사정하에 있는 형평사라는 것을 설립하면 어떠냐고 이학찬·장지필에 이야기하고 그로 인하여 설립을 보게 된 것이다.[3]

이외에도 『경상남도지』 상권에 수록되어 있는 김용기(金龍基)의 "형평운동의 발전"에서는 신현수(1959년 당시 67세)로부터 청취를 하여 강상호에게서 확인한 것이라 하면서 창립경위를 적고 있는데, 이 역시 처음 형평사 창립을 논의했던 인물과 그 신분에 있어 차이가 나고 있을 뿐 내용은 대동소이하다.[4]

---

3) 「李東煥 외 13명에 대한 치안유지법위반(1933년 7월 비밀결사 형평청년전위동맹 사건) 피고인 李東煥에 대한 심문조서」, pp.2-4530~4549.

4) 양반 자제 申鉉壽는 민족해방의 지름길은 민중의 계몽·국민교육에 있다고 생각하여 진주에서 유치원과 보통학교를 설립하려고 했다. 그는 백정속에 부자가 많다는 소문을 듣고 기부금 모금을 위해 1922년 겨울 대표자인 姜相鎬를 방문하였다 (비백정이었던 姜相鎬가 당시 백정의 대표자였다는 것은 의심스럽다 : 筆者註). 申·姜 양인은 사회문제를 비롯하여 민족해방운동에 대해 서로 토론하여 계몽과 단결의 필요를 확인했다. 특히 당시 40만에 가까운 백정이 천시당하고 있음은 철저히 시정되어야 한다는데 의견의 일치를 보았다. 두 사람은 민족전선의 급선무는 백정계급의 해방이 그 선결책이라는 결론하에 結社와 명칭을 생각했다. 그때

이렇게 형평사 창립과정에 대해 언급하고 있는 자료를 통해 보면, 형평사의 창립에는 이보다 1년 앞선 수평사의 창립이 한 자극제로 작용한 것은 분명해 보인다. 일반적으로 그렇게 인식되어 왔고, 또 일제 관헌의 기록은 모두 그같이 기록하고 있다.

1924년도 『개벽(開闢)』에도 「형평사 발기(發起)의 근인(近因)이 된 듯」이라는 다음의 기사가 보인다.

> 이달 19일로써 일본 나라현(奈良縣)에서 수평사원(水平社員) 대(對) 국수원간(國粹員間)의 일대전투(一大戰鬪)가 개시되며, 사상(死傷) 속출, 군대 출동의 보(報)가 선전됨에 미쳐는, 조선안에 있는 백정계급의 심리가 일변(一變)하게 되었다.[5]

또한 『아사히신문(朝日新聞)』의 기사에도 다음과 같은 내용이 보인다.

> 「수평사의 선동인가! 운동을 시작한 조선의 특수민」이라는 제목으로 형평사운동에 대해 언급하면서, "그 이면(裏面)에는 내지(內地)에 있는 수평사의 선동이 숨어있지 않는가 하고 경찰에서는 목하(目下) 극력조사를 행하고 있다. (…) 작년에도 수평사의 일부가 조선에 들어가 조선의 특수계급을 선동한 일도 있기 때문에 이번에도 반드시 이면에 그들이 숨어있는 것으로 예상한다.[6]

신현수가 일본의 水平運動에 대해 이야기하면서 "우리는 수평보다 한층 의미깊은, 저울같이 공정하고 평등을 주장한다는 의미로 형평이라고 하는 것이 좋을 것이다"라고 제안하자 강상호도 찬동했다. 이리하여 1923년 3월 하순부터 그 준비는 급속도로 진척되었으며, 강상호의 추천으로 장지필 등도 가담하여 4월15일에 이들 등 수명이 준비회를 열어 취지 목적을 결정하고 4월25일에 결성대회를 개최하여 신현수가 회장, 강상호가 부회장, 장지필이 총무에 선출되었으며, (一)일치단결하여 차별대우와 그 遺風을 타파한다. (二)신분을 공정히 하여 명실공히 동등한 국민인 것을 표시하도록 관계당국에 요청하여 시정할 것. (三)이천만 동포가 결속하여 백의민족의 해방을 쟁취할 것 등을 결의했다는 것이다(金龍基, 「형평운동의 발전」, 『慶尙南道誌』上卷, 경상남도지편찬위원회, 1959, pp.818-820).
5) 『개벽』, 1924년 1월호(제43호), pp.132-133.

오사카의 『마이니치신문(每日新聞)』도 '형평운동의 개시, 수평사와 같은 주장으로 전조선에 격발한다'고 보도하였다.

그러나 이것들 모두는 수평사가 형평사의 창립에 어떤 구체적이고 직접적인 영향을 주고 있음을 말하고 있지는 않다.

형평사 발기인의 한사람'ㅣ 장지필[7]이 말하고 있는 것이 형평사를 창립할 당시의 심정이었을 것이다.

> (…) 제일 딱한 것은 당국에서 우리 운동이 혹 일본수평사와 악수하지 않는가하여 주목하는듯 합니다. 그러나 우리의 목적은 다 해방되어 평등 대우만 받게 되면 그만이외다. 그 이상 바라는 것은 없습니다. (…)[8]

이와 같이 형평사를 창립하면서, 그 당시에는 1년 먼저 창립된 일본수평사와의 직접적인 협조나 교류가 있은 것 같지 않지만, 다만 일본에 있는 자기들과 비슷한 처지의 차별민이 차별철폐를 위해 단체를 조직해 활동한다는 데에 자극과 고무를 받았던 것 같다. 그리고 같은 차별민이라는, 차별철폐를 위해서 투쟁한다는 공통의 목표는 앞으로 두 단체의 상호 관심, 교류, 연대를 충분히 상정할 수 있다.

한편, 이러한 두 단체의 창립이나 그 후의 활동 상황에 대해 조선총독부나 일본 정부의 주목을 받는 것은 당연한 것이었다. 일본 정부는 수평사에 대해 회유와 협박 등의 방법으로 붕괴 공작을 집요하게 거듭하고 있었는데, 특히 조선총독부는 형평사가 일본의 수평사와 비슷한 운동단체라는 점에서 연대·제휴의 가능성을 예상해 신경을 곤두세운 것은 당연하였다.

---

6) 『朝日新聞』, 1923년 5월3일.
7) 일본 명치대학에서 3년간 공부한 장지필은 1910년대 초 백정단체 결성을 시도한 적이 있다.
8) 『동아일보』, 「사람 대우를 애걸」, 1923년 5월 20일.

형평사의 창립은 수평사와 형평사의 접근에 대해 경계하는 조선총독부의 감시의 눈을 의식하지 않을 수 없는 출발이었다.[9]

Ⅲ. 형평혁신동맹의 분립과 수평사

형평사와 일본수평사와의 교류는 먼저 수평사측의 제의에 의해 시작되었다고 한다.

1923년 수평사 제2회대회의 가결보류사항(可決保留事項)에 「수평사와 조선인의 제휴에 관한 건」이 제의되고, 다음해인 1924년 3월 3일 교토에서 열린 제3회 대회에서도 군마현(群馬縣) 대표가 "우리들처럼 조선 내지에서 학대받고 있는 백정 동포가 형평운동을 일으킨 것은 큰 의의가 있는 것이며, 서로 연락을 취하면서 성원을 보내는 것은 우리 수평사의 당연히 취해야 할 태도가 아니겠느냐?"고 주장하여, '조선의 형평운동과 연락을 꾀하는 건'을 제안하여 가결되었다고 한다.[10] 대회의 기록에는, 조선의 형평사가 동경 조선노동동맹의 김씨(이름 불명)를 통해 수평사에 후의를 표명한 것으로 보고되고 있다.

---

9) 平野小劍, 「조선형평사를 방문해서」, 『同愛復刻板 Ⅲ』, 1926. 1926년 여름, 서울의 덕수궁 앞의 오른쪽 골목안에 있는 조선형평사 중앙총본부(운니동 23번지)를 방문한 平野小劍은 4인의 간부들과 만나, "거의 10년이나 20년 떨어져 있던 친한 벗처럼, 형제처럼" 서로 이야기를 나누고, 집행위원 吳成煥과 같이 밖으로 나가자 5, 6미터 뒤에서 사복형사가 미행했다고 한다.

10) 秋定嘉和, 「東亞日報にみられる朝鮮衡平運動記事(一)」, 『조선학보』제60집, 1971, p.215 ; 『東亞日報』, 1924년 3월5일 ; 平野小劍, 『개벽』의 기사에도 "일본 전국수평사 제3회대회가 1924년 3월3일 同都에서 열렸는데, 그 결의중에는 조선의 형평사와 연락을 취한다는 조항이 있었다."라는 기사가 보인다(『개벽』 1924년 12월호(54호) p.10). 1926, 內務省警保局編, 「昭和4年中に於ける社會主義運動の狀況」, 『社會運動の狀況』I (昭和 2-4), 東京: 三一書房, pp.1083-1084, 1971. 『개벽』의 기사에도 "일본 전국수평사 제3회대회가 1924년 3월3일 京都에서 열렸는데, 그 결의중에는 조선의 형평사와 연락을 취한다는 조항이 있었다"라는 기사가 보인다(『개벽』 1924년 12월호(54호) p.10).

그러나 당시 형평사의 간부들은 각파의 세력쟁탈에 부심하고 있던 터여서 수평사와의 관계를 생각할 여유가 없었다.

형평사가 창립된 이후, 전국 조직을 정비하고 운동 방향을 설정하는 데 크게 영향을 미친 모임은 1923년 11월의 대전대회와 1924년 2월의 부산대회였다. 1923년 11월 7일 대전에서 열린 전조선형평대표자대회에서 주로 다루어진 사항은 본사 이전과 사업 내용이었다. 본사가 최남단인 진주에 있기 때문에 효율적인 활동에 지장을 받는다면서 본사를 내년 3월말까지 대전으로 옮기기로 결정하였다. 그리고 점점 어려워져 가는 사원들의 전통산업 진흥책으로서 사원끼리의 협력을 강구하기로 하였다. 이러한 문제는 실제로 형평운동의 방향과 밀접하게 연관되었던 사항이었다. 그러나 그 결정 사항은 나중에 1924년 2월의 부산대회에서 번복되면서 갈등의 씨앗이 되었다.

이리하여 형평사는 창립 후 1년도 안되어 「형평사혁신동맹」과 「진주총본부(형평사연맹총본부)」로 분열되었다. 그리고 각 세력들은 자신들의 영향력을 확대하여 형평사의 주도권을 잡는데 힘을 집중하였던 것이다. 분열은 본사(本社)의 이전문제나 간부의 불신임 문제를 둘러싸고 표면화 되었으나, 그 근저는 운동방향에 관한 노선상의 차이에서 유래한 것이었다. 본사의 경성(京城)으로의 이전파는 사회주의적 운동 노선을 지향하여 다른 계급운동과의 제휴를 통해 계급운동의 일익으로써 그 목적을 수행하려고 한 반면, 비이전파는 이에 반대하고 총단결하여 신분해방운동에만 힘을 기울여야 한다고 주장하였다. 그리고 이 두개의 조류는 사상적으로 뿐만 아니라 계급적·지역적으로도 대립하였다. 주로 백정출신들, 그 가운데서도 무산백정을 중심으로 한 이전파인 혁신동맹측은 경기·강원·전라도를 기반으로, 부유한 백정과 비백정인 일반민이 중심이 된 진주본사측은 경상도를 기반으로 하고 있었다.

1924년 2월 10·11일 양일간 진주형평사 주최로 부산에서 형평사전조선임시총회(衡平社全朝鮮臨時總會)가 개최되었는데, 본사를 경성으로 이전하자는 이전파는 이 임시총회 직후인 2월 13일, 형평사혁신동맹 준비위원회를 열고, 이어서 3월 12일에는 충남 천안에서 형평사혁신동맹 창립총회를 개최하였다. 그리고 형식적이나마 이 혁신동맹 창립총회에서는 일본수평사와 제휴할 필요가 있다하여 수평사 대표가 초청되어 강연하였고, 사회주의자로 이름난 북성회원 백무(白武)씨 외 몇 사람의 강연도 있었지만, 수평사와의 관계에 대하여 형식적인 질의를 하는 데 그쳤다.

그 후 4월 25·26일 이틀동안의 형평사 창립기념식(겸 제2회 형평사 전국대회)은 결국 2곳에서 열리고 있었다.

서울에서는 형평사 창립 1주년 기념식을 겸하여 형평사혁신동맹대회가 개최되었다. 관할 종로경찰서의 삼륜(三輪) 고등주임이하 7-8명의 경관이 엄중히 경계하는 가운데, 150여 명이 참석한 이 대회에서 장지필이 임시의장으로 선출되어 임원개선과 예산협정이 있었으며, 이어 「형평사혁신동맹총본부(衡平社革新同盟總本部)」를 정식으로 선언하였다.11)

혁신동맹은 창립하면서

> 일체 계획을 혁신하여 형평운동은 계급의식을 충분히 가진 철저한 분자만으로서 사업을 진행해야 한다.
> 형평운동은 백정계급 자신의 행동에 의해 절대적인 해방을 도모할 일.12)

11) 『동아일보』, 1924년 4월25, 26, 27일 ; 『조선일보』, 1924년 4월 19, 24, 25, 26일 ; 『개벽』, 1924년 12월호(54호), p.13 ; 李磐松, 앞 책, 1933(한대희 편역, 『식민지시대 사회운동』, 한울림, 영인본, 1986, pp.67-68).

을 슬로건으로 내걸었다.

그런데 같은 날 대전에서는 진주의 형평사본부가 주최한 형평사 창립 1주년기념 전국형평사대회가 열리고 있었다.

주지하는 바와 같이 3.1운동 이후 각지에서는 민족적 신생운동 기치 아래 실력양성을 표방하는 단체들이 우후죽순처럼 일어났다. 이들 단체들은 대부분 운동의 구체적 내용으로 교육과 학문을 중시한다'는 점에서 애국계몽운동의 범주에 속하는 것으로 이후 민족주의 계열의 실력양성론으로 이어지게 되었다. 그 후 1920년에 들어와서 서서히 민족주의자와 사회주의자들 사이에 분열이 진행되기 시작하였다. 동시에 사회주의들과 일정한 연관관계를 가지고 있었던 급진 자유주의자들과 사회주의자들 사이의 분화도 진행되었다.

그리하여 1922년 무렵부터 재래의 실력양성과 상호부조적 단체를 대신하여 사회주의자들은 무산계급의 해방을 목표로 하는 신단체들을 독자적으로 조직하였으며 아울러 재래의 단체들도 무산계급적 운동의 색채를 띠기 시작하였다. 신문·잡지·팜플릿 등의 간행물들과 순회강연회·토론회 등의 선전을 통하여 사회주의자들은 자신의 주장을 대중에게 널리 알렸으며 이에 따라 사회적으로 민족주의와 사회주의의 차이를 말하게 되고 '조선민중을 구제할 길은 사회주의인가 민족주의인가' 등의 문제를 둘러싸고 치열한 논쟁이 전개되기도 하였다. 이러한 양노선의 투쟁과정에서 당시의 민중들은, 물산장려운동·민립대학설립운동·금주금연운동 등 실력양성론자들의 방법보다 노동운동·소작운동 그리고 노동단체와 농민단체의 조직을 통한 투쟁방법을 선택하였던 것으로 평가된다. 이와 같이 1922년 하반기 또는 1923년 상반기, 지방에 따라서는 이보다 다소 늦은 1924년이나 혹은 그 이후를 경계로 하여

12) 『동아일보』, 1924년 4월 27일, 5월 23일, 24일 ; 『조선일보』, 1924년 5월 22일.

민중운동의 주류는 확실히 사회주의운동 방면으로 방향을 전환하였다고 볼 수 있을 것이다.

그리고 이와 같은 민족운동의 사상적 기반의 변화과정이 그대로 형평사 운동에도 반영되었던 것이다. 당시 사회조류는 형평사내 사상적 논쟁을 한층 격화시키는 계기가 되었고 실제 활동에서 그와 같은 노선이 주류를 점해 가는 데는 많은 시간이 걸렸지만 전반적 성향은 그러한 방향으로 나아갔던 것으로 보인다.

그리하여 5월 19일의 형평사혁신동맹회 중앙집행위원회에서 채택한 강령은 '우리 형평운동은 우리계급 자신의 행동으로서 절대 해방을 도모함'13)이라고 결의한 바와 같이 사회주의적 성격이 현저하게 강조되었던 것이다.

그리고 이러한 성격의 형평사혁신동맹측은 같은 운동 방향을 표방했던 일본수평사와의 제휴를 통해 운동을 더욱 활성화시키려 했던 것으로 보인다. 그들은 일본수평사와 제휴하여 운동을 실천함에 보조를 같이 할 필요가 있다하여 창립 1주년 기념식에서 강연할 연사를 수평사에 청하였고 그 대표자가 경성에 오게 되었다.14) 그리하여 1924년 4월 25일 형평사 창립 축하식(제2회 전국대회)겸 형평사혁신동맹대회에 오이타수평사(大分水平社)의 저원구중(猪原久重, 立命琯大學經濟科生)이 참가해 소감을 발표하였다.15) 그는 일본 신평민의 현황과 일

---

13) 『동아일보』, 「衡平同盟, 委員會 開催」, 1924년 5월 21일, 24일 ; 『조선일보』, 「衡平革新同盟, 執行委員會 開催」, 1924년 5월 14일, 22일.

14) 『조선일보』, 1924년 4월 24일 ; 국사편찬위원회>한국데이타베이스>국내외항일운동문서>해외항일운동자료-상해지방(1910-1926)>不逞團關係雜件-鮮人의 部-在上海地方(5)>上海에서 發行된 赤派機關紙의 記事에 관한 件(문서번호 外高秘 제3104호, 발송일자 1924년 5월 30일 수신일자 1924년 6월 2일).

15) 국사편찬위원회>한국데이타베이스>국내외항일운동문서>국내항일운동자료>검찰행정사무에 관한 기록(1)>형평사 창립 1주년 기념축하식의 건(문서번호 京鍾警高秘 제4555호의 4, 발송자 경성종로경찰서장, 수신자 경성지방법원 검사정, 발송일

본수평사의 창립과정, 강령 등을 소개하고, 조선형평사와 함께 제휴하여 철저히 실행을 위해 매진하자는 요지의 발언을 하였다.

이외에도 일본 시사신보(時事新報) 기자인 길정활존(吉井活存)의 1924년 7월의 형평사 방문기사 내용에는,[16] 그가 수평사의 소개장으로 형평사를 방문했을 당시에는 이미 형평사와 수평사간의 편지왕래 -형평사 제2회 전국대회에 수평사로부터의 축사와 이에 대한 형평사의 답장-가 시작되고 있었다고 쓰고 있다.[17]

수평사로부터 형평사 제2회 전국대회에 보낸 축사와 이에 대한 형평사의 답장은 다음과 소개하였다.

> 형평사 동인(同人) 제군(諸君), 오등(吾等) 수평사 동인(同人)과 제군(諸君)과의 사이에 있는 것은 단하나의 좁은 해협뿐이다. 우리는 겨우 122리의 해협이 어떻게 우리의 단단한 그리고 따듯한 악수를 방해하는데 무력한가를, 무자각(無自覺)한 인간의 면전에 보여주지 않으면 안된다. 그리고 우리는 소위 정신적 노예성의 영역을 돌파하려고 하는 인류의 기대로써 선출된 백성인 곳을 함께 기뻐하고 진군하자. 형평사 동인 제군, 인간예찬의 좋은 날을 위하여 수평사 동인은 충심으로 제군의 청영(淸榮)을 빌며 제2회 대회의 개최를 축하함
>
> 1924년 4월 25일 전국수평사,
> 형평사 제2회 대회 어중(御中).

> 수평사 동인 제군, 우리 형평사 동인은 제군과 함께 손을 잡고 사무(事務)의 연락을 취하여 우리가 기대하는 신사회 건설에 돌진하려고 생

자 1924년 4월 25일, 수신일자 1924년 4월 26일).

16) 秋定嘉和, 「東亞日報にみられる朝鮮衡平云運動記事(三)」, 『조선학보』제64집, 1972, p.269 ; 秋定嘉和, 「朝鮮衡平社運動」, 『部落解放』제52호, 1974, p.56 ; 신기수, 「형평사와 수평사의 교류」, 『형평운동의 재인식』, 솔출판사, 1993, p.146-7.

17) 秋定嘉和, 앞 글, 1972, pp.271-272 ; 秋定嘉和, 앞 글, 1974, pp.54-55. 이 인사와 답사에 대해 의문을 갖고 그것이 허구라는 의견도 있다(김정미, 「조선 독립, 반차별, 반천황제」, 『사상』No.786 ; 신기수, 앞 글, 1993, p.147에서 재인용).

각했다. 그러나 우리는 제군과 악수할 기회를 얻지 못한 것을 유감으로
생각한다. 금번 우리의 제2회 대회에 성심을 다한 축사와 축전을 보낸
것에 감사한다. 또 금번 3월 교토에서 개최된 귀사의 대회때 우리를 위
하여 감격적인 결정을 해준 일에 대해서 우리는 성심으로 감사한다. 금
회(今回) 우리의 제2회 대회에 있어서도 다음의 결의가 있었다. 결의:우
리 형평운동과 그 목적이 동일한 수평사와 악수하고 운동의 연락을 도
모할 것. 수평사 동인 제군, 우리는 국경을 초월하고 세계동포주의에
입각하여 우리의 이상사회를 건설하지 않겠는가, 제군의 열의있는 원조
를 빈다.

1924년 5월 1일 형평사연맹총본부.

전국수평사연맹본부 어중.

위의 축사와 답사는, 첫째 1924년 3월 3일 교토에서 열린 수평사
제3회 대회에서, '조선의 형평운동과 연락을 꾀하는 건'을 제안하여
가결된 것에 대한 감사하는 인사말, 둘째 이에 대해 형평사도 '우리
형평운동과 그 목적이 동일한 수평사와 악수하고 운동의 연락을 도모
할 것'을 결의했음을 알 수 있다. 나아가 '우리는 국경을 초월하고 세
계동포주의에 입각하여 우리의 이상사회를 건설하지 않겠는가'고 제의
하고 있다.

그런데 이 편지는 수평사와 형평사연맹총본부(진주본사) 사이에 오
간 것으로 되어 있으나, 그 내용으로 미루어 보면 수평사와 혁신동맹
측과의 편지왕래였을 가능성이 많다.

『수평신문』 제2호(1924년 7월 24일)의 기사에는 장지필이 일본을 방
문하여 "종래의 형평사가 백정만의 단체가 아니고, 보통민의 혼합단체
이며, 우리들(백정)의 해방운동은 우리 스스로의 힘에 의해야 한다"고
말했다고 소개하면서, 수평사는 서울에 본부를 둔 형평사 혁신동맹과
연락을 취해야 한다고 했다. 또한 '전국수평사 동지 제군의 관심을 재

촉함과 동시에 혁신동맹 제군의 건투를 빈다'는 기사를 발표하면서 "백정 이외의 동지는 깨끗하게 물러나서 다른 방법으로 이 운동을 지원하는 것이 지당함에도 불구하고 지금에 이르러도 형평사에 달라붙어 떨어지지 않으려는 것 같다. 그들은 형평사를 이용하려고 하는 것이다."이라는 논하였다.[18]

형평사는 창립하면서 사원자격을 백징만이 아닌 모든 조신인으로 하고 있었다(社則 제4조). 이것은 창립과정의 사정을 반영하는 것이었으나, 운동방향과 조직상의 혼란을 초래하는 한 요인으로 작용하였다. 다양한 부류의 사람들-부유한 유산층 백정, 가난한 도부 노동자인 무산백정, 젊은 일반 선진 지식인들-은 각기 형평사에 참가한 동기와 목적이 달랐으며, 따라서 운동 전개과정에서 내부 분화를 초래하게 되었고, 채 1년도 안되어 진주본사측과, 사회주의적 강령을 표방했던 형평사 혁신동맹측으로 분열되었던 것이다.

수평신문의 논조는 이러한 사정을 반영한 것으로 보이며, 수평사와의 교류·제휴 움직임은 혁신동맹측과 이루어야 한다는 주장인 것으로 보인다. 당시 분위기로 볼 때, 혁신동맹측과 일본수평사 사이에서 1924년 3월 전후 즈음하여 서로를 격려하는 인사말을 주고 받으며 교류가 제의되기도 하고, 방문하기도 하는 등의 움직임이 시작되었다고 생각된다.

이 해 하반기에 가서 이런 움직임들이 신문 기사에 보이는데, 형평사는 그 해 9월에 중앙집행위원이었던 김경삼(金慶三)[19] 등을 형평사 대표로서 일본에 파견하여 수평사와의 연대·제휴 가능성도 타

---

18) 신기수, 앞 글, 1993, pp.147-148.
19) 김경삼은 백정 출신으로 대구에서 가죽장사로 재산을 모은 널리 알려진 부자였다.『동아일보』, 1923년 5월 12일.

진하였다.[20]

10월에는 수평사 측에서 일본의 시모노세키수평사(下關水平社) 집행위원장 하전경일(下田耕一)과 동사 기관지인 관문수평신문(關門水平新聞) 발행인 김중성치(金重誠治)와 기자 청수부(淸水夫) 등이 조선형평사 상황을 시찰하기 위하여 입경하여 남대문 정거장 앞 금문여관에 투숙하였는데, 인사동에 있는 형평사에서는 이들을 환영하는 모임을 열었다.[21]

더 나아가 이해 말의 동아일보 기사에는 다음해 3월경에 형평·수평연합대회를 경성에서 개최한다고 하는 기사가 있으나 이와 관련된 확실한 사정은 알 수 없다.

> 형평·수평연합대회 개최
>
> 조선형평사에서는 이번에 조선안에 있는 일본사람들로 조선에서 조직된 조선수평사(朝鮮水平社)와 연락하는 동시에 연합활동을 개시하게 되어 그 본부를 시내 대산시웅(大山時雄)씨 집에 두고 조선 각지에 지부를 설치할 작정이며 이미 조선수평사 대표 택청조(澤淸助)씨는 일본수평사와 연락을 취하기 위하여 경도로 건너갔다는데 내년 3월에는 경성에서 연합대회를 개회할터이라더라[22]

---

20) 『조선일보』, 1924년 9월 21일의 기사에 다음의 '동경전보' 내용을 전하고 있다. "조선형평사 대표 김경삼 외 1명은 일본수평운동과 연락하는 동시에 일본중앙정부의 양해를 얻어주기 위하여 19일 오후에 동경에 왔는데 종래 백정이라 하는 이름으로 특수한 대우를 받던 사십만 명의 대표인 만큼 경시청 등 각 방면에서 주목중이라더라(동경전보)".

21) 『동아일보』, 1924년 10월 10일, 23일.

22) 『동아일보』, 1924년 12월 29일.

Ⅳ. 조선형평사중앙총본부로의 합동과 수평사

창립 후 채 1년도 되지 않아 분열되었던 형평사는 빠르게도 제3회 전국대회에서 다시 합동하게 된다.

사실 형평사가 창립된 직후부터 진주지방 농민들은 형평사 반대 움직임을 일으켰으며, 이후로도 형평사나 형평사원에 대한 반대·차별은 그 규모와 형태는 달랐지만 끊임없이 계속되었다. 분열된 형평사는 이러한 반형평운동에 제대로 대응할 수 없었다. 이에 지방의 형평지분사들과 일반사원들이 양파에 대하여 통일을 촉구하였다. 또한 형평운동에 호의적이며 지원세력이었던 각 사회운동단체들도 파벌 대립을 비판하며 통합의 압력을 가하였다.

그리하여 형평사는 1925년 4월 24·25일 경성에서 개최된 제3회 전국대회에서 「조선형평사중앙총본부(朝鮮衡平社中央總本部)」로 합동하였다. 이 대회에는 일본과 국내의 각 단체로부터 보내 온 수십 통의 축전·축문 낭독이 있었고, 그 중에는 동경의 평야소검(平野小劍)이 보낸 축전도 있었다.[23]

수평사측에서는 이 대회에 북촌장태랑(北村庄太郞, 三重水平社)·하판정영(下阪正英, 오사카水平社)·능야정치(菱野貞治, 교토水平社) 등 세명을 파견하였다. 이 기간, 자주 조선을 오가면서 일본 수평사와 조선 형평사와의 운동 공동전선을 달성시키려 노력했던 사회주의자 작가 중서이지조(中西伊之助)도 백정차별에 대해 다음과 같이 말하였다.

---

[23] 『동아일보』, 1924년 8월 19일 ; 국사편찬위원회>한국데이타베이스>국내외항일운동문서>국내항일운동자료>검찰사무에 관한 기록(2)>형평사대회에 관한 건(문서번호 京鍾警高秘 제4639호의 1, 발송자 경성종로경찰서장, 수신자 경성지방법원 검사정, 발송일자 1925년 4월 25일, 수신일자 1925년 4월 27일).

　　백정의 역사는 상당히 복잡한 것이기에 생략하지만, 도대체 백정의
어디가 천한가, 무엇이 천민인가, 우리들은 정당한 생산자가 아닌가, 이
런 정당한 자각이 형평운동의 지상 정신이다.
　　이 정당한 자각·주장이 얼마나 완미(頑迷)한 양반·중인·상민 사이에
큰 반감을 살 것인가. 저자는 이들의 피눈물나는 운동을 볼 때 하염없
는 비분의 떨림을 금치 못하는 것이다. 일본에서의 수평운동과 같이 우
리들은 인류의 차별적 감정이 얼마나 강하고 어리석은 것인가를, 절망
의 외침을 울리는 것이다.[24]

이 제3회 대회의 경과보고 가운데에는 이미 1년전인 1924년 8월
15일의 대전에서의 형평사통일대회에 일본인 원도철남(遠島鐵男)이라
는 사람이 일본 수평사간부의 소개장을 가지고 왔기에 형평사 간부는
대단히 환영하여 명월관에서 환영회를 열었다는 보고가 있었다.[25] 그
런데 원도철남은 일본 내무성 경보국장의 소개장을 가지고 서울과 대
전을 돌아다니다가, 10월에 스파이였던 것이 일본의 신문에 보도되었
다. 형평사 내에서도 분쟁이 일어나고 수평사도 원도철남에 이용당한
평야소검·남매길(南梅吉)을 제명하는 사건이 일어나기도 했다.[26]

통일을 이룬 이후 형평사는 그 조직을 더욱 확대해 나갔다. 외곽단
체로 각지에 형평청년회(衡平靑年會)가 조직되었고 그 중앙기관으로
써 형평사청년총연맹(衡平社靑年總聯盟)이 결성되어 사회주의적 강
령을 내걸었다. 형평학우회(衡平學友會)와 형평여성단체(衡平女性團
體)도 조직되었다.

조직의 확대뿐만이 아니라 형평사는 8월에 당시 서울에 있던 중서

---

24) 中西伊之助, 「조선해방운동개관」, 『사회문제강좌』6, 신조사, 1926(신기수, 앞 글, p.150
　　에서 재인용).
25) 『동아일보』, 1924년 10월 23일.
26) 신기수, 앞 글, p.142, 1993, pp.148-149. 원도는 형평사와 수평사의 통합에 관련된
　　만원 수수설의 장본인으로서 일제 경찰의 첩자였다고 한다.

이지조와 사회주의자 오무메오(奧むめお)를 시내 요정 명월관에 초대
하여, 20여 명이 같이 모여 의견을 교환하였다. 중서이지조는 이 초대
강연에서도 형평사와 수평사의 공동전선을 제창하였다.[27] 이때 참석
한 사람들은 다음과 같다.

> 박순병(朴純秉, 시대일보 기자), 김동명(金東明, 화요회원), 김찬(金燦,
> 화요회원), 홍덕유(洪悳裕, 화요회원), 김약수(金若水, 북풍회원), 마명(馬
> 鳴, 북풍회원), 서정희(徐廷禧, 북풍회원), 이봉수(李鳳洙, 동아일보 기
> 자), 손영극(孫永極, 조선일보 기자), 송헌(宋憲, 천도교청년연합회 간부),
> 이원식(李元植, 勞働聯盟會), 김남수(金南洙, 무산자동맹), 김일병(金一
> 秉, 무산자동맹), 김홍작(金鴻爵, 무산자동맹), 이민행(李敏行, 북풍회원),
> 박내원(朴來源, 인쇄직공조합), 권오설(權五卨, 노농총동맹), 서광훈(徐光
> 勳, 형평사중앙총본부원), 이병두(李秉斗, 형평사중앙총본부원), 조귀용
> (趙貴容, 형평사중앙총본부원), 권숙범(權淑範, 형평사중앙총본부원), 김
> 사국(金思國, 서울系), 이정윤(李廷允, 서울系)

이 때 참석한 사람들의 면면을 보면, 당시 사회운동계의 중추적인
인물들이 대부분 참석하고 있었음을 알 수 있다. 신문기자, 화요회,
서울계, 북풍회, 천도교, 노동연맹회, 무산자동맹, 노동총동맹 등 주요
사회주의 단체의 중심적 인물들이 다 참석하였다.

당시는 일반민들이 예천분사를 습격한, 형평운동사상 유례가 없었던
반형평운동인 예천사건이 일어난 직후였다. 예천사건이 발발하자 각
사회단체들은 즉각 진상조사와 형평사원 지원 등을 결의하는 등 깊은
관심을 보이는 한편 사태 해결과 대책에 적극적으로 나섰다. 이들 단

---

27) 『동아일보』, 1925년 8월 19일 ; 국사편찬위원회>한국데이타베이스>국내외항일운
동문서>국내항일운동자료>검찰사무에 관한 기록(2)>형평사의 中西 등 주의자
초대에 관한 건(문서번호 京鍾警高秘 제9237호의 1, 발송자 경성종로경찰서장, 수
신자 경성지방법원 검사정, 발송일자 1925년 8월 18일, 수신일자 1925년 8월 9일).

체들은 화요파, 북풍파, 서울파를 망라하고 있었으며 당시 사회주의 운동내부의 파벌 대립에도 불구하고 일제히 형평사 지원을 결의하였다.[28]

이러한 시기에 형평사는 명월관에서 모임을 주선하여 여러 사회단체에 고마움을 표하고 국내 사회운동과의, 더 나아가 일본수평사와의 공동전선에 대한 의견을 교환하였다.

10월 18일에는 전국수평사 청년연맹이 교토의 전중수평학교(田中水平學校)에서 협의회를 개최하여 형평사와의 합체안(合體案)을 토의했다고 하나[29] 그 후 진행상황은 알 수 없다.

1926년에 들어오면 형평사측에서는 4월 26일의 제4회 형평사대회에서 전국수평사와의 제휴 촉진을 결의하였다. 그리고 그해 말 가까이 11월 27일의 총연맹중앙집행위원회에서는 형평운동의 목적을 달성하기 위해서는 일본의 수평운동을 시찰하고 양자의 연계를 꾀하는 일이 가장 긴요한 일이라 논의되어 장지필·김삼봉(金三奉) 두 사람을 일본 수평운동의 시찰원으로 파견할 것을 결정했다.[30] 그러나 당시 고려혁명당사건으로 체포되는 바람에 실현되지는 못했다.

수평사측에서는 5월 2일 후쿠오카에서 열린 제5회 전국수평사대회에서 교토수평사가 형평사와 더 일층의 연락촉진을 도모하자는 의안을 제안하였으며, 이 대회에 형평사도 김경삼을 참가시켜 양자의 연락을 꾀하였다.[31] 그 후 평야소검이 형평사 중앙본부를 방문하여 집행

---

28) 일본에 있는 10개의 조선단체와 일본 수평사도 예천 사원들을 동정하고 형평사 지지를 결의하였다(『조선일보』, 1925년 8월 25일).

29) 秋定嘉和, 앞 글, 1971, p.216 ; 秋定嘉和, 앞 글, 1974, p.56.

30) 조선총독부경무국, 앞 글, 1934, p.136 ; 金俊燁·金昌順(공저), 1973, 『韓國共産主義運動史』 3, 高麗大學校 出版部, 1973, p.159 ; 『동아일보』, 1926년 12월 2일, 1927년 1월 23일.

31) 坪江汕二, 『朝鮮民族運動秘史』, 東京:岩南堂書店, 1966, p.190 ; 慶尙北道警察部, 『高等警察要史』, 高大民族文化研究所, 1967년 復刷出版, p.67 ; 『동아일보』, 1926년 2월 19일 ; 秋定嘉和, 앞 글, 1974, p.56.

위원인 오성환(吳成煥)·임윤재(任允宰)·김동준(金東俊)과 회담하였다.[32]

그리하여 동아일보도 다음과 같은 기사를 실어 양 단체의 제휴가능성을 보도하였다.

> (…) 금년 4월 이후로는 서로 격문(檄文)과 격전(檄電)을 주고 받는 동안에 서로 제휴할 기분이 농후하여 불원간에는 일본수평사를 대표한 일본 구주지부(九州支部) 간사가 경성으로 들어와 조선형평사와 손을 잡기로 선언할 듯 싶다는데 이 같은 풍설이 사실화할지는 알 수 없으나 만일 이것이 원만히 실현되면 조선사회운동에 새로운 자극을 줄 듯 싶다더라 (…)[33]

1927년에 들어와 1월 일본 전국수평사 상무집행위원 8명 중의 한사람이며 시고쿠수평사(四國水平社) 위원장인 고환의남(高丸義男)이 제휴문제를 논의차 형평사를 방문하여 장지필과 회담하였다.[34]

동년 초여름에는 평야소검이 서울의 형평사 중앙 총본부를 방문해 오성환·임윤재·김동준과 회담하고, 다음해 5월 「조선형평운동의 개관」을 발표했다.

사국수평사 위원장인 고환의남의 형평사 방문을 계기로 일본수평사와의 관계에 다시 관심이 높아졌고, 조선형평사총연맹은 집행위원 이동환(李東煥)을 일본에 파견하여 교토·오사카(大阪)·향천(香川) 등지의 수평사운동을 시찰케 하였다. 이동환은 교토·오사카·향천의 수평사를 방문, 일본의 실정을 면밀히 견문하고, 교토에서는 칠조북부수평사(七

---

32) 平野小劒, 앞 글, 1927, p.202..

33) 『동아일보』, 1926년 6월 18일.

34) 경상북도경찰국, 앞 글, 1934, p.67 ; 조선총독부경무국, 앞 글, 1934, p.136 ; 『조선일보』, 1927년 1월 9일, 10일, 2월 1일 ; 『동아일보』, 1927년 1월 9일 ; 이재화(편역), 『한국근대민족해방운동사연구I』, 백산서당, 1986, p.225.

條北部水平社)에서 세명의 활동가 및 유아 두명과 기념사진을 찍었
다. 기념사진이 거의 없을 당시, 이동환을 환영하는 이 한 장의 사진
은 형평사와 수평사의 교류를 기념하는 사진이 되었다.[35)

한편 4월 서울에서 열렸던 조선형평사 제5회 전국대회에 일본수평
사에서 큐슈수평사(九州水平社) 집행위원 송본청(松本淸)이 파견되어
참가했다. 이 대회에서 조선형평사와 일본수평사의 정식연계가 실현되
는 것 같이 보였다. 그리하여 조선일보는 "일본수평사에서는 벌써 형
평사와의 제휴문제에 관한 태도는 결정하였으므로 금번 형평사 총회
에서 결정만 되면 제휴문제는 완전히 결정되리라더라"[36)라고 보도하
기도 하였다.

그러나 일본 시찰을 마치고 귀국했던 이동환은 "일본의 수평운동은
이미 계급타파(피차별부락민해방운동)의 목적을 수행하고 지금은 (사회
주의운동의) 조직적 활동에 들어가고 있다. 때문에 우리의 형평운동과
는 거리가 멀다. 따라서 수평사와의 제휴는 시기상조이다"라는 귀국보
고를 하였다. 결국 일본수평사와의 제휴문제는 형평사의 운동이 향상
될 때 까지 보류하기로 하였다.[37)

이 형평사 제5회 대회 종료후, 시천교회당에서 열린 축하식에서는
100통을 넘는 축전이 소개되고, 많은 사람들의 열렬한 연설이 있었으
며, 이어 내빈으로 참석했던 후쿠오카현 수평사 송본청이 등장해 연설
하자, 임석경관으로부터의 중지 명령으로 단상에서 내려오는 상황이

---

35) 신기수, 앞 글, 1993, p.151.

36) 『조선일보』, 1927년 4월 25일.

37) 『동아일보』, 1927년 1월 9일, 4월 12일, 27일, 29일 ; 『조선일보』, 1927년 4월 25
일, 26일 ; 조선총독부경무국, 앞 글, 1934, p.136 ; 조선형평사총본부(1927), "조선
형평운동의 梗槪", 『朝鮮及朝鮮民族』(서울:조선통신사상사), p.169 ; 平野小劍, 앞
글, 1927, p.225 ; 이재화, 앞 글, 1986, p.225 ; 李磐松, 앞 책, 1933(한대희 편역,
『식민지시대 사회운동』, 한울림, 1986, 영인본, p.69).

벌어졌다. 일제체제하에서는 수평사·형평사의 연대는 진전되기가 불가능한 상황이었다고 하겠다.[38]

그러나 그 이후 11월의 형평사위원회에서는 수평사대회에 대표를 파견키로 결정하여[39] 12월 3일 히로시마(廣島)에서 열린 전국수평사 제6회 대회에 김상봉을 파견하는 등 수평사와의 유대와 제휴문제는 계속되었다.

그러다가 형평사는 1928년 형평사 제6회 전국대회에서 일본수평사와의 제휴를 정식으로 결정했다. 1928년 4월 서울에서 열린 제6회 전국대회에 일본수평사로부터 전국수평사 중앙위원과 에히메수평사(愛媛水平社)의 덕영삼이(德永參二)가 파견되어 양자의 연계를 호소하여, 찬·반투표를 행한 결과 가결되었던 것이다.[40]

그리하여 5월 26일 교토에서 개최된 제7회 전국수평사대회에 형평사대표로 이동환 등이 출석해 축사와 함께 연대의 의사표시를 하였다. 이러한 형평사의 연대 제의에 대해 수평사는 형평사와의 구체적인 제휴방침으로써,

   1. 조선형평사에 대표 파견
   2. 형평사와 긴밀한 공동투쟁을 계획하기 위한 대표자회의의 개최

등을 제안 심의했지만은 결정을 보지 못하다가, 7월에 개최된 부현대표자회의에서도 본건에 관한 협의는 결국 유야무야로 끝났게 되었던 것이다.[41]

---

38) 신기수, 앞 글, 1993, p.152.
39) 『동아일보』, 1927년 11월 6일 ; 『조선일보』, 1927년 11월 23일.
40) 『동아일보』, 1928년 4월 25일, 27일 ; 『조선일보』, 1928년 4월 25일, 28일 ; 조선총독부경부국, 앞 글, 1934, p.137 ; 김준엽·김창순 공저, 앞 글, 1972, p.160.
41) 內務省警保局編, 앞 글, pp.1083-1084, 1971.

그 후 이번에는 일본의 수평사운동이 침체에 빠졌기 때문에 조선형
평사와 일본수평사의 연계는 실현되지 못했던 것이다. 그리고 그 후
한일 양국에서 시작된 공산주의운동 내부의 운동론의 동요 가운데에
서, 수평사측의 운동전환으로 이 제휴문제는 흐지부지 끝난 것으로 보
여진다.[42]

V. 맺음말

형평사와 수평사는 조선과 일본에서 최하층 천민으로 사회적으로
차별을 받아왔던 백정과 에다(穢多)가 자신들에 대한 차별철폐와 신
분해방을 목표로 창립한 단체이다.

형평사의 창립에는, 같은 처지의 일본의 에다가 수평사를 창립하여
활동한다는 소식이 한 자극제로 작용하였던 것으로 보인다. 수평사가
형평사의 창립에 직접적이거나 구체적인 협조나 도움을 주었던 것은
아니지만, 같은 차별민으로 차별철폐를 위해 투쟁한다는 공동의 목표
는 두 단체가 앞으로 상호 관심을 갖고 교류, 연대할 수 있는 가능성
이 충분히 있어 보였다.

형평사는 창립 후 얼마되지 않아서 「진주총본부(형평사연맹총본부)」,
「형평사혁신동맹총본부」로 분열되었다. 이 가운데 계급운동의 일환으로
형평운동을 진행해야 한다고 주장한 형평사혁신총동맹과 수평사와의
교류·제휴·연대의 노력이 이루어졌다. 이들 양 단체의 연대·제휴론은
"장차 공동전선을 형성해 전무산계급(全無産階級)의 해방운동을 협의

---

42) 1932년 수평사대회에서 제휴가 재가결된 것을 끝으로 형평사와의 제휴문제는 그
친 것으로 생각된다. 秋定嘉和, 앞 글, 1972, p.269.

한다"[43]는 구상으로 진행되었던 것이다.

그러나 지금까지 나타난 자료들을 통해 볼 때, 두 단체는 형평사가 창립된 1923년 이후부터 1928년까지 교류·제휴·연대를 실행하고자 하는 움직임들을 계속하였지만, 이로 인한 실제 영향은 어떠했는지 명확하지는 않다.

그 이유로 다음과 같이 생각해 보았다.

첫째, 식민지의 차별민과 식민지본국의 차별민이라는 차이점을 극복하고 형평사·수평사의 연대를 추진하기가 실제로는 어렵지 않았을까 하는 점이다. 조선의 백정은 조선에서의 차별과 함께 식민지민으로의 차별도 당하고 있었다. 그리하여 백정은 조선에서의 차별철폐 운동과 함께 반일민족해방운동 역시 과제였던 것이다. 1927년의 제5회 형평사대회에서 '수평사와의 제휴의 건'이 제안되었다가 보류되었는데, 이는 당시의 민족통일전선운동과 관계가 있는 것으로 생각된다.

다음으로 공산당의 방침변화와 형평사·수평사의 연대문제를 생각할 수 있다. 다시 말하면 두 나라의 공산당은 모두 코민테른이나 테제에 의해 그 동향이 결정되었으며, 이것으로 형평사·수평사도 결정적인 영향을 받아 형평사·수평사의 연대라고 하는 국제연대로 발전하고자 한 것은 아닌가 하는 점이다. 즉, 테제를 용인하는 측은 이 테제와의 연관속에서만의 운동방향을 주장하고 있는데, 형평사·수평사의 연대는 이것과 관련된 것은 아니었나 하는 점이다.[44]

형평사와 수평사 운동은, 당시 대부분의 사회 운동들이 그러하듯이 각각의 국내 운동상황의 변화에 따라 그 운동 방향이 변화를 겪으면서 발전하였다. 따라서 형평사·수평사의 연대 문제에 대해서, 조선은

---

43) 秋定嘉和, 앞 글, 1972, p.270.
44) 秋定嘉和, 앞 글, 1972, p.270.

물론 일본에서의 사회운동의 변화에 대한 폭넓은 이해를 바탕으로 좀 더 깊이 있는 연구가 나오기를 기대해본다.

일제 강점기 통신사업과 통신관련 운동의 전개

나애자[*]

Ⅰ. 머리말

근대사회에서 신속하고 정확한 정보전달과 교환을 위해 널리 이용하게 된 통신수단은 우편과 전신, 전화이다. 이중에서도 전신·전화와 같이 전기를 이용한 통신수단은 1837년 미국인 모스가 전신을 발명한 이래 근대 국민국가 형성과정에서 큰 역할을 하였다. 영토를 거미줄처럼 연결한 전신·전화망은 나라의 정치적, 지역적 통일을 촉진하였고, 상공업 정보의 신속한 전달을 가능케 하여 경제적으로도 단일한 국내시장을 형성하는 데 밑거름이 되었다.

우리나라는 1880년대 이후 청과 일본의 방해와 간섭을 받으면서도 통신사업을 꾸준히 추진하였다. 청일전쟁 때 일본에 의해 통신사업이 중단되었으나, 대한제국의 수립 후 통신기관을 보급해 전국적인 통신망을 갖추고 일본의 통신사업에 대한 견제에도 힘을 기울였다. 대한제국은 만국우편연합에도 가입해 국제적으로 독립적인 우정청으로 인정받아 일본 우편국의 철수를 요구하였다.

---

* 국사편찬위원회 편사연구관.

그러나 러일전쟁을 도발한 일제는 1904년 5월 31일 한국의 식민지화 방침으로서 「대한방침 및 대한시설강령」을 수립하고, 이에 의거하여 1905년 4월 1일 「통신기관 위탁을 위한 협정」을 강제로 체결하였다. 통신사업권 박탈은 한국의 병합을 앞당기기 위한 선행조치로서 을사조약보다 반년이나 앞선 것이었다. 일제는 이 협정서에 의거해 1905년 7월 2일 한 달 반 만에 한국의 통신기관을 모두 인수하여 일본 거류민단의 통신망에 흡수 통합하고 체신성이 직접 관리케 하였다. 이후 통신사업은 통감부시기를 거쳐 합방 후 일제의 지배정책에 따라 추진되었다.

일제 강점기에 우편과 전기통신에 대한 수요는 상공업과 도시의 발달에 따라 날로 늘어났고, 통신시설의 미비가 산업과 지역 발전을 저해한다는 인식도 확산되었다. 그러나 일제는 식민지 탄압과 침략 수단으로서 전기통신의 정치·군사적 기능을 강화하였을 뿐, 긴축재정을 이유로 일반 통신시설의 확장에는 힘을 기울이지 않았다. 그 대신 통신시설을 필요로 하는 지역의 주민들이 시설비와 운영비 등을 부담하여 시설을 설치할 수 있도록 제도화하였다. 이에 상공업이나 어업 등이 발달하는 지역에서 전신·전화가설운동이 일어났다. 또 통신요금이 일본 본토에 비해 높았으므로 요금의 인하를 요구하고 교류가 활발한 지역 간에 직통으로 통신을 주고받고자 하는 운동이 전개되었다.

본고에서는 일제 강점기 통신기관의 보급과 운영, 통신시설과 서비스에서 나타난 통신사업의 특징을 살펴보고 각 지역에서 전개한 통신 관련 운동을 검토함으로써 통신정책의 식민지적 특성을 고찰하고자 한다.[1]

---

1) 본고에서 활용한 신문 및 잡지는 국사편찬위원회 구축 한국사데이터베이스 한국 근현대신문자료 및 한국근현대잡지자료와 서울大學校 新聞硏究所 編, 『新聞으로

Ⅱ. 통신기관의 보급과 그 특징

1. 통신기관의 보급현황

통신기관은 기획관리기관과 현업기관으로 나누어진다. 통감부시기에 기획 관리를 맡았던 통신관리국은 1910년 10월 1일 폐지되고 그 업무를 조선총독부 통신국에서 담당하다가 1912년 4월 체신국으로 개칭되었다. 체신국은 전국을 몇 개의 체신 관구(管區)로 나누고 각 체신 관구에 분장사무 취급 우편국을 두어 현업기관을 관리하게 하는 한편, 현업기관의 업무도 수행하게 하였다. 현업기관이 늘어남에 따라 1941년 지방체신국이 설립되었다.

통신관련 현업을 맡아보는 기관은 1905년 7월 이래 여러 차례 개편되었다. 1910년 10월 1일 총독부 통신관서 관제 시행과 동시에 우편취급소 및 우편전신취급소는 모두 우편국으로 개편되고 우체소는 우편소로 대치됨으로써 우편국·우편소와 철도역 전신취급소의 세 종류로 정비되었다. 이후 1915년 9월 순수한 전기통신 현업기관인 전신전화소가 창설되고, 1923년 6월 용산의 육군무선통신소를 인수한 경성무선전신국이 개설되었다. 같은 해 7월에는 경성전화국이 설립되어 경성부 내 각 우편국의 업무에서 전화교환업무가 분리되었다. 1931년 2월에는 벽지 및 원지의 우편사무를 취급하기 위한 간이현업기관으로서 우편취급소가 설치되었다. 또 1939년 10월 경성중앙전신국이 창설되어 경성우편국의 업무에서 전신업무가 분리되었다. 이처럼 업무가 분화됨에 따라 통신현업기관은 우편국, 우편소, 전신취급소, 전신전화소, 전신

본 韓國의 電氣通信』제1~3권, 韓國通信, 1993을 저본으로 하였다.

국, 전화국, 우편취급소 등으로 종류가 늘어났다.[2]

　대한제국시기에 통신현업기관은 우편·전신·전화업무와 같은 통신기관의 고유업무만을 관장하였다. 일제는 통신권을 장악한 후 재정개혁과 관련하여 통신기관을 정비하면서 우편국과 우편소에서 국고금 취급업무를 담당케 하였다. 이것은 당시 금융기관이 미비된 실정에 기인하는 것이었다. 또 일본과 마찬가지로 통신기관에서 통신부대사업도 수행케 하였다. 즉 일제는 우편환, 우편 진체저금(郵便振替貯金, 우편 진체구좌를 개설해 이 구좌로 지로송금과 계좌이체를 하는 것으로, 곧 우편대체), 집금 우편(集金郵便, 수금대행 서비스) 등의 우편대체사업을 실시하였다. 합방 후에는 우편저금과 간이생명보험사업을 실시해 통신현업기관을 자금결제기관 및 소규모 영세자금의 동원 기관으로 활용하였다.[3]

　각 통신기관은 지역의 발전에 의해 통신수요가 성장함에 따라 우편업무만을 담당하는 데서 전신사무와 전화통화사무가 추가되고 다시 전화교환사무가 추가되는 형태로 발전하였다. 1905년 7월 통합 직후 통신현업기관은 445개였는데, 이는 1군에 1개 정도씩 보급된 수준이었다. 이후 각 철도역에 전신취급소가 설치되면서 통신기관이 늘어나 1910년에는 502개가 되었다. 1911년~1941년 통신현업기관의 보급 및 업무현황은 다음 <표 1>과 같다.

　우편국 수가 줄어드는 대신 우편소와 전신취급소는 2배 가까이 늘어났다. 그러나 1923년 1월 타마하라(蒲原) 체신국장이 "조선에 있는 통신기관의 분포현황은 면적 20방리(方里), 인구 2만 5천여 명에 대하여

---

2) 電氣通信史編纂委員會 編, 『韓國電氣通信100年史』(上), 遞信部, 1985, pp.278-289.

3) 朴二澤, 「解放以前 通信事業의 展開過程과 雇用構造」, 서울대학교 박사학위논문, 1999, pp.50-51.

1국(局)만 배치한 상태라 이를 일본의 면적 3방리, 인구 7천여 명에 1
국을 배치한 것에 비하면 실로 매우 현격한 차이가 있다."[4] 라고 인
정하였듯이 통신기관의 보급 수준은 매우 낮았다. 당시 일본은 미국,
영국, 프랑스, 독일 등 선진국의 1/3 수준이었는데, 조선은 일본의 1/4
에 불과하였으니, 그 보급 수준이 얼마나 낮았는지 알 수 있다. 1937년
중일전쟁 후 일제는 조선의 병참기지화정책에 따라 1면에 1국소를 설
치한다는 목표를 설정하였다. 그러나 통신기관은 1939년에도 2면 1국
소 상태를 벗어나지 못하여 인구 2만 명에 1국소가 약간 넘을 정도가
되었다. 식민지 말기에도 1874년 일본의 55%정도밖에 안 되는 저급한
수준이었던 것이다.[5]

<표 1> 1911년~1941년 통신현업기관의 보급 및 업무현황

| 연도 | 우 편 국 | | | | | | |
| | 국소수 | 전신취급국소 수 | | | 전화취급국소 수 | | |
		일문	구문	한글	교환	교환통화	통화
1911	189(分 3)	184(分 1)	184(分 1)	189(分 1)	-	34	133
1915	179(分 4)	179(分 1)	179(分 1)	179(分 1)	-	36	138(分 1)
1919	180(分 3)	178(分 1)	178(分 1)	178(分 1)	-	37	138
1920	164(分 4)	162(分 1)	162(分 1)	162(分 1)	-	40	119
1922	126(分 5)	122(分 1)	122(分 1)	122(分 1)	-	50(分 1)	70
1924	100(分 4)	98(分 1)	98(分 1)	98(分 1)	-	64	32
1930	100(分 5)	99(分 1)	99(分 1)	99(分 1)	(分 1)	67	31
1935	88(分16)	87(分 1)	87(分 1)	87(分 1)	(分 2)	74	13(分 1)
1939	88	86	86	86	-	78	10
1941	80(分46, 出 1)	*87	*87	*87	-	*77	*10

---

4) 『조선일보』, 1923년 1월 26일. 이하 직접 인용문의 표기는 현대 맞춤법에 의함.
5) 朴二澤, 앞 글, pp.51-52.

연도	우편소						(철도역) 전신취급소			전신전화소			
	국소수	전신 취급소 수			전화 취급소 수		국소수			국소수	전신		전화
		일문	구문	한글	교환통화	통화		일문	구문		일문	한글	통화
1911	272	118	118	118	9	102	67	67	-	-	-	-	-
1915	333	322	322	322	9	309	86	86	7	1	1	-	-
1919	379	355	355	355	9	343	100(出1)	100(出1)	8(出1)	3	3	-	3
1920	409	370	370	370	9	358	102(出1)	102(出1)	8(出1)	3	3	-	3
1922	488	430	430	430	12	415	104(出1)	104(出1)	8(出1)	4	4	1	4
1924	548	495	495	495	28	468	98(出1)	98(出1)	9(出1)	6	6	6	6
1930	641	578	578	578	73	501	94(出1)	94(出1)	7(出1)	9	9	8	9
1935	745(出6)	658(出13)	658	658	133	521(出13)	103(出1)	103(出1)	10(出1)	12	12	10	12
1939	924	770	770	770	*198	587	152	151	11	12	12	10	12
1941	985 (分1, 出13)	*804	34	-	201	*597	168 (分1, 出1)	*168	*15	4	4	-	4

보기 : 분(分) 및 출(出)은 분실(分室)·분국(分局) 및 출장소의 수를 나타냄.
　　　숫자 앞의 * 표는 분실·분국 및 출장소를 포함한 수임.
　　　본 표는 경성철도우편국 및 자동전화기와 청원통신기관을 제외한 것임.
　　　1941년부터는 확실한 통계자료가 남아 있지 않음.
출전 : 電氣通信史編纂委員會 編, 『韓國電氣通信100年史』(上), 遞信部, 1985,
　　　290-291쪽, <표 2-8>

일제가 통신기관의 중요성을 인식하면서도 통신기관을 방침대로 보급하지 못한 요인은 어디 있었을까? 타마하라 체신국장은 위에서 인용한 글에서 조선에서 통신기관의 보급이 일본보다 현저히 뒤떨어지고 있는 원인이 지방의 통신수요에 부응할 만큼 통신사업에 예산을 충분히 배정하지 않은 데 있다고 실토하였다. 통신사업을 수행하려면 창설비와 유지비가 들고, 통신기관의 설립 후 통신수요가 많지 않은 기간에는 적자운영에 대한 재정지원이 필요하다. 그러나 총독부는 몇 해 예외적인 경우를 제외하고는 1913년부터 흑자예산으로 편성하여 재정자금을 통신기관의 확충에 투입하지 않았다.6)

2. 청원통신시설제도의 도입

　1920년 4월 회사령의 폐지로 일본 자본이 대량 유입되고 조선인 상공업자가 성장하면서 통신수요가 팽창하자 일반 예산으로 설립하는 소수의 통신기관으로는 그 수요를 감당할 수 없었다. 야마모토(山本) 체신감리과장이 "종래 우편국소의 설치에 관하여 당국에 도달한 각 지방의 요구는 매년 1백 5, 60건에 달하는 상태이나, 일반 시설로 증설하는 국소수(局所數)가 1개 년에 5, 6처를 넘지 못하는 현재 상황"[7] 이라고 회고할 정도였다. 이에 일제는 1923년 1월 25일 총독부령 제11호로 「청원통신시설규칙」을 제정하여 1915년부터 일본 본토에서 시행하고 있는 청원통신시설제도를 도입하였다. 이 제도는 우편소를 비롯한 통신기관의 창설과 우편집배 및 전신·전화와 관련된 각종 사무를 개시할 수 있는 시설과 유지비를 민간이 부담하는 것이다. 일본에서 제외되었던 우편집배와 전화교환사무도 청원대상에 포함되었으므로,[8] 일본 보다 확대 실시된 것이다. 청원은 개인이나 법인을 불문하고 누구나 가능하였으며, 청원자는 우편소 신설 후 연간 1,200원의 유지비를 부담해야 했다. 전신·전화사무의 개시에는 전화가설료 외에 연간 800원의 유지비가 들었는데, 전보와 전화통화를 합해 하루 6~7통만 취급하면 수입이 보장되어 유지비를 따로 납부하지 않아도 되었고, 창설 후 5년이 지나면 정부의 일반시설로 편입되었다.[9] 청원통신시설은 민영이었지만, 국가독점사업이라는 통신사업의 특성상 체신국의 감독을 받았다.

---

6) 朴二澤, 앞 글, pp.54-55.
7) 『동아일보』, 1924년 1월 9일.
8) 朴二澤, 앞 글, pp.77-79.
9) 『동아일보』, 1924년 1월 9일.

청원통신시설제도의 도입 후 체신국은 교통이 가장 불편한 원벽지로서 청원시설로 우편소를 설치할 희망이 없는 지방 중 급설을 요하는 후보지에만 일반 예산에 의해 통신기관을 설치하고 일반 후보지는 청원에 의존한다는 정책을 실시하였다. 그리하여 1924년 4월 심사를 받고 있던 청원이 30여 건에 달하였던 데 반해 그 해 예산에 의해 설치될 우편소는 전국을 통틀어 겨우 5개소에 불과하였다.[10] 청원에 의한 통신기관은 연평균 10개소 내외로 설치되어 1941년 청원통신시설로서 운영비를 납부한 우편소는 253개에 달하였다. 전신·전화사업의 수입이 지정된 금액을 넘으면 유지비를 납부하지 않아도 되어 청원통신시설의 통계에서 제외된다는 점을 감안할 때 실제 창설된 청원통신시설은 훨씬 많았을 것이다. 1925년~1940년 전신사무를 개시한 312개의 통신기관 중 청원에 의한 것이 83개였으므로, 청원시설은 전기통신의 보급에 기여하였다.[11]

이와 같이 청원통신시설제도는 국가예산의 제약으로 통신기관을 급속히 보급할 수 없어 설치 부담의 일부를 민간에 전가한 것이다. 그런데 공익성을 띤 통신기관을 어느 지역은 설치비와 유지비 전액을 국가가 부담하고 어느 지역은 지역 주민이 부담하는, 지역 간의 형평성 문제가 제기되었다.

3. 경비전화선의 확장

일제는 1907년 8월부터 격렬해진 의병전쟁을 효과적으로 진압하기

---

10) 『동아일보』, 1924년 4월 13일.
11) 朴二澤, 앞 글, pp.86-88.

위해 경비전화제도를 마련해 치안통신망을 건설하였다. 경비전화란 경비사무에 관해 통신국장이 지정한 전화선으로부터 경찰관서 및 기타 관서, 순사주재소, 헌병대, 헌병분견소 및 경비에 임한 육군부대 상호간을 위한 전화를 가리킨다.[12] 1908년 5월 일제는 한국 경비전화 건설본부를 설치하고 통신관리국 직원을 파견해 경비전화를 건설하였다. 경비전화의 설치 및 유지를 관장하는 사무총장에는 일본인 통신관리국장을 촉탁 형식으로 임명하였다. 3년간 설치된 경비전화의 건설비는 40여 만원의 대한제국 예산에서 지출되었다. 산발적으로 일어난 의병에 대응해 경비전화는 여러 지역에 건설되었고 이에 따라 주요 간선에 국한되었던 전신·전화선이 전국 각지로 뻗어나갔다. 경비전화선은 일반 공중의 통신설비 불비에 대응하여 전보 중계를 하는 등 공중전신·전화선으로도 활용되었다.

합방 후 경비전화제도는 더욱 발전하였다. 1910년 12월 일제는 파옥 및 탈옥자를 예방하기 위해 감옥이나 재판소 등에 경비전화선을 연결하였다.[13] 이듬해 10월에는 경비전화규칙을 제정하고 기존 공중전신·전화선의 일부를 경비전화선에 편입하였다. 이에 관련된 시설비는 체신국 소관 예산에서 지출하였다. 1920년 경비전용으로 설치된 경비전화회선을 제외한 모든 경비전화선은 경비전화와 공중전신·전화선 겸용으로 하였다. 경비전화는 1945년에 이르기까지 여러 구간에 신설 또는 증설되었다. 1919년 3·1운동을 계기로 1919년~1920년 부산·신의주선 외 36회선을 신설·증설한 것, 만주사변을 계기로 1932년~1934년 평안도와 함경도지방을 중심으로 30여 회선을 신설·증설한 것이 대표적인 것이다.[14]

---

12) 『매일신보』, 1911년 9월 27일.
13) 『매일신보』, 1910년 12월 22일.

공중을 위한 통신시설 확충이 예산관계로 지연되고 있는 반면, 경비전화는 매년 경무국의 예산과 체신국의 영선비로 설치되었다.[15] 이것으로 일제의 통신기관 보급계획이 정치·군사적 성격을 띠고 있었음을 알 수 있다.

Ⅲ. 통신서비스와 우편소의 운영 실태

1. 통신시설의 확충

1920년대에 들어와 일본 자본이 본격적으로 유입되고 이주민이 증가하여 통신수요가 급증하면서 통신시설의 개량 및 확충이 불가피해졌다. 또 일제는 조선을 대륙진출의 교두보로 삼고 있었으므로, 일본·조선·만주를 연결하는 통신망의 건설도 필요하였다.

통신시설을 살펴보면, 전신시설은 공중전신용으로 단신기(單信機)에 음향기나 전화기를 사용하는 방식을 채택하여 성능이 그리 좋지 않았다. 이에 반해 대륙침략용으로는 자동 이중기(二重機) 등의 개량된 설비가 사용되었다. 전신회선 및 선로는 점차 확장되어 1920년대에 전신회선이 500회선에 달하였다. 단선식 전신선은 복선식으로 개량되었고, 전신망은 7개 루트가 되었다.

---

14) 電氣通信事業編纂委員會 編, 『電氣通信事業八十年史』, 遞信部, 1966, pp.476-486.
15) "아무리 불경기, 긴축시대라 하여도 경찰력을 충실히 하는 경비전화는 완성하여야 되겠다 하여 경무국에서는 7백만 원을 예산에 계상하여 10개년 계속사업을 명년도부터 예산을 계상하기로 요구하였는데, (…) 경성을 중심으로 각 도에, 각 도로부터 각 경찰서, 각 경찰서로부터 각 주재소에 거미줄과 같이 완비 통제케 하고자 하는 것이라고 한다."(『조선일보』, 1930년 10월 26일)

가입전화시설은 경성과 부산 등 주요 도시에서 전화가입자가 증가함에 따라 단식 교환기를 공전식(共電式) 복식 교환기로 교체하고 시외교환기를 대형으로 바꿔갔다. 1920년대 중반 전화교환수가 감당할 수 없을 만큼 전화사용량이 폭증하고 1930년 전화가입자 수가 1920년의 약 2배가 되었으므로, 경성과 같은 대도시에서는 수동교환기를 대용량의 자동식 교환기로 교체하여야 했다. 그러나 1935년 군사적 요충으로 개발되고 있던 신흥도시 나진에서 가장 먼저 자동식 전화교환을 개시하였다. 경성에는 그 이듬해인 1936년 자동식 교환기가 도입되었는데, 그것도 일본인 주거지역에 있던 경성중앙전화국에만 들여왔다. 청진, 평양, 부산, 함흥 등 주요 도시에서도 자동식 교환기가 도입, 교체되었는데, 조선인 주거지역에 있는 광화문분국에는 해방 전까지도 공전식 수동교환기가 사용되어 이용자의 불편이 해소되지 않았다.

국내 통신망의 확장에 이어서 일제는 1936년~1938년 일본인 기술자들이 개발한 무장하(無裝荷) 케이블을 일본 후쿠오카(福岡)에서 부산·경성을 거쳐 압록강에 이르는 지역에 깔았다. 그리고 일제는 이 케이블을 도쿄(東京)·후쿠오카 간 무장하 케이블과 봉천(奉天)·안동(安東) 간 무장하 케이블에 접속함으로써 도쿄·봉천 간 2,700km의 장거리 통화회선을 달성하고 전신 및 전화회선을 수용해 일본·조선·만주 간의 통신에 사용하였다. 또 일제는 시외전화회선과 해저전선에 반송(搬送) 장치를 설치하고 통화량에 따라 반송전화 장치를 설치해 통화의 질을 향상시켰다.

전선가설에 필요한 전주는 산림개발이라는 미명 아래 압록강 수목인 낙엽송이 사용되었는데, 수명이 10년 정도였다. 1935년 이후 일제는 낙엽송을 일본이나 만주·중국 등으로 반출하였다. 이에 따라 1937

년부터 낙엽송을 확보하기 어려워 일본산 개조식 크레오소트 주입 삼나무를 전주로 대신 충당하였다.

한편 1919년 3·1운동으로 통신시설이 크게 파괴되고 통신수요가 폭발하여 기존의 유선 통신시설로 감당할 수 없게 되었다. 총독부는 유선시설을 확장하는 한편으로 경성육군무선전신소를 1923년 3월 인계받아 경성우편국 용산전신 분실(分室)로 개편해 일반 공중무선통신을 개시하였다. 이밖에 선박의 항행안전과 일반 공중통신을 위한 무선전신국이 경성·목포·제주·부산 등 주요 도시에 들어섰다. 또 항공사업이 발달함에 따라 항공무선시설, 방향탐지기 및 항공무선표지 등이 설치되었다.[16] 항공무선은 정어리에서 중유를 얻기 위한 어군(魚群) 탐색에도 활용되었다.[17]

중일전쟁의 발발 후 통신시설의 확충사업에서 주목할 것은 조선총독부의 '병참기지정책'에 의해 추진되었다는 것이다. 병참기지정책은 1938년 9월 총독 미나미 지로(南次郎)에 의해 선언된 조선의 새로운 전시산업개발정책으로서 각 산업별로 생산력 확충계획이 수립되었다. 통신사업에서는 전기통신시설의 확충과 통신취체 및 정보수집 시설의 강화, 우편체송시설의 정비 및 확충, 방송시설의 정비 방책 등이 수립되었다. 각각의 방책에 대해 살펴보면 다음과 같다.[18]

전기통신시설은 전시 유사시에 발생할 수 있는 군 및 군수품의 수송과 작전연락, 정보수집 등을 신속하고 안전하게 하기 위해 급속히 확충, 정비해야 할 것으로 보았다. 전기통신의 확충·정비 방안으로는

---

16) 電氣通信史編纂委員會 編, 앞 책, pp.303-345.

17) 『三千里』제13권 제3호, 「航空熱 朝鮮靑年, 飛行士 愼鏞頊」, 1941년 3월.

18) 朝鮮總督府, 『朝鮮總督府時局對策調査會咨文答申書』, 1938, pp.55-61(방기중 편, 『일제 파시즘기 한국사회 자료집 4-총독부의 경제정책과 전시생산력확충계획-』, 연세국학총서 60, 선인, 2005 수록).

기상·방공·항공 등 특수 통신망의 정비, 비상시 예비국 및 비상시 연락용 무선통신시설의 정비, 만주 및 중국과 연결할 수 있는 전기통신시설의 확충, 주요 간선로의 케이블화, 전신·전화선의 증설, 선박에 대한 통신망의 확충, 고속도 통신기의 채용, 전기통신기재 제조공장의 유치 등이 수립되었다.

통신취체 및 정보수집 시실의 강화 방책은 당시 시국과 국세정세에 비추어 통신취체와 각국 정보의 급속한 수집이 국책수행이나 국토방위를 위해 매우 긴요하지만 통신시설이 매우 빈약하다는 인식에서 강구되었다. 그리하여 우편·전신·전화의 철저한 사열(査閲) 취체기관 및 시설을 조속히 정비하고, 무선전신 및 무선전화에 의한 불온통신이나 첩보통신의 감청과 외국에서의 각종 정보수집을 위해 조선 내 여러 군데에 무선통신 감시시설을 증설하는 방안이 마련되었다.

우편체송시설의 정비 및 확충 방책은 시국의 추이와 일본·만주·중국의 경제블럭의 성립에 수반해 우편체송에서 차지하는 조선의 위치가 더욱 중요해지고 있다는 인식 아래 수립되었다. 체송시설이 가속도로 증가하고 있었으므로 주요 체송신로의 차실(車室) 확장과 편수의 증가를 도모하는 방안이 마련되었다. 이밖에 방송시설의 정비 방책도 수립되었다.

2. 통신서비스의 실제

통신망이 전국적으로 확장되어 제도적으로는 우편물은 2, 3일 내로, 전보는 어디서나 1시간 내로 받아볼 수 있게 되었다. 그러나 실제로는 "같은 시내에서도 편지 한 장, 엽서 한 장이 닷새, 엿새를 지난 뒤에야 겨우 배달되며 기차보다 급하다 하는 전보가 나흘, 닷새가 지난 뒤에야 배달되는 등, 전화 한 번을 하려면 2, 3분은 예사의 일이며 5분, 10분을 지체하여야"[19] 할 정도로 통신서비스가 불량하였다. 심지어 "필요해서 전화를 하고자 하던 사람이 초조하게 기다리다가 나중에는 발광을 할 지경으로 발을 구르며 욕설이 입에서 절로 나오게 할 뿐 아니라 전화통을 깨어뜨려 버리고 싶은 생각이 나게까지" 할 정도로 전화교환이 지체되기도 하였다. 이것은 교환수가 태만해서가 아니라 기계가 오래되고 교환수가 부족하며 감독도 주밀하지 못한 데 원인이 있다고 지적되었다.[20] 체신 당국은 전선의 증설과 무선통신의 확장, 교환기의 교체 등 통신시설을 개선해나갔지만, 이용량의 폭증을 따라가지 못하였다.

폭우나 폭설 등의 자연재해로 전선이 고장 나 통신이 불통되는 경우도 많았다. 그래서 "근래 미곡시세를 보는 사람들이 전보가 늦게 오자 재산을 몽땅 잃어버리고, 비참한 지경을 당하였다는 사람들이 우편국에 와서 왜 우리를 죽이느냐고 울며 야단을 쳤으나 전신계의 형편을 좍 보여주고 자세히 설명을 해준 결과 그들도 할 일 없이 돌아갔으며"[21] 라고 하는 형편이었다. 인천 전화의 불통으로 미두취인소나 중매점 등 때를 다투는 영업자들이 큰 타격을 입었다고 한 것도 같은 사정이었다.[22]

우편국소의 불성실한 관리로 편지·소포·신문 등 우편물을 며칠에서 십여 일 만에 받아보는 일은 보통이었고, 우편물의 분실이나 오손(汚

---

19) 『동아일보』, 1920년 9월 9일.
20) 『조선일보』, 1920년 7월 18일.
21) 『매일신보』, 1919년 8월 23일.
22) 『동아일보』, 1924년 2월 10일.

損)도 흔하였다. 그래서 "체전(遞傳)이 체전(滯傳)"이라고 비난하는 소리가 높았다.[23] 예를 들면, 군청 소재지이고 상업이 번성한 지방 소도시인 이천에서는 우편소가 우편물을 3일에 한 번씩 배달할 뿐 아니라 배달 위탁, 인편 배달, 배달 착오 등 폐단이 많아 이천군민이 10여 차례나 체신당국에 진정서를 보내고 진정위원까지 파견하였으나 개선되지 않았다.[24] 평산군 문구시도 시장이 번창하여 수천 명의 군중이 모이는 곳으로 우편물이 적지 않았으나, 서흥 우편소에 편입되어 우편배달이 며칠씩 늦기 때문에 시세 변동을 몰라 상업 발전에 지장이 많았다. 문구시 남천에서 한 기자는 "20세기 문명의 선구대인 통신기관으로 약 천의 경비를 절약하여 산업 및 지방 계발상 장애를 가져오는 등의 일은 천부당 만부당한 일"[25]이라고 통신망의 개선을 촉구하였다.

급한 연락에 이용되는 전보마저 벽지에서는 통상우편과 함께 배달되어 2, 3일이 걸리곤 하였다.[26] 일본에 유학 간 남편이 급성 병에 걸려 입원보증금을 보내라고 부인에게 전보를 4통이나 보냈는데 함남의 영흥 우편소에서 1주일 뒤에나 배달하였고, 그 사이에 남편이 입원을 못하고 사망하자 부인이 체신국장을 상대로 위자료를 청구한 사건까지 있었다.[27]

충남 신장에서 정일찬(鄭一贊)이 잡지『별건곤(別乾坤)』에 기고한

---

23) 『동아일보』, 「불평만흔 郵便, 하는 수작이 모도가 불평거리, 감독당국의 대답이란 엇던가」, 1924년 9월 26일. 이 기사에서는 우편물을 본인에게 직접 전하지 않고 面所에 두거나 인편으로 보내는 등 우편배달에 불성실한 각 지방 우편국과 우편소의 여러 사례를 들고 감독관청인 체신 당국자의 답변을 소개하고 있다.

24) 『동아일보』, 1931년 9월 2일.

25) 『동아일보』, 1931년 8월 21일.

26) 『개벽』신간 제3호, 「筆耕舍雜記, 最近의 心境을 적어 K友에게, 沈熏」, 1935년 1월.

27) 『조선일보』, 1930년 6월 8일 ; 20일.

다음의 글에는 농촌 주민들이 통신을 이용하는 데 겪는 불편과 불만
이 우편소 운영의 구조적 문제와 관련하여 잘 나타나 있다.

　　"우리 농촌에서 많은 사람들은 우편소에 대하여 소내 사무취급에 태
만한 것과 불친절함을 들어서 통매(痛罵)합니다(…).우편소를 거쳐서 가
고 우편소의 손을 거쳐서야만 받아볼 수 있는 통신물이 우리의 일상생
활에 신용과 이해를 아울러 막대한 관계가 있는 것은 도시나 농촌이나
일반일 것입니다. 그런데 농촌에서도 우편소와 거리가 떨어져 있는 곳
에서는 편지 한 장 부치고 받아 보기가 썩 용이치 못한 일입니다. 편지
한 장만 부치려면 하루품을 메고 15리 20리를 찾아가야만 부칠 수 있
고 닷새만에 한 번씩 돌아오는 장날(市日)이야만 우편물을 받아볼 수
있습니다. 또한 장날이라도 우편배달부의 손에서 직접 받는 것이 아니
라 장 출입 잘하는 구장(區長) 영감의 전편으로 이웃집 멈(雇人)의 전
편으로 받아보게 됩니다. 그러므로 발신일부터 2, 3일 만이면 넉넉히
받아봄직한 편지도 배달부의 가방 속에서 며칠, 주막쟁이의 주머니 속
에서 며칠, 지체하고 나면 10여일씩 지체되는 것이 보통이요 급하다는
전보조차도 3, 4일씩 지체되는 일이 많습니다. 그리하여 그 편지를 받
을 때에는 벌써 그 편지의 요무(要務)는 효력 있는 기한을 지나치게 되
는 일이 허다합니다. 또한 받아보지 못하고 중간에서 유실되는 편지도
많을 것은 추상하기에 어렵지 않을 것입니다. 그뿐 아니라 신문도 4, 5
일만에 한 번씩 배달되므로 그 신문의 생명조차 배달부의 손에서 말살
되고 맙니다. 그러므로 농촌에 있어서는 한 달에 여섯 번씩 돌아오는
장날은 우편일(郵便日)이 되고(…) 만일 이러한 사실의 원인이 교통불
편에만 있고 우편소에서 어찌할 수 없는 사정이라면 불평을 부르짖는
것도 의미 없는 일이겠지요. 그러나 그 원인은 간단합니다. 우편소 경
영자가 폭리를 탐하여 한 사람의 배달부로서 능히 감당치 못할 광대한
구역을 분전케 하며 힐직한 보수를 주기 위하야 수신인의 성명 삼자도
잘 해득치 못하는 나어린 문맹아동을 사용하는 까닭입니다. 또한 우편
소에서도 근소한 임금으로 과다한 노동을 시키기가 양심상 불안하여 그
러함인지는 모르되 배달부의 태만한 행동을 너무나 방임하여 두고 감독

치 아니하는 까닭인가 합니다."[28]

이 글에서 지적되고 있듯이 우편소에서 멀리 떨어져 사는 농촌 주민들이 편지 한 장 부치기 위해 15~20리를 걸어야 했던 것은 통신기관이 충분히 보급되지 않았기 때문이다. 또 우편물은 물론 전보까지 수신인에게 직접 전하지 않고 장날을 이용해 주막 주인이나 구장에게 부탁하여 전달함으로써 배달 지체와 유실이 많았던 것은 우편소의 운영이 부실한 데 근본 원인이 있었다. 즉 우편소장이 인건비를 줄여 폭리를 취하려고 배달부를 제대로 고용하지 않아 배달부 한 사람이 도저히 감당할 수 없는 광대한 구역을 배정하고 적은 보수를 주기 위해 문맹의 아동을 사용하며, 배달부에 대한 관리 감독을 소홀히 했기 때문이다. 1922년 9월 삼천포 우편소에서는 잡지 1권 배달에 한 달이 걸리는 등 배달 지체가 심각하였는데, 그 원인은 관할구역은 넓은데 배달부를 1명만 고용했기 때문이다.[29]

따라서 우편소의 서비스를 개선하려면, 통신기관을 증설하고 우편배달부를 증원해야 했다. 또 1924년 3월 말 우편함은 4,807개소로서, 3,630명에 1개꼴로 설치된 데 불과하였으므로,[30] 그 증설도 필요하였다.

28) 『별건곤』제10호, 「郵便所에 忠告함, 全國靑年不平不滿公開 우리의 希望과 要求, 忠南 新場 鄭一贊」, 1927년 12월.
29) 『동아일보』, 1922년 9월 3일.
30) 『동아일보』, 1924년 5월 23일.

3. 우편소의 운영 실태

1920년대에 들어와 통신사용량이 많지 않고 정치·군사적으로도 크게 중요하지 않는 우편국은 우편소로 바뀌어갔다. 통신기관의 신설지역에도 대개 우편소를 설치하였으므로, 우편소가 급증하여 1941년에는 통신 현업기관 전체의 약 8할을 차지하는 등 비중이 높아졌다.

우편소는 체신국의 직영기관인 우편국의 운영이 예산과 결산제도에 의해 통제받았던 것과 달리 체신국에서 매달 일정한 금액을 지급받되 결산은 하지 않는 청부기관이었다. 따라서 우편소장은 고용 인원을 임의로 정해 높은 이득을 취할 수 있었다. 순창 우편소는 원래 우편국이었는데, 우편소로 바뀌자마자 우편 집배원 6명이 동맹 사직하였다. 그 이유는 소장이 집배원 월급을 1/3이나 인하하였기 때문이다.[31]

우편소는 일본 체신성의 삼등우편국과 동급이었고, 소장의 임용도 삼등우편국장에 준하는 규정이 적용되어 판임관(判任官)으로서 신분이 보장되었다. 우편소장은 만 20세 이상 남자로 우편소 소재지에 거주하며, 300원 이상의 자산이 있어야 하고, 중학교 3학년 이상의 학력이 있는 자로 자격이 제한되었다. 이 임용규칙은 조금씩 달라져 1937년 4월에는 만 25살 이상의 남자로서 '상당한 자산'과 '상당한 학식, 재간'이 있는 자로 자격요건이 바뀌어 대상이 넓어졌다. 우편소장직은 사직이나 재직 중 사망 시 상속인인 남자가 만 16살 이상 (1937년 4월 이후에는 20세 이상)이면 일종의 가업으로서 소장직을 이을 수 있었다.

1919년까지 우편소장은 모두 일본인이었고 이후에도 총독부가 조선인의 소장직 임명을 꺼려 절반 이상이 일본인이었다. 일본의 삼등우편

---

31) 『동아일보』, 1923년 4월 11일 ; 19일.

국장은 지방유지로서 지역사회의 구성원이었음에 반해 일본인 우편소장 중에는 전직 통신관리나 일반행정관리가 임용되는 경우가 상당수 있었다. 소재지 이외 지역에서 선정하여 임용하는 경우도 많아서 소장과 지역주민 간에 의사소통이 결여되었다. 따라서 우편소와 지역사회의 통합도가 낮았다.[32] 예를 들면, 금촌 우편소장은 전보 수신인이 3·1운동으로 감옥에 간 일이 있고 성품이 불량하다고 전보 배달을 중지하였다가 손해배상과 명예훼손으로 제소를 당했다. 그는 평소에 불친절하고 말을 함부로 하며 무성의하다고 주민들로부터 불평을 샀다고 한다.[33]

이와 같은 경영구조 때문에 우편소는 사적인 기관인데도 체신국을 배경으로 관청 행세를 하면서 횡포를 부려 사무 취급이 태만하며 불친절하다는 비판을 받았다. "길품 팔아 먹는 우편배달부들까지 촌에 나가면 아주 무슨 관리나 되는 척하고 눈을 부라리니 그 꼴을 당하는 촌내기도 멍텅이려니와 그 꼴을 뵈는 친구들까지도 멍텅이 아닌가?"[34] 라고 야유를 받았다. 그러나 우편배달부는 사실상 아침 일찍부터 밤 8시까지 우편배달을 하고 받는 월급이 3, 40원에 불과해 사회·경제적 처지가 열악하였다. 저임금과 고된 일에 시달린 배달부들은 1926년 4월 전남 장성에서 동맹파업을 하고 5월에 동맹사직을 단행하여 통신이 일시 두절되기도 하였다.[35] 송영(宋影)의 소설 『승군(蠅群)』(1936)에서는 30년 근속한 우편배달부의 고달프지만 직업의식이 투철한 하루 일과와 그의 아들인 전보배달부가 일본인 집배인 취체의 비리에

---

32) 朴二澤, 앞 글, pp.63-73.
33) 『조선일보』, 1930년 6월 9일.
34) 『별건곤』제14호, 「現代男女 百명텅」, 1928년 7월.
35) 『개벽』제69호, 「最近世界相」, 1926년 5월 ; 제71호, 「最近世界相」, 1926년 7월.

항거하는 과정이 사실적으로 묘사되어 있다. 또 일본인의 '가봉(加俸)' 이 일제 강점기 고용구조의 문제 중 하나였듯이 일본 삼등우편국 직 원에 비해 2배 가까이 월급을 받는 조선 우편국소의 일본인 고원(雇 員)과 조선인 용인 간의 민족적, 경제적 차별구조가 이 소설에서 중요 한 주제로 다뤄지고 있다.

Ⅳ. 통신관련 운동의 전개

1. 전신·전화가설운동

1) '전신·전화시설비 기부금제도'의 도입

통신수단 중 가장 늦게 실용화되어 1902년부터 일반인에게 사용된 전화는 1910년까지도 불과 6,780여 대밖에 보급되지 않았다. 그러나 "현대문명의 이기로서 사회에서 생존하는 데 항상 긴요하게 이용되고 상공업 등에 아주 절실하게 필요하여 하루라도 없어서는 안되는"[36] 존재로서 편리성이 인식되고 있었다.

전화가설 및 이용 등에 관한 「전화규칙」은 1905년 7월 일본의 규 정이 준용되다가 1908년 10월 1일 당시 실정에 맞게 통감부령 제37 호로 제정되어 전화가입과 통화·호출, 가입·통화·호출구역, 각종 요금 및 납부제도 등에 관한 제반 규정이 마련되었다. 그리고 보통전화와 별도로 「특설전화규칙」이 제정되어 가입구역의 전화선 가설 등 일체

---

36) 『매일신보』, 1911년 2월 11일.

비용을 가입자에게 부담하게 하고 우편국소는 단지 교환사무를 취급할 1개월 요금을 저율로 하는 특설전화제도가 마련되었다. 가입구역밖의 다른 대도시와의 전화선 가설비는 체신국에서 부담해야 했다. 특설전화는 1916년 이래 신설이 중단되었다가 1919년 3월 지방의 요망에 따라 겸이포·사리원·이티 등에 가설하는 계획이 수립되었으나, 그해 10월 제도 자체가 폐시되었나.

이 때 총독부는 전화가입에 관한 구역 지정지제를 정하고 이 지정지에서 전화가입을 희망하는 자는 가입에 필요한 물자·노동력 등을 기부하도록 하였다. 이는 일본에서 1909년 5월부터 실시한 '전신·전화시설비 기부금제도'를 도입한 것이었다. 전화규칙은 다시 개정되어 1920년 4월 1일부터 물자·노동력 대신 일정한 전화가설료를 납부하는 것으로 바뀌었다. 그리고 가설료를 내면 우선적으로 전화를 설치해 주는 '전화지급개통제도'가 실시되었다.[37] 이 제도의 시행으로 보통전화는 없어지고 모든 전화가 지급전화로 보급되었다.

이밖에 시내전화의 교환이 아직 개시되지 않은 위성도읍에 시외통화발수용 전화세도를 신실하였다. 이 제도는 조신의 특수한 제도로, 시외전화를 자택에서 하고 싶은 사람은 전화선로 가설비 및 유지비를 부담하여 자택과 우편국소 간에 전화선을 설치한 후 자택에서 시외전화를 송수신할 수 있도록 한 것이다. 시외통화발수용 전화는 전화 통화를 위해 먼 우편국소까지 가야 하는 번거로움이 없고 어떤 산간벽지에서도 가입할 수 있었으므로 시외통화를 빈번히 사용하는 상인과 여관 등에 매우 편리하여 빠르게 보급되었다.[38]

한편 총독부는 1925년경부터 기부금에 의한 전신선 가설을 추진하

---

37) 電氣通信史編纂委員會 編, 앞 책, pp.362-366.
38) 『동아일보』, 1924년 11월 16일.

였다. 기부금에 의한 전신시설은 앞에서 서술한 청원시설과 달리 창설
비만 부담하였으므로 민간의 부담이 줄었다. 1925년~1933년 청원과
기부에 의해 전신사무를 개시한 통신기관은 전체의 70% 이상을 차지
하다가 1934년 이후 일반 재원에 의한 전신사무 개시 국소가 증설되
면서 그 비중이 30%정도로 낮아졌다.[39]

2) 전신·전화가설운동의 전개

전화지급개통제도 하에서 전화를 가설하려면, 우선 구역별 지정지제
에 의해 거주지역이 전화가입구역으로 지정되어야 하고 이를 위해서
는 가입신청자가 최소한 20명 이상이 되어야 했다. 전화가입에 필요
한 가설료는 수요 예정량에 따라 경성 300원, 부산 250원, 평양 100
원, 용산·인천·대구 280원, 이하 군소도시는 100~150원로 책정되었
다. 이는 당시 쌀값이 1섬에 7원 50전이었던 것에 비교하면 엄청난
금액이었다. 전화가입자는 전화가설료 외에도 5~15원의 가입등기료와
2~5원의 명의서환료(명의변경료), 60~72원의 전화사용료, 기계이전료
등을 부담해야 했다.[40] 따라서 소도시에서 가입자를 20명 이상 확보
하는 것은 용이하지 않았다. 또 가입자 확보 후에는 체신국에서 인가
를 얻어야 했으므로 신청자 모집 및 인가요청을 추진하는 주체가 필
요하였다. 그리하여 1922년 3월 강릉에서 '전화가설기성동맹회'[41]를
결성한 것을 비롯하여 여러 지역에서 상인, 실업가, 군수 등 유지, 경
찰서장, 우편소장, 신문사 분국 등이 '전신개통기성회' '전화가설기성

---

39) 朴二澤, 앞 글, pp.82-88.
40) 電氣通信史編纂委員會 編, 앞 책, p.366.
41) 『동아일보』, 1922년 3월 18일.

회’ ‘통신시설기성회’ 등을 조직하여 전화가입자를 모으거나 전신개통을 위한 기부금을 갹출하였다. 당시 언론에서는 이 운동을 ‘전화가설운동’이라고 부르기도 하였다.

1922년경부터 활발하게 전개된 전신·전화가설운동은 상공업이 발달한 지역에서 시작되어 전등과 수도 등 일상생활에 필요한 기본시설조차 보급되지 않은 지역으로 확산되었다. 그리하여 전등이나 수도의 보급, 시가정리사업 등 지역사회 발전을 위한 다양한 사업이 함께 추진되기도 하였다. 대개 조선인과 일본인, 관민이 합동으로 전개하였는데, 1930년대 후반으로 가면서 조선인의 주도성이 강화되었다.

그런데 1천~수천 원의 기부금을 모으는 것은 용이하지 않았다. 평북 고읍은 곡물산출지를 배후에 두고 현미업을 경영하는 상회가 3곳이나 있을 만큼 시장이 성장하고 있었지만 전신·전화시설이 없어 상인들이 막대한 손실과 불편을 겪고 있었다. 1930년 고읍시민은 이웃 오산시민과 함께 궐기해 고읍우편소에 전신 취급을 요구하였다. 우편소장이 보조금으로 2,700원을 요구하였는데 그 만한 거액을 마련하기 이려웠으므로 유지 수십 명은 고읍역에 진보취급소를 실지해줄 것을 연서로 진정하였다.[42]

공중 통신시설을 일반 예산이 아닌 주민 기부금으로 설치하는 문제는 청원통신시설제도와 마찬가지로 지역 간 비형평성의 문제를 낳았다. 그래서 원벽지에 한해 일반 예산으로 통신시설을 하겠다는 체신당국의 방침에 반대하여 오히려 그런 원벽지는 민간 보조가 필요하고 상업상 중요지는 정부에서 설치해야 한다는 주장이 제기되었다.

통신기관이 국영이요, 또한 일반 민중의 공익을 목표로서 존재한 이

---

42) 『동아일보』, 1930년 9월 11일 ; 10월 6일.

상 민중의 요구와 편리를 따라서 그 시설을 적절히 배치함이 가한 것이
다. 예산상 부득이한 때에 민간의 보조금을 요하기도 할 것이나 이는 유
원벽지(幽遠僻地)에 한해서 할 것이요, 산업상 중요한 지위를 점차로 가
지게 되는 지방에 대해서는 국비로써 교통기관의 가설을 함이 당연한
일이다.[43]

사회발전을 위해 공익성을 우선으로 국가에서 추진해야 할 통신사
업을 민간 보조에 의존하여 불균형적으로 수행하는 정책을 비판한 것
이다.

2. 통신요금인하 및 직통통신운동

1) 통신요금

1937년 전화통화 도수제가 실시되기 이전 국내의 통신요금은 시내
간을 기준으로 할 때 전보가 가장 비싸고 전화 1통의 요금과 편지 1
통의 요금이 거의 동일하였다.[44] 통상 우편은 3전, 엽서는 2전이었고
전보는 몇 단계로 인상되어 7자(한글), 15자(일문)에 시내는 10전~15
전, 국내는 20전~30전이었다. 자동(공중)전화료는 1911년 5전에서
1921년 10전으로 인상되었다가 1925년 5전으로 인하되고, 1939년 9
월 이후 3분의 통화제한이 없어졌다. 1929년에 냉면과 비빔밥 등 대
중 음식이 20전이었던 것을 감안하면 통신요금은 상당히 고액이었다.
전화·전신요금은 일본보다도 비쌌다. 가입자 전화의 요금은 도수제

---

43) 『동아일보』, 1930년 10월 6일.
44) 朴二澤, 앞 글, p.124.

가 도입되기 이전에는 사용량과 무관하게 연액(年額)으로 사용료가 정해졌는데, 가입자의 수에 의해 매겨지는 지역의 등급에 따라 달랐다.[45] 가입자 수가 많은 지역일수록 전화교환에 필요한 교환기 등의 시설규모가 커지고 직원도 더 고용해야 하므로 비용이 많이 들어 60~72원의 높은 전화사용료가 책정되었다. 연액 사용료는 가입자 수가 많은 일본의 도시와 비교하거나 1920년 일본에서 가입자가 많은 지역에 도수제가 실시된 이후와 비교해서도 높았다. 1928년 10월 평양상업회의소에서 일본 각지의 전화료를 조사한 바에 의하면, 원산 2원과 부산 6원을 제외하고는 대부분의 도시가 10원 이상 비싸고 마산은 18원이나 비쌌다. 평양상업회의소는 "전화이용료의 고율은 전화의 보급을 극히 저해할 뿐더러 일반의 경제생활에 막대한 관계를 갖게 되고 상업개발에 지대한 저지(沮止)"라 하여 일본보다 값을 내리든지 적어도 일본과 동일하게 할 것을 결의하였다. 그리고 야마모토(山本) 전신국장에게 "전조선 각지의 전화사용료저감 신청서"를 제출하였다.[46]

인천상공회의소도 통신제도에서 일본과 조선 간의 차별이 허다하여 일상생활에 불편을 초래하므로 통신제도와 요금을 일본과 통일해야 한다고 주장하면서 전신료 인하 등을 체신당국에 요청하였다.[47] 통신요금이 전반적으로 일본 보다 비싼 이유는 일본인 통신종사자가 많아 외지수당 등으로 인건비가 높고 시설비와 운송비 등 통신사업 비용이 더 높았기 때문이다. 일제는 조선의 통신사업에 드는 고비용을 일본보다 더 높은 요금의 책정을 통해 충당하면서 흑자재정을 꾀했던 것이다.[48]

---

45) 가입자가 2천 명 이상이면 갑지, 700명 이상이면 을지 등으로 지역에 전화등급이 매겨졌다(『동아일보』, 1924년 4월 4일).
46) 『동아일보』, 1928년 10월 4일 ; 『조선일보』, 1928년 10월 7일.
47) 『동아일보』, 1931년 5월 7일.

<표 2> 전보요금의 변동추이 (단위 : 錢)

구간	종류		1905년 7월	1910년 11월	1920년 6월	1925년 11월	비고
시내 발착 전보	국문		3자 이내 10	7자 이내 10, 2자 이내 증가 3 가산		기본료 15, 누가료 3	시내발착 전보 및 국내 발착 전보요금은 변동이 없다가 1942년 4월 인상
	일문		7자 이내 10	15자 이내 10, 5자 이내 증가 3 가산		기본료 15, 누가료 3	
	구문		1어마다 10	5어 이내 15, 1어 증가 3 가산		기본료 15, 누가료 3	
국내 발착 전보	국문		3자 이내 10	7자 이내 20, 2자 이내 증가 5 가산	기본료 25, 누가료 5	기본료 30, 누가료 5	
	일문		7자 이내 10	15자 이내 20, 5자 이내 증가 5 가산	기본료 25, 누가료 5	기본료 30, 누가료 5	
	구문		1어마다 10	5어 이내 25, 1어 증가 5 가산	기본료 30, 누가료 5	기본료 30, 누가료 5	
신문 전보	일문		50자 이내 30	50자 이내 20	50자 이내 35, 10자 이내 증가 20 가산		
	구문				10어 이내 35, 10어 이내 증가 20 가산		
만주 및 중국 芝罘 간	일문	관보	7자 이내 20	15자 이내 20 5자 증가 5 가산	25	30	
		사보	7자 이내 30		5	5	
	구문	관보	매 1어 25	5어 이내 25 1어 증가 5 가산	30	30	
		사보	매 1어 30		5	5	

---

48) 朴二澤, 앞 글, p.125. 우편·전신·전화수입은 1911년~1942년 세입에서 평균 4.82%를 차지하였다(禹明東, 「日帝下 朝鮮財政의 構造와 性格」, 고려대 박사학위 논문, 1987, 附表 2).

	신문전보	일문	7자 이내 12	50자 이내 20	20	20	1934년 세계 공황 여파로 공공요금 인하 시 전보료도 1어당 일문전보는 6전, 구문전보는 8전, 신문전보는 2전으로 각각 인하되었다가 1942년 4월 인상
		구문				10어 이내 25 10어 증가 20 가산	
일본 대만 및 樺太 간	일문	관보	7자 이내 25	15자 이내 20, 5자 증가 5 가산	25 5	30 5	
		사보	7자 이내 30	15자 이내 20, 5자 증가 5 가산	35 5	40 5	
	구문	관보	1어 25	5어 이내 25, 1어 증가 5 가산	30 5	30 5	
		사보	1어 30	5어 이내 40, 1어 증가 5	45 5	45 5	
	신문	국문	7자 증가 12	50자 이내 30	30	35 50자 이내 증가 30 가산	
		구문				10어 이내 35, 10어 이내 증가 30 가산	

출전 : 電氣通信史編纂委員會 編, 『韓國電氣通信100年史』(上), 遞信部, 1985, pp.355-356에서 정리함.

2) 시내전화 취급 및 요금인하 운동

1937년 이전 시내전화는 통화 수의 제한 없이 사용할 수 있었으나, 시외전화는 지역 간에 정해져 있는 통화료를 내야 했으므로, 전화 이용자들은 가까운 지역 간에는 시내전화로 취급되거나 요금이 인하되기를 원하였다.

경성시의 전화가입구역은 부 행정구역과 일치하였는데 경성부세의 팽창에 따라 인접부락의 발전도 상당하여 전화가입구역도 확장되어갔다. 용산은 일찍이 경성의 전화구역에 편입되었다. 용산은 원래 경성과 통화하려면 시외통화료 1통화에 5전~3전씩(1911년 10월 이후) 부담해야 했는데, 1922년 3월부터 경성의 전화구역에 편입되어 시외통화료가 폐지되었다. 이 조치는 용산이 경성부에 속해 있고 상거래 등에서 밀접한 관계가 있으므로, "용산만 특수 취급하는 모든 제도를 폐기할 시대가 되고 특히 두 곳 간 전화통화가 최고의 민속(敏速) 필요"49)가 있다는 이유에서 1919년 2월 결정되었다. 그러나 전화구역의 통일을 위해서는 설비의 정비가 필요했으므로 용산에 전화분국을 신축할 때까지 우선 3분의 통화시간 제한을 폐지하고 전화를 건 횟수대로 통화료를 부과하였다. 용산과 경성 전화의 통일로 체신국은 경성과 인천 간의 시외통화료 수입이 연간 2만 4천여 원이 감소할 것으로 예상되었다.50)

용산의 전화구역을 일찌감치 경성에 통합시킨 것은 용산에 군사시설이 있었기 때문이기도 하지만, 일본인 주거지역이었기 때문이다. 반면 같은 시기에 공업지대로 유명한 영등포와 수도의 수원지인 노량진에서도 경성과의 시외통화료 문제가 거론되었으나, 시정되지 않았다. 두 곳의 수도나 전등요금은 경성 및 용산과 같았으나, 경성과의 통화료가 25전으로 차비의 3~5배나 되었다. 주민들은 지역 발전을 저해한다고 통화료 인하를 요구하였으나, 받아들여지지 않자 영등포와 노량진을 너무 소홀히 본다고 분개하였다.51)

---

49) 『매일신보』, 1919년 2월 10일.
50) 『동아일보』, 1922년 1월 26일.
51) 『동아일보』, 1923년 11월 2일.

영등포는 행정구역상으로 경성부에 편입된[52] 이후에도 전화구역은 여전히 분리되어 경성시내의 통화료가 3전이었는데 반해 구 경성시내와 통화를 하려면 10전씩 부담해야 했다. 주민들은 지역발전에 큰 지장을 준다고 체신국에 진정서를 제출하였다. 경성상공회의소에서도 영등포 공업지대의 전화를 시내전화로 취급해달라고 진정하였다. 그 요지는 영등포 방면이 경성에서도 가장 중요한 공업지대로 비약하고 있으나, 통신기관이 구태를 면치 못하고 특히 전화가 시외전화로 취급되어 공장·회사·일반상업가가 불리하고 불편도 혹심하다는 것, 또 회사와 공장 가운데서도 시국과 관련된 중요한 공업회사는 특히 민첩한 거래를 위해 내선만(內鮮滿) 간의 통화가 필요하므로 속히 시내전화로 취급해달라는 것 등이었다.[53]

당시 군수산업에 박차를 가하고 있던 일제는 영등포지역의 중요성을 인식하고는 있었으나 예산상의 이유로 영등포지역의 시내전화 편입요구를 받아들이지 않았다. 다만 1939년 6월 전화교환기를 소형복식교환기로 바꾸고 회선을 증설하며 전화호출을 간편하게 하는 등의 통화 개선책만 내놓고 요금인하는 허용하지 않았다.

시내전화 취급운동은 1925년 10월 평남 안주군의 구 안주와 신안주 간에서도 일어났고, 같은 해 2월 동래에서는 부산 간의 전화 통화료를 25전에서 15전으로 내려달라는 여론이 일어났다. 1938년 10월에는 부천 소사 발전조성회에서, 그 해 11월에는 인천부세진흥회에서

---

52) 1936년 2월 경성부의 재편 시 고양군에 편입되었던 지역이 서울로 편입되고, 한강을 건너 노량진, 흑석동과 시흥군의 영등포 일대, 김포군의 양화리·염창리·목동리 등도 서울로 편입되어 서울시역이 크게 확장되었다(서울特別市史編纂委員會 편, 『서울六百年史』제1권, 1977, p.44 ; 서울特別市史編纂委員會 편, 『漢江史』, 1985, p.161).
53) 『조선일보』, 1938년 5월 11일 ; 8월 20일.

전화료 인하운동을 전개하였다.[54]

이와 같이 1920년대 초부터 1930년대 말까지 시내전화 취급이나 전화요금 인하를 요구하는 운동이 지역 주민이나 통신요금이 이윤 확보에 영향이 있는 상공업자들을 중심으로 추진되었다. 일제는 1938년 9월 대륙진출을 위한 병참기지정책 아래 조선의 통신시설을 확충한다는 방침을 세우고 시외 전화요금을 2할 정도 인하하기로 하였다. 이는 "조선의 중추신경의 역할을 하는 전신 전화료가 내지에 비하여서 엄청나게 비싸 장래의 발전에 큰 지장이 된다는 일반의 인하요망에 대하여 (…) 현행 전화요금은 대정(大正) 10년(1921) 5월에 결정한 그대로로서 시대의 진운에 뒤떨어져 엄청나게 비싼 것이다.(…) 이어 실현될 조선, 내지 사이의 장거리 전화요금 인하는 내선일체를 촉진하는 것"[55]이라는 인식에서였다.

그러나 조선의 통신사업에 대한 일제의 흑자재정 원칙에는 변함이 없었고, 1942년 4월 오히려 "전시 아래 재정강화와 국민의 구매력 흡수코자" 일본과 같이 통신요금을 2~3할씩 대폭 인상하였다.[56]

3) 직통전신 및 직통전화운동

상거래 등 관계가 밀접한 지역 간에는 직통으로 통신을 주고받는 것이 편리하였으므로, 중계에 의하지 않고 바로 통신할 수 있는 시설을 갖추도록 요구하는 운동이 여러 지역에서 일어났다.

---

54) 『조선일보』, 1925년 2월 21일 ; 1938년 10월 8일 ; 11월 10일 ; 『동아일보』, 1925년 10월 10일.
55) 『조선일보』, 1938년 11월 18일.
56) 『매일신보』, 1942년 3월 29일.

1925년 2월 포항에서는 어업에 종사하는 유지들이 부산과의 통신이 느려 사업상 손해가 많다고 포항과 부산 간의 직통 해안전선을 설치해 달라고 요구하였다.[57] 1927년 11월 철원에서는 경성과의 시외통화가 경성과 원산선에 접속해 이루어지므로 통신이 항상 폭주해 불편하다고 호소하여 전용선이 설치되었다.[58] 같은 달 인천상업회의소에서도 군산과 인천 간의 상업상 관계가 매우 밀접한데 두 지역 간의 통화가 경성의 중계를 거쳐야 하고 또 경성과 군산 간 회선이 1회선밖에 없어 호출시간이 2, 30분에서 3, 4시간이나 걸려 지장이 많다고 인천과 군산 간의 직통전화 가설을 청원하였다.[59] 인천상공회의소는 1938년 11월 상권 확보를 위해 시외통화구역을 확장시킴으로써 긴밀한 지역과 직통으로 연락하게 해달라고 체신국에 진정하기도 하였다.[60] 상거래가 활발한 지역이 다른 곳으로 바뀌면서 그 지역과의 직통전화 신설을 요구하는 사례도 있었다. 부산과 통영은 원래 마산을 중계로 통신을 주고받았는데, 1926년 5월 두 지역의 유지들이 통영의 전신·전화의 8할이 부산 직통이 편리하다고 합의하여 부산·통영 간의 직통선 신설을 청원하였다.[61]

V. 맺음말

일제 강점기 통신사업은 통신기관의 저급한 보급수준과 통신시설의

---

57) 『동아일보』, 1925년 2월 3일.
58) 『조선일보』, 1927년 11월 10일.
59) 『동아일보』, 1927년 11월 11일.
60) 『조선일보』, 1938년 11월 22일.
61) 『동아일보』, 1926년 5월 28일.

미비, 통신서비스의 불량 등으로 대중의 통신이용 욕구와 기대에 부응하지 못했다. 이는 식민지배 초부터 통신사업을 흑자예산으로 편성해 재정자금을 통신시설의 확충에 충분히 투입하지 않았고 1920년대에는 긴축재정이 불가피하였기 때문이다. 일제는 부족한 통신시설의 설치 및 유지비용을 민간에 전가하였다. '청원통신시설제도'와 '전신·전화시설비 기부금제도', '지급전화 개통제도' 등은 모두 근대통신의 이용에 대한 대중의 열망을 이용해서 통신시설을 확충하려는 것이었다.

반면 일제는 식민통치에 저항하는 세력을 탄압하고 조선을 효과적으로 지배하기 위해 경비전화제도를 마련하고 매년 예산을 투입하여 경비전화선을 확장하였다. 그리고 시외전화회선을 급속히 확장하였으며, 조선·일본·만주를 연결하는 통신망을 건설하여 대륙침략의 발판으로 삼았다.

정치·군사적 성격의 통신정책은 중일전쟁의 발발 이후 채택한 병참기지정책에 의거하여 더욱 강화되었다. 전시 유사시에 발생할 수 있는 군 및 군수품의 수송과 작전연락, 정보수집 등을 위한 전기통신시설의 확충, 통신취체 및 정보수집 시설의 강화, 우편체송시설의 정비 등을 도모하기 위한 방안이 수립, 추진되었다.

이와 같이 전기통신은 침략 도구로 전락하였으나, 1920년대부터 일본자본의 유입 및 조선인 상공업자의 성장을 배경으로 전기·전화가설운동이 전개되면서 전신과 전화가 대도시는 물론 향촌사회로 보급되어 나갔다. 조선인과 일본인, 관민의 합동으로 시작된 이 운동은 점차 조선인의 주도성이 강화되었고 상공업 발달 등 지역사회의 개발이라는 의미에서 주민들의 적극적인 호응을 얻었다. 그러나 민간에 의한 통신시설의 설치는 국가가 마땅히 수행해야 할 공익사업에 필요한 자금을 민간에 전가하는 정책이라는 점에서 비판을 받았다.

통신요금이 일본보다 높고 지역적 차별도 있었으므로, 1920년대에서 30년대에 걸쳐 상공업자들을 중심으로 요금을 인하하고 전화구역을 시내로 취급해 달라는 운동이 꾸준히 전개되었다. 그러나 일제는 근대적 통신의 보급과 이용 확대를 통한 사회 발전보다는 세입확보에 더 큰 비중을 두었으므로, 그들의 요구를 바로 수용하지 않았다. 정치·군사적 목직이 앞선 통신징책 아래시 일반 공중을 위한 통신시설의 '공익성'은 큰 의미가 없었던 것이다.

일제시대 신여성의 근대의식
- 일본 신여성의 사상적 영향과 반향을 중심으로 -

신남주[*]

I. 머리말

19세기 후반 기독교계와 민족계 사립여학교를 통하여 근대적 교육을 받게 된 여성들은 인간의 가치와 자아를 발견하게 되었고, 근대적 신문화와 신사상을 동경하였다. 그러나 일본제국주의에 의하여 실시된 여성교육은 반봉건 가부장권에 절대복종하고 식민지 자본주의에 헌신하는 여성의 배양, 곧 식민지 노예교육에 그 목적을 두고 있었기 때문에 교육의 질은 매우 저급한 것이었다. 열악한 교육환경 속에서도 조선의 여성들은 스스로에 대한 정체성을 확립하는 한편 민족의식, 사회의식, 비판의식을 키워나갔다. 일본 제국주의의 물리적 폭력과 자본주의 경제 이식을 통한 수탈로 황폐해진 조국의 현실을 목도한 여성들은, 근대적 가치관의 정립과 실력의 연마를 통하여 조국의 독립을 쟁취해야 한다고 생각하였다. 또한 가부장 중심의 봉건적 인습과 일본제국주의의 수탈이라는 이중고에 시달리고 있는 조선의 여성들을 계

---

* 동남보건대학 관광중국어통역과 부교수.

몽하고 구습과 인습을 타파하는 것이 자신들의 사명임을 깨달았다. 조국의 독립과 여성계몽에 대한 소명의식은 선진문화와 신사상을 전수받고자 하는 열망에 불을 지폈고, 이에 여성들은 낯선 외국으로의 유학을 감행하게 되었다.

1910년대 조선총독부는 구미 등 타국으로의 유학을 금하고 있었고, 일본은 지리적으로도 가깝다는 이점과 함께 식민지 조선이 받아들이기에 유리한 근대적 문명의 전달통로로 인식되었기 때문에 가장 선호되는 유학지였다. 따라서 자비나 관비유학을 떠난 초기 신여성들의 대부분이 일본유학을 택했다. 일본 유학 체험과 당대 일본을 풍미했던 일본 신여성들의 사상과 활동은 조선 신여성들의 근대의식 형성과정에 영향을 끼쳤다. 초기 신여성들이 일본유학을 떠났던 1910년대의 일본은 대역사건 이후의 민주주의적 풍조, 1913년의 대정정변 이후의 민본주의적 사상의 고양과 러·일전쟁 이후 일본 자본주의의 성장에 따른 중산층의 증가와 여성교육의 성장으로, 일본 신여성 등장의 서곡이 올랐던 시대였다. 1911년 히라츠카 라이초우(平塚らいてう) 등 일본여자대학 출신들의 여성들이 모여 일본 최초의 여성문예잡지인 『청탑(靑鞜)』을 발간함으로써 시작된 여성해방의식의 고양은 유학중인 조선의 신여성들에게도 일정한 영향을 미쳤다. 1920년 3월 10일 창간된 『신여자』의 발행인이었던 김원주의 회고에 따르면, 잡지가 출간되기 이전에 나혜석, 박인덕, 신줄리아, 김활란 등이 '청탑회(靑塔會)'를 조직하여 1주일에 한 번씩 모임을 가지며 공부하고 서로의 우의를 다졌다고 한다.[1] '청탑회'는 일본의 '청탑파'를 연상하게 하는 명칭으로, 김원주를 비롯한 조선의 신여성들이 일본 여성운동가와 소설가들에게 크게 영향을 받고 있음을 알 수 있다.[2]

---

1) 김일엽, 『당신은 나에게 무엇이 되었삽기에』, 인물연구소, 1975, pp.121-122.

　새로운 사상을 수용하고 그것을 의식으로 확립하는 데는 일련의 과정이 있는데 그 첫 단계는 모방이다. 조선의 신여성들도 초기 단계에는 일본 신여성들의 근대의식을 모방하였음은 부인할 수 없다. 두 번째 단계는 모방을 넘어서는 재창조의 단계로, 수용한 사상을 자신의 의식세계에서 재구성하여 새롭게 창조하는 것이다. 당시 일본 신여성들의 근대의식 또한 서구로부터 받아들인 서구적 근대사상과 일본적 정서로 재해석하고 구성한 일본적 근대사상의 양면을 포함하고 있다. 그렇다면 일본 신여성으로부터 받아들인 새로운 사상이 조선의 신여성들에게는 어떻게 수용되었고, 또 어떻게 재창조 되었는가 하는 문제는 조선의 신여성을 이해하는 데 매우 중요한 분석의 틀이 될 것이다. 본 글에서는 일제시대 신여성의 성격규명을 위한 기초연구로서, 조선의 신여성들과 일본 신여성들의 근대의식을 비교하여 그 영향과 반향을 밝혀내고자 한다. 본 연구에 있어서는 일본의 신여성이 사회적 쟁점으로 부각 되었던 시기는 1910년대였고, 조선에서 신여성이 출현한 것은 1920년대라는 시간적 차이와 식민지 지배국과 피지배국이라는 환경적 차이 등의 한계로 인한 비판이 제기될 수 있지만 일제시대 신여성의 성격과 역사적 의미의 규명을 위해서는 필수 불가결한 작업이라고 생각된다. 본 글에서는 자료의 수집과 번역 등의 필자의 한계로 신여성론과 남녀평등 및 여성해방론에 한정하여 살펴보고자 하며, 성·사랑·연애와 결혼 그리고 모성논쟁에 관해서는 후일을 기약하고자 한다.

---

2) 최혜실, 『신여성들은 무엇을 꿈꾸었는가』, 생각의 나무, 2000, p.196. 조선 신여성들에 대한 일본 신여성들의 영향론에 관해서는 김경일, 『여성의 근대, 근대의 여성』, 푸른역사, 2004 ; 노영희, 「일본 신여성들과 비교해 본 나혜석의 신여성관과 그 한계」, 『일어일문학연구』제 32집, 일어일문학회, 1998 ; 이노우에 가즈에(井上和枝), 「신여성의 자화상 : 여성 작가의 작품을 중심으로」, 『신여성 -한국과 일본의 근대 여성상』, 청년사, 2003.

Ⅱ. 신여성론

일본에서 사용되었던 '신부인'이란 용어는 원래 영어의 'new woman'에서 나온 말이다. 1886년 9월 창간한 『일본신부인』의 표지에는 "The New Woman/I am the Mother/of Civilization"이란 영문이 표기되어 있다. 이때 'The New Woman'은 '신부인'으로 번역되었다. 1910년 즈보우치 쇼요(坪內逍遙)가 '新しい女'라는 제목의 강연을 한 후 '신부인'은 '신여성', '신여자'로 일본인들 사이에 회자되기 시작하였다. 또 『청탑』지에도 신여성론이 전개되기 시작하였다. 『청탑』의 반향은 예상외로 좋아 많은 격려와 강독 신청이 쏟아졌다. 그러나 그와 동시에 그들의 활동은 세상의 조소와 비난을 받아야 했고, 청탑사 사원들에게는 '신여성'이라는, 당시에는 결코 좋지 않은 별칭이 붙기도 하였다.3) 하지만 청탑 창간의 주역인 히라츠카 라이초우(平塚らいてう)가 1913년 『중앙공론(中央公論)』1월호에 「新らしい女」를 발표하여 '신여성'임을 자처함으로써 '일본 신여성'의 개념은 보다 구체화되었다.

조선에서는 1920년 3월에 창간된 『신여자』제2호에 이 잡지의 발간인인 일엽 김원주가 「우리의 요구와 주장」4)을 통하여, 스스로를 신여자로 자처하며, 일체의 구사상에서 벗어날 것과 여성을 구속하던 인습적 구각을 깨뜨릴 것을 주장한 '신여자 선언'으로 신여성이란 용어가 유행하기 시작한다. 그러나 신여성 선언의 배후에는 이미 당시 사회에 자신들의 지위와 역할에 대해 새로운 자각을 가진 여성들 즉 신여성이라는 집단이 존재하였기 때문에 가능했던 것으로, 조선의 신여성들

---

3) 최혜실, 앞 책, 2000, pp.161-165.
4) 김원주, 「우리 여자의 요구와 주장」, 『신여자』2, 1920, p.4.

은 1920년대 이전에 이미 존재하고 있었고, 단지 일엽의 '신여성 선언'으로 이들의 집단이 하나의 사회집단으로 부각되게 되었던 것이다.

1911년 『청탑』 창간호에서 실린 히라츠카 라이초우(平塚らいてう)의 「원시 여성은 태양이었다」는 일본 최초의 '여성의 권리선언'으로 1910년대 일본 사회를 풍미하던 신여성 논쟁의 단초를 마련하였다.[5] 일본의 기인이며 시인이었던 요사노 아끼코(与謝野晶子)는 『청탑』 창간호에 기고한 축시 「넋두리」를 통하여 신여성의 등장을 예고하였다. 그녀는 권두시의 제 1편 <산이 움직이는 날>에서 잠에서 깨어나 활동을 개시하는 '여성'을 제시하고, 제 2편 <1인칭>에서는 '깨어진 여성'과 여성인 것을 가장 간결하고 강하게 선언하였다. 제 7편 <여성>에서 '여자 소(牛)가 되다'도 압제하의 여성현실을 단적으로 글로 표현함으로서, 반대로 여성 해방의 방향을 제시했다.[6]

> 산이 움직이는 그 날이 왔다.
> 이렇게 말해도 아무도 믿지 않지만,
> 나는 말하리라.
> 산은 삼시 동안 잠늘어 있을 뿐,
> 그 옛날에는 산은 모두 불로 춤추었지.
> 허나 그것을 믿던 말던 중요치 않아.
> 친구들이여, 아아 다만 이것만은 믿어다오.
> 모든 잠자던 여성들이 지금 깨어 움직이고 있음을.
>
> 일인칭으로만 글을 쓰고 싶다.
> 나는 여자다.
> 일인칭으로만 글을 쓰고 싶다.

---

5) 최현주, 「일본 근대 여성의 신여성론 연구-1910년대를 중심으로-」, 서강대학교 교육대학원 석사학위 논문, 1998, p.17.
6) 中島美幸, 「革命的 自己の 表現-詩」, 『青鞜を読む』, 學藝書林, 1998, p.78.

나는 나는.⁷⁾

요사노 아끼코(与謝野晶子)는 제 1편의 시에서 여성들을 어떠한 영향에도 중심을 지키며 흔들림이 없는 '산'에 비유하고 있다. 이 시에서 '산'이란 표현은 본래의 여성 혹은 이상적 여성상을 표현하는 것으로, 자신의 자아를 통하여 주체적으로 사는 여성을 의미한다. '산이 움직이는 그 날이 왔다'고 함은 바야흐로 여성들이 스스로를 자각하고 자아에 눈을 뜰 시기가 도래하였다는 것을 표현하고 있는 것이다. 또 '그 옛날에 산은 불로 춤추었다'고 하여 고대의 여성들은 불과 같은 뜨거운 열정과 자아를 가지고 스스로를 표현하는 존재였음을 의미하고 있다. 이러한 여성 곧 '산'은 '잠시 동안 잠들어 있을 뿐'이라고 하여 자유의지를 갖고 능동적으로 살았던 여성들이 남성 중심의 전통과 관습에 매여, 스스로를 망각하고 타율적이며 의타적인 삶을 살아 왔음을 지적하고 있다. 하지만 이제 여성들이 자아를 회복하고 본래의 모습대로 환원되고 있음을 '모든 잠자던 여성들이 지금 깨어 움직이고 있음을'이라는 문장을 통하여 강조하고 있다. 제 2편에서는 '나'를 의미하는 'わたくし(わたし)'가 아닌, '자기 자신'을 의미하는 'われ'라는 표현을 강조함으로써 여성들에게 이미 근대적 자아가 형성되기 시작하였음을 표현하고 있다.

새롭게 등장하기 시작한 신여성에 대한 당시 사회의 부정적 시각에 대하여 가토 미도리(加藤綠)은 다음과 같이 비판하고 있다.

무릇 신여성이란 단지 최근에 태어난 여성만을 말하는 것이 아니다.
의미는 틀리지만 어떤 시대에도 필시 지금까지, 당시의 틀을 깨고 뛰는

---

7) 与謝野晶子, 「そぞろごと」, 『靑鞜』제1권 제1호, 1911년 9월 1일, pp.1-9.

여성이 있었다. 그러나 이런 신여성이라고 할 수 있는 이름 대신에 '괴
짜' 또는 '말괄량이' 등으로 말했고, 또 외형 즉 헤어스타일이라든가 의
상 등에 첨단을 걸었던 사람도 있었다. 그것은 바로 '신여성'이 요즘에
유행하는 패션 스타일과 같은 의상을 선보였던 것이다. 세간에서는 종
래의 습관에서 벗어난 일을 하면 '새로운 여자'라는 이름을 붙여 분위
기가 술렁거린다. 또 비눗방울을 날리고 손뼉을 치며 좋아하는 왕자님
공주님들이 유명세를 타는 세상인 것이다. 내가 원하는 것은 바로 세상
의 여성론자가 정말로 진정하게 이 시대 여성을 연구해 주었으면 하는
바람이다. 그 후에 악평이 되었던 선평이 되었던 해주길 원한다. 소위
말하는 개나 소나 식으로 우리의 여성을 갖고 놀게 하기는 싫다. 다시
말하면 파리의 살롱에서 어떤 것인지도 모르는 삼각형뿐인 큐비즘의 그
림이나 인형을 본 것과 같이 미래파의 그림 앞에 서서 잘 아는 척하며
비평하는 사람들처럼 그냥 뭐가 뭔지도 모르면서 소란을 피우는 사람들
에게 우리는 정말 책임을 묻지 않을 수 없다.[8]

그녀는 신여성이란 최근에 태어난 여성만을 지칭하는 것이 아니라,
의미는 다르지만 어떤 시대나 그 시대의 한계나 틀을 깨고 튀는 여성
을 지칭한다고 하며, 이들 여성에 대해서는 과거나 현재 모두 조소하
고 비웃는 풍조로 일관해 왔다고 한다. 그녀는 신여성들에 대한 정당
한 평가가 이루지지 않고, 오히려 조소와 비난[9]으로 일관되고 있는
현실을 바라보며, 여성들에 대한 진정한 연구와 평가가 이루어지기를
촉구하고 있다. 신여성에 대한 부정적 평가는 당시 일본여자대학의 설

---

8) 加藤緑, 「'新らしい女'に就いて」, 『青鞜』제3권 제1호, 付録 「新らしい女, 其他婦
   人問題に就て」, 1913년 1월 1일, pp.29-35.

9) 청탑이 세상에 나오면서 반향이 예상외로 좋아 초기 1,000부였던 발매부수가 일
   년 후에는 3,000부로 늘어났고, 독자 중에는 여교사, 여기자 등 직업여성이 많았
   다. 그러나 그들의 활동은 세상의 조소와 비난을 받았다. 당시 신문에 '오색주를
   마시는 신여성'이라느니 '요시와라(吉原)에 유흥하는 신여성'이라는 가십거리로 났
   다.

립자이며 교장이었던 나루세 진죠우(成瀬仁蔵)의 여성교육에 관한 담화에서 "요즈음 일본에서 신여성들이 떠들어대는 것은 그저 나서서 설쳐대는 것에 불과하다"고 하였던 것에서도 알 수 있다. 나루세교장의 담화에 대하여 히라츠카 라이초우(平塚らいてう)는 "시대를 앞선 열성적인 교장도 벌써 노쇠해버린 것은 아닌가, 늙으면 저렇게도 속론에 아양을 떨지 않으면 안 되는 것인지 슬펐다"[10]라고 하며 교장을 비판하였다. 또 그녀는 세간의 여성들이 신여성들에 대해 "이유 없는 편견과 인습적인 반감에 판단이 흐려지고, 새로운 것에 대한 세간의 여러 쓸데없는 말들에 현혹되어 무턱대고 반대하지만 매사를 근본적으로 고찰하게 된다면 이해될 부분이 많을 것"[11]이라고 하여, 일반 여성들의 비난이 신여성에 대한 편견과 무지에서 비롯된 것임을 지적하며, 신여성에 대한 이해를 구하고 있다.

신여성에 대한 정의에 관하여 조소가베 기쿠코(長曾我部菊子)는 다음과 같이 설명하고 있다.

> 신여성이라고 하는 것의 '새롭다' 라는 문자인데 새롭다는 것, 따라서 그것에 대조되는 오래되었다는 것, 종래의 것과 구별하기 위해 그저 갑, 을 이라고 하는 정도의 가벼운 명명이라고 생각된다. 그래서 새롭다는 명칭을 짊어지게 된 이도 미완성의 시기를 지나 완성해 냈을 때 혹은 그 사람 외에 또 다른 것이 창시되었을 때, 이미 새롭다고 불리우지 않는 것이다. 결국 지금까지의 것과 반동하여 일어나는 것을 구별하기 위한 정도의 의미라고 생각된다. 신여성 이것에 대조하는 것은 구여성으로, 이 두 계통을 여성 속에서 해석하려고 하는 것, 이것은 실제로 여성전체로 보아도, 나 한사람에게 있어서도 흥미롭다. 그러나 이것을 해석할 수 있는 입장은 그저 한 가지라고 한정지을 순 없다. 내외양

10) 平塚らいてう, 「世の婦人達に」, 『靑鞜』제3권 제4호 付録, 1913년 4월 1일, pp.156-164.
11) 상동.

방에서 자초지종을 진행시켜 갈 때는 상당히 복잡하게 다방면으로 될
수 있다.[12]

조소가베 기쿠코(長曾我部菊子)는 신여성을 지금까지의 것과 반동
하여 일어나는 것을 구별하는 정도의 과도기적 의미로 생각하고 있다.
또 신여성과 구여성을 구분 짓는 기준이 매우 복잡하다고도 기술하고
있다. 이것은 조소가베 기쿠코(長曾我部菊子) 등 당시 신여성을 자처
하는 여성들이 자신들의 성격을 대변하는 명확한 개념을 정립하지 못
하고 있음을 보여주는 것이다. 새로운 개념이 등장하여 정립되기 까지
는 일정한 시간이 필요하다. 따라서 이러한 현상도 일본 신여성 등장
초기에는 신여성의 성격을 규정지을 수 있는 여러 가지 요인 곧 신여
성 등장의 역사, 사회, 문화적 배경과 그들의 구체적 활동양상 및 특
성이 선명하게 드러나지 못함에서 비롯된 것이다.

가토 미도리(加藤綠)는 신여성의 등장을 종교 도덕 및 사회적 혼란
과 혼돈으로 어지러워진 과도기의 산물로 보고 있다.

나라가 어지러워 충신이 떠나고 집이 어려워 효자가 나가지 않으면
어쩔 수 없는 이 상황의 종교도덕, 혼돈으로 어지러워진 과도기가 결국
'새로운 여자'를 만들어 냈다. 종래 남자라는 것에 머리를 눌려 3종의
교훈에 묶여 문자도 세상도 물론 자신의 그림자마저도 뒤돌아보는 것을
허락받지 못했던 여자, 그것이 돌연 무거운 압박의 손을 떠 밀치고 머
리를 들어 올렸다. 그리고 이 '신여성'이 머리를 들었다는 것은 누르고
있었던 손이 들떠 있었다는 이유도 있다. 즉 남자는 지금까지 여자를
도구처럼 써 왔다. 무엇이든지 남자의 마음대로 되는 것이었다. 그와
동시에 생활의 책임이라는 것을 한 몸에 지고 있었다. 여자들을 먹여

---

12) 長曾我部菊子,「新らしい女の解説」,『靑鞜』제3권 제1호, 付録,「新らしい女, 其他
　　婦人問題に就て」, 1913년, 1월 1일, pp.36-45.

살리는 것은 남자의 당연한 몫이었다. 요즈음의 남자는 역시 현대적, 세계적 고통과 번민, 회의에 시달려 상당히 힘든 위치에 서게 되었다. 따라서 생활난은 바짝바짝 몸을 조여 온다. 사상 상의 고통에서도 도망칠 수가 없다. 개인주의는 마침내 여자들까지도 다룰 여유를 주지 않게 되었다. 따라서 여자에 대한 남자의 권리가 줄었다는 것과 동시에 여자의 권리가 높아져 왔다. 이래서는 안 된다고 생각하게 되면서 종래 무엇이든 남자 앞에서는 "다 그렇습니다, 맞습니다."라고 했던 여자들이 남자에 대해 머리를 들고 자신의 위치를 지키게 되었다. 무엇보다도 여자는 혼자서 살아야만 한다, 남자에게만 의지하고 살수는 없다며 남자들과 같은 위치에 서서 생활을 다투게 되었다. 아아! 지금까지 남자에게만 특별히 허락되던 도덕, 자유, 그것을 묵묵히 보고만 있었던 예전의 여자도 남자의 불합리함을 비난할 수 있는 권리를 갖고 있다는 것과 동시에 여자도 이와 같은 자유를 얻어야 한다고 자각해 왔다. '여자'라는 이름으로 얽매이던 자가 사람으로서 눈을 떠 왔다.[13)

그녀는 삼종지도의 구습에 매여 있던 여성들의 자각과 가중된 생활고 및 개인주의의 팽배로 인한 남성들의 여유부재는 남성들의 권리를 낮추는 반면 상대적으로 여성들의 권리를 신장시켰고, 이제 진정한 '사람'으로 눈을 뜨게 된 여성들은 과거 남자들에게만 허락되던 도덕, 자유 등에 대한 권리요구는 물론 남성의 불합리함을 비난하게 되었다고 한다. 이와노 키요코(岩野淸子)는 남성들에게 일어난 사상의 혁명과 그에 따른 요구의 변화[14)도 신여성 등장의 배경이 되었다고 주장한다. 사상의 혁명이란 문단의 한 부분에서 일어난 자연주의파 운동의 등장을 지칭하는 것이다. '지금까지의 낡은 도덕, 종교의 굴레를 벗어

---

13) 加藤綠, 앞 글, 1913년.

14) 남성들의 요구는 岩野泡鳴의 「男子からすろ要求」, 『靑鞜』, 제 3권 제 3호 付録, 1913년 3월 1일, pp.8-32를 참조할 수 있으며, 한국의 양백화, 「현대의 남자는 어떠한 여자를 요구하는가?」, 『신여자』, 창간호, 1920년 3월 10일과의 비교를 통해 한일 남성들의 공통점과 차이점을 발견할 수 있다.

난' 새로운 문학의 등장은, 남성들의 인생에 대한 시각을 바꾸게 하였고 동시에 가정과 여성에 대한 요구도 변하게 하였다는 것이다. 이제 남성들은 그저 고분고분, 평범하게 가사를 돌보고 자녀를 키우며 하루하루를 보내는 여성을 자신의 아내로서 존중할 수 없게 되었고, 주체성도 없는 인형 같은, 무지한 노예와 같은 여성으로는 뭔가 부족함을 느껴 활기찬 한 인간으로서의 여성을 요구하게 되었다는 깃이다.[15] 우에노 요오코(上野葉子)는 "최근의 급격한 문명의 진보는 과학, 문학, 종교, 정치 등의 각 방면에서 현저히 넘쳐나게 되었다. 이러한 경향이 남녀 모두에게 작용하여 근래의 여성은 남성처럼 자유와 지식, 권리를 사랑하고 허위는 증오하는 이들이 점차 생겨나게 되었다. 이와 함께 지식이 여성으로 하여금 자각이라는 것을 깨닫게 하였다"[16]라고 하여 근대 물질문명의 진보와 근대적 사상의 보급이 신여성 등장의 배경이 되었음을 알 수 있다.

히라츠카 라이초우(平塚らいてう)는 신여성 등장을 위해 준비된 토양 아래 그 생명의 씨앗을 뿌렸다. 그녀는 「원시 여성은 태양이었다」를 통하여 신여성 등장의 물고를 텄다.

> 원시 여성은 태양이었다. 진정한 인간이었다.
> 현재 여성은 달이다. 타(他)에 의하여 살고 타(他)의 빛에 의하여 빛내
> 는 병자와도 같은 창백한 얼굴의 달이다.
> 이제 여기서 청탑은 첫 울음을 터뜨렸다.
> 현대 일본 여성의 머리와 손으로 창조된 청탑이 첫 울음을 터뜨렸다.
> 여성이 하는 일은 지금은 조소를 받을 뿐이다.

---

15) 岩野清子, 「思想の独立と経済上の独立」, 『青鞜』제3권 제3호 付録, 1913년 3월 1일, pp.1-7.
16) 上野葉子, 「進化上より見たる男子」, 『青鞜』제2권 제10호, 1912년 10월 1일, pp.64-79.

나는 알고 있다. 조소 밑에 숨어있는 그 무엇을

그럴 까닭에 나는 조금도 두렵지 않다.

나는 정신집주의 가운데에서 천재를 구하려고 생각한다.

천재도 신비 그 자체이다. 진정한 인간이다.

천재는 남성도 여성도 아니다.

원시 여성은 태양이었다. 진정한 인간이었다.

현재 여성은 달이다. 타(他)에 의해서 살고 타(他)의 빛에 의하여 빛내
는 병자와도 같은 창백한 얼굴의 달이다.

우리는 숨겨져 버린 나의 태양을 되찾아야 한다.

「숨어 있는 나의 태양을 잠재해 있는 천재를 발현하자」 이는 우리의
내부로 향한 부단한 절규요, 누를 수도, 지울 수도 없는 갈망이요, 잡다
한 내부적 본능의 통일된 최종의 전인격적인 유일한 본능이다.

청탑사 규칙 제 1조에 여성의 천재를 낳는 것을 목적으로 한다는 의미
의 글이다.

우리 여성도 한사람도 남김없이 천재요, 천재의 가능성이다.

가능성은 언젠가는 실재의 사실로 변한다.

오로지 정신집주의 결핍 때문에 위대한 능력을 언제까지나 공허하게 잠
재시켜 현재 능력함이 없이 생애를 마친다는 것은 심히 유감스럽다.

우리는 열렬히 기도하여 정신집중을 부단히 계속해다오.

잠재해 있는 천재를 낳을 때까지 숨어있던 태양이 빛날 때까지

그 날 비로소 우리는 전 세계를, 모든 것을, 나의 것으로 만든다오.

이제 여성은 달이 아니다.

그 날이면 여성은 역시 원시의 태양이다. 진정한 인간이다.

우리는 일출의 나라 동녘 수정산 뒤에 눈부신 황금의 천원궁전을 영위
하려는 것.

여성이여, 그대의 초상을 그리려면 항상 금빛 원천정을 택할 것을 잊어
서는 안되오.[17]

　"원시 여성은 태양이었다."라는 첫 구절을 통하여, 그녀가 원시 일

---

17) 平塚らいてう, 『元始女性は太陽であった』①, 大月書店, 1992, pp.356-361.

본사회에 존재했던 여성사제에서 나온 문화적 전통을 제시하고 있음을 느낄 수 있다. 또 그녀가 『청탑』을 발간하는 이유로 '여성 속에 잠겨져 있는 천재를, 특히 예술을 향한 여성 속에 있는 천재를 발현하는 것'이 동기라고 밝히고 있는 점에서도 일본 문화 속에서 여성이 차지해 왔던 천재적 역할을 상기시키고 있다.[18] 히라츠카 라이초우(平塚らいてう)는 원시 여성을 '태양'에 비유하고 있는데, 태양은 음양오행의 '양(陽)'과 태양신을 상징하는 것으로 추측된다. 일본의 대표적 태양신은 아마테라스 오오미카미(天照大神)로 여성신이다. 따라서 그녀는 우주만물의 본체 중 주체적이고 능동적인 힘의 원천인 '양'과 그것을 대표하는 '태양'을 여성에 비유하여, 원시의 여성은 스스로 광채를 발하는 태양과 같이 자주적으로 자신의 삶을 영위하는 주체적인 인간이었다는 것을 표현하고 있다.

그녀는 남성에게 예속되어 타율적인 삶을 살고 있는 현재 여성의 모습을 수동적인 성격의 '음(陰)'과 그것을 대표하는 '달'에 비유하며, 이제 정신을 모아 감춰진 천재를 구하자고 한다. 그런데 천재란 남성도 여성도 아닌 주체적인 한 인간으로, 여성들이 비주체적이며 타율적인 자신들의 위치에서 하루빨리 벗어나 하나의 독립된 인격체로 거듭날 것을 촉구하고 있다. 또한 여성들의 이러한 요구는 부단한 절규이고 갈망이며 전인격적인 유일한 본능이라고 함으로써 그 누구도 침해할 수 없는 신성한 권리임을 선포하고 있다. 그녀는 여성들이 이러한 권리를 회복하기 위해서는 먼저 자아의식의 회복이라는 여성자신의 의식혁명이 필요하며, 그 방법론으로 잠재 천재력의 발현을 제시하고 있다.

스스로 신여성임을 자부하던 히라츠카 라이초우(平塚らいてう)는 「

---

18) 노영희, 「일본 신여성들과 비교해 본 나혜석의 신여성관과 그 한계」, 『일어일문학연구』제32집, 일어일문학회, 1998, p.354.

나는 신여성이다」를 통하여 새로운 여성의 모습을 제안하고 있다.

나는 신여성이다.

적어도 신여성이 되려고 나날이 원하고 노력하고 있다.

진실로, 영원히 새로운 것은 태양이다.

나는 태양이다.

적어도 태양이 되려고 나날이 원하고 노력하고 있다.

탕반(湯盤:은나라 탕왕이 목욕하던 그릇)에 새겨진 문구는 「구일신(苟日新), 일일신(日日新), 우일신(又日新)」이다. 대단히 위대하다. 나날이 새로운 태양의 덕(德)이요, 명덕(明德)이요.

신여성은 「작일(昨日)」(과거)에 살지 않는다.

신여성은 과거에 학대받던 구여성이 걸어간 길을 묵묵히 따라 갈 수는 없다.

신여성은 남자들의 이기심 때문에 무지하고 노예가 되어 한낱 고기 덩어리와도 같았던 구여성의 생활에 만족하지 않는다.

신여성은 남자들의 편의를 위해 만들어진 구도덕과 관습을 깨뜨려 버리길 원한다.

그러나 구여성의 머릿속에서 떨어지지 않는 유령은 집요하게 신여성을 추적하고 있다.

「금일(今日)」(현재)이 공허할 때, 거기에 「작일(昨日)」이 침입해 온다.

신여성은 매일매일 여러 유령과 싸우고 있다.

방심하는 순간에 신여성은 구여성이 된다.

나는 신여성이다. 태양이다. 유일한 존재이다.

적어도 그렇게 되기를 갈망하고 노력하고 있다.

신여성은 남자들의 이기심 위에 구축된 구도덕과 구법률을 파괴할 뿐만 아니라, 나날이 새로운 태양의 명덕을 갖는 심령위에 신종교, 신도덕, 신법률이 시행되는 신왕국을 창조하려고 하고 있다.

진실로 신여성의 천직은 신왕국의 창조에 있다. 그러면 신왕국이란 무엇인가? 신종교란? 신도덕이란? 신법률이란?

신여성은 아직도 그것을 모르고 있다.

　신여성은 그것을 모르기 때문에 자기의 천직으로 삼아 오로지 연구하
고, 수양하고, 노력하고, 고심해야 한다.
　신여성은 지금 능력을 원하고 있다.
　자기의 천직을 다하기 위해서 알지 못하는 것을 연구하고 수양하고, 노
력하고, 고심하며 능력을 기르려고 한다.
　신여성은 지금 미(美)를 욕하고 있다. 선(善)을 원하고 있다. 오로지 미
래의 왕국을 창조하기 위하여 자기의 천직을 완수하기 위하여 능력, 능
력을 외치고 있다.[19]

　히라츠카 라이초우(平塚らいてう)의 "나는 태양이다"는 우주, 세계
의 중심은 자신이라는 것, 다시 말해서 자신을 지배하는 것은 자기
자신이라는 것을 선언하는 것이다. 다른 빛에 의해 빛나는 '달'이 아
니라 스스로로 빛이 나는 '태양'의 부활이며, '자아'를 중심으로 한
사상이다.[20] 신여성이란 주체적인 인간, 또는 주체적 인간이 되기 위
해 날마다 노력하는 사람이며, 전통시대의 도덕과 법률에 매여 학대받
고 노예처럼 살던 구여성들의 삶을 단호하게 거부하는 여성이라고 한
다. 그녀들은 남자들의 편의를 위해 만들어진 구도덕과 구법률의 타파
를 주장하고 있으며, 이를 위해서 날마다 투쟁하고 있다고 한다. 하지
만 잠시의 방심이 신여성들의 매일매일의 투쟁을 수포로 돌아가게 할
수 있음도 경고하고 있다. 나아가 신여성들의 목표는 단순히 구도덕과
구법률을 타파하는 것에 있지 않고, 여성이 한 인간의 주체로서 거듭
난 바탕위에 새로운 도덕, 새로운 법률이 시행되는 새로운 왕국을 창
조하는 것이라고 한다. 비록 아직까지 새로운 도덕이나 법률, 새로운

19) 平塚らいてう, 「新らしい女」, 『中央公論』1월호, 1913년 ; 『平塚らいてう著作集』
　　①, 東京, 大月書店, 1983, pp.257-259.
20) 長谷川啓, 「'新らしい女'の探究-附録 (ノラ) (マグダ) (新らしい女, 其他婦人問題に
　　就て)」, 『靑鞜を読む』, 學藝書林, 1998, p.298.

왕국에 대한 구체적 지식은 없지만 이를 위한 노력에 자신의 모든 능력을 다할 것을 촉구하고 있다.

조소가베 기쿠코(長曾我部菊子)는 '여성', 나아가 '인간'이라는 자기의식의 확립과정을 다음과 같이 설명하고 있다. 그녀는 "내게는 나이가 가져오는 일종의 반성의 시기가 왔다. 나란 존재가 무엇인가, 여자란 무엇인가, '여성'이라고 하는 명칭을 이해하려는 의식이 자연스럽게 가슴에 찾아왔다"고 하며, 처음에는 자신도 관습적인 여성관[21]과 현모양처주의 교육관을 받아드리려 하였음을 술회하였다. 그리고 자신을 비롯한 당시의 일반적인 여성들이 학문의 유무와 관계없이 암묵 속에서 그러한 관념에 지배당하고 있었음도 고백한다. 그러나 그녀는 살아가는 동안 자신의 성격, 처지를 알게 되면서 앞서 말한 '여성'이라는 일종의 막연한 이상이 자신의 삶에 도움이 되는 것이 아니라, 오히려 자신의 처지와 성격을 기점으로 하여 그것이 생활방식에 도움이 되게 하는 것이라고 생각하게 되었고, 나아가 자신의 성격과 처지를 관찰하고 직업, 생활난 그리고 결혼이라는 것에 까지 그 결과를 가치 매김 하게 됨으로써 점차 인간으로서 어떻게 살아가야 하는 가에 눈을 뜨게 되었다고 한다. 그녀는 자신이 인간적 자각에 의하여 변화된 모습을 다음과 같이 설명하고 있다.

나는 처음으로 이때 '인간'이라고 하는 것에 대해 눈이 뜨였다. 인간이라는 관념이 내 마음 속의 어둠을 밝게 비춰주는 때를 맞이한 것이다. 내가 '인간'이라는 관념에 이르러 '자기'의식이 확실히 마음에 자리

---

21) 그녀는 '희생적인 연애는 여자의 중심생명이다', '여자는 그저 사람에 대한 연상만으로 사는 존재다'라는 전통적 사고와 여자들은 부모의 손을 떠나 남편을 따라 가정과 아이들 사이에서 일생을 만족하고 살 수 있는 것이라고 하는 여성관이 여성들의 세포전체에 새겨 넣어져 있다고 해도 과언이 아니라고 하였다.

잡았다는 것은 내 경우와 성격에 비춰볼 때 계발된 형태는 수동적이었다. 이 경로는 각 개인마다 다른 것이며 자발적으로 이 사상을 얻은 사람들에 대해 깊이 경의를 표한다. 도달한 형태가 어떻든 인간이라는 자각과 자아의식을 가슴에 얻었을 때 우리들 여성은 한층 진면목이 되어 인생에 대해서도 한층 충실하게 되는 것과 동시에, 시간을 낭비하는 일이며 해야 할 일을 하지 못하는 약한 여자의 모습은 없는 것이다. 어떤 이가 말한 것처럼 여자도 인간이다. (…) 모든 진보는 이 기반위에서 진행되어야 했다. 이리하여 여성이 자기의 생활의 충실이라고 하는 것에 마음이 열려가는 것에 따라 그 행하고, 보고, 말하고, 생각하는 일이 한발 진행되어가는 것도 당연한 것이었다. 이해하고 싶은 욕망이나 활동하고 싶은 욕구가 지식과 정, 의식, 이 세 방면에서 왕성하게 이루어지는 것도 당연한 것이었다. (…) 살고 싶다, 스스로 납득할 수 있는 충실한 생활을 하며 살고 싶다는 것은 문단의 유행이 어떻든 간에 내 절실한 소원이다. 예술이 나로 시작하고 나로 끝나야 하는 것뿐만 아니라 생활도 나로 끝나야 하는 것이다. 우리들은 무엇에 대해서도 나 자신이 우선하지 않으면 안 된다.[22]

그녀는 '나도 인간'이라는 자기의식이 자리 잡게 되는 경로에는 개인적 차이가 있으나, 인간이라는 자각과 자아의식을 얻은 여성들은 한층 더 진보된 삶을 삶은 물론 이제 더 이상 나약한 존재가 아니라고 선포한다. 또한 모든 진보는 "여자도 인간이다."라는 남녀평등의 인식기반 위에 진행되어야 하며 여성들 스스로가 납득하고 만족하는 충실한 삶을 살아야 한다고 주장하고 있다. 더불어 이러한 삶을 위해서는 무엇보다도 여성 자신이 우선되고 주인이 되어야 한다는 점을 강조하고 있다.

신여성이 가져야 할 태도와 가야할 길에 관하여 가토 미도리(加藤

---

22) 長曾我部菊子, 앞 글, 1913년.

緑)는 다음과 같이 이야기 한다.

　새로운 여자란 어제 오늘 생겨난 것이 아니다. 명치 21년, 22년경 우리의 정국이 변하고 있을 때 여성으로서 자유를 부르짖은 福田英子 여사 등도 있다. 그러나 이 시대의 여성은 머리를 묶고 영어를 약간이라도 하면서 정치나 시대를 논하며 세상으로부터 말괄량이로 보여졌다고는 해도 '여자'로서 깊이 자각하고 사려한 것은 아니다. 단지 시세라고 하는 것에 이끌려 맹목적으로 남성들과 함께 활동한 면이 있다. 열렬하긴 했었어도 냉정하게 '여성'이라는 위치에 서서 생각하지 않았던 것 같다. (…) 새로운 여자는 어떠한 태도를 가지고 세상을 살아갈까? 또한 새로운 현대의 여자로서 어떠한 새로운 길을 가야만 하는가? 첫 번째, 남자에게 의지하지 않는 것이 그것일 것이다. 직업을 가지고 자활해야 한다. 지금의 일본에서 떠들어대는 여자의 다수는 예술가 출신인 것 같다. 사물을 객관적으로 관찰한다, 제삼자의 입장에서 자신을 보지 않으면 안 된다는 점에서 또한 예술, 특히 문학 등은 자연히 잠자고 있는 자기를 깨워 일으키는 일이 많다. 그러므로 예술 때문에 자각한 여자가 많은 것도 그러한 이유라고 생각한다. 앞에서 말한 자활도 다수는 이 예술에 의지하는 자가 많은 것도 현실이다. 화가, 문학자, 여배우, 그런 것들이 무엇보다도 화려한 길이며 동시에 세상의 사람의 눈길을 멈추게 한다. 그래서 '새로운 여자'가 외쳐지고 있다. 아무튼 남자에게 의지하지 않으려면 어쩔 수 없이 독신으로 있지 않으면 안 될 것이다. 현재 새로운 여자라고 불리는 여자는 대부분 독신이 많을 것이다. 게다가 아직 생활이라는 신맛을 모르는 사람이 많을 것이다. 부모 밑에서 부모 돈으로 제멋대로 하는 동안은 무슨 말을 하여도 심각하지 않을 것이라고 생각한다. 두 번째 생각해야 할 것은 열 명이면 열 명, 백 명이면 백 명 모두가 이렇게 독신으로 평생 있을 수 있을까 없을까? 이것이 가장 중요한 문제라고 생각한다. 나는 나 자신의 입장에서 가끔씩 이런 생각을 해본다. 감흥이 일어나서 하고 싶은 일을 할 수 있는 독신시대, 그것이 일단 남편을 맞이하여 사회에 나갈 때 처음부터 여하한 모순에 눈물을 흘리게 될 것이다. 자기만을 위해서 살아온 지금까지가 어쩔 수 없이 일부는 남을 위해 즉 남편 때문에 살아가지 않으면 안 된다. (…) 남자의 세계와 여자의 세계는 완전히 다르다. 접근하여 가까워 졌다고 생각하는 것은 외견상으로 보이는 찰나의 조화뿐 남자와 여자는 서로 반목하여 살아가지 않으면 안 된다고 생각한다. 그러나 새로운 여자, 새로운 남자에게는 종래 볼 수 없었던 심각한 회의와 번민이 있다. 이미 현대의 여자에게는 지금까지의 여자와 같은 속 빈 허영을 동경한다든지 아름다운 장식에 마음을 빼앗기지는 않는다. 항상 무엇인가에 결핍을 느끼고 마음은 외롭고 이성은 발달하여 무엇에 대해서도 그 속까지 규명하지 않으면 그만두지 못하는 면이 있다. 자기뿐만 아니라 타인까지도 속이면서 놔둘 수는 없다. 그만큼 고통스러운 것이다. 침묵에 고독에 일생을 무엇인가를 구하며 살아가는 것이 현대 여성의 운명이다. 특히 현대사회의 상태는 아직 완전하게 새로운 시대에 들어간 것이 아니다. 신구 양파의 충돌, 그 사이에 서 있는 여자는 가는 길에 있어 자칫 방황하지 않으면 안 될지 모른다. 50년, 100년 후의 여성은 행복한 광명을 받을지 모르겠지만 우리들은 도저히 이 회의를 일생 안고 번민하여 살아가지 않으면 안 될 것이다.[23]

신여성이란 자신에 대하여 진정한 자각을 한 여성이며, 남자에게 의지하지 않고 직업을 가지고 자활하여 경세적으로도 독립한 여성이라고 한다. 신여성 등장 당시의 초기 신여성들의 대부분은 예술가 출신으로 사물을 객관적으로 관찰하고, 제삼자의 입장에서 자신을 보지 않으면 안 되었기 때문에 자연스럽게 자신의 존재를 자각하게 되었고, 또한 직업을 통한 경제적 독립과 이를 바탕으로 한 독신생활이 가능하였다. 그 한 예가 이와노 키요코(岩野淸)의 경우로 그녀는 자신이 배우가 되기로 결심한 이유를, 예술과 더불어 살아가기 위함도 있지만 동시에 자신의 개인 생활을 제 힘으로 해결하려는 경제상의 독립을

---

23) 加藤緑, 앞 글, 1913년.

실행하기 위한 것이라고 하였다.[24] 하지만 모든 신여성들이 평생 독신생활을 할 수는 없기에 결혼을 선택하게 되는데, 이 경우에 여성들은 자신만의 삶을 포기해야 하며 남자와 여자의 세계는 다르기 때문에 서로 반목하여 살아갈 수밖에 없다고 한다. 그러나 신여성들은 지금까지의 여자와 같은 허영이나 장식에 마음을 빼앗기지 않으며, 이성이 발달하였기 때문에 비록 고통스러운 삶이지만 이를 잘 극복할 수 있을 것이라고 기대한다. 또 현재 사회의 상태는 완전한 새로운 시대에 들어간 것이 아니며, 더구나 신구양파가 충돌하는 과도기에 살고 있는 신여성들의 삶에는 많은 어려움이 있겠지만 그녀들이 가꾸어 놓은 터전에서 살게 될 미래의 여성들은 행복한 광명 속에 살 수 있을 것이라는 희망을 제시하고 있다.

여성의 경제적 독립문제에 대하여 우에노 요오코(上野葉子)는 '자영자활' 곧 무엇보다도 여성의 지반을 굳히는 것은 여성의 직업이라고 하였다. 그녀는 여성들 스스로에게 '남자에게 신세지지 않아'라고 하는 굳은 결심이 필요하며, 비록 현재 여성의 직업이 한참 부족하고 임금도 낮지만, 그래도 여성이 이러한 결심을 가지고 세상에 선다면 걸 맞는 일도 생기고, 남성도 훌륭히 지배하는 능력을 갖는 것도 진화의 경로에서 볼 때 분명하다고 한다.[25] 이와노 키요코(岩野淸子)도 사상의 자유와 경제상의 독립을 주장하고 있다. 그녀는 여성들 스스로가 사상의 자유와 독립을 향유할 권리가 있다는 생각으로 각자 자신의 인생을 만들어 가길 촉구하였다. 여성들이 자신의 사상을 실행하려고 하려면 모든 방면에 있어서 자기 자신의 독립에의 입장을 굳건히 해야 한다고 한다. 그렇지 않으면 사상만이 독립하고 실행이 따르지

---

24) 岩野淸子, 앞 글, 1913년.
25) 上野葉子, 앞 글, 1912년.

않는 결과를 낳기 때문이라고 한다. 곧 경제상의 독립이 없으면 생활을 위해 어쩔 수 없이 타협할 수밖에 없게 됨으로, 여성으로서의 사상의 독립을 인정함과 동시에 살아가는데 필요한 빵을 얻을 능력, 곧 경제적으로 독립할 능력을 갖추고 있지 않으면, 사상의 독립을 지킬 권위 또한 서지 않는다는 것이다.[26]

히라츠카 라이초우(平塚らいてう)는 경제적 독립의 방법으로 여성을 위한 고등한 문화교육의 실시를 요구한다. 여성이 한 인간으로 남성의 생활로부터 독립하여 의미 있는 생활을 영위하기 위해서는 고등한 정신교육이 요구되며, 경제상으로 독립하지 못해서 발생하는 여러 가지 불안과 장애를 없애기 위해서는 직업교육이 필요하다고 한다. 특히 여성이 결혼에 의지하지 않을 때 항상 바로 일어나는 것이 직업문제임을 강조하고 있다.[27] 그녀의 이러한 견해는 일본여자대학 나루세 교장이 "유럽에서는 여성의 직업교육이 번성하지만, 일본의 여성교육은 모두 현모양처주의를 취하고 있는 것은 바람직한 일로, 영국에서도 상류사회의 자녀는 대부분 가정에서 교육시켜왔다"라는 담화에 대하여 유감을 표한 것으로도 알 수 있나. 히라츠가 라이초우(平塚らいてう)는 나루세교장의 견해에 "교장의 소위 말하는 인격교육에서, 직업교육은 역시 이상적인 것은 아닌가 보다. 그렇지만 지금 우리나라의 현모양처주의 여성교육은 어떻게 합니까. 특히 저희-세인은 신여성이라 부르는-에 대해 저희 속에서 일어난 새로운 생명에 대해, 그 억누를 길 없는 요구에 대해, 아무런 이해도 없이, 무지한 세속인의 편견으로 비판하려는 것은 일본 유일의 여자대학 교장으로서는 너무도 무책임한 일이 아닌가 생각한다."[28]라고 비난하였다.

---

26) 岩野清子, 앞 글, 1913년.
27) 平塚らいてう, 「世の婦人達に」.

시대의 전환기 내지 과도기를 살아가는 선구자들의 삶에는 많은 고통이 따른다. 이토우 노에(伊藤野枝)는 「새로운 여자의 길」[29]을 통하여 '새로운 여성은 지금까지 여성들이 걸어온 옛 족적을 언제까지 찾고 걷는 것은 하지 않는다. 새로운 여성에게는 새로운 여성의 길이 있다'고 하며 새로운 여성은 '많은 사람들이 가는 것을 멈추게 하는 것보다 고쳐 나가서 새로운 길로 선도하는 사람'이라고 함으로써 신여성들의 선구자적 삶을 강조하고 있다. 그녀는 선도자가 가는 미지의 길에는 위험과 공포가 있으며 많은 어려움이 따름을 다음과 같이 기술하고 있다.

> 새로운 길은 어디에서부터 어디에 다다르는 길인지 모른다. 따라서 미지에 동반하는 위험과 공포가 있다. 아직까지 알려지지 않은 길의 선도자는 자기가 걸어가야 할 길로서 무성하게 찔리는 가시밭길을 헤쳐 나가지 않으면 안 된다. 거대한 바위를 무너뜨리면서 나아가고 깊은 산에 헤매이며 방황하지 않으면 안 된다. 독충에 물려서 배고프고 목마른 고개를 넘어 절벽을 헤치고 계곡을 건너 풀뿌리에 매달려야만 했다. 이렇게 해서 절규기도 모든 고통에 쓴 눈물을 짜내기 않으면 안 된다.[30]

그녀는 부가하여 선도자의 모습과 태도에 관하여 다음과 같이 설명하고 있다.

> 선도자는 먼저 확고한 자신이 있다. 그 다음엔 힘, 그 다음엔 용기다. 그리하여 자신의 생명에 대한 자신의 책임이다. 선도자는 어떠한 상황에서도 자신의 일에 남의 용훼를 용납하지 않는다. (…) 선도자는

---

28) 平塚らいてう, 앞 글.

29) 伊藤野枝, 「新らしき女の道」, 『靑鞜』제3권 제1호, 付錄 「新らしい女, 其他婦人問題に就て」, 1913년, 1월 1일, pp.20-22.

30) 伊藤野枝, 앞 글.

무엇보다 자신의 내부에 충실하다. 그리하여 나중에 그 충실한 힘과 용기 그리고 움직이지 않는 자신과 자기 자신에 대한 책임을 갖고 서야 한다. 선도자는 개척하며 나아갈 동안에는 세속적인 이른바 위안 등은 조금도 없다 언제나 혼자이다. 그리고 철두철미 고통인 것이다. 번민인 것이다. 불안인 것이다. 때론 깊은 절망도 그를 덮친다. 그냥 입을 열면 나오는 것은 자기 자신에 대한 열렬한 기도의 절규뿐이다. 따라서 행복, 위안, 동정을 원하는 사람은 선도자가 될 수 없다는 것, 선도자란 확고한 자신을 사는 강한 사람이어야만 한다. 선도자로서의 새로운 여자의 길은 필경 고통스러운 노력의 연속이라는 것은 아닐까.[31]

선도자에게는 확고한 자신과 힘 그리고 용기가 있어서 비록 그가 가는 길에 많은 고통과 어려움이 따르더라도 불굴의 용기와 철저한 책임감으로 무장하고 확고하게 자신의 삶을 살아가야 한다고 주장한다. 더불어 히라츠카 라이초우(平塚らいてう)가 "일단 눈을 뜬 자는 두 번 다시 잠들 수 없다."[32]라고 한 바와 같이 한번 자각을 한 사람은 어떠한 어려움이 오더라도 이전의 상태로 돌아갈 수 없기에, 비록 선도자로서 신여성이 가는 길에 형극의 고통이 따른다 할지라도 불굴의 의지를 갖고 나아갈 것을 촉구하고 있다.

1914년 나혜석에 의하여 쓰여진 「이상적 부인」은 조선 '최초의 근대적 여권론'이란 평가를 받았다. 그녀는 과거와 현재를 통해 이상적 부인이라고 할 만한 여성은 없다고 생각하는데, 그 이유는 자신이 여성의 개성에 관한 연구를 충분히 하지 못했고 또한 자신의 이상이 매우 높은 경지에 있기 때문이다. 그러므로 습관에 따라 세속적 본분인 양처현모로 이상을 정할 것은 아니니, 양처현모를 내세우는 것은 교육

---

31) 伊藤野枝, 앞 글.
32) 平塚らいてう, 「世の婦人達に」.

가들이 상업적으로 내세우는 것에 불과하며, 온양유순(溫良柔順)이란 것도 여자를 노예로 만들기 위한 것에 불과하다고 비판하며 여성의 개성과 새로운 이상을 주장하였다.

나혜석이 생각하는 이상적 부인이란 '상식이 있고 개성을 발휘하겠다는 자각을 가진 여성'으로, 그녀는 "우리 조선의 여자도 인제는 사람같이 좀 돼봐야 할 것 아니오? 여자다운 여자가 되어야만 할 것 아니오?"34)라고 하며, 먼저 '여성도 사람이다' 혹은 '여성도 사람다워야 한다.'는 자각이 이루어져야 함을 촉구한다. '여자도 인간이다.'는 대전제 아래 이상적 부인은 어떤 일을 당하든지 상식으로 모든 일을 처리하는 능력과 자기의 개성을 발휘하는 두 가지의 역량을 겸비해야 한다는 사실을 자각하고, 사상, 지식 그리고 품성에 있어서 선각자가 되어 실력과 권력으로 이를 가르치고 행하는 여성이라고 한다. 다시말해서 신여성은 자신에 대하여 자각하고, 이를 직접 행동으로 옮김으로서 선각자로서의 책임과 의무를 다해야 한다고 한다. 나혜석과 더불어 1920년대 신여성의 대표주자로 인식되는 김일엽도 1920년 『신여자』 창간호에서 인습적 도덕을 타파하고 인격적 각성을 하여 이성의 완전한 자

33) 나혜석, 「이상적 부인」, 『학지광』제3호, 1914년 12월.
34) 나혜석, 「잡감」, 『학지광』제12호, 1917년 4월.

기 발전을 꾀하고 새 문명을 건설할 것을 주장하였다.

아무 지식 없고, 아무 경험 없는 우리가 감히 신여자를 표방하고 사회에 나섬이 어찌 즐거워서 나서는 것이겠습니까? (…) 다른 것이 아니올시다. 몇 세기를 두고 우리를 냉혹하게 압박하고 우리를 극심하게도 구속하던 인습적 구각을 깨뜨리고 벗어나서, 우리 여자가 인격적으로 각성하여 완전한 자기발전을 수행코자함이외다. 남자들은 이를 파괴라 반항이라 배역이라 하겠지요. 그렇지마는 보십시오, 고래로 우리 여자를 사람으로 대우치 아니하고 마치 하등동물과 같이 여자를 몰아다가 남자의 유린에 맡기지 아니하였습니까? (…) 함으로 우리는 신시대의 신여자로 모든 전설적 인습적 보수적 반동적인 일체의 구사상에서 벗어나지 아니하면 아니 되겠습니다. 이것이 실로 '신여자'의 임무요, 사명이요, 또 존재의 이유로 삼는 것이올시다.[35]

그녀는 여성들을 압박하고 구속했던 인습적 구각을 깨뜨리고 벗어나 인격적으로 각성하여 자기발전을 수행하여야 함이 곧 신여성의 존재 이유이며 사명이라고 한다. 이러한 자각의식은 1920년대 중반에 이르면 더욱 확고해져서 여자도 '참된 인격자'가 되어야 하며, "나는 오즉 내다. 나는 나로서 세상에 난 보람이 있어야 한다.", "자기를 혁명함으로서 시작해야 한다."는 내용들이 1926년의 『신여성』의 기사에서도 많이 등장하고 있다.

소설 「경희」중에서 가정학에서 배운 여러 가지 지식들을 이용하여 방안을 청소하고, 김치도 담그며 낮잠 한번 자지 않고 부지런하게 집안일을 거두는 주인공 경희의 모습과 "우리는 무엇보다도 사람다운 이상이 있어야겠소이다. 우리 책임을 자각해야겠소이다. 교육을 받으면 받기 전보다 부모에게 대한 효성도 더 극진해야겠고, 여자에게 당

---

35) 김원주, 「우리 여자의 요구와 주장」, 『신여자』제2호, 1920년 4월.

한 직무도 더 잘 감당해야겠습니다. 더구나 우리 먼저 교육을 받은 여자는 아직 몽중에 있는 여자를 각성시켜야 될 중한 짐이 우리 쌍방에 있지 않아요?"[36]라고 하는 박순애의 글을 통하여, 자각한 여성은 신구의 충돌을 불러일으키지 않으면서 자신들의 배운 신지식을 실생활에 활용하는 모범을 보임으로써, 봉건의식에 젖어 있는 조선인들의 의식을 변화시켜 갔음을 알 수 있다. 자각한 여성의 모습은 전통사회의 도덕이나 윤리규범 등에 대하여 무조건적으로 부정하고 도전하는 것이 아닌, 오히려 이를 실생활에서 몸소 행함으로써 깨달음이 없는 일반 여성들을 계몽하고 각성시키는 지혜롭고도 현명한 모습이다. 나혜석의 시 「광(光)」[37]은 자각의 기쁨과 계몽의 열정이 잘 표현되어 있다.

> 그는 벌써 와서 내 옆에 앉았었으나 나는 눈을 뜨지 못하였다.
> 아아! 어쩌면 그렇게 잠이 깊이 들었었는지
> 그가 왔을 때에는 나는 숙수(熟睡)중이었다.
> 그는 좋은 음악을 내 머리맡에서 불렀었으나 나는 조금도 몰랐었다.
> 이렇게 귀중한 밤을 수없이 그냥 보냈었구나.
> 아아 왜 진시(趁時) 그를 보지 못하였는가
> 아아 빛아! 빛아! 정화(情火)를 키어라.
> 언제까지든지 내 옆에 있어다오.
> 아무것도 모르고 자는 나를 깨운 이상에는
> 내게서 불이 일어나도록 뜨겁게 만들어라.
> 이것이 깨워준 너의 사명이요
> 깨인 나의 직분이다.
> 아! 빛아! 내 옆에 있는 빛아!

---

36) 박순애, 「대문을 나선 형제들에게」, 『여자계』 제2호, 1918년 3월.
37) 나혜석, 「광(光)」, 『여자계』 제2호, 1918년 3월.

자신에 대하여 자각하기 시작한 신여성들은 열정적인 자세로 구체적인 실천에 돌입하고자 한다. 그녀들의 이러한 열정과 자세는 다음의 글에서도 입증된다.

탐험하는 자가 없으면 그 길은 영원히 못 갈 것이오. 우리가 욕심을 내지 아니하면 우리 자손들을 무엇을 주어 살리잔 말이오? 우리가 비난을 받지 아니하면 우리의 역사를 무엇으로 꾸미잔 말이오?
다행히 우리 조선 여자 중에 누구라도 가치 있는 욕을 먹는 자가 있다 하면 우리는 안심이오. 이 여자는 우리의 갈망하는 사업가라 하겠소. 우리의 배우지 못한 공부를 많이 한 자라 하겠소.
언니! 어서 공부해 가지고 사업합시다.
뇌정벽력을 하오. 광우(狂雨)가 쏟아지오. 자만하게 직립하였던 전신주도 조르르 흘렀소. 우리 집에는 장독소래기를 치우느라고 허둥허둥 야단들이오. 아직도 때가 있는 것같이 서보(徐步)로 걸어가던 행인들은 저렇게 좌우 길을 방황하며 어찌할 줄 몰라 쩔쩔매오. 자동차, 마차가 회회 지날 때마다 부럽고 한심스러워 곧 두 눈이 벌컥 뒤집힐 것도 같소.
어느덧 지진까지 일어나오. 온 집이 흔들리오. 아이구 이를 어찌하오? 어디로 피하여야 산단 말이오? 속절없이 이렇게 죽을 생각을 하니 눈물이 하염없이 옷깃을 적시오. 아아! 아무려나 나가다가 벼락을 맞아 죽든지 진흙에 미끄러져 망신을 하든지 나가볼 욕심이오. 당장 이 쓰러져 가는 집을 떠나기 위하여 우장을 차리려고 고만 각필하오.

「폭풍우 중」, 1917. 5. 16.[38]

선구자가 가는 길에는 많은 두려움과 어려움이 따르지만 누군가는 그 길을 가야만 하며, 그것이 바로 선구자의 사명이다. 선구자가 가는 길에는 많은 비난이 따르지만 그를 통하여 역사가 발전하며, 가치 있

38) 나혜석, 「잡감-K언니에게 여함」, 『학지광』 제13호, 1917년 7월.

는 욕을 먹음으로써 오히려 긍지를 느낀다고 한다. 그리고 죽든지 망신을 당하든지 일단 실천에 나서겠다는 비장한 각오를 표명하고 있다. 여성도 사람이라는 자각, 그 자각을 실천해야할 책임과 의무, 그 실천에 뒤따른 모험과 실패에 대한 각오를 다그치며 힘찬 목소리로 외치고 있는 것이다.[39]

자각과 선구자로서의 책임과 의무를 깨달은 신여성들은 구체적인 실천단계로 나아가기 위한 각오를 새롭게 하였다. 그녀들이 지향하고 있는 구체적인 실천은 무엇이었을까?

> 우리 신여자는 이러한 자각 밑에서 우리 조선 여자 사회에 고래로 행하여 내려오던 모든 인습적 도덕을 타파하고 합리한 새 도덕으로 남녀의 성별에 제한되는 일이 없이 평등의 자유·평등의 권리·평등의 의무·평등의 노작(勞作)·평등의 향락 중에서 자기발전을 수행하여 최선한 생활을 영(營)코자 함이외다.[40]

> 오늘날 우리 여자가 생의 요구의 만족을 구하여 가장 합리한 방법으로 남자에게 대하여 동등의 인격자로 인권을 요구하는 이상에는 먼저 자기의 현상이 어떠함을 돌아보아 가지고 될 수 있는 대로는 속히 과거와 절연을 하고 묵은 이상을 박멸하여 새 여자로 개조되어야 하나니, 이와 같이 하려면 지금 잔뜩 붙들고 있는 현상 즉 바꾸어 말을 하면 동양 몇 천 년의 역사적 관계로 순치(馴致)한 고도덕의 유취를 탈각 아니 하고는 될 수 없습니다. 이를 탈각함에는 물론 무수한 비난과 다대한 박해를 완고한 도학선생에게 받겠지요. 그러나 이를 고기(顧忌)한다든지 또는 고래의 세속과 관습에 그 정신이 마비가 되어 남자의 전제를 무반성으로 긍정을 하여 어떻게 하면 남자의 마음에 들까 하는 비열한 노예성으로 우리 여자의 운동을 개시한다 하면 이것은 우리 여자

---

39) 이상경, 『한국 근대여성문학사론』, 소명출판사, 2002, p.55.
40) 김원주, 앞 글, 1920년.

의 철저한 자각을 방해할 뿐 아니라 남자의 전제(專制)를 영속하는 결과가 되고 말지니 (중략) 우리 각성한 여자는 이를 적으로 대하고 나아가야 합니다.[41]

자각한 여성들은 먼저 자신들의 현상을 돌아보는 자기 성찰을 통하여 과거와 묵은 이상을 박멸한 후 먼저 스스로를 새롭게 개조해야 한다고 한다. 새로운 여자는 고래로부터 내려오는 인습적 도덕을 타파하고 남녀평등이라는 새로운 도덕 아래 자기발전을 수행해야 한다. 그런데 남녀의 평등은 거저 얻어지는 것이 아닌, 여성들 스스로의 주체적인 노력에 의하여 이루어지는 것이기 때문에 여성이 남성에게 동등한 인격자로서의 인권을 요구하기 위해서는 먼저 자기 자신의 모습을 돌아보고 스스로를 새로운 여자로 바꾸지 않으면 안 된다는 것이다.

당시 신여성들의 실천적인 행동들은 일반인들로부터의 오해와 비난을 받기도 하였다.

근자에 여자들은 학교 대문 안에 발만 들여놓으면 허영의 악마가 그 뇌 속 제일위를 점령하므로, 현재 우리 처지라든지 장래 우리 의무 같은 것은 생각할 여지도 없이, 분외(分外)의 사치를 숭상하며 우리에게는 아직 당치도 않은 문명인의 화려한 가정에 안일한 생활을 해보려는 공상뿐이요, 여자의 직무 실행함을 도리어 냉소하며, 또 겨우 어느 학교 졸업증서나 하나 받으면 안하무인으로 부모에게까지 교만하기 무쌍하여, 부모의 훈계나 언론은 무식하다고 타매하기 예하며, 노모는 주방에서 활등 같은 허리를 구부리고 조석 준비하기에 골몰하나 자기는 안석에 기대어 책만 보고 있으며, 혹 출가하면 자만자오하여 구고(舅姑)를 멸시하며, 부언부종(夫言不從) 등의 패악한 행동이 태심하다 합니다. 이와 같은 비평이 빗발치듯하는 줄 여러분 다 아시지요.[42]

---

41) 김원주, 「먼저 현상을 타파하라」, 『신여자』 제4호, 1920년 6월.

  1886년에 이화학당이 선 이래로 30년의 세월이 흘러 그동안 최소한의 신교육을 받은 여성들이 어느 정도 배출되었다. 이들이 가정으로 돌아오거나 결혼을 하게 되었을 때는 '신구 충돌의 비극'이 갖가지로 나타날 수밖에 없다. 봉건적 인습의 타파라는 신여성의 행동이 진지한 자각을 수반하지 못할 때 신문물의 수용은 형식적인 것에 머물고 만다. 그리고 그것은 생활에 가장 밀착된 풍습을 건드리고 기존의 풍습에서 일탈하는 행위였기에 그만큼 두드러지고 비난받기 쉬운 것이었다. 특히 당시 문제가 된 허영에 젖은 신여성은 이때부터 근대문학에 자주 등장한다. 이광수나 김동인 같은 남성작가들은 이런 여성들의 비극을 묘사하고 그들을 비난하기에 부지런했다.[43] 이렇게 자신들에 대한 비난을 일찍 감치 감지한 신여성들은 앞에서 언급한 바와 같이 신여성들의 의무와 행동지침을 진지하게 모색하게 되었던 것이다.

  현덕신은 나혜석, 김덕성, 허영숙 등이 일본 유학을 마치고 귀국하게 되자 「졸업생 제형에게 드리는 말씀」이라는 글을 통하여 신여성들의 책무에 대한 환기와 다짐을 강조하였다.

  그녀는 "여러분이 나가서서 건전한 사회를 완전하게 하시고 유치한 사상을 계발도 하셔야 되겠습니다.", "형님들이 저들도 사람 된 자각을 가지게 하시고 그 직분과 책임도 알게 하시고 저들에게 무엇이 가장 급무인지도 가르쳐 주십시오."라고 하여 구사상과 구도덕의 타파 및 신사상과 신도덕의 제시를 통한 전체 여성의 자각을 선도하는 것이 신여성의 사명과 본분이라는 점을 다시 한 번 강조하였다.

  조선과 일본의 신여성론을 비교해 보면 조선의 초기 신여성들이 일본 신여성들에게 영향을 받았던 것은 사실이다. 하지만 식민지 피지배

---

42) 박순애, 앞 글, 1918년.
43) 이상경, 앞 책, 2002년, pp.64-65.

민으로 일본 유학을 떠났던 조선의 신여성들의 일본에 대한 인식은 매우 복합적이고 이중적이었을 것으로 생각된다. 즉 독립을 위한 저항과 타도의 목표이기도 했고, 단시간에 근대 문명을 성취한 위압과 선망의 대상이기 했으며, 서구의 근대 문화와 지식을 배울 수 있는 통로이기도 했다. 전통적인 인습과 억압이 지배적이었던 식민지 현실을 일시적으로나마 벗어나 일본에 온 극소수의 여성들이 느꼈던 해방의 자유의 분위기는 대단한 것이었다. 일본 유학은 자기정체성에 혼란을 주긴 하지만, 식민지의 시선과 사회적 규정에서 벗어나 자아를 재 정의하고 모색할 수 있는 새로운 기회를 제공하였다.[44] 그러나 1917년 일기에서 나혜석이 교토로 가는 열차에서 앞에 앉은 '상스러운[일본인] 계집'에 불쾌해하면서, "저것들이 우리나라에 가서 땅을 집고, 주름을 잡고, 제노라고 놀겠구나"[45]라고 한탄한 것을 보면 신여성 사이에서 일본에 대한 부정적 인식도 드물지 않았던듯하다.

나혜석은 1920년대 전반 만주에서 거주할 당시 하얼빈에 사는 러시아인들의 생활에 대한 소감을 피력하면서, 해마다 "몇 십 명씩 관광단을 모집하여 일본의 후지산(富士山)이나 닛꼬(日光)나 마쓰시마(松島) 같은데 구경시키는 것보다 가깝고도 서양 풍속을 볼 수 있는 상하이나 하얼빈 같은 가정 시찰"을 시키는 것이 조선의 "근본적 생활 개선책을 실행"하는데 훨씬 도움이 될 것이라고 주장하였다.[46] 그녀는 일본보다는 서구에서 배울 것이 더 많다고 판단하였던 것이다. 다음의 「구미시찰기」는 일본문화에 관한 그녀의 평가를 알려준다.

---

44) 김경일, 『여성의 근대, 근대의 여성』, 푸른역사, 2004, pp.87-88.
45) 나혜석, 「4년전의 일기 중에서」, 『동아일보』, 1921년 2월 26일.
46) 나혜석, 「부처간의 문답」, 『신여성』, 1923년 11월호(이상경 편, 『나혜석 전집』, 2000)

늘 느끼는 말이지만 일본 상류계의 부인네들의 예의는 참 까다로운 것입니다. 3년간이나 앉는 법, 차 가져오는 법, 차 내는 법, 차 따르는 법, 즉 작법(作法)과 다도(茶道)를 배워가지고 그것이 몸에 배어서 일동 일절(一動一節)이 법 아닌 것이 없습니다. (…) 이것은 오견(誤見)일지는 모르나 일본 상류계급의 자리는 태반이 허위와 의식에 얽혀 좀체 그 진정한 뜻을 알 수 없습니다. 하고 싶은 말을 참고, 먹고 싶은 것을 못 먹고, 앞길을 서로 사양하는데 시간을 보냅니다. 나 같이 생긴 대로 살려고 하는 자에게는 이런 좌석이 과히 유쾌하지 못합니다.[47]

나혜석은 일본문화의 형식정, 가식성, 그리고 번잡성 등을 단점으로 지적하며 그 특성에 대해 부정적 태도를 보인다. 조선의 신여성들의 내면에는 침략자 일본에 대한 적대감과 근대문명의 성취자라는 동경심이 교차하였고, 여기에 식민지 피지배 여성으로서의 자괴감, 조국의 독립과 전체 여성의 자각을 선도하는 여성 지도자로서의 사명감 등이 복잡하게 교차하고 있다. 따라서 일본 신여성들에 대한 조선 신여성들의 인식 또한 구사상과 구도덕을 타파하고 근대적 사상으로 무장하여 여성의 인권을 회복해 나가는 선진적 모습에 공감하고 동화하고자 하는 욕구와 식민지 조선의 현실을 직시하고 조선을 이끌어갈 지식인 여성으로서의 차별화된 모습을 갈구하는 양면이 공존하였다. 이러한 연유로 조선의 신여성들은 일본의 문화와 일본 신여성들의 근대의식을 무비판적으로 수용하지 않고, 자신들의 처지와 본분을 자각하며 이를 재창조해 나갔던 것이다.

---

47) 나혜석, 「구미시찰기」, 『동아일보』, 1930년 4월 3일-10일.

Ⅲ. 남녀평등론과 여성해방론

스스로에 대한 자각과 자존감을 확립하기 시작한 신여성들은 낡은 관습과 제도에 의한 불평등을 인식하게 되었다. 신여성들은 여성의 선천적 열등설에 대한 모순을 다음과 같이 비판하고 있다. 이와노 키요코(岩野淸子)는 현재에 있어서 남성이 여성보다 지식이나 재능에 있어 뛰어나다는 것에 대하여 부정하지는 않지만, 절대로 여성이 남성보다 열등하다는 설에 대해서는 긍정할 수 없다고 한다. 그녀는 세상 부인론자의 다수가 쓸데없이 남성체질과의 강약을 비교해 보인다든지, 생리상의 관계를 든다든지, 신화적인 남녀의 선악을 열거한다든지, 경우 상 수양된 유전적인 남성지능의 발달을 자랑한다든지 하는 천박한 형체비교론에는 결코 굴복할 수 없다고 하였다. 또 "여자 두 명의 역량과 남자 한 명의 역량은 거의 같다. 그러므로 남자는 선천적으로 여자보다 뛰어난 자다"라고 하는 '남성의 선천적 우등설' 내지 '여성의 선천적 열등설'에 대하여 다음과 같은 견해를 제시하고 있다.

> 만일 논리에 있어 힘이 센 자가 가장 뛰어난 자라고 하는 논이 성립한다면 우리나라에 있어서 씨름선수가 어떤 사람보다도 뛰어난 자가 아니면 안 될 것이다. 또는 씨름선수보다는 곰, 커다란 뱀 등은 인간보다 뛰어난 자가 되어야 한다. 게다가 호랑이, 코끼리, 악어 등은 그 이상으로 고등 동물일지도 모른다. 그들 맹수와 남성들과의 힘의 강약은 결코 여성과 남성과의 차이는 아니다. 즉 단순히 완력 문제가 동물의 우열론에 관계가 없다는 것을 자기 스스로 논하고 있는 것이다. 거기에 여성과의 비교론에 있어서 남성은 이 전제를 깨고 힘이 세다는 이유로 선천적으로 뛰어난 자라고 말하고 있다. 생리상의 관계에 있어서도 또한 같은 모순을 말하고 있다. 여성은 임신 그 외의 지장으로 활동시기에 방해를 받는 일이 많다. 때문에 여성은 남성과 함께 사회적으로 분주하

게 돌아다닐 수는 없다. 따라서 여성은 집을 지키는 것이 천성이다. 그런데도 남자와 동등하게 사회활동을 못한다고 여기는 것은 여성의 생리적 사정을 무시한 우견이다. 또한 여성은 두뇌가 유치하여 이성이 부족하다. 사물을 볼 때 단순하여 감정에 휩쓸리기 쉬워서 남성보다 열등한 자라고 한다. (…) 더욱이 부인의 월경과 같은 것은 생리적으로 오는 자연의 경과다. 결코 병이 아니다. 건강한 부인에게 있어서 이것 때문에 사업이나 직무를 그만두어야 할 정도로 고통은 아니다. 사실 부인에게 있어 개인적으로 직업을 가지고 활동하고 있는 부인이 우리나라에는 많이 있다고 증명되고 있다. 임신에 있어서는 상당히 부인에게 한정된 문제로서, 게다가 보통 2년에 1회 이든가 3년에 1회든가 이기 때문에, 또는 사업상 커다란 장애로 봐야만 하는 정도는 아니다. 만약 한보 양보하여 다소 생리상 장애가 있다고 하더라도 그 때문에 인류로서 평등해야 할 사상의 자유, 권리의 평등이 제한될 이유는 없는 것이다. 지식의 문제에 있어서는 모두에게 말한 대로 남성은 현재에 있어서 일반적으로 여성보다 뛰어난 자다. 그러나 지식의 왕국에 들어가는 것을 금지하여 오랫동안 가정에 갇혀 있었던 오늘날까지의 여성과 자유로이 지식의 나라로 들어갈 수 있었던 오늘날의 남성과 비교하여 여성에게 이지의 능력이 없다고 단정하는 것은 틀렸다고 생각한다. 남성은 불과 하루의 길이를 가지고 함부로 후배인 여성을 뒤떨어진다고 얕보고 있는 것에 불과하다.[48]

이와노 키요코(岩野淸子)는 근본적으로 남녀 양성을 전적으로 구별하여 보고 있는 얕은 시각이 근본적인 오해를 불러일으키고 있다고 지적하며, 완력문제는 동물의 우열론에서도 전혀 관계가 없으며, 더구나 맹수보다도 고등동물인 인류에게 있어 힘의 강약으로 우열을 따지는 것은 어불성설이라고 한다. 생리상의 관계에 있어서도 동물학적 견지에서 볼 때 암수 양성이 절대적으로 아주 다른 것이 아님과 같이

---

48) 岩野淸子,「人類として男性と女性は平等である」,『靑鞜』제3권 제1호, 付録, (「新らしい女, 其他婦人問題に就て」), 1913년, 1월 1일, pp.23-28.

남녀 양성이 생식에 있어서 다르다는 이유만으로 인류의 근본에 있어 서로 납득하지 못할 정도로 차별이 있는 것은 아니라고 주장한다. 또한 지식능력에 있어서도 남성과 여성을 야만인과 문명인과의 차이처럼 구별하고 있지만, 이 문제는 여성들이 과거 오랫동안 교육의 수혜를 받지 못한데서 기인한 것임을 강조하였다. 그녀는 '여성의 선천적 열등설'을 '일본국민의 열등인종설'에 비유하여 설명하기도 하였다. 곧 "명치유신 당시에 우리 국민은 영·미·독·러·불의 각국으로부터 확실히 열등국민으로 간주되었다. 그러나 우리 국민에게도 그들과 동등한 지식을 받아들일 소질이 있었다. 45년의 세월은 실제로 이것을 증명하고 있지 않은가"[49] 라고 하며, 여성의 선천적 열등설을 주장하는 것은 과거 일본 국민을 열등인종이라고 생각했던 서양제국민과 비슷한 성급한 판단이라고 비판한다.

그녀는 남녀가 선천적으로 우열의 구별을 가지고 태어나는 것이 아니기 때문에 "여성은 선천적으로 열등하다."라는 관념적 오류보다는 "시대에 따라 열등할 수 있다."고 하는 편이 타당하다고 설명한다. 이러한 주장은 우에노 요오코(上野葉子)에 의하여 일본 헤이안(平安)시대 재능 있는 여성들의 등장과 그녀들에 의해 꽃 피었던 헤이안 문학으로 증명되었다. 헤이안 시대의 벼슬 있는 집에서는 여자아이가 태어나길 바랐다고 한다. 이것은 순전히 권세가 있는 집이 외가 쪽 친척의 권세도 얻기 위해서는 딸을 재능과 미모를 겸비한 신부감으로 만들어야 했기에 열심히 딸에게 학문과 예능을 가르쳤고, 뿐만 아니라 그 진영에서는 당 시대의 재능 있는 여성을 많이 모아 좋은 평판을 알려야만 했다고 한다. 따라서 당 시대는 자연 재능과 학식에 뛰어난 자가 우수한 사람으로 요구되었기에 때문에 여성들은 이러한 자연적

---

49) 상동.

도태를 통하여 전례 없이 현란한 꽃과 같은 헤이안 문학을 펼쳐냈다는 것이다. 또한 영국의 빅토리아 여왕, 중국의 여태후, 측천무후, 서태후 등과 같은 여성들이 기라성 같은 정치가들을 통솔하며 그 능력을 떨친 것도 시대의 흐름을 잘 탄 덕이라고 하며, 결국 남성에게나 여성에게나 선천적인 재능이 주어진 것이 아니라, 긴 시간 동안의 암수도태와 자연도태의 결과 지금과 같은 상황이 된 것이라고 한다.[50]

우에노 요오코(上野葉子)는 "여성은 전부 성욕에 의해 지배당한다. 즉 여성＝성욕 이지만, 남성은 이 외에 정신적 욕구를 가지고 있어, 성욕은 그 중 작은 일부분에 지나지 않고, 게다가 여성은 남성에 비해 많은 능력이 모두 뒤떨어진다. 아니 순수한 여성은 완전 무능하다."고 까지 한 오토 바이닝거(Otto Weininger)[51]의 주장에 대하여, 개나 고양이와 같은 동물들은 암수 간에 서로 그 능력에 있어 차이를 보이지 않고 오히려 암컷 쪽이 자영자활도 하며 새끼를 기르는 능력도 가지고 있는데 유독 인간에게만 남녀 간의 차이가 생겨난 것일까? 정말 여성은 본래 무능한 동물인 것일까? 과연 남성에게만 특별한 선천성이 있는 것일까? 라는 질문을 던졌다. 그녀는 원시시대에는 여성의 수가 남성에 비해 턱없이 부족해 이른바 다부일처(多夫一妻)의 시대로, 여성은 남편의 선택은 물론 방종의 권리와 자유도 누리고 있었으며, 이 시기에는 비록 남성과 여성이 결혼을 했다고 하더라도 일시적인 경우가 많았기 때문에 여성의 자립 능력이 필요하였고, 도태 또

---

50) 상동.

51) Otto Weininger(1880. 4. 3~1903. 10. 4)는 오스트리아의 심리학자로, 쇼펜하우어, 칸트 등의 영향을 받았으며 性의 형이상학을 역설하였다. 그는 사람의 성격을 남성과 여성으로 나누어 상식적으로 좋은 성질을 남성, 그 반대를 여성에 두고 다시 여성을 번식욕만을 가진 모성형과 색욕만을 가진 창부형으로 나누어 한때 커다란 주목을 끌었다.

한 남녀 양측에서 이루어져 능력상의 큰 차이는 생겨나지 않았다고
한다. 그러나 가족제도가 정착되면서 여성은 집에서 자식을 키우는 일
에 전념하게 되고, 또한 평생 남성의 보호를 받게 됨으로써 생존경쟁
의 풍파로부터 멀어지게 되었다고 한다. 반면 남성은 한편으로는 남녀
도태를, 한편으로는 동 종족간의 도태가 진행됨에 따라 점차 생존을
위한 지적 발달이 촉진되었으나, 여성은 오로지 이상적인 남성의 주의
를 끌기에 충분한 미모를 갖추고 남성의 뜻에 따라 생식이라는 행위
에만 전념하면 되어, 자연스럽게 도태되는 일이 적었고 남성처럼 투쟁
의 도구조차 없었기에 때문에 지혜가 발달하지 않게 됨으로서 양자의
능력에 차이가 나게 되었다고 한다. 또한 남성은 위험을 감수하는 비
율이 높은데 비해, 여성은 소중하게 다루어졌기 때문에 남성 사망자의
수가 많아지게 되어 남녀의 숫자상 차이도 없어지게 되었다고 하였다.
따라서 남성에게나 여성에게나 선천적인 재능이 주어진 것이 아니라,
긴 시간 동안의 암수도태와 자연도태의 결과로 인하여 오늘날과 같은
상황이 이루어 진 것이라고 주장하였다.[52]

　　우에노 요오코(上野葉子)의 주징에 따르면 진화상으로 본 남성과
여성의 우열은 선천적인 차이에서 오는 것이 아니라 각 시대에 따른
사회적, 환경적 요인에 의하여 후천적으로 발생한 것이라고 한다. 그
러나 남성과 여성은 생리적인 차이가 있기 때문에 정신적으로도 그
차이가 있다고 한다. 그녀는 "여성에게는 여성만의 세계, 여성만의 독
특한 사회가 있을 것이다. 남성이 가질 수 없는 기능을 발휘하지 않
는다면 온전히 여성의 불이익이 되는 것뿐만 아니라 인류에게까지 불
이익이 되는 것이다."[53] 라고 하여 남녀의 차이에 맞는 지능 개발이

---

52) 上野葉子, 앞 글, 1912년.
53) 上野葉子, 앞 글.

이루어져야 하며, 각자의 장점을 개발하는 것이 곧 인류의 발전과 진화에 공헌하는 것이라고 한다. 인류가 진화하기 위해서는 남성과 여성의 양성의 개선에 의해서만 가능하다는 것이다.

인간으로서의 주체적 자각과 남녀의 평등을 인식하게 된 신여성들은 교육·정치·경제·연애 등 각 분야의 여성문제에 관심을 가지게 되었고, 결국 이들 문제들의 해결책은 여성해방으로 귀결되었다. 후쿠다 히데코(福田英子)는 자유민권운동시대의 여성문제는 그저 남녀의 동등한 권리를 주장하는 지극히 단순한 사상이었고, 현재도 그 때와 별다른 차이가 없다고 한다. 현재 여성들이 주장하고 있는 여성해방은 '상대적인 것 곧 남성에게 대조되는 사상'에 한 하고 있어 남녀동등권을 주장하는 것 외에는 아무것도 해결할 수 없다고 한다. 따라서 이 시기에 일어난 여성참정권운동, 여성고등교육운동, 여성공직문제 등도 이러한 범주에서 벗어나지 못하고 있음을[54] 지적하고 있다. 신여성으로서 그녀가 지향하고 있는 여성해방은 '상대적 의미의 운동'이 아닌, '절대적 의미의 운동'이었다.

> 나는 이 상대적 의미의 운동이 그저 수단으로서 그칠 것이 아니라 그 이상의 절대적 여성해방이 이루어지길 바라고 있다. 사실 그 절대적 해방이 눈여겨 질 때야 말로 앞서 말한 상대적 운동도 비로소 의미를 가지기 시작하는 것이 아니겠는가. 그렇다면 절대적 해방이란 무엇을 의미하는 것일까. 절대적 해방이란 여성으로서의 해방이 아니라 바로 사람으로서의 해방을 의미하는 것이다. 또한 여성의 자유가 아니라 사람의 자유를 실현시키는 것이다. 그저 법률적, 도덕적, 관습적 속박을 파괴하는 것만이 아니라 자기 안에 내재되어 있는 속박에서 탈피해 진정한 자유를 얻는 것에 있다. 때문에 이것은 여성뿐 만의 문제라 할 수

---

54) 福田英子,「婦人問題の解決」,『靑鞜』제3권　제2호, 付録,「新らしい女, 其他婦人問題に就て」, 1913년 2월 1일, pp.1-7.

없다. 바로 사람의 인생 문제이다. 또한 종교문제라고도 말 할 수 있다. 나는 사람으로서 여성문제를 해결하는 데에 이 절대적 의미의 정의를 확실히 해 두고 싶다.[55]

그녀가 말하는 절대적 해방이란, 이와노 키요코(岩野淸子)가 "우리는 인류중의 여성이다. 여성이라는 인류가 아니다."[56] 라고 표현한 바와 같이, 한 인간으로서의 해방이다. 이것은 여성의 자유가 아닌 사람의 자유를 실현시키는 것이며, 도덕, 관습 그리고 제도적 속박을 파괴하는 것이 아닌 자신의 내면에 잠재되어 있는 속박에서 탈피함으로써 진정한 자유를 얻는 것이다. 결국 그녀가 주장하고 있는 해방이란 여성에게만 국한된 것이 아닌 모든 인간의 해방을 의미하는 것이다. 후쿠다 히데코(福田英子)는 그녀가 주장하는 절대적 해방에 관하여 다음과 같이 설명하고 있다.

> 여성은 정말 해방되어야 할 존재일까. 라이초우는 '나는 태양이다'라고 했지만, 모든 사람이 이처럼 말할 수 있게 된다면 그걸로 좋은 것이 아닐까. 이것은 단지 여성에게 뿐만 아니라 남성에게도 이 같은 신념이 없다면 안 될 것이다. 여성의 해방과 함께 남성의 해방도 이루어져야 한다. 지금의 남성도 여성과 같이 힘겨운 현실을 헤쳐가고 있지 않는가? 자세히는 모르겠지만, 태고시대까지만 해도 여성과 남성이 동등하게 자유를 누리고 있었다고 한다. 이것이 지식의 욕구가 사람에게 생기기 시작하면서부터 남성 우월주의, 권력에 의한 차별, 사람과 자연의 구별이 생겨 계급과 압제와 투쟁과 부패의 시대를 맞이하게 된 것이다. 이 모든 사태가 명백해진 이상 언제까지고 주저하고 있을 수야 없지 않는가. 언제까지 이러한 상황에 굴복하고만 있을수야 없다. 거짓 환상의 속박에서 벗어나 자연이 가르쳐준 자유, 평화를 누리는 것은 우리들

---

55) 福田英子, 앞 글.
56) 岩野淸子, 앞 글, 1913년.

의 사명이 아닐까. 또한 그것을 실현시키는 일이 우리들의 참된 정의가
아닐까.[57]

후쿠다 히데코(福田英子)가 말하고 있는 절대적 해방이란, 남성과
여성을 포괄하여 모든 인간을 그 대상으로 하는 이타적 개념의 것으
로, 전 인류가 내적 및 외적 해방을 통하여 진정한 자유와 평화를 누
리는 것이라고 한다. 그리고 인류의 진정한 해방이 곧 신여성들의 사
명이며, 그것을 실현시키는 일이 참된 정의라고 선포하였다. 그렇다면
과연 절대적 해방을 실현하기 위한 방법은 무엇일까?

해방은 과연 어떠한 식으로 맞이해야 할까. 뭐라 해도 완벽한 공산
주의가 이룩되지 않는다면 절대적인 해방이란 불가능할 것이라 생각된
다. 이 점에 관해서는 여성도 남성도 마찬가지이다. 공산주의가 행해지
면 연애도 결혼도 자유로워 질 것이다. 이것이 자유스러워 진다고 해서
지금의 보수론자들이 상상하는 것처럼 사회가 난잡해지거나 남녀 간 혼
전순결의 혼란을 겪는 일 따위는 일어나지 않을 것이라고 생각한다. 선
배학자들의 말을 빌리자면, 태고시대에는 남녀 간의 성교가 무척 자유
스러웠기 때문에 여성이 사회의 주인공의 지위에 있었지만, 지금 문명
시대 여성의 모습처럼 위선과 부정의 결정체는 아니었다고 한다. 나는
연애에 대한 인식을 자유롭게 하는 것이 남녀 간의 성교를 신성하게
여기게 할 수 있는 좋은 방법이라 믿는다. 또 공산주의가 행해지면 가
정에 대해 염려하는 목소리도 들려 올 것이다. 그렇지만 이 문제에 대
해선 이런 저런 설명이 필요 없다고 생각한다. 사회주의자, 공산주의자
중에는 비가정론자, 가정파괴론자들이 있었다고는 하지만, 가정, 가족이
라는 것은 그렇게 간단히 파괴되어지는 것도 아닐뿐더러 파괴할 필요도
없는 것이라고 생각한다. 사유재산주의가 소멸하고, 금전결혼이 폐지되
어 경제적 이익추구 결혼의 의미가 없는 가정에서는 진정한 사랑 이외

----

57) 福田英子, 앞 글, 1913년.

에 그 무엇의 속박도 존재하지 않으므로, 지금의 귀족, 부유한 가정처럼 사욕에 넘치는 산물이 자취를 감추게 되는 것은 말 할 필요도 없다. 공산주의의 실행이 여성문제의 열쇠인 것은 어떠한 이유를 들어서도 의심할 여지가 없다. 공산주의를 실행시킴과 동시에, 모든 과학적 지식과 기계력은 만인 앞에 평등해지고 복리를 위해서 응용되어질 것이다. 따라서 오늘날과 같이 무미건조하고 해야 할 일이 너무나 많은 가정노동은 단조로워지므로, 가정부도 필요 없게 되어 여성의 생활은 시간, 체력 등 많은 여유가 생기게 될 것이다. 이런 생활을 함으로써 비로소 사실상 여성의 해방이 이루어지는 것이다.[58]

사회주의자였던 후쿠다 히데코(福田英子)는 여성해방의 방법론으로 공산주의를 제시하고 있다. 1867년 오카야마현의 하급귀족의 딸로 태어나 여성운동과 자유민권을 위하여 싸우던 그녀가 여성의 해방을 이루는 것은 단지 남자대 여자라는 대립으로 풀어지는 것이 아니라 사회의 근본 대립을 해결하고, 전 민중과 함께 여성도 사회적으로 해방되지 않으면 안 된다는 것과, 그 힘은 근대 노동자계급에 있다는 사실을 깨닫게 되는 과정은 일본의 여성운동의 역사를 대별해 준다.[59]

---

58) 상동.

59) 井上淸, 성해준·감영희 역, 『일본여성사』, 어문학사, 2004, pp.302-306. 福田英子는 1867년 오카야마현의 하급귀족의 딸로 태어나, 15세 때 현립 초등학교의 준교사가 되어 일찍부터 경제적으로 독립했다. 교사가 된 이듬해 부자 집안으로부터의 혼담이 있었지만 마음이 내키지 않아 거절하였다. 그녀는 이때의 체험을 통하여 세상에는 얼마나 많은 여자가 무리한 결혼을 강요받고 있었는가에 대하여 생각하게 되었고 이후 여성의 독립을 점차 강하게 주장하게 되었다. 17세 때 어머니와 함께 증홍학사(蒸紅學舍)라는 실과여학교를 세우고 여성만의 연설회와 토론회를 활발히 열었다. 같은 해 岸田俊子가 오카야마현에 유세하러 온 것을 계기로 이 지역에 진보적인 여성조직이 구성되었고, 上森みさお、竹內壽, 津下くめ가 여성 간친회를 만들고 英子도 여기에 참가했다. 같은 해 여름 오카야마시의 아사이카와에서 자유당원의 납량회가 열려, 그녀와 여자간담회원들도 가담하여 배안에서 자유민권의 기염을 올렸지만 수중에서 경관이 나타나 모임도 해산되었다. 뿐만 아니라 그녀의 증홍학사도 그 다음날 현으로부터 폐교를 당하게 되었다. 그 후 그녀는 상경해서 자유당의 판기자란(坂崎紫瀾)의 기숙사에 들어가 동문들

후쿠다 히데코(福田英子)는 공산주의가 행해지면 연애와 결혼의 자유가 이루어질 것이며, 사유재산주의가 소멸하고, 금전결혼이 폐지됨으로써 가정에는 진정한 사랑만이 있을 것이라고 한다. 이러한 생각의 배경에는 메이지유신 후 봉건적 가족제도, 지주제와 자본주의가 천황제를 매개로 삼중 사중 결부되어, 여성들의 삶이 극도로 속박당하고 있던 일본의 상황에서 비롯된 것이다.[60] 공산주의가 행해지면 연애와

과 함께 이발이나 세탁, 바느질 등을 하여 독립생활을 만들어가는 노력을 하였다. 이후 자유당은 해산되었지만 그녀는 大井憲太郎과 자유당좌파에 가담하여 활동하다가 1885년 11월 나가사키에서 체포되어 경고 1년 반, 감시 10개월의 형을 받고 복역하던 중 1889년 2월 헌법 발포의 대사면이 되어 출옥했다. 잠시 고향에서 요양을 한 그녀는 1890년 여성들에게 경제적 독립의 길을 만들어주기 위해 다시 상경하여 여자실업학교를 열었지만, 얼마 후 가족이 모두 죽고, 재산도 완전히 잃었으며 학교도 폐교하지 않으면 안 되었다. 그러한 고통 속에서 福田友作이라는 진보적인 청년지식인과 연애 결혼하여 세 명의 아들을 낳았지만 불행하게도 남편이 죽어, 그녀는 세 아들을 안은 무일푼의 미망인이 되었다. 英子는 감옥이라는 사회의 밑바닥의 생활을 체험했고, 세 명의 어린아이를 안고 생활고에 시달리며 점차 민중의 괴로움과 끈기 있는 힘을 알게 되었다. 결국 그녀의 눈은 점차 중산계급에서 멀어져 민중 쪽으로 향하게 되었다.

60) 井上淸, 앞 책, pp.282-285. 명치 31년(1898년) 민법이 만들어지기 전 봉건적 가족제도에 반대하며 남녀동등권을 주장하는 사람이 많이 있었으나 정부는 그것들 모두를 무시해 버렸다. 명치 31년 민법은 모두 '이에(家)'를 중심으로 하여 가장인 호주가 전체 가족원에 대해서 절대적인 권력을 가지는 것으로, 호주에게는 가족의 거소(居所)를 정하는 권리가 있으며, 가족은 호주의 동의가 없이는 주거를 바꿀 자유가 없었다. 호주는 가족의 결혼과 이혼에 대해서도 그것에 동의하거나 그렇지 않을 권리를 가졌다. 남자는 만 30세 이상, 여자는 만 25세 이상이 되면 부모의 동의가 없어도 결혼할 수 있지만, 호주의 동의는 어디까지나 필요한 것이었다. 그리고 아버지가 대체로 호주이기 때문에 실제로 자식의 결혼은 언제까지나 아버지의 동의가 필요한 것이었다. 봉건시대에는 부모가 정한 결혼에 자식이 동의했고, 실제로 자식의 동의 유무는 문제가 되지 않았다. 하지만 민법은 결혼하는 사람은 본인끼리며, 따라서 결혼신고를 하는 사람도 본인이며, 단지 부모·호주의 동의가 필요하도록 했다는 점에서 이전시대보다는 진보적이라고 볼 수 있다. 그러나 부모의 동의가 필요하다는 것은 실제로 부모가 명하는 대로 따르라는 것이기 때문에 봉건시대와 변함이 없다. 또 처는 남편의 부모에 대해서 전적으로 복종하지 않으면 안 되었다. 또 처는 '무능력자'라고 해서, 법률상 백치처럼 취급을 받았다. 처의 재산은 모두 남편이 관리하며, 남편에 의해 자유롭게 처분될 수도 있었다. 이혼은 부부 '협의'로 자유로이 할 수 있었지만, 남편은 언제라도 처를 자유로이 내쫓을 수 있었다. 즉 남편에게 절대적인 권리가 있

결혼의 자유는 물론 진정한 사랑의 가정이 이루어질 것이라는 후쿠다 히데코(福田英子)의 견해는, 계급 모순의 선차성을 인정하면서 여성 억압을 낳는 궁극적인 요인을 사적 소유제, 혹은 그 현대적 형태인 자본주의 체제로 보는 마르크스주의 여성해방론의 관점과는 다소 차이를 보인다. 곧 마르크스주의 여성해방론에서는 여성 억압을 근본적으로 자본의 노동지배에서 야기된 산물로 파악하며, 자본제가 기존의 성차별적 관행과 관습을 자신의 이해에 맞추어 활용하고 변형시키는 만큼, 현재의 여성 억압은 궁극적으로 자본제적 생산양식에 의해 규정되는 것으로 본다. 하지만 그녀의 견해는 계급적 모순이나 여성 노동 및 여성 노동자에 초점이 맞추어진 것이 아니라 일반 시민계급부인의 문제에 중점을 두고 있기 때문에 그 한계를 보여준다. 또 "사회주의자, 공산주의자 중에는 비가정론자, 가정파괴론자들이 있었다고는 합니다만, 가정, 가족이라는 것은 그렇게 간단히 파괴되어지는 것도 아닐뿐더러 파괴할 필요도 없는 것이라고 생각한다."라고 하는 견해도 가사노동의 사회화, 가족 제도의 철폐, 여성의 생산노동 참여를 슬로건으로 내거는 마르크스수의와는 괴리가 있다. 이러한 한세는 사회주의자로서의 후쿠다 히데코(福田英子)의 문제라기보다는 일본 여성운동의 미성숙에서 기인한 것으로 볼 수 있다.

그녀는 과학적 지식의 응용과 기계화를 통하여 여성들이 가사노동으로부터 해방되고 생산노동에의 참여를 통한 경제적 독립이 이루어져야만 진정한 여성해방이 이루어질 수 있다고 한다. 더불어 사회체제

으며 처에게는 아무런 권리도 없었던 것이다. 이혼하면 자식은 '가정'에 남겨두기 때문에 '집'을 나온 처는 자식을 데려갈 수 도 없었다. 이러한 명치 민법은 친자관계에 있어서는 봉건시대보다는 조금 자식의 독립성을 인정하고 있었지만, 부부관계에서 있어 처를 남편에게 예속시켰던 것은 오히려 봉건시대보다도 심했다고 할 수 있다.

의 전면적 개편이 이루어지지 않는 한 여성들이 참정권을 얻고, 재판소·대학, 그 밖의 관영 등의 개방이 이루어진다고 해도, 이러한 혜택을 받는 것은 일부 권력층 여성 뿐만으로 다수의 여성들은 여전히 여성문제 안에 고립될 것이며, 남성 간의 계급투쟁은 물론 여성 간에도 계급투쟁이 일어날 것[61]이라고 충고한다.

조선의 경우에 있어서도 '여성도 인간이다'라는 자각은 '남녀는 다 같은 인간'이라는 남녀평등론으로 발전하여 갔다. 천부인권설에 의하면 사람은 여자와 남자로 이루어져 있으며 각각 인류 사회의 반을 차지하며 '사람됨'에 있어서 다를 바가 없다고 한다. 일엽 김원주는 이러한 사실을 '만고불역(萬古不易)'의 법칙이라고 표현하고 있는데, 진실이 이러함에도 불구하고 남자가 여자를 노예시하고 여성은 원래 평등함에도 굴종이 제2의 천성이 되고 있는 현실[62]을 다음과 같이 따지고 있다.

이로 말미암아 여자도 스스로 사람 된 권리를 상실하고 제 2천성을 이루어 여자란 능력 없는 사람이요, 약한 사람이라 하여 모든 권리를 남자에게 양여하고 그 폭력 무례한 학대를 감수하여 왔다. 그러므로 인류사회의 반수를 점한 우리 여자는 제외하고 도덕과 법률을 논함에도 남자측만 보고 의론을 세웠으며, 교육도 우리 여자는 안중에 두지 않고 남자에게만 한하여 실시하는 것으로 교육이라 하였으니, 이는 인도(人道)에 벗어나는 일이라 하겠다. 이 인류사회에 관계가 있는 일이면 남자는 여자를 빼지 않고 생각하여야 할 것이니, 즉 일면으로 남자 측의 이해휴척(利害休戚)을 생각하는 동시에는 일면으로 여자 측의 이해휴척(利害休戚)도 생각하는 것이 당연한 일이라 하겠다. 물론 이렇게 말을 하면 혹 난자(難者)는 말하기를 저 아미엘의 언(言)과 같이 남녀양성은

---

61) 福田英子, 앞 글, 1913년.
62) 최혜실, 앞 책, pp.296.

416

그 각기 상당한 활동을 할 것이요. 그 생활은 반드시 일정한 범위에 한
할 것이다. 결코 비교함에 있어 초월함은 불과하다. 왜 그런가 하면 자
연 자신이 우리 인류에게 남녀의 구별을 세운 이유라 하고 주장할 것
이다. 그러나 아무리 여자가 천연으로나 자연으로는 가령 남자보다는
열등한 인류라 할지라고 인류는 동등하다.[63]

김원주는 과거에는 남자가 여자를 노예시 하였고, 여자도 굴종이
제 2의 천성이 되어 자신의 권리를 상실하고, 스스로가 능력이 없고
약한 사람이라고 생각하였기 때문에 모든 권리를 남자에게 넘기고 학
대를 감수하였다고 한다. 따라서 도덕과 법률, 교육 등의 모든 분야가
남성중심으로 이루어졌고 여성은 소외되었는데, 남자와 여자는 모두
인류이기 때문에 남녀 모두의 이해에 의하여 생각되어져야 한다고 하
였다. 곧 그녀는 '남녀는 다 같은 인간'이라고 하는 천부인권설에 입
각하여 남녀평등을 주장하고 있다. 그러나 김원주를 비롯한 신여성들
은 왜 이렇게 당연한 논리가 왜곡되어 왜 여성이 종속적인 존재로 변
했는가에 대한 원인을 분석하지는 못하고 있다.[64]

일엽 김원주는 여성이 인류로서 남성과 동등한 권리를 찾기 위해서
는 각고의 노력이 필요하다고 제언한다.

그러하나 사람으로 활동함은 그 반수를 점한 남자요, 그 나머지 반
수의 여자는 모두 남자의 노예로 구사(驅使)되니 슬프다. 조선 여자여,
그 경우는 남자로 말미암아 갈리고, 그 권리는 남자에게 병탄한바 되
고, 그 정신과 그 자체에 남자의 억제를 받으며, 사회에 생식하면서 사
회의 유쾌를 볼 수 없으며, 종생을 불쾌불유로 그 광음을 보내니, 어찌
불쌍하지 아니한가. 그러나 이는 다른 까닭이 아니라 그 원인은 여자의

---

63) 김원주, 「여자의 자각」, 『신여자』제3호, 1920년 5월.
64) 최혜실, 앞 책, p.297.

무책임함과 여자의 무교육함과 여자의 무직업임에 인함이니, 오늘날 이 불쌍한 조선의 여자를 구하여 내고자 할진대, 여자의 교육을 성히 하여 타약(惰弱)한 습관을 없애고 분투적 생활의 준비를 여(與)하여, 직업을 가지고 양인에게 생활을 구하던 의뢰성을 개(改)하여 독립자영의 정신으로 변케 하며, 또 여자로 하여금 스스로 그 일에 당(當)케 하여 책임을 자각케 함에 있도다.

보건대 우리 조선의 현금 사회는 과도시대에 속하여 백선(百船)의 문물은 구이상을 잃고는 새이상을 얻지 못하여 혼돈한 상태에 있으며, 따라서 우리 여자도 와중에 있으니, 우리 여자는 우리 몸을 안연(晏然) 히 저 운명의 번롱(飜弄)에만 맡기어 둠이 가할까? 아니로다. 이는 자멸하는 도(道)로다. 우리는 이때에 충분히 자각을 안 하면 우리 여자 사회의 전도는 영원히 멸망하고 말지니, 요는 자각하여 교육과 직업과 책임으로 우리의 길을 우리가 개척함에 있으니, 과거는 기의(己矣)라 말할 것 없거니와, 우리는 오늘날부터는 남자의 기반(羈絆)을 벗어나서 참의미의 사람 노릇을 하여야 하겠도다.[65]

그녀는 여성이 노예로 전락하게 된 이유를 사회적 요인과 개인적 요인의 두 가지로 분석하고 있다. 사회적 요인은 모든 권리가 남성에게 넘어가 전 분야가 남성중심으로 운영되어갔다는 것이며, 개인적 요인은 여성의 무책임함, 무교육함, 무직업임에서 비롯되었다고 지적한다. 따라서 여성의 권리를 찾기 위해서는 남성과 같이 사람이 되기 위해서 노력해야 한다는 논리[66] 아래 타약한 습관을 고치고, 독립자영의 정신을 가지며, 스스로의 일에 책임을 자각하는 노력을 해야 한다고 한다.

천부인권설에 입각한 남녀평등론은 '여성들이 남자를 능가하는 재질의 소유자'라는 사실의 발견으로 이어져 여성들의 자존감 회복과

65) 상동.
66) 최혜실, 앞 책, p.298.

함께 인류애로 승화된다.

　우리의 과거를 생각하여 보아라. 남자가 과연 우리를 어떠하게 대우
한가. 그 잔인 그 압박은 아, 차마 어찌 인정으로 차마 어찌하였는가.
우리도 금수도 아닌 바에 감정도 있고 재능도 있고 이상도 있건마는
내 입 내 눈으로 일빈일소(一嚬一笑)도 자유치 못하였고 깊고 깊은 규
문 속에 긴긴이 금고(禁錮)되어 긴 한숨 짧은 탄식 기 천 년의 장장한
그 세월을 바람이 불고 비가 오는지 알 길이 전혀 없어 내 재능 내 이
상을 발휘키는 고사하고 자연히 발육되는 신체까지 속박을 당하여 실로
암흑 동(洞)중에 하동물적 생활을 감작(堪作)하였도다.
　연이나 상제께서 우리를 불쌍히 여기신지 우리에게 능력을 허하셔서
우리에게도 자유를 부르며 평등을 부를 기회를 주셨도다.
　현금 남자들이 우리에게 대한 태도가 어떠한가. 여자는 심지가 약하
니, 자식이 열(劣)하니, 복종심이 다(多)하니, 자립력이 무(無)하니, 백방
으로 조소하던 그 사람이 문호를 개방한 지 몇 날이 못 되어서 우리의
지식이 일진월보는 물론이요, 어떠한 방면으로는 오히려 남자를 구축코
자 한 경향이 유(有)함으로 어시호(於是乎) 남자들은 공구심(恐懼心)이
버럭 나서 큰 눈을 번쩍 뜨고 우리를 관망하며 부인문제라 하는 대문
제를 괘안(掛案)하고 주소(晝宵)로 연구하는 모양이라.
　차에 본 기자는 금고(今古)를 부앙(俯仰)하매 비회의 감이 교집(交
集)하는 바라. 여러분이여, 전일에 우리를 압박하던 남자와 금일에 우리
를 공구하는 남자가 남자 되기는 필경 고금(古今)이 다를 리가 만무하
고, 과거에 인(人)의 압박을 피(被)하던 우리와 현재에 인(人)의 공구를
매(買)하는 우리가 여자 되기는 역시 고금이 다를 리가 만무하지마는,
전일에 남자는 어찌 그리 잔혹하고 금일에 남자는 어찌 그리 유약하며,
과거에 여자는 어찌 그리 온유하고 현금의 여자는 어찌 그리 활발한가.
여(余)는 번민에 번민하고 연구에 연구하여 차 이유를 해득하였노라. 대
저 우리의 재질이 남자보다 초월함은 이상에 증거한 바이라. 연함으로
저 우준(愚蠢)한 남자들의 안중(眼中)에는 사회도 없고 인류도 없는지
라. 우리를 아무쪼록 무지무식한 구덩이로 구입(驅入)하여 차차 자유도

빼앗고 평등도 빼앗은 결과가 과거의 사실을 양출(釀出)하였도다. 연이나 여하한 사물을 물론하고 원인이 무한 결과가 유키 불능하니 육(肉)도 부(腐)한 후에 충(蟲)이 생하고 어(魚)도 패(敗)한 후에야 서(鼠)가 침(侵)하는 법이라. 만일 우리의 과거가 상당한 지각이 유하였고 우리의 전일이 상당한 준비가 유하였다면 남자의 사상이 아무리 비열한들 어찌 감히 우리의 신성한 자유와 평등을 침략하였을까. 아, 우리의 과거는 우리가 취한 바이요, 인(人)의 급(給)함은 아니라 하노라. 우리는 장차 남자에게 대한 태도를 어찌할까. 우리의 이상은 어디까지 고상케 하며 우리의 품행은 어디까지 정대(正大)케 하여 우리는 결코 우리의 지식이 남자보다 일층 진보된다 할지라도 우리는 어디까지 사회를 사랑하며 인류를 사랑하는 동시에 우리는 우리의 자유와 평등 찾아 잃지 말고 원만한 가정과 원만한 사회를 조성하여 인류의 고등적 생활을 영위함이 우리의 본분일까 하노라.[67]

과거의 여성들은 남자들의 압박을 받아 가정에 갇혀 긴긴 세월을 하등동물과 같이 생활하였으나, 바야흐로 여성들이 그 능력을 발휘할 수 있는 자유와 평등의 시대를 맞이하였다고 한다. 원래 여성은 남자를 초월하는 자질을 가졌는데, 과거에는 남자들의 사상이 비열하여 여성을 무식하게 만들고 자유와 평등을 빼앗았기에 그러지 못했을 뿐이며, 여성들 또한 자각과 준비가 없었기 때문에 남성들의 전횡이 가능했다고 한다. 하지만 여성들은 자신들이 자질을 회복하고 지식이 남자들보다 진보한다고 하더라도 사회와 인류를 사랑하고, 남녀의 평등 아래 원만한 가정과 사회를 만들어 인류발전에 기여하겠다는 겸허한 태도를 보인다. 그녀들은 모든 인간을 사랑하는 인류애를 통하여 원만한 가정과 사회를 이룸으로서 한 차원 높은 생활을 영위해 가는 것이야

---

67) 於 江戸 姜女史, 「여자계에도 자유 왔네-나의 사랑하는 반도 신부인에게」, 『학지광』제4호, 1915년 2월.

말로 여성들의 본분이며, 사랑과 조화를 통한 인류의 공존과 번영이 궁극적 이상임을 선포한다.

여성들이 지향하고 있던 인류발전과 인류애의 실현을 위한 전제조건은 바로 여성해방이었다. 여성이 먼저 한 인간으로 해방되어 자신의 삶을 온전하게 영위해 갈 때 비로소 남녀평등이 이루어지며, 남녀의 평화로운 공존을 통하여 인류생화가 이루어지며, 인류평화의 결과로 인류의 발전이 이루어진다는 것이다. 김일엽은 여성해방을 위한 방법을 다음과 같이 제시하고 있다.

> 무엇무엇 할 것 없이 통틀어 사회를 개조하여야겠습니다. 사회를 개조하려면 먼저 사회의 원소인 가정을 개조하여야 하고 가정을 개조하려면 가정의 주인 될 여자를 해방하여야 할 것은 물론입니다. 우리도 남같이 살려면, 남에게 지지 아니하려면, 남답게 살려면, 전부를 개조하려면, 여자 먼저 해방이 되어야 할 것입니다.[68]

> 오늘날 우리 여자가 생의 요구의 만족을 구하여 가장 합리한 방법으로 남자에게 대하여 동등의 인격자로 인권을 요구하는 이상에는 먼저 자기의 현상이 어떠함을 돌아보아 가지고 될 수 있는 대로는 속히 과거와 절연을 하고 묵은 이상을 박멸하여 새 여자로 개조되어야 하나니, 이와 같이 하려면 지금 잔뜩 붙들고 있는 현상 즉 바꾸어 말을 하면 동양 몇 천 년의 역사적 관계로 순치(馴致)한 고도덕의 유취를 탈각 아니 하고는 될 수 없습니다. 이를 탈각함에는 물론 무수한 비난과 다대한 박해를 완고한 도학선생에게 받겠지요. 그러나 이를 고기(顧忌)한다든지 또는 고래의 세속과 관습에 그 정신이 마비가 되어 남자의 전제를 무반성으로 긍정을 하여 어떻게 하면 남자의 마음에 들까 하는 비열한 노예성으로 우리 여자의 운동을 개시한다 하면 이것은 우리 여자의 철저한 자각을 방해할 뿐 아니라 남자의 전제(專制)를 영속하는 결

68) 김원주, 「창간사」, 『신여자』 제1호, 1920년 3월.

과가 되고 말지니 (…) 우리 각성한 여자는 이를 적으로 대하고 나아가
야 합니다.[69]

김일엽은 여성의 해방은 사회개조의 전제이며, 모든 것에 앞서 가
장 먼저 이루어야 할 일이라고 주장한다. 사회를 개조하려면 사회의
원소인 가정이 개조되어야 하는데, 가정이 개조되려면 가정의 주인이
될 여성이 해방되어야 한다는 것이다. 이렇게 여성, 가정, 사회 전체
가 개조되어야만 우리 사회도 남과 같이, 남에게 지지 않는 근대화된
사회를 이룰 수 있다고 한다. 그녀는 또한 사회 개조의 가장 기초가
되는 여성들 스스로가 과거의 낡은 이상과 모습을 벗어버리고 새로운
여자로 개조되어야 함을 주장한다. 결국 개조를 통한 '여성의 해방'이
신여성들의 최우선 과제이자 최종의 목표였던 것이다.

신여성들은 여성해방을 위한 방법으로 여성의 경제적 독립을 주장
하고 있다. 나혜석은 자전적 소설 「경희」를 통하여 "아버지, 안자(顔
子)의 말씀에도 일단식(一簞食) 일음표(一瓢飮)에 낙역재기중(樂亦在
其中)이라는 말씀이 없습니까? 먹고만 살다 죽으면 그것은 사람이 아
니라 금수(禽獸)이지요. 보리밥이라도 제 노력으로 제 밥을 먹는 것이
사람인 줄 압니다. 조상이 벌어놓은 밥, 그것을 그대로 받은 남편의
그 밥을 또 그대로 얻어먹고 있는 것은 우리 집 개나 일반이지요" 라
고 하여 신여성의 결혼관을 보여주고 있다. 신여성은 결혼이 자신의
선택이며 그 선택에 따르는 곤란도 자기 몫으로 감당해야 하며, 결혼
후에도 모든 경제적 문제를 남편에게만 의존하지 않는다는 것이다. 황
신덕도 "자기의 생활을 남편에게 의뢰하고, 따라서 자기의 전 생애를
남편의 지배 밑에 두고도 아무런 고통과 수치를 느끼지 못하는 부인

---

69) 김원주, 「먼저 현상을 타파하라」, 『신여자』제4호, 1920년 6월.

대중에게 있어서, 다소나마 자기의 노력으로 얻은 경제의 힘이 어떠한 작용을 하고 있는가 하는 것을 알게 될 때에, 비로소 경제적 자립을 갈망하게 될 것입니다"라고 하여 여성의 경제적 각성을 촉구한다. 그녀는 이러한 여성의 각성이 '여성해방의 열쇠'이며, 누구의 도움도 없이 스스로가 생활을 유지하며 자녀를 양육할 수 있게 된다면 벌써 노예가 아니고, 부속품도 아닌 훌륭한 인격자라고 하였다.

여성해방과 여성의 경제적 독립에 관한 보다 구체적인 의견은 사회주의 신여성의 대표자인 허정숙에 의하여 제시된다.

> 우리는 남의 아내와 남의 며느리가 되어가지고 한갓 그 집안 안의 부모와 그 남편 한사람만을 지극히 정성으로 받들고 공경하는 것 보다 오히려 사람으로서의 우리의 개성을 살리고 우리의 인권을 차지하는 것이 무엇보다도 먼저 우리 눈앞에 급박한 큰 문제이다. (…) 요컨대 오늘날 사회의 우리부인은 경제상의 독립을 얻지 못한 까닭에 이것으로 말미암아 생활의지를 얻지 못하고 남자의 노예가 되어 버렸다. (…) 우리가 남자에게 부림을 받는 노예가 되며 노리개가 되며 기계가 되며 오직 그들의 마음 가는 대로 사역이 되는 것은 한갓 우리가 우리 손으로 우리의 힘으로 옷과 밥을 얻지 못하고 남자에게 붙어사는 기생충이 되어 날마다 먹고 사는 물질의 공급을 오직 그 한사람의 힘을 비는 까닭이다. 다시 말하면 일상생활에 경제적 독립을 얻지 못하고 일절의 생활조건을 오직 남의 수중에 맡기고 있는 까닭이다. 그럼으로 우리 가정부인들에게 특히 이점을 양해하여 주기를 바라며 해방을 찾기 위해서는 무엇보다도 먼저 경제적으로 해방을 부르짖기를 갈망하며 우선 그 길을 찾아 가기를 바란다.[70]

그녀는 가정 내에서 여성들이 노예와 같은 생활을 하는 이유는 경

---

70) 허정숙, 「여성해방은 경제적 독립이 근본」, 『동아일보』, 1924년 11월 3일.

제적 독립을 얻지 못한 것에서 기인하는 것이므로 여성의 해방을 찾기 위해서는 무엇보다도 먼저 경제적 해방을 이루어야 한다고 주장한다. 사회주의 신여성들이 대체로 여성의 경제적 독립이 선행되어야 한다고 주장하는 이면에는 그들이 자본주의 사회에서의 일부일처제 의미를 파헤친 엥겔스의 논의를 전제로 한 것이다. 엥겔스는 자본주의 사회에서는 엄격한 의미의 일부일처제가 존재하지 않고 여성에게만 정절을 강요하는 형식상의 일부일처제만 존재한다고 본다. 이러한 가족 내에서 여성은 경제적인 힘이 없는 한 노예와 같은 처지에서 벗어나기 힘들다는 것이다.[71] 따라서 여성의 경제적 독립이 이루어져야만 진정한 여성해방이 이루어진다고 한다.

조선의 신여성들은 남녀평등론에 입각하여 볼 때 일본이 가장 완고한 나라라고 평가하고 있다. 황신덕은 "세계의 문명한 나라의 여자는 대개 정치적 권리를 갖고 있다. 소비에트 러시아는 말할 것도 없고, 그 밖에 영국이나 미국 같은 나라의 부인들은, 여자라는 이유로 정치적 사회적 활동의 길이 막히는 것이 아니다. 그러나 문명국 중에 가장 정치적으로 완고한 나라는 불란서와 일본이라 한다"[72] 고 하여 비록 일본이 문명국 중의 하나이지만 여성의 정치적 권익신장에 있어서는 다른 선진국에 비하여 뒤지고 있음을 지적하였다.

---

71) 서형실, 「일제시기 신여성의 자유연애론」, 『역사비평』, 계간 25호, 1994, pp.118-119.
72) 황신덕, 「불란서부인의 상징적 입후보」, 『신가정』, 1936년 6월호(추계 황신덕선생 기념사업회, 『무너지지 않는 집을』, 1984).

Ⅳ. 맺음말

일본에서 신여성이 사회적 쟁점이 되었던 시기는 1910년대였고, 식민지 조선에서 신여성이 출현한 것은 이보다 늦은 1920년대였다. 일본에서는 '새로운 여자들' 곧 신여성이라는 용어가 특정시기에 활동한 어성들을 지칭하는 역사적 개념이었디. 하지만 조선의 '신여성'이라는 말은 식민지시기 전반에 걸쳐 사용되다가 일반적 개념의 지위를 획득하게 되었다.

근대 물질문명의 진보와 근대적 사상의 보급을 배경으로 등장하기 시작한 일본의 신여성들은 당대 남성들은 물론 여성들에게 조차 비난과 조소를 받았다. 하지만 신여성들은 자신들에 정당한 평가가 이루어지지 않음은 편견과 무지에서 기인한 것이기 때문이라고 하며 신여성에 대한 구체적 이해를 구했다. 여성들은 관습적인 여성관과 현모양처주의 교육관에 의하여 암묵적으로 지배당해 왔으나 점차 '여성'이라는 막연한 이상이 아닌, 오히려 자신의 성격, 처지가 삶의 방식에 도움이 됨을 깨단게 되었다. 나아가 자신의 성격과 처지를 관찰히고 직업, 생활난 그리고 결혼이라는 것에까지 그 결과를 가치 매김 하게 됨으로써 인간으로서 어떻게 살아가야 하는 가에 눈을 뜨게 되었다.

히라츠카 라이초우(平塚らいてう)를 비롯한 일본의 신여성들은 여성들이 인간적 자각을 통하여 자아의식을 회복하는 한편 스스로의 능력을 발휘할 것을 촉구하였다. 이제 여성들은 남성들의 편의를 위해 만들어진 구도덕과 구법률을 타파하고 여성이 한 인간의 주체로 거듭난 바탕위에 새로운 도덕이나 법률이 시행되는 새로운 왕국을 건설하여 여성들 스스로가 납득하고 만족하는 삶을 살고자 하였다. 신여성들은 이러한 삶의 전제조건으로 사상의 독립과 경제적 독립을 제시하였

다. 여성들은 각자 자신의 인생을 스스로 개척해 갈 사상의 자유와 독립은 물론 그 사상의 실행을 위한 경제적 독립을 이루어야 한다고 주장한다. 곧 경제상의 독립이 없으면 생활을 위해 어쩔 수 없이 타협할 수밖에 없게 됨으로, 여성들은 사상의 독립은 물론 경제적으로 독립할 능력을 갖추지 않으면 안 된다는 것이다. 그리고 여성들의 사상과 경제적 독립을 위해서는 여성들에게 고등한 정신교육과 직업교육이 실시되어야 한다고 주장하였다.

시대의 선구자로서 신여성들이 가는 길에는 위험과 공포 및 많은 어려움이 따르겠지만, 선도자에게는 확고한 자신과 힘 그리고 용기가 있어서 비록 그가 가는 길에 많은 고통과 어려움이 따르더라도 불굴의 용기와 책임감으로 무장하고 확고하게 자신의 삶을 살아가야 한다고 한다. 이와 같은 일본 신여성들의 신여성론은 당신 일본 유학을 떠났던 조선의 신여성들에게 많은 영향을 준 것이 사실이다. 하지만 식민지 피지배민으로 일본 유학을 떠났던 조선의 신여성들의 일본에 대한 인식은 매우 복합적이고 이중적이었다. 즉 일본은 독립을 위한 저항과 타도의 목표이기도 했고, 단시간에 근대 문명을 성취한 위압과 선망의 대상이기 했으며, 서구의 근대 문화와 지식을 배울 수 있는 통로이기도 했다.

당시 조선 신여성들의 일본에 대한 인식은 부정적인 면도 있었다. 따라서 그녀들이 일본의 문화와 일본 신여성들의 근대의식을 무비판적으로 받아들였던 것은 아니다. 나아가 조선의 신여성들은 보다 구체적인 '신여성론'을 제시하고 있다. 즉 신여성은 상식으로 모든 일을 처리하는 능력과 자기의 개성을 발휘하는 두 가지의 역량을 겸비해야 한다는 사실을 자각하고 사상, 지식 그리고 품성에 있어 선각자가 되어야 한다는 것이다. 또 신여성은 이러한 내적 자각은 물론 선구자로서의 책임을 가지고 가르치며 행하는 외적 실천을 겸비한 여성이라고 한다. 조선의 신여성들은 전통사회의 도덕이나 윤리규범 등을 무조건 부정하고 도전함으로써 신구의 충돌을 불러일으키지 않았다. 오히려 자신들이 배운 신지식을 실생활에 활용하는 모범을 보임으로써 봉건 의식에 젖어있는 조선인들의 의식을 변화시켜 나갔다.

일본의 신여성들은 여성의 선천적 열등설에 대한 모순을 지적하였다. 우에노 요오코(上野葉子)에 따르면 진화상으로 본 남성과 여성의 우열은 선천적인 차이에서 오는 것이 아니라, 각 시대에 따른 사회적, 환경적 요인에 의하여 후천적으로 발생한 것이라고 한다. 그러나 남성과 여성은 생리적 차이로 인한 정신적 차이가 있기 때문에 차이에 맞는 지능개발이 이루어져야 한다고 하였다. 결국 인류가 진화하기 위해서는 남성과 여성 양성의 개선에 의해서만 가능하다고 주장한다.

신여성들은 절대적 여성해방을 요구하고 있다. 절대적 해방이란 남성과 여성을 포괄하여 모든 인간을 대상으로 하는 이타적 개념의 것으로, 전 인류가 내적 및 외적 해방을 통하여 진정한 자유와 평화를 누리는 것이다. 신여성들은 절대적 해방의 방법으로 공산주의를 제시하기도 하였다. 후쿠다 히데코(福田英子)는 공산주의가 행해지면 연애와 결혼의 자유가 이루어질 것이며, 사유재산주의가 소멸하고 금전결혼이 폐지됨으로써 가정에는 진정한 사랑만이 있을 것이라고 하였다. 하지만 이러한 견해는 마르크스주의 여성해방론의 관점과는 다소 차이를 보이는데, 그 이유는 그녀의 주장이 계급적 모순이나 여성 노동 및 여성 노동자에 초점이 맞추어진 것이 아니라 일반 시민계급 부인의 문제에 중점을 두고 있는 한계 때문이다.

조선의 신여성들은 천부인권설에 입각한 남녀평등을 주장하고 있다. 일엽 김원주는 지금까지의 여성이 남자와 같은 인류임에도 불구하고 동등한 대우를 받지 못했던 원인은 도덕, 법률, 교육 등의 모든 분야가 남성중심으로 이루어졌고 여성이 소외되었기 때문이라고 한다. 하지만 굴종이 제 2의 천성이 되어 자신의 권리를 상실한 여성에게도 그 책임이 있다고 한다. 따라서 여성들이 권리를 되찾기 위해서는 타약한 습관을 고치고 독립자영의 정신을 가지며 스스로의 일에 책임을 자각하는 노력을 다해야 한다고 하였다. 그러나 신여성들이 제시하고 있는 남녀평등론은 천부인권설에 입각한 남녀평등의 논리가 왜곡되어 왜 여성이 종속적인 존재로 변했는가에 대한 원인을 분석해 내지 못하고 있다는 한계를 지니고 있다.

천부인권설에 입각한 남녀평등론은 여성들이 남자를 능가하는 재질의 소유자라는 사실의 발견으로 이어져 여성의 자존감 회복은 물론 인류애로 승화된다. 곧 여성들이 재질을 회복하여 남자들보다 진보한다고 하여도 사회와 인류를 사랑하고 남녀평등 아래 원만한 가정과 사회를 만들어서 인류발전에 기여하겠다는 것이다. 신여성들은 여성해방을 이루기 위한 방법으로 여성 스스로의 개조와 가정, 사회 전체의 개조를 제시하고 있다. 사회 개조를 위해서는 사회의 원소인 가정이 개조되어야 하며, 가정의 개조를 위해서는 가정의 주인이 될 여성이 해방되어야 한다는 것이다. 또한 여성이 경제적으로 독립해야만 진정한 여성해방을 이룰 수 있다고 한다.

조선과 일본 신여성들의 근대의식을 비교해 본 결과 조선 신여성들이 일본 신여성들의 영향을 받은 것은 사실이다. 하지만 조선 신여성들의 의식세계에는 침략자 일본에 대한 적대감과 근대문명의 성취자라는 동경심이 교차하였고, 여기에 식민지 피지배 여성으로서의 자괴감, 조국의 독립과 전체 여성의 자각을 선도하는 여성 지도자로서의 사명감 등이 복잡하게 교차하고 있다. 따라서 일본 신여성들에 대한 인식 또한 구사상과 구도덕을 타파하고 근대적 사상으로 무장하여 여성의 인권을 회복해 나가는 선진적 모습에 공감하고 동화하고자 하는 욕구와 식민지 조선의 현실을 직시하고 조선을 이끌어갈 지식인 여성으로서의 차별화된 모습을 갈구하는 양면이 공존하였다. 따라서 조선의 신여성들은 일본의 문화와 일본 신여성들의 근대의식을 무비판적으로 수용하지 않고, 자신들의 상황과 의식체계 속에서 재구성하고 재창조하여 한 차원 높이 승화시켜 나갔던 것이다.

일제시기 동화정책의 역사적 성격

최유리[*]

I. 머리말

일제의 조선에 대한 식민통치의 기본 방향을 동화(同化)로 보는 데
는 연구자들 사이에 별다른 이견이 없다. 그럼에도 불구하고 동화를
이해하는 구체적인 내용들이 다양한 스펙트럼을 만들어 내고 있는 것
또한 사실이다. 식민지 시기 당대에는 물론, 동화를 연구의 대상으로
하고 있는 현재의 많은 연구자들 사이에서도 동화라는 개념을 이해하
고 있는 내용에는 상당한 편차가 있다.

이렇게 동화의 개념 또는 본질을 둘러싸고 오랜 시일에 걸쳐 많은
사람들이 서로 다른 이해를 하고 있는 이유는[1] 아마도 동화가 갖고
있는 사전적인 의미와 일제가 생각하고 실행에 옮기고자 했던 동화의
의미가 사뭇 달랐기 때문이 아닐까 생각한다. 뿐만 아니라 지배정책
자체가 일본 제국주의가 직면하는 구체적인 상황에 따라 변형되어 갈
수밖에 없는 측면을 당연히 갖고 있었기 때문에 일사불란한 형태로

---

* 한국외국어대학교 강사.

1) 박찬승, 「일제의 식민지 지배정책 연구사」, 『일제 식민지지배의 구조와 성격』, 경
　인문화사, 2005, pp.19-20.

진행되기 어려웠을 뿐 아니라, 이해되기 어려운 측면도 있을 것이다.

본고에서는 일제 시기의 동화와 동화정책에 대해 살펴보고자 한다. 먼저 일제가 조선을 식민지로 삼은 이후 식민정책의 기조로 등장했던 동화의 개념에 대해 살펴보겠다. 다음으로는 동화를 위해 내세웠던 '내선일체'의 논리를 통해 일제가 궁극적으로 실현하고자 했던 동화의 모습이 어떠한 것이었는지 정리해 보려고 한다. 그리고 다양하게 시도 되었던 동화정책의 여러 양상들을 규명해 보고자 하는데, 이러한 정책 들의 입안과 강행은 물론 앞서 언급한 동화의 본질과 밀접한 관련을 맺고 있다. 각각의 정책들이 별개의 목적과 방향을 갖고 추진되고 있 는 것처럼 보이지만 결과적으로 침략전쟁의 성공적 수행이라는 일제 의 궁극적 목적에 귀결되고 있음을 밝힘으로써 동화와 동화정책의 본 질에 접근해 보고자 한다.

Ⅱ. 동화와 동화정책

조선을 식민지로 영유한 직후부터 일제는 줄곧 조선인의 완전한 일 본인화, 즉 동화에 가장 큰 비중을 두고 식민지 정책을 전개시켜 갔 다.[2] 그리고 이러한 원칙은 조선 민족의 일제 식민통치에 대한 가장

---

2) 물론 이에 대해 견해를 달리하는 연구들도 있다. 최석영, 『일제의 동화이데올로기 의 창출』, 서경문화사, 1997 ; 박찬승, 앞 글에서 재인용. 최석영은 "일반적으로 일제의 조선식민지배정책의 기본선을 동화정책으로 이해해 왔다. 즉 식민지에 식 민모국의 헌법을 비롯한 제 제도를 적용시켜, 식민지인을 황국신민화하려는 동화 정책이 식민지배 초기부터 실시되었던 것으로 간주하였다. 그러나 일본 군부세력 이 '한국'을 식민지화한 정치사적 의미가 일본 국내의 문관 정치세력의 간섭을 받지 않는 '독립적 정치영역의 확보'에 있었다는 점에서 동화의 개념에 대한 재 검토가 요구된다."고 하여 1910년부터 1919년 3·1운동까지를 동화정책에서 예외의 시기로 파악하고자 하는 시각을 보여주고 있다. 하지만 이것이 명분에 그쳤을 뿐,

대표적인 저항운동이었던 3·1운동 직후인 1919년 8월 19일 일본의 대정(大正)천황이 조선인과 일본인을 '천황(天皇)의 적자(赤子)'로서 전혀 차별하지 않고 일시동인(一視同仁)의 입장에서 통치하겠다는 요지의 조서(詔書)를 발표하면서 이후 조선 통치의 기본 입장으로 간주되어 왔다.[3] 이어 1920년 하라(原敬) 수상이 「조선통치문제사견(朝鮮統治問題私見)」을 통해 조선에서의 식민지 통치의 원칙으로 동화주의 즉 '내지연장주의(內地延長主義)'를 내세우면서[4] 이를 공식화하였다. 이러한 통치의 기본 방향은 일제가 직면하는 구체적인 상황에 따라 변형되기도 하였고, 무게 중심이 놓이는 위치가 달라지기도 하였으나 동화라는 큰 틀은 그대로 유지되었고 오히려 강화되어갔다.

일제의 조선 식민통치에 나타나고 있는 동화의 경우는 다른 제국주의 국가와 비교해 볼 때 그 강도가 전혀 다를 뿐 아니라 시기에 따라 다양한 명칭으로 표현되면서 구체화되어갔다. 결국 '내지연장주의', '내선융화', '내선일체', '황민화' 등 다양한 용어들이 일제의 동화정책을 표현해 주고 있는 셈이다. 그러나 그 내면을 들여다보면 이러한 용어들의 다양성만큼 그 안에 포함되어있는 정책의 내용 또한 실적으로 다른 모습들을 보여주고 있는 것도 사실이다. 말하자면 같은 동화정책이라 하더라도 그 내용이나 강도 또는 정책의 비중 등이 다르게 구성되어 있다는 것이다.

동화라는 말의 본래적인 의미는 식민지 동화정책의 원형을 보여주고 있다고 할 수 있는 프랑스의 경우처럼 식민지를 마치 본국의 한

현실적으로 볼 때 독자적인 지배로까지 이어지지 못했다고 이해하고 있는 것처럼 동화정책의 틀 밖에서 굳이 이해해야 할 이유 또한 크다고 생각하지는 않는다.

3) 御手洗辰雄, 『南次郎』, 1957, p.419.

4) 山本有造, 「日本における植民地統治思想の展開(2)-「六三問題」·「日韓併合」·「文化政治」·「皇民化政策」-」, 『アジア經濟』 32-2, p.37. 앞 책, pp.420-423.

지방처럼 취급하고 통치한다는 것이다. 즉 같은 법률, 행정조직, 권리, 의무를 통해 식민지를 지배한다는 명분을 갖고 있는 식민통치이념이다. 그러나 얼핏 보기에 평등주의에 입각한 이상적인 식민통치 방법인 것 같은 이 동화주의가 실상에 있어서는 '차별과 예속'이었음은[5] 두 말할 필요가 없다. 이민족을 동화하기 위한 정책에는 '차별'을 통한 이민족 관리라는 방법이 수반되며, 동화라는 개념 속에는 차별이라는 개념이 포함되어 있다는 주장이[6] 설득력을 갖는 것이다. 그리고 이러한 현상은 프랑스의 식민정책을 모델로 했던 일제의 경우도 예외가 아니었다.

최근 일제의 동화정책에 대한 연구가 활발해지면서 먼저 용어의 개념에 대한 검토들이 제안되고 있다. 우선 이념 혹은 이데올로기로서의 동화와 정책으로서의 동화를 구분해서 이해하자는 것이다. 전자를 동화주의, 후자를 동화정책으로 구분해서 이해함으로써[7] 종래 일제의 식민지 동화정책에 대한 접근을 보다 다양화하고 있다.

다음으로 문제가 되는 것은 이러한 동화주의나 동화정책이 식민지 시기에 일관적으로 나타나고 있는가 하는 점이다. 이는 위에서도 잠시 언급한 것처럼 일제의 식민정책의 실상 자체가 일제가 선전하고 있었던 이념과도 상당히 달랐을 뿐 아니라 같은 정책이라고 하더라도 일제의 대내외정책, 본국과 식민지 간의 이해관계 등에 따라 달리 나타나고 있었기 때문에 이를 바라보는 관점 또한 다르게 나타날 수밖에 없다. 동화를 식민지 시기 내내 추진되었던 일제의 일관된 이념이자 정책으로 파악하는 입장들에 대해, 1937년 이전에는 이데올로기로서

---

5) 권태억, 「근대화·동화·식민지유산」, 『한국사연구』108, 2000, p.125.
6) 保坂祐二, 『日本帝國主義의 民族同化政策分析』, 제이&씨, 2002, p.24.
7) 박찬승, 앞 책, pp.37-38.

의 동화는 있었지만 정책으로서의 동화는 없었다고 보면서 적어도 동
화정책이라는 관점에서 볼 때에는 일제 식민지시기에 일관적으로 나
타나고 있었던 것은 아니라는 주장이 나타나고 있다. 나아가 경제적
동화에 대해서는 적극적이었던 반면 정치적·제도적 동화에 대해서는
지극히 인색했다는 사실을 일제 동화정책의 본질로 파악하고 있다.[8]
다른 한편으로는 일제의 동화정책을 문명동화와 민족동화 또는 인적
동화로 구분하여 식민지 통치 전반기에 시도하였던 문명동화가 일제
의 침략전쟁이 본격화하는 가운데 식민지 조선인들을 인적·물적으로
무차별 전쟁에 동원하지 않을 수 없었던 시기에 이르자 결국 민족동
화 내지는 인적동화로 나아가고 있다는 견해도 있다.[9]

　그러나 이데올로기로서의 동화가 결국 구체적인 상황에 직면하면서
정책으로 나타는 것이라고 본다면 과연 이데올로기와 정책이 양분되
어 이해될 수 있는 것인가라는 의문은 남는다. 오히려 정책으로서의
동화가 없었던 것이 아니라 정책으로 구체화할 절실한 필요성이 약했
다고 이해하는 것이 옳다고 생각한다. 결국 이 지점에서 지금까지 동
화를 연구하면서 결코 산과할 수 없었던 '차별'의 문제가 이해될 수
있을 것이다. 뒤에서 다시 살펴보겠지만, 일제가 소위 민족동화 내지
는 인적동화를 정책으로 구체화할 수밖에 없었던 시점이 참정권과 징
병제를 매개로 하는 차별의 철폐를 내세울 수 밖에 없었던 시점과 일
치한다는 점이다. 즉 동화주의, 동화정책은 일제 식민통치시기에 일관
적으로 적용된 원칙이자 통치의 방향이었다. 다만 일제가 처한 상황과
그 필요성에 따라 그 비중이 다르게 나타나고 있을 뿐이었으며, 일제

---

8) 권태억, 「동화정책론」, 『역사학보』72, 2001 ; 권태억, 「일제 식민통치의 기조」, 『일
　제식민지지배의 구조와 성격』, 2005, pp.134-135.
9) 신주백, 「일본의 '동화'정책과 지배전략-통치기구 및 학교교육과의 관계를 중심으
　로-」, 『일본과 서구의 식민통치 비교』, 선인, 2004 ; 권태억, 앞 글, 2000.

의 침략전쟁이 확대되어 가고 이에 따라 식민지인들에 대한 적극적인 인적·물적 동원이 절실해지는 시점에 이르자 보다 강력한 정책의 모습으로 전면에 나타나게 되는 것이다. 동화주의라는 관점에서 본다면 '내선일체'론이 전면에 등장하는 시점과 맞물려 있다고 볼 수 있다. 그리고 이때가 되면 정신적인 영역에서의 동화정책이 강행되면서 앞선 소위 동화주의와 동화정책이 비로소 일체화되는 양상을 보여주게 된다. 정신적인 동화는 경제적, 정치적, 제도적 동화와는 전혀 다른, 계량적 평가가 거의 불가능한 영역이기 때문에 이를 정책이라는 측면에서만 파악하기는 매우 어려운 문제이다. 하지만 일제 말기가 될수록 동화정책은 조선인의 정신적인 동화에 적극적으로 나서고 있으며 동화정책의 성패가 사실상 여기에 달려있었다고 해도 과언이 아니다. 예를 들어 뒤에서 살펴볼 통혼정책의 경우 동화주의와 동화정책 그리고 문명동화와 민족동화가 완전히 통합되어있는 동화의 가장 상징적인 모습으로 등장하고 있다. 따라서 두 가지를 분리해서 이해해서는 동화의 본질에 접근하기 어렵다고 생각한다.

Ⅲ. 내선일체론의 등장

내선일체론이 조선에서의 통치 이념으로 정식으로 등장한 것은 미나미(南次郎) 총독의 등장과 중일전쟁의 발발을 그 계기로 하고 있다. 미나미 총독(1875년-1955년)이 조선에 부임하는 과정을 살펴보면, 그는 1931년 9월 만주사변이 일어날 당시 육군대신이었고, 그 후 1934년에는 관동군 사령관이 된, 말하자면 최고 책임자로 일제 침략전쟁의 최전선을 지휘하고 있었던 인물이었다.[10]

그는 조선총독으로 내정되었을 때 이미 조선통치의 두 가지 목표를 정하고 있었다고 한다. 하나는 일본천황이 조선에 방문할 수 있게 하는 것이며, 또 다른 하나는 조선에 징병제를 실시하는 것이었다.[11] 그런데 이 두 가지 모두가 조선인을 완전히 일본인화하지 않고는 실현불가능한 것으로 미나미 총독의 조선 통치의 목표가 동화에 있었음을 보여 주고 있다. 미나미 총독은 전 시기의 조선 통치론이라고 할 수 있는 '내선융화나 내선평등과 같은 상대적 관계가 아니라 일본 국체를 기초로 한 유기적·내면적 일체론'[12], 즉 보다 강화된 형태의 동화론으로서 내선일체론을 내놓고 있다. 그리고 실제로 내선일체론은 이후 등장하는 모든 정책과 식민지 통치를 총괄하는 이념으로 자리 잡고 있었다.

그러면 내선일체란 어떤 내용과 구조를 갖고 있는지 살펴보기로 하겠다. 첫째로 내선일체는 '국체(國體)의 본의(本義)의 구현(具現)'으로 강조되고 있다. 즉 "만세일손(萬世一孫)의 천황을 살아 있는 신으로 받들고 만민보익(萬民輔翼)의 신절(臣節)을 완수하는데 힘쓰는 사람 모두가 일시동인(一視同仁)의 황은(皇恩)을 입은 황민으로 추호의 차이가 없다"[13]는 것을 일본 국체의 본질적인 의의로 내세우며 조선인들로 하여금 진정한 황국신민이 되고 더 나아가 '대동아공영권(大東亞共榮圈)'의 추진력이 될 것을 요구하고 있다.[14]

두 번째로는 내선일체란 '조국(肇國)의 정신'이라고 설명하고 있다. 일본의 역사는 선주자(先住者)와 외래자(外來者)를 불문하고 모두 무

---

10) 宮田節子·金英健·梁泰昊, 『創氏改名』, 明石書店, 1992, p.4.

11) 御手洗辰雄, 앞 책, 1957, pp.434-45.

12) 綠旗日本文化硏究所, 「朝鮮思想界槪觀」, 『今日の朝鮮問題講座』4, 1939, p.28.

13) 朝鮮總督府, 「極秘 內鮮一體ノ理念及其ノ具現方策要綱」, 『大野文書』1260, 1941, p.1.

14) 朝鮮總督府, 앞 글, p.2.

차별의 일본신민으로 만드는 '부단한 황국신민 창성(創成)의 역사'[15]
라고 단정하고, 그렇기 때문에 내선일체는 필연이고 또 유일한 목표이
며, 장래의 목표일뿐 아니라 과거의 역사가 실증하는 엄연한 사실이라
고 주장하고 있다. 그리고 이러한 주장을 뒷받침하기 위해 내선일체를
역사 속의 사실로 증명하기 위한 작업이 역사 연구라는 미명 아래 끊
임없이 이루어졌다.[16]

내선일체론의 세 번째 이념은 세계의 대세의 하나로 주장되고 있
다. 독일, 이태리와 더불어 삼국동맹을 결성하고 있는 일본이 담당한
임무는 대동아공영권의 건설인데 그 근본 정신은 어디까지나 동양 고
래(古來)의 사회사상에 근거하고 있다는 것이다. 즉 "작게는 가(家),
크게는 국(國)으로 나아가는 바로 국가 본위의 정신이며, 그 가운데에
서도 일본은 일대가족국가(一大家族國家)로서 천황과 신민과의 관계
에서 의(義)는 군신간, 정(情)은 부자간의 기본으로 이것을 겸하는 것
이 그 본질이다."라고 하였다.[17] 그리고 대동아공영권의 기본 이념은
만방이 각기 자신의 자리를 지키는 국제 공존공영의 사상에 있으므로
'안으로는 내선일체의 결실을 맺고, 밖으로 일본을 맹주로 하는 동양
인의 동양을 건설하는 것이 세계 평화 확립의 대거점을 건설하는'[18]
것이 된다는 것이다.

네 번째로 내선일체는 필연이므로 이 필연성에 대한 확신을 가질
것을 요구하고 있다.[19] 조선인과 일본인 사이에는 계통상 및 문화상
고도의 근사성이 있어서 일체화의 여러 조건을 구비하고 있을 뿐만

---

15) 상동.

16) 津田 剛,「內鮮一體論の基本理念」,『今日の朝鮮問題講座』1, 1939, pp.11-23.

17) 朝鮮總督府, 앞 글, p.4.

18) 朝鮮總督府, 앞 글, pp.4-5.

19) 朝鮮總督府, 앞 글, p.5.

아니라 과거와 현재에 걸쳐 내선일체가 가능하다는 것을 보여주는 많은 실례가 있다는 것이다. 그러나 일제는 내선일체가 필연적인 사실임을 조선인들로 하여금 믿도록 강요하는 한편, 조선인에 대한 차별을 가능하게 하는 근거 또한 만들어 놓고 있었다. 즉 일제가 표방하는 내선일체의 내용은 황국신민화라는 전제 하에서만 가능한 일체화이며[20], 각종 차별제도도 '특수한 이유에 근거한 것으로서 황민화의 진도에 따라 점차 개변(改變)해야 하는 것이지만 현 단계에서는 아직 존재의 이유를 잃지 않은 것이 많다는 것'[21]이라고 주장하고 있다. 결국 일제 측이 만족할 만한 수준의 황국신민화가 이루어지지 않는다면 얼마든지 유예될 수 있는 일체화, 즉 차별의 합리화를 의미하는 것이었다. 필연이라고 주장하고 있는 내선일체란 사실상 언제까지고 이루어지지 않을 수도 있는 일제의 일방적인 판단에 의존할 수밖에 없는 성질의 것이었다. 더구나 1930년대 중반 이후 조선 내의 민족해방운동이 그 명맥을 유지하기조차 어려워진 상황 속에서 '차별로부터의 탈출'[22] 논리로 내선일체론을 추종하던 많은 친일적인 조선인들이 등장하게 되었고, 이들은 바로 일제에 의해 교묘하게 포장된 차별을 내선일체라는 이름 아래 다시 조선인들에게 유포시키고 있었다. 그러나 일제의 내외 상황이 긴급하게 진행되고 이에 따라 강력한 동화정책의 필요성이 대두되자 차별로부터 벗어날 수 있는 '동화의 상징'으로 징병제와 참정권의 문제를 전면에 내세우게 되는 것이다.

　끝으로 내세우고 있는 것이 내선문화(內鮮文化)의 종합이다. 그러나 여기에서의 종합은 일본 문화의 일방적인 이식을 의미하며, 조선의

---

20) 朝鮮總督府, 앞 글, p.6.

21) 朝鮮總督府, 「極秘 內鮮一體 / 理念及其 / 實現方策要綱」, 『大野文書』1268, 1941.

22) 宮田節子, 「'內鮮一體'の構造」, 『朝鮮民衆と'皇民化'政策』, 未來社, 1985, pp.148-92 참조.

문화는 단지 대륙적인 정조를 지니고 있으므로 섬세 미묘한 섬나라 일본의 문화를 보완하는 데에 필요하다는 인식 정도에 그치고 있다.[23] 이제 내선일체의 논리 속에는 이전 시기 내선융화론에서 보였던 채장보단(採長補短)·사단채장(捨短採長)의[24] 이상론은 완전히 배제되고, 일방적인 동화를 전제로 하는 일체론으로 바뀌고 있다.

이상과 같은 내용과 구조를 갖고 있는 내선일체론은 일제의 침략전쟁을 효율적으로 수행하기 위한 필요성에 의해 여러 가지 모습으로 윤색되면서 끊임없이 등장하고 있다. 즉 조선인과 일본인, 더 나아가 조선과 일본이 하나라는 논리는 조선인들의 일제 지배정책에 대한 반발과 반항을 희석시키기 위한 목적에 이용되고 있었다. 뿐만 아니라 중일전쟁 이후 일제 말기에 전개되고 있는 모든 일제의 정책의 근본 이념으로서 조선인들을 물심양면에서 철저한 일본인으로 만드는 데 이용되고 있었으며, '내선일체는 단순한 이론이 아니라 신념'[25]이라고까지 절규되고 있었다.

Ⅳ. 동화정책의 여러 양상들

1. 교육정책

일제의 동화정책은 가장 먼저 조선인, 특히 자라나는 조선의 청소년들에 대한 일본인화 교육으로부터 출발하고 있었다. 일제가 조선을

---

23) 조선총독부, 앞 글, 1941.
24) 『宇垣一成日記』1, 1927년 4월 27일, p.57 ; 1927년 5월 15일, p.573.
25) 조선총독부, 앞 글, p.10.

식민지화하고 1911년 8월 제1차 '조선교육령'을 공포한 이후 제4차 조선교육령에 이르기까지 일제의 식민지 정책을 뒷받침하기 위하여 교육령의 내용 또한 바뀌어 가고 있었다. 그렇지만 그 기본방향은 교육을 통한 조선민족의 동화에 있었고, 제1차 조선교육령의 '충량(忠良)한 제국신민의 육성'26)이라는 기본목표가 이를 단적으로 표현해주고 있다. 이후 1922년 2월 공포한 제2차 조선교육령에서는 일제의 지배정책이 내지연장주의를 표방함에 따라 식민지 교육에 있어서도 이러한 노선을 충실히 반영하는 방향으로 내용을 변화시키고 있었다. 즉 학교 종류 및 수업 연한에 있어 일본과 동일한 학제를 택하고, 내선공학(內鮮共學)을 원칙으로 하였다. 그러나 실제에 있어서는 일본어를 상용(常用)하는 사람과 상용하지 않는 사람을 구분하여 학교 교육을 행함으로써 일제가 주장하는 동화주의가 철저한 차별주의에 입각한 것임을 보여주고 있었다.

일제의 교육정책의 성격을 변화시킨 또 한번의 계기를 만든 것이 바로 내선일체론의 등장이었고, 일제의 동화정책은 더욱 가속화되었다. 미니미(南次郞)총독의 핵심 브레인으로서 조선인의 황국신민화를 실질적으로 주도했던 시오하라(鹽原時三郞) 학무국장이 내세운 교육의 '3대 강령'(국체명징, 내선일체, 인고단련)에27) 입각한 1938년의 제3차 조선교육령은 시오하라가 만들어 낸 말 그대로28) '황국신민(皇國臣民)'의 완성을 위한 교육의 기본방침이었다. 즉 이전 시기의 '충량한 제국신민'이 '황국신민'이라는 용어로 표현됨으로써 새로운 유형의 식민지 교육이념으로 자리 잡게 된 것이다.

---

26) 朝鮮總督府,『施政30年史』, 1940, p.778 ; 孫仁銖,「日帝 植民地 敎育政策의 性格」,『日帝下의 敎育理念과 그 運動』, 정신문화연구소, 1986, p.69.

27) 정재철,『日帝의 對韓國 植民地 敎育政策史』, 일지사, 1985, p.401.

28) 宮田節子,「皇民化政策의 構造」,『朝鮮史研究會論文集』29, 1991, pp.42-43.

그리고 제3차 조선교육령이 갖는 중요한 의미는 그 내용 자체가 육군특별지원병제도의 창설을 앞둔 군부의 교육시설 개선안을 그대로 수용한 것으로, 교육령의 목적 가운데 하나가 조선인들을 병력 자원화하는 기초 작업에 있었다는 것이다.[29] 제3차 조선교육령에서는 보통학교는 소학교로 고등보통학교는 중학교로, 여자고등보통학교는 고등여학교로 학교 명칭을 고쳐 조선인을 위한 학교와 일본인을 위한 학교의 명칭을 동일하게 하였다. 그리고 교과목·교과과정· 교수과목 등은 조선어 이외의 것은 일본과 동일하게 하였는데, 조선어 교과를 종래 필수과목에서 선택과목으로 전락시키는 동시에 수업시수를 감축시켰다. 이에 따라 공립학교에서는 대부분 조선어를 가르치지 않게 되었다. 즉 제3차 조선교육령의 내용은 표면적으로는 조선의 교육제도를 일본과 동일하게 만드는 것으로 보이지만 그 이면에는 조선의 교육을 일제가 철저하게 장악하고 더 나아가 황국신민으로 육성하기 위한 동화정책의 본질이 숨어있었던 것이다.

일제는 1941년 3월 교육령의 일부를 개정하여 '국민학교규정'을 공포하고 종래 소학교라는 명칭을 일본과 마찬가지로 국민학교로 바꾸었다. 국민학교라는 명칭이 의미하는 것은 '동아 및 세계에서의 일본의 역사적 사명을 감안하여 국민의 기초적 연성(鍊成)을 완수할 수 있는 교육체제를 확립'[30]한다는 것으로, 바로 일제의 침략전쟁을 뒷받침할 수 있는 국민을 양성해내는 교육이 그 목표임을 분명히 하고 있었다. 한편 국민학교의 교과과정에서 종래 선택과목으로나마 존속하고 있었던 조선어 과목을 완전히 폐지시켜 조선어의 완전한 말살을 통한

---

29) 「國民教育ニ關スル方策」, 『舊陸海軍文書(別册三)』, No.678, 1937년 6월.

30) 大藏省 管理局, 『日本人の海外活動に關する歷史的調査』, 通卷四 朝鮮三, 1946, p.24.

언어의 동화를 관철하고자 하였다. 이어 1942년에는 1946년부터 조선에서 의무교육제도를 시행할 것을 발표하였는데 이것은 1944년부터 조선에서 실시하기로 결정된 징병제의 기반조성을 위한 것이었다.

1943년 3월에 공포된 제4차 조선교육령의 내용이 이러한 일제의 의도를 그대로 보여주고 있는데, 교육의 전시체제화를 목적으로 하는 일련의 정책들이 함께 기능함으로써 정상적인 학교기능을 완전히 마비시키기에 이르렀다. 이 시기의 교육은 조선에서 징병제가 실시되는 상황을 반영하여 학교가 군대의 보조기관으로 전락하였고, 이에 따라 전체주의적·군사주의적·국가주의적 교육이 강제되고 있었다. 제4차 조선교육령에서는 이제까지 형식상 선택과목으로나마 존속하고 있었던 조선어 교과를 종전의 초등학교에 이어 중등학교 및 사범학교의 교과과정에서 완전히 배제해 버렸다. 이에 반해 일본어· 일본도덕·일본지리 등의 교과는 국민과(國民科)라고 하는 종합적인 교과로 통일시켜 종전보다 더욱 중시하였다.

이어 전쟁 막바지인 1945년 5월에는 '전시교육령'을 공포하여 모든 학생들의 결전태세 확립을 외치면서 교직원과 학생들도 하여금 '학노대(學徒隊)'를 결성하도록 하여 학생들을 곧바로 군대조직화 함으로써 이제 교육은 그 의미를 상실하고 말았다.

2. 언어 정책

일제가 조선을 식민지화한 이후 일관하여 일본어의 보급에 힘써 왔음은 물론이다. 1911년 조선교육령이 공포되어 일본어가 국어, 한국어가 조선어가 된 이후[31] 한글은 식민지어로 전락하고 말았다. 따라서 조선어 교육 자체가 금지되지는 않았지만 이미 종속적인 위치에 놓이게 되었다. 그러나 이 시기 일본어 보급은 기본적으로 학교 교육을 중심으로 한 것이었고, 일본인 관리들에게 조선어 습득을 장려하는 등 조선어에 대한 전면적인 금지로까지 이어지고 있지는 않았다. 게다가 일제 초기 교육정책 자체가 조선인의 교육에는 매우 소극적이었기 때문에 조선인의 취학률이 매우 저조하였고 학교 교육을 통한 일본어 보급이라는 것은 분명히 한계가 있었다. 뿐만 아니라 민족 그 자체로 이해될 수 있는 언어의 특성상 언어의 소멸은 바로 민족의 소멸로 이해되어 강한 반발을 불러일으킬 수 있는 것이었다.[32]

　이처럼 민족적인 저항 의식에 기반을 두고 거부하고 있었던 일본어 사용 문제를 이전의 교육기관에 의존하여 해결하려는 미온적인 방법으로부터 근본적으로 변화시킨 계기가 바로 1937년 이후 등장한 내선일체론과 이에 기반을 둔 동화정책의 강화였으며, 구체적으로는 1938년 제3차 조선교육령 이후였다. 내선일체라는 통치이념이 전면에 등장하고 또한 조선인들이 병력자원으로 인식되기 시작하면서 일본어 보급은 조선어의 완전한 말살을 의미하기 시작하였다. 당시 조선인들에 대한 일본어 보급률이 1940년 말 현재 15.5%에 머무는 극히 저조한 상황이었고,[33] 특히 농촌의 경우는 10%를 겨우 상회하고 있었다.[34] 이 때문에 일본어의 보급문제는 내선일체 완성을 위한 기본요건인 동시에 징병제를 앞두고 있었던 일제로서는 더 이상 미루어 둘 수 없는 것이었다.

---

31) 大藏省 管理局, 앞 책, 1946, p.42.

32) 「第79回帝國議會說明資料」, 『大野文書』1236.

33) 상동.

34) 朝鮮總督府, 『朝鮮總督府調査月報』11-6, 1940, pp.53-54.

조선어 말살을 위한 일제의 정책은 여러 방향에서 진행되었다. 가장 먼저 들 수 있는 것이 학교에서 조선어 교육을 완전히 배제하는 작업이었다. 다음으로는 조선어 신문을 폐간시켜 조선어를 사회로부터 추방하였다. 특히 같은 조선어 신문이라고 하더라도 총독부의 기관지였던 『매일신보』는 일제의 선전과 여론호도를 위해 남겨두면서도 민족적인 색채를 띠고 있었던 『동아일보』와 『조선일보』만을 1940년 8월 강제 폐간시킴으로써 언론에 대한 이중적인 태도를 보여주고 있다. 이와 아울러 징병제의 실시가 결정된 1942년에는 당시 일제가 전 행정조직과 일체화시켜 진행하고 있던 '국민총력운동'의 일환으로 '국어 전해·상용운동'을 대대적으로 실시함으로써[35] 전 조선인에 대해 일본어 상용을 강제하였다.[36]

그럼에도 불구하고 조선인에게 일본어 보급률은 1943년에 이르러서 겨우 22%에 미치고 있었고,[37] 더구나 징병 적령자에 대한 일본어 보급률 또한 1944년 현재 30%의 수준을 보이고 있었다.[38] 이는 언어의 소멸이 곧 민족의 소멸이라고 인식하며 강하게 반발하고 있었던 조선인들의 서항의식을 그대로 반영하고 있는 것이며, 1930년대 활발하게 진행되고 있었던 '조선학'의 연구 성과와 그 가운데에서도 조선어에 대한 깊은 관심에서 나타나고 있는 언어를 중심으로 한 민족주의 사상의 영향이 이 시기 조선에서의 일본어 보급을 어렵게 하고 있었기 때문이다. 이처럼 조선어에 대한 말살정책이 일제의 의도대로 진행되지 못하자 조선인들의 민족주의 사상에 대한 탄압으로 나타난 대표적

---

35) 大藏省 管理局, 『日本人の海外活動に關する歷史的調査』, 通卷四 朝鮮三, 1946, p.47.
36) 이명화, 「朝鮮總督府의 言語同化政策」, 『조선독립운동사』 9, 1995, pp.13-17.
37) 近藤釰一 編, 「第85回帝國議會說明資料」, 『太平洋戰下終末期朝鮮の治政』, 1961, p.200.
38) 朝鮮總督府, 「極秘, 朝鮮人徵集ニ關スル具體的研究」, 『大野文書』1279-5, 1942.

인 예가 1942년 '함흥학생사건'의 조작으로 비롯된 '조선어학회사건'
이었다.

　일본어 사용을 강제하기 위한 방법으로 각급 학교의 학생들이 교내
에서는 일본어를 사용하면서도 학교 밖으로 나가면 일본어를 전혀 쓰
지 않는 현실을 개선하고 이들 학생들을 통하여 일본어 상용을 각 가
정으로 확대시키기 위하여, 학생들에 대한 조선어 사용 단속이 한층
강화되고 있었다.[39] 그리고 관공서, 각종 단체, 상점 등의 직원들에게
집무시간 중 반드시 일본어를 쓰도록 하고 있는데, 만일 이러한 방침
을 어기는 경우에는 많은 액수의 과태료를 징수하는 등의 제재방법을
사용하여 일본어를 반드시 사용하도록 요구하였다. 또 직원들에 대해
일본어 사용을 강요하는 데 그치지 않고 조선어를 사용하는 사람에게
는 절대 응대나 거래도 하지 말 것을 정하고 있으며, 더 나아가 전화
로 조선어를 사용하는 경우에는 전화를 중간에 끊어 버리도록 요구하
기까지 하였다. 따라서 일본어를 사용하지 않고는 일상생활 자체가 불
가능한 분위기를 만들어 가고 있었다. 그리고 이러한 방법을 통해 '싸
움이나 잠꼬대까지도 국어(國語)로' 하는[40] 상태를 만들어 내고자 하
였던 것이다. 아울러 일본어 상용을 도모하는 동시에 조선어 사용을
억제하기 위한 조치들이 취해지고 있었는데 조선어를 사용한 출판물,
영화, 연극, 방송, 레코드 등을 가능한 한 억제하고, 그 대신 쉬운 일
본어로 대체하도록 하였다.

<hr>

39) 함경북도 청진군, 「昭和 17년 5월 府尹郡守會議 諮問答申書」.
40) 八木信雄, 「徵兵制度施行の意義」, 『朝鮮』326, 1942, p.47.

3. 신도 강요

일제는 일본의 신도(神道)를 통하여 조선인들을 종교적인 차원에서도 동화시키고자 하였는데 그 구체적인 방법이 신사참배(神社參拜)의 강요로 나타났다. 조선을 식민지로 만든 이후 1925년 조선신궁(朝鮮神宮)을 비롯하여 꾸준히 신사를 건립하고 참배를 강요해 왔던 일제는 대륙침략전쟁을 본격화하면서 조선인들의 정신을 통제하는 방법 가운데 하나로 신사보급정책에 박차를 가하기 시작하였다.

특히 1936년 8월 조선총독부령 제 76호로 '개정신사규칙'을 공포하면서 일거에 새로이 57개의 신사를 건립하였다. 이후 1938년 9월 시국대책조사위원회가 개최되면서 일제의 신사정책은 1면 1신사(神社)·신사(神祠)주의로 확대되어[41] 1925년에 231개였던 신사의 수가 1945년에 이르면 1,141개로 급증하고 있는 것을 볼 수 있다.[42] 그러한 가운데 신사가 설치되지 못한 지역에서는 신사의 대체 기능을 할 수 있도록 신궁대마(神宮大麻)의 배포, 신붕(神棚)의 설치, 궁성요배, '황국신민의 서사' 제창 등을 강제하였다.[43] 또 '내선일체의 왕도(王都)' 부여에 부여신궁을 건립하여 내선일체의 정신적 전당으로 만드는[44] 계획을 세워 1939년 6월 완공하였다. 일제는 국민총력운동의 조직을 총동원하여 지역·직역을 망라한 국민운동의 형태로 신사참배를 대대적으로 강요하였는데 조선신궁 참배자 수만 1942년 260만 명을 기록하고 있었다.

---

41) 山口公一, 「戰時期 朝鮮總督府の神社政策」, 『朝鮮史研究會論文集』36, 1998, p.202.

42) 손정목, 「朝鮮總督府의 神社普及·神社參拜 强要政策研究」, 『韓國史研究』58, 1987, pp.120-121.

43) 山口公一, p.207.

44) 손정목, 「日帝下 扶餘神宮 造營과 소위 扶餘神都建設」, 『韓國學報』49, 1987, p.128.

일제는 일본민족이 우주 창조의 신인 아마테라스 오오미카미(天照大神)의 적자(嫡子)이며 일본 천황은 그 신손(神孫)으로 살아 있는 현인신(現人神)이라고 설명하면서 이것을 황도(皇道) 이데올로기로 강조하고 조선인들에게 이 신도사상 이외의 일체 다른 종교를 인정하지 않았다.45) 그러나 이미 수 천 년의 문화·사상·종교 유산을 갖고 있던 조선인의 입장에서 볼 때에는 신도란 잡신을 숭배하는 유사종교에 불과한 것이었으며,46) 신사참배 또한 일제의 폭력에 못이긴 형식적인 의례에 불과한 것이었다. 그렇지만 일제의 입장에서는 이러한 방법에 의존해서라도 정신동원을 하지 않고서는 조선에서 총동원체제를 유지해 나아갈 수 없는 실정이었음을47) 반증하는 것이기도 하였다.

일본 신도는 이외에도 역사인식을 왜곡시켜 식민사관을 만드는 데 커다란 영향을 미쳤다.48) '황국사관'에 의해 일본의 역사를 과장·날조한 일제는 이에 그치지 않고, 조선 역사를 비하하면서 일제에 의한 식민지배의 정당성을 확보하고자 하였다.

4. 창씨개명

창씨개명(創氏改名)은 1939년 11월에 공포되어 1940년 2월 11일부터 실시된 제령(制令) 제 19호 '조선민사령 중 개정의 건'과 제령 20호 '조선인의 씨명(氏名)에 관한 건'에 의해 이루어진 것이다. 전자에

---

45) 손인수, 「일제 식민지교육정책의 성격」, 『일제하 교육이념과 그 운동』, 한국정신문화연구소, 1986, p.91.
46) 石剛, 『植民地支配と日本語』, 三元社, 1992, p.22.
47) 山口公一, 앞 글, p.208.
48) 김승태, 「日本 神道의 침투와 1910·1920년대의 '神社問題'」, 『조선사론』16, 1987, p.292.

서는 조선인에게 종래의 '성(姓)' 대신에 일본의 가족법상의 제도인 '씨(氏)'를 새로이 만든다고 하는 '창씨'의 내용을, 후자에서는 새로이 만들어진 '씨'와 종래의 '명(名)'에 대해 '정당한 사유가 있을 때에는' 그 변경을 허가한다고 하는 '개씨(改氏)·개명(改名)'의 내용을 규정하고 있다.[49]

그러면 조선의 '성'과 일본의 '씨'의 차이점이 어디에 있는지 잠시 살펴보겠다. 우선 일본의 '씨'는 한 사람이 속하는 '가(家; 동일 호적의 가족 집단)'의 명칭이다. 즉 '씨'는 '가'라고 하는 친족집단의 칭호이기 때문에 남계혈통은 물론 모계혈통과도 관련이 없다. 따라서 혼인이나 양자 등의 이유로 호적을 이동하여 소속하는 '가'가 바뀌면 그에 따라 당연히 '씨'도 바뀌게 되는 것이다. 이처럼 일본의 '씨'는 개인을 '가'가 포괄함으로써 천황이 인본 모든 가족의 종가(宗家)가 되는[50] 일본 특유의 천황을 정점으로 하는 가족주의로 확대되고 있고, 또 더 나아가 전체주의적인 성격으로 발전되고 있는 것이다. 반면에 조선에는 일본과는 달리 조상에 대한 제사를 중심으로 하는 남계 혈족집단인 '종(宗)'이 있다. 그리고 이 남게 혈족집단을 식별하는 표시가 두 가지 있는데, 그 하나가 남계 혈연계통을 표시하는 '성'이고 다른 하나가 시조의 발상지를 나타내는 '본(本)'이다. 이 두 가지의 표시 즉 '본'과 '성'을 넓은 의미의 '성'이라고 하며, 언급한 바와 같이 기본적으로 남계혈통의 표시로서 개인에게 붙는 것이기 때문에 혼인이나 기타 호적의 변경에도 불구하고 일생 동안 변하지 않는 것이다. 이처럼 개인을 중심으로 하는 개인주의적인 성격이 혈족·씨족·민족의

---

49) 여기서의 '정당한 사유'라는 것은 조선식의 명칭으로부터 일본식의 명칭으로 바꾸는 것을 의미한다.

50) 권태억, 앞 글, 2000, p.121.

개념으로 연결되면서 확대되어 나아가는 것이다.[51]

때문에 조선인의 창씨개명은 내선일체론에 입각하여 단순히 '성'을 '씨'로 바꾸고 조건인의 이름을 일본식으로 고치는 가족제도의 동화정책·호칭의 동화정책에 머무는 것이 아니라 조선인들이 가장 중시하는 혈통의 관념을 상대적인 것으로 격하시키고, 더 나아가 혈족·씨족·민족의 관념까지 말살하려는 의도를 내포하고 있다. 더구나 창씨개명이 시작된 시기에서도 보이는 바와 같이 조선에서 징병제가 실시되었을 경우 소위 '천황의 군대'의 일체성과 동질성에 혼란이 오지 않도록 조선식 이름을 일본식으로 바꾸려는 목적도 함께 작용하고 있었다.[52]

일제가 행정조직과 학교, 그리고 '국민정신총동원운동'의 조직, 나아가 친일적인 조선의 지식인들을 총망라하여 대대적인 선전과 창씨개명 신청을 강요한 결과 8월 10일 현재 호적 총수의 7할 9분 3리에 달하는 사람들이 창씨개명을 하였다. 창씨개명에 대해 일제는 절대 강제하지 않는다고 선전하고 있었지만, 신청기간이 마감된 8월 11일 이후에는 제령 제19호 부칙 제3항에 따라 종래의 '성'을 그대로 '씨'로 하여 일방적으로 호적정리를 하였다. 때문에 나머지 일제에 저항하여 '창씨' 신청을 끝까지 하지 않았던 조선인들의 경우에도 호적을 갖고 있는 한 모두 일제에 의해 '창씨'가 되어 버린 결과가 되었다.

그러나 일제가 '내선일체'의 구현으로 강조하고 있었던 창씨개명 작업도 조선인에 대한 철저한 차별 속에 이루어진 민족해체작업이었다. 일제는 일본식의 '씨'와 이름을 조선인에게 강요하는 한편 조선인들이 쓸 수 없는 '씨'를 정해 놓고 한번에 조선인이라는 것을 알아볼 수 있는 이름을 장려하고 있었다. 즉 '내선일체'라는 미명 아래 하급

---

51) 宮田節子·金英達·梁泰昊, 앞 책, pp.47-50.
52) 앞 책, pp.39-40.

의 일본인들을 만들어 내고자 한 것이 일제 동화정책의 본질이었다.
조선 민족을 완전히 말살시키기는 하되 이들을 일본인과 평등한 구조
속에 편입시킬 수는 없다는 발상이 기저에 깔려 있었던 것이다.[53]

5. 징병제와 참정권

1938년 시작된 육군특별지원병제도와 1941년에 실시된 징병제는
모두 조선인들을 병력으로 전쟁에 동원하기 위한 제도라는 점에서는
공통점을 갖고 있지만, 구체적인 실시 목적과 그 가운데 나타나고 있
는 일제의 의도는 차이를 보이고 있다. 절박해진 병력부족을 해소하기
위해 도입되었던 징병제와는 달리, 지원병제도의 경우는 일제의 침략
전쟁 확대와 장기화에 따른 병력 부족을 해소한다는 목적과 함께 조
선인들에게 황국의식을 주입하기 위한 의도 아래 실시되었다.

즉 지원병제도를 조선인의 일본인화의 바로미터로 사용하는 한편,
조선에서 완전한 의무교육을 실시하는 단계가 되어야만 비로소 조선
인들을 안심하고 병력자원으로 쓸 수 있다는 생각이었다. 따라서 조선
에 대한 병역의무의 부과, 즉 징병제의 실시는 50년 정도 적어도
20-30년 후의 일로 상정하고 있었으며,[54] 지원병제도가 징병제의 전
제가 아님을 강조하고 있었다.[55] 그리고 지원병제도의 자격요건을 엄
격히 적용함으로써 사실상 일제가 병력으로 필요로 하는 조선인의 황

---

53) 조선인들에게 창씨개명을 허용하는 일제의 정책에 대한 일본 내부의 반발도 매
   우 심했다. 「朝鮮同胞ニ傳來ノ名字許與反對ノ件ニ付イテノ請願書」, 『大野文書』
   1275, 1940.

54) 「朝鮮人志願兵制度ニ關スル意見」, 『舊陸海軍文書』 No.678, 別冊 二.

55) 朝鮮總督府, 「朝鮮人志願兵制度施行ニ關スル樞密院ニ於ケル想定質問及答辯資料」,
   『大野文書』1276-2, 1938.

민화 상태의 상징으로 제시하고 있었다.

그러나 일제의 이러한 계획은 1941년 태평양전쟁의 발발로 커다란 차질을 가져오게 되었다. 일제가 필요로 하는 병력의 규모가 평균 200만 내지 250만에 이르는데 반해 일본 민족만으로 병력을 충당할 경우 적정규모는 120만에 불과한 상황이 된 것이었다.[56] 게다가 계속되는 일본 내의 출생률 저하는 병력의 부족과 더불어 노동력의 부족까지 초래하게 되었다. 그 결과 일제는 외지민족의 활용에 착안을 하게 되었고, 그 일차적인 대상이 된 것이 조선인들이었으며 조선에 징병제가 실시되게 되었다.

지원병제도와는 달리 모든 조선청년들을 대상으로 하고 있는 징병제의 실시는 조선인들의 완전한 일본인화, 일본정신의 주입 없이는 불가능한 것이었다. 하지만 전쟁의 확대 속에 병력부족을 해소해야 하는 필요에 몰린 일제로서는 그러한 조건을 검증할 만한 여력이 없었다.

일제의 당초 의도와는 달리 징병제가 그 전제조건이었던 의무교육의 구체적인 계획도 입안되기 전에 갑작스럽게 도입되게 되자 일제로서는 징병제의 준비작업으로 청년특별연성소를 통해 징병 대상자들에 대한 빠짐없는 교육을 실시하였다. 교육의 내용은 일본어, 일본식 생활의 수련 등으로 일제가 30여 년간 추진했던 동화정책이 아무런 효과가 없었음을 적나라하게 보여주고 있었다. 특히 일제가 조선 통치를 시작한 이후에 태어나 일제에 의한 교육 속에서 자라난 청년들의 의식상태에 대해서도 신뢰를 보낼 수 없었다는 것은 일제의 동화정책이 조선인들에게 아무런 설득력을 갖고 있지 못했다는 것을 반증하는 것이기도 하였다.

---

56) 陸軍省兵務課, 「大東亞戰爭ニ伴フ我カ人的國力ノ檢討」, 1942 ; 高崎隆治 編, 『十五年戰爭極秘資料集』1, 1977.

여기에서 중요성을 갖고 등장한 것이 조선인들의 생명을 전쟁에 몰아넣는 징병제에 대한 선전·계몽이었고, 그 주된 논리 역시 내선일체론이었다. 즉 조선인들의 내선일체화 작업이 완성되어 비로소 숭고한 병역의 의무가 부여되었다는 논리를 내세움으로써, 병력의 부족을 조선인의 징집을 통해 보충하려 한다는 일제의 본래의 의도를 교묘히 감추고 있었다.[57] 지금까지 조신인에 대한 차별의 이유로 설명되고 있었던 민도(民度)의 차이와 황민화 정도가 미흡하다는 점 등은 이제 자취를 감추게 되었다.

징병제의 실시와 더불어 중요성을 갖게 된 것이 조선인들의 참정권 문제였다. 조선인들이 일본인들과 마찬가지로 병역의 의무를 지게 되자 1930년대 전반 이후 소강상태를 보이던 조선 민족개량주의자들 사이에 참정권 논의가 재연되었다. 즉 혈세를 납부하는 데에 대한 반대 급부로서 조선인들의 정치참여가 확대되어야 한다는 것이었다. 이에 대해 일제는 지금까지 조선인들의 참정권 요구에 대해 극히 제한적이고 형식적인 지방자치제의 도입으로 일관하고 있었던 대응방식을 지원병제도를 실시한 직후인 1939년경부디 변화시키고 있었다.[58]

참정권 문제의 해결을 지방자치제의 확대라는 방식으로 계속해 나갈 경우 이것이 조선지방의회의 설립으로 이어지고 나아가 조선의 자치령화와 독립으로까지 이어질 가능성이 있다는 우려가 나오고 있었던 것이다. 이에 대해 일제는 조선의 식민지 지배를 영속화하기 위해서는 더 이상의 자치제 확대는 위험하다는 판단 아래 지금까지 캐스팅 보트를 쥘 수도 있다는 이유로 금기시되어 왔던 조선인 의원의 일

---

57) 「朝鮮同抱ニ對スル徵兵制度施行準備決定ニ伴フ措置狀況竝其ノ反響」, 『大野文書』 1262, 1942.

58) 朝鮮總督府內務局, 「極秘 制度改正ニ關スル諸資料」, 『大野文書』1256, 1939.

본 의회 참여를 허용하는 방향으로 참정권 문제를 해결하였다.

그러나 그 선거방식은 국세 15원 이상 납세자를 선거권자로 하는 엄격한 제한 선거였기 때문에 전 조선인의 2.3%만이 선거권을 갖는 것이었고, 그 가운데 29%는 일본인이 점하고 있었다. 즉 극히 일부의 친일적인 조선인들에게만 선거권을 부여하고 이들이 뽑은 몇몇(23명) 조선인들을 일본의회에 참여시키는 방법을 통해 일제의 지배구조 속에 편입시킴으로써 민족분할통치를 실현하려는 의도였던 것이다. 그러면서도 조선인들에 대해서는 징병제의 실시로 확인한 조선인들의 내선일체화의 결과를 일본의회 참여라는 제도를 통해 완성시켰다는 논리로 선전해 가고 있었다. 바로 내선일체의 구체적인 표현으로 참정권의 문제를 해결해 줌으로써 같은 논리를 내세워 조선인들을 전쟁에 동원하고자 했던 징병제의 실시를 가능하게 할 수 밖에 없었던 것이다. 즉 권리와 의무를 일본인과 똑같이 나누어지는 방법에 의한 동화의 실현이라는 논리인 것이다.

이처럼 일제는 징병제와 참정권 문제를 내선일체의 구현이라는 같은 논리로 조선인들에게 설명하고 있었지만, 징병제 실시에 적극적이었던 일본 군부와 정부는 참정권 문제에는 상당히 부정적이었다. 오히려 조선총독부가 참정권 해결을 적극 추진하고 있었다. 이것은 조선인들을 정치적 차별 상태에 방치해 놓고는 전쟁에 동원하기 어렵다는 현실적인 판단에 입각하여 징병을 위한 명분과 분위기 조성을 위해 의도적으로 참정권 문제를 표면하고 이를 해결하고자 한 것으로 보인다. 즉 징병의 명분으로 이용하고 있었던 내선일체의 논리를 어떤 구체화된 모습으로든 보여주지 않고는 징병을 성공적으로 완수할 수 없다는 일종의 강박관념 속에서 이 문제에 임하고 있었던 것으로 보인다.

그러나 여기에 이용된 내선일체의 논리는 전 조선인의 생명을 대상으로 하는 징병제와 엄격한 제한선거로 전 조선인의 2%에도 못 미치는 경제적 상위 계층을 대상으로 하는 참정권을 함께 포괄하기에는 설득력을 갖기 어려운 것이었다.

6. 결혼정책

일제의 동화정책은 조선인과 일본인 간의 결혼을 장려하는 결혼정책에서 그 극단적인 모습을 보여주고 있다. 미나미 총독이 내선일체의 궁극적인 모습으로 내세웠던 "형(形)도 심(心)도 혈(血)도 육(肉)도 모두 일체가 되지 않으면 안된다."[59]라는 동화의 의지를 그대로 관철시키는 것이었다. 따라서 미나미는 조선인과 일본인간의 통혼을 내선일체를 구현하는 중요한 요소로 인식하게 되었다. 더구나 확대일로를 걷고 있던 일제의 침략전쟁을 수행하기 위해서는 조선 내부로부터 분출될 수 있는 저항을 뿌리째 뽑고, 일본인과 같은 운명 공동체라는 인식을 갖게 하기 위한 정신면에서의 정지작업이 필수적이었다. 그리고 이처럼 일본화된 정신이 가장 자연스럽게 발현되는 것을 조선인과 일본인간의 결혼을 통한 혼혈에서 찾고자 한 것이었다.

중일전쟁이 발발한 이듬해인 1938년 9월에 열림 '조선총독부 시국대책조사회'에서는 내선일체를 완성하기 위한 여러 시책 가운데 "내선인(內鮮人)의 통혼을 장려할 적당한 조치를 강구할 것"[60]이라는 내용이 포함되어 이후 결혼정책이 보다 강도 있게 진행될 것임을 보여주

---

59) 朝鮮總督府, 『朝鮮に於ける國民精神總動員』, 1940, p.101 ; 「國民精神總動員朝鮮聯盟役員總會席上總督挨拶」, 1939년 5월 30일.

60) 朝鮮總督府, 「朝鮮總督府時局對策調査會諮問答申書」, 1938.

고 있었다. 이 '시국대책조사회'에서 통혼의 문제가 언급된 이후 조선인과 일본인 사이의 혼인은 그 수에 있어 급증세를 보여주고 있을 뿐아니라 내용 면에서도 상당한 변화를 보이고 있다.

　이러한 통혼정책에 또 하나 중요한 전기를 가져 온 것은 1940년 2월 시행된 「조선민사령」의 제3차 개정, 즉 '창씨개명'으로 알려져 있는 법률 개정이었다. 이는 「조선민사령」 제2차 개정 당시 형식만을 도입했던 일본의 호적과 '가(家)'의 제도를 그 실질적인 내용의 면까지도 조선에 적용하고자 한 것이었다. 그래서 종래 조선의 '성(姓)'에 대신하여 '가(家)'의 칭호인 '씨(氏)'를 조선인에게도 붙여서 호칭질서와 가족제도의 기본단위를 '가'로 만들었다. 또한 서양자(婿養子)와 이성양자(異姓養子) 제도를 신설하였는데,[61] 특히 조선의 '이성불양(異姓不養)'의 원칙을 무너뜨리고 이성양자를 인정함으로써 부계혈통의 계승을 중심으로 하는 조선의 가족제도는 그 근저에서부터 부정되기에 이르렀다. 이 「조선민사령」의 제3차 개정에 대해 일제는 "내선통혼 및 내선연조(內鮮緣組)에 관하여 남아 있는 유일한 장벽을 철폐하여 내지인 남자가 조선인의 양자로서 그 가에 들어갈 수 있도록 한 것"[62]이라고 평가하고 있다. 즉 조선인과 일본인 사이의 혼인과 양자 관계를 통해 양 민족의 혼혈을 촉진하기 위한 목적이 있었던 것이다. 또한 일본식 가족제도의 도입은 일본인들의 조선인과의 통혼을 활성화하는데 큰 역할을 하게 되었다.

　뿐만 아니라 조선인과 일본인간의 통혼이 갖는 목적과 의미가 구체적으로 거론되면서 강조되기 시작하였다. 즉 '내선일체'를 완성하기 위한 목적과 함께 "혈액의 융합을 촉진시키는 것은 그 우수한 내지인

---

61) 宮田節子·金英達·梁泰昊, 앞 책, p.52.
62) 野村調太郎, 「朝鮮家族制度の推移」, 『朝鮮』296, 1940, p.21.

의 피로써 조선 동포의 황국신민화에 박차를 가하는 것"[63]이라는 민족적 우월감과 제국의식에 입각한 식민지 동화의 원칙이 강조되고 있었다. 아울러 '내선일체'를 인구정책의 면에서 완성시키기 위하여 조선에 거주하는 일본인의 증가책, 조선인의 일본 이주에 대한 규제책과 함께 조선인과 일본인간의 혼인의 장려가 중점적으로 거론되었다.[64] 즉 조선에 거주하는 일본인의 증가와 정착을 위해서는 조선인과의 통혼 또한 중요한 역할을 할 것으로 기대하고 있었다. 이는 조선인과 일본인간의 통혼의 문제가 이전 시기에 비해 보다 구체적이면서도 절실한 필요에 의해 인식되고 정책적으로 구체화되었음을 보여주는 것이다.

일제가 통혼정책을 통해 의도한 가장 큰 목적은 조선인의 동화, 즉 민족말살이었으며, 이를 가정과 가족구조의 일본인화로부터 시작하고자 한 것이었다. 그러기 위해서는 가정의 중심인 여성의 일본인화가 가장 급선무였다. 그럼에도 불구하고 조선인 여자들은 낮은 취학률로 말미암아 일본식으로 사회화할 수 있는 기회가 거의 없었다. 조선인 여자가 차지하고 있었던 가족구조 속에서의 시위와 역할을 일본인 여자로 대체시키는 것에 의해 조선인의 일본인화, 조선인의 말살을 완성하고자 했던 것이다. 일제 말기에 이르러 조선인 남자와 일본인 여자간의 통혼을 가장 장려하고 또 그 결과로 숫자가 급증하고 있는 것은 바로 이러한 맥락에서였다. 일제는 내선일체의 완성을 위해서는 장래 일본인 여자가 주도하는 가정에서 그들에 의해 아이들의 가정교육이 이루어져야 하며, 더 나아가 조선인의 가정생활을 그 속에서부터 일본화하려는 목적으로 식민지 동화와 민족말살에서의 일본인 여성의 역

---

63) 朝鮮總督府, 『朝鮮統理と皇民化の進展』, 1943.
64) 朝鮮總督府, 「極秘 內鮮一體ノ理念及其ノ實現方策要綱」, 『大野文書』1268, 1941.

할을 주목하고 있었던 것이다.

일제는 이렇게 결합된 통혼의 경우 매우 원만한 가정을 운영하고 있다고 선전하고 있었지만, 그 실상을 보면 결혼에 대한 이혼의 비율이 조선의 평균 비율을 거의 두 배 이상 상회하고 있다. 또한 당시 공식적인 통계에 나타나고 있는 혼인관계 외에 내연의 관계에 있었던 경우, 그리고 다수였던 것으로 추측되는 중혼관계까지 포함해서 생각해 본다면 이혼율은 이보다 훨씬 높았을 것이다. 통혼이 내포하고 있는 갈등의 요인은 배우자 당사자간의 애정문제뿐만 아니라, 양 민족 사이의 문화와 풍습의 차이, 세대간의 갈등 등이 민족감정과 얽혀 나타남으로써 매우 복잡한 양상을 띠고 있었다. 더구나 조선인이 갖고 있는 동화에 대한 강한 거부감과, 일본인이 갖고 있는 조선인에 대한 차별의식까지 복합되어 나타나고 있었던 것이다.

일제의 통혼정책은 동화를 위한 또 하나의 방법이었다. 그런데 통혼정책이 다른 동화정책과 다른 것은 성(性)을 매개로 하고 있다는 점이다. 때문에 한 개인의 가장 사적인 영역을 정책적으로 이용하는 데에서 오는 많은 문제점을 처음부터 내포하고 있었다. 또한 일제가 의도하는 통혼정책의 궁극적인 목적이 조선인의 일본인화였기 때문에 일본인화에 뒤처지고 걸림돌이 되는 부분들은 도태될 수밖에 없었다. 이런 구조 속에서 희생된 것이 조선인 여자들이었다. 결국 조선인 여자들의 가정 내에서의 역할에 회의적이었던 일제는 그 자리를 일본인 여자들로 대체하고자 하였고, 조선인 여자들을 부족한 노동력의 대체수단으로, 또 군대 위안부와 같은 성적 노리개로 이용할 수 있다는 인식이 가능해진 것이다.

Ⅴ. 맺음말

일제의 동화주의, 동화정책은 식민통치시기에 일관하여 나타나고 있었던 식민통치의 기본 원칙이었다. 그리고 이는 모두 식민통치 후기로 갈수록 강화된 모습을 보여주고 있다. 즉 일제의 침략전쟁이 확대되어 가고 이에 따라 식민지인들에 대한 적극적인 인적·물적 동원이 시급한 시점이었던 중일전쟁 전후가 되면서 정책의 강도가 강해지고 동화의 필요성이 더욱 강조되었으며 이제까지 미온적이었던 분야에까지 동화정책이 확대되어 가는 모습을 보여주고 있다. 뿐만 아니라 새로운 동화정책이 추가되어 가는 양상마저도 보여주고 있는 것이다.

그러나 일제가 내세운 동화란 결국 조선인들이 조선민족으로 생활하는 것 자체를 부정하는 철저한 민족 파괴 작업이었으며, 그러면서도 일제가 설정해 놓은 일정한 범위 안에 조선인들이 들어오는 것을 철저히 차단하는 이중성을 보여주고 있었다. 다시 말해 그 근저에는 조선인들을 하급 일본인으로 만드는 것을 목적으로 하는 차별성이 자리 잡고 있었던 것이다. 특히 조선인을 인저으로까지 동원해야 하는 절박한 조건 속에서 만들어 내고 있는 참정권 문제, 창씨개명, 결혼정책에서 조차 보이고 있는 차별의 문제는 제도적 차별과는 다른 차원에서 일제가 주장한 '동화'의 실체가 무엇인지 다시 고려해 보아야 할 필요성을 느끼게 하는 부분이다.

흔히 식민통치의 한 형태로 이해하고 있는 '동화'의 개념과 일제가 시기별로, 또한 자신들의 필요에 따라 다르게 사용하고 있는 다양한 '동화'의 의미, 그리고 그것을 정책으로 현실에서 드러내 보이고 있는 내용들을 각각 분리해서 분석하고 이를 다시 재구성하는 작업이 필요하다고 생각한다.

4부

해방 이후 한·미·일 관계의 추이

미군정의 '미국 이미지' 만들기 과정

김수자[*]

I. 머리말

한 국가가 갖고 있는 대외 이미지는 외교, 통상, 문화 교류 등 여러 측면에서 형상화되며 또한 매우 중요한 역할을 담당한다. 한 국가가 다른 국가와 교류를 시작할때 가장 역점을 두는 부분은 긍정적이고 호의적인 이미지를 구축하는 작업이라 할 수 있다.

미국은 홍보나 이미지 조성의 중요성을 가장 먼저 깨닫고 실행에 옮긴 국가 중 하나이다. 1882년 한국과 수교한 이후 미국은 공식, 비공식 채널을 통해 한국의 통치권자와 지식인들에게 호의적인 미국 이미지를 심는데 노력하였다. 이 시기 한국의 위정자들과 국민들은 미국에 대해 한국이 위험에 처해 도움을 요청하면 영토 침략의 야욕 없이 도와줄 것이라는 '맹목적'인 환상과 이미지를 갖고 있었다. 이와같이 형성된 미국 이미지는 미군정기 들어서서는 일제 36년간의 식민통치를 벗어나게 해준 해방자로, 다른 한편으로는 점령군으로 한국의 정치, 경제, 사회 등 모든 분야를 좌지우지하는 최고 권력자로 형상화되

---

* 이화여대 이화역사관 연구원.

었다. 그것은 미국이 남한에 미국적 정치, 사회 시스템을 구축하는 과정에서 개항기 이후 형성된 호의적 이미지가 1945년 해방과 더불어 해방군이라는 이미지와 같은 무게로 점령군이라는 새로운 이미지도 자리잡게 된 것이다.

미군정은 미국에 대한 부정적 이미지들이 표출되자 군정기구 내 공식적인 홍보, 선전 부서를 설립하여 긍정적인 미국 이미지 조성을 시도하였다. 이것은 일반적으로 국가의 장기적 이익을 위한 이미지 메이킹 작업의 일환으로 볼 수 있으며, 미군정은 남한에 미국식 민주주의를 이식하여 우호적인 국가로 만들기 위해 미군정청 공보국내 여론과를 비롯하여 민정부서(Civil Affairs Division)들을 설치하였다. 이들 부서들은 남한에 민주적, 동맹적, 우호적 미국 이미지를 구축하는 작업을 실행하였고, 이를 홍보, 전파, 관리하는 역할을 담당하였다.

이 시기 미국의 이미지 구축의 필요성은 38선을 중심으로 공산주의 국가인 소련과 대치하고 있다는 현실인식에서 비롯된 것이다. 미국은 남한을 대소방어기지로 그리고 이념적으로 민주주의가 공산주의보다 우월하다는 점을 강조하기 위한 전시장으로 규정하고 미국에 대한 긍정적 이미지를 구축시키기 위해 노력하였다. 그리고 이를 통해 남한이 '아시아의 이데올로기 전쟁터'에서 민주주의가 성공한 '아시아 민주주의의 진열장'이 되기를 기대하였다.[1]

이와같이 미국은 미군정기 동안 남한민들과의 대립과 마찰을 최소화하며 통치를 원활하게 하기 위하여, 그리고 미국의 이익 확대를 위해 이미지 구축을 위한 공보정책을 실시하였다.

---

1) 김국태 옮김, 「트루만 대통령이 파리에 있는 에드윈 포레 대사에게」, 1946년 7월 16일, 『해방 3년과 미국1 : 1945~1948년 미국무성 비밀외교문서』, 1984, 돌베개, p.317.

이에 본고에서는 미군정기 미국에 대한 호의적이며 긍정적인 이미지를 구축하기 위해 설치된 공보기구들을 통해 미군정이 심고자 했던 미국 이미지 형성과정을 기존의 연구들을 중심으로 고찰해보고자 한다.[2] 그리고 정보 자료 가운데 G-2 보고서를 중심으로 여론의 동향을 통해 미국 인식의 변화를 고찰할 것이다.

G-2 정보보고서 중 일일보고서(G-2 Periodic Report)는 주한미군사령부 및 예하부대 정보 참모부대에서 한국의 정치, 사회 상황에 대해 수집한 첩보와 정보를 일일보고 형식으로 정리한 보고서이다. 이 보고서는 작전정보, 비작전 보고서, 첩보활동, 여론동향, 인근지역정보, 기타로 구분하여 작성되었다. 그리고 이중 첩보활동과 여론동향은 남한 정치, 사회와 관련하여 중요한 항목이었다. 여론동향은 소요, 정당, 조선 언론으로 구성되어 있으며 매 보고서마다 별첨으로 조선의 주요 일간지를 발췌 요약해 놓고 있다. 신문의 요약은 남한의 현 여론동향을 구체적으로 살펴보기 위한 것이었다. 서울의 주요 일간지의 중요 기사의 표제와 특히 주목되는 기사 원문을 번역하고 있다. 이를 통해 미군이 현지 여론 파악에 얼마나 중점을 두고 있었는지를 잘 알 수 있다. 다른 한편으로는 각 지방 군정부대에서 행한 여론조사와 각 지역의 여론동향을 기술하고 있어 남한내 미국에 대한인식과 미국이미지 구축을 고찰하는데 있어 중요 자료라 할 수 있다.

그리고 군정청 공보국 여론과는 여론동향(Opinion Trends) 보고서도 간행하였다. 그리고 이 여론과는 조선인을 핵심으로 이용하는 여론조사팀들을 조직했다. 조선인과 미국인 장교로 구성된 이들 팀은 전국

---

2) 미군정 공보정책에 대한 연구는 대체로 공보기구의 활동을 중심으로 연구가 진행되었다. 김민환, 「미군정 공보기구의 언론활동」, 『신문과 방송』245, 서강대학교 언론문화연구소, 1991 ; 김균·원용진, 「미군정기 대 남한 공보정책」, 『미국은 우리에게 무엇인가』, 백의, 2000.

각지를 여행하면서 모든 지역에서 여론의 단면을 주의 깊게 기록하여 남한민들의 여론동향에 주의를 기울였다. 그리고 이와 같이 수집된 정보는 일일보고서, 주간보고서 형태를 띠며 관련 군정기관들에 배부되었다. 이들 여론조사 보고서는 주요사안이나 사건에 대해 직접 한국민의 반응과 동정을 알려주는 좋은 자료들이였으며, 미군정 통치 고찰에 주요 자료라 할 수 있다. 이들 자료들을 중심으로 미군정기 미국에 대한 여론과 미국에 대한 이미지가 어떻게 변화했는지를 고찰해 볼 것이다.

Ⅱ. 미국의 남한 통치와 미국 이미지 만들기의 필요성

미국은 2차 세계대전 이후 점령한 국가들, 즉 독일, 오스트리아, 일본 그리고 한국을 미국식 민주주의의 이식, 구축, 확산이라는 구체적인 정치적 목적을 펼치는 장으로 삼고 있었다. 미국은 식민지 국가들이 식민지 모국으로부터 전체주의적 이데올로기를 주입받았다고 파악하고 이들을 재교육시켜야 한다는 일종의 의무감을 가지고 있었다. 그리고 그 교육에는 점령국 국민들에게 미국식 민주주의를 보편적인 선으로 각인시키고, 미국식 정치방식을 답습하도록 하는 내용에 강조점이 주어졌었다. 물론 이것은 미국의 장기적인 이익을 위해 점령국에 미국식 질서와 체제를 구축시키기 위한 작업의 일환이었음은 말할 나위가 없다. 그리고 미국은 한국을 아시아에서의 미국의 성공 전체가 달려있는지도 모를 '이데올로기 전쟁터'라고 인식하였다.

한국은 일제 패망 후 해방지역이 아닌 점령지역의 범주에 포함되었다. 그리고 전범국인 일본은 간접점령이 허용되었으나 한국은 독일과

466

같이 직접 점령지역으로 처리되어 미군의 직접통치를 받았다. 일반적으로 직접통치는 현지정부가 존재하지 않기 때문에 외세 점령에 대한 압력을 더 강하게 받는다. 그러므로 양자에게서 일어나는 상호반응 등은 즉각적이고 직접적일 수 밖에 없었다. 이에 미군정기 미군은 한국민의 여론동향에 민감할 수 밖에 없었으며, 특히 미군정은 미국에 대한 반감을 우호적인 감정으로 바꾸기 위한 작업에 주력하였다.

미군은 1945년 9월 8일 진주 후 남한에 실질적으로 통치권을 행사하게 된다. 초기 한국정책에 주된 지침이 되었던 군단 야전명령 제55호를 통해 미군의 한국점령 목적을 살펴보면 다음과 같다.[3] 단기적으로는 군사점령의 목적을 항복을 접수할 수 있는 기구를 설치하고 연합국의 전후 목적을 진척시키는 것으로 설정하고 있다. 이를 위해 연합국간에 체결한 카이로 선언과 포츠담선언의 원칙이 점령과정에서 준수될 것이라고 강조하고 있다. 그리고 궁극적인 목표는 다음과 같이 설정하였다. 직접적인 목적은 일본군국주의를 폐지하고 전쟁범죄자를 즉시 체포해서 처벌하고 인종, 국적, 종족 혹은 정치적 신념으로 인한 차별을 철폐하고 정치, 경제, 사회적으로 자유주의를 고양하고 국내분제를 관리할 수 있고, 다른 국가들이나 연합국과의 평화적 관계를 유지할 수 있는 책임있는 한국정부를 수립하는 것이었다.

미국의 대한정책은 처음부터 대략적으로 세 가지 원칙을 가지고 있었다. 첫째, 외국의 통치로부터 독립하여 국제연합의 일원이 될 수 있는 자치적인 한국정부의 건설, 둘째, 그렇게 건설된 정부가 한국민의 자유의사를 전적으로 대표하는 민주적 정부가 되도록 보장하는 것 셋째, 독립적인 민주 국가를 위해 반드시 필요한 건전한 경제와 적절한

---

3) C. L 호그, 「미국의 한반도 분할점령과 군정에 관한 보고서」, 『한국분단보고서』, 1985, 풀빛, p.98.

교육체제를 확립하도록 한국인들을 지원하는 것이었다. 이와같이 점령의 목표를 통해서 보면 미국은 한국의 독립과 민주주의를 원했고, 이러한 목적을 달성하기 위해 한국인들에게 경제적, 교육적 지원이 필요하다고 생각했다.

이러한 대한정책을 펼치기 위해 초기에 미국은 강대국 공동 점령 후 국제연맹의 위임통치 즉 신탁통치를 구상하고 있었다. 그리고 이것이 한반도에서는 구체적으로 모스크바3상회의안의 내용을 실행에 옮기는 것이었다. 그러므로 미 대통령 트루만도 모스크바협정 준수와 미국이 한국내에서 행동을 취해야 할 방침을 구체적으로 지시하였다. 미국은 한국인들에게 미국 형태의 민주주의를 보급할 목적으로 홍보 및 교육 캠페인을 수행할 것이며, 이들 목적을 위해 미국인 교사를 한국에 파견하여 한국인 학생들 및 교사들을 미국에 보내게 할 계획이며, 또한 상당수의 한국인 기술자들이 이곳에서 훈련을 받을 수 있으며, 미국인 기술자들이 한국의 산업재건을 지원하기 위해 한국에 보내질 것에 관한 것 등을 계획하였다.[4]

그러나 점령초기 미군정은 일관된 정책을 추진하지 못해 많은 혼란을 야기하였다. 일본 관리 및 친일파 관료들의 유임 방침, 총독부 기구의 잔존 등 한국민이 염원하는 새로운 국가 건설과는 상반되는 정책의 실시에 미군정 초기에는 많은 한국민들이 미군정에 반발하였다. 즉 일제 식민지하에서 한국은 하나였기 때문에 1945년 일제 패망당시 한국에서 가장 중요한 문제는 분단의 해결이 아니라 카이로 선언에서 약속한 일본으로부터의 독립과 독립국가 수립이었다. 그러므로 즉각적 독립이 아닌 또 다른 외세인 미군에 의해 행해지는 군정실시와 군정의 식민지 유산의 청산에 대한 미온적인 태도는 미국에 대한 부정적

4) 김국태 옮김, 앞 책, 1984, p.317.

여론을 형성하게 만들었다. 게다가 남한민들이 북한에 주둔한 소군정의 토지개혁 및 친일파 청산에 우호적으로 나오자 미국에 대한 부정적 여론이 형성되기 시작하였다. 이에 미군정은 이러한 여론에 자극을 받고 미국에 대한 우호적인 이미지를 구축할 필요성을 인식하기 시작하였다.

그리고 이러한 남한에서의 미국에 대한 부정적 여론의 형성은 반대 급부로 북한의 소군정에 대한 우호적 여론으로 연결될 가능성이 있었기 때문에 미군은 부정적 이미지 형성에 민감하게 반응하였다. 당시 한반도에서의 미소 대치 상황은 각각의 상대국, 즉 미국에게 있어서는 소련의 대북한 점령정책을 의식하지 않을 수 없었다. 이것은 이후 전개되는 미소공위에서의 유리한 위치를 점하는 것에 영향을 줄 가능성이 있기 때문이었다. 그러므로 미군정은 부정적 이미지를 불식시키고 소련에 대한 한국민들의 긍정적 인식의 형성을 견제하고 있었다.

특히 점령군 사령관 하지는 점령 초기 한국의 상황에 대해서 한국의 지식인들이 미국의 목적에 의혹을 내비치고 있으며, 한국 분단에 상당한 불만을 가지고 있었다고 보고하고 있다. 그리고 이러한 조기 정책 내용은 미국이 남한에서 좋은 평판을 받지 못하고 있으며 이를 빠른 시간에 교정해야 된다고 하지는 강조하였다.

그리고 이것에 대한 해결책으로 하지는 한국민들이 일본의 억압적 지배체제 뿐 아니라 이 전의 정치제도에도 부정적인 태도를 지니고 있으므로 빠른 시일내로 미국식 민주주의를 제대로 홍보한다면 미국에 대한 태도는 바뀔 것이라며 그 방향을 제시하였다. 그리고 보다 적극적으로 미군정청이 모든 대중매체를 통해 군정정책과 미국의 이상, 정치제도를 홍보하는데 전력을 다한다면 미국에 대한 부정적이며 반감적인 문제들은 일거에 해결될 수 있을 것으로 보았다.

이와같이 미국의 여론, 공보정책은 분단 상황에 대한 한국인들의 불만을 달래고, 소련과의 협상에서 우위에 서기 위해 미국에 대한 대중적인 지지를 획득하는 방향으로 나아갔다. 그리고 한국에서 기본적인 미국의 목표 달성에 기여하는 한 점령을 지속시킬 것을 대비하기도 하였다. 이를 위해 하지 사령관은 표면적으로는 정치 표현의 자유와 모든 정치세력의 참가를 허용하면서 한국인들을 정부의 책임 있는 지위에 등용, 남조선 과도정부를 공포하였고, 다른 한편으로는 남조선 과도입법의회를 설치하여 민주주의 체제를 만들기 위해 경제 및 교육 개혁을 지휘하였다. 이와같은 가시적 측면에서의 과도정부와 과도입법의회의 설치 등은 한국인을 행정 등에 전면적으로 부각시킴으로서 미국에 종속되어 있다는 느낌을 불식시키며 동시에 미국이 한국인에게 행정권을 이양하여 한국을 독립국가로 만들 준비를 하고 있다는 인식을 심어주기 위함이었다.

Ⅲ. 미군정의 공보기구의 활동

미국은 한국에 긍정적인 미국 이미지를 구축하기 위해 다른 나라보다 많은 관심을 기울였다. 그것은 해방이후 한반도를 둘러싸고 미소냉전의 대립구도가 구체화되고, 그 어느 지역보다도 심한 좌우 이념 전쟁이 진행되는 상황에서 미국식 민주주의 이념이 승리해야 했기 때문이었다. 이를 위해 미군정은 공보국 여론과와 미군사령부 산하에 민정공보국을 설치하여 미국식 민주주의 이념과 자본주의 체제의 강점을 홍보하는 작업을 담당하도록 하였다.

그러나 이미 미군 진주 직후부터 미군은 언론이나 한국민과의 관계의 중요성을 인정하여 한국대민정보과(Korean Relations and Information Section, KRAI)라는 부서를 만들어 한국민과 군정간의 유대, 한국인사에 대한 심사, 정보의 수집 배포 등에 관한 업무를 전담하게 했었다. 그리고 이어 아놀드가 군정장관으로 취임한 뒤 군정청은 정보를 원활히 유통시키기 위해 그 책임자를 헤이워드 중령에서 뉴먼대령으로 교체하였다. 그리고 장교 33명, 사병 49명, 민간인 100명으로 그 요원을 대폭 확대하여 업무를 강화시키고자 하였다. 그리고 1945년 9월 한국대민정보과를 정보공보과(Intelligence & Information Section, IIS)로 개편하고 그 산하에 여론과(The Office of Public Opinion)와 정보과(The Office of Public Information)를 두어 업무를 분담케 하였다.[5]

정보공보과는 1945년 11월 법령 32호에 의거하여 공보과(The Office Information Section)로 개칭되었다. 이어 1946년 2월 법령 47호에 따라 공보국(The Bureau of Public Information)으로 개칭되었으며, 같은 해 3월 법령 64호에 의거해 정부의 국제가 부제로 변경되면서 공보국이 공보부(The Department of Public Information)로 개편되었다. 하위 부서인 정보과와 여론과도 각각 정보국과 여론국으로 바뀌었다. 공보국과 여론국 업무와는 별도로 공보부는 특수보고국(Special Report Bureau)을 두어 군정 각 부처를 대신하여 일일 활동 보고서의 자료를 수집, 기술, 편집하고 군정의 역사를 기록하는 일도 아울러 맡게 했다. 정보공보과는 군정조치들에 대한 여론정보 수집과 한국민에게 미국정책의 시행근거와 그 이유들을 알리기 위한 목적 실행을 가장 큰 설립의 이유로 삼았다.

1946년 10월 공보부를 다시 개편, 2개의 국을 정보국·출판국·라디

---

5) 김민환, 「미군정 공보기구의 언론활동」, 『신문과 방송』245, 서강대학교 언론문화연구소, 1991, p.43.

오국·대민접촉국·여론국의 5개국으로 확대했다. 그러나 1947년 5월 30일 미군 사령부는 명령 10호를 통해 그 산하에 민정공보국(The Office of Civil Information, OCI)을 창설하여, 공보부가 관장하던 선전 기능 대부분을 민정공보국에 이관, 담당하게 하였다. 1948년 3월 20일에는 군정장관 딘 소장의 지시에 따라 공보부 소속의 한국인이 423명에서 147명으로 감축되었으며, 6월 54명을 KBC(Korean Broadcasting Company)로 넘겨 공보부의 한국인은 93명으로 줄어들었다. 그러므로 이후 정부수립까지 공보활동은 실제로 민정공보국이 전담하다시피 했다. 민정공보국은 설치 이후 1948년 3월 15일에 이르기까지 미 군정 당국의 공보활동의 규모를 50%이상 확장시켰다.[6]

미군정청 산하 공보과, 미군사령부 산하 민정공보국 설치와 같은 공보 및 홍보의 전담기구 설치 외에도 미군정청은 1946년 4월 법령 71호를 통해 각 도의 내무국 안에 공보과를 창설하여 일반 행정부서에서도 공보활동을 담당하도록 하였다. 이미 하지 사령관은 1945년 11월 26일부터 28일까지 열린 첫 지방장관 회의에서 한국민과 군정의 관계를 원활히 하는 것이 군정의 가장 중요한 과제라고 강조한 바 있었다. 이에 미군정당국은 공보활동을 통해 국민과의 유대관계를 강화하기 위해 중앙에서 뿐 아니라 일선 행정기관인 도에서도 공보과를 개설하였다. 내무국 산하의 공보과는 각 도내에서 제 기관 출판물, 개인의 여러 활동 중 공식적인 성격이 있는 정보를 수집·검토하고·신문·라디오·팜플렛·포스터 및 기타 정보 발표의 방법을 이용하여 일반인들에게 정보를 홍보하고, 아울러 도내 여론에 관하여 도지사에게 보도된 것을 보관할 책임을 지고 있었다.[7]

---

6) 김민환, 앞 글, 1991, pp.43-44.
7) 김민환, 앞 글, 1991, pp.43-46.

이와같이 미국 이미지를 구축하기 위해 미군정은 초기부터 기구 설치의 필요성을 인식하고 그 활동을 적극적으로 개진하기 위해 기구들을 점차적으로 설치하고 있었다. 설치된 기구들은 주로 점령 초에는 여론 조사 및 정보 수집 활동에 주력하였다. 그리고 1947년 9월 이후 UN에서 남한만의 단독선거가 결정된 이후로는 미국이 호의적이며 긍정적 미국 이미지를 심기 위해 이늘 기구들을 적극적으로 활용하였다고 볼 수 있다. 그리고 그 중에서도 민정공보국은 미국 이미지 관리 시스템을 강화시키는 작업에 그 어느 공보기구보다도 중요한 역할을 담당하였다. 즉 민정공보국은 5·10총선이 결정되자 적극적으로 선거참여 유도와 선거계몽 활동을 전개하였고, 자유민주주의 국가인 미국을 홍보하는 활동을 펼치는 등 이미지 관리를 위한 작업을 적극적으로 실시하였다. 이와같이 남한에 총선거 실시가 결정되면서 미군사령부는 군정청 산하의 공보부를 통한 대민, 공보활동 보다는 미군사령부의 직속 하에 있는 민정공보국을 통해 직접 한국민을 상대로 미국 이미지를 심기 위해 노력하였음을 알 수 있다.

민정공보국은 홍보 삭업의 일환으로 미국의 성지·경제·사회·문화 능을 알릴 수 있는 영화와 책자를 발간하여 널리 배포하였다. 이것은 한국인들이 미국 이미지를 변화시키는데 큰 역할을 하였다. 그리고 다른 한편으로 미군정은 교육과 유학생 장학 정책, 한국 대학연구소에 대한 지원을 통해 미국에 대한 우호적인 감정을 갖도록 하였다. 그리고 이런 작업을 통해 미국은 교육을 중심에 놓고 미국 이미지를 재생산하였으며, 이 과정에서 많은 유학생들을 미국으로 유학 보내는 교육 프로그램을 체계화시켰다.

앞에서 언급한 1945년 11월 26일에서 28일까지 개최되었던 지방군정장관들의 회의에서 하지 사령관은 적절한 공보활동을 펴는 것은 한국에서 군정의 가장 중요한 임무라고 말했다. 그러나 초기에는 이것은 제대로 인식되지 못했다. 예를 들면 전라도 지방을 점령하였던 제101 군정대의 경우 최초의 명령 중의 하나는 장교들이 허리 옆에 권총이나 대검 따위의 무기를 차는 것이었다. 또 다른 하나는 한국인과 친교를 맺지 않도록 규정하는 조항이었다. 첫번째 명령은 당시 각 지방마다 활발하게 전개되고 있던 지방 인민위원회의 활동으로 인한 것이었다. 그리고 두번째의 비 친교 금지령은 한국인이 미군에 대해 호의적이었던 감정이나 태도에 변화를 주는 요인이 되었다. 나아가 이것은 지방의 경우 군정활동을 홍보하는데 나쁜 영향을 주었다.[8] 그러나 점차 이러한 세부적인 내용들도 미국에 대한 우호적 이미지를 구축하기 위해 바뀌어 나갔다. 이를 위해 지방 내무국과 그 지방 행정 부서들은 정책 정보를 전 지역에 널리 선전하는 책임을 맡고 공보정책을 실행해 나갔다.

지방정보국 외에도 각각의 지방 군정부대에는 비슷한 임무를 띠고 있는 하위기관들이 있었다. 이 기관들의 주요 기능 중 하나는 매체 통제였고 다른 하나는 여론 형성을 위한 선전 기능이었다. 매체 중 주요 통제 대상은 신문과 라디오 방송이었다.

그리고 모든 새로운 간행물들은 정보공보과에 의해 엄격하게 조사되었다. 그러나 초기 미군사령부 법령에 의하면 모든 간행물은 군정에 등록하도록 되어 있었다. 그리고 당시 남한의 경우 라디오는 직접매체로 그렇게 중요하지는 않았지만 무시할 수는 없는 것이었다. 비록 광범위하게 분포되어있기는 했지만 수신기의 수가 적었다. 전남의 경우 라디오 방송국은 두 개였으며 이들 방송국은 단지 서울 중앙방송의 내용을 전달하는 기능만을 했었다. 정규방송 시간 이외에는 지방뉴스

8) 그란트 미드, 안종철 옮김, 『주한미군정연구』, 풀빛, 1988, p.141.

474

방송, 군정관리들의 연설, 그리고 정보공부과가 후원했던 비정치단체들의 선전물 등의 내용을 담은 프로그램으로 활용되었다. 초기 군정청은 1945년에서 1946년까지는 전남도민에게 한국인 지사가 한 주간활동보고 일 등 군정정책의 수용을 전지역으로 확산시키는 역할을 했다. 사실상 정보공보과 조사에 따르면 전남도민이 정보의 정확한 공급처로서 신문보다 라디오 방송이 신뢰를 더 얻고 있었다는 보고도 있었다. 그리고 신문기자들 또한 어떤 경우에는 신문 보도의 공급원으로 라디오 방송을 계속해서 인용하기도 한점으로 보아[9] 양적으로는 그리 많은 수를 차지하지는 않았지만 어떤 경우에는 신뢰도에 있어 신문을 압도하는 경우도 있었기 때문에 미군정청은 라디오를 통한 여론의 형성 작업에 관심을 집중시켰다.

한편 여론 수집은 광범위한 절차를 걸쳐 모든 기관들에 의해 행해졌다. 여론수집의 좋은 기회는 지방의 경우 군정장관의 금요일 기자회견 시간이었다. 이는 군정의 정책을 알릴 수 있을 뿐만 아니라 일반국민이 관심을 즉각적으로 확인할 수 있었기 때문이며 다른 한편으로는 일반빈들이 갖고 있는 문세들을 느낄 수 있었기 때문이었다.

정보공보과는 자체의 공보활동 계획들 외에도 지방의 경우 전 지역에 걸쳐 군정청의 정책을 선전 수행하는 책임을 가지고 있었다.[10] 이러한 임무는 주로 군정간행물들과 유인물들의 배포, 초청연사와 이동극단의 순회일정 계획 준비, 특별한 전국적 공보문을 취급하는 일등이었다. 『주간요약』과 『농민주보』 등 2개의 국내 주간지의 배포도 미군정과 나아가 미국의 생활상, 문화를 홍보하는데 있어서는 중요한 매체였다.

---

9) 그란트 미드, 앞 책, 1988, p.143.
10) 그란트 미드, 앞 책, 1988, p.145.

미국 정부도 한국의 보도기관에 대해 지속적으로 많은 관심을 가졌다. 영화와 라디오를 포함한 원거리 통신과 다양한 언론매체에 원조와 기술 지원을 해주었다. 이후 미군정 공보국의 업무를 담당했던 미공보원을 통해 보다 구체적으로 미국이미지 구축작업을 보면 다음과 같다. 이것은 미군정기의 이미지 형성 작업이 이후에도 지속적으로 연결된다는 점에서 중요하다고 할 수 있다. 즉 미공보원은 대한민국정부가 수립되었을 때 미군정 공보국의 뒤를 이었고, 신문 및 그 외의 언론매체와 긴밀한 관계를 유지했다. 미공보원의 자료가 언론매체에 대량으로 제공되었고, 미공보원의 뉴스와 다큐멘터리 필름이 한국의 영화관에서 널리 상영되었다. 미공보원은 미군정 공보처의 뒤를 이어 다음과 같은 구체적인 계획 프로그램을 실시하기도 하였다. 즉 인물 교환계획, 도서번역 계획, 도서 기증 계획, 대인접촉과 집회 참석, 한미 교육문화 기관간의 연락, 한국에 관심있는 미국의 제 재단과의 연락, 한국에 관한 미국인들의 질문에 대한 답변과 집필, 그리고 영화, 신문과 출판물, 라디오와 텔레비전, 그리고 전시회를 통하여 이와 비슷한 목적들이 추구되었다. 그리고 이러한 프로그램을 통하여 한국 국민과 미국 국민, 그리고 자유세계의 여타 국민간에 이해의 공통점을 확대시켜 국제관계에 있어서 안정을 증진시키려는데 목적을 두고 있었다고 공보원은 밝히고 있다. 그리고 이것은 세계 선진국들의 자유민주사회의 모습을 보여주고 이들 사회를 지향한 모습으로 설정시키고자 한 것이었다. 그리고 이것은 궁극적으로 전 세계 자유국가의 확대와 안정을 목표로 하였음은 두말할 나위가 없다.

한편 미군사령부 민정공보국도 서적에 대해서 미국적 이미지와 홍보를 위해 관심을 기울였다. 미군정기 정치고문으로 활약했던 공보원은 다음과 같이 민주주의 서적과 미국 소개 책들의 출판과 그 필요성

을 아래와 같이 피력하고 있다.[11]

> 미군정은 처음 두해 동안 민주적이고 비공산주의적인 방식의 삶과 사상을 보여주는 책들이 거의 아무것도 번역, 출판되지 못하고 있었던 것에 비해 공산주의 서적의 출판 번역 비율이 사실상 거의 압도적이라 할 수 있는 상황을 묵인했다. 그중 정치학과 경제학을 다룬 책의 비율이 사실상 90%이상이다. 이러한 사실은 공산주의자들이 어떻게 미 점령정책과 출판 원칙을 자신들의 목적에 활용했는지를 분명히 보여주는 예이다. 동시에 공산주의자들처럼 미군정이나 비공산주의적인 한국인들이 기본적인 서구의 책을 번역해서 민주적인 관점을 제시할 수 있는 기회를 이용하지 않았다는 것 또한 분명하다.

그리고 미국정부의 이미지 구축을 위한 지원 사업 중의 하나로 꼽을 수 있는 것으로 번역사업을 적극적으로 추진하였다. 1949년 8월 도날드 맥도날드의 보고서에 의하면 세계대전이 끝난 후부터 1948년까지 대략 230권의 책이 한국어로 번역되었는데 그중 대략 절반 정도가 공산주의 서적이라고 해도 과언이 아니었다고 적고 있다.[12] 이에 대한 대응으로 미 국무부는 출판업자에게 재정적 지원을 하겠다고 제안을 하였고 번역이나 배포할 수 있는 도서목록을 제공했다. 이와같이 공보활동을 전개시키기 위한 공보국, 민정공보국의 활동은 다양한 분야에서 다각도로 이루어졌음을 알 수 있다.

---

11) 그레고리 핸더슨, 「한미간의 문화관계」, 『국제평론』2호, pp.71-72 ; 헨리 F 아놀드, 「한국에 있어서의 미국공보원」, 『국제평론』2호, 1957, pp.77-79.
12) 도날드 맥도날드, 한국역사연구회 1950년대반 옮김, 『한미관계 20년사:해방에서 자립까지』, 한울, 2001, p.282.

Ⅳ. 여론 동향의 추이와 미국과 미군정의 이미지 변화

미군정이 남한에 미국에 대한 부정적 이미지를 불식시키고 소련과의 대치상태에서 선제권을 잡기위해 설치하였던 공보정책은 미점령이 마무리되어가던 시점에서는 성공적이었다고 할 수 있다. 이것은 한편으로는 미군정에 대해 부정적이었던 좌익세력을 물리적으로 탄압하여 세력을 약화시키는 것과 동시에 다른한편으로는 일반민들에게 미국이미지를 심기 위한 작업 등이 병행되어 활발히 전개된 결과였다고 할 수 있다. 점령초기 형성된 미국과 미군에 대한 불신은 대한민국정부가 수립된 당시에는 미군에 대한 신뢰감으로 변화하였다. 이러한 이미지의 변화는 미군정청의 공보부 여론과와 미점령군 24군단의 각 사단에서 조사한 면접과 여론조사를 통해 잘 알 수 있다.

1945년 11월 미정령군은 남한 곳곳에서 조선인들의 원만한 협조를 얻지 못하고 있다고 보고했다. 당시 제7사단 정보 참모부 일일보고서에서 발췌한 다음의 내용은 이를 잘 보여주는 것이다. 당시 49야전포병 대대에 근무하던 통역 2명은 다음과 같이 조선의 상황을 보고하였다.[13]

> 미군은 화산 분화구에 앉아 있다는 사실을 모르고 있다. 표면상으로는 모든 것이 조용한 것 같으나, 바로 아래서 국가를 매우 불안케 하고 언제든지 폭발할 수 있는 여지들이 너무나 많다. 이 지역 공산당의 영향력은 막강하며 국민들은 국가가 공산화될 것인지 민주화가 될 것인지조차 예측하지 못하고 있다. 일반시민들이나 관리들은 나라가 공산화되

13) G-2 Periodic Report, No.70, 1945년 11월 17-18일, 남조선 여러 곳에서 미점령군은 특히 공무원들을 위시해 조선 시민들의 원만한 협조를 얻지 못하고 있다. 7사단 정보 참모부 일일보고서 NO.68에서 발췌한 내용은 "미군정에 대한 많은 조선인들의 태도를 적절히 설명해 주는 것으로 생각한다고 보고하고 있다."

었을 때 공산당의 보복이 두려워 미군정 당국과의 적극적인 협조를 외
면하고 있다.

해방 직후 남한의 정치상황은 하지사령관 정치고문인 베닝호프도
지적한 바와 같이 불만 붙이면 폭발할 활화산과 같은 곳이었다. 이와
같은 미국인들의 공통적 생각은 전 한반도에서 좌익, 사회주의 세력이
정치 전면에 나서서 일반대중들을 지도하고 있었기 때문이었다. 게다
가 1946년 2월 북한에서 실시된 토지개혁은 남한민들에게 개혁에 대
한 열망을 더욱 강하게 심어주었고 이것은 미국에 대한 부정적인 이
미지로 연결되고 있었다. 즉 북한에서의 토지개혁은 자신의 토지를 갖
고자 하는 농민들의 오랜 염원을 해결해 준 것으로 많은 호응을 갖게
하였다. 그리고 이것은 바로 소군정에 대한 신뢰와 긍정적 태도로 연
결되었다. 그러나 반대로 북한의 토지개혁의 성공에 대한 소식은 미군
정이 일제시기 지주 출신들을 보호하고 농민들의 바람이나 이익을 대
변하고 있지 못한 것으로 인식하여 미군정에 대한 불만을 토로하도록
만들었다. 이런 심정은 당시 매체와 글을 통해 곳곳에서 발견되는데
아래의 편지는 북한에 있는 친구에게 보내는 글로 미군이 검열한 내
용이다.[14]

나는 북조선에서 토지분배를 비롯한 정치개혁이 이루어지고 있다고
알고 있네. 난 그 모든 것들에 대해서 꼭 알고 싶으이. 여기 남조선은
일제하의 시절보다도 별로 나아진 것이 없다네. 다만 총독부가 미군정
청으로 바뀌었달까. 심지어 치안마저 일제하보다 열악하다네.

14) G-2 Periodic Report, No.201, 1946년 4월 11-12일, 미점령군의 정책에 대해 불만을
토로하는 편지가 계속 입수되고 있다.

이와같이 미군의 정책에 대한 불만은 토지개혁, 정치개혁과 밀접한 연관이 있음을 알 수 있다. 그리고 1946년 4월 당시 여론조사의 결과에서도 남한민들의 여론의 동향을 파악할 수 있다. 1946년 4월 10일경에 실시한 여론조사의 항목 중 "당신은 미국인이 조선인을 경멸한다고 믿습니까"라는 질문에 "예"라고 답한 이는 40%에 해당되었으며, "아니다"라고 답변한 사람의 비율은 39%였다.[15] 이것은 미군정 정책에 대한 반감이 미국 전체에 대한 이미지로 연결되었음을 보여주는 것이라 할 수 있다.

그러나 이와같은 미국인과 미군정에 대한 인식은 1946년 2월 미군정내 공보과가 공보국으로 확대되면서 점차적으로 변화의 양상을 보인다. 즉 "미국인이 조선인을 경멸한다고 생각 합니까"라는 1946년 4월에 실시한 동일 항목에 대해 1946년 5월 20일 경에 실시한 여론조사의 결과는 "경멸한다고 생각한다"가 32%, "그렇지 않다"가 36%, "잘 모르겠다"가 32%로 많은 차이를 보이지는 않지만 예라고 답한 비율이 40%에서 32%로 줄어들었음을 알 수 있다.[16] 그러나 "잘 모르겠다"는 잠정적으로 보류하는 듯한 답변이 21%에서 32%로 증가한 것으로 보아 아직은 미국과 미군정에 대한 긍정적이며 우호적인 감정이 형성되었다고 볼 수는 없지만 미국과 한국인의 관계는 점차 변화하고 있음을 보여주는 수치라 할 수 있다.

---

15) G-2 Periodic Report, NO.203, 1946년 4월 12-14일, 군정청 공보부는 여론조사과 직원을 통해 4월 11일 다음 질문들이 서울의 무작위 표본 398인을 대상으로 행해졌다고 보고하고 있다.

16) G-2 Periodic Report, No.235, 1946년 5월 21-22일, 군정청 공보부에서는 서울시와 각도에서 일본인의 영향과 소련 정치선전의 영향에 대한 확인을 위해 설문조사를 실시하였다. 여론조사과에서 남조선 전역을 통해 인터뷰한 651명 중 3분의 1은 도시거주자들이고 3분의 2는 농촌주민들이었다. 설문조사는 4월 15일에서 30일 사이에 실시되었다.

이와같이 미군정에 대한 인식의 변화는 공보국의 활동이 활발해지면서 그 작업의 성과들이 나타나기 시작하였다. 그리고 제1차 미소공위가 제대로 작동되지 않은 상황에서 미소공위 휴회의 책임론이 소련에게 있다는 분위기가 형성되면서 급물살을 탔다고 할 수 있다. 당시 여론에 의하면 미소공위 휴회의 책임에 대해 대부분은 69.6% 정도가 소련에 있나고 생각하였다.[17]

이 과정에서 남한민들은 미국이 남한에 자율적인 정부를 수립해 줄 것을 희망하고 있었으며 이때 형성되는 정부는 미국식 민주주의와 소련식 공산주의의 통합적 성격인 정부를 제일로 선호하고 있었다. 그리고 다음으로는 미국식 민주주의를 선호하고 있었으며 소련식 공산주의에 대해서는 회의적인 태도를 보였다. 그리고 혼란스럽게 생각하였던 민주주의에 대한 개념에 있어서도 국민의 복지를 위해 국민의 의지대로 정치가 조정되는 것이라고 인식하기 시작하였다. 이것은 미군정에서 유포한 민주주의의 개념이 상당 정도 받아들여지고 있었음을 보여주는 것이었다.

이와같이 여론동향의 추이는 1947년 들어시면 획연히 변화의 모습을 드러낸다. 즉 이것은 1947년 미소공위에 위한 남북한 문제 해결의 요원함과 미국이 한반도 문제를 UN에 이관하면서 한국인에게 행정권을 이양하는 모습, 그리고 더욱 더 활발해진 민정공보국과 미군정청 공보부의 홍보, 선전의 결과였다고 할 수 있다.

미군정에 대한 좌익세력에 의한 반미내용의 포스터, 삐라 살포 등

---

17) G-2 Periodic Report, No.228. 미군정청 공보부 보고에 의하면 미소공위 휴회에 대한 여론 반응을 조사하기 위해 5월 10-11일 양일에 걸쳐 서울에서 846명에게 다음과 같은 질문을 하였다고 한다. 1. 귀하는 미소공위 휴회 소식을 들으셨습니까? 예-840(99.4%), 아니오-6(0.6%) 2. 귀하는 휴회에 대한 책임이 누구에게 있다고 생각합니까? 미국-14(1.6%), 소련-592(69.6%), 미국과 소련-108(13.3%), 둘다 아니다-117(12.6%), 모르겠다-15(2.9%).

지속적인 반미운동의 전개 등으로 미군정의 쌀 공출정책과 치솟는 물가, 인플레이션 등에 대한 불만은 지속적으로 나타나지만, 그 외의 정책들과 미군정, 미국 자체에 대한 이미지, 인식은 긍정적이며 친미적으로 변화하고 있었다. 이러한 변화 양상은 1947년 5월 이후의 여론조사에서 잘 드러난다. 즉 경남 지역의 여론조사에 대한 G-2 Periodic Report 내용에는 경남 서쪽의 사람들은 일반적으로 현재의 점령 체제에 어느 정도 만족하고 있다. 또한 "미국이 소련보다 더 부유하며 도움을 줄 수 있는 위치에 있다는 사실이 조선인들을 감명시키고 있다"고 보고하고 있다. 그리고 "사람들은 우리들(미국)이 지배하고 있는 것과 일본인들의 지배를 비교하여 우리들의 지배가 훨씬 만족스럽고 옳다고 생각하고 있다"고 자체적으로 평가하고 있다.[18] 그리고 거의 같은 시기 전라북도의 여론동향에 대한 보고서에서도 이와같은 현상들이 나타난다. 즉 G-2 Periodic Report No.551에 의하면 전북의 여론이 반미에서 친미로 바뀌었다고 보고하고 있다. 그 이유의 하나로 G-2는 미군들의 부정행위의 감소와 1947년 남조선과도정부의 수립, 그리고 나아가서 미국이 한국문제를 소련과 비교해 적극적으로 해결하려는 태도, 즉 미국의 노력으로 분석하였다. 그 노력의 하나는 한반도 문제의 UN이관이었다. G-2 자체보고서에 의하면 조선문제를 UN에 상정한 결과 조선사람들은 대부분 미국과 미주둔군에 대해 커다란 신뢰감을 갖고 있었다고 보고했다. 그리고 이러한 한국민들의 미국에 대한 긍정적, 친미적 태도는 미국으로 하여금 소련과의 협상 테이블에서 자신감을 갖게 해주었다.

그리고 이러한 인식의 변화는 미군이 선거 실시와 한국에 독립정부가 수립될 때까지 미군이 주둔해 주기를 원하는 감정으로까지 연결되

---

18) G-2 Periodic Report, NO.527 1947년 5월 9-10일.

기도 하였다. 이러한 여론의 변화는 초기 미군을 점령군으로 인식하였던 사고가 "미군의 주둔이 한국민을 위한 것이다."라는 친미적 인식으로 변화하였음을 보여주는 것으로 공보정책의 노력의 결과라 할 수 있다.

즉 1947년 5월 성립된 군·보기관 민정공보국의 첫째, 임무는 주한미군의 활동과 진행사항을 알리는 것 뿐만 아니라 미국의 대외정책이 한국에 적용될 수 있도록 한국인들에게 설명하는 것이었고, 둘째, 우호적인 미국, 한국관계를 조성하고 미국과 한국민 사이의 문화, 정보교류를 촉진한다고 밝혔다. 그러나 민정공보국의 궁극적 목표는 한국인들로 하여금 미국의 정책에 일치하는 태도를 갖도록 노력하는 것이었다. 즉 미국이 의도하는 정부의 수립이 남한 내에서 이루어지도록 대중적 지지를 확보하는 목적으로 하였던 것이다. 그리고 미국이 의도하는 정부의 수립이란 미국에 대해 협조적이고 충분한 이해를 갖는 정부 일 뿐만 아니라 서구 세력과 미국이 헤게모니를 잡고 있는 UN에 협조적인 경향을 갖는 정부의 수립을 의미하였다. 이같은 구체적인 계획이야말로 한국에 대한 소련의 접근을 물리칠 수 있는 전략이라고 담당자는 밝히고 있다.

게다가 민정공보국이 행하는 일은 미국적 생활방식을 대중화시키는 것 뿐만 아니라 다른 대안적인 것들에 대해 부정적으로 보는 것이었다. 민정공보국은 "한국에 대한 미국정부의 선전기관이다" 라고 담당자가 언급할 정도로 이 부서는 미국에 대한 긍정적, 호의적 이미지를 심는 것에 집중하였다.[19] 이에 먼저 남한내 미국 점령군에 대한 호의적 태도를 끌어내고, 두번째로 미국의 대외정책과 미국적 생활체계에

---

19) 김균·원용진, 「미군정기 대 남한공보정책」, 『미국은 우리에게 무엇인가』, 백의, 2000, p.133.

대한 폭넓은 이해와 수용을 발전시키고, 세번째로는 미국이 물러난 뒤에도 미국에 대한 호의적 태도를 갖도록 만드는 것이었다. 이와같은 목적에 대한 불순한 선전에 대해서는 역선전을 감행하였고, 다른 체제 즉 소련의 사회주의 체제보다 미국의 체제가 우수하다는 것을 강조하는 강력한 캠페인을 진행시켰다.

남한민들에게 미국과 미군정에 대한 호의적 감정을 갖게 하기 위해 민정공보국은 두 가지 방법을 사용하였다. 첫번째는 각 지역에 지부를 설립하는 것이었다. 1947년 9월 부산에 민정공보국 지역분소가 생겼고 이어 각 지역의 중심도시인 대구·광주·대전·전주·청주·춘천·개성들에 지부가 설립되었다. 두번째로 행한 방법은 구두를 통한 교육이었다. 이 교육을 위해 민정공보국은 이동교육열차를 준비해 전국 각지를 돌며 여론을 조사하기도 하며 캠페인을 벌였다. 나아가 한국에서의 민정공보국은 한국민들을 교육시켜 선거의 중요성과 역할을 알리는 데만 국한되지 않았고 미군이 철수한 후 미국이 한국에 있어 얼마나 소중한 나라인지를 알게 하는데 있었다고 밝히고 있다.

민정공보국은 여론에 대해 매우 민감하였다. 한국민들이 미국을 어떻게 생각하는지를 지속적으로 조사하고 기록으로 남겨 대 남한정책의 포괄적인 그림을 그릴 수 있도록 했다. 한국민들로부터 인종차별적인 색채를 가진 공보도 많았다는 지적을 받기도 했지만 대체로 한국민들은 민정공보국의 프로그램을 잘 수용했다고 밝히고 있다. 민정공보국의 지역분소들에는 너무 많은 한국민들이 방문해 이들을 잘 정리해내는 일이 주 임무가 될 정도였다고 밝히고 있다. 부산 민정공보국 분소에는 1948년 5월 한 달 동안에만 7만명이 방문했다고 밝히고 있을 정도로 활발하게 움직였다.

그리고 1946년 트루먼 대통령의 특사로 남북한을 시찰한 폴리(E.

Pauley)도 한국이 공산주의 이데올로기를 수용하기에 좋은 조건을 갖추고 있다고 보고하면서 하루빨리 한국내에서 강력한 홍보·교육·선전을 행할 것을 주장하였다. 그는 소련이 선전하는 '민주주의'가 미국이 말하는 표현·집회·언론의 자유를 갖춘 민주주의를 압도할 가능성을 예측했다.[20] 즉 소련이 말하는 민주주의는 대중적 복지라는 함의를 강하게 지니고 있으며 이를 불식할 수 있는 강한 수단이 요청된다고 말하였다. 사실 당시 남한에서 민주주의라는 단어는 매우 논쟁적이었다. 어떤 이들에게는 미국으로의 편입이 민주주의라고 받아들여지기도 했다. 이러한 여론의 향방에 의해 미군정의 공보부와 민정공보국의 작업으로 인해 이후 여론 조사 결과에서는 미국이 의도하는 바 대로 민주주의 의미가 심어졌음을 알 수 있다.

V. 맺음말

1882년 한미수호통상조약 체결 이후 본격적으로 시작된 한미관계는 개화기에는 우방에서 군정기와 한국전쟁기에는 해방을 시켜준 해방자와 국방을 지켜주는 혈맹으로 또한 원조와 경제개발을 시켜준 시혜적인 관계로 이어져왔다. 한국인이 가지고 있는 미국에 대한 이미지는 자유, 평등, 풍요의 국가, 한국의 발전 모델이라는 한 축에서 인종차별이 심한 자칭 평등과 기회의 국가이며 국익을 위해서는 명분없이 제3세계를 짓밟는 패권국가, 한국을 정치·군사·경제적으로 종속시키고 통일을 저해하는 지배국가라는 축까지의 넓은 스펙트럼의 편차를 지니고 있다. 그러나 이와 같은 넓은 스펙트럼 안에는 미국을 믿지만

---

20) 김균·원용진, 앞 글, 2000, pp.129-130 ; G-2 Perodic Report, NO.234, 1946년 5월 22일.

미워할 수만은 없는 나라라는 생각이 강하게 자리잡고 있다. 또 이것은 한국의 국가적 이익을 위해서는 놓을래야 놓을 수 없다는 생각도 같은 맥락에서 나오는 인식이라 할 수 있다.

이와 같이 형성된 인식 혹은 이미지는 앞에서 살펴보았듯이 상당 부분 직접 교류를 통해 획득되어진 것도 있고 한미 정책 담당자에 의해 의도적으로 창안되어 유포된 것도 있다.

미국은 종전 후 1945~1948년에 이르는 3년간 남한에 군정을 실시하고 각종 제도와 개혁을 직접 담당하여 왔으며 대한민국 수립 후에도 정치, 경제, 교육, 문화 등 각 분야에 걸쳐 미국에 대한 긍정적 이미지를 심기 위하여 노력하였다. 이 시기 미국은 대한정책에 따라 선택된 문화를 한국에 이식하였고 그들의 판단에 따라 발전의 방향이 결정되었던 때였다.

미국은 군정기간 동안 그들이 벌였던 문화 공보정책이 다음과 같은 구체적인 성과를 거두었다고 적고 있다. 첫째, 총선을 통해 미국에 우호적인 정부를 수립할 수 있었음을 강조한다. 둘째, 공산주의에 대한 적대감을 형성할 수 있었던 것은 무엇보다도 귀중한 소득이었다. 한국민들이 가졌던 사회주의, 공산주의에 대한 열광은 군정이 끝날 즈음해서는 현저히 줄어들었다는 사실은 정책의 성공으로 돌릴 수밖에 없었다고 자체 평가하고 있다. 셋째, 극좌를 제외한 대부분의 언론과 정치지도자들이 미국의 사상과 이념에 상당한 믿음을 가지게 된 것도 빠뜨릴 수 없는 성과였다. 마지막으로 중요한 것은 한국인들 사이에서 놀라울 정도로 미국에 대한 관심이 증대했다는 점이다. 미국의 서적·잡지, 그리고 미국에 대한 교육은 새로운 인기 종목일 정도였다고 자평한다.

이와 같이 미군정이 끝나고 점령군이 철수할 즈음해서 한국은 미국을 동경하는 나라가 되어가고 있었다. 해방직후 보여주었던 새로운 사회에 대한 이상은 점차 사라지게 되었고 미국적 이념, 사상이 사회를 주도하게 된 것이다. 이와같은 미국에 대한 긍정적 이미지의 형성은 미국 공보정책의 부단한 결과였다. 특히 1945년 남한에 주둔한 미군은 각지역에 미군에 대한 부정적 이미지나 적대적 여론이 형성되면 바로 공보정책을 담당하는 부서나 민정공보국이 파견되어 미국에 대한 조선인의 태도를 바꾸기 위한 작업을 전개시켰다. 그리고 이러한 정책은 남한만의 단독정부가 수립된 이후보다 강조되었다.

대한민국 수립 이후 미국은 스스로 '미국은 민주주의, 자유, 평화의 방벽'임을 자처하며[21] 이러한 생각을 실행하기 위해 대한민국에 무장을 강화시키는 한편 친미적 여론을 형성하기 위한 정책을 실시하였던 것이다. 그러므로 대한민국정부수립과 한국전쟁 발발 등을 겪으면서 미국에 대한 긍정적 이미지는 한국인들 사이에 보다 강하게 그리고 보다 더 광범위하게 심어졌다고 할 수 있다. 이러한 변화들은 비록 짧지만 미군정기, 미국 이미지를 만들기 위한 공보정책의 영향이었다고 할 수 있다.

---

21) RG 59, Decimal File 895. 0018-1049, 동봉문서 414호, 11A, 「국방강화와 국토통일을 위한 노동자, 농민 총궐기 대회의 결의」 (1949년 6월 30일).

미군정의 경제안정화계획과 물자수급

김점숙[*]

Ⅰ. 머리말

해방과 더불어 통일된 독립 국가를 건설하려는 민족적 열망이 대중적으로 분출하였다. 그러나 38선을 경계로 남쪽에는 미군정이, 북쪽에는 소군정이 실시되었고, 그것의 필연적인 귀결로 남북한에는 서로 이질적인 두 개의 분단국가가 들어섰다.

미군정기는 경제사적인 측면에서 볼 때, 한국사회의 발전방향이 자본주의적 발전의 길로 확정지어진 시기이다. 따라서 이 시기에 대한 연구자들의 관심은 한국자본주의의 기본 틀을 확정짓는 작업인 귀속재산(歸屬財産)의 불하(拂下), 농지개혁, 원조 등에 집중되었다. 그리고 이들 연구를 통해 미군정이 자본주의적 소유관계를 재확립하고 취약한 남한의 자본가계급을 지지, 육성함으로써 자본주의 경제체제의 기반을 마련해 나갔음이 밝혀졌다.[1]

그러나 38선 이남에 진주한 미군정이 직면한 경제 현실은 통화의

---

* 국사편찬위원회 편사연구사.

1) 미군정기 경제정책에 관한 연구사 정리는 김점숙, 「미군정기 경제정책의 연구현황과 과제」, 『역사와 현실』제16호, 역사비평사, 1995 참조.

팽창, 물자의 부족과 편중으로 인한 물가의 폭등이었다. 이는 군정 통치의 목표로 표방되었던 정치, 사회적 안정을 위협할 정도로 심각한 것이었다. 본고에서는 미군정이 이러한 경제 현안에 어떻게 대처하였는가를 살펴보고자 한다.

이를 위해 미군정이 1946년 전반기 경제 현안을 해결하기 위해 수립한 경제안정화계획을 살펴볼 것이다. 그것은 통화가치의 안정화와 물가수준의 안정화를 목표로 재정, 금융수단을 통한 통화량의 감소와 물자의 적정한 공급 및 배급이라는 두 가지 측면에서 추구되었는데, 본고에서는 필수물자의 수급에 초점을 맞추고자 한다.

이때 필수물자라고 하는 것은 기본적인 생활을 영위하기 위해 필요한 생활필수품과 이러한 생활필수품을 생산하기 위해 요구되는 필수원자재 및 생산재를 통칭하는 것이다.[2]

필수물자 수급정책의 기본 목표는 물가 안정이고, 그것은 공급정책, 수요정책, 가격정책으로 구성된다.[3] 본고는 공급정책으로서 원조물자의 도입과 배급통제, 수요정책으로서 물자의 할당 및 물자 사용의 법적 제한, 그리고 가격정책으로서 물가 통제 등을 살펴볼 것이다. 이러한 물자수급정책을 살펴보기 전에 우선 미군정이 직면한 경제현실이 어떠했는가를 2장에서 살펴보고, 그 다음으로 미군정이 수립한 안정화계획의 입안과정을 3장에서 살펴보고자 한다. 그리고 마지막으로 4장에서는 필수물자 수급정책에 초점을 맞추어 그 추이를 살펴볼 것이다.

---

2) 미군정기에는 필수물자와 함께 '생필품', '긴급물자'라는 용어가 함께 사용되었다.

3) 일제말기 물가안정책의 구조를 보면, 가격정책은 폭리규제, 가격 公定 및 감시, 적정 가격의 형성이었고 공급정책의 적극적 조치는 생산력 확충과 수입능력의 증대, 소극적 조치는 배급의 조정과 합리화였다. 그리고 수요정책의 적극적 조치는 물자 사용의 법적 제한과 물자의 할당, 소극적 조치로 국민적 소비절약이었다(川合彰武, 「內鮮物價統制の現狀とその歸趨」, 『朝鮮』12월호, 1939, pp.56-57).

Ⅱ. 해방 직후의 경제 혼란상

1945년 9월 2일 일본천황이 항복문서에 조인함으로써 한반도는 드디어 일제의 지배로부터 벗어났다. 그러나 그것이 한반도의 즉각적인 독립을 의미하지 않았고, 바로 그 항복문서의 조항에 의하여 미군이 북위 38도선 이남의 조선 영토를 점령하였다. 하지 중장이 이끄는 미 24군단이 남한에 진주하였는데, 당시 하지의 정치고문이었던 베닝호프 (H. Merrell Benninghoff)는 국무장관에게 보내는 편지에서 점령 직후 일주일간의 남한 정세를 다음과 같이 묘사하였다.

> 현재까지 나타난 바로는 인플레가 계속 진행 중에 있으며 통제될 수 없는 지경에 이르렀다는 것입니다. 조선은행의 통화발행고는 3월 35억 원에서 9월 12일 현재 75억 원으로 증가한 것으로 나타나고 있습니다. 그 결과 임금과 물가는 통제를 벗어나 하늘로 치솟게 되었습니다. 노임은 일당 30원에 달하여 다른 물가도 그와 비슷하게 높습니다. 비록 주한미군이 물가를 8월 15일 수준으로 고정시키려 했지만, 그러한 노력은 달성되기 어려울 것이며 단지 이미 형성된 암거래시장을 강화시켜 주기만 할 것입니다.[4]

그는 38선 이남 지역에 석탄과 식량이 심각하게 부족하며 일본 항복과 더불어 전시 산업체로부터 쫓겨난 수천 명의 실업자들이 생겨났다고 보고하였다. 그리고 식량 부족은 10월말 양질의 햅쌀이 수확되면 개선될 것이나, 식량 배급을 위한 수송수단의 복구와 석탄의 도입을 위한 소련측과의 협상이 시급하다고 지적하고, 당면한 군사적 필요성을 넘어선 대한정책 일반에 대한 지침과 한국 점령에 지정된 군대

---

4) 김국태 옮김, 「더글라스 맥아더 육군대장의 포고 제1호」, 『해방 3년과 미국Ⅰ』, 돌베개, 1984, pp.56-57.

의 조속한 파견을 요청하였다. 그러나 미 전술부대에 의한 군사적 점령이 완료된 것은 1945년 11월 10일이었고, 도·시·군 단위로 파견될 군정 전담 부대의 진주는 전술부대의 점령보다 늦게 이루어졌다.[5] 군정 중대가 전국 시·군에 파견된 것은 11월 20일이었고, 군정이 수립된 것은 1946년 1월 4일이었다. 그 사이 군정의 공백은 전술부대에 의해 메워졌고, 통화의 팽창과 물가의 등귀에 따른 경제혼란이 더욱 확대되었다.

통화 팽창을 살펴보면, 1945년 8월 15일 조선은행권의 발행고가 49억 7,500만원이었는데, 8월말에는 79억 8,700만원, 9월말에는 86억 8,000만원으로 급증하였다.[6] 이는 퇴거하는 일본인들의 갑작스러운 예금 인출과 대일본 청산자금(淸算資金), 비상시 대출금, 일반 대중의 불안심리에 따른 급격한 예금 인출 등에 의해 초래된 것이었다. 각 시중은행의 현금이 고갈되었고, 조선은행은 갑작스러운 현금 수요를 충당하기 위해 상당한 액수의 지폐를 인쇄하거나 일본으로부터 가져왔다.[7] 게다가 10월에 들어서서는 주둔군비(駐屯軍費)[8]와 귀환동포의

---

5) 안진, 「미군정기 국가기구 형성과정에 관한 연구」, 서울대학교 대학원 사회학과 박사학위논문, 1990, pp.47-48.

6) 한국산업은행조사부, 『한국산업경제10년사』, 1955, pp.445-446.

7) 김동욱, 「1940-1950년대 한국의 인플레이션과 안정화정책」, 연세대학교 경제학과 박사학위논문, 1994, p.40.

8) 주둔군비(Occupational Costs)는 군정의 지출(Normal Government Costs)과는 구별되는 것이다. 2차 세계대전 이후 미군이 진주한 해방된 국가에서의 주둔군비 조달의 일반정책은 "Pay-As-You-Go"로 미군 자체의 비용으로 달러로 지불하는 것이었다. 그러나 오스트리아와 남한에서는 이 정책을 수행하기 위한 충분한 규정이 마련되지 않은 채 군정이 시작되었다. 미군정은 주둔군비를 충당하기 위해 조선은행권을 차입하였고, 이를 주둔군 대상금(貸上金)이라고 했다. 주둔군 대상금은 군정이 적자 재정을 충당하기 위해 조선은행으로부터 차입한 정부 대상금과 함께 미군정기 통화팽창의 주원인을 이루었다. 1945년 9월 8일 진주 직후부터 동년 12월말까지 주둔군대상금은 2억 5700만원으로, 1945년 8월말부터 동년 12월말까지의 조선은행권 발행고 증가량의 33%에 해당되었다("A letter to The Comptroller General of

일은권(日銀券) 교환 및 비상시 대출금이 주요 원인이 되어 통화가 계속 증발되었다. 팽창된 통화는 당초에는 일본인의 수중에 있었으나, 그 후 점차 한국인의 손으로 넘어옴으로써 부동구매력(浮動購買力)을 형성하였다. 전쟁이 종식되고 군수물자, 일인 소유 물자 등 은닉되어 있었던 각종 통제물자가 시장에 범람하였고, 통제경제가 폐지될 것이라는 심리로 인해 일시적이나마 일반생필품 가격이 하락하기도 했다.9)

　1945년 10월 5일 미군정은 일반고시 제1호를 공포하여 일제하의 식량통제정책을 폐지하고 미곡시장의 자유를 천명하였다. 그리고 1945년 10월 20일 일반고시 제2호「자유시장 설치에 관한 건」을 통해·연초·소금·아편·인삼·설탕 또는 약품 등 인민의 생활에 긴급하고, 상업상 집산(集散)의 문제로 통제를 필요로 할 만큼 희박한 물자를 제외한 생활필수품의 자유시장을 개설한다고 발표하였다.10) 자유시장 체제로의 전환에 따라 물자 수급은 시장의 자기 조절 능력에 맡겨졌다. 미군정은 매매를 장려하고, 생산을 증진시키며, 가격을 저하시키고, 사장(死藏)된 물품을 상품경로로 방출하는 데 주력할 것이라고 발표하였다.11) 그러나 자유시장체제로의 전환은 한국인들이 일본식 통제를 싫어하기 때문에, 그러한 통제를 계속할 경우 미군에 대한 나쁜 여론이 형성될 것이라는 현실인식과 군정 인력의 부족으로 전시하와 같은 통제경제를 계속할 수 없다는 현실여건 때문에 불가피하게 강제

---

the United States", Feb. 11th 1948 ; "U.S. Army Operation in Austria And Korea(Draft)", Apr. 13th 1948 ; "Pay As You Go Policy", no date, Box # 413, Korea, General correspondence, 1942-64 ; Records of the Office of the Chief of Foreign Financial Affairs, Records of the Army Staff, RG 319 ; NARA).

9) 한국산업은행조사부, 앞 책, p.473.
10) 조선은행조사부, 『조선경제연보』, 1948, p.Ⅱ-37.
11)『매일신보』, 1945년 10월 25일.

된 것이었다.[12]

현상유지적인 정책 기조 위에서 생산의 증대를 위한 어떠한 조처도 취해지지 않았다. 비축물자는 한정된 것이었고, 농업생산은 비료의 부족으로, 공업생산은 일본인 공장관리자와 기술자들의 귀환에 따른 기술 결핍과 미소 군정의 실시로 인한 남북한간의 경제적 단절, 그리고 남한 농지의 15%와 대규모 공업설비의 약 80%를 차지하는 귀속재산 처리의 지연 등으로 격감하였다.[13] 반면에 월남 동포와 해외 동포의 귀국으로 인해 인구가 급격히 증가하였다. 인구의 증가와 공급의 부족 하에서 물가의 등귀는 필연적인 것이었다. 다음 표는 해방 후 7개월간의 물가 추이를 보여준다.

<표 1> 상품 종류별 물가지수(1945년 8월~1946년 2월)

	8월 하순	9월	10월	11월	12월	1월	2월
곡　　　　물	100	75	77	94	113	139	182
식　료　품	100	117	133	158	192	236	312
직　　　　물	100	162	315	421	770	868	868
연　　　　료	100	108	146	159	199	225	215
잡　　　　품	100	191	197	241	329	369	415
평　　　　균	100	131	173	214	320	367	399
전월 대비 증가량		+31	+42	+41	+106	+47	+32

출전 : 『서울신문』, 1946년 2월 6일.

위 표에 따르면 추수기를 막 끝냈음에도 불구하고 곡가가 11월부터 앙등하기 시작하여 12월에는 8월 하순의 곡가를 뛰어 넘고 있다. 또

12) Harold Larson 책임 편집, 『주한미군사』 Part Ⅲ(원제는 History of the United States Armed Fores in Korea (HUSAFIK)이고 돌베개에서 1988년에 영인), pp.26-27.

13) "Outline on Revised Draper Report of Korea" Chapter Ⅶ, Dec. 1947, Box # 68, U.S. Army Forces in Korea File and Lt. Gen. John R. Hodge Official File, 1944~48, Records of the U.S. Army Field Commands, 1940~52, RG 338, NARA.

한 위 표에 따르면 물가의 등귀를 선도한 것은 직물류로서 불과 3달
만인 11월에는 가격이 4.2배나 등귀하고, 12월에는 7.7배나 등귀하였
다. 그리고 전체적으로도 불과 4개월 사이에 물가가 3.2배나 등귀하였
다. 물가등귀의 원인으로는 전술한 여러 요인들이 지적될 수 있으나,
미군정의 취약한 행정력을 틈타 초과 상업이윤을 획득하고자 하는 상
인들의 물자 은닉과 매점매석 등이 투기 풍조를 조장하여 물가의 앙
등에 더욱 박차를 가하였다.14) 다음 글은 그러한 상황을 보여준다.

> 모든 생산기관이 마비상태에 도입하고 있어 근로대중은 이제 취업장
> 을 잃고 화폐소득이 거의 없는 금일에 있어 앞으로 조출(造出)될 소비
> 대중이라고는 예상조차 할 수 없는 비경(悲境)에 처해 있음에도 불구하
> 고 왜 물가는 오르기만 하는가? 8·15전후 대중의 주머니 속에 퇴장(退
> 藏)되었던 화폐도 그 뒤 수 삭 내에 생필품 구입으로 또는 소득 없이
> 최저생활을 유지하므로 완전히 소비 조갈(燥渴)되고 있음은 누구나 긍
> 정하고 있는 사실임에도 불구하고 왜 물가는 오를 것인가? (…) 그럼에
> 도 불구하고 3월에 입하여 다시 섬유품과 잡품이 단독고(單獨高)를 시
> (示)하여 이제 완전히 방약무인(傍若無人)의 폭등조(暴騰調)를 시(示)하
> 고 있음은 실로 건국도상에 있어 묵과할 수 없는 중대문제라 하지 않
> 을 수 없다. 그러면 이것을 조종하는 자 누구일가? 8·15 직후 모든 생
> 필품은 대체로 일부 모리배에 독점되었던 것으로 최근에 이르러는 생산
> 이 후속되지 않음을 큰 기화로 입고된 채 투기대상으로 전전매매(轉轉
> 賣買)되고 있는 현상이다. 그러므로 수급의 원칙에 의한 물가고의 선을
> 이탈하여 완전히 일부 독점모리배와 이에 꼬리를 달고 있는 모리배들의
> 책략으로 인하여 앙등되고 있는 현상이니 이것이 다시 미가고(米價高)
> 를 조장하고 모든 물가를 좌우하고 있는 현상으로 보아 문제는 상당히
> 중대하다.15)

---

14) 조선은행조사부, 「남조선 인프레숀의 특상분석」, 앞 책, 1948, pp. Ⅰ-326-333.
15) 『서울신문』, 1946년 3월 9일.

위 글은 1946년 3월에 쓰여진 것으로 이미 대중의 구매력이 고갈
되었음에도 불구하고 물가가 앙등하는 것이 수요 초과에서 기인하는
것이 아니라 모리배들의 매점매석에서 기인하였음을 지적하고 있다.

미군정은 누차 모리 행위에 대한 단속을 언명하였다. 10월 30일 법
령 제19호 제3조에서 "민중생활의 필수품을 민중 재력의 한도 이내의
가격으로 공평 분배함을 확보하기 위하여 필수품의 축적과 과도한 가
격으로 판매하여 민중의 희생으로 폭리를 취하는 것"을 불법으로 규
정하였다.[16] 그러나 '폭리'의 기준이 모호하였고, 당시 미군정의 취약
한 행정력으로 이에 대한 철저한 단속이 불가능했다. 게다가 모리행위
는 생산을 도외시한 미군정의 경제정책 자체에 그 발생근원을 둔 것
으로, 단속으로서 근절될 수 없었다. 결국 생활필수품의 가격등귀는
인민의 부담을 가중시키고, 그 속에서 군정통치의 안정성이 확보될 수
없었다. 이에 보다 포괄적인 경제안정화계획의 수립이 요구되었다.

Ⅲ. 경제 안정화 계획의 입안

경제 안정은 미군정 통치의 안정성을 확보하기 위해 필수적으로 요
청되는 것이었다. 그것은 정치 안정을 조성하고 남한이 사회주의의 영
향력에 저항할 수 있게 해 줄 것이라고 여겨졌다.[17] 그러나 미군정이
포괄적인 범위에서 경제안정화계획을 입안한 것은 1946년 여름에 이
르러서였다. 그것은 세 가지 이유에서이다. 첫째, 1946년 1월 4일 주
한 미군정청이 공식적으로 설립되었고, 이로써 훈련된 군정 관료가 민

---

16) 조선은행조사부, 앞 책, 1948, p.Ⅱ-44.

17) "Background Statement for Korean Rehabilitation Program", Jan. 1948, Division of Korea
Program, Records of U.S. Foreign Assistance Agencies, 1948-1961, RG 469, NARA.

간행정업무를 담당하고 중앙으로부터 지방에 대한 직접적 통제를 할 수 있는 최소한의 행정체계가 마련되었다. 즉 그 이전까지 미군정은 그러한 계획을 입안, 추진할 만한 행정력과 정책수단을 확보하고 있지 못하였다.

둘째, 보다 근본적인 이유로 미군정의 초기 점령정책의 기조 때문이었다. 초기 대한점령정책은 1945년 10월 13일 SWNCC 176/8 「한국의 미군 점령지역 내 민간행정업무에 대하여 태평양방면 미군 최고사령관에게 보내는 최초 기본 훈령」에 제시된 바와 같이 "미·소의 민간행정업무 담당이라는 초기의 과도적 단계로부터 미·영·소·중의 신탁통치기로, 그리고 마침내는 국제연합 회원국 자격을 갖춘 궁극적인 한국의 독립"[18]이었다. 그리고 신탁통치를 통해 미국의 이익이 관철되는 통일정부를 전한반도에 걸쳐 수립하는 것은 소련의 협조 하에 비로소 가능한 것이었다. 따라서 미군정은 군정 통치의 수준을 한국인에 의한 정부가 수립될 때까지 한반도에 대한 잠정적 지배권을 확보하는 데 두고, 한반도 문제에 대한 소련의 합의를 이끌어 내기 위한 정치협상에 주력하였다.[19] 미군정은 정치협상을 통해 조만간 한반도가 통합될 것이고, 남한에서의 그들의 임무는 단기적이라고 생각하였다.[20] 장기간에 걸친 사회경제적 개혁은 전혀 착수되지 않았고, 그러한 조치들은 통일된 신생한국정부의 일로 넘겨졌다.

---

18) 김국태 옮김, 앞 책, 1984, pp.93-94.

19) 한반도에서의 경제적 발전이 정치적 통일에 크게 의존할 것이라는 인식이 지배적이었다(Mr. J. T. Suagee and Major Nels W. Stalheim, Civil Affairs Division of War Department, "The Impact of the War and Japanese Imperialism Upon the Economic and Political Rehabilitation of Korea", Jan. 1947, Division of Korea Program, Records of U.S. Foreign Assistance Agencies, 1948-1961, RG 469, NARA).

20) "Outline on Revised Draper Report of Korea" ChapterⅢ, Dec. 30, 1947, Box # 68, U.S. Army Forces in Korea File and Lt. Gen. John R. Hodge Official File, 1944~48, Records of the U.S. Army Field Commands, 1940~52, RG 338, NARA.

1946년 3월 20일부터 모스크바 3상회의의 결정에 따라 '조선민주 임시정부'의 수립과 신탁통치의 문제를 논의하기 위해 1차 미소공동 위원회가 개최되었다.[21] 미군정은 미소공동위원회의 목적 가운데 하나가 조선의 경제적 생활을 재건하는 것이며, 이는 조선의 공업, 교통, 통신, 농업을 발전시킬 민주주의적 과도정권을 통하여 완성될 것이라고 발표하였다.[22] 그러나 미소공동위원회는 아무런 성과도 거두지 못한 채 5월 6일 결렬되어 버렸고, 통일은 더 이상 임박한 것이 아니었다.[23] 이런 상황에서 미군정은 남한 경제의 재건을 위한 보다 포괄적인 안정화계획의 입안에 착수하였다.

셋째, 통화의 팽창과 물가의 등귀 속에서 시민들이 물가안정에 대한 대책의 수립을 요구하였고, 미군정은 이에 응답하여야 했다. 식량을 포함한 생필품 가격의 등귀와 이에 대한 대책 마련을 요구하는 기사가 연일 신문지상에 실렸다.[24] 특히 미군정은 자유시장경제체제 하에서 '조선생활필수품회사'를 통해 군정미를 매입하려 했으나 실패하였다. 1946년 2월 뒤늦게 1945년 산 추곡에 대한 식량 공출을 단행하였으나 이것 역시 실패하였고, 그 결과 1946년 봄부터 식량을 달라고 외치는 도시민들이 시청 앞으로 몰려들어 폭동의 양상을 보였다.[25]

1946년 7월 무렵 일반가격수준은 1937년 가격수준의 200배로 앙등하였다. 군정 당국은 일반 가격 수준을 1937년 가격 수준의 50배로

---

21) 1차 미소공동위원회의 경과에 대해서는 황병주, 「제1차 미소공동위원회와 우익 정치세력의 동향」, 한양대학교 사학과 석사학위논문, 1995 참조.

22) 『조선일보』, 1946년 1월 25일.

23) USAMGIK, "The Present Economic Status of South Korea" Chapter Ⅷ, Aug. 1947(신복룡, 『韓國分斷史資料集』Ⅲ-3, 원주문화사, 1991, pp.129-130에 재수록 됨).

24) 『서울신문』, 1946년 2월 6일.

25) 『동아일보』, 1946년 3월 30일, 3월 31일, 4월 2일.

안정화시킬 것을 목표로 설정하였다.26) 이를 위해 필수물자의 가격통제와 배급 통제, 민간물자보급계획을 통한 필수물자의 도입, 세금과 공공서비스 요금의 인상을 통한 세입의 증대, 저축의 장려와 자유여신한도제(自由與信限度制) 및 금리 인상을 통한 신용규제 등 포괄적인 경제안정화계획안을 마련하였다.27)

경제안정화계획은 물가안정, 통화가치 안정, 재정안정을 추구하였다. 그러나 재정적자와 미군 주둔비를 조선은행권의 발행에 전적으로 의존하는 상황에서 통화가치 안정화와 재정 안정화를 위한 계획은 현실성을 확보할 수 없었다. 재정적자를 줄이려는 노력 결과 각 회계년도의 세입, 세출 결산액에서 재정 적자가 차지하는 비중이 매년 감소하였다. 그러나 재정적자를 조선은행권의 발행을 통해 충당하는 정책은 계속 유지되었다.28) 1945년 8월 15일부터 1947년 12월 31일까지 통화증발액 284여억 원의 내역을 보면 정부의 재정 적자를 충당하기 위해 발행된 정부 대상금이 47.3%로 제1위를 차지하고 있고, 그 다음이 계절적 곡물수집자금이 39.1%, 곡물수집에 대한 정부보상비가 10.6%, 패전 일본정부 청산자금이 4.9%, 비상시 대출금이 3.8% 등이었다.29) 그런데 이 자료에는 주둔군 대상금이 포함되어 있지 않다. 왜냐하면 주둔군 대상금은 비밀에 부쳐졌기 때문이다.30) 전술한 바와 같이 미

---

26) USAMGIK, op. cit.(신복룡, 앞 책, p.132에 재수록 됨).

27) "Outline on Revised Draper Report of Korea" Chapter Ⅶ, Dec. 1947, Box # 68, U.S. Army Forces in Korea File and Lt. Gen. John R. Hodge Official File, 1944~48, Records of the U.S. Army Field Commands, 1940~52, RG 338, NARA.

28) 1945회계년도(1945.10~1946.3)에는 53.3%, 1946회계년도(1946.4~1947.3)에는 58.7%, 1947회계년도(1947.4~1948.3)에는 40.0%로 감소하였다(최광, 「미군정의 재정정책」, 『미군정시대의 경제정책』, 한국정신문화연구원, 1992, p.241).

29) 조선은행조사부, 앞 책, 1948, p. Ⅰ-292.

30) "A letter to General Hodge from Under Secretary Draper", Box # 413, Korea, General correspondence, 1942-64, Records of the Office of the Chief of Foreign Financial Affair,

군 주둔비는 전적으로 조선은행으로부터의 차입금으로 충당되었고, 대한민국 정부 수립 직전에 비로소 Pay-As-You-Go 정책에 따라 대상금을 청산하기 위한 협정이 체결되었다.[31] 미군정의 추산에 따르면 1945년 9월부터 1948년 3월까지 주둔비를 조달하기 위해 발행된 조선은행권은 총 90여억원으로, 이는 동기간 통화증가량의 37%에 해당된다.[32]

이렇게 재정적자와 주둔군비를 충당하기 위해 막대한 금액의 조선은행권이 발행되는 속에서 통화수축을 위한 금융기관의 노력은 한정된 의미만을 가질 뿐이었다. 통화량을 감소시키기 위해 1945년 후반기이래 매년 저축운동을 전개하였으나 그로 인한 통화량 감소의 효과는 일시적인 것이었다. 자유여신한도제와 고금리정책은 은행의 수지개

Records of the Army Staff, RG 319, NARA.

31) "Agreement Between the Government of The United States of America and the United States Military Government in Korea Regarding Settlement for Certain Accounts and Claims Incident to the Operations of the United States Forces in Korea During the Period 9 September 1945 to 30 June 1946, Inclusive", Box # 413, Korea, General correspondence, 1942-64, Records of the Office of the Chief of Foreign Financial Affair, Records of the Army Staff, RG 319, NARA.

32) "Tab G: Financial", Box # 413, Korea, General correspondence, 1942-64, Records of the Office of the Chief of Foreign Financial Affairs ; Records of the Army Staff, RG 319, NARA. 앞 자료에 따르면 주둔군비가 적자재정의 30%를 차지하였다. 또 다른 자료에 따르면 1948년 2월까지의 주둔군 대상금 총액은 81억 6,200만원으로 1945회계연도에 2억 5,700만원, 1946회계연도에 40억 1,700만원, 1947년 4월부터 1948년 2월까지 38억 8,800만원이었다("Pay As You Go Policy", Box # 413, Korea, General correspondence, 1942-64, Records of the Office of the Chief of Foreign Financial Affairs, Records of the Army Staff, RG 319, NARA). 주둔군비 청산을 위한 협정을 체결하는 과정에서 가장 중요한 문제는 원과 달러간의 환율문제였다. 미 육군부는 암시장에서의 환율이 1불 대 400원 이상이라는 것을 근거로 동 협정 시 적용할 환율을 새롭게 규정해야 한다고 주장하였으나 1948년 9월까지의 공정환율이었던 1불 대 50원의 환율이 적용되었다. 협정서에는 1948년 6월 30일까지의 주둔군비 총액이 3,520만 달러로 규정하였다. 미군정이 발표한 주둔군비의 원화(圓貨) 총액에 1불 대 50원의 환율을 적용할 경우 협정서에 명시된 주둔군비 총액 3,520만 달러가 나오지 않는다. 이에 대해서는 추후의 연구를 기약하고자 한다.

선에 기여하였으나 생산증대와 실업해소에는 거의 도움을 주지 못하
였다.[33]

이런 상황에서 경제안정화계획의 중심은 물가의 안정화를 추구한
물자수급정책이었다. 물가안정의 기본 방책은 필수물자의 적정한 공급
과 배급이었다. 그러나 생산력의 위축 하에서 적정한 양의 물자 공급
이 불가능했다.[34] 당시의 생산력 위축은 일본경제권과의 단절과 남북
분단, 그리고 일본인 기술자의 퇴거로 인한 원료와 기술의 부족에서
초래되었으나 미군정의 경제정책은 그러한 경향을 더욱 조장하였다.
현상유지적인 정책 기조 위에서 생산력 확충을 위한 계획이 수립될
수 없었고, 노동자 자주관리운동에 대한 일방적 부정이 노동쟁의를 촉
발함으로써 공업 생산에 심각한 지장을 초래하였다.[35] 그런 상황에서
물자수급정책은 원조물자의 도입을 통해 부족한 필수물자를 공급하고,
원조물자와 국내산 필수물자의 가격 과 배급을 통제함으로써 물자의
수급을 조절하는 정책으로 나타났다.

Ⅳ. 필수물자 수급정책의 시기별 특성

미군정기 필수물자 수급정책은 크게 두 개의 시기로 나뉘어 진다.
첫 번째 시기는 주한 미육군이 남한을 점령한 1945년 9월부터 1946

---

33) 김영규, 「미군정의 금융통화정책」, 『미군정시대의 경제정책』, 한국정신문화연구
   원, 1992, p.221.
34) 1946년도 주요 물자의 생산액을 100으로 나타낼 때, 1947년도의 생산지수가 186,
   1948년에는 224로 증가하였다. 그러나 1948년도의 공산품 생산액은 전시하인
   1940년 공산품 생산액의 21%에 불과했다(한국은행조사부, 『경제연감』, 1955,
   pp.1-2).
35) 김기원, 『미군정기의 경제구조-귀속기업체의 처리와 노동자 자주관리운동을 중
   심으로』, 푸른산, 1990, p.207.

년 1월까지이다. 이 시기는 38선 이남 전반에 대한 감독과 전술업무를 맡아보는 주한 미육군 제24군단과는 별도로 점령의 민간 업무를 담당할 주한 미군정청이 설립되어 행정체계를 갖추어 나가는 시기이다. 그 사이 일제 하와 같은 통제경제체제가 유지될 수 없었고, 이에 자유시장경제체제로의 전환이 선포되었다. 물자수급의 조절은 정부의 직접적인 통제가 아닌 시장의 자기 조절 능력에 맡겨졌고, 물자수급을 조절하기 위한 군정의 개입이 최소화하였다. 따라서 이 시기를 자유방임적 물자수급정책의 시기라 할 수 있다.

이 시기 미군정의 물자수급정책은 국내산 물자의 확보와 시장에의 방출을 통해 물가를 조절하는 것이었다. 미군정은 진주 직후 일제의 창고를 장악하고 식량과 다른 식품의 비축량을 조사하여 목록을 조사하는 한편 미곡의 수출을 금지시켰다.[36] 그리고 일제 하 생필품 배급 대행기관이었던 '조선주요물자통제회사'가 소유하던 재산과 일본군대의 재산 및 귀속재산을 접수하고, 11월 5일 '물자통제회사'를 설치하여, 이들 물자의 관리, 양도, 처분을 담당케 하였다.[37] 물자통제회사는 1947년 1월 9일 민간물자보급소(United States Office of Civilian Supply, US OCS)가 설립될 때까지 민간물자의 배급을 책임졌다.[38] 물자통제회사는 보유물자를 국방경비대나 군정 기구에 '인플레 되지 않은' 낮은 가격으로 판매하였고, 이를 통해 초기 군정기구의 형성과 강화에 필요한 물적 기반을 마련했다.[39]

---

36) "History of the National Food Administration", Box # 18, Historical Section, G-2, XXIV Corps, Records of US Theaters of War, WWⅡ, US Army Forces in Korea, RG 332, NARA.

37) 법원행정처, 『미군정법령』, p.27(1971년에 한국법제연구회에서 영인).

38) 『美軍政活動報告書』vol.34(원제는 Summation of U.S. Army Military Government Activities in Korea이고 원주문화사에서 영인), p.116. 1947년 9월 30일 법령 제155호에 의해 해산되었다(조선은행조사부, 『조선경제연보』, p.Ⅱ-73).

한편 미곡의 공출과 배급이 폐지된 상황에서, 조선생활필수품회사로 하여금 군정미를 매입케 하였다.[40] 조선생활필수품회사는 일본국적을 가진 개인이나 단체, 회사 등의 미곡뿐만 아니라 공정가격으로 미곡을 매도할 의사가 있는 농가의 미곡 전량을 매입하고자 했다.[41] 이는 긴급 시 미곡시장을 안정화시키기 위한 미곡을 확보하려는 것이었다.

물자통제회사와 퇴거 일본인들에 의해 물자가 대거 방출되었고, 추수기를 맞이하여 곡물은 공급이 수요를 능가할 기세를 보였다.[42] 그러나 <표 1>에 나타난 바와 같이 곡가는 추수기 직후인 11월부터 앙등하기 시작하였고, 일반 물가도 앙등하였다. 미군정은 1945년 12월 19일 일반고시 제6호를 통해, "미곡의 수요가 위기상태에 있음을 포고함"과 동시에 이러한 "미곡의 결핍상태가 군정청에 대하여 약간의 통제방법을 요구"한다고 발표하였다.[43] 그리고 미곡의 최고소매가격을 정하여 식량 판매 가격을 통제할 것을 발표하였다. 미군정은 미가에 대한 통제정책을 발표함으로써 식량보유자들이 그들의 식량을 시장에 내다 팔 것이라고 기대하였다. 그러나 실제로는 그 반대의 결

---

39) 허수, 「1945~46년 美軍政의 生必品 統制政策」, 『韓國史論』34집, 1995, p.272.

40) 공식 명칭은 조선생활필수품회사이나 조선생활품영단이란 명칭도 사용하였다(대한금융조합연합회, 『농업연감』, 1957, p.580).

41) 일반고시 제1호에는 "타 명령이나 고시를 규정할 때까지는 조선군정부는 어떠한 소유자에게서든지 정조(正租) 54kg(90斤) 1俵(叺)에 32원 가격으로 매입할 준비가 有함"이라고 규정하였다. 미군정은 정조의 매입가격 산출시 총독부 관리들이 1945년산 미곡에 적용하려고 일본농림성에 교섭하여 마련한 자료를 근거로 하였다. 즉 미곡(현미)의 농가 생산비가 1석 당 112원이고, 여기에 현미 조제비로 석 당 3원 80전을 공제하면 현미 1석 당 소요 정조(正租) 총액인 110원 20전이 나온다. 그리고 현미 1석 당 조곡 3.7가마이므로 110원 20전을 3.7로 나누면 정조 90근 1가마 당 매입가격인 29원 78전이 나오는데, 이를 수정하여 30원으로 하였다. 가마 당 매입가격 32원은 기본생산비 한 가마 30원에 2원씩을 가산하여 결정된 것이다(원용석, 『한국의 식량문제』, 삼협문화사, 1957, pp.164-165).

42) 조선은행조사부, 앞 책, p.Ⅰ-327.

43) 조선은행조사부, 앞 책, pp.Ⅱ-37-38.

과가 초래되었다. 곡가의 전월 대비 증가량은 1945년 12월부터 거의 배로 증가하였다. 게다가 1946년 1월 8일까지 조선생활필수품회사가 매입한 군정미는 18만 4,740가마에 불과했다. 이는 조선생활필수품회사의 전신이 일제 하 농민들을 괴롭히고, 그들의 식량을 일본으로 이출하는 데 헌신했던 조선식량영단이었기 때문에 농민들이 이 기관을 신뢰하지 않았고, 미가가 등귀하자 미곡을 판매하려고 하지 않았기 때문이었다.[44]

군정이 보유한 물자는 한정된 것이었고, 상인들의 매점매석과 물자 은닉은 물가 등귀에 박차를 가하였다. 쌀을 달라는 요구가 끊이지 않았고, 직물, 잡품 등의 가격 등귀가 물가고를 주동하고 있는 상황에서 생필품의 시세(市勢) 안정과 수급대책을 확립하라는 소리가 높아졌다.[45] 생활필수품의 부족은 특히 농가에서 심하였다. 농가에서는 고등(高騰)한 생필품을 사기 위해 현금을 필요로 했고, 정부의 낮은 고시가(告示價)에 미곡을 판매하려고 하지 않았다. 따라서 군정미가 확보될 수 없었고 도시는 기근에 빠지는 악순환이 계속되었다. 이에 군정미의 확보를 위해 생필품이 적정하게 공급되어야 한다고 주장되었다.[46] 이런 상황에서 미군정은 직접적인 수급통제를 통해 식량뿐만 아니라 필수물자 전반의 수급을 조절하는 정책으로 전환할 수밖에 없었다.

두 번째 시기는 1946년 2월부터 1948년 8월 14일까지로, 이 시기 군정은 자유시장의 자율적 가격형성 능력이 아니라 정부의 직접적인 개입을 통해 물자의 수급을 조절하고자 했다. 전술한 바와 같이 1차

---

44) Harold Larson 책임 편집, 앞 책, pp.29-30.
45) 『서울신문』, 1946년 2월 6일.
46) 『조선일보』, 1946년 4월 12일.

미소공동위원회의 결렬 직후 미군정은 보다 포괄적인 범위에서 경제안정화계획을 입안하였고, 물자수급정책이 물가안정화를 위한 주요한 정책 수단으로 입안, 추진되었다. 1946년 1월 25일 법령 제45호 「미곡수집령」의 공포를 통해 식량공출이 다시 재개되었고, 긴급한 민간물자의 도입을 위해 민간물자보급계획이 입안되었다. 그리고 도입된 민간원조물자와 국내산 생필품의 가격 및 배급 통제가 재개되었다.

통제경제로의 전환은 1946년 5월 28일 공포된 법령 제90호 「경제통제령(經制統濟令)」을 통해 체계화되었다.[47] 동 법령에는 경제통제에 관한 업무를 담당할 정부 각 기관의 창설과 기능이 명시되었다. 먼저 중앙경제위원회는 경제통제에 관한 모든 정부 기관의 정책, 기획 및 활동을 조정하고, 국가경제기획 및 물자의 수급 통제 기관으로 규정되었다.[48] 종합적인 경제계획의 수립을 위해서는 산업설비에 대한 조사가 선행되어야 했다. 1947년 2월 군정장관은 5개월에 걸쳐 남한의 산업설비를 조사할 것을 승인하였다. 그러나 자금과 자격을 갖춘 인력의 부족으로 조사에 착수하지 못하였고 동년 10월 이 문제를 다시 논의하였으나 결국은 실행하지 못하였나. 따라서 미군성기 내내 중앙경제위원회에 의해 종합적인 경제계획이 수립되지 않았다. 그러나 중앙경제위원회는 민간물자보급계획을 입안하였고, 일간, 주간, 월간, 반월간 활동 보고서와 함께 『미군정 활동 보고서』를 정기적으로 발행

---

47) 조선은행조사부, 앞 책, pp.II-49-50.

48) 중앙경제위원회는 1946년 2월 1일 군정장관의 명령에 의해 상무국장과 군정장관에게 경제문제를 조언하는 기관으로 상무국 산하에 설립되었는데, 실제 역할은 군정장관과 군정장관 대리의 참모였다. 법령 제90호에 의해 중앙경제위원회의 기능이 새롭게 규정되었고, 이후부터 중앙경제위원회는 군정장관에게 직접 보고를 하였다. 중앙경제위원회의 조직과 활동에 대해서는 "History of The National Economic Board" Foreword, PartVII, Box # 18, Historical Section, G-2, XXIV Corps, Records of US Theaters of War, WWII, US Army Forces in Korea, RG 332, NARA를 참조.

하였다.

중앙경제위원회는 설립 당시 미국인으로만 구성되었다. 위원회는 위원장, 상임간사, 농무부, 상무부[49], 재무부, 운수부의 미국인 부장으로 구성되었고, 위원장은 경제사절단 단장이었던 번스(Arthur C. Bunce)였다.[50] 1947년 2월 6일로 14명의 한국인이 중앙경제위원회의 구성원이 되었는데, 이들은 동년 1월 27일 해산된 조선경제자문위원회의 구

49) 1946년 3월 29일 군정법령 제64호「조선정부의 각 부서의 명칭」에 따라 일제하 상무국이 상무부로 개칭되고, 산하에 상무국을 두었다(국사편찬위원회, 『자료대한민국사』2, 1969, pp.295-297).
50) 경제사절단이 처음부터 일정한 조직체계를 갖추고 있었는가에 대해서는 명확치 않다. 번스는 1946년 2월 단장으로 임명되었고, 수석 경제분석가 키니(Robert A. Kinney)와 프로스토프(Eugene V. Prostov)는 동년 7월 1일, 경제분석가 로이스(Edith M. Royce)와 워튼(Marion L. Worden)은 동년 8월 중순, 준단장 존스(Owen Thomas Jones)는 동년 9월 25일 각각 임명되었기 때문이다.
단장 번스는 영국의 맨체스터 태생으로, 1938년에 미국으로 귀화하였다. 위스콘신대학에서 석사학위와 박사학위를 취득하였다. 1928년부터 1934년 사이, 함흥에서 Y.M.C.A.운동을 하였다. 1934년부터 1937년까지 위스콘신 대학의 특별연구원, 1937년부터 1943년까지 아이오아 주립 단과대학 조교수를 역임하였다. 1946년 2월 국무부의 한국사절단 단장으로 임명되었고, 1차 미소공동위원회에 미국측 대표로 참가하였다. 1946년 8월 주한미군사령관 하지(Hodge)의 경제고문으로 임명되었다. 1946년 11월 1등급 해외파견 참모였다.
번스가 하지의 경제고문으로 임명되면서, 경제사절단은 존스에 의해 주도되었던 것으로 생각된다. 왜냐하면 1947년 7월 1일 Foreign Service List 에 번스는 주한미군사령관의 경제고문이라고만 되어 있기 때문이다. 번스가 경제고문으로 임명된 직후 번스와 같은 등급의 존스가 경제사절단의 준단장으로 임명된 것에 비추어 보면 이렇게 보는 것이 타당할 것이다
존스는 1907년 오하이오에서 태어났고, 1932년 하바드대학에서 경영학 석사를 취득하였다. 1936년에서 37년 사이에 뉴욕대학에서 공부하였고, 1932년부터 1937년까지는 섬유회사 부사장, 1938년부터 1941년까지는 재무회사의 대표로 일하였고, 1941년부터 1946년까지 미 해군 대령으로 해외에서 근무하였다.
키니는 1911년 오하이오에서 태어났고, 1933년 아크론 대학을 졸업하였다. 1938년부터 39년, 1941년부터 42년 사이에 시카고대학에서 수학하였다. 1935년부터 1937년까지 서울 외국인 학교 교장, 1939년부터 1941년까지 북경군사학교 교감, 1942년부터 1946년까지 육군부 연구분석가를 역임하였고, 1946년 2월 국무부 산업문제 고문관, 1946년 7월 경제사절단 수석경제분석가로 임명되었다(Register of the Department of State 1946, Dec. 1, 1946, pp.159-160, p.287, p.296, Foreign Service List(Abridged), July 1, 1947, United States Government Printing Office, p.61).

성원이었다. 중앙경제위원회의 직원은 미국인이 압도적으로 다수였고, 1948년 들어서 직원수가 급증하였다.[51]

다음으로 물가정책의 중앙집행기관인 중앙가격행정처(中央價格行政處)와 식량행정의 기획·행정기관인 중앙식량행정처(中央食糧行政處)가 설치되었다. 설립 딩시 중앙가격행정처는 미국인 중앙가격행정관, 국장, 부국장(2인), 한국인 직원으로 구성되었다.[52] 중앙경제위원회가 미국인에 의해 주도된 반면 중앙가격행정처는 초대 중앙가격행정관인 소령 로버트(Theron E. Roberts)를 제외하고 모두 한국인으로 구성되었다. 1946년 6월 32명이었던 한국인 직원이 동년 7월 103명으로 대폭 증가하였고, 1947년 11월에는 134명으로 늘어났다. 이는 1946년 중반부터 중앙가격행정처의 업무가 본격화되었음을 의미한다. 1947년 1월 미국인 중앙가격행정관이 고문이 되고, 한국인 국장이 중앙가격행정처를 관장하였고, 직원이 200명으로 증가하였다.

끝으로 중앙식량행정처는 1946년 5월 설립 당시 15명의 미국인과 12명의 한국인으로 구성되었다.[53] 1947년 12월 미국인의 수가 12명으로 줄고 반면에 한국인 참모가 43명으로 증가하였다.

법령 제90호에 따르면 중앙가격행정처와 중앙식량행정처는 중앙경제위원회에 의하여 수립된 정책, 기획 및 계획에 일치하여 가격정책과

---

51) 1946년 4월 18명이었던 미국인 직원이 7월과 8월에 14명, 13명으로 각각 줄었다가 11월에 27명으로 증가하였다. 1947년 10월 미국인 직원이 35명으로 증가하였고, 1948년 3월 65명으로 급증하였다. 반면 한국인 직원은 1948년 3월 29명, 1948년 6월 28명이었다.

52) 중앙가격행정처의 조직에 관해서는 "History of The National Price Administration", Box # 15, Historical Section, G-2, XXIV Corps, Records of US Theaters of War, WW Ⅱ, US Army Forces in Korea, RG 332, NARA 참조.

53) "Narrative History of the National Food Administration for the period Sep. '45 to Sep. '48, Inclusive", Oct. 1948, Box # 18, Historical Section, G-2, XXIV Corps, Records of US Theaters of War, WW Ⅱ, US Army Forces in Korea, RG 332, NARA.

식량정책을 수립하도록 되어 있다. 그러나 군정기 내내 중앙경제위원회와 중앙가격행정처 간의 불협화음이 존재했다. 식량행정처도 한국인화정책에 따라 한국인 참모의 수가 증가하였으나 실제 중요 결정은 미국인에 의해 장악되었다.

필수물자 수급정책은 전술한 세 개의 중요 경제관련 기구가 수립됨으로써 비로소 실행될 수 있었다. 우선 원조물자 수급정책을 보면, 원조물자는 5차례에 걸쳐 수립된 민간물자보급계획 하에 도입되었다.[54] 동계획의 재원은 육군부의 점령지긴급구호원조자금(Government Appropriation for Relief in Occupied Area: GARIOA)이었고, 물자의 입하는 1946년 초부터로 계획되었다. 그러나 물자가 본격적으로 입하된 것은 1947년 중반 이후였다. 왜냐하면 2차 미소공동위원회의 결렬 직후 미국의 대한정책이 단독정부 수립노선으로 선회함으로써 남한의 정치, 경제적 안정을 위한 주요 수단으로 원조의 필요성이 인지되었기 때문이다.

미군정은 동 계획을 통해 두 가지 목표를 추구하였다. 하나는 점령통치에 위협이 될만한 정치, 사회적 불안과 질병을 방지하기 위해 최소한의 필수물자를 도입, 공급하는 것이었고, 두 번째는 이렇게 도입된 원조물자의 판매대금을 봉쇄계정의 형태로 적립함으로써 통화량을 축소시켜 반인플레적 효과를 거두는 것이었다.

원조물자는 식량, 의료품(衣料品), 비료, 석유, 석탄 등 기본적인 생활을 영위하는 데 요구되는 직접 소비재가 주를 이루었다. 그 규모는 해외청산위원회(Foreign Liquidation Commission : FLC) 차관(借款)으로 도입된 물자를 포함하여 1948년 말까지 대략 4억 2천 달러에 달했다.

도입된 물자는 정부 각부 및 운영기관에 할당되었고, 정부 각 부에

---

54) 미군정기 민간물자수급계획에 대해서는 김점숙, 「미군정의 민간물자보급계획」, 『역사와 현실』22, 역사비평사, 1996 참조.

508

서는 배급대행기관을 지정하여 민간 소비물자를 민간에 배급하는 한편 원료를 귀속공장에 공급하여 생필품을 생산하게 했다. 그리고 이렇게 생산된 생필품의 원활한 공급을 위해 수급 및 가격을 통제하였다.

그러나 비효율적인 군대식 채널로 인해 계획의 입안과 승인부터 지연되었고, 물자의 선정과 입하도 계획대로 진행되지 않았다. 도입된 물자의 국내 취급을 미국인이 철저히 장악하였으나 1948년 전반기까지 물자의 수령과 보관, 배급, 가격사정에 관한 기본방침조차도 마련되지 않았다. 1948년부터 물자의 판매가 본격화되었으나 판매대금은 애초의 계획과는 달리 그때그때의 필요에 따라 지출됨으로써 통화량 감소의 효과를 거둘 수 없었다.

다음으로 국내산 필수물자의 수급통제는 크게 두 가지로 나뉜다.[55] 하나는 특정 국내산 생필품의 가격 및 배급 통제이고, 다른 하나는 식량의 공출과 배급이다. 미군정은 1946년 중반부터 주요 생필품을 통제대상 품목으로 설정하고 가격 및 배급을 통제하였다. 통제대상은 귀속공장에서 생산된 통제대상 생필품과 미군정으로부터 원료를 공급받아 개인업사의 공장에서 생산된 통세내상 생필품이었다. 통세품은 상공부에서 지정하였는데, 미군정기 내내 총23개 품목이 통제품으로 지정되었다. 그러나 통제생필품의 대다수를 생산하는 귀속공장에서의 극심한 생산의 위축으로 배급을 위해 미군정이 확보한 통제품이 절대적으로 부족하였다. 게다가 확보된 통제품도 공무원과 청년단체, 식량 수집용 보상물자 등으로 우선적으로 할당됨으로써 일반에 대한 할당은 극히 일부에 불과했다.

---

55) 국내산 필수물자의 수급통제에 대해서는 김점숙, 「미군정기와 대한민국 초기 (1945~1950) 물자수급정책연구」, 이화여자대학교 사학과 박사학위청구논문, 2000, pp.56-69 참조.

한편 미군정은 군정 초기 자유방임적인 식량정책 하에서 식량을 확보하지 못한 사람들의 외침이 소 폭동화의 양상을 띠는 것을 경험하였고, 이에 국내산 식량의 공출과 민간물자보급 계획하에 식량을 도입하여 도시민에게 적정 가격으로 배급하는 식량통제정책으로 전환하였다.56) 그러나 정부의 매입가가 생산비에도 미치지 못하는 수준으로 설정되고, 식량공출을 보상하기 위한 생필품 배급계획이 제대로 진행되지 않는 상황에서, 식량공출은 미군정의 물리적인 강제 수단을 동원함으로써 비로소 실행될 수 있었다. 미군정은 1인 1일 최소 2.5합의 식량을 배급하겠다고 표방했음에도 불구하고 실제 배급량은 평균 1.93합에 불과했다. 그것은 실제 수요량의 반 정도 밖에 안 되는 양으로 도시민들은 부족한 식량을 암시장에서 배급가보다 평균 5.4배나 비싼 가격으로 조달해야만 했다.

한편 미군정은 원조물자와 국내산 생필품, 그리고 식량의 가격을 통제하였다. 중앙경제위원회는 경제안정화 구상 속에서 물가를 1937년의 50배로 안정화시킨다는 목표를 설정하였으나 이러한 목표치는 1937년의 70배 수준으로 수정이 불가피했다. 미군정기 원조물자의 가격 사정(査定)은 특정한 방침이 없이 그때그때 결정되었다. 다만 저물가를 유지하기 위해 원조물자의 가격은 시세보다 낮게 책정되었다. 1948년 6월에 이르러서 비로소 원조물자의 가격 사정 방침이 수립되었다.

국내산 생필품과 식량에 대해서도 가격 통제가 이루어졌다.57) 통제가격의 수준은 생필품의 경우는 1937년 물가의 90배 수준으로 결정

---

56) 미군정기 식량수급정책에 대해서는 김점숙, 「미군정의 식량정책과 소비실태」, 『사학연구』61, 2000 참조.
57) 미군정기 가격통제정책에 대해서는 김점숙, 「미군정기와 대한민국 초기(1945~1950), 물자수급정책연구」, 이화여자대학교 사학과 박사학위청구논문, 2000, pp.66-69 참조.

되었고, 농산품의 수매가는 75배 수준으로 결정되었다. 통제가는 생산비나 현실적인 물가수준에 대한 고려 속에서 결정되기보다는 물가안정화의 목표 수준에 대한 고려 속에서 결정되었다. 따라서 현실을 무시한 채 저평가된 공정가는 오히려 생필품 공장의 생산을 위축시키고, 농민들의 공출 기피를 초래하였다. 게다가 행정력이 뒷받침되지 않는 상황에서 가격에 대한 단속이 이루어지지 않음으로써 가격 통제가 실효를 거둘 수 없었다. 그것은 오히려 암시장의 가격을 올리는 결과를 초래하였다.

V. 맺음말

해방 직후 일본경제권과의 단절과 38선을 획으로 한 남북의 경제적 단절로 생산이 심각한 정도로 위축되었다. 미군정은 아무런 대책도 마련하지 않은 채 일제하의 통제경제체제를 해제하고, 자유시장체제로의 전환을 선언함으로써 유통구조의 혼란과 물가의 폭등을 초래하였다. 이런 상황에서 기본적인 생활을 유지하는 데 필수적인 필수물자를 적정하게 공급하는 일이야말로 민생의 안정을 위해 무엇보다도 요구되는 것이었다.

미군정기 필수물자 수급정책은 경제안정화정책의 주요 수단으로 입안, 추진되었다. 1946년 봄 1차 미소공동위원회가 결렬되자 미군정은 물가안정화, 통화가치 안정화, 재정 안정화를 목표로 한 경제안정화계획을 입안하였다. 그런데 재정적자와 미군의 주둔비를 조선은행권의 발행에 전적으로 의존하는 상황에서 통화가치 안정화와 재정 안정화는 달성될 수 없었고, 필수물자를 적정하게 공급함으로써 물가의 안정을 도모하는 물자수급정책이 경제안정화 정책의 중심을 이루었다.

생산정책이 부재한 상황에서 이 시기 필수물자의 수급정책은 국내산 식량의 공출과 배급, 민간물자보급계획 하에 입하된 물자와 동 물자를 원료로 하여 국내에서 생산된 생필품의 할당과 배급 통제, 그리고 이들 물자의 가격통제로 구체화되었다.

그런데 저물가를 유지하기 위해 생필품의 통제가격을 낮게 책정함으로써 생필품 공장의 생산력 감퇴를 조장하였다. 따라서 원료가 공급되었음에도 불구하고 귀속공장의 낮은 생산 가동율로 생필품 수급을 조절할 수 있는 정도의 물자를 확보하는데 실패하였다. 게다가 군정이 확보한 생필품조차도 업무용으로 정부 기관과 청년단체에 우선 공급되었고, 민간에 공급된 것은 전체의 7%정도에 불과했다. 또한 확보한 물자를 운송하는 데 따르는 제반 어려움과 그 물자를 배급하는 과정상의 복잡성으로 인해 생필품의 적정한 공급을 기할 수 없었다.

한편 미군정은 물리적인 강제력을 사용하여 공출을 강행하였다. 미군정은 최소한 1인 1일당 2.5합의 식량을 배급하겠다고 언명하였으나 약속을 지키지 못했다. 실제 배급미는 평균 1.93합으로, 도시민들의 평균적인 식량 수요량의 절반 정도밖에 안 되는 양이었다. 이에 도시민들은 배급가보다 평균 5.4배나 비싼 가격으로 식량을 암시장에서 조달해야만 했다. 게다가 거액의 식량수매자금이 일시에 대거 방출되고, 공출과 배급에 요구되는 정부 보상비가 적자재정을 구성함으로써 식량 공출 및 배급정책이 통화팽창의 주원인이 되었다.

또한 중앙경제위원회는 물가안정화의 목표 수준을 설정하고, 그것에 준하여 통제가격을 낮게 설정하여 가격을 통제하고자 했다. 그러나 현실을 고려하지 않은 필수물자의 가격 통제로, 오히려 생필품의 생산이 감퇴되었고, 농민들은 공출을 기피하였으며, 필수물자가 암시장으로 흘러들어가는 상황을 초래하였다.

원조물자는 1948년 6월까지 도입량의 48%밖에 판매되지 않았다. 게다가 저물가를 유지하기 위해 원료물자의 가격을 시세에 비해 낮게 책정함으로써 물자 판매대금의 회수를 통한 통화수축의 효과를 거둘 수 없었다. 그리고 원조물자의 판매대금이 봉쇄계정의 형태로 적립되지 않고, 1948년부터 민간물자보급계획의 운영경비와 비료 배급비 및 수출 경비 등을 충당하기 위해 지출됨으로써 원조물자를 통한 디플레이션 효과를 기대할 수 없었다. 게다가 배급대행기관의 난립 속에서 물자가 적정하게 공급되지 못하고 부정한 방법으로 유통됨으로써 오히려 물가고를 더욱 조장하였다. 따라서 저렴한 가격으로 필수물자를 도입하여 공급한다는 애초의 목표를 달성할 수 없었다.

결국 미군정은 점령지긴급구호자금(GARIOA)을 재원으로 막대한 양의 원조물자를 도입하고, 그러한 원조물자 및 국내에서 생산된 필수물자의 가격 및 수급을 통제함으로써 물자의 수급을 원활히 하고자 했으나 물가의 폭등으로 표현되는 경제위기는 해결될 수 없었고, 이는 한국정부가 해결해야 할 주요한 정책 과제로 남겨졌다.

미군정기 근대적 여성상의 확산
- 『새살림』지 기사를 중심으로 -

정현주[*]

Ⅰ. 머리말

여성들에게 8·15광복은 특별한 의미가 있었다. 일제의 구속으로부터 해방과 전통적인 가부장제 봉건 구습으로부터 벗어날 수 있는 기회, 즉 일제와 봉건 구습이라는 이중의 구속으로부터 해방을 의미했다.

1945년 광복과 더불어 조선총독부 행정은 종지부를 찍고 1945년 9월 7일에 시작된 미군정은 1948년 8월까지 2년 11개월간 계속되었다. 미군정은 비록 짧은 기간 지속되었으나, 한국의 정치, 경제, 사회, 문화 및 행정제도에 많은 변화를 가져다주었다. 미군정은 일제와 대한민국 제1공화국을 잇는 잠정적, 교량적 성격을 띠고 있다.

미군정은 '민주주의 질서의 확립'이라는 원칙 하에 정치체제로는 민주국가, 경제체제로는 자본주의 국가의 건설을 목표로 하였다. 기구 개편에 있어 미국식으로 참모기구도 두었으나, 전체적으로 적극적인

---

* 서울특별시 북부여성발전센터 소장.

문제해결이나 창의적인 행정기구를 구상하였다기보다 현상 유지에 중
점을 두어 결국 토착화에는 실패했다는 평가도 있다.[1]

이러한 비판에도 불구하고, 미군정기는 여성사 혹은 여성정책사의
관점에서 중요한 의미가 있는 시기이다. 한국 역사상 처음으로 여성의
투표권을 인정하여 여성의 정치적 진출을 보장하였으며, 남녀평등의
헌법이 제정되었다. 또한 여성을 행정의 대상으로 삼은 최초의 정부
기구인 부녀국도 이 시기에 발족했다. 오늘날의 시각에서 볼 때 부녀
국의 기능과 역할에 미흡한 점이 있다 해도 부녀국은 근대적 부녀행
정의 시작이었으며, 부녀국이 실시했던 사업은 이후 여성정책의 모형
이 되었다.

이 시기 부녀국은 해방 후 근대국가 건설기에 여성을 어떻게 국민
의 일원으로 편입할 것인가를 두고 다음의 세 가지 방향의 정책기조
에서 사업을 추진하였다. 첫째, 여성의 선거권과 피선거권을 남성과
동등하게 인정하였다. 근대시민으로서 여성의 투표권을 인정하였던 것
이다. 두번째는 여성들의 적극적인 단체활동과 사회활동(노동권)을 보
장하고 여성해방론을 지지하였다. 세번째는 전업주부로서 여성상을 상
정하고 근대적 주부상을 추구하였다. 즉, 여성을 아동양육의 전담자로,
또한 의식주 생활의 관리자로 보았다.

여기서 우리는 전통적 여성상과는 대비되는 서구식 근대적 여성상
을 발견할 수 있다. 근대적 교육이 도입되기 전 여성에 대한 정규교
육이 부재했던 시절에 여성 교육은 가정교육이 전부였다. 전통적인 여
성교훈서인 『내훈(內訓)』에서는 여사행(女四行)이라 하여 여성에게 부
덕(婦德), 부언(婦言), 부용(婦容), 부공(婦功)을 가르쳤다.[2] 부덕의 전

---

1) 이한빈 외 11인, 『한국 행정의 역사적 분석: 1948-1967』, 한국행정문제연구소, 1969,
   p.420.

형은 시부모에게 효도하고 공경하는 것이다. 따라서 경순인종(敬順忍
從)의 아내가 곧 조선시대의 이상적인 여성상이었다. 가정에서 생활교
육으로 봉제사와 접빈의 예절을 가르치고, 가사기술과 근검절약을 훈
계하였으며, 육아법과 자녀교육에 대해서도 태교와 몸가짐 태도를 가
르쳤다. 이러한 전통적인 여성상은 구한말 서구 문물의 유입에 따라
변화하기 시작했다. 특히 1920, 30년대 일제시대에는 근대적인 가정
학(home economics) 지식에 기초하여 의식주생활의 합리화와 과학화를
지도 권장하는 생활개선사업이 국가적으로 추진되었다. 또한 '신여성'
의 여성해방론도 활발하게 전개되었다. 이러한 현상들은 일본적 근대
와 서구식 근대가 혼재된 가운데 일제 말 군국주의에 의해 압도되어
성격이 변질되었다.

미국식 민주주의 체제를 도입했던 미군정 부녀국은 일제시대와는
다른 서구식 여성상을 추구하는 정책을 폈다. 이 논문에서는 부녀국이
발간했던 기관 정책홍보지 『새살림』을 통해서 미군정이 추구한 여성
상을 살펴보고자 한다.

Ⅱ 미군정기 부녀국 설치와 『새살림』지의 창간

1. 부녀국의 설치 배경과 직제

미군정은 조선총독부의 기구를 그대로 이양받았다. 해방 당시 조선

---

2) 최이순 외 2인, 『한국가정학사』, 연세대학교 출판부, 1976, p.29 ; 부덕이란 재명
(才明)함보다 고요하고 절개있는 것이 이상적이요, 부언이란 말 잘함보다 나쁜 말
과 남이 싫어하는 말을 안하면 으뜸이요, 부용이란 예쁨보다 깨끗하면 좋고 부공
은 재주보다 길쌈에 전심하고 봉빈(奉賓)을 잘하면 그만이라는 것이다.

총독부의 행정기구는 1943년 12월 10일 조선총독부 훈령 제54호에 의해 개편된 기구였다. 이 때 기획부와 후생국을 두었지만, 과 제도는 미상이었다. 이 후생국이 부녀국의 모체가 되었다. 후생국은 1919년 8월 19일 기구 개편 시 경무총감부 하에 있던 위생과가 경무총감부가 폐지되고 경무국을 두게 됨에 따라 후생국으로 독립되었다가 종전을 맞았던 것이다.[3]

미군정은 여러 차례 기구 개편을 하였는데, 착취기관이나 통제기관들을 점차로 폐지하고 복지행정과 대민봉사를 위주로 한 행정기구를 신설 또는 강화하였다. 또한 종래의 국을 부로, 과를 처로 승격시켜 독립국가의 행정기구로서 그 면모를 갖추어 나갔다.[4] 1945년 9월 24일 미군정법령 제1호 '위생국설치에 관한 건'에 의해서 과거 경찰국 내의 위생과가 위생국으로 승격하였다. 1946년 3월에 이르러 국이 부로 승격되는 등 미군정의 행정기구 체제가 크게 정비되었다(미군정법령 제64호). 1946년 4월부터 10월 사이에 미군정 행정부처는 86개 부처에서 117개 부처로 급속히 팽창했다. 이 즈음 미군정은 군정 초기의 군정을 재편하였다. 우선 행정의 한인화를 추진하였으며, 자유주의적인 개혁을 추진하였고, 조선인 입법기구의 구성, 적극적인 사회경제적 개혁을 실시하는 등 정책적 변화를 시도하였다. 구체적으로 자유주의적 개혁, 미국적 민주주의 보급과 홍보를 위한 사업도 실시했다.

이러한 과정에서 1946년 9월 14일 군정 법령 107호에 의하여 보건후생부에 부인국이 설치되었다. 부인국 설치령의 내용은 3조로 구성되어 있다. 부인국장을 여성으로 임명한다는 사항과 부인국의 역할, 그

---

3) 보건사회부, 『부녀행정40년사』, 1987, p.674.
4) 박영기, 「우리나라 정부조직의 변천에 관한 역사적 고찰」, 『한국행정학보』21(1), 1987, p.101.

리고 경비지출 등이 규정되어 있다.[5] 초대국장에는 미국 미시간 주립대 사회학 박사로 경기여고 교장이었던 고황경이 임명되었으며, 고문에는 미국 적십자사의 헬렌 닉슨 여사가 임명되었다. 부인국은 고황경이 국장으로 취임하면서 곧 부녀국으로 개칭되었다.[6]

제1조 부인국의 설치

조선정부 보건후생부내에 부인국을 설치함. 부인국장은 부인으로써 차에 임하며 군정장관이 임의 임면할 수 있음. 국장은 필요한 직원을 임명하여 국에 필요한 장소와 용도품을 조달할 권한이 유함.

제2조 직능 급 임무

부인국은 좌기 직능 급 임무를 유함

(가) 조선부인의 사회, 경제, 정치 급 문화적 개선에 관하여 군정장관
    에게 진언함.

(나) 조선부인의 지위 급 복지에 관한 자료를 채집하여 그 조사연구
    의 결과를 발표함.

(다) 조선부인의 복리증진을 위한 좌기 사항에 관한 의견을 정부기관
    에 구신하여 그 표준과 방책을 제정함. 단, 좌기 각항은 예시에
    불과함.

　(1) 부녀의 노동조건 개선

　(2) 부녀의 직장 확대

　(3) 공업, 농업, 교육, 예술 등 직업 급 가정에 처한 부녀의 복지

　(4) 관청사무에 대한 부인의 활동 범주

　(5) 보건 특히 임부의 보건 급 분만

　(6) 부인의 참정권

　(7) 매음부의 취체와 그 제도의 폐지

---

5) 한국법제연구회, 『미군정법령집』, 여강출판사, 1971, p.309.

6) 림영철, 『바롬 고황경 그의 생애와 교육』, 삼형, 1988, pp.120-121. 이는 1947년도
   와 48년도의 부녀국에서 발간한 계몽지 『새살림』의 기사에서 부인국이라는 용어
   가 사용되지 않고 부녀국이라는 용어가 사용된 것으로 보아 림영철의 해석이 맞
   는 것으로 생각된다.

(8) 불량 부녀와 그 교정방법

(9) 부녀의 여행에 대한 일반의 보조

제3조 경비의 지출

본령 시행에 필요한 경비는 조선정부 재무과에서 차를 지출함.

제4조 유효기간

본령은 공포 후 10일부터 효력이 생함.

1946년 9월 14일

조선군정장관 미국육군 소장 아-취·엘·러-취

부녀국 설치는 미군정 당국의 보건후생 업무의 중시와 맥을 같이 하는 것이며 또 다른 측면에서는 노동부, 공보부 등과 함께 수혜자 중심의 행정기구 중 하나였다.[7] 지방정부에도 미군정법령 제25호에 의해 도 보건후생부가 설치되었다. 이전에 경찰부의 위생과와 내무부의 사회과 등에서 맡았던 업무를 보건후생부에서 관장하게 되었던 것이다. 이러한 조치는 당시 남한의 보건후생 수준이 매우 열악했고, 해외 귀환 동포·월남민·실업자·빈곤민의 범람으로 보건 후생기능이 긴급히 필요하게 되었기 때문이다. 세계적으로도 제2차 세계대전 후 보건후생에 대한 관심이 고조되고 있었던 데서도 영향을 받았다. 이와 같이 보건후생부가 중앙부서로 등장하고 또 중앙 부서에 부녀국이 창설된 것은 한국 행정사상 처음 있는 일이었다.

○ 부녀국, 노동과 연락과 아동과로 출범

미군정당국이 부녀국을 설치한 것은 여성의 지위향상을 위한 조처였다. 당시 신문은 "조선에 있어서도 부녀자의 사회 경제 정치 문화 등 각 방면에 걸친 완전하고 동등한 민주주의 이념을 실현하기 위해

7) 신상준, 『미군정기의 남한행정체제』, 한국복지행정연구소, 1977, pp.628-629.

520

서 (부녀국을) 설치하였으며, 조선부녀자 장래에 있어 정당한 지위를 차지하게 하려는 의도의 직접적인 표현"이라며, 부녀국 설치를 환영하였다.[8]

부인국 설치령에서 국장에 여성만을 임명하도록 규정한 것은 우리 역사상 처음으로 고위 공직에 여성들이 참여하게 되었다는 점에서 여성의 지위 개선의 의미가 있다. 뿐만 아니라 국장에게 필요한 직원을 임명할 권한도 주어졌다. 여성의 사회활동을 장려하는 이러한 조치들은 미국적 민주주의 장점과 가치를 널리 알리는 의미가 있었다.

부녀국에서는 여성의 사회, 경제 정치 및 문화적 생활개선, 복지향상을 위한 자료의 수집과 조사연구, 부녀노동 조건 개선, 직장 및 가정에서의 부녀의 복지, 관청사무, 보건, 참정권, 윤락녀의 취체와 그 제도의 폐지, 불량 부녀와 형제 부녀보호 등의 기능과 임무를 맡게 되었다. 부녀의 높은 문맹률과 남한 단독 총선거 참여에 대한 대국민 홍보의 필요성에서 교육과 참정권 등이 부녀국의 주요 기능에 포함되었다. 부인국 설치령에서 예시로 제시하고 있는 9가지 사업 중 여성노동과 관련된 규정이 4개항으로 가장 많아 당시 미군정 당국이 근로여성문제를 중시했음을 알 수 있다. 그 결과, 부녀국의 하부조직 중 하나로 노동과가 설치되었다.

그러나 법령은 이런 업무 내용을 예시에 불과한 것이라며 부녀국의 업무를 폭넓게 규정하였다. 부녀국장 고황경도 부녀국의 업무에 대해 법령상의 부녀국의 분장사무가 무엇이냐를 떠나 "부녀국의 중심 목적은 조선 여성의 향상"이고, 부녀국의 사업범위는 "육아를 포함한 조선 여성에 관계되는 모든 부문"이라고 밝히고 있다.[9]

---

8) 『조선일보』, 1946년 8월 29일.

9) 고황경, 「부녀국 설치에 대하여」, 보건후생부 부녀국, 『새살림』, 1947년 1월호 창

부녀국에는 노동과, 연락과, 아동과가 설치되었다. 세 과의 담당업무와 인력 등 조직에 대해서는 법령외에 1차 자료는 없다. 다만, 부녀국에서 발행한 계몽지 『새살림』 기사로 담당업무와 담당과장을 추측할 수 있다. 노동과에서는 부녀의 노동조건의 개선, 부녀의 직장확대, 직업과 가정에서의 부인의 복지문제, 공창폐지 문제를 담당하였으며, 연락과는 지방에 부녀계 조직과 이를 위한 지도자 양성과 교육 등의 업무를 담당했고, 아동과는 아동의 보호와 영양, 상담 등을 담당하였다. 노동과의 과장은 김용련, 연락과 과장은 이숙자, 아동과 과장은 윤종선이었다.

여기서 미군정 부녀국의 3과 체제에 대해 여러 연구에서 다르게 기록하고 있어 이를 밝히고자 한다. 이렇게 오류가 생기는 이유는 보건사회부에서 발간한 『부녀행정 40년사』(1987)를 계속 인용함으로써 빚어진 것이라고 생각된다. 즉, 위의 책을 인용하는 연구에서는 부녀국 산하에 3개의 과가 있었으나, 실제로는 2개 과로 운영되었다고 쓰고 있다. 그 이유로 역대 과장 명단에서 아동과장의 명단이 누락된 것을 증거로 들고 있다.[10) 이를 인용한 논문이 여러 편 있다.[11)

두번째는 첫 번째 경우와 마찬가지로 아동과에 대해서는 언급이 없고, 노동과와 연락과가 미 군정기에 보호과와 지도과로 바뀌었다는 것이다. 그 이유로 선진국과 당시 남한의 여건이 달랐기 때문이라는 것

간호, 1947, pp.7-9.

10) 보건사회부의 『부녀행정40년사』(1987)는 부녀국에 노동과와 연락과 두 개 과를 두었다고 기록하고 있다(p.674). 또한 같은 책에서 노동과장으로는 김용련(1946-1948.11)을, 연락과장으로는 이숙자(1946-?)만을 명기하였을 뿐 아동과장이 누락되어 있다(p.244).

11) 신현옥, 「국가개발정책과 농촌지역 여성조직에 관한 연구-1960-70년대 마을 부녀조직의 역할과 활동을 중심으로-」, 연세대학교 대학원 박사학위논문, 1999 ; 황정미, 「해방후 초기 국가기구의 형성과 여성(1946-1960)-부녀국을 중심으로」, 『한국학보』28권 4호, 2002 등이 있다.

이다. 즉, 일반적으로 산업이 발전한 선진국의 부녀국의 업무가 주로 여성근로자에 관한 문제였기 때문에 그 예에 따라 미군정의 부인국도 미국식으로 노동과를 두었다. 그러나 해방 후 남한의 상황은 산업이 아직 발달 전 단계였고, 따라서 여성근로자의 수도 매우 적었다. 반면에 남과 북에 서로 다른 체제의 국가가 수립되면서 월남하는 부녀자들이 매춘부가 된다던가 술집작부로 전락하는 문제가 발생하여 부녀자의 보호가 더 시급한 문제로 등장하였기 때문에 노동과·연락과의 2개과 체제를 보호과·지도과 체제로 개편하였다는 것이다.[12]

그러나 이런 기구 개편에 대한 설명은 오류로 보인다. 우선 미군정 부녀국의 기관지였던 『새살림』지에는 아동과장 윤종선의 글이 여러 곳에 게재된 것으로 보아 아동과가 계속 존재하였던 것으로 생각된다. 노동과와 연락과의 경우도 이 2개 과가 주최하는 교육이나 행사에 관한 기사가 있는 것으로 보아 3과 체제가 미군정 종료시까지 이어졌던 것으로 보인다. 다만, 1948년 정부수립 후 부녀국의 과 단위 조직이 보호과와 지도과였으며, 1947년 6월에 설치된 서울시 부녀과가 하부 조직으로 보호계와 지도계가 설치한 것으로 보아 이 세 과가 어느 시점, 아마도 제1공화국 설립 직전에 2개과(보호과, 지도과) 체제로 개편되었을 가능성도 있는 것으로 보인다. 자료검토가 필요한 부분이다.[13] 어찌되었던 현재의 『새살림』 등의 사료로 보아 미군정기 부녀국은 3과 체제로 운영된 것으로 보인다.

---

12) 림영철, 앞 책, 1988, pp.120-121.
13) 정현주, 「대한민국 제1공화국의 여성정책 연구」, 이화여자대학교 박사학위논문, 2004 참조.

○ 지방 시도에서 부녀계 설치

부녀국의 지방조직은 다음과 같은 경위로 설치되었다. 고황경은 취임 후 곧 지방에 부녀계를 설치하는 일에 착수했다. 그 방법은 중앙의 부녀국 일행이 지방에 가서 간담회를 개최하고, 부녀국의 지방조직 실행위원회를 조직하여 부녀계 설치를 지원하는 것이다. 1946년 11월부터 강원도를 시작으로 부녀국장, 닉슨 부녀국 고문, 그리고 직원들이 지방순회에 나섰다. 경북, 경남의 순으로 각 시도를 방문하여 지방의 유지부인들과 여성지도자를 대상으로 부녀계 설치를 위한 좌담회를 가졌다. 이런 좌담회는 대개 도지사의 인사말, 닉슨여사와 고황경 국장의 강연, 그리고 참석자의 토론, 실행위원회 구성의 순으로 진행되었다.

고황경국장과 닉슨 여사의 강연 내용은 부녀국 설치의 의의, 부녀국 설치령 소개, 부녀국 지방조직 실행위원회 구성, 여성관련 단체의 등록 권장, 여성지위 향상의 중요성, 남녀평등의 진정한 의미, 가정경제와 국가경제와의 관계, 노동 부인을 위한 시설의 필요성, 임산부 보호, 부녀범죄의 문제와 예방, 공창폐지 대책위원회 구성, 행려자 보호 문제, 축첩문제, 여성 직장의 확대와 사회문제, 여성참정권과 여성교육의 중요성, 미국의 부녀복지 소개 등이었다. 이런 내용은 부인국 설치령에 제시된 부녀국의 업무임과 동시에 여성들의 의식을 계몽하기 위한 주제였다.[14]

좌담회 개최의 가장 중요한 목표는 부녀국의 지방조직 실행위원회

---

14) R생, 「강원도 춘천 부녀국 설치 좌담회」, 보건후생부 부녀국, 『새살림』, 1947년 1월호 창간호, 1947, pp.43-44 ; 편집국, 「경남북 부인과 설치에 대하여」, 보건후생부 부녀국, 『새살림』, 1947년 2·3월호 ; 김용련(노동과), 「드듸여 부녀계는 탄생하였다」, 보건후생부 부녀국, 『새살림』, 1948년 1·2월호, 1948, pp.50-52.

를 구성하는 일이었다. 대개 지방유지, 특히 도지사 부인이나 우익 여성단체에서 활동하던 이들이 위원장으로 선출되었다. 예를 들어 강원도의 경우, 지방조직 실행위원 18명이 임명되었는데, 위원장에는 춘천도지사 부인 박해신이 피선되었다.[15] 경상남도의 경우, 실행위원장에 김로전을, 부위원장에 김필애, 방덕수를 포함한 25인이 선출되었다.[16] 경상북도는 부녀과 실행위원장에 김선인, 부위원장에 이정덕을 포함하여 19명의 위원을 선정하였다.[17]

지방조직 실행위원으로 도지사 부인이나 우익여성지도자로 구성되었다는 점은 정부수립 후 여성단체의 회원 특성이나 활동방향을 읽을 수 있는 대목이다. 특히 경북 부녀과 설치 좌담회에서 고황경은 "기존의 애국반, 교회 단체, 과학관계 단체, 고학생 구호단체, 각 학교 동창회, 자모회, 모자회 등은 속히 부녀국에 등록하여 줄 것"과 "등록하여 주면 관청의 힘으로 뒤를 밀어주겠다"는 발언을 하였다.[18] 이는 좌우대립이 심화되던 당시 상황에서 미군정 당국이 부녀국을 통해 좌익 여성단체를 배제하고, 우익 여성단체로 통합해 가고 있음을 보여주는 것이리 할 수 있다. 해빙직후 좌우익이 함께 결성했던 건국부녀동맹이 우익인사들의 탈퇴로 와해되고 우익과 좌익이 각각 다른 단체를 결성하여 활동을 벌이면서도 공창폐지운동의 경우는 힘을 합하여 목적을 달성하기도 했으나 미군정이 점차 사회주의계열을 탄압함에 따라 그 세력이 축소 일로를 걷고 있었다.

부녀국이 지방에 부녀담당 부서 설치를 독려한 결과, 1947년도에

---

15) 보건후생부 부녀국, 『새살림』 1947년 1월호, 1949, p.44.

16) 보건후생부 부녀국, 『새살림』, 1947년 2·3월호, 1947, p.47.

17) 앞 글, p.57.

18) 앞 글, p.54.

오면 모든 시도에서 부녀담당행정조직의 결성을 마칠 수 있었다. 서울시의 경우는 1947년 6월에 부녀과를 설치하였다. 그리고 1947년 10월 6일 충남을 시작으로 11월 4일 까지, 충북, 전남, 충남, 경북, 강원의 순으로 지역 부녀계가 설치되었다. 경기도는 당분간 의무국 간호사업계에서 겸임하기로 하였다. 전북과 제주도는 11월 13일까지 설치하기로 하였다.[19] 고황경 국장 일행이 1946년도 1차 순회에 이어 1947년도 2차 순회하면서 도지사로부터 부녀계 설치를 약속받거나 이미 설치한 부녀계 조직 현황은 다음과 같다. 다만, 이는 어디까지나 구두 약속으로 그 후에 각 지방의 실정에 맞게 직제화되었다(<표 1> 참조).

<표 1> 미군정기 지방의 부녀계 조직 현황

지역	좌담회 개최일	설치일	내용
서울특별시	-	1947. 6	후생국 부녀과내 보호계, 지도계 설치
강원도	1946. 11	1947. 11 . 4	부녀계
경기도	-	1947. 11. 11	의무국, 간호사업계에서 겸임
경상북도	1946. 12. 3	1947. 10. 27	부녀계
경상남도	1946. 12. 9	1947. 10. 23	부녀계
충청북도	1947. 10. 6	1947. 10. 8	계장과 계원 2명, 총 3명 약속
충청남도	1947. 10. 16	1947. 10. 6	부녀계 탄생
전라북도	1947. 10. 10	1947. 11. 13	미완
전라남도	1947. 10. 12	1947. 10. 13	부녀계 탄생
제주도	-	1947. 11. 13	미완

출전 : 보건사회부, 1975, 『부녀행정30년사(안)』, p.110 ; 김용련(노동과), 「드디여 부녀계는 탄생하였다」, 보건후생부 부녀국, 『새살림』, 1948년 1-2월호, pp.50-52. 참조 작성.

지방 부녀계 설치를 마친 후, 부녀국은 '지방 계장 회의'를 소집하였다. 이 회의는 1947년 11월 13-14일에 개최되었다. 오전 9시부터

---

19) 김용련, 앞 글, pp.50-52.

12시까지 부녀국 회의실에서 열렸다. 첫날에는 고황경 국장의 '여자
행정관으로 알아둘 것 몇 가지'에 대한 강의와 아동과장 윤종선의
'아동과에서 하는 계획과 연하여 사업보고'가 있었으며, 마지막으로
영화시사회가 있었다. 둘째 날에는 고황경의 급수관기(給數官紀), 공
무원의 등급과 이에 따른 기강의 문제)에 관한 상세한 설명이 있은
후, 국장의 출장 이후의 진행 상황에 대해 각 지방계장의 보고가 있
었다. 이 회의 보고에 따르면 공창폐지 대책위원회가 조직된 곳이 경
남의 부산과 마산, 경북의 대구, 충남 대전, 서울, 충북 청주, 전남 광
주, 경기 인천이었다. 또한 시울시 부녀과 과장인 김성실의 '시청 부
인과에서 하는 사업에 관하여' 라는 발표가 있었다.

이 회의에 참석한 인물은 송국철·김필애(부산), 황숙현(대구), 이순
선·송병재(대전), 김순이(진주), 한진광(마산), 김경희(서울), 조윤순(제
주), 조아라(광주), 이경지(개성)로 지방에서 여성정책을 담당하는 공무
원들이었다. 끝으로 이들에게는 12월중 실천사항 목표로 '직업여성의
조사와 부모교육'이라는 과제가 주어졌다. 또한 『새살림』지를 주어 귀
향하면, 주민들에게 배포하도록 하였다.[20] 부녀국은 지방에 부녀국이
설치되기 전에도 지방의 여성지도자를 선정하여 대표자회의와 강습회
를 실시한 바 있다(<표 2> 참조).

우리나라 역사상 최초로 조직된 여성정책담당기구인 미군정기 부녀
국은 중앙에 이어 지방의 조직을 완료함으로써 한국 여성정책의 기반
을 마련했다는 평가를 내릴 수 있다. 그리고 미군정기 부녀국의 사업
들은 제1공화국 부녀국에 계승되었다.

---

20) 보건후생부 부녀국, 『새살림』, 1948년 1·2월호, 1948, p.56.

<表 2> 지방연락원 대상의 교양교육 및 직무교육

회의명	장소	참석범위	일	내용	근거
부녀국지방 연락원강습회	군정청회 의실	각도대표부녀 국지방연락원	1947. 6.27-28	지도자로서 알아야 할 사항	『새살림』 1947년 8·9월호, p.49.
부녀국지방 연락원강습회	화신백화 점영사실	지방 각도 대 표 부녀국지방 연락원	1947. 8.11.-12.	지난달의 실천사항 검토, 새로운 계획 상의	『새살림』 1947년 10월호, p.18.
지방대표자 강습회	부녀국회 의실	각도대표부녀 국지방연락원	1947. 9.22-24	보선법에 대하여(황 애덕) 공창폐지에 관 하여, 지방대표자보 고, 공보부활동사진 시사회	『새살림』 1947년 11·12월호 p.42.
각 지방 계장회의	부녀국 회의실	각도대표부녀 국지방연락원	1947. 11.3-4	여자행정관으로 알 아둘 것 몇가지(고 황경), 아동과에서 하는 계획과 사업 보고(윤종선), 급수 관기 설명, 서울시 청부녀과 사업에 관 하여(김성실) 미국의 광경소개(미군중위)	『새살림』 1948년 1·2월호, p.56.

2. 『새살림』지의 창간

부녀국에서는 여성계몽과 교양을 도모하여 민주주의를 진작시키고
자 1947년 1월부터 부녀국 소관으로 월간지 『새살림』을 발간하였다.
이 잡지는 "여성들의 지위 및 자질 향상을 위하여 부녀의 선생이 되
며, 벗이 되고 지도자가 되게 하는데" 목적이 있었다.[21]

『새살림』지 창간 1주년에 부녀국장 고황경은 『새살림』은 "우리 조선여성에게 가장 관계가 깊은 세계 소식, 국내소식, 또한 우리로써 꼭 알아야 할 방면의 여러 가지 지도와 상담이 실려있다"고 밝혔다.[22]

『새살림』은 부녀국 및 여성계 소식, 선거계몽, 근대적 의식교육 및 민주주의 교육에 대한 여러 인사들의 글, 한글 바로 아는 법, 보육법, 민주주의 소개, 예방 의학강좌, 양재, 요리법, 종교교육(기독교), 고황경의 사회학 상식 강좌, 시·시조·소설(연재소설로 '한무숙의 등잔불 드는 여인,' 홍효민의 장편역사소설 '인현왕후와 장희빈' 등), 적십자사 소개, 외국의 소식(세계여자기독교청년회 참가보고, 세계기독교청년회 참가보고 등), 국제상식(유엔, 로시아와 원자폭탄 등), 유머 등으로 꾸며져 있어서 종합적인 여성계몽잡지로서 일익을 담당했다.

이 잡지는 여성 문해교육, 정치교육, 부녀교육, 새살림 정책 보급의 전위 매체 구실을 하였다. 『새살림』의 발간 주기는 1달 또는 2달에 한번 이었으며, 발간부수는 알 수 없다. 다만, 5·10선거를 앞둔 1948년 3·4월에는 5천여부를 인쇄하였다는 기록이 있다. 3,500부는 지방에, 1,900부는 서울에 배포하여 총선거 내한 계몽운동을 전개하였다.[23] 『새살림』지는 1947년 1월에 창간되어 제1공화국 기간을 거쳐 1962년까지 계속 발간되었다. 그러나 미군정기의 『새살림』지가 정부의 여성정책이나 풍부한 교양 상식으로 꾸며졌다. 제1공화국으로 가면 여성정책보다는 전반적인 국가 홍보 내용이 많아져 다소 여성독자의 홍미와는 멀어진 것으로 보인다.

『새살림』은 기본적으로 정부가 발간한 기관홍보지의 성격을 갖고

---

21) 보건후생부 부녀국, 『새살림』, 1947년 1월호, 1947, pp.2-4.
22) 보건후생부 부녀국, 『새살림』, 1948년 1·2월호, 1948, p.10.
23) 보건후생부 부녀국, 『새살림』, 1947년 1월호, 1947, pp.2-4.

있다. 미군정기의 『새살림』은 여성의 의식을 계몽하기 위한 내용이 풍부하게 실려 있어 이 시기 부녀행정, 여성정책의 방향을 살펴보는 데는 기본적인 사료로 활용된다. 한편 일부 학자들은 친기독교적, 친미적, 반공적 색채가 진하다는 비판을 하기도 한다.[24]

Ⅲ. 『새살림』지에 나타난 근대적 여성상

부녀국 업무는 '부인국 설치령'(미군정법령 107호)에 이미 규정된 바 있다. 실제로 규정된 업무를 모두 추진했는지 그 전모를 파악하기는 어렵다. 다만, 부녀국의 기관지 『새살림』지와 당시 신문 기사 등을 기초자료로 부녀국이 추진한 사업을 파악할 수 있다.

부녀국에서 추진한 사업은 크게 3가지로 나눌 수 있다. 첫째, 의식계몽사업이다. 여기에는 한글문해교육과 5·10총선거에 대한 계몽이 포함된다. 둘째, (가정)생활개선 사업이다. 의식주 생활의 합리적 개선과 더불어 근대적 아동양육 방법의 보급이 포함된다. 셋째, 여성인권보장과 복지 증진 사업이다. 공창폐지령 통과와 그 후속 조치에 관한 사업과 근로여성을 위한 사업계획 등이 포함된다.

이러한 사업을 통해 미군정이 추구한 여성상은 다음의 두 가지로 나타난다. 첫째는 여성을 근대국가 시민으로 보고 이를 위한 정책을 추진했다. 이를 위해 한글을 가르치고, 투표권을 행사를 독려하고 여성의 단체활동, 정치진출 등 사회활동을 장려하였다. 둘째는 생활개선 사업을 통해 전업주부로서의 여성상을 추구하였다. 전통적으로 가정

---

24) 이희수, 「미군정기 성인교육의 정치 사회화 기능」, 중앙대학교 대학원 박사학위논문, 1996, p.147.

내에서 배웠던 여러 가지 살림의 방법을 근대 가정학의 틀에서 과학적이고 합리적인 살림 방법으로 가르치고자 하였다. 또한 자녀양육을 전담하는 주부의 역할을 지향하였다.

1. 국가건설에 참여하는 여성

○ 한글을 깨치고 교양도 쌓아야

근대국가의 시민, 여성은 더 이상 집안에서 살림만하지 않는다. 남성과 똑같이 투표권을 가지며, 단체를 결성하기도 하고, 정치에 직접 뛰어들 수 있다. 미군정 부녀국은 이렇게 여성을 시민으로 양성하기 위한 사업을 추진하였다. 이를 위해 가장 시급한 과제가 문맹을 퇴치하는 것이었다.

미군정의 문맹퇴치 사업은 국민을 대상으로 단순하게 한글을 해득하는 능력을 높이는 사업이 아니었다. 민주주의 제도의 정착과 좌익과의 이념투쟁에 필요한 도구였다. "공산주의자늘이 부식대중을 현혹하여 민주주의 국가 정체를 위협한다"고 보았기 때문이다. 이런 배경에서 미군정기에 관민이 일치하여 문맹퇴치 운동을 활발하게 전개했으며 소정의 성과도 거두었다. 1945년 8월 31일 현재 남한민의 문맹률이 79%였으나, 1947년 8월 31일에는 29%로 줄어들었다.[25]

미군정기 문맹퇴치 사업은 문교부 성인교육국에서 주도하였으나, 부녀대상의 문맹퇴치 사업은 부녀국이 중심이 되어 추진되었다. 부녀국이 문해교육을 최우선 과제로 하지 않을 수 없었던 이유는 여성이 남성에 비해 문맹율이 훨씬 높았기 때문이다.[26] 1944년 5월 31일 일본

---

25) 신상준, 앞 책, 1997, p.452.

총독부 조사 결과에 따르면, 남자 불취학률이 76.7%인데 비해 여자 불취학률은 95.0%에 달해 거의 무학자였으며, 문맹여성이 92%에 달한다는 기사도 있다.[27]

다음의 글은 "여성들에게 급한 것은 가정제도의 개혁인데, 이보다 더 큰 문제는 국문부터 쓸 수 있어야 한다"는 절박한 심정을 표현하고 있다. 여성들도 이제 글을 배울 뿐만 아니라 독서도 하여 교양을 높여야 한다고 주장하였다.

> 우리는 이미 안해(아내)된 책임 며느리의 책임 또 어머니의 책임으로 분주하다, 하루 이십사시간이 우리에게는 짧으며 할 일은 너무도 많다. 그 할 일이란 것은 전부가 육체의 노동이요 노예적 노동이요 죽는 날까지 마치지 못하는 끝없는 일이다. 지금까지 우리여성들은 소나 말처럼 대우를 받아오고 조선 남성들은 거기 대한 아무런 반성도 없는 것이다. 우리는 앞으로 우리의 가정제도를 절대로 개혁해야 할 것이다. 이 개혁문제는 너무나 큰 문제이므로 다음 기회로 미루고 우리에게 시작해야 될 것은 우리가 알아야 된다는 것이다. 우선 국문을 읽을 수 있는 여성이 몇 퍼센트나 될까. 나는 전국여성의 삼분지 일도 못되지 않을까 의심한다. 그러면 국문부터 쓸 줄 알아야 다른 문제는 나중 토의할 것이다. (…) 이제 우리는 읽는 습관을 시작하자. 날마다 한 시간이라도 아무리 바빠도 밥을 먹고 잠을 자는 것처럼 우리는 잠을 한 시간 덜 자더라도 꼭 책을 몇 페이지라도 읽자! (…)[28]

미군정 부녀국은 문맹퇴치사업과 아울러 교양강좌를 개최하여 여성들의 의식계몽을 꾀하였다. 이를 위해 직장여성 강습회, 어머니학교

---

26) 이배용, 「한국여성생활과 의식변화에 대한 현대사적 고찰-1948-1970년대를 중심으로-」, 『한국근현대사연구』21호, 2002.
27) 이희수, 앞 글, 1996, p.133.
28) 김메리, 「우리는 먼저 알아야 한다」, 『새살림』1947년 5월호, 1947, pp.19-20.

운영 등을 실시했다.

부녀국 노동과에서는 교환수와 백화점 점원, 그리고 지방연락원을 대상으로 직장여성 강습회를 개최하였다. 서울시내 본국, 광화문, 용산 전화국의 교환수 4백명을 대상으로 6월13일부터 약 3개월간 매일 2시간씩 일반상식·가사·위생·재봉·음악 등에 대한 교화강습회를 개최하여 350명이 이수하였다.[29] 1947년 8월 11일 – 13일에 화신백화점과 동화백화점에서 백화점 여점원 170명과 지방대표 5명등 175명이 참석한 가운데 '일반상식과 성도덕에 관한 교화 강습회'가 열렸다.[30] 또한 지방연락원 강습회도 수차 개최하였다. 1947년 6월, 8월, 9월, 11월에 개최되었다. 내용을 보면, 고황경 국장의 '공창폐지', '여자행정관이 알아야 할 사항' 등에 대한 강연, 지난달 각자 지방에서의 실천사항 보고, 서울의 시설 견학, 공보부 홍보 사진 시사회 아동과 사업 보고, 외국의 관련 사업 보고, 뉴스보도 등이 포함되었다(<표 2> 참조).[31]

부녀국은 1948년 3월 27일 부터 5월 2일까지 매주 토요일 약 2개월간 부녀사업관에서 어머니 학교를 개설하였다. 이 행사에는 100명의 부인이 참석하였고, 고황경 국장의 '어머니와 세계'라는 제목의 강연이 있었으며, 의사 민부식의 '어린이 위생'에 대한 강연, 그리고 총선거에 대한 설명이 있었다.[32] 이와 더불어 다가올 1948년 5월 10일 총선거에 대한 선전과 문자교육이 같이 실시되었다. 『새살림』지에는

---

29) 보건후생국 부녀국, 『새살림』, 1947년 8·9월호, p.49, 10월호, 1947, p.17.

30) 보건후생국 부녀국, 『새살림』, 1947년 10월호, pp.17-18, 1947년 11·12월호, 1947, p.39.

31) 보건후생부 부녀국, 『새살림』, 제1권 제6호, 1947년 10월호, p.18, 1947년 11·12월호, 1947, p.42, 1948년 1·2월호, 1948, p.56.

32) 보건후생부 부녀국, 『새살림』, 1947년 8·9월호, 1947.

한글을 바로 알리는 기사를 게재하기도 하였고, 야간이나 농한기에 어머니학교를 개설하여 농촌부녀자 문맹퇴치사업도 전개했다. YWCA나 기독교계명협회와 같은 단체에서도 독서보급운동이나 문맹퇴치 사업을 벌여 정부정책에 협조하였다. 이들 단체도 한글 외에 교양교육도 실시하였다.

　○ 새 국가건설을 위해 반드시 투표해야, 축첩자는 안되고
　　여성후보자에게 투표를

당시 문맹퇴치사업은 단순히 문자해득교육이 아니라 민주국가의 시민으로서 여성들의 자질향상과 사회진출을 촉진하기 위한 의식 개혁 사업이었다. 고황경 부녀국장은 1947년 12월 3일 경북도청에서 '부녀과 설치에 대해서' 라는 제목의 강의에서 법령에 명시된 부녀국 업무에 대해 설명하면서 남녀 동등권이란 "여자와 남자는 특색이 다르고, 따라서 하는 일도 생각하는 것도 다르기 때문에 참된 남녀동등권이란 남녀가 하는 일은 다르되, 한 일에 대한 가치를 똑같이 하자는 것"이라고 설명했다. 앞으로 "여자들이 할 일이 많고, 여자에게도 직장이 확대되어 점점 사회에 진출하는 일이 많아질 것이며, 노동하는 부녀들은 가정을 깨트리지 않고 일을 더 잘하여 나갈 수 있게 만들어야 한다"고 보았다.[33]

다시 말해 부녀교육은 문해교육인 동시에 정치적 의식화를 통한 여성의 정치참여 교육이었다. 그리하여 전통적인 여성의 역할 즉 주부로서의 역할을 근대적, 합리적으로 수행토록 함과 동시에 직업인, 또는 사회인으로서의 역할, 때로는 정치인으로서의 역할 가능성도 강조하였다.

---

33) 보건후생부 부녀국, 『새살림』, 1947년 3·4월호, 1947, pp.53-57.

구체적으로 여성의 참정권 행사의 중요성과 5·10선거 참가 홍보 사업을 전개하였다. 선거 직전에 보통선거법이 개정되었다.[34] 선거권을 부여하는 최소연령이 23세에서 21세로 하향 조정되었으며, 서명이 아니라 '작대기' 투표방식을 채용하여 문맹자에 대한 차별요소도 제거되었다. 또한 월남주민을 위한 특별선거구제도 폐지되었다. 이는 전향적인 정치개혁으로 평가받아 무리가 없었다. 그러나 피선서권은 여전히 25세였다. 투표자격은 반드시 사전에 자진 등록해야 자격이 주어지고, 선거일 60일 이전부터 해당지역 거주자로 한정되었다. 정당공천제는 폐지되었으며, 200명 이상 주민의 추천만으로 등록이 가능하여 입후보자의 개인적 인기가 선거에서 큰 비중을 차지하게 되었다. 선거운동에서 정당원은 배제되었으며, 입후보자 개인만 선거운동을 할 수 있어 인물위주의 선거가 되었다.[35]

이렇게 단독국가 수립을 위해 보선법 제정 등 준비가 완료되었으나, 당시 한국민에게 민주주의의 절차와 방법, 과정은 매우 생소한 것이었다. 미군정청은 미국식 민주주의제도를 성공적으로 이식시키기 위해 미국식 시민 재교육과 언론매체를 통해 자유민주주의 문화를 확산시켜나가는 시책을 펴기 시작했다. 민주시민 교육은 정치활동의 주체인 성인대상의 교육을 통하여 수행하였다.

선거를 약 두 달 앞둔 시점에서 미군정 부녀국은 언론을 통해 시도의 부녀계를 총 동원하여 대대적인 선거계몽 활동에 돌입한다는 계획과 함께 여성들을 향해 투표 지침을 밝혔다. 부녀국이 여성들에게 제

---

34) 이 과정에서 미군정의 러취 장관은 선거권자의 연령문제를 가지고 문제제기를 하였다. 선거연령을 23세로함에 따라 150만명이 선거권을 가질 수 없다는 점에서 비민주적이라고 비난하면서 입법의원에 개정을 요청한 바 있었다. 『서울신문』, 『조선일보』, 『동아일보』, 『경향신문』, 1947년 6월 13일.

35) 유영익, 『이승만 연구 : 독립운동과 대한민국건국』, 연세대학교 출판부, 2000, pp.466-468.

시한 투표 지침은 다음과 같다. "첫째, 여자 대의원 입후보자에 대해 전폭적인 지지를 해야 한다. 단, 여자 대의원이 입후보하지 못한 지역에서는 여성의 사정을 가장 잘 알아줄 사람에게 투표한다. 둘째 절대로 정당단체를 가리지 말고 여성을 위해 노력을 아끼지 않을 사람에게 투표한다. 셋째, 축첩자에 대해서는 절대로 투표하지 않는다" 등이었다.[36] 이러한 지침은 여성의 입장에서 여성의 권익을 위해 일할 수 있는 후보에게 투표하라는 것으로 상당히 앞선 내용이었다.

보통선거법이 제정된 1947년 여름 이후부터 남조선 과도정부 주도로 총선거에 대한 홍보가 급증하였다. 각종 서적, 팜플렛, 전단지 및 포스터가 제작, 배포되었고, 정치홍보와 이념교육이 실시되었으며, 남한 전역에 홍보용 영화, 뉴스영화, 미국의 일반영화 등이 상영되었다. 마지막 2달(1948.3-5) 동안 820만부가 넘는 선거관련 팜플렛이 살포되었으며, 선거의 중요성과 미국식 민주주의의 우월성이 선전되었다.[37]

선거 계몽 방법은 성인교육을 위한 강습회나 강연회, 캠페인 등를 개최하여 참가자들을 대상으로 홍보하는 방법과 부녀국에서 발행하는 홍보용 기관지인 『새살림』에 관련 기사를 게재하고 보급하는 두가지 수단을 사용하였다. 선거일(5월 10일)이 다가오자 부녀국은 막판 선거 계몽과 홍보활동을 집중적으로 전개하였다. 1948년 3월 23일부터 5월 9일까지 고황경 국장, 윤종선 아동과장 등은 하루 3-4개 곳을 돌면서 강연을 강행하였다. 즉, 서울시내 전체 24개 중학교 부인회 방문, 라디오 방송출연, 직업여성을 위한 강연, 모자회 방문, 여자대학교와 각 도 부녀계장 방문 등이었다.[38] 『새살림』지에 등장한 당시 선거 홍보

---

36) 『경향신문』, 『서울신문』, 1948년 3월 18일. 같은 기사에서 당시 안재홍 장관은 부녀국에서 의당 할 수 있는 일이며, 여성단체도 할 수 있다고 언급하였으며, 축첩자 수는 3월 23일까지 발표할 예정이라고 답변했다.

37) 유영익, 앞 책, 2000, p.465.

캠페인의 구호는 "총선거를 통해 남녀동등권을 찾자," "여성대의원 선출은 지상명령, 정권야욕의 남성 믿을 수 없다," "총선거는 여성을 부른다," "나라를 세우는 한 표, 여성은 여성에게" 등으로 여성들의 자주적이고 주체적인 투표를 강조하는 것이었다.

캠페인 외에 『새살림』지에 선거관련 기사를 게재하여 선거계몽운동에 나섰다. 황애덕이 가장 많은 기고하였는데, 황애딕은 어싱단체협의체 기구인 전국여성단체총연맹의 회장으로 여성계몽운동을 앞장서 전개하였다. 다음으로는 입법의회의 의원이었던 박승호, 황신덕이었으며, 부녀국에서도 보통선거법에 관해 원고를 게재하였다(<표 3> 참조).

선거캠페인에서 부녀국과 여성계가 첫 번째로 강조한 것이 시대의 중요성이었다. 즉, 국가건설의 중대한 시기를 맞아 국가민족의 장래와 여성자신의 장래를 위해 투표해야 한다는 것이다. "이번 선거가 민족 만대의 운명을 거는 기초공사를 하는 선거로서 역사적 거사이며, 자주 독립국가가 수립되도록 노력과 지성을 다해야 한다"고 주장하였다.[39] 이것은 남한단독정부 수립을 향한 '남조선 총선거'에 대한 우익단체의 입장이기도 하였다. 두 번째는 '여성들이 반드시 투표를 해야 한다'는 것이 강조되었다. "사랑스런 자녀가 살 국가를 건설하는데 있어 기권은 안 된다. 그 이유는 민의를 잘 반영해야 하기 때문"이라는 것이다.[40] 세 번째, 여성은 반드시 여성입후보자에게 투표할 것을 권하였다. 즉, "여성이 여성을 무시하고 여성에게 투표하지 않으면

---

38) 보건후생부 부녀국, 『새살림』, 1948년 5·6월호, 1948, p.33.
39) 황애덕, 「총선거와 우리의 역할」『새살림』, 3·4월호, 1948.
40) 한국여성단체총연맹, 「총선거와 알아둘 몇 가지」, 『새살림』, 5·6월호, 1948.

<표 3> 『새살림』에 기고된 선거 계몽 관련 기고 기사

기고자	제목 및 내용	기고지
엠 헨슨	민주주의 강좌: 민주주의 개념, 여성의 책무	1947년 2·3월호, pp.14-15.
T.S	참정권에 대하여: 부인의 투표는 여성에게 희망을 주는 것이며 그 인격이 정치적, 법률적으로 자각하게 됨	1947년 2·3월호, pp.16-18.
-	국회의원 선거법 총칙	1948년 5·6월호, p.1.
황신덕	선거법과 부인: 민주주의와 선거법의 중요성, 선거법의 실시와 부인의 역할, 여성평등권의 쟁취	1947년 8·9월호, pp.45-47.
황애덕	총선거와 우리 여성의 입장: 여성의 손으로 여성입법의원을 많이 뽑아주자	1947년 10월호, pp.3-7.
황애덕(전국 여성연맹위 원회 위원장)	총선거와 여성의 역할: 총선거의 중요성, 지식층여성의 무식대중에 대한 계몽활동 촉구, '여성중앙선거대책위원회' 설치	1948년 3·4월호, pp.2-3.
공보과	민주주의의 초석: 민주주의 기본원리에 대한 설명	1948년 3·4월호, pp.2-3
한성운	선거와 여성의 지위: 미국의 선거제도와 여성의 투표권행사 등 지위	1948년 3·4월호, pp.8-9.
-	전국여성단체 총연맹에서 UN조선위원단에게 보내는 메시지: 총선거의 조속한 실시 촉구	1948년 3·4월호, pp.8-9.
부녀국 노동과 과장	대표자를 선출합시다: 여성의 경제적 차별을 해소하기 위해 여성의 이익을 존중하고 보호할 여자 대표자를 선출하자	1948년 3·4월호, p.14.
고황경 (부녀 국장)	여성의 대표는 여성의 손으로: 잡음과 충동과 선전과 모략을 잘 판단하여 신성한 이 총선거에 다 참여하여 인권 존중하는 새국가 세우자	1948년 3·4월호 목차전.
헬렌닉슨(부 녀국 고문)	여성들이여 각성하자: 민주주의 라새서는 자기가 원하는 정부 수립, 좋은 정책에 대한 투표와 지지 또한 좋지 못한 정책에 대한 반대 의사를 표시할 수 있음	1948년 3·4월호 목차전.
-	국회의원 선거법 총칙: 국회의원 선거법 내용	1948년, 5·6월호, p.1.
여성단체총 연맹	총선거와 알아둘 몇 가지: 총선거와 우리, 선거의 종류, 선거권과 피선거권, 여성과 참정권, 신성한 투표, 선거인 및 입후보자의 알아둘 것 몇 가지	1948년 5·6월호, pp.2-10.
황애덕	국민의 신성한 권리와 의무를 포기하지 말자: 반드시 투표할 것 권고	1948년 5·6월호, pp.11-12.

여성대의원은 한 사람도 입법기관에 그 수가 없게 될 것이고 이렇게 되면 우리를 옹호할 법안이 나오기 어렵다. 우리 여성의 지위와 권리는 영원히 상실될 것"이라는 것이다. "우리 앞길의 운명은 우리의 손으로 남녀평등을 찾도록 노력해야 한다"며 여성들의 대오 각성을 촉구하였다.[41] 모윤숙은 '여성은 여성이 살려야 한다'고 여성입후보자에 대한 투표를 강조하였다. 다시 말해 여성은 정치적 상식 부족, 경제비용 궁색, 교제 면에서 남성을 따라 갈 수 없기 때문에 여성이 할 수 있는 방법은 여성들이 여성에게 투표하는 것 뿐이라는 것이다.[42]

여성단체들은 선거대책위원회를 구성하였다. 즉, 여성단체총연맹에서 '여성중앙선거대책위원회' 조직하였는데, 여성단체에서 선출된 선거대책위원들로 구성되었으며, 각 반의 책임자를 지정하고, 호별 방문하여 투표연령에 있는 모든 여성들이 빠짐없이 투표를 하도록 독려한다는 것이다.[43] 이러한 선거계몽활동은 지방도 마찬가지였다.

남조선과도정부는 부녀국과 여성단체의 총력 노력과 행정조직, 경찰, 학교와 우익청년단체를 총동원하여 등록을 종용한 결과, 선거인명부에 등록한 유권자 비율이 90% 이상을 차지하고 투표율도 조사주체간에 차이는 있지만 70% 이상이었다. 당시 보선법에서는 반드시 사전에 등록해야 투표 자격이 주어졌기 때문에 미군정당국은 여러 가지 수단을 동원하여 유권자의 등록을 종용하였던 것이다.[44]

선거가 다가오자 선거계몽에 앞장섰던 여성지도자들 사이에서 여성

---

41) 황애덕, 앞 글, 1948.

42) 구체적으로 여성대의사로 입후보할 만한 인물도 열거하였다. 김활란, 박순천, 고황경, 황애덕, 최이권, 박승호, 황신덕, 박인덕, 박현숙, 유각경, 황현숙, 최례순, 박은혜 등 모두 13명이었다. 영운, 『새살림』, 1948년 1·2월호, 1948, pp.54-55.

43) 한국여성단체총연맹, 앞 글, 1948.

44) 유영익, 앞 책, 2000, pp.473-474.

들의 입후보 문제가 제기되었다. 어느 지역에 누구를 출마시킬 것인가를 놓고 의견이 분분하다가 각자 의사에 맡기기로 하였다. 총선이 시작되자 등록을 마친 여자 후보자는 전국적으로 22명이었다.[45] 전체 입후보자 951명 가운데 2.3%에 해당되는 것이었다. 이 선거에서 박순천은 종로구, 박승호는 용산구, 황애덕은 중구, 김선은 마포구에서, 김활란은 서대문구, 경북 금천에서 김철안 등이 출마하였다. 22명의 후보자 가운데 4명이 무소속이고, 나머지 18명이 소속 단체가 여성단체였다. 소속단체 가운데 대한독립촉성애국부인회 회원이 8명 출마하여 가장 많았다. 이 때 여성단체총연합(여총)은 출마한 여성들을 위해 비용을 갹출했고, 풀 그릇과 빗자루, 그리고 포스터를 짝을 지어 들고 나가서 담벽에 붙였다. 트럭을 타고 가두연설도 하였다.[46] 이들이 입후보한 동기는 '새 국가 건설에 여성도 한 몫해야 한다'는 것이며, 선거공약에는 민주정권 수립, 통일, 토지문제 등의 정치 경제적 쟁점과 여성의 재산권, 상속권 등 여권 옹호 관련 주장이 포함되어 있었다.

선거결과 전원 낙선하였다. 여성입후보자 가운데 박승호가 가장 많은 5,680표를 얻었다.[47] 후에 보궐선거로 임영신(대한여자국민당)이 경북 안동군 을구에서 당선되었다. 여성입후보자의 참패는 여성입후보자의 낮은 인지도와 재정적 열세, 서툰 선거운동방식과 유권자의 보수적인 사고방식 등이 상호작용한 결과였다. 역사상 처음으로 해보는 선거라 선거운동원들이 방식을 몰라 우왕좌왕하였고, 조직보다는 다분히 붐에 의존하려는 방식이었다. 유권자들의 여성에 대한 경시풍조도 여성들의 참패에 영향을 미쳤다.[48]

---

45) 한국부인회 총본부, 앞 책, 1987, p.71.
46) 최은희, 『여성전진』, 중앙출판인쇄, 1980, p.357.
47) 김원홍, 『국회의원 여성후보에 관한 연구』, 한국여성개발원, 1996, p.183.

선거 직후에 열린 독촉애국부인회 제3회 전국대회에서 회장 박승호
는 "1천만 여성은 희생적 노력을 아끼지 않고 분투한 결과 5.10선거
는 완료되었으나, 정부수립과 국제적 승인 등 아직도 난관이 허다하니
더욱 노력해야겠다"고 훈사를 했다. 이어 박순천은 "여성이 한사람도
당선되지 못한 것은 유감이다"라고 말하고, "다음에는 이번과 같이 홀
아비 국회를 만들시 않도록 우리 여성은 총 궐기하어야겠다"고 열변
을 토하였다.[49]

5.10선거 후, 5월 31일에 제헌의회가 열리게 되었다. 제헌의회에서
이승만은 국회의장으로 당선되었다. 이 의회에서 헌법을 제정, 7월 17
일에 대한민국 헌법이 공포되었다. 그리고 7월 20일 국회에서 정·부
통령 선거를 실시하여 이승만이 대통령, 이시영이 부통령으로 당선되
어 8월 15일에 대한민국정부가 수립됨과 함께 이승만 정권의 제1공화
국이 시작되었다.

5.10선거에서 비록 여성들이 한명도 당선되지 못했지만 여성사의
측면에서 의미가 있었다. 무엇보다도 여성들이 국가 정책을 결정하는
고위직에 스스로 도전했다. 후보로 직극직으로 참여하였던 여성인사
중 박순천 제1공화국에서 초대 감찰위원에, 박승호는 사회부 부녀국장
에 각각 등용되었다. 또한 비록 관의 종용이나 동원에 의한 것일 지
라도 여성들이 '내 손으로 내 의사를 표현했다'는 것은 혁명적인 사
건이었다.

48) 『서울신문』, 1948년 7월 25일.
49) 『동아일보』, 『조선일보』, 1948년 6월 15일.

2. 사회활동에 참여하는 여성

　○ 관 주도의 여성단체 조직, 활동 전개

　고황경 부녀국장은 1947년 12월 3일 경북도청에서 '부녀과 설치에 대해서' 라는 제목의 강의에서 법령에 명시된 부녀국 업무에 대해 자세한 설명을 했다. 여기서 "참된 남녀동등권이란 남녀가 하는 일은 다르되, 한 일에 대한 가치를 똑같이 하자는 것"이라고 설명했다. 앞으로 "여자들이 할 일이 많고, 여자에게도 직장이 확대되어 점점 사회에 진출하는 일이 많아질 것"이라고 보았다.[50]

　해방 직후 일제시대 여성운동에 참여했던 여성지도자들이 모여 새로운 국가건설에서 여성의 역할을 모색하기 위해 새로운 단체 결성을 모색하였다. 그렇게 해서 탄생한 것이 1945년 8월 17일 결성된 건국부녀동맹이었다. 그러나 곧 좌우익으로 분열되어 당시 현안이었던 신탁통치 찬반을 놓고 격돌하였다. 해방공간에서 벌어졌던 좌우익의 이념분쟁이 여성계에서도 그대로 재현되었다. 미군정의 방침에 따라 우익이 힘을 얻게 되고 우익 중심의 단독정부가 출범하였다.

　이 과정에서 미군정이 설치한 부녀국은 우익 여성단체를 사업추진의 파트너로 생각하여 이들 단체를 활용하여 부녀계몽 등 각종 사업을 펼쳤다. 새 국가 건설에 여성들이 주체적인 국가시민으로 참여하려면, 여성들의 조직 단체활동이 필수적이라고 주장하였다.

　미군정 당국의 여성단체에 대한 입장은 당시 고황경 부녀국장의 다음과 같은 발언에서 잘 나타난다.

　　과거에 부인들은 애국반을 조직하여 왔습니다. 또 교회에는 교회단체

---

50) 보건후생부 부녀국, 『새살림』, 1947년 3·4월호, 1947, pp.53-57.

가 있습니다. 그 외에 과학관계단체라든가 고학생 구호단체라든가 각 학교의 동창회, 자모회, 모자회 등은 모두 속히 부녀국에 등록을 하여 주셨으면(…). 우리들은 관청의 힘으로 할 수 있는 뒤를 밀어드리겠습니다. 여성들이 모여서 이러한 일을 한다는 것을 그게 비록 사소한 것 일지라도 다 등록을 하여 주십시오.[51]

이는 고황경이 경상북도에 부녀계를 설치하기 위해 대구를 방문한 자리에서 발언한 것이다. 사사로운 단체를 모두 관에서 등록 관리하겠다는 방침을 밝힌 것으로 이는 당시 여성운동과 단체활동을 전개했던 대다수 민족진영(우익) 여성지도자들의 입장이었다. 즉, 여성단체를 자생적인 모임으로 자발적으로 운영되는 자율적인 조직이라기보다 관에서 의도를 가지고 조직하고 육성시켜야 한다고 생각했다.

이런 입장은 고황경이 국장으로 임명(1946년 10월 5일)된 지 불과 한 달 후에 있었던 전국여성단체 총연맹의 결성과정에서도 드러난다. 즉, 1946년 11월 15일, 부녀국이 기존에 조직되어 있던 우익 여성단체인 조선(대한)여자국민당, 불교여성총연맹, 캐톨릭여자청년연합회, 여자기독교청년회, 독립족성애국부인회, 녹립족성여자단, 천도교내수회 등 7개 단체와 함께 연맹의 일원으로 참여했던 것이다. 이날 서울에서 "각 단체의 독자적 성격을 청산하고 대동단결로 합치자는 씩씩한 단체 대표자들" 200명이 참석하여 결성식을 가졌다. 이 결성식에서는 황애덕의 개회사와 문선호의 경과보고가 있은 다음, 이승만, 김구, 하지 중장(대리), 러치 군정장관(대리)의 축사가 있었다. 뒤이어 강령과 결의문이 발표되었다.[52]

---

51) 보건후생부 부녀국, 『새살림』, 1948년 1-2월호, 1948.
52) 『동아일보』, 1946년 11월 15일.

강령

1. 우리는 조국의 자주독립을 기함
2. 우리는 국토의 남북통일과 민족의 진정한 단결을 기함
3. 우리는 세계여성과 제휴하며 인류평화의 공헌을 기함

결의문

1. 우리는 조국의 자주독립을 위하여 각자의 주의 주장을 초월하여
   동일한 노선을 취하기로 함
2. 우리는 민생의 활로를 개척하기 위하여 협동 단결하여 산업건국
   의 최선의 방법과 최대의 역량 을 집결하기로 함
3. 우리는 각자 단체가 호상하며 사업을 협조하기로 함
4. 우리는 여성의 지위향상을 도모하며 인류사회에 공헌함을 기함

이상에서 부녀국이 아예 여성단체의 일원으로 여성단체의 협의기구
에 참여하여 국가정책이나 각 단체의 사업을 협조하여 추진하려 했다
는 것을 알 수 있다. 또한 단체의 우선적 목표는 여성의 지위향상이
나 자립 등 여성문제의 해결보다는 조국의 자주 독립, 국토의 남북통
일, 민족의 단결 등 국가나 민족문제가 우선이었다. 고황경 국장은
1948년 7월 10일에는 부녀국이 조직한 직업여성회의 회장을 맡기도
하였다. 그 목적은 여성의 계몽과 아울러 직업여성들의 복리와 문화생
활의 건설을 위한 것이다. "직업을 통한 여성들의 우의와 단결을 촉
구하는 동시 교양과 사회생활의 건전한 발전에 기여할 수 있는 부드
러운 노력을 기울여 국제적으로 여성의 친목을 도모" 한다는 것이
다.53)

미군정기 여성단체는 부녀국의 지도를 받았으며, 아예 부녀국이 단
체의 일원으로 단체 협의체에 가입도 했으며, 부녀국장이 단체를 직접

---

53) 『동아일보』, 1948년 7월 10일.

544

결성하고 회장이 되었다. 행정당국이 여성단체를 직접, 육성하거나 공무원이 단체 활동에 참여하는 상황은 제1공화국이 출범한 후에도 계속되었다.

○ 여성의 인권 보호와 권익 신장을 위한 활동

미군정기 여성의 인권을 침해하는 심각한 여성문제로 축첩제도와 공창폐지를 들 수 있다. 1947년 12월 3일 경북도청에서 '부녀과 설치에 대해서' 라는 강연에서 부녀국장은 축첩에 대해서 각 도가 조사하여 대책을 세워야 한다고 주장하였다. 3천 가족을 조사한 결과 돈이 많으면 첩도 많다는 결과를 얻었으며, 애국반이라는 지방 여성조직을 이용해서 상세하게 조사할 것을 권유하였다.

가정생활 개혁의 실마리는 부부관계의 평등을 확보하는 것으로부터 시작된다. 가정 내 부부관계의 불평등의 상징은 축첩이었다. 따라서 축첩에 대해 반대하였다. 축첩반대운동은 일제시대 근우회 사업의 하나일 정도로 여성운동의 주요 이슈 중 하나였는데, 해방 후에도 여전히 여성계의 중요 문제 중 하나로 남아 있었다.

고황경 국장은 공창을 폐지하는 것보다 더 중요한 것은 이들에 대한 사후대책이라고 주장했다. "요전에 어느 부인단체에서 공창을 폐지하자고 추력을 가지고 유곽에 가서 창기들을 실었는데, 어디로 데려갈지 몰라서 (…) 결국은 전제민수용소로 데리고 가서 수용하였으니 이때까지 곱게 입고 좋은 음식에 고은 생활만 하던 사람들이 갑자기 이러한 곳에 들여다 놓으니까 추하기도 하고 갑갑하기도 하여 그 날 밤중으로 빠져 나가 유곽으로 도망해 버렸답니다."라고 소개하면서 좀 더 신중한 조치가 필요하다고 말하였다.[54]

공창문제는 부녀국 노동과에서 다루었다. 과장 김용련은 『새살림』에 게재된 "공창이 없어지는 날까지"라는 글에서 1946년 6월 5일 인신매매령이 공포된 이후 공창제를 종식시키고자 하는 열망을 갖고 공창폐지령 공포와 실태조사 그리고 사후 조처에 대해서 자세하게 기록하였다.[55] 그러나 자유계약이라는 미명하에 인신매매가 여전히 만연하여 '공창폐지연맹'이라는 단체가 공창폐지를 위한 조사 연구와 실행방법, 기타 폐지 후의 자세한 대책까지 수립하는 등 적극적인 활동을 전개했다고 보고하였다.

공창폐지연맹은 사회사업단체, 종교단체, 여러 정당, 여성단체 등 19개 단체로 구성되어 있고, 소설가 김말봉이 위원장이었다. 이들의 노력의 결과 공창폐지령이 1947년 8월 29일에 입법의원에서 통과되어 10월 28일 법률 제7호로 발표되었고, 1947년 11월 14일부로 세상에 공포하고 1948년 2월 14일에 역사적으로 효력이 발생하였다.

부녀국은 다음과 같은 사후조처를 강구하였다. 국가재정이 궁핍하여 근 3천명에 달하는 공창의 후생비를 충당하는데 어려움이 있기 때문에 지방에서 대책을 마련하도록 했다. 1947년 10월부터 11월에 걸쳐 약 한달 동안 지방을 방문하여 그 지방의 유력자, 독지가와 회담하고, 지역마다 '공창폐지대책위원회'를 조직하는 계획을 내놓았다.

부녀국은 공창폐지 대책으로 1. 성병치료, 2. 교화치료, 3. 직업보도의 세 가지 지침을 마련하였고, 이 후 2개월 동안 공창에 대한 실태조사를 실시하고 유곽에 출장하여 교화 강연과 좌담을 실시하였다. 특별 추가 예산을 요구하였다.

그리고 이러한 사업을 위한 실태조사 결과에 따르면, 1948년 1월

---

54) 상동.
55) 보건후생부 부녀국, 『새살림』, 1947년 3·4월호, 1947, pp.20-25.

15일 현재 남한에 거주하는 공창의 연령은 14세부터 35세 사이이며, 출신지는 경남이 제일 많았고 경북이 2위, 강원도가 3위였다. 부양가족은 전혀 없는 사람부터 최고로 많은 사람은 9명까지 있었다. 학력은 무학이 80%에 달하고, 소학교 중퇴도 15%, 소학교 졸업 이상은 5%에 불과하였다. 앞으로의 희망은 출가가 50%, 귀가 희망이 20%, 현직유지가 10%, 공장이 10%, 미정이 10%로 결혼하는 것을 희망하는 사람이 가장 많았다. 반면에 성병환자는 보균자가 70%로 위험상태에 있었으며, 채무관계를 보면 1만원 이상 5만원 정도의 빚을 지고 있었다.

이러한 조사결과를 토대로 위험 상태인 성병보균자의 문제를 해결하기 위해 일련의 보건행정 빙침을 정하였다.

1. 각도의 보건후생국 예방의학과는 2월 14일 전에 공창 전부에 대하여 성병검사와 치료를 해야 한다.
2. 전염기에 있는 성병환자는 수용하거나 격리해야 한다. 즉 비전염성이 될 때까지 완전히 치료 후 방임하게 한다.
3. 수용기한의 단축과 경비 절약을 위하여 치료를 적극적으로 단기에 완료하고 매독이 비전염성이 될 때까지 수용 또는 격리 치료하고 그 후에는 성병치료소와 지방의에게 독려하여 통원치료하게 하고, 완전하게 치료한다.

그러나 이런 조치에 필요한 특별 추가 예산이 배정되지 않아 기존 시설과 인원을 사용할 수 밖에 없었다. 격리 혹은 수용장소 및 치료의 지시는 미군정의 고문관이 지도하고, 도립병원이나 기타 병원에 수용이 불가능한 지방에는 임시로 부근의 건물을 사용하도록 하였다. 각 지방의 보건후생당국은 성병환자의 수용과 격리, 또는 치료기간까지

경찰이 협력할 것이며, 각 예방의학과는 성병환자가 비전염성이 증명
될 때 증명서를 교부하도록 했다.

후생에 관하여는 다음의 조치들이 마련되었다.

1. 식량과 다른 필수품이 요구될 경우에 한하여 후생자금으로 충당
   한다.
2. 보건후생당국의 확인을 받은 자로 원거리 자택에 돌아갈 때 여비
   가 없는 자에게 필요한 범위의 원조를 한다.
3. 자립생활이 불능한 자는 일반 구호에 의한 구호를 청할 수 있다.
4. 공창대책에 있어서 공창의 전직자라는 것을 자타가 확인할 정도
   의 대책을 세우는 것은 한시 바삐 정상 생활로 조정하는 데 지장
   이 될 우려가 있음으로 공창을 단체로 취급하는 것보다 구호를
   요하는 일반시민과 동일하게 개인 취급을 받도록 한다.
5. 이러한 목적을 위하여 특별한 국고 보조를 설치하지 않았다.

결국 공창에서 나온 여성들에 대해 성병치료와 귀향여비 정도의 지
원만 하게 되었다, 이들에 대한 교화지도와 직업보도는 이미 조직되어
있는 각 도의 공창폐지대책위원회에게 맡겨진 숙제였다.

이외에 부녀국은 직업부인회관 설치를 강력히 희망하였다. 과거와
달리 건설 산업 분야에서 일하는 여성들도 나타났으나 여성들은 남성
보다 자신감이 없어 연구와 진보적 태도를 갖출 필요가 있고, 남성보
다 휴식이나 오락장소가 모자란다는 것이다. 따라서 여성들의 자신감
고취와 휴식을 위해 직업부인회관을 설치하기를 원하였으나,[56] 실현
되지는 못했다.

---

56) 김용련, 「직업부인회관 설치를 희망」, 보건후생부 부녀국, 『새살림』11·12월호, 1947,
   p.59.

3. 가정생활을 합리적, 과학적으로 개선하는 여성

○ 살림의 근대화, 과학적 시간관리로 의복, 가옥구조 모두
   개량해야

전통사회에서 집안의 공간도 내외의 구분이 있었다. 여성들은 안방과 부엌과 같이 일정한 공간을 차지하고 집안일에 종사하였다. 가족구조 또한 대가족이었다. 근대사회로 넘어오면서 대가족제도가 무너지고 핵가족사회로 변화한다. 핵가족제도에서는 대가족제도와는 다르게 전업주부가 가정살림과 자녀양육을 전담하게 된다. 부녀국은 이러한 변화과정에서 전업주부의 과학적 살림살이와 자녀양육에 대한 많은 정보를 제공하고 사업을 추진하였다.

부녀국은 가정생활에 대한 의식개혁운동과 아울러 의식주 가정살림살이에 대한 개선사업도 추진하였다. 『새살림』지를 통해 '살림의 근대화'로 부엌 시간을 줄이지 않으면 여성이 해방될 수 없다고 보아 가정살림의 능률 향상을 주장했다. 과학적 시간관리로 가정일의 능률화를 이루어야 한다는 것이다. 시간이 나서 여성들이 독서를 하면서 수양할 시간이 있어야 하며, 동시에 의복생활과 가옥구조도 바뀌어야 한다고 생각했다. 전통적 의복이 너무 길어 생활에 불편하고, 흰옷을 많이 입는 것은 세탁도 자주해야 하여 불편하다는 것이다. 가옥구조에서는 부엌·세면소·변소·목욕실의 개량이 시급하다고 주장했다. 식사하는 시간을 규칙적으로 정해서 한다든가 아이들 방을 따로 마련해 주어야 한다든가 소위 서구식 근대적인 가정생활을 이상적인 가정생활로 제시하였다.

우리 가정에서도 일정한 시간을 정하여 주방일 하는 시간과 집안일
하는 시간과 나들이하는 시간과 저자 가는 시간과 수양하는 시간과 쉬
는 시간을 미리 작정하여 마치 학교에서 시행하는 시간표 같은 것을
만들어서 이용하였으면 가정생활에 재미도 나고 질서가 있어서 주부가
넉넉히 수양할 시간도 있을 수 있을 것이다.

우리가 재래로 살아온 우리 조선의 가정을 들려다보면 너무도 질서
가 없고 불규칙하여 주부는 아침부터 저녁까지 조금도 쉬일 시간이 없
다. 나간 돈 결산 소비를 분명히 하는 주부가 몇몇이며 우리들에게 문
화를 보급시킬만한 시책을 서재에 가득 장식하여 날마다 일정한 시간을
정하여 읽고 연구하는 주부가 몇 분이나 되는가 묻고 싶다.

우리의 가정생활에 능률을 내려면 먼저 의복제도와 가옥제도를 개발
하여야 한다.(…) 우리 조선 부인의 의복은 퍽 미묘하다고 볼 수 있으
나 활동적으로 보아서는 치마가 너무 길어 일의 능률을 낼 수 없다. 걸
음을 걷기에도 퍽 장애가 된다. 그리고 빛은 동절에는 흰빛을 피할 것
이다. 될 수록 치마는 좀 짧고, 의복은 좀 치수를 넉넉히 하여서 몸이
자유롭게 능률본위를 택하였으며 좋겠고, 될 수록 재봉으로 아주 지어
서 그냥 세탁하여 매림질만으로 다시 입을 수 있었으면 얼마나 우리
주부들 시간을 많이 얻을 수 있을까 속히 실행하고 싶다.(…) 그리고
주부가 제일 자주 드나드는 부엌도 좀 개량하여야겠다.(…) 식사하는 시
간도 매일 일정하게 하여 술 먹고 늦게 돌아오는 주인을 기다릴 필요
도 없다.(…) 변소의 설비를 완전히 할 것과 세면소 목욕실의 설비를
잘 하여 아이들이 어머니의 손을 빌지 않고라도 저 혼자 세수할 수 있
고 손 씻을 수 있는 자리 생활을 할 수 있는 습관을 길러 주어야겠다.
될 수 있으며 아이들에게 마음대로 놀 수 있는 방도 따로 정하였으면
우리는 가정 일을 하기에 좀더 능률적으로 할 수 있을 것이다.[57]

『새살림』지에는 '가정메모'라 하여 가정살림을 잘할 수 있는 단편
적인 지식이 계속 게재되었다. 부엌살림 상식, 생활속의 상식을 알려

57) 김온순, 「가정과 능률-생활론-」, 『새살림』, 1947년 11·12월, 1947, pp.31-34.

550

주었고, 여성의 화장과 옷차림에 대해서도 조언을 하고 있다. 여름 화장법(이화매)과 머리하는 법에 대해서,[58] 그리고 직업여성의 차림(배상명)[59]에 대해서도 기사를 게재하였다. 또한 의생활과 관련해서 아기들의 개량바지 만들기와 아기용 구두 만드는 방법도 제시하였다.[60] 이외에 서양식 옷차림을 위한 양재 강좌가 게재되어 옷본에 따라 바느질하는 법을 실었다.[61] 요리에 대해서도 간단한 요리법, 두부 요리, 여름 음료, 입동과 동지 팥죽 만들기 등이 게재되었다.[62] 음식의 부패에 대한 과학적 상식도 제공하였다.[63] 뿐만 아니라 가정에서 간단하게 사용할 수 있는 응급 처치법, 영양 상식도 게재되었다. 심지어 청소 시간표도 제시되었다. 이를 테면 이침 식사 후 30분에서 1시간에 걸쳐 일주일의 시간표를 만들어 놓고 청소하면, 힘도 훨씬 덜 든다는 것이다. "월요일은 방안소제, 화요일은 다락, 수요일은 유리창 닦기, 목요일은 부엌(묵은 찬장 등)과 장독대, 금요일은 광, 마당과 집부근, 토요일은 변소와 하수도, 일요일은 의복과 침구 일광욕을 한다. 그리고 매월 말일은 대청소를 한다"는 것이다.[64]

---

58) 보건후생부 부녀국, 『새살림』, 1947년 9·10월호, 1947, p.32.

59) 보건후생부 부녀국, 앞 글, p.31.

60) 보건후생부 부녀국, 『새살림』, 1947년 3·4월호 pp.59-62.

61) 김난공(서울양재학원장), 양재강좌(아동복편)에는 양복만드는 순서, 제도에 대한 주의, 아동표준 치수 그리는 법등에 대해 기록하고 있으며(새살림 1948. 4), 김난공의 양재강좌(2)- 부인복만드는 법-과 육칠세 여아복만드는 법이 실려 있다. 보건후생부 부녀국, 『새살림』, 1948년 5·6월호, 1948.

62) 보건후생부 부녀국, 『새살림』, 1947년 3·4월호, pp.59-62, 52쪽, 1947년 9·10월호, p.41, 1947년 11· 12월호, 1947, p.43.

63) 보건후생부 부녀국, 『새살림』, 1947년 11·12월호, 1947, p.38.

64) 보건후생부 부녀국, 앞 글, p.65.

<표 4> 『새살림』의 '가정메모' 및 의학 상식

구분	기사 내용	게재지
가정메모	후라이팡 간직하는 법, 사기 양재기 오래 쓰는법, 양은 냄비 오래 쓰는 법	1947년 3·4월호, p.15.
	목에 생선가시가 꽂혔을 때, 병을 깨끗하게 씻는 법, 병속에 마개가 빠졌을 때, 술과 치마분 오래 쓰는 법	1947년 5·6월호, p.14.
	풍로를 사용하는 법, 냉장고의 얼음을 잘 사용하는 법, 얼음을 오래 간직하는 법, 전등불을 밝게 쓰는 법, 숯을 경제적으로 쓰는 법, 반지를 간단히 손질하는 법, 넥타이를 잘 사는 법, 중절모자의 때빼는 법, 털목도리를 간직하는 법	1947년 9월호, p.38.
	오점을 빼는 법: 땀의 오점, 뺑키 도료의 오점, 감물의 오점	1947년 10월호, p.36,
의학 상식	누구나 미리 준비하십시다-가정상비약-	1947년 9월호, p.15.
	비타민: 비타민 A·B·C·D·E에 대한 정보 제공	1948년 5·6월, p.53.
	응급치료법: 가시에 찔렸을 때, 바늘이 들어갔을 때, 독충에 쐬였을 때	1947년 9월호, p.44.
	응급치료법: 뇌일혈, 식중독에 대한 응급 처치법 소개	1948년 1·2월호, p.76.
	응급치료법: 외상에 출혈이 심할 때	1948년 5·6월호 p.26.

○ 어린이는 나라의 보배, 신식으로 길러야

신식 자녀양육법에 대한 계몽사업도 활발하였다. 우선 어린이에 대한 인식을 바꾸고자 하였다. 즉, 전통사회는 아동중심적이라기 보다 부모중심적 사회로 부모의 주관적이고 일방적인 결정이 자녀에게 강조되고, 자녀는 절대적·무조건적으로 부모에 복종하였다. 엄격한 부계 사회로 여성들은 자식 특히 아들을 통해서 삶의 보람을 찾으려 했고, 자녀는 독립적 인격체라기 보다는 보모의 종속적 존재로 부모에게 예속되어 있었다.

그러나 미군정기를 거치면서 서구의 자유민주주의 사상과 아동중심적 자녀관이 도입되면서 자녀관과 육아법에 획기적 변화를 예고했다.

해방이후 50여년간 한국사회에서 가장 급격하게 변화한 영역 중의 하나로 자녀관과 이에 따른 육아법의 변화를 꼽을 정도이다.[65] 서구식 근대적 육아법은 일제 1920, 30년대에도 방정환이 중심이 되어 전개한 어린이운동과 더불어 일부 소개되었으나, 미군정이후에 아동을 중심으로 자율성을 인정하는 자녀관과 육아법이 이전보다 더 널리 보급되었다. 자녀교육에서 유아(幼兒)의 특징과 규율적인 생활태도, 정서적 신체적 발달 등을 강조하고, 영양의 공급을 중시하였다.

어린이는 "어른의 종속물이 아니라 국가를 짊어질 보배로 잘 길러야 한다는 것을 강조하고 그 책임은 어머니들에게 있다" 는 것이다. "새 국가에서 어린이는 나라의 보배요 어머니의 힘이 가장 중요하다" 는 것을 강조하였다.

> (…) 새 나라 새 민족에게 빛나는 행복을 개척하는 아들과 딸이 전 세계문화의 최고봉에서 개선의 우슴(웃음) 짓는 것이 보이지 않습니까. 한국의 어머니여 어린이는 나라의 보배 돋아 나는 새싹입니다. 어머니의 말 한마디 따뜻한 애정 고결한 정신은 아기들의 가슴속에 깊이 깊이 숨어 들어 앞날의 커다란 열매를 맺게 되는 것을 어머니들은 잘 아서야 합니다.[66]

부녀국 아동과에서는 자녀양육과 관련된 계몽기사를 『새살림』지에 수차례 게재하였다. 뿐만 아니라 자녀양육에 대한 상담도 하였다. 아동의 영양문제, 아동의 발달과 가정교육의 문제, 아동의 유희의 중요성, 문제아동의 유형과 해결방법, 아이 버릇 가르치기, 어머니가 갖추어야 할 상식, 아동복 만드는 법 등을 다루었다.

---

65) 이기영 외 4인, 『광복후 가정생활의 변천』, 서울대학교 출판부, 1996, p.27.
66) 「어린이는 나라의 보배 씩씩하게 키우자」, 『새살림』, 1948년 5·6 월호, 1948, p.63.

이러한 기사에서는 과학적인 연구결과를 인용하면서 서구식 근대적 아동양육법을 제시하고 있다. 이를테면, 함처식의 육아수첩에 따르면, "한 시간에 아이들이 활동하는 회수가 4살 남자아이는 2,238-2,529회, 6살은 2,418-2,473회나 된다"는 연구결과를 밝히고, 유아기 아동을 위한 가정교육과 유치원 보육이 필요하다고 주장하였다. "이 시기는 사람의 기초교육으로 중요한 때이므로 사람의 가장 중요한 시기를 맡아 기르는 어머니의 임무는 실로 중대한 것"이라고 하면서 이 시기에는 "버릇은 제2의 천성이기 때문에 기억보다는 습관 즉 좋은 버릇을 기르는 것이 더 중요하다"며 아동양육에 있어 규율을 강조하였다. 흔히 "가정교육에는 간섭주의, 방임주의, 중용주의의 세 가지가 있는데, 중용주의가 가장 좋다"며 "우리네 가정에서는 하라는 것보다 하지 말라는 것이 많아서 아이들이 기를 펴지 못하고 자라나게 된다"고 주장하기도 하였다. 한편 유아실의 내부환경에 대해서도 조건을 제시하였다. "유아실은 습기가 없이 건조하고 햇빛이 들고 공기 유통이 잘되고 보온 장치가 충분한 남향집이 가장 좋으며(…), 아기네 방은 언제나 깨끗하여 먼지가 일지 않고 늘 깨끗이 소제할 수 있고 아이들이 자유롭게 활발하게 동작할 수 있어 몸이 자라는데 도움이 되어야 한다"는 것이다.[67]

　『새살림』지의 아동관련 기사의 기고자는 함처식 외에 아동과 과장(윤종선), 의사(한소제) 등 이었다(<표 5> 참조).

---

67) 보건후생부 부녀국, 『새살림』, 1947년 10월호, 1947, pp.32-33.

<표 5> 『새살림』지에 게재된 아동 양육관련 기사

기고자	기사 제목 및 내용	게재지
함처식	보육수첩 (1회)유아기: 유아기의 활동, 활동과 습관, 가정교육의 세가지 방법, 유아실	1947년 10월호, pp.32-33.
함처식	모육수첩(2회)어린이의 유회: 유회에 대하여, 어린이의 유회는 어른의 일과 같음, 유회의 두가지 방법, 유회의 종류	1947년 11·12 월호, pp.28-30.
함처식	보육수첩(3회)어린이와 그림책: 그림의 제재(題材), 그림책의 종류와 선택, 그림책 주는 방법	1948년 11·12월호, pp.25-27.
함처식	보육수첩(3회)어린이와 장난감: 장난감의 가치, 장난감 선택에 대하여, 유아기의 장난감	1948년 5·6월호, pp.27-30.
함처식	보육수첩(4회)어린이와 장남감: 장난감이란 무엇인가, 장난감의 필요	1948년 3·4월호, pp.39-40.
부녀국 아동과	애기 기르는 어머니들에게: 생후즉후의 아이 젖먹이기, 시간젖먹이기 등	1947년 10월호, pp.11-12.
윤종선	애기기르시는 어머니들에게(3회): 어린애들의 음식 먹는 습관, 장난감과 동무, 고집부리는 애, 거짓말과 돈 홈치는 애, 자리에 오줌누는 애, 어려서부터 독립심을 길러주어야 한다	1948년 3·4월호. pp.36-39.
윤종선	애기기르시는 어머니들에게(4회): 때쓰는 애, 신경질인 애, 열등감을 갖은 애, 겁많고 무서워 잘하는애	1948년 5·6월호, pp.25-26.
윤종선	감정의 순환기	1947년 11·12 월호, p.60.
-	젖먹이는 모친의 감기: 마스트 착용 권유	1947년 3·4월호, p.58.
한소제(삼봉의원의사)	애기의 영양섭취: 영양분 및 식품, 그리고 칼로리에 대한 설명	1947년 11·12 월호, pp.54-57.
-	영양 소강 : 봄철의 학동 영양 간식(어린이의 점심 등)	1947년 5·6월호, pp.12-14.
-	어느 어머니: 아이의 버릇을 가르쳐야 한다	1947년 3·4월호, p.66.
-	애기의 백일해와 그에 대한 저항력: 백일해에 대처하는 방법 소개	1948년 5·6월호, p.35.
-	출발부터 바르게: 어린 아해의 초기의 자세에 대한 주의 생후 사개월까지/ 잠자리, 잠자는 자세, 끼었을 대 자세, 안아주는 것, 옮기는 것, 발, 을음, 운동	1948년 5·6월호, pp.50-51.

이시현(기계협회 기술이사)	어머니와 과학지식: 어머니의 과학지식 및 가정교육의 중요성	1947년 11·12월호, pp.50-51.
-	어머니들: 어머니의 자녀양육과 관련된 퀴즈	1947년 10월호, p.42.
아동과	크리스마스의 유래	1947년 11·12월호, p.51.
민삼기	애기의 구두를 만들어 신깁시다	1947년 3·4월호, pp.59-60.
Ｔ Ｗ Ｋ	유아용 개량바지	1947년 3·4월호, pp.61-62.
-	낡은 '양복속옷'으로 어린아이 '웃저고리'와 '래긴스'를	1947년 4·5월호, p.26.

정부 수립 후에도 생활 개선은 여성운동의 주제이고 정부의 주요사업이었다. 박순천은 "신국가 여성은 생활을 개선해야하고, 독립을 하려는 여성은 전시생활과 같이 긴장이 풀어져서는 안된다. 경제적 지식이 필요하고, 허풍성세에 흥청거리는 생활을 반성, 자각해야 한다. 산업에 전력하고, 국산품 애용운동은 여성 즉 주부의 손으로 먼저 착수해야 한다. 식생활은 매식 1탕 1찬으로 하되 양분은 충분하도록 하며, 의복 역시 작업복을 바지로 하고, 짧은 소매 단추로서 가사의 능률을 기하며, 포의(色衣)를 입어 시간을 절약하여, 자녀교육이나 자기의 시간적 해방을 누려야 한다"고 주장하며, "거리의 여성들은 비활동적인 의복으로 노예와 같으며, 새나라 여성은 생활개선이 아니라 생활혁명을 해야 한다"고 주장하였으며, 끝으로 여성은 "여성을 모멸하는 언사를 삼가야한다"며 여성끼리의 자매애를 강조하였다.[68]

---

68) 박순천, 「정부수립과 여성임무」, 『대조』 8월, 1948.

Ⅳ. 맺음말

광복은 우리민족에게 일제로부터 정치적인 해방을 가져다주었다. 이는 여성해방에도 적지 않은 영향을 주었다. 여성들의 역할이 가정에서 사회로 확대되는 역할 변화의 기틀이 이 시기에 마련되었다. 가정생활에 매어 있던 여성들의 활동 반경을 넓혀주는 계기가 되었다.

미군정기에 근대적인 민주주의 제도가 도입되고 역사상 최초의 여성전담 행정기구인 부녀국이 설치되었다. 부녀국은 당시 시대적 과제였던 새 국가건설에 부응하는 여성사업(정책)을 추진하는데 힘을 기울였다. 부녀국 사업을 통해 미군정이 추구한 여성상을 파악할 수 있다. 최초의 여성의 투표권 행사, 여성의 정계 진출, 여성들의 적극적인 단체조직 및 활동 등 여성들의 역할이 사회로 확대되고 있었던 사실을 알 수 있다.

미군정이 추구한 여성상은 크게 세 가지로 요약된다. 첫째는 '새국가 건설에 참여하는 여성'이고, 둘째는 사회활동에 참여하는 여성이다. 셋째는 가정생활을 합리적 과학적으로 개선하는 여성이다.

새 국가 건설에 여성을 국민, 시민의 일원으로 참여시키려면 여성의 문자해득이 우선되어야 했다. 따라서 부녀국은 각종 사업을 통해 한글문해 교육과 함께 시민으로서의 투표권 행사를 계몽하고, 정치 진출을 장려·촉구하였다. 또한 여성들의 단체 활동을 적극적으로 장려하고, 직접 조직까지 했으며, 여성의 인권보호에도 적극 나섰다. 마지막으로 전통적 주부와는 다른 과학적, 합리적인 의식주 생활과 아동의 양육을 전담하는 전업주부의 역할을 강조하였다. 이러한 미군정 부녀국이 정책적으로 추진한 사업에서 추구한 여성상은 제1공화국에도 그대로 계승되었다.

1950년대 대일(對日) 정책과 한일회담의 쟁점

박진희[*]

Ⅰ. 한일관계의 새로운 시작

2차 세계대전이 한국의 독립과 일본의 패배로 끝나자 양국은 국교 수립을 모색하기 시작했다. 미국의 적극적인 주선으로 1951년 한일예비회담이 개최되었고, 1952년부터 1965년까지 14년 동안 총 7차례의 한일회담이 개최되었다. 그 결과 1965년 기본조약과 4개의 부속협정으로 구성된 한일협정이 체결되었다.

한국과 일본 사이에는 한일회담이 개시될 때부터 이미 상호 양보할 수 없는 현안과 인식의 차이가 존재했다. 한국은 과거 청산을 전제로 한 관계 수립을 중시한 반면, 일본은 과거사를 인정한 기반 위에서 관계 수립에 중점을 두고 교섭에 임했다. 따라서 양국간 과거사를 둘러싼 인식의 차이는 한일회담이 중단과 재개를 되풀이하는 가장 큰 요인이 되었다.

한편 한일관계는 양국 관계라기보다는 한·미·일 3국 관계 속에서 추진되고 조율되었다. 전후 미국은 세계전략 속에서 일본의 부흥과 재무

---

* 국사편찬위원회 편사연구사.

장을 추진했고, 한국과 일본의 관계개선은 동북아시아의 반공동맹이라는 차원에서 강조되었다. 이승만정권은 미국의 지속적인 대한(對韓) 원조와 후원을 받기 위해서는 일본과의 관계를 개선해야 했고, 다른 한편으로는 국민들의 반일(反日) 정서를 일정정도 수용해야만 했다. 따라서 이승만정권의 대일정책은 때로는 반공동맹 내 협력으로 나타났고, 때로는 강력한 반일정책·반일시위 동원 등 강경정책으로 나타났다.

제1공화국 대일정책의 기본목표이자 대전제는 일본의 과거사에 대한 반성을 토대로 한일간 과거사를 청산하는 것이었다. 이는 해방 직후 한국국민들의 민족적 요구를 반영한 것이었다. 물론 이승만과 이승만정권이 한일관계 개선에 내재되어 있던 경제협력을 통한 반공동맹의 형성과 강화라는 정치적 목표를 부차적으로 인식하거나 무시한 것은 아니었다. 오히려 이승만에게 있어 반공동맹이라는 정치적 목표는 최우선의 목표이기도 했다. 그러나 이승만과 이승만정권은 해방 이후 한일관계에서 과거사 청산이라는 국민적 요구를 완전히 무시할 수 없었다는 점을 주목해야 한다. 한국의 대일정책은 한일회담을 통해 한일간의 실질적인 현안문제를 해결하는 것에 초점을 맞추었다. 대일청구권문제, 어업문제, 재일한국인 지위문제 등이 조속히 타결해야 할 현안들이었다.

한편으로 제1공화국의 대일정책은 한미관계 속에 설정·조정되었고, 이는 정치·군사·경제적으로 확고한 대한(對韓) 공약과 원조를 획득하기 위해서였다. 6·25전쟁 발발과 휴전은 한국의 대미(對美) 요구를 충족시켜주는 계기를 제공했다. 결국 한국의 대일정책의 기본성격을 규정하는 중요한 또 다른 동력은 '미국' 이었던 것이다. 이는 일본의 대한정책(對韓政策)에서도 마찬가지였다. 일본은 미국의 전폭적인 지지와 지원 속에서 경제는 급속히 재건되었고, 군사적으로도 미일안전보장조약 체결로 확고한 방위체제를 구축하였다. 따라서 한일 양국이 한일관계 개선을 통해 얻을 수 있는 이점은 그다지 크지 않았던 것이다. 이것이 제1공화국 시기 한일회담이 타결되지 못한 이유이기도 하다. 따라서 한일관계는 양국관계만이 아닌 한미(韓美)·미일(美日) 관계, 그리고 한·미·일 3국 관계 등 다양한 층위를 토대로 이해해야 한다.

1951년 10월 연합국최고사령관 총사령부(GHQ/SCAP)의 주선으로 한국과 일본은 한일예비회담을 개최했다. 한국은 이 회담을 일본과의 단독 강화조약 체결을 위한 예비회담으로 생각했다. 따라서 한일간의 현안이 되고 있는 배상문제, 어업선문제, 재일한국인 지위 문제 등을 전면적으로 협의할 것을 요청하였다. 반면 일본정부는 의제 확대에 소극적이었다. 일본은 샌프란시스코 평화조약[1] 체결로 한국의 독립을 승인한 것만으로 충분하며, 한국은 교전 당사국이 아니었기 때문에 별개의 단독 강화조약 체결은 필요하지 않다는 입장이었다. 특히 일본은 샌프란시스코 평화조약 발효와 함께 일본이 주권을 회복한 이후 한일 문제를 처리할 생각이었다. 따라서 한일예비회담은 일본의 무성의와 지연전술로 의제 선정을 둘러싼 지루한 공방만이 되풀이 되었다.

제1공화국의 대일정책에서 가장 중요한 문제는 청구권과 평화선 문

---

1) 샌프란시스코 평화조약은 2차 세계대전의 연합국과 일본과의 강화조약으로 미국의 주도로 1951년 9월 샌프란시스코에서 체결되었다. '일본평화조약'으로 이름 붙은 이 조약은 51개국 중 소련 등을 제외한 49개국이 조인함으로써 일본은 패전국가에서 주권국가로 부활했다. 즉, 미국은 애초 '징벌조약'으로 일본의 부활과 재건을 철저하게 방지할 목적으로 강화조약을 구상했으나, 중공정권의 수립, 6·25전쟁 발발 등 냉전이 격화되자 '관용조약'으로 방침을 선회했다. 일본을 정치·경제·군사적으로 동북아시아의 중추로 급속히 부활시켜 공산진영의 공세에 대항하기 위해서였다. 이로써 한국의 대일정책도 영향을 받게 되었다. 대일배상 요구와 독도 영유권 문제 등 한국의 대일 요구는 대부분 기각 당하게 된 것이다(박진희,「戰後 韓日관계와 샌프란시스코 平和條約」,『한국사연구』 131호, 2005 참조).

제였다. 특히 청구권 문제에는 한일 양국의 과거사 인식이 내재되어 있었기 때문에 한일회담의 전개과정에서도 중요한 변수가 되었다. 한국은 일본의 철저한 과거사 반성을 토대로 새로운 관계 정립을 모색한 반면 일본은 과거사는 그 자체로 정당하며, 심지어 한국에게 긍정적인 영향을 미쳤다는 인식을 갖고 있었기 때문이다. 이러한 인식의 차이는 한일회담 과정을 통해 청구권 논쟁, 구보타(久保田貫一郎) 발언을 둘러싼 논쟁으로 드러났다.

한국은 해방 직후부터 일본의 식민지배로 인해 발생된 인적·물적 피해에 대한 배상을 요구하기 위한 준비를 해오고 있었다. 그 결과를 8개항으로 정리해 1952년 2월 제1차 한일회담에서 대일청구권(對日請求權)을 요구했다. 이에 대응해 일본은 미군정이 재한(在韓)일본인들의 사유재산까지를 몰수해 한국정부에 이양한 것은 불법이므로 반환을 요구했다. 일본의 대한청구권(對韓請求權) 요구는 1953년 10월 3차 한일회담에서 '구보타 발언'으로 이어졌고 회담 중단 사태로 귀결되었다. 일본측 수석대표인 구보타는 일본의 한국에 대한 식민통치는 불법이 아니었고, 오히려 한국의 발전에 기여한 측면도 있다고 주장했다. 이후 한일회담은 1958년 재개될 때까지 4년 6개월가량 중단되었다.

한편 한일회담이 난항을 겪게 된 또한가지는 한일간의 어업분쟁이었다. 1952년 1월 18일 한국은 이승만대통령 명의로 국무원 포고 14호 '인접해양에 대한 주권에 관한 대통령선언'을 발표하였다. 일명 '평화선(平和線)'의 선포였다.[2] 한국은 어업자원을 보호하고, 한일간의

---

2) '평화선'이라는 용어는 이승만 대통령이 평화선을 선포한 담화문에서 유래하였다. 1952년 2월 8일 평화선을 선포한 목적은 "획정선을 설치하는 주목적이 양국간의 평화 유지"에 있다고 한 것이다(대한민국 공보처, 『대통령 이승만박사 담화집』 2집, 1952, p.84). 이후 한국은 '평화선'이라는 용어를 사용한 반면, 일본은 평화선

어업분쟁을 사전에 방지하며, 인접 수역에 대한 국가 주권의 보존과 행사를 위해 평화선을 선포했다. 또한 1952년 4월 샌프란시스코 평화조약 발효를 앞두고 맥아더선이 폐지될 예정이었기 때문에 이에 대한 대응 조치이기도 했다. 맥아더선은 연합국최고사령부가 일본 어선의 무분별한 남획(濫獲)을 방지하기 위해 설정한 어로제한수역을 표시한 경계선이었다. 전전(戰前) 일본 신단(船團)은 세계 주요 어장을 휩쓸었고, 미국도 일본어선의 남획으로 피해를 입고 있었다. 따라서 1945년 9월 27일 연합국최고사령부는 일본의 어로제한구역을 규정한 이른바 '맥아더선(MacArthur Line)'을 발표했다. 이에 따라 일본 선박은 독도의 3해리 이내로 접근하지 못하며, 조난 기타 긴급한 경우에도 한국 당국의 허가가 없으면 상륙하지 못하도록 되었다.[3] 이로써 원양어업에 종사하던 일본의 대형 선단들은 연근해어업으로 전환할 수밖에 없게 되자 한일간 어업분쟁의 소지는 크게 높아지게 되었다. 그러나 맥아더선 설정에도 불구하고 일본 어선들의 한국 영해 침범은 점점 빈번해졌고, 한일간의 갈등도 고조되고 있었다. 이에 따라 한국은 강력한 주권 행사 조치로 평화선을 선포한 것이다. 그리고 평화선을 침범하는 일본 어선과 어부들을 나포, 억류하기 시작했다. 또한 1952년 4월 샌프란시스코 평화조약 발효와 함께 맥아더선도 폐지될 예정이었다. 한국은 일본에 비해 선박·어구(漁具) 등이 뒤떨어져 있었고, 맥아더선까지 폐지된다면 영세한 어민들의 어로활동을 보호해주기는 더

은 국제법상 불법이라 하여 '李라인'이라는 용어를 사용했다. 이승만은 '李라인'이라는 용어를 사용해서는 안되며, '평화선' '어업선' 등으로 부를 것을 지시하였다 (「이승만대통령이 김용식 주일공사에게」, 1954. 4. 28, 『이승만대통령기록물』, 국가기록원). 한편으로 일본이 사용하는 '李라인'이라는 용어 속에는 이승만의 反日인식과 태도에 대한 비난을 담고 있다. 한일회담 과정에서도 일본과 미국은 한일회담의 중단, 결렬 등의 주요 책임을 이승만의 비합리적인 반일인식과 태도 탓으로 돌리곤 했다.

3) 외무부 정무국, 『平和線의 理論』, 1954, pp.49-50.

욱 어려워질 상황이었다. 따라서 한국은 일본과의 조속한 어업협정 체결을 요구했다.

반면 일본은 한국과의 어업협정 체결을 서두르지 않았다. 앞선 어업력을 보유하고 있고 어로 제한선이었던 맥아더선까지 폐지된다면 일본의 어업계로선 환영할 일이었기 때문이다. 그래서 일본은 평화선 선포 직전에 개최된 한일예비회담에서도 한국의 어업협상 제안에 대해 준비부족 등을 이유로 응하지 않았다. 또한 한국의 기습적인 평화선 선포에 대해 국제법 위반이라고 크게 반발하였다. 그러나 평화선을 침범하는 일본 어선들의 숫자가 증가함으로써 나포되는 어선과 어부들의 숫자도 증가했다. 결국 평화선은 한일회담에 성의와 열의를 보이지 않던 일본을 협상테이블로 끌어내는 계기가 되었다. 평화선을 침범한 일본어선과 어부들이 나포, 억류되자 일본 내 여론이 정부를 압박하게 된 것이다.

Ⅱ. 대일정책의 목표와 한일회담

한국의 대일정책 기본 목표는 한일회담 과정에서 구체화되었다. 특히 일본의 과거사에 대한 반성이 단순한 언명이나 성명 수준에 그쳐서는 안된다고 판단했다. 한국은 대일배상 요구, 어업협정 체결, 재일한국인의 지위 보장 등이 과거사 청산을 위한 계기가 되어야 한다고 생각했다. 한일회담은 외교관계 수립을 위한 교섭과정임과 동시에 한일간 과거사 청산을 위한 계기를 마련하기 위한 교섭과정이었다. 한국이 가장 주안점을 둔 문제들은 대일배상 요구, 어업문제, 재일한국인 지위문제 등이었다. 한일회담은 14년 동안 이상의 문제들을 주요 의제로 삼아 진행되었다.

<표 1> 한일회담의 의제와 경과

회 차	기 간	주요 의제	경 과
예비 회담	1951.10.20~ 1952. 2.27	·선박반환문제 ·재일조선인 법적 지위문제 ·공식회담 의제결정	·한일회담 의제 선정 ·한국의 평화선 선포(1952. 1)
제1차 회담	1952. 2.15~4.25	·기본관계 ·재일한국인의 법적지위 ·어업문제 ·청구권문제 ·선박문제	·일본의 대한청구권(對韓請求權) 주장으로 회담 결렬
제2차 회담	1953. 4.15~7.23	·기본관계 ·재일한국인의 법적지위 ·어업문제 ·청구권문제 ·선박문제	·이승만 방일(1951. 1) ·휴전협정 체결(1953. 7)과 제네바회담 개최를 이유로 일본 휴회 제의
제3차 회담	1953.10. 6~10.21	·기본관계 ·재일한국인의 법적지위 ·어업문제 ·청구권문제 ·선박문제	·평화선의 합법성에 대한 토의 집중 ·일본 수석대표 구보타 발언으로 회담 결렬
제4차 예비 교섭	1957. 5~1957.12.31	·일본의 대한청구권(對韓請求權)과 구보타 발언취소문제를 둘러싼 교섭 진행 ·1957.12.31 회담재개 합의서에 서명	·일본, 대한청구권(對韓請求權)과 구보타 발언 취소
제4차 회담	1958. 4.15~1960. 4.15	·재일한국인의 법적지위 ·어업문제 ·청구권 ·선박문제 ·문화재문제	·한일간 상호 억류자 석방 ·재일한국인 북송문제로 잠시 중단 후 재개 ·4·19로 중단

제5차 회담	1960.10.25 ~1961.5.16	·재일한국인의 법적지위 ·어업문제 ·청구권 ·선박문제 ·문화재문제	·5.16 쿠테타 발발로 중단
제6차 회담	1961.10.20~ 1964. 4. 6	·재일한국인의 법적지위 ·어업문제 ·청구권 ·선박문제 ·문화재문제	·김종필·오히라 메모로 청구권 문제의 정치적 타결
제7차 회담	1964.12.　3 ~ 1 9 6 5 . 6.22	·기본관계 ·재일한국인의 법적지위 ·어업협정 ·재산 및 청구권 문제 ·문화재 및 문화협정	·정식 조약 조인

출전 : 외무부 정무국, 『韓日會談略記』, 1960 ; 대한민국 정부, 『한일 백서』,
1965 ; 대한민국 정부, 『한일회담 합의사항』, 1965 ; 대한민국 정부, 『한
일회담 합의사항』, 1965 ; 외무부 정무국, 『한일회담의 개관 및 제 문제』,
1952.

위 표에서 보듯이 한일회담은 협상과 결렬, 재개와 중단을 반복했
다. 가장 큰 원인은 한국과 일본이 현안문제들에 대해 각각 다른 인
식과 정책을 가지고 있었기 때문이다. 한국은 대일청구권과 어업문제
에 중점을 두었던 반면 일본은 재일한국인 문제를 제외한 나머지 현
안들에 대해서는 무관심했다. 특히 1~3차 한일회담에서 양국간 쟁점
이 된 것은 청구권 문제와 평화선을 둘러싼 어업문제였다. 그리고 회
담이 결렬된 것도 결국 이 두 가지 문제에 대한 인식 차이에서 비롯
되었다.

1차 한일회담 개최를 앞두고 한국은 평화선을 선포하였다. 1952년
4월 28일 샌프란시스코 평화조약 발효를 앞두고 그동안 한일간의 어
업경계선 역할을 해왔던 맥아더선 폐지에 대응하기 위한 것이었다. 한

국이 맥아더선을 유지하려고 한 이유는 한국 어업을 보호하고, 일본과 공산권에 대한 안보경계선으로 사용하기 위해서였다. 하지만 맥아더선의 폐지 조치로 한국은 이같은 목적을 대체해줄 새로운 경계선으로 '평화선'을 구상, 선포한 것이다.

반면 일본은 한국의 청구권 요구를 완화 또는 상쇄시키기 위한 대책을 수립하였다. 바로 '대한청구권(對韓請求權)'을 요구한다는 방침이었다. 일본은 한일예비회담이 진행되는 동안 미 국무부에 샌프란시스코 평화조약 4조 (b)항 미군정이 귀속재산을 한국정부에 이양한 조치의 정당성에 대해 유권해석을 구두로 의뢰했다. 미 국무부는 샌프란시스코 평화조약 당사국이 조약에 대해 '공식적'으로 문의해오면 답변한다는 방침을 전달했다. 일본은 미 국무부의 회신내용을 만약 일본이 샌프란시스코 평화조약 4조 (b)항의 해석을 공식적으로 의뢰하지 않으면 일본의 해석과 조치를 문제삼지 않겠다는 의미로 받아들였다. 그리고 일본은 곧바로 대한청구권 요구안을 작성하였다.

결국 한국은 대일청구권 요구를 당연하게 여겼기 때문에 여기에 덧붙여 평화선을 선포하고 1차 한일회담에 임했다. 반면 일본은 한국의 대일청구권을 상쇄시키기 위한 목적으로 대한청구권을 협상수단으로 준비하고 1차 한일회담에 임했다. 그리고 예상대로 1차, 2차 회담은 평화선과 일본의 대한청구권 문제를 둘러싸고 대립하였고, 성과를 거두지 못한 채 결렬되었다.

청구권 문제를 둘러싼 한국, 일본, 미국의 입장은 근본적인 차이를 갖고 있었다. 미국은 샌프란시스코조약을 근거로 일본의 대한청구권이 근거가 없다고 하면서도, 양국의 청구권이 상쇄되는 것이 바람직하다는 입장이었다. 한국은 설사 일본의 대한청구권이 교섭 목적으로 제출된 것이라 하더라도 이 문제는 일본과 협상할 성질의 것이 아니며,

상호 협상문제가 아닌 '귀속재산 문제'로 인식하고 있었다.[4] 반면 일본은 샌프란시스코 평화조약 상 일본의 배상책임이 면제된 것을 전제로 한국의 '과도한' 배상요구를 사전에 차단하고자 하였다. 따라서 최대목표는 대한청구권과 대일청구권이 완전 상쇄되는 것이며, 최소 목표는 부분 상쇄를 통해 대일청구권을 최소화시키는 것이었다. 일본은 대한청구권 주장을 재산을 돌려받을 요량으로 제기했다기 보다는 한국의 요구를 희석시키기 위한 일종의 협상카드로 제기한 것이다.

이를 통해 일본과 미국이 한일회담의 목표를 어디에 설정하고 있었는지를 알 수 있다. 미국은 동북아시아정책의 중심을 일본에 두고 있었기 때문에 일본의 대한청구권 주장이 근거가 없음에도 불구하고 일본의 입장을 지지했다. 반면 일본은 한국에 대한 식민지배가 국제법상 정당하였기 때문에 한국이 대일배상을 요구하는 것은 불합리하다는 입장을 견지하고 있었다. 설사 한국에게 배상을 할 만한 사유가 있다 하더라도 패전 직전에 한국에 남기고 온 일본의 공·사유재산에 대한 귀속조치로 배상은 충분히 했다는 입장이었다. 미국의 기본 목표는 일본을 부활시켜 아시아의 동맹국들을 반공진영으로 결속시키는 것이었다. 일본의 외교정책은 미국의 이 같은 대외정책의 목표와 의도에 충실하게 부합하되 자국 정치체제의 안정과 경제재건에 영향을 주지 않는 범위에서 한국과의 관계를 도모하겠다는 것이었다. 그러나 이 시점에서 일본에게 한국과의 관계개선은 정치적 안정과 경제적 재건에 도움이 되지 않았다. 오히려 한국의 과거사에 대한 '과도한' 반성과 배상 요구는 패전에 대한 충격과 혼란을 받아들이지 못하고 있던 일본

---

4) Acheson to Tokyo Embassy(1952.6.3), RG 84, Japan, Tokyo Embassy, Classified General Records, 1952, Box. 1, National Archives and Records Administration(이하 'Classified General Records'는 'CGR'로 약칭하며, 영문자료의 경우 특별한 언급이 없는 경우 소장처인 'National Archives and Records Administration'은 생략함).

을 더욱 자극하는 요소로 인식되었다. 따라서 한국이 대일정책의 목표를 과거사 청산과 이를 위한 배상 청구, 관계 개선으로 삼고 있었던 것과 비교하면 1~3차 회담 시기까지 한일회담을 통해 양국간의 합의가 도출되는 것은 거의 불가능한 상황이었다. 3차 한일회담에서 구보타의 망언에 가까운 발언은 이 같은 분위기를 극적으로 보여준 사례였다.

1953년 10월 6일 3차 한일회담이 개최되었는데 불과 보름여 만인 10월 21일 결렬되었다. 일본측 대표 구보타 간이치로(久保田貫一郎) 발언 때문이었다. 10월 15일 재산 및 청구권위원회 회의에 구보타 대표가 참석하였다. 이 회의에서 홍진기(洪璡基)와 구보타간에 논쟁이 벌어졌다. 한국은 일본의 청구권 상호포기 제안을 거절하고, 다만 일본 점령으로 입은 손해에 대한 배상만은 철회할 용의가 있으나 다른 합법적 청구권은 지급할 것을 요구했다. 이에 구보타는 일본 점령으로 한국은 많은 측면에서 득을 보았다고 응수함으로써 문제가 시작됐다. 구보타는 카이로 선언의 한국의 '노예상태' 운운 문구는 전시(戰時) 수사학에 불과하며, 한국이 일본에게 배상책임을 묻고 일본재산을 몰수한 것은 개인적으로 국제법상 '이견(異見)'이 있을 수 있다고 주장했다.5) 이 과정에서 구보타는 일본이 한국을 '합병'하지 않았다면 다른 나라가 한국을 점령하여 한민족은 더욱 비참한 상태에 놓였을 것이라고 주장했다.6)

1953년 10월 21일 주일대표부 김용식(金溶植) 공사는 일본 수석대표 구보타가 5개항의 '망언'을 철회하지 않기 때문에 더 이상의 회담

---

5) 「한일회담 한국대표단 성명」, 1953.10.23, RG 84, Korea-Seoul Embassy, CGR, 1953-55, Box. 4.
6) 김용식, 『새벽의 약속 : 김용식 외교 33년』, 김영사, 1994, pp.201-202.

지속은 불가능하다는 성명을 발표했다. 같은 날 일본 외무성 대변인도 장문의 성명서를 발표했다. 한국이 고의로 비공식 분과위원회 회의에서의 일본 대표의 '사소한' 말 몇 마디로 회담을 결렬시켰다고 비난하였다. 또한 한국이 불법적인 '李라인'을 설정하여 지속적으로 일본어선을 나포하고, 어부들을 체포했음에도 일본 정부는 인내하면서 한일관계 개선을 위해 노력했다는 사실을 강조하였다. 따라서 회담 결렬의 책임은 전적으로 한국에게 있다고 비난하였다.[7] 심지어 일본은 한국이 회담 결렬을 미리 계획한 것으로 생각된다고 비난하였다. 일본정부는 형식적으로는 구보타 발언이 일본정부의 공식입장이 아니라고 하였지만 실질적으로 부정하지 않았다. 이로써 한일회담은 장기간의 결렬상태에 돌입하게 되었다. 구보타 사태에서 주목할 것은 구보타의 발언이 일 개인의 생각이 아니라 당시 일본의 일반적인 대한(對韓) 인식이었다는 점, 이후에도 지속적으로 이 같은 '망언'이 되풀이 되었다는 점이다.

3차 회담 결렬 이후 한국과 일본은 미국의 중재로 회담을 재개하기 위한 교섭을 진행했다. 한국은 일본의 대한청구권 요구와 구보타 발언 취소를 전제조건으로 내세웠다. 이 기간 동안 한국과 일본은 각각 억류 중인 일본 어부들과 재일한국인들을 석방한다는데 합의했다. 그러나 한국이 일본의 주장처럼 일본 어부들의 나포·억류가 불법이라는 사실을 인정하고 이들의 석방에 동의한 것은 아니었다. 당초 일본이 억류자들의 상호석방을 제안했을 때부터 한국의 입장은 단호했다. 일본 어부들은 한국의 영해인 평화선을 침범한 불법 행위자들인 반면, 재일한국인들은 불법행위자들이 아니기 때문에 이들에 대한 억류 자체가

---

7) Tokyo AmEmb(Berger) to Department of State(1953.10.28), RG 84, Korea-Seoul Embassy, CGR, 1953-55, Box. 4.

일본의 불법행위라는 것이었다. 따라서 이들을 상호 석방 교환한다는 것은 협상할 성질의 문제가 아니었다. 결국 한국이 일본의 제안을 일부 받아들여 상호석방에 합의한 것은 한국의 주장이 관철된 결과였다. 불법행위자들인 일본 어부들 중 한국의 법에 따라 복역을 완료한 사람들에 한해 석방하기로 한 것이다. 일본은 이 제안을 받아들이면서 결코 평화선의 합법성을 인정하는 것은 아니라는 점을 강조했지만, 한국은 명분과 실리를 얻은 셈이었다. 일본에게 평화선의 합법성을 간접적으로 시인하도록 강제했고, 계속 일본 어부들을 억류하고 있는 것도 부담스러웠기 때문이다.

억류자들의 상호 석방 분위기 속에서 재개된 4차 회담에서 한일 양국은 그동안 미뤄뒀던 현안들에 대한 협상을 계속해 나갔다. 그러나 일본이 재일한국인의 북한 송환을 추진함으로써 또다시 난관에 부딪혔다. 일본은 '인도주의'를 명분으로 내걸고 북송을 추진하였지만, 여기에는 정치적 목적이 가장 컸다. 재일한국인 처리는 일본이 한일회담을 통해 해결하려고 한 최우선의 목표이기도 했다. 재일한국인 북송문제가 한일간 현안으로 등장한 것은 1958년이었다. 이때는 한국과 일본이 1953년 10월 구보타 발언으로 3차 한일회담이 중단된 후 4년여만에 상호 억류자들을 석방하고 회담을 재개한다는데 합의한 직후였다. 그러나 이 같은 합의에도 불구하고 일본이 한국의 강력한 반발을 예상할 수 있는 상황에서 북송을 강행하기로 했다는 점에 주목해야 한다. 일본은 이 문제를 한일간의 현안문제와는 별개이자 일본의 국내 안보와 직결되는 문제라고 주장했다. 일본은 전후(戰後)부터 일관되게 재일한국인들을 어떤 형태로든지 국외로 추방 또는 송환시키려는 정책을 고수해왔다.

일본이 북송을 추진한 가장 큰 이유는 오랫동안 숙원이었던 재일한국인들을 '처리'하기 위해서였다. 그동안 한일회담의 경과를 놓고 볼 때 일본은 한국이 재일한국인들의 귀국을 받아들일 가능성은 적다고 판단했다. 그리고 평화선 침범으로 억류된 일본 어부들을 송환받기 위해 재일한국인 억류를 협상카드로 사용해왔으나, 1958년 이후 송환되지 않은 일본 어부들은 이제 소수였다. 따라서 더 이상 재일한국인들에 대한 한국의 요구를 들어줄 이유도 없었을 뿐 아니라 상호 '인질외교전'을 펼쳐야할 이유도 적어졌다. 또한 당시 『조일신문(朝日新聞)』 등 일본 언론은 일본 적십자사와 후생성의 자료를 인용하여 "재일조선인 4분의 1이 생활보호대상자로서 그 비율이 일본인 평균 보호율의 10배 이상"이라며 연간 26억 엔의 생활보조금이 지불되고 있다고 했다. 또한 "절도, 상해 등 재일한국인 범죄자수가 2만 2,000여 명으로 일본인보다 5배나 높은 비율"이라고 지적, 재일한국인에 대한 반감을 드러냈다.[8] 일본은 극빈한 재일한국인들은 경제적 부담이자 잠재적인 사회불안 요소라고 인식하고 있었던 것이다. 때마침 북한이 대규모로 재일한국인들의 귀국을 허용하겠다고 제의하였고, 이는 재일한국인문제를 처리하기 위해 골몰하고 있던 일본에게는 새로운 돌파구였던 셈이다. 일본이 북송을 결정한 사실은 한국에 큰 충격을 주었다. 이는 한국만이 한반도의 유일한 합법정권이며, 전(全) 한반도를 관할하는 한국의 주권을 침해하는 행위로 받아들여졌다.

한국이 북송문제에 대해 격렬하게 비난하고 나선 데에는 남·북한간의 체제경쟁도 개재되어 있었다. 그러나 재일한국인문제에 대한 이승만의 잘못된 지론도 작용했다. 이승만은 북송문제를 두 가지 측면에서 바라보고 있었다. 한편으로는 북송이 공산주의자들에게 엄청난 심리적

---

8) 김동조, 「金東祚 회고록―秘話 내가 겪은 한국외교 (11)」, 『문화일보』, 1999년 8월 28일.

승리를 가져다 줄 것이라고 생각했고, 다른 한편으로는 고국으로 귀국할 기회를 거절한 변절자로서 재일한국인을 경멸했다. 이승만은 "한국 정부는 정부에 충성하는 '모든 충성스런 한국인(All Loyal Korean)'을 한국으로 귀국토록 함과 동시에 일본정부가 그들에게 각자 500달러를 지불하게 할 것인 반면 귀국을 거부하는 한국인은 한국 시민권을 박탈하고 한국 땅을 밟아보는 것도 허용할 수 없다"고 언명했다.[9] 이승만은 일본이 해방이후 일본에서 태어난 재일한국인 2세에 대한 영주권 부여를 거부하자, 이들을 한국으로 귀국시키되 정착금을 지급할 것을 요구하였다. 대략 개개인에게 지급될 정착금은 3~4억 달러 정도로 계산하고 있었으나, 재일한국인 2세와 부모들이 생이별을 해야 한다는 현실적 판단은 전혀 하지 않았다.[10] 이승만은 재일한국인이라면 누구든지 북한이 아닌 남한을 당연히 선택할 것이고, 그 선택만이 유일하게 옳다고 생각했다. 만약 북한을 선택한다면 그들은 '배신자'이고 '변절자'였다. 이승만의 인식은 재일한국인이 일본에서 처한 현실, 특수성, 역사성 등을 모두 외면한 것이었다. 오직 자신의 입장에서 재일한국인들에게 '양자택일'만을 강요하는 것이었다. 재일한국인들의 다수가 북송을 '선택'한데는 이데올로기적인 측면 이외에 생활의 필요성도 크게 작용했다. 재일한국인의 삶은 일본 내에서 최하위 계층에 속했고, 이들에 대한 차별도 정상적인 생활을 불가능하게 하고 있었다.

다른 한편으로 한국이 북송문제에 적절히 대처하지 못한 것은 일본의 '이중플레이'에 말려들었기 때문이었다. 한쪽에서 북한 체제를 인

---

9) 김동조, 「金東祚 회고록—秘話 내가 겪은 한국외교 (11)」, 『문화일보』, 1999년 8월 28일.
10) 김동조, 『회상 30년 한일회담』, 중앙일보사, 1986, pp.129-130.

정하지 않는다고 말하면서 다른 한쪽에서는 '인도주의'를 말하고, 북송을 추진하지 않을 것이라고 말하면서, 개인의 거주 이전의 자유 선택을 가로막을 수는 없다는 식이었다. 또한 외무대신이 절대 북송은 없을 것이라고 확약하고 나면 외무차관은 북송을 '고려'해야 할 필요성을 역설하는 식이었다. 한국은 이 같은 일본의 이중적인 인식과 태도의 본질을 간파하지 못한 것이다.

결국 한국의 적극적인 반대에도 불구하고 1959년 12월 14일 첫 번째 북송선이 975명의 재일한국인들을 태우고 니가타항을 출발했다. 이를 필두로 1959년 12월 2,942명이 북송선을 탔고, 1981년 9월 27일까지 모두 185회에 걸쳐 9만 3,314명이 북한으로 갔다. 특히 1960년과 1961년 동안 7만 2천여 명이 북송길에 올라 전체 북송자의 77.4%에 달했다.[11]

4차 한일회담은 북송문제로 일시 중단되었지만 1960년 억류자 상호석방, 한국 쌀 3만 톤의 일본 수출 등을 협상하면서 회담 재개에 합의하였다. 합의에 따라 4월 15일 회담이 재개되었지만, 4·19로 이승만정권이 붕괴되자 한일회담은 중단되었다. 4차 회담을 재개한 후 한일 양국은 협상을 타결하기 위해 노력했고, 제 현안들은 타결의 기미를 보이기 시작했다. 정권의 붕괴로 협상은 중단되었지만, 이때까지의 성과를 토대로 2공화국은 수립 후 곧바로 한일회담을 재개할 수 있었다.

---

11) 유영구, 「한일·북일관계의 고정화과정 小考 : '55년 체제'에서 1965년 한일 국교 정상화까지」, 『中蘇研究』 76호, 1997, pp.154-155.

Ⅲ. 한일회담의 주요 쟁점과 합의사항

한일회담의 의제를 둘러싼 협의과정을 통해 한일간의 주요 쟁점과
양국의 요구와 주장을 살펴봄으로써 1950년대 한일관계의 특징을 추
출할 수 있다. 양국의 입장과 주장은 의제와 시기에 따라 강조점만

<표 2> 한일간 쟁점과 합의사항 ① : 한일 기본관계

주요쟁점 \ 양국의 입장	한국의 입장	일본의 입장	한일협정문
기본입장	·양국의 과거사 청산을 기초로 새로운 관계 수립	·새로운 관계 수립	·언급 없음
합의문서 형식	·조약 형식	·공동선언 형식	·조약
舊조약 무효 확인 문제	·구조약은 시초부터 무효임을 확인하는 조항 명기	·국교 정상화 이후 무효, 명기 불필요	·'대한민국과 일본제국 간에 체결되었던 모든 조항 및 협정이 이미 무효임을 확인한다'(3조)
조약 명칭	·한일기본관계조약	·한일우호조약	·'대한민국과 일본국 간의 기본관계에 관한 소약'
한반도 유일 합법 정부 확인 조항	·명기 주장	·유일합법성 인정, 그러나 북한 존재 인정 필요	·유엔 결의에 따라 대한민국 정부의 유일합법성 인정(2조)
독도문제	·한국영토이므로 명기 거부	·명기 주장	·제외
교섭경과	·제1차 회담 시 조약안을 교환했으나 성과 없었음 ·제1~3차 회담까지 양국은 기존 입장 고수 ·제4차 회담에서 기본관계문제는 일단 보류, 기타 현안문제 해결 후 토의 개시키로 합의함		

출전 : 외무부 정무국, 『韓日會談略記』, 1960 ; 대한민국 정부, 『한일회담 백서』,
1965 ; 대한민국 정부, 『한일회담 합의사항』, 1965 ; 대한민국 정부, 『한일
회담 합의사항』, 1965 ; 외무부 정무국, 『한일회담의 개관 및 제 문제』,
1952.

달라졌을 뿐 기조 자체에 큰 변화를 보이지 않았다. 그러나 1965년 한일협정 내용과 비교해 보면 1950년대 대일정책과 1960년대 대일정책의 기조가 어떻게 달라졌는지를 확연히 구분할 수 있다.

위 <표 2>에서 보듯이 한일간 기본관계 수립 문제에서 한국의 요구는 세 가지로 압축되었다. 첫째, 양국은 과거사 청산을 전제로 새로운 관계를 수립해야 한다. 둘째, 양국간 체결되었던 과거의 모든 조약은 애초부터 무효였다. 셋째, 대한민국만이 유일한 합법정부로 전 한반도를 관할한다는 점을 명기한다는 것이었다. 첫 번째와 두 번째 요구는 한국의 대일정책의 기본목표와 일치하는 것이다. 특히 과거 일본이 강압적으로 한국과 체결한 모든 조약이 무효라는 것은 일본의 한국 침탈이 불법적 행위임을 지적한 것이다. 그러나 일본은 과거사는 그 자체로 합법적이며 정당했기 때문에 양국은 미래의 새로운 관계 수립을 목표로 해야 한다며 한국의 요구를 거절했다. 따라서 한국과 체결한 구조약도 모두 정당한 것으로 무효일 수는 없다고 주장했다. 양국간 기본관계에 대한 요구와 협의는 1차 회담 이후로는 큰 진전을 보지 못했다. 평화선, 청구권 문제 등으로 양국의 대립이 고조되었기 때문에 우선순위가 밀려난 것이었다. 또한 기본관계에 관한 문제는 제반 현안들이 합의되면 기본적인 합의를 도출할 수 있었기 때문이기도 했다.

한국이 세 번째로 요구한 유일합법정부 확인 문제는 정치적 문제였다. 더구나 남북한이 분단되고 전쟁까지 치른 뒤였기 때문에 이 문제는 체제경쟁의 문제이기도 했다. 그러나 일본은 '2개의 한국'을 인정하고 있었다. 일본의 대한(對韓), 정책의 기조는 한마디로 '한반도의 안정과 현상유지'였다. 일본의 안정을 해치는 '한반도의 통일' 보다는 '현상의 안정', 즉 '분단 지속' 쪽이 더 유리하다는 인식을 갖고 있었다.[12] 여기서 '현상의 안정'이란 남·북한간의 현상 균형을 유지하는 것으로, 이는 반드시 남한의 우월에 의한 균형을 의미하지 않는다. 북한에 대한 완전 무시가 한반도의 안정을 붕괴시킬 위험이 있다고 판단한 일본은 북한과의 일정한 관계유지가 불가피하다고 생각했다.

기본관계를 둘러싼 한국과 일본의 입장 대립은 이승만정권기를 통해 해소되지 못했다. 양국간 과거사에 대한 인식이 합의에 이르지 못했기 때문이다. 결국 한일협정에서 이 문제는 양국의 합의형식을 갖추었지만, 1950년대 한국이 중시했던 목표들은 사실상 폐기되었다고 할 수 있다. 한국은 일본이 모든 구조약이 애초부터 무효임을 인정했다고 주장했고, 일본은 한국의 독립 이후에야 무효라고 주장했다. '이미(already) 무효(null and void)'라는 자구(字句)가 지닌 모호함을 양국이 편의적으로 해석함으로써 발생된 문제였다. 한국은 한일합방조약은 체결일로부터 무효라고 해석한 반면, 일본은 체결 당시에는 유효했고 한국이 독립한 이후에 무효가 되었다고 주장했다.[13] 일본은 이 같은 해석에 기초해 한국에 대한 배상 의무는 없으나, 독립 축하금이나 경제협력 차원에서 어느 정도의 보상은 해줄 수 있다는 입장을 견지했다.

한일기본조약은 양국간의 기본관계를 정의하고 여러 협정문들의 기본 성격을 규정하는 상위 조약이라는 점에서 중요했다. 1950년대 한국이 과거사 청산을 기본관계의 대전제로 삼고자 했던 것은 이와 같은 중요성 때문이었다. 그러나 결과적으로 이 목표는 한일협정 체결 당시 달성되지 못했다.

다음으로 한국이 한일회담을 통해 해결하고자 가장 애쓴 문제는 청구권 문제였다. 이 문제 또한 과거사 청산 문제와 밀접한 관련을 맺

---

12) 伊豆見元, 「近して遠い隣人」, 渡邊昭夫 編, 『戰後日本の對外政策』, 有斐閣, 1985, pp.180-181.

13) 한상범, 「한일기본조약」, 『한일협정을 다시 본다』, 아세아문화사, 1995, p.148.

고 있었다. 청구권 문제를 둘러싼 한일간의 교섭과정을 정리해보면 다음과 같다.

<표 3> 한일간 쟁점과 합의사항 ② : 청구권

주요쟁점	양국의 입장	한국의 입장	일본의 입장	한일협정문
제1 공화 국	제1차 ~3차 회담	<韓日間財産및請求權協定要綱>* 1. 한국으로부터 가져온 고서적, 미술품, 골동품, 기타 국보, 지도원판 및 地金과 地銀를 반환할 것 2. 1945년 8월 9일 현재 일본정부의 對조선총독부 채무를 변제할 것 3. 1945년 8월 9일 이후 한국으로부터 이체 또는 송금된 金員을 반환할 것 4. 1945년 8월 9일 현재 한국에 본사(점) 또는 주사무소가 있는 법인의 재일재산을 반환할 것 5. 한국 법인 또는 한국 자연인의 일본국 또는 일본국민에 대한 일본 국채 공채, 일본은행권, 피징용 한인 미수금, 기타 청구권을 변제할 것	·샌프란시스코조약 제4조 (b)항에서 일본이 인정한 미군의 조치는 점령군으로서 미군이 전시 국제법에 따라 적법하게 실시한 한도의 조치이다 ·사유재산을 몰수한다는 것은 전시 국제법에서 인정하지 않는 것이기 때문에, 샌프란시스코조약에서 인정한 한도에는 들어가지 않는다 ·미군정법령 33호도 일본 재산을 완전하게 몰수한 것으로 해석할 수 없으며, 전시 국제법에서 인정된 한도 내에서 적국 사유재산 관리 조치로 볼 수 있기 때문에 원권리자의 보상청구권은 여전히 남아 있다 ·한국이 이미 그 재산을 이양받아 처분 또는 소유하고 있는 만큼 일본은 당연히 한국에 대해 청구권을 갖고 있다	·청구권에 관한 명목 -<한일간의 청구권 문제 해결 및 경제협력> -제공 명분, 국교정상화 축하금, 민생안정, 한국 경제발전에 기여 ·정부차관 2억달러, 무상공여 3억달러, -한국, 대일청구권 8개항에 대한 것임 -정부차관 7년 거치기간 포함, 20년 상환 ·청구권의 해결 -한일 양국과 양국민의 재신 및 청구권에 관한 문제는 샌프란시스코조약 4조에 규정된 것을 포함, 완전히 그리고 최종적으로 해결된 것으로 함

578

		6. 한국법인 또는 한국자연인 소유의 일본법인의 주식 또는 기타 증권을 법적으로 證定할 것 7. 전기 제 재산 또는 청구권에서 生한 제 과실을 반환할 것 8. 전기 반환 및 결제는 협정 성립 후 즉시 개시하여 늦어도 6개월 이내에 종료할 것	
	제4차 회담	〔경과〕 ·일본, 대한청구권과 구보타 발언 철회	
제2 공화국	제5차 회담	·8개항은 법적 근거 및 사실관계 확실하므로 전 한반도의 청구권에 대한 변제 요구	·한국정부가 실질적으로 관할하고 있는 지역에 한한 청구권 중 법적 근거와 증거관계가 확실한 부분만 변제 가능
제3 공화국	제6차 ~7차 회담	·일본, 한국의 청구내용은 법률관계와 증거관계 불명으로 변제불가 입장 견지 〔경과〕 ·1962년 김종필과 오히라 회담에서 원칙 합의, 총 6억달러 ·1965년 이동원과 시이나 외무장관간 회담, 민간차관 2억달러 증액, 총 8억달러로 최종 합의	

출전 : 외무부 정무국, 『韓日會談略記』, 1960 ; 대한민국 정부, 『한일회담 백서』, 1965 ; 대한민국 정부, 『한일회담 합의사항』, 1965 ; 대한민국 정부, 『한일회담 합의사항』, 1965 ; 외무부 정무국, 『한일회담의 개관 및 제 문제』, 1952.

한국의 대일청구권에 대한 준비는 해방 직후부터 시작되어 1공화국 수립이후까지 지속되었다. 그 준비결과는 1952년 2월 21일 제1차 한일회담에 <한일간 재산 및 청구권 협정 요강>으로 제출되었다. 요강은 총 8개 항목으로 구성되었고, 주로 현물배상을 내용으로 하고 있다. 이에 대해 일본은 미군정이 재한(在韓) 일본인들의 사유재산까지를 몰수, 한국정부에 이양한 것은 불법이라는 주장과 함께 이에 대한 반환을 요구했다. 한일간의 청구권을 둘러싼 입장 차이는 구보타 발언으로 비화되어 장기간의 회담 중단 상태를 가져왔다. 구보타 사태에서 알 수 있듯이 청구권문제에는 양국간 과거사에 대한 인식, 향후 관계개선에 대한 정책기조 등이 담겨있었기 때문에 양국 모두 결코 양보하기 어려운 성질이었다. 그러나 결국 일본은 4차 회담 재개 조건으로 대한청구권(對韓請求權)과 구보타 발언을 공식적으로 철회하였다. 이로써 한국의 요구가 관철되었고, 이제 청구권 항목에 대한 개별 협의와 합의를 진행할 수 있게 되었다.

한국이 한일회담 재개조건으로 대한(對韓) 청구권과 구보타 발언 철회를 관철시킨 점은 중요하다. 설령 일본이 애초부터 대한청구권을 협상수단으로 사용할 목적이었기 때문에 순순히 철회했고, 구보타 발언도 한 '개인의 견해'로 축소, 본질을 회피하는 식으로 철회했더라도, 한국이 두 가지 문제에 대해 일본의 양보를 끌어냈다는 것은 중요했다. 위 표에서 보듯이 2공화국의 대일청구권 협상은 이승만정권이 제시한 8개항의 청구권항목에 대해 진행되었으며, 이는 과거사청산을 당연히 전제한 것이었다. 그러나 한국의 대일정책의 기조는 박정희정권이 들어서면서 급격히 변화되었다. 청구권 문제는 단순한 '경제협력' 문제로 축소·변질되었다. 박정희정권은 이 경제협력자금이 1950년대 대일청구권 8개항에 대한 것이라고 주장했지만, 일본은 무상 공여분이 한국의 '독립 축하금', '경제협력자금'으로 제공되었다는 점을 분명히 했다. 또한 한일협정으로 더 이상의 청구권 협상은 없다는 점을 못박음으로써, 민간인 피해보상 등을 해결할 길을 봉쇄해버렸다. 한국 국민들이 한일협정에 대해 가장 강력히 반발한 것은 청구권의 '액수' 때문이 아니었다. 청구권 문제가 갖고 있는 민족사적 요구, 역사적 측면이 모두 누락된 채 한일간 고위급에 의해 비밀리에 처리되었기 때문이었다.

<표 4> 한일간 쟁점과 합의사항 ③ : 어업

주요쟁점 \ 양국의 입장	한국의 입장	일본의 입장	한일협정문
제1차~제3차 회담	·평화선 선포(1952.1.18) -인접 해양에 대한 국가주권 선언 -어업자원 규제 및 보호 -보호수역 경계선 설정 및 장차 수정 가능 -공해상의 자유항행 보장 〔경과〕 ·평화선을 둘러싼 법리 논쟁 지속	·평화선에 대한 일본의 항의 -공해자유원칙에 위배 -공해에 국가주권을 선언한 국제관례는 없음 -독도를 평화선에 포함시킨 것은 영토 침해	(1) 어업협정 목적 ·이업자원의 최대 지속적 생산성 유지 ·자원의 보호와 개발 ·공해자유의 원칙존중 ·분쟁 원인 제거 ·어업발전을 위한 상호협력 (2) 어업전관수역 ·12해리 어업전관수역 인정 ·직선기선 사용시 타방 체약국과 협의 규정 (3) 공동규제수역 ·년간 15만톤 ·출어척수 625척 ·단속 및 재판관할권 -기국주의 채택 -한국은 일 어선 정선, 인검, 나포 불가 -규제조치 위반통보, 합동순시, 상호승선, 단속상황 시찰
제4차 회담	·일본측 <日韓漁業協定要綱>에 대한 입장 1. 일본의 1항은 한국의 평화선을 부정하는 것이다. 동시에 근래의 국제적 경향은 일정한 공해상에 어업자원에 대한 연안국의 관할권의 행사를 정당시하고 있다. 2. 공동어업위원회 설치 목적이 한국의 전관구역 밖에서의 타협을 목적으로 한다면 고려할 수 있다. 3. 일본의 3,4항의 규제구역 설치 및 어로 기구 제한은 모두 어업자원 보존에 효과적 방법으로 볼 수 없다.	·<日韓漁業協定要綱> 1. 국제법상 또는 국제 관례상 일정한 공해상에 일방적으로 설치한 배타적인 관할권은 인정되지 않으므로 한일 양국은 공동으로 이해관계가 있는 공해상에 있어서 수산자원의 지속적 생산성을 유지하기에 필요한 보존 개발 조치를 상호 협조하여 협정한다. 2. 한일공동어업위원회를 설치한다. 3. 동 위원회의 필요한 조치에 관하여 권고를 行할 때까지 규제구역을 설정한다. 4. 양국 어선간의 경쟁 내지는 분쟁을 방지하기 위하여 트롤장치와 등화장치에 필요한 제한을 가한다. 5. 양국은 전기 3,4항의 규정을 위반하는 자국민을 엄벌하기 위하여 필요한 법률 또는 법규를 제정한다.	(4) 어업협력 ·상업차관 3억달러 중 9천만불을 어업협력자금에 충당 ·어업에 관한 정보 및 기술 교환, 어업전문간 및 기술자 교류 등 (5)한일어업공동위원회 설치 (6)분쟁해결 조항 및 유효기간 ·분쟁은 외교경로를 통해 해결, 불능시 3인의 중재

제5차 회담	[경과] ·성과 없음		위원회에 회부
제6차~7차 회담	·독점어업수역 및 공동규제 수역 주장	·한국의 독점어업수역 12해 리, 외측 6해리에 대한 향 후 10년간 어로권 보장 요 구	·유효기간은 5년, 그 후는 일방 체약국이 종료의사 통고 후 1년간 효력 유지

출전 : 외무부 정무국,『韓日會談略記』, 1960 ; 대한민국 정부,『한일회담 백서』,
1965 ; 대한민국 정부,『한일회담 합의사항』, 1965 ; 대한민국 정부,『한일회
담 합의사항』, 1965 ; 외무부 정무국,『한일회담의 개관 및 제 문제』, 1952.

한일간 어업문제의 최대 쟁점은 '평화선'이었다. 위 표에서 보듯이
1950년대 한일 양국은 평화선의 합법성 여부를 놓고 대립해 실질적
인 어업협상을 진행하지 못했다. 한국이 평화선을 설정한 목적 중 하
나는 어업자원을 보호, 관리하자는 것이었다. 이미 맥아더선의 존폐
문제가 가시화되었을 때 한국이 존속을 주장한 가장 큰 이유는 일본
의 남획(濫獲)을 방지함으로써, 한국의 영세어민들을 보호해야 한다
는 것이었다. 이같은 필요성에 따라 평화선은 해양주권선까지 포괄하
게 된 것이다.

그러나 일본은 한국의 평화선 설정 자체가 국제관례에 없는 일이
고, 공해 자유원칙을 위배하는 것이라는 이유로 어업협상에 나서지 않
았다. 일본 어선들이 한국 어장에까지 진출하여 남획을 일삼는 행위에
대해서는 관심을 기울이지 않았다. 오히려 한일예비회담 당시 한국이
조속한 어업협상을 요구했을 때 일본은 준비부족을 이유로 이에 응하
지 않았다. 더구나 일본은 한국이 불법적인 평화선을 일방적으로 긋
고, 자국의 어선과 어부들을 나포, 억류하여 소위 '인질외교'를 펼치
고 있다고 비난했으나, 이는 이치에 닿지 않는 것이었다. 사전협상의
기회를 스스로 봉쇄한 것은 일본이었기 때문이다. 더구나 일본은 자국
어부들의 억류에 대한 대응조치로 재일한국인들을 자의적으로 억류하

고, 상호석방을 제안하였기 때문에 한국이 일방적으로 인질외교를 펼치고 있다는 비난은 지극히 편파적인 주장에 불과했다.

위 표에서 보듯이 일본이 어업협상에 본격적으로 나서기 시작한 것은 4차 회담부터였다. 일본은 <일한어업협정요강(日韓漁業協定要綱)>을 통해 5개항을 제안했다. 평화선을 부정하는 위에서 어업자원보호조치와 제한사항 등을 제시했다. 한국은 당연히 일본의 제안을 대부분 거부했다. 우선 평화선 부정을 전제로 하고 있었기 때문이었다. 또한 일본이 제시한 어업자원보호 조치는 실질적인 효과를 거둘 수 없는 조치들이었기 때문이다. 하지만 양국이 오랫동안 평화선의 법리논쟁으로 실질적인 어업협상을 하지 않다가, 4차 회담부터 구체적인 협의사항을 도출해낸 것은 의미있는 일이었다.

그러나 1965년 한일협정에서 어업문제 또한 1950년대 대일정책의 기조와는 다르게 처리되었다. 평화선은 암묵적으로 폐지되었다. 위 표에서 보면 한일협정은 12해리를 배타적 관할권을 행사할 수 있는 전관수역(專管水域)으로 설정하고 있다. 이 수역 바깥쪽은 공동규제수역으로 설정되었다. 한국의 관할수역이 평화선 수역보다 현저히 줄어들었다. 그러나 박정희정권은 평화선의 목적 중 하나였던 어족자원보호를 위해 어업협정을 체결한 것이기 때문에 평화선을 계승한 것이라고 주장했다.[14) 또한 공동규제수역에서 '기국주의(旗國主義)'를 채택함으로써 위반어선에 대한 단속은 사실상 불가능해졌다. 따라서 한국 내에서는 한국정부가 일본의 의도대로 평화선을 스스로 폐기했다는 비난이 들끓었다.

14) 공보부, 「한일협정 문제점 해설」, 『한일회담관계자료』, 1965, pp.22-23.

<표 5> 한일간 쟁점과 합의사항 ④ : 재일한국인의 법적 지위

양국의 입장 / 주요쟁점	한국의 입장	일본의 입장	한일협정문
국적문제	·한국적이므로 외국인	·재일한국인은 샌프란시스코조약 발효와 함께 일본 국적 이탈, 한국 국적 취득 ·재일한국인의 국적은 호적 기준 ·일본 국적 취득은 일본 국적법에 의함	·협정영주권 부여(1966.1.17~1971.1.17까지 신청) ·대상 ① 1945.8.15 이전 거주자 및 직계비속 ②위 항의 직계비속 ③ ①②항의 직계비속은 1991년 1월까지 합의
영주권 부여방식	·1945년 8월 9일 이전 거주자 확인 시 무조건 영주권 부여	·출입국관리령에 의거 각자 신청, 개별 심사, 2,000엔 수수료 징수 후 허가 ·선량, 자립가능, 일본 국익에 부합하는 자를 기준으로 함	
협정영주권자 직계비속	·성년에 달할 때까지 일본 거주 ·성년에 달한 후 영주허가 신청시 퇴거 강제 사유없는 한 일본 법률에 의거 영주권 부여	·직계비속 중 '子'에 한해 영주권 부여	
처우문제	·1945.8.9 이전부터의 거주자는 내국민 대우 주장(단, 참정권, 공무담임권 제외 양해) ·최혜국민 대우는 1945.8.9 후 입국자에 적용 ·일반외국인에 금지된 권리라도 재일한국인은 10~30년 정도 특수 보호 주장	·일반 외국인 대우(2종의 외국인 인정 불가, 단 광업권 등 기득권은 존중) ·통상항해조약 체결시 최혜국민 대우	·최혜국민 대우 ·교육, 생활보험, 국민 건강보험에 타당한 고려
강제퇴거 문제	·不可 ·극빈자 생활기반 확립 시까지 생활보조 계속 요구	·수혜자 강제퇴거 생활보조금 수령 포기시 강제퇴거 대상에서 제외	·일반범죄 8년 이상 수형자 등
귀국자 재산 반출, 송금	·제한 불가 ·밀무역, 금제품 운반시 제재 허용	·수출무역관리령 적용 -동산은 중량 4천파운드 이내 -현금은 10만엔 이내	·타당한 고려

출전 : 외무부 정무국, 『韓日會談略記』, 1960 ; 대한민국 정부, 『한일회담 백서』, 1965 ; 대한민국 정부, 『한일회담 합의사항』, 1965 ; 대한민국 정부, 『한일회담 합의사항』, 1965 ; 외무부 정무국, 『한일회담의 개관 및 제 문제』, 1952.

재일한국인의 법적 지위와 처우문제는 1차 회담에서 대강의 합의를 한 상태였다. 한국은 재일한국인이 '한국 국적인'이라는 점을 일본에게 확인시키는 것 이상의 정책을 갖고 있지 않았다. 한국은 재일한국인은 다른 외국인과 달리 특수한 외국인으로서 대우받을 권리가 있다고 강조하였다. 이는 재일한국인 다수가 일제강점기 동안 징용과 생활고 때문에 일본에 긴너온 경우가 많았기 때문이다. 따라서 이들은 일제 식민통치로 인한 피해자이기도 했다. 재일한국인들은 그 존재의 원인부터가 개인의 의지를 넘어선 역사의 희생자들이었다.[15] 재일한국인 문제해결은 바로 이러한 역사적 관점에서부터 시작되어야했다.

특히 1차 회담을 전후해 일본은 재일한국인의 강제퇴거를 강력히 추진하였다. 요시다수상은 일본이 비용을 대서라도 재일한국인을 조속히 추방하겠다는 의지를 연합국최고사령부에 표시할 정도로 열심이었다. 일본의 이같은 의지는 샌프란시스코평화조약 체결을 위한 협의과정에서 재일한국인들을 '공산주의자'이자 '사회혼란의 주범'으로 몰아, 미국으로 하여금 한국이 조약서명국이 되어서는 안된다는 결심을 굳히게 히였다. 1950년대를 통틀이 일본이 가징 지속적으로 관심을 갖고 추진한 것은 바로 재일한국인의 '추방'이었다. 일본의 입장에서 '바람직한' 재일한국인을 제외한 대다수의 '바람직하지 못한' 재일한국인들은 추방되어야 할 대상이었다. 1950년대 후반 재일한국인의 북송도 이러한 맥락에서 이루어진 조치였다.

문제는 이승만정권의 재일한국인정책이 부재함으로써 일본의 차별정책을 방조하는 결과를 초래했다는 점이다. 더 큰 문제는 이승만정권이 재일한국인에 대해 무관심했고, 이들의 처우개선을 위한 협상이 진

---

15) 정인섭, 「재일교포의 법적지위협정」, 『한일협정을 다시 본다』, 아세아문화사, 1995, p.232.

전을 이루지 못한 한계가 있었지만, 한일협정은 이보다 훨씬 후퇴된 내용으로 타결되었다는 점이다. 재일한국인 지위문제에서 가장 쟁점이 된 강제퇴거조항에 대해 이승만정권은 절대 불가라는 입장을 견지했었다. 그러나 한일협정에서는 일정한 사유로 인한 강제퇴거를 받아들였다. 또한 영주권 부여에서도 종래 자손대대로 계속 영주권을 부여해야 된다는 주장에서 후퇴하여, 일정한 한도에서 제한하는데 동의하였다. 그 밖의 한국의 요구사항은 일본이 '타당한 고려'를 한다는 선에서 합의가 이루어졌다.

IV. 대일정책과 한·미·일관계

이승만정권의 대일정책의 기조는 과거사 청산과 '반공'에 입각한 협력관계 구축이었다. 이승만정권이 박정희정권에 비해 상대적으로 한일관계에 소극적이었던 것은 이승만이 '반일(反日)주의자'였기 때문이 아니라 관계개선의 필요성이 절실하기 않았기 때문이라고 보는 것이 정확하다. 이승만정권이 집권기간 동안 대미(對美) 정책의 핵심으로 삼았던 것은 경제원조와 안보 공약을 확보하는 것이었다. 그런데 한국 전쟁을 계기로 미국은 한국의 군사전략적 중요성을 높이 평가했고, 그 연장선에서 1953년 한미(韓美) 상호방위조약을 체결하였다. 경제적으로도 해마다 2억 내지 3억 달러의 무상원조가 한국에 제공되었기 때문에 장면·박정희 정권 시기 한일협정 체결의 가장 큰 필요성이었던 일본의 경제지원이 불필요한 상황이었다. 이것이 1950년대 한일협정이 체결되지 못한 이유 중 하나이며, 이승만정권 대일정책의 기본성격을 규정하였다.

　　1950년대 한국의 대일정책은 전쟁수행, 국가 건설이라는 측면에서 미국의 후원과 원조 확보를 목표로 하였다. 즉 미국의 동북아시아정책, 대한정책(對韓政策)과 연동해 대일정책을 설정한 측면이 컸다. 한일관계는 양국간의 문제임과 동시에 미국의 지역통합전략구상이 적용되는 과정에서 파생된 문제이기도 했다. 미국의 전략은 정치, 경제, 군사적으로 미국-일본-한국이라는 위계적 분업체계의 형성을 목표로 삼고 있었다. 그러나 이 분업체계는 1950년대가 아닌 1960년대, 그것도 박정희정권에서 한일협정 체결로 완성되었다. 이것은 1960년대 박정희정권기에 한일관계가 냉전논리와 경제논리를 최우선으로 과거사 청산논리를 압도하는 방식으로 전개되었다는 의미이다.[16]

　　이승만정권은 한미관계 속에 대일정책의 목표를 설정·조정했고, 이는 미국으로부터 정치·군사·경제적으로 확고한 공약과 원조를 획득하기 위해서였다. 6·25전쟁 발발과 휴전은 한국의 대미(對美) 요구를 충족시켜주는 계기가 되었다. 따라서 한일관계 개선을 통해 얻을 수 있는 이점은 그다지 크지 않았던 것이다. 이같은 사실은 2공화국이 대일정책을 전환한 이유를 살펴보아도 알 수 있다. 장면정권이 적극적으로 한일관계 개선에 나선 이유는 경제문제 때문이었다. 장면정권이 시정방침으로 내세운 '경제제일주의'는 국내 경제난 해소와 미국의 원조정책의 변화에 대처하기 위해 장기경제개발계획의 추진을 목적으로 한 것이었다.[17] 이를 위한 자본은 외자(外資) 도입으로 충당할 계획이었고, 더구나 미국의 무상원조가 유상차관으로 전환되고 격감하면서

---

16) 和田春樹, 「歷史の反省と經濟の論理」, 『現代日本社會 7 國際化』, 東京大學出版會, 1992(이원덕, 「한일관계 '65년체제'의 기본성격 및 문제점 : 북·일수교에의 함의」 『국제·지역연구』 9권 4호, 2000, p.41에서 재인용)
17) 박진희, 「민주당정권의 '경제제일주의'와 경제개발 5개년계획」, 『국사관논총』 84, 1999 참조.

새로운 자금원을 찾아야 했다. 특히 대일(對日) 청구권자금 및 일본자본의 도입을 주요 자금원으로 상정함으로써 한일교섭은 이전과 다른 진전을 보게 된 것이다. 결국 한국의 대일정책의 기본성격을 규정하는 중요한 또 다른 동력은 '미국'이었던 것이다. 이는 일본의 대한정책에서도 마찬가지였다. 그리고 미국의 동북아시아 정책도 한일관계에 개입, 중재, 간섭 등 다양한 형태로 나타났다.

미국은 일본을 냉전전략의 동반자로 그 전략적 가치를 인정했다. 일본은 패전국이 담당해야 할 반성과 대가를 지불하는 대신 경제발전과 반공의 보루로 다시 국제무대에 등장할 수 있게 되었다. 전후 일본외교의 중심은 미국이었고, 일본 외교의 주요 목표는 미국 세력권에 편입되는 것이었다. 미국의 선택은 한일관계에서 일본의 대한(對韓) 인식과 정책에도 영향을 미쳤다.

1950년대 일본의 대한(對韓)정책은 샌프란시스코평화조약에 따라 한국을 합법적으로 인정한 정도로 충분하다는 데 그쳤다. 일본 방위와 관련하여 한국의 존재가 필수적임은 분명했으나, 주한(駐韓)·주일(駐日) 미군이 한국과 일본을 방위하고 있었기 때문에 일본으로서는 한국과의 관계개선을 서두를 이유가 없었다. 1950년대까지 일본 내에서 한일 국교수립 문제는 국내정치의 중요한 쟁점으로 부상하지 않았다.

1960년대 미국의 대외정책의 변화와 더불어 일본의 대한(對韓) 정책도 보다 적극적인 양상을 보였다. 이 시기 일본의 대한정책(對韓政策)은 '생명선론'과 경제기술주의적 인식으로 요약할 수 있다. '38선 생명선론', '부산적기론(釜山赤旗論)', '반공방파제론', '일·한(日·韓)공동운명체론' 등은 한국군과 미군이 한반도를 군사적으로 봉쇄해 일본을 방위해줌으로써, 군사적 부담 경감이 경제발전을 가능하게 해준다는 인식이었다.[18] 그러나 일본에게도 한일관계는 미일관계의 종속 변수일 뿐이었다. 결국 일본에게도 미국이 한일관계의 주요 동력이었던 것이다.

　제1공화국의 대일정책은 기본적으로는 과거사 청산 논리를 내재하고 있었다. 우선은 해방 직후부터 한국 국민들의 민족적 요구가 과거사 청산이었기 때문이다. 또한 미국의 전폭적인 지원 아래 과거사문제를 회피하고 있던 일본에게 한국이 정책적 수단으로 활용할 수 있는 가장 효과적인 수단이기도 했기 때문이다. 그리고 한국의 대일정책은 두가지 방향으로 추진되었다. 하나는 한일회담을 통해 현안을 도출하고 해결하는 것이었고, 다른 하나는 한·미·일 3국 관계 속에서 구상, 추진되었다. 그러나 미국이 한일관계에 개입한 것은 한국의 입지를 좁히는 결과를 초래했다.

---

18) 吉田茂, 『世界と日本』, 新造潮社, 1963, pp.148~149(矢次一夫, 『わが浪人外交を語る』, 東洋經濟新報社, 1973, p.62에서 재인용).

전후(戰後) 복구계획을 둘러싼 한·미 논쟁

이현진[*]

Ⅰ. 머리말

휴전협정 체결을 전후한 시점에서 한국과 미국의 주요 논의들은 휴전 이후를 위한 대비책으로서 한국군 증강문제와 이를 실현시킬 수 있는 대한원조의 규모와 방향을 결정하는 문제였다. 휴전협정 체결을 앞두고 미국의 대한원조의 방향과 규모를 확정하기 위해 한국에 파견된 타스카(Henry J. Tasca)가 작성한 보고서에서는 한국에 대한 경제원조를 군사력의 유지 강화라는 관점에서 정리하였다. 그리고 이러한 방위지원 원조프로그램의 효율적인 운영을 위해 한·미 원조조정기구인 합동경제위원회(Combined Economic Board : 이하 합경위로 표기)의 역할이 더욱 강화되어야 한다는 점을 강조했다. 즉 합동경제위원회가 한국의 재정 및 경제 정책의 발전과 자립경제 및 자주 국방능력을 강화하기 위해 지금보다 더 실제적인 움직임을 보여야 하며 미국과 한국 사이에 새로운 원조협정을 맺거나 아니면 기존의 경제조정협정을 개정하는 것이 필요하다고 지적한 것이다. 왜냐하면 방위 원조의

<hr>

[*] 국민대 일본학 연구소 전임연구원.

성격이 단순한 구호 원조의 차원에서 경제안정과 재건을 강조하는 쪽으로 변하고 있고, 이에 재정적 수단에 대한 한국 측의 적극적 행위를 독려해야 하는 수단이 요구되었기 때문이다.

또한 1953년 8월 미국의 대외원조기관은 상호안전보장국에서 대외활동본부(Foreign Operation Administration : FOA)로 변경되었고, 한국 현지의 원조집행기관으로서 유엔군 사령관 관할 하에 경제조정관실(Office of the Economic Coordinator : OEC)이 설치되었다. 경제조정관은 경제원조에 관한 종합계획을 현지에서 수립감독하며 미국 정부와 유엔의 경제원조 활동과 군사 활동을 조정할 임무를 갖고 있었고, 유엔 사령부 측의 대표로서 합경위에 참여했다. 그리고 이러한 변화된 상황에 따라 초대 경제조정관으로 한국에 부임한 우드(Tyler Wood)는 휴전 이후 본격화하게 될 원조도입에 앞서 한국과의 원조 협정을 개정하고 한국의 전후 재건 방향에 대한 합의를 위해 한국과의 협상을 추진하였다.

이와 같이 휴전 협정 체결 이후 한국 경제에 대한 논의는 원조협정의 개정과 전후 복구 문제를 중심으로 이루어졌고, 이는 미국의 대한 원조프로그램과 긴밀한 관련을 가지고 진행되었다. 이에 본고에서는 이러한 한미 간 협상의 내용과 합동경제위원회 회의록을 통해 휴전 협정 체결 이후 한국의 전후 복구계획이 한국과 미국의 논의과정을 통해 어떻게 수립, 조정되어 가는지를 살펴보고자 한다.

Ⅱ. 전후(戰後) 복구계획의 수립

1. '백·우드(白·Wood)' 협약과 전후재건방향 논의

1953년 8월에 시작된 '백·우드 회담'은 4개월에 걸쳐 계속 진행되었다.[1] 애초 미국 정부는 한국 경제에 대한 강한 통제방식을 고려한 초안을 제시했고, 한국 측은 상대적으로 유연한 마이어협정의 부분적 개정을 요구했다. 회담의 진행과정에서 한미 간의 주요 쟁점이 되었던 것은 환율의 문제와 한국 보유외화에 대한 합동경제위원회의 통제권 문제, 원조물자의 구매권 문제 등이었다. 그 중에서도 전후 재건 방향에 대한 논의와 관련하여 한미 간 가장 큰 논쟁 요소는 환율과 한국 정부 보유외화에 대한 통제 문제였다.

미국은 환율의 현실화와 한국 보유외화에 대한 합동경제위원회의 통제권을 요구했고, 한국 정부는 환율을 180:1로 인상하는 것에 동의하는 대신 그것을 고정 환율로 할 것을 요구했다.[2] 원조 협상에서 제기되는 환율문제는 한국 정부와 미국 정부 간의 한국 경제 구상에 대한 입장의 차이에서 기인하는 것이다. 재정안정을 기반으로 한 경제안정을 전후(戰後) 한국 경제의 최우선 과제로 설정하였던 미국 정부의 입장에서는 재정적자의 주요 원인이 되는 막대한 국방비를 안정적으로 확보하고, 경제안정을 해치지 않고 이용 가능한 자원의 범위 내에서 일정 정도의 재건사업을 추진할 수 있는 정책 수단이 필요했고,

---

1) 1953년 8월부터 한국의 국무총리 백두진과 미경제조정관 우드를 중심으로 원조협정의 개정을 위한 회담이 개최되었다. 이 회담을 일명 백·우드 회담이라 부른다.

2) 『조선일보』, 1953년 9월 7일, 10월 3일 ; 'Paik to Wood, October 8, 1953', RG469, Office of Far Eastern Operations, Korea Subject Files, 1953-59, Box2, WNRC(이종원, 『東アジア 冷戰と 韓美日關係』, 東京大學出版會, 1996, p.181에서 재인용)

이에 환율의 인상이 통화 회수면에서 경제안정에 직접적으로 기여하는 수단으로 활용되었던 것이다. 즉 환율의 인상은 원조물자의 판매대금인 대충자금의 규모를 확대하는 수단이 되며, 이렇게 예치된 대충자금을 국방비와 재건투자비로 할당함으로써 적은 규모의 원조로도 효과적인 재정안정을 달성할 수 있게 하는 정책 수단이 되는 것이었다. 그러나 한국 정부는 적극적인 전후 재건사업을 희망하였고, 환율의 잦은 변동과 인상이 물가안정에 해가 된다는 입장을 견지하고 있었으며, 국방비와 재건 투자비를 확보한다는 차원에서 대충자금의 규모를 확대하기 위해, 환율의 인상보다는 직접적인 미국 원조의 증액을 요청하였다.[3] 즉 한국 정부는 전후 복구계획의 추진과 국방력 강화라는 두 가지 목표를 동시에 추진하고자 했으며 이를 실현하기 위해 반공에 대한 국제적 책임분담론에 입각하여 군사력 강화를 위한 재정 적자는 미국의 군사원조로 보전하고 경제원조는 순전히 경제적인 목적을 위해 사용되어야 한다고 주장한 것이다.

그러나 이와 같은 문제에 대한 합의가 이루어지지 못함으로써 한미 간의 갈등은 깊어졌고, 협정의 조인은 계속 연기되었다. 이에 한국의 전후 재건계획은 지연되었고, 원조물자 판매대금을 확보하여 재정수요에 충당하려는 정부 자금수급계획 및 물가안정계획도 예정대로 실행할 수 없었다.[4] 1953년 12월 회담이 시작된지 4개월 만에 드디어 최종적인 타협안이 만들어졌다.[5]

---

3) 최상오, 「1950년대 외환제도와 환율정책에 관한 연구」, 성균관대학교 경제학과 박사학위논문, 2000, pp.121-138.
4) 『조선일보』, 1953년 11월 14일.
5) 4개월간 진행된 한미 원조 회담은 1953년 12월 14일 '경제재건과 재정안정계획에 관한 합동경제위원회협약'으로 일단락되었다. 본 협약은 일명 '백·우드 협약'으로 불린다.

공정 환율은 영구적으로 180환:1달러로 설정한다고 했지만, 도입되는 물자의 판매가격을 결정할 때에는 대금회수액을 최대로 하기 위해 시장가격과 비등한 가격으로 한다고 예외규정을 두었다. 그리고 한국 정부의 보유외화에 대한 통제문제는 합동경제위원회의 합의에 의해서만 대충자금을 운용할 수 있도록 하는 규정을 설정하고, 외환통제에 대한 합동경제위원회의 역할을 강화한다는 입장에서 마무리했다.[6]

'백·우드 회담'에서 우드는 한국 경제의 가장 큰 문제점이자 원조의 효율적 사용을 방해하는 장애물로서 한국 정부의 재정적자 문제를 지적하고 한국의 경제재건은 재정안정에 기초해야 함을 강조했다. '백·우드협약'에서는 이에 대한 대응책으로 재정안정정책에 대한 합동경제위원회의 역할을 보다 구체적으로 명시했으며, 재원 조달 방안 및 가격 책정 수립 등에서 자유 시장 원칙을 재확인했고, 재정안정을 유지하는 방향의 재건 계획을 수립한다고 규정했다.[7] 또한 조인과 더불어 동시에 발표된 '백·우드 공동 성명서'에 의하면 "본 계획의 주요 목적의 하나는 한국 산업의 부흥 재건을 성취하여 가급적 속히 대한민국 경제가 자립되도록 함에 있으며, 본 계획의 또 하나의 중요한 목적은 인플레 방지의 재정안정 유지에 있는 것이다"라고 언명했다.[8] 이와 같이 본 협정은 조속한 시일 내에 전후 재건을 달성하기 위해서라도 한국 경제의 재건 계획은 반인플레 정책으로서 재정안정정책을 우선하는 방향에서 추진되어야 한다는 점을 명확히 규정했다.[9]

---

6) 한국은행 조사부, 「경제재건과 재정안정계획에 관한 합동경제위원회협약」, 『한국은행 조사월보』1954년 1월호, 1954, pp.9-10.

7) 「경제재건과 재정안정계획에 관한 합동경제위원회 협약」, 대한민국 공보처, 『주보』 No. 84, 1953년 12월 16일, pp.11-19.

8) 「공동성명서」, 대한민국 공보처, 『주보』 No. 84, 1953년 12월 16일, pp.9-10.

9) 인플레 수습과 경제안정에 대한 강조는 1954년 7월 28일 이승만의 방미 후 이루어진 한미합의의사록에서도 재차 확인되었다. 본 협정에서는 '한국 예산을 균형화

'백·우드협약'이 체결되자 한국 정부는 재무 장관과 기획처장의 공동 담화를 통해 재정안정을 위한 재정·금융정책에 대한 입장을 표명했다.[10] 즉 "재정 세출을 최대한 세입으로 보충하며, 재건투자계획에서의 비인플레이션적 통화공급량의 책정 및 재정 금융 안정을 저해함이 없이 산업부흥 융자안을 마련할 것" 등을 제시하며 경제안정의 기반 마련을 통해 원조물자의 수용태세를 갖출 것을 다짐했다. 이는 경제안정의 달성을 위한 한국 정부의 정책적 노력이 원조 공여의 전제가 된다고 하는 미국 측의 주장을 인식한 조치였다.

4개월간의 논의 끝에 1953년 12월 14일 조인한 '백·우드협약'은 한국 경제재건이 국제연합과 미국의 심대한 원조 없이는 이루어질 수 없음을 인정한 것이었다. 그리고 그 원조 하에서 통화 재정의 안정, 단일외환율의 설정을 중심으로 하는 가격 정책의 확립, 자유기업체제의 확립, 대충자금의 운용 등 경제시책의 방향을 규정한 것이었다. 특히 본 협약은 원조물자 판매대금을 통한 대충자금 설치를 규정하고 이에 대한 인출은 합동경제위원회가 승인한 목적과 방법에 의해서만 사용한다고 하였다.[11] 당시 국가재정 중 대충자금이 차지하는 비중을 고려할 때[12] 이는 결국 한국의 국가재정이 원조 의존적 국가재정으로 확립됨을 의미했으며, 미국은 이를 통해 한국의 국가재정을 장악하는 수단을 확보하게 되었다. 즉 원조를 매개로 한국 국가재정에 관여하려

하고 인플레이션을 계속 억제하는 현실적인 노력을 위한다. 양국 정부의 목적은 인플레이션을 억제할 수 있는 방식으로 한국 예산을 발전시키는데 있다'고 규정하였다(국회도서관 입법조사국, 『미국의 대한원조 관계자료1집』, 1964, pp.38-42).

10) 한국은행 조사부, 『한국은행조사월보』 1954년 1월호, p.8.

11) 한국은행 조사부, 「대충자금의 운용」, 『한국은행 조사월보』1954년 2월호, p.63.

12) 대충자금이 한국의 재정 구조 상 전체 세입에서 차지하는 비중을 보면, 1954년에는 30%였고, 그 비중은 점차 증대하여 1957년에는 52.9%에 이르렀다(김양화, 「미국의 대한원조와 한국의 경제구조」, 『해방40년의 재인식 I』, 돌베개, 1985, p.270 표 참조).

했던 미국의 의도가 '백·우드협약'을 통해 보장된 것이다.

2. 원조프로그램을 통한 경제복구계획의 수립

휴전협정 체결 이후 경제재건 논의는 1954 회계연도 원조프로그램을 결정하기 위해 시작되었다. 이 시기 경제재건 계획은 장기적이고 거시적인 관점에서 수립된 것이 아니라 미국의 매 회계연도마다 필요한 원조프로그램을 제시하는 방식으로 이루어졌다. 1954 회계연도 경제계획은 타스카 보고 이후 미국의 원조 지출에 대한 미 의회의 승인을 요청하는 근거로서 1953년 8월 1일 FOA를 통해 제출되었다. '1954 회계연도 구호, 재건 및 방위지원프로그램'으로 명명된 동 계획은 총 6억 2천 8백만 달러에 달하는 투자계획으로 구성되어 있다. 이중 미국 및 유엔의 원조를 통한 기금은 5억 6백만 달러였고 한국의 자력 수입을 통한 외환보유에서의 투자기금은 1억 2천 2백만 달러로 책정되었다.[13]

이 계획은 경제조정관으로서 우드가 한국에 부임한 이후 한미 간 논의를 통해 재조정되었다. 매해 원조프로그램의 수준을 결정하기 위한 논의에서 한국 측은 자본재의 투자계획을 확대하고자 하였으며 미국 측은 국내 통화 안정이라는 측면에서 투자자금의 비율을 축소시키려고 하였다. 또한 1953년 8월 현재의 달러 원조프로그램은 인플레이션을 일으키는 요소를 상쇄할 수 있도록 구성되어 있었다. 또한 소비재를 판매하여 얻게 되는 수입규모를 책정하고, 이를 바탕으로 자본재

---

13) 'Proposed Relief, Rehabilitation and Defense support program Fiscal year 1954', Brownson report, RG 469, Records of the U.S. Foreign Assistance Agencies, 1948-61, Office of Far Eastern Operations Korea Subject files, 1953-1959, Box 19.

의 구성비는 1억 9천 8백만 달러를 넘지 않는다는데 합의하여 총액 6억 2천 8백만 달러에 달하는 경제재건 및 재정안정 계획이 제시되었다.

이와 같이 미국을 비롯한 유엔의 대한원조 규모가 결정됨에 따라 1953년 9월 한국 정부는 기획처를 중심으로 1954 회계연도의 한국 경제재건계획을 작성하였다. 이는 6억 2천 8백만 달러에 달하는 원조 프로그램에 따라 세부항목별로 한국에 필요한 재건계획들을 배열한 것이었다.

그러나 애초의 원조계획과 승인되었거나 도착예정인 원조액의 차이로 인해 본 계획은 재차 수정을 보지 않을 수 없게 되었다.

<표 1> 1954 회계연도(53.7.1~54.6.30) 통합된 한국 재건계획

(단위: 백만달러)

범 위	계획 금액	도입액*	진척상황(%)
1.　　　　　자본재	198	85	43
2.　직접적인 군사원조물자	132	120	91
3.　　생산재 및 원조	150	120	80
4.　　　　　소비재	148	150	101
계	628	475	76

출전 : 'Joint ROK/UN Proposal for a Program of Economic Reconstruction and Financial stabilization in FY 1953/54', Brownson report, RG 469, Records of the U.S. Foreign Assistance Agencies, 1948-61, Office of Far Eastern Operations Korea Subject files, 1953-1959, Box 19.

* 본 도입액은 53/54 회계연도 프로그램 이전 계획 하에서 도입되는 금액과 53/54 회계연도 프로그램 하에서 도입이 예상되는 금액을 포함한 것이다.

<표 1>에서 보는 바와 같이 자본재 도입의 진척상황은 43%에 불과한 반면, 소비재는 오히려 계획액을 초과하여 도입되었다. 이는 인플레를 유발할 수 있는 투자계획을 삭감하고, 최종 소비재 수입을 증가시켜 재정적자 보전을 위한 대충자금의 재원을 확보하려는 조치였

다. 이와 같이 전반적인 도입액의 감소와 소비재 수입의 급증으로 인하여 한미 간에는 경제재건계획에 대한 수정을 보게 되었으며 전체 계획 총액을 5억 8천 9백만 달러로 조정하여 1954 회계연도 경제부흥계획을 다시 작성하였다.

1953년도 9월에 제출된 경제부흥계획과 1954년 1월에 총액이 삭감되어 작성된 경제재건계획을 정리하면 다음과 같다.

<표 2> FY1954 한국 경제재건계획

(단위: 천달러)

사업구분	1953년 9월 작성된 계획안			1954년 1월 작성된 계획안		
	계	유엔측 달러비용	한국측 달러비용	계	유엔측 달러비용	한국측 달러비용
1. 농업 및 천연자원	14,950	13,950	1,000	12,950	11950	1,000
2. 보건위생	6,000	6,000		6,115	6,115	
3. 교육	11,400	11,400		7,200	7,200	
4. 교통 통신 전력 (공공사업)	109,750	103,750	6,000	92,100	87,100	5,000
5. 광공업 (공업 및 광업)	54,700	42,200	12,500	48,150	35,650	12,500
6 공공행정	-	-	-	-	-	-
7. 구호물자	55,199	55,199		57,520	57,520	
8. 상품 및 원재료 (민간물자)	244,001	141,501	102,500	283,965	180,465	103,500
9. 군사원조	132,000	132,000		81,000	81,000	
합계	628,000	506,000	122,000	589,000	467,000	122,000

출전 : 산업은행 조사부, 『산은월보』 1954.7, pp.20-22 ; 'Brownson report', RG 469, Records of the U.S. Foreign Assistance Agencies, 1948-61, Office of Far Eastern Operations Korea Subject files, 1953-1959, Box 19.

위에서 보는 바와 같이 1954년에 작성된 계획안에는 구호물자와 원자재를 제외하고는 전체적으로 계획액이 감소하였다. 여기서 1954년 계획을 다시 물자별로 그 비율을 분류해 보면 자본재가 28%, 소비재가 48%로 나타난다.[14) 결국 1954년 1월에 작성된 재건계획은 전체적인 금액이 감소했지만 소비재 구입 비율은 오히려 늘어난 경향을 보여주고 있다. 이는 군사비지출에 따른 한국의 재정적자를 보전하기 위해 최종 소비재 수입을 증가시키려고 한 미국의 논리가 관철된 결과였다.

한편 미 원조 당국은 1954 회계연도 원조프로그램을 승인하는 과정에서 지속적인 재정안정 기조 속에서 현재의 인력을 이용하여 생산증강을 이루기 위해 농업생산의 회복, 제조공장과 광산, 특히 석탄광의 재건, 전력체계의 재건을 강조했는데, 이는 위의 1954년 계획의 투자 부문 구성에서도 그대로 드러난다. 이러한 계획은 6·25전쟁 이전 ECA(Economic Cooperation Administration : 경제협조처) 원조 계획에서도 강조된 바 있었다.[15) ECA 원조 계획에서는 한국 경제를 일본 경제와 연계하려는 구상 속에서 쌀 수출을 비롯한 농업생산의 증가를 추구했으며 이를 위한 기간산업으로서 석탄개발과 전력 건설을 강조했었다. 이와 같이 한일 간의 긴밀한 경제협력을 강조하는 미국의 대한원조정책의 방침은 6·25전쟁 이후에도 계속 계승되어 나타났다. 미

---

14) <1954년 계획안의 물자별 분류표>

물자별 분류	금액(단위: 천달러)	백분비(%)
1. 자본재	166,515	28
2. 소비재	283,965	48
3. 군사원조	81,000	14
4. 민간구호물자	57,520	10
총계	589,000	100

출전 : 산업은행 조사부, 『산은월보』, 1954.7, p.22.

15) 대한민국 정부가 수립됨에 따라 한국과 미국은 1948년 12월 10일에 '대한민국과 미합중국간의 원조협정'을 체결했고, 1949년 1월 트루먼 미 대통령이 대한원조의 책임을 육군부에서 경제협조처로 이관하면서 한국은 ECA원조의 적용을 받게 되었다. 그러나 1950년 6월 25일 한국전쟁의 발발로 ECA원조사업은 중단되었다.

국은 동아시아에서 한국의 경제적 가치를 일본의 상품시장으로서 계
속 주목했고, 한국에 대한 원조 계획은 일본 경제의 부흥을 우선하는
방향에서 추진되었다.

　이와 같이 전후에 작성된 재건 계획들은 기본적으로 계획수행에 필
요한 대부분의 비용을 미국 및 유엔 측의 원조에서 구하고 있다. 따
라서 전후재건계획이 계획대로 실시될 수 있는지의 여부는 원조의 진
행 속도에 따라 물자의 도입이 순조롭게 기간 내에 이루어지느냐 아
니냐에 달려 있었다. 그러나 6월에 시작하는 미국 회계연도와 3월부
터 시작되는 한국 회계연도의 차이로 인해 한국에 필요한 재원이 적
기에 도입되는 것은 불가능했다. 이에 한국 측에서는 한국의 회계연도
를 미국에게 일치시켜야 한다는 주장까지 제기되었다. 회계연도의 불
일치로 원조가 낭비되는 것을 막기 위해서는 장기적인 계획의 수립이
더욱 절실했다. 그러나 전후에 논의되는 재건 계획은 매 회계연도마다
원조안을 조율하는 차원에서 진행되었다. 이러한 점 때문에 미국의 원
조물자는 단기적인 효과를 볼 수 있는 최종 소비재의 도입에 더 초점
이 맞추이질 수밖에 없었다. 장기적인 계획 작성 논의는 1950년대 중
반 이후에야 제기되었다.

III. 전후(戰後) 복구과정과 합동경제위원회

　합동경제위원회는 1952년 5월 24일 대한민국과 유엔군 사령부가
체결한 '한국과 통일사령부 간의 경제조정에 관한 협정'(일명 마이어
협정)에 의해 한국과 유엔 양측의 경제문제를 조정할 협의기구로서
설립되었다. 그러나 이후 운영절차가 확정되지 않아 별 활동이 없었

고, 구체적인 운영절차와 역할이 규정된 백우드 협약의 체결 이후 본격적인 활동을 개시했다. 백우드 협약에서는 전후 복구과정에서 합동경제위원회가 재건투자계획의 재원 조달, 가격 정책의 수립, 대충자금의 운용에 있어 주도적인 역할을 담당해야함을 명시했고, 이에 전후 복구과정에서 합동경제위원회의 역할은 주목되었다.

전후 복구계획은 원조 운영과 긴밀한 관련을 가지면서 합동경제위원회의 논의를 거쳐 실행되었다. 합동경제위원회에서 조정, 승인되지 못한 계획은 실행될 수 없었고, 합의가 이루질 때까지 연기되었다. 따라서 전후 복구계획의 실행과정은 합동경제위원회의 원조운영에 대한 논의를 통해 확인해 볼 수 있다. 이하에서는 원조운영에 대한 합동경제위원회 논의를 통해 전후 복구과정에서 나타나는 한미간 갈등양상을 검토해보고자 한다.

1. 합동경제위원회를 통한 전후(戰後) 복구계획의 실행

합동경제위원회 대표회의는 1952년 5월 24일 경제조정협정 체결 이후 헤런(Herren) 소장과 한국 재무부 장관 백두진이 각각 유엔과 한국 측 대표를 맡으면서 진행되었다. 1953년 당시 합동경제위원회 대표회의는 유엔군 대여금의 상환과 관련한 논의가 주를 이루었다. 1953년 8월 경제조정관으로 우드가 부임하면서부터는 우드와 백두진 간의 회담이 진행되었는데 이 시기에는 주로 새로운 원조협정의 수립과 경제재건계획의 규모에 대한 논의가 이루어졌다. 이와 같이 합동경제위원회 대표회의는 한미 경제원조프로그램의 전체적인 방향과 관련한 논의들이 주를 이루고 이 회의의 결과 새로운 협정들이 체결되었으며 이를 바탕으로 한 권고사항도 작성되었다. 그러나 당시의 합동경제위원회 대표회의는 정례화되지 않았고 사안별로 필요에 따라 소집되었다. 그리고 합동경제위원회 대표들의 의견 교환은 주로 서신을 통해 이루어졌다.

따라서 합동경제위원회의 구체적인 운영 상황과 관련한 내용은 실질적인 실행 프로그램에 관여하는 상임위원회의 논의들을 통해 보다 구체적으로 살펴 볼 수 있다. 1952년 합동경제위원회의 운영절차가 확정된 후 구성된 상임위원회로는 전반적인 원조운용프로그램을 심의하는 기획위원회(Overall Requirments Committee : CEBORC), 구호품에 대한 공급결정을 담당하는 구호위원회(Relief and Aid Goods Committee : CEBRAG), 원조물자에 기반하여 재정 및 통화정책을 논의하는 재정위원회(Finance Committee : CEBFIN) 등이 있다.16) 그 중에서도 합동경제위원회의 전반적인 논의 사항에 대해서는 전체적인 계획 수립을 조정하는 기획위원회 회의록을 통해 파악해 볼 수 있다.

각 상임위원회를 비롯한 모든 합동경제위원회 회의는 미리 정해 놓은 의안에 따라 이루어지고 회의록이 작성되는 한편, 공식적인 의안과 보고는 문서화되었다.17) 회의에는 사무국장을 비롯, 한국과 유엔군 사령부 측의 각 상임위원회 위원들이 참석하고, 미대사관의 대표가 고문 자격으로 참석하였다. 또 한국 정부의 고위 관리들 뿐 아니라 유엔군 사령부 지도자나 저명한 인사들이 옵저버 형식으로 참여하기도 했다.

---

16) 이후 합동경제위원회의 활동이 활발해지면서 일부 기구개편이 이루어졌다. 즉, 1957년에 기술위원회(Engineering Committee : CEBEC)와 지역사회개발위원회(Community Development Committee : CEBCD)가 새롭게 설치되었고, 구호위원회는 폐지되었다.

17) 당시 동 위원회에 상정되는 제의 또는 계획은 90% 가량이 미국 측 제안이었다. 따라서 이 기관에 한국 측의 참여가 얼마나 실질적인 의미를 가지는 것인가에 대해서 의문이 제기되기도 했다(한국산업은행 조사부, 『경제정책의 구상』, 1956, p.494).

기획위원회는 1952년 7월 28일 첫 회의를 시작하여 1955년 12월까지 총 43차례의 회합을 가졌다. 시기별로는 1952년에 6회, 1953년 14회, 1954년 5회, 1955년 18회의 회의가 개최되었다.

1952년에는 7월 28일 첫 회의가 개최되어 1952년 11월 25일까지 총 6번의 회의가 이루어졌다. 1952년에 열린 회의에서는 이 해 한국의 양곡 사정이 악화되었기 때문에 양곡 구매 요구와 비료공장의 복구·재건, 판유리 공장의 설립, 면방적 기계의 도입 등에 대한 한국 측의 요구가 있었다. 그러나 유엔 측에서는 이러한 비용에 이용할 수 있는 미국 기금이 없다거나, 상황에 대한 조사를 먼저 실시한 후 세부 계획을 제출하라고 하면서 한국 측의 요구를 승인하지 않았다.[18] 이와 같이 기획위원회 회의에서는 한국 측의 재건 요구에 대한 승인이 유엔 측으로부터 거부되었고, CRIK 프로그램(Civil Relief in Korea : 한국민간구호 프로그램)등 구호 원조와 관련한 구매 품목에 대한 보고와 합의들만이 이루어졌다.[19] 이러한 분위기는 1953년 8월 회의까지 이어졌다.

1953년 8월의 기획위원회 회의는 유엔 측 경제조정관으로 우드가 부임하면서 한국 정부와 새로운 원조협정을 체결하기 위한 소위 백·우드 회담이 진행되는 가운데 이루어졌다. 따라서 이때부터 1953년 12월 '백·우드협약'이 체결될 때까지 기획위원회의 회의는 백·우드 회담의 진행과 관련하여 FOA 원조기금, UNKRA(United Nations Korean Reconstruction Agency : 유엔한국재건단) 원조기금에 대한 세세한 질문들과 답변, 1954 회계연도 경제프로그램의 세부 항목들에 대한 질

---

18) 합동경제위원회의 결정은 각 대표들의 만장일치로 이루어지기 때문에 어느 한쪽에서 반대할 경우 그 사안은 승인되지 못한다('from Murpy to Robert M. Macy, 1953. 8.17', RG 469 Entry 422 Far East Korea Subject File 1953-54, Box15).

19) 'CEBORC-Minute 1952', RG469, Entry 1277OB. Box1.

문과 답변의 형식으로 이루어졌다. 특히 1953년 11월 4일부터는 활동이 증가함에 따라 1주일에 1번 정기적인 회합을 갖기로 합의하였고, 한국 외환의 방출문제와 전반적인 1954 회계연도 경제프로그램에 대한 논의들이 이루어졌다.[20]

한국에 대한 경제원조프로그램과 한국 복구 계획에 대한 본격적인 논의들이 이루어지기 시작한 것은 1954년부터었다. 1954년 기획위원회 회의는 원조물자의 도입 절차, 1954 회계연도 경제복구 계획에 대한 전반적인 검토가 이루어졌다.

그러나 1954년도 기획위원회 회의는 단 5차례만 개최되었다. 즉, 1954년 1월에 2회, 4월에 2회, 12월에 1회의 회의가 개최되었다. 백·우드 협약이 체결되고 본격적인 전후 복구계획을 논의해야하는 상황에서 회의의 공백을 가져올 수밖에 없었던 것은 이승만의 방미, 한미합의의사록의 체결과정에서 나타난 한미 간의 갈등 심화가 주요 원인이었다. 경제원조 운영과 관련하여 한미 간에 입장 차이를 보인 문제는 원조물자의 대일구매문제였다. 미국은 한국의 안전보장과 경제발전을 위해 한일관계의 정상화가 중요함을 지적하면서 원조물자를 일본에서 조달한다는 내용을 합의의사록의 내용에 명시하고자 했고, 이에 한국 정부는 유엔군에 대한 환화지불을 중지하면서 강하게 반발했다. 한국 정부의 강한 반발에 미국은 한국에 대한 유류공급 중지로 맞서면서 한미 간의 갈등은 최고조에 달했다. 이러한 상황에서 원조계획과 관련한 한미 간의 논의는 계속 연기될 수밖에 없었다. 결국 1954 회계연도 원조 계획은 1954년 초반 총 4차례의 회합에서 충분히 토론되지 못했고 한국 정부의 원조 운영상의 문제점만 지적된 후 별 소득없이 끝나고 말았다. 1955 회계년도 원조르포그램에 대한 논의는 한

---

20) 'CEBORC-Minute 1953,' RG 469, Entry 1277OB. Box 1.

미합의의사록이 체결되고 난 후인 1954년 12월에 가서야 비로소 이루어지게 되었다.

한편 1954년 기획위원회 회의록에는 1954 회계연도의 경제원조프로그램을 포함한 한국 측의 경제복구 계획과 1955 회계연도 FOA 원조프로그램의 개정 제안과 관련한 유엔 측의 질문에 한국 측이 답변한 내용들이 수록되어 있다. 이 회의록에 따르면, 유엔 측 질문의 핵심은 계획의 현실성 여부와 계획이 인플레 수습의 방향으로 작성되어 있는가 하는 점이었다.

유엔 측은 한국 정부에게 한국 측 제안과 리스트들은 특별 항목에 대한 설명이 부족하기 때문에 세부적으로 평가하기 곤란하다고 지적했다. 또한 재정 조달 방식에 대해서도 원조에만 의존하려 하고 한국 정부가 구체적인 재정 조달 방식에 대해서 자체적으로 계획을 개발하고 있지 않다는 점 등을 지적했다. 예를 들어 "전력회사 사장이 필요한 구매 요청서 초안을 작성해서 제출해도 한국 정부로부터 들을 수 있는 이야기는 기다리라는 말"뿐이라고 언급하면서 구체적인 재정 조달 방식을 한국 정부가 고려해야 함을 촉구했다.[21] 그리고 이러한 전반적인 투자 계획에 입각한 한국 정부의 재정 조달 방법은 재정 균형을 염두에 둔 상태에서 작성되어야 하는 것임을 재차 강조했다.[22]

또한 "한국의 상공부장관은 UNKRA의 1954 회계연도 프로그램이 공식적으로 기획위원회에 의해 승인되지 않았다는 이유로 산업분야에서의 구매요청서 작성에 대해 연구하려 하지 않는다."는 점 등을 들어 한국 정부 관료들의 안일함을 지적하기도 했다.[23]

---

21) 'CEBORC-MIN-54-2-Agreed, 1954.4.8', CEBORC-Minute 1954, RG 469, Entry 1277OB. Box 1.

22) 'CEBORC-MIN-54-5-Agreed, 1954.12.15', CEBORC-Minute 1954, RG 469, Entry 1277OB. Box 1.

한편 유엔 측이 한국 정부에게 가장 많이 지적한 사항은 제안한 계획들의 현실성 여부였다. 비료공장의 예에서도 볼 수 있듯이 한국 정부가 제출한 비료공장 건설 제안에 대해 유엔 측은 필요한 전력량 등에 대해 기술적으로 측정한 것인지, 철저한 조사 후에 작성된 것인지를 질문했고, 기술적인 부분에서 유엔 측의 도움이 필요하다는 점을 다시 확인했다.[24]

이러한 투자계획을 수립할 때 유엔 측에서 가장 고려한 것은 이것이 인플레이션에 어떠한 영향을 미치는가 하는 점이었다. 유엔 측은 투자부문의 추가적 요소들이 "매우 인플레이션적 요소가 있는 것들"이고 이것은 "현재의 재정 균형상에 심각한 상태를 초래할 것이며, 예산 적자 면에서 커다란 위험 요소"라고 지적하였다. 그리고 한국 정부에게 투자계획안에 앞서 재정 균형안을 제출할 것을 제시했다.[25] 또한 인플레이션이 수습되지 않는다면 미국 의회에서 한국에 대한 원조의 추가 지불을 삭감할 것이라고 언급했다.

이와 같이 1954년에는 '백·우드협약'과 경제조정협정의 적용문제, FOA·UNKRA·CRIK 등 당시 경제원조프로그램들의 기금을 포함하는 경제복구 계획에 대한 조정 작업이 주요 논의 내용이었다.[26] 1954년의 회의에서는 초기 CRIK 프로그램과 관련한 구호 물품의 구매, 교육 시설물에 대한 구매, 통신장비 구매 등과 같은 일부 원조 물품들에 대한 구매 승인만이 이루어졌다. 그러나 한국 경제재건 계획과 관

---

23) 'CEBORC-MIN-54-3-Agreed, 1954.4.15', CEBORC-Minute 1954, RG 469, Entry 1277OB. Box 1.

24) 'CEBORC-MIN-54-5-Agreed, 1954.12.15', CEBORC-Minute 1954, RG 469, Entry 1277OB. Box 1.

25) 'CEBORC-MIN-54-2-Agreed, 1954.4.8', 'CEBORC-MIN-54-5-Agreed, 1954. 12.15', CEBORC-Minute 1954, RG 469, Entry 1277OB. Box 1.

26) 'CEBORC-Minute 1954', RG 469, Entry 1277OB. Box 1.

런한 전반적인 계획에 대해서는 연구와 조정이 필요하다는 점만이 논의되었을 뿐 세부사항에서 합의를 이끌어 내지는 못했다.

1955 회계연도 운영프로그램에 대한 개정 논의는 1955년 기획위원회 회의에서도 계속 이어졌다. 1954년의 유엔 측 권고에 따라 한국 정부는 1955 회계연도 운영프로그램 내에서 투자 계획 비용을 대폭 줄였다. 그러나 한국 정부는 시멘트 공장 및 비료공장의 건설 등에 대한 계획을 계속 고수했다. 유엔 측에서는 과연 한국 내에서 이 부문에 대한 수용능력이 있는지를 의심했고, 한국 측은 관개시설 등 다른 부면에서의 투자계획을 삭감하고 구호 기금 가운데서 이 부문의 비용을 충당해서라도 계획을 달성하려고 하였다.[27] 이 시기 미국의 대한원조정책의 연장선 상에서 일본으로부터 비료를 구매할 것을 구상하고 있던 미국 측으로서는 비료 공장의 신설에 대해 소극적일 수밖에 없었다. 미국 측은 기술조사의 미흡함을 들어 추가적인 비료 공장 및 시멘트 공장 건설 계획에 대한 사전조사와 이들 물품에 대한 한국 내에서의 수요량 조사가 철저히 이루어져야 함을 제기했다. 그러나 한국 측에서는 원조 도입과정에서 비료가 적기에 들어오지 않는 상태에서 식량상황은 점차 악화되었고, 식량사정의 호전을 위해 비료 공장의 빠른 복구가 필요하다고 주장했다. 이에 1955 회계연도 운영프로그램에 관한 논의에서는 지금 당장 직접적인 투자계획을 승인할 수는 없다 하더라도 한국 정부의 투자 계획이 결실을 맺기 위해서는 기술도입이 필요하다는 점이 제기되었고, 이 프로그램 내에 기술 원조 부분이 증가되어야 한다는 점이 강조되었다.[28]

---

27) 'CEBORC-MIN-55-1-Agreed, 1955.1.1', CEBORC-Minute 1955, RG 469, Entry 1277OB, Box 1 : 그러나 이러한 구호 기금의 투자 기금으로의 이동은 불가능하다는 것이 유엔 측의 답변이었다.

28) 'CEBORC-MIN-55-1-Agreed, 1955.1.1', CEBORC-Minute 1955, RG 469, Entry 1277OB.

이와 같이 1955년 기획위원회의 회의에서는 FOA 원조프로그램이 본격화함에 따라 보다 구체적인 투자 계획에 대한 논의를 진행할 수 있었고, 원조의 도입 실적과 연관하여 운영 프로그램을 구체화시킬 수 있었다. 즉 이 시기에는 원조 상품의 도입 이후 이의 판매비용을 이용할 규정을 만드는 것이 필요했고, 이에 원조물자 판매비용인 대충자금의 방출에 대한 협의와 승인이 이루어지게 되었다. 이는 1953년 12월에 체결된 '백·우드협약'에서 제시했던 합동경제위원회의 역할에 대한 구체적인 실행과정이었다.

그러나 이러한 논의과정에서 한편에서는 한국의 투자 계획이 지연되는 차질을 빚기도 했다. 즉 비료 공장 건설을 위한 철로 설치 계획과 관련한 환 방출 승인이 지연됨으로써 한국 정부는 제때에 예산 프로그램 내에 투자계획을 편성하지 못했고 이는 재건계획 자체의 지연으로 나타났던 것이다.[29]

2. 전후(戰後) 복구계획의 성격

전후 재건에 대한 논의는 원조 운영과 관련한 한미 간 원조협정을 마무리하는 가운데 진행되었다. 그러나 이 과정에서 한미 양국의 의견 차이로 인해 협정 체결은 연기되었고, 전후 재건계획도 지연되었다. 4개월간의 길고 긴 논의 끝에 1953년 말 '백·우드협약'이 체결되었고, 재건투자계획의 재원 조달, 가격 정책, 대충자금의 운용 등 구체적인 원조 운영방식이 제도화되었다.

Box 1.
29) 'CEBORC-MIN-55-11-Agreed, 1955.9.28', CEBORC-Minute 1955, RG 469, Entry 1277OB. Box 1.

‘백·우드협약’을 통해 전후 재건방향은 경제안정을 우선하는 것으로 결정되었고, 전후 복구계획과 관련한 투자계획은 재정안정계획과 합치되는 선에서 이루어졌다. 또한 전후 복구계획은 원조운영프로그램의 일환으로 진행되어 회계연도마다 수립되는 단기 프로그램으로 작성되었고, 매 해의 계획은 합동경제위원회의 심의와 조정을 거쳐 실행되었다.

이하에서는 합동경제위원회의 논의구조에서 나타나는 문제점과 전후에 도입된 FOA 원조실적 등을 통해 1953년에서 1955년에 실시된 전후 복구계획의 내용을 평가해보고자 한다.

1952년 합동경제위원회가 설치된 후 1956년 동 위원회의 한미 양측 대표가 교체될 때까지 합동경제위원회의 초기 활동은 그리 활발하지 못했다. 합동경제위원회 본회의는 1952년에서 1956년까지 겨우 15회 밖에 개최되지 못했고, 각 분과위원회도 구호위원회를 제외하고는 활발한 활동을 전개하지 못했다. 전반적인 원조 조정을 위한 기획위원회 회의도 4년 동안 총 43회에 불과했으며 그나마 정기적인 회의도 사정에 따라 연기되곤 했다. 또한 합동경제위원회의 기능과 역할에 대한 규정도 백·우드협약이 체결되고 나서야 구체화되었다.

한국에 대한 원조정책은 전반적인 예산의 삭감이라는 조건에서 한국군의 유지 강화에 초점이 맞추어져 있었다. 따라서 미국 측의 기본적인 입장은 재정안정을 중시하는 것이었고, 활발한 투자계획에 대한 논의는 이루어지지 못했다. 투자계획에 대한 논의의 지연은 늘 한국 정부의 무능력, 계획 작성의 미숙함 탓으로 돌려졌다. 이러한 분위기 속에서 한미 간의 신뢰는 회복되지 못했고, 대충자금 운용, 원조상품의 대일 조달문제, 재정안정계획의 수립 등에서 한미 양국의 의견은 계속 충돌했다. 원조프로그램과 관련해 양국이 제대로 합의하지 못함

으로써 결국 원조 물자의 도입 지연을 초래했고, 이는 전후 복구계획
의 진전을 크게 방해했다.

또한 합동경제위원회 내 논의의 지지 부진함은 합동경제위원회에
참여하는 구성원들의 잦은 교체에서도 원인을 찾을 수 있다. 유엔군
사령부 직원들의 임기가 정해지지 않고 그때그때의 사정에 따라 부서
교체가 잦은 관계로 회의에 참여하는 유엔 측 간부는 자주 바뀌었다.
유엔 측 간부의 빈번한 교체는 한국 상황에 대한 충분한 이해를 결여
하게 했고, 결국 합동경제위원회에서의 논의가 진전되지 못하도록 만
들었다.30) 이러한 문제점의 보완은 1950년대 후반에 가서야 이루어졌
다. 1958년 합동경제위원회 본회의에서는 각 분과위원회 위원의 임기
를 1년으로 규정하고 매주 정기 회합을 가질 것을 명문화했다.31)

한편 전후 복구계획이 지연될 수밖에 없었던 원인 가운데 하나는
원조프로그램과 관련한 합동경제위원회의 논의구조가 일차적으로 미
국의 원조정책의 범위에서 벗어날 수 없었다는 점이다. 합동경제위원
회 회의에서의 논의된 내용과 제안의 승인과정을 살펴본 결과 전반적
인 원소프로그램과 운영 프로그램은 미국 정부에서 승인된 원조 계획
과 큰 차이를 보이지 않는다. 대체적으로 미국 원조 계획의 틀 내에
서 조정이 이루어졌음을 알 수 있다.

이는 FOA원조의 도입실적을 보면 잘 알 수 있다.

---

30) Technical Memorandum ORO-T-264, 'Civil Affairs Relations in Korea, 7 June 1955',
　　RG 469, Entry 422, Box 42.

31) 「1958년 10월 15일 제124차 합경위 본회의」, 『부흥월보』4권 1호, 1959년 1월호,
　　p.101.

<표 3> FOA원조의 부문별 도입실적(1955. 6. 현재)

(단위: 천달러)

도입 부문		계획액	비율(%)	도입누계	진척상황(%)
1. 시설부문	농업	9,766	2	1,313	13
	보건	5,270	1.1	1,957	37
	문교	834	0.2	8	0.9
	교통,통신,전력 및 공공사업	144,943	3C	48,469	33
	광공업	60,034	12.5	873	1.5
	공공행정	2,848	0.6	3	0.1
	사회복지 및 주택	26,786	5.6	15,356	57
	기타	1,246	0.3	1,209	97
	소계	251,730	52.3	69,188	27
2. 소비재부문	식량	6,741	1.4	6,318	94
	농업용 물자	51,646	10.7	29,307	57
	연료	27,520	5.7	19,419	71
	연료 및 반제품	111,150	23	27,283	24
	기계 및 차륜	18,264	3.8	6,116	33
	기타	4,385	0.9	2,683	61
	소계	220,705	45.8	136,127	62
3. 기타		9,061*	1.9	740	8
총 계		481,496	100	206,055	42

출전 : 한국은행(대한민국 부흥부, 1957, 『부흥백서』, p.206에서 재인용)
* 1954년도 계획 운영비, KCAC(Korean Civil Assistance Command : 한국민사처)
에 대한 기술 지원액, 행정비 및 미배당분 8백32만1천달러를 포함한다.

위의 표는 1953년 8월부터 1955년 6월말까지, 다시 말해 FOA원조가 실지로 우리나라에 들어오기 시작했을 때부터 FOA가 해체되어 ICA(International Cooperation Administration : 국제협조처)로 그 계획이 넘어 갔을 때까지 약 2개년 동안의 FOA원조에 의한 물자 도입실적을 정리한 것이다. 그 총액은 계획액 4억 8천 1백 49만 6천달러였는데, 2억 6백 5만 5천달러가 도입되어 42%의 도입실적을 보였다. 그 중에서 시설부문에 대한 계획액은 2억 5천 1백 73만달러였는데, 도입액은 6천 9백 18만 8천달러였고, 소비재 부문에 대한 계획액은 2

억 2천 70만 5천달러였는데, 도입액은 1억 3천 6백 12만 7천달러로
시설재와 소비재의 도입 실적은 각각 27%와 62%였다. 또한 계획상
으로는 시설재와 소비재의 비율이 각각 52.3%, 45.8%로 시설부문의
비중이 높았으나, 실제 도입실적에서 보면 그 비율은 시설재가 33%,
소비재가 66%로 소비재 부문의 도입비율이 월등히 높게 나타났다.

이와 같이 전체적인 원조의 도입실적을 보더라도 당시 경제정책의
방향이 투자 부문을 축소하고 최종 소비재 도입의 증가를 통한 경제
안정을 중시하는 방향에서 실행되었음을 확인할 수 있다. 그리고 이러
한 정책을 유지하는데 합동경제위원회가 주요한 역할을 담당하였다.

합동경제위원회 내에서 미국의 입장은 한국의 경제사정을 고려하기
보다는 결정된 미국 회계연도의 원조 요구량에 한국의 요구를 어떻게
조정해 갈 것인가에 초점이 맞추어져 있었다. 1956년 당시 재무부 장
관으로 부임한 인태식의 회고는 대충자금 운용을 둘러싼 한미 간의
논의가 어떻게 귀결되고 있는가를 잘 보여 준다.

제무부 장관에 정식 취임한 나는 미국의 원조물자 및 잉여 농산물의
판매 대전으로 이루어지는 이른바 대충자금의 사용 방안에 관해 미국
측과의 이견 조정에 직면하게 되었다 .미국 측은 당초부터, 다시 말하
면 정부수립 이후 줄곧 우리나라에 제공하여 온 원조물자나 잉여 농산
물의 판매대전 중 우리나라가 사용할 수 있는 돈은 반드시 국방비에만
사용할 수 있다는 주장을 내세웠고 또 우리나라는 이를 미국 측 주장
대로 감수하여 온 처지에 있었다. 그러던 것이 6·25 동란을 치르고 차
차 후방 경제의 재건이라는 국가적 명제에 부딪치게 되자 국방비에만
전용하고 있던 대충자금의 사용 방향을 어떻게든지 바꾸어야 했다. 이
에 따라 이 대충자금 사용 방향 재조정 문제는 한미 간의 마찰의 근원
을 이루게 되었던 것이다. 즉 우리나라는 국방력을 강화하는 데는 후방
경제의 재건과 발전에 그 기틀을 마련해야 한다는 데서 이 대충자금

중에 얼마간이라도 경제 재건 부문에 사용토록 주장했고, 미국 측은 국
방비 전용 원칙을 바꿀 수는 없고, 나라살림의 예산액 염출은 세수 증
액 등 가능한 행정수단을 통한 재원 염출 방안으로 메워야 하기 때문
에 국방비 전용 원칙은 양보할 수 없다는 고집이었다.[32]

인태식의 회고에서도 지적되듯이 민간 구호원조 등을 통해 전후 복
구가 조금씩 진행되고 있었지만 예산의 반 이상을 차지하는 군사비
문제는 여전히 해결되지 않고 있었다. 군사원조가 확보되지 않는다면
군사비는 늘 경제 안정과 재건을 압박하는 악재로 작용할 것이었다.
그러나 미국은 군사비를 직접적인 군사원조의 증액을 통해 조달하기
보다는 경제원조를 통해 보충해야 한다는 입장을 고수했다. 경제원조
를 통한 군사비 조달문제는 PL480호 미잉여농산물 도입에서 더욱 노
골적으로 표현되었다. PL480호 원조 물자의 판매대금은 전적으로 국
방비 전용원칙 하에 사용되었다.[33]

또한 전후 한국 정부는 미국과 각종 원조협정을 체결하면서 원조
자금에 의존한 재정 및 재건 사업을 추진하였다. 이로써 원자재 뿐
아니라 재정과 재건자금, 경제운영 전반의 문제를 철저히 원조에 의존
하는 구조가 정착되었다. 합경위의 운영과정은 이러한 전후 원조 의존
구조를 실제적으로 보여준다.

합동경제위원회는 실질적인 정책 집행기구는 아니었지만 경제원조

---

32) 한국일보사, 『재계회고』 제8권, 1981, pp.37-38.
33) PL 480호에 의한 잉여농산물 도입만이 아니라 ICA원조에서도 다량의 농산물이
　　도입되는데 이는 다음의 두가지 이유에 기인하는 것이다. 하나는 미국 MSA법
　　제402조의 규정에 따라 미국 원조를 받는 나라는 누구나 원조액의 일정비율
　　(25%)을 농산물로 받아야 한다는 원조 공여측의 법적 강제사항 때문이고, 또 하
　　나는 막대한 군사비 보전을 위해 어쩔 수없이 농산물을 도입, 그 판매대전으로
　　무기 등 군사물자를 구입해야 하는 내재적 요구때문이었다(홍성유, 『한국경제와
　　미국원조』, 1962, p.68).

614

프로그램을 포함한 한국의 경제정책 전반에 관한 심의와 조정을 위한 기관이었다. 결국 이 위원회의 심의와 조정이 확정되지 않는 한 원조 집행은 연기될 수밖에 없었다. 그리고 당시 원조에 대한 의존도가 절대적이었던 한국 정부로서는 이러한 한미 간의 원조 관계 속에서는 어떠한 새로운 구상도 할 수 없었다.

합동경제위원회 대표 회의는 앞서도 말했듯이 한미 간 협정의 체결로 귀결되었다. 이는 결국 한국 경제정책의 방향을 결정하는 것이었으며, 전후 한국 경제재건의 방향이 군사적 견지에서 경제안정을 중시하는 방향으로 결정되는데 큰 역할을 담당하는 것이었다. 합동경제위원회 기획위원회의 회의록을 통해 실제적으로 살펴보았듯이 한국 경제정책 전반에 걸쳐 합동경제위원회가 깊이 관여하고 있는 모습을 발견할 수 있다.

합동경제위원회 회의에서 유엔 측은 한국의 경제 관료들에 대한 질책도 서슴지 않았으며, 한국 정부 관료들은 기술적인 부분에서 유엔 측에 상당히 의존하고 있었다. 한국 경제정책의 투자부문의 비용을 책정하는 문제에서나 양곡 구매비용의 책정 문제 등에서 이러한 현상은 더욱 두드러지게 나타났다.

Ⅳ. 맺음말

지금까지 전후 복구계획의 수립과정에서 나타나는 한미 간 갈등 양상을 한미협상과 합동경제위원회의 회의내용을 통해 살펴보았다.

6·25전쟁의 발발로 인하여 미국의 대한원조정책은 새로운 국면을 맞이하게 되었다. 먼저 한국의 정치 경제문제 전반에 걸친 주도권은

유엔군 사령부로 이전되었고, 대소전진기지로서 한국이 지니는 군사적 가치도 높게 평가되었다. 그리고 전쟁 이후 한국 문제에 관한 미 군부의 영향력이 확대됨에 따라 한국의 동아시아에서의 가치는 경제적 가치보다 군사적 가치가 더 중요하게 부각되었다. 이에 한국의 독자적인 군사력 강화문제가 논의되었다. 한편 미국은 재정적인 이유로 대외원조를 삭감하는 정책을 계속 고려하였고, 한국과 관련해서도 군사비의 증강과 원조의 전반적인 삭감이라는 두 가지 문제를 현실적으로 해결할 방책이 필요하였다. 이러한 상황에서 미국의 대외경제원조는 6·25전쟁 이후 방위지원의 성격을 띠고 이루어지게 되었던 것이다.

휴전 이후에도 이러한 상황에는 변함이 없었다. 한국의 군사적인 가치는 소련보다는 중국의 군사적인 위협이라는 측면에서 여전히 중요하게 부각되었고, 유엔군 사령부의 지위도 계속 유지되었다. 미국은 주한미군 2개 사단의 잔류를 결정하였고, 20개 사단의 유지라는 한국군의 강화 방침도 여전히 고수하였다. 이에 따라 미국의 경제원조정책은 군사적인 문제를 우선적으로 고려하는 가운데 재정안정을 중시하는 경제안정 정책의 성격을 가지고 진행되었다. 미국은 군사력이 유지될 수 있는 경제안정을 위해 인플레이션을 억제하는데 정책의 주안점을 두었고, 원조물자도 이러한 목적을 달성하기 위해 최종 소비재가 주종을 이루었다. 원조물자의 판매대금으로 이루어지는 대충자금은 국방비를 보전하는데 주로 사용되었다.

이와 같이 6·25전쟁을 거치면서 미국의 대한원조정책은 동아시아에서 한국의 안보적 중요성이 부각되는 가운데 군사적인 문제를 우선적으로 고려하는 경제안정정책의 성격을 띠고 있었다. 그리고 이러한 미국의 입장은 한국의 전후 재건계획의 논의에 그대로 반영되었다. 합동경제위원회의 회의록의 내용에서나, 한미협상 과정에서 나타나는 논의의 진행과정 등에서 이러한 사실은 여실히 입증되었다. 전적으로 원조에 의존하는 구조 속에서 전후 재건계획은 당연히 미국의 대한원조정책의 틀을 벗어나기 어려웠고, 한국 정부의 발언권은 제한적일 수밖에 없었다. 따라서 이러한 구조적인 조건은 결국 한국 경제발전을 지연시키는 결과를 초래했다.

한국 근현대 대외관계사의 재조명

인쇄일 초판1쇄 2007년 1월 31일 / **발행일** 초판1쇄 2007년 2월 5일
지은이 이화여대 한국근현대사 연구실 / **발행처 국학자료원** / **총무** 한선희
등록일 2006. 11. 02 제324-2006-0041호 / **영업** 정구형 / **인터넷** 이재호
편집 이초희, 김은희, 이현아, 박지혜 / **물류** 박지연, 김종효, 박홍주

서울시 강동구 암사동 463-25 2층 / Tel : 442-4623~4 Fax : 442-4625
www.kookhak.co.kr / E-mail : kookhak2001@hanmail.net
IBSN 978-89-92517-05-8 *93890 / **가격** 35,000원

저자와의 협의하에 인지는 생략합니다.